CÉCILE CHOMIN

Hot Love

L'intégrale

HARPERCOLLINS FRANCE

83-85, boulevard Vincent-Auriol, 75646 PARIS CEDEX 13.
Service Lectrices — Tél.: 01 45 82 47 47
www.harpercollins.fr

ISBN 978-2-2803-6510-9

Hot LOVE

CHALLENGE

1. Où ma vie commença à m'échapper...

Ça y est, c'est l'heure de partir, la fin du cauchemar. Ce soir, je me mets au lit avec les poules, à 20heures, et demain tout ira mieux: une bonne nuit de sommeil et j'aurai oublié cette horreur.

Mais qu'est-ce qui m'a pris de coucher avec ce type?

Putain, déjà 7h30! Le temps d'attraper mes clés au vol, mon sac à main, mes lunettes de soleil, je sors de l'appartement et je dévale les marches.

La seule idée à peu près cohérente que j'ai eue, c'est d'aller chez lui plutôt que de l'inviter chez moi. Oh, mon Dieu, ç'aurait été encore pire de devoir en plus m'en débarrasser ce matin et d'arriver en retard au boulot, ce que je déteste par-dessus tout. Je suis plutôt du genre lève-tôt, toujours ponctuelle, voire en avance pour bien attaquer la journée et avancer dans la vie du bon pied. Mais ça, c'était avant que je boive trop à la soirée d'hier, avant que je suive ce type chez lui et que je prenne les mauvaises décisions.

Il n'y a pas si longtemps, c'était encore drôle de coucher comme ça, sans conséquence, juste pour le plaisir de faire tourner le compteur de mecs et gagner la compète avec les copines. Mais après 25 ans, ça commence à devenir un peu bizarre. Alors, à 28 passés... c'est comme si ce qui tournait, ce n'était plus le compteur de mecs, mais celui des années. Parce que, même si on s'était promis solennellement à soi-même de ne jamais entrer là-dedans (oui, parfois je me promets solennellement des trucs à moi-même, surtout au réveil, les matins difficiles), on se trouve jetée malgré soi dans cette gigantesque compétition où tout ce qui a un vagin devient une rivale potentielle dans la grande quête de l'homme, non pas parfait, mais au moins le Nôtre, avec un grand « N » (enfin, en l'occurrence plutôt un grand « M », comme « Mien »).

Tout en faisant le compte des vœux pieux auxquels j'ai renoncé ces dernières années, je pile devant le passage piéton où la petite vieille que j'ai manqué d'écraser me maudit du regard. *Bon, arrête de penser à tout ça et concentre-toi sur la route et sur cette journée qui s'annonce difficile.*

Alors donc, je disais que je déteste être en retard, mais il y a quelqu'un pour qui c'est pratiquement un crime: je vous présente mon patron, M. Casse-couilles. Ou plutôt M. Assèche-vagin, l'homme qui peut refroidir ma libido rien qu'en passant derrière moi. Quand j'y pense, ça me donne la nausée !

A propos de nausée, je mets la paume devant ma bouche et souffle comme pour faire de la buée: merde, les vapeurs de vodka, ça fait mauvais genre au boulot. Et pourtant, j'ai mis double dose de dentifrice plus bain de bouche. Et puis pouah ! J'ai l'impression que l'autre m'a imprégnée de son haleine fétide.

J'arrive à l'agence. Je me gare rapidement en exécutant un créneau... eh bien, ma foi, plutôt réussi pour quelqu'un qui a dormi trois heures et voyait encore double en allant se coucher. Ça me remonte le moral et je passe le seuil, très digne, en souriant au soleil de ce mardi matin.

J'adore les mardis en général, car ils ont le mérite: *primo*, de ne pas être des lundis, *deuzio*, de laisser encore plein de possibilités à la semaine pour s'exprimer. Oh là ! n'allez surtout pas croire que je n'aime pas les week-ends, mais leur inconvénient majeur est qu'ils ne comportent que deux jours sur les sept qu'en compte la semaine. Or on ne peut décemment pas passer sa vie à se concentrer sur deux petits jours et consacrer les cinq autres à les attendre: trop négatif, pour ne pas dire totalement déprimant. Moi, je préfère penser qu'il y a deux mondes parallèles: celui composé des cinq jours de la semaine de travail et celui de la fête et du week-end. Oui, mais, me direz-vous, hier soir, je suis sortie et c'était un lundi soir. Bravo, vous avez l'œil. Sauf que, vous ne pouviez pas le savoir mais, les soirées, c'est un cas particulier: je segmente. C'est simple: soit elles font partie du monde parallèle des week-ends, soit elles font partie de la sagesse du monde des cinq jours de travail...

Pendant que j'allume mon ordinateur et que je me logue avec mon mot de passe, je jette un œil aux bureaux alentour pour constater que, comme d'habitude, je suis presque la première. «Presque» car, évidemment, *il* est là. *Il?* Mais suivez un peu! Lui, c'est mon patron, Julien Beaume. Vous allez maintenant sans doute me demander ce qui peut bien m'horripiler à ce point chez un type qui porte un nom aussi banal. Eh bien, comme son nom (justement) l'indique, non seulement ce salopard est beau, mais surtout il le sait.

Si je ne le connaissais pas, je le trouverais... splendide? Soyons honnête, il est même carrément à tomber pour toute femme normalement constituée. Ça ne me pose pas de problème de l'admettre car il est d'une telle laideur intérieure que ça éclipse tout le reste.

Bon, à vrai dire, comme les autres, la première fois que je l'ai vu, il m'a fait son petit effet, avec sa mâchoire carrée, son côté mauvais garçon, brun, athlétique... jusqu'à ce qu'il ouvre la bouche! J'avais une quinzaine d'années, c'était au stade de mon village où je venais rejoindre des copains. Comme tous les ados qui veulent exprimer leur virilité, il jouait au foot et, lorsqu'il s'est approché avec Paul, mon copain (pas petit ami, je précise, juste copain), je leur ai demandé (en minaudant un peu, certes, je l'admets) si ça leur disait de nous accompagner à la plage un peu plus tard.

Et c'est quand il a répondu que j'ai compris à qui j'avais affaire.

— Non merci, j'ai mieux à faire que des pâtés de sable avec des gamines.

Oh ! le sale con ! Me moucher, moi... Paul a ri comme un crétin. Paul, c'est le pote de mon frère, à la base, mais comme mon frère est mon jumeau, ses amis sont aussi les miens. Bref, je n'ai pas eu le temps de répondre car tout le monde est arrivé et la journée s'est organisée sans que je puisse sortir une repartie bien sentie... que je n'avais pas en stock de toute façon. Non mais vous vous attendiez à quoi ? A 15 ans, la repartie, c'était pas encore mon truc. Ça vient plus tard, avec l'amère expérience de la vie.

Faute de réplique cinglante, il ne me restait plus qu'une seule option: le détester. Soit ami, soit ennemi, être ado, ça vous facilite la vie, parfois.

Tandis que je regrette avec un poil de mauvaise foi cette époque bénie, une tête se glisse par la porte du bureau situé derrière le mien.

— Je pars en réunion toute la journée, le contrat Darkos est prêt ?

— Bonjour, Julien, dis-je en souriant. Oui, le contrat est prêt, il ne me reste plus qu'à l'imprimer et...

— Donc, techniquement, il n'est pas prêt. Il est *presque* prêt, dit-il en me coupant la parole (ce que je déteste presque autant qu'arriver en retard).

Et en plus il me fait passer pour une incompétente... Je serre les dents et réponds, avec mon plus beau sourire:

— Le temps que l'imprimante s'allume.

Enfin, je crois que c'est mon plus beau sourire, mais peut-être que les dents se voient trop, comme si je voulais le mordre. Il me regarde et fait la moue.

— Vous avez une sale tête aujourd'hui !

— Merci, j'adore recevoir des compliments dès 8heures

du matin. Ça va être une belle journée, ajouté-je en me raccrochant à la bonne volonté qui me reste.

— A propos, vous êtes avec moi en réunion ?

— Oui, bien sûr. On part à quelle heure ?

— Dès que le contrat sera enfin imprimé, une fois que vous aurez fini de bayer aux corneilles...

Je m'apprête à répondre mais Agnès, la stagiaire, passe la porte à ce moment-là et lance un « bonjour » à la ronde avec son sourire Ultrabrite.

— Mouais, bonjour, marmonne sèchement Julien en rentrant dans son bureau.

J'attends qu'il ait fermé la porte pour lancer l'impression et m'apercevoir que, bien sûr, il n'y a plus de papier. Direction le bureau du fond en me demandant qui peut bien utiliser cette imprimante la nuit pendant mon absence, histoire que je la trouve vide dès mon arrivée le matin.

Mon portable sonne, je fais demi-tour et réponds à Maïa:

— Moui ?

— Alors, c'était comment, avec Dracula ?

— Ah, ah, fais-je, désabusée.

Tout en parlant, je vais chercher les feuilles dans le bureau et les place dans l'imprimante.

— Oh, putain, dit Maïa en rigolant, en tout cas tu as fait fort ! Non mais quelle horreur ! Dis-moi que c'était le top au lit et j'écris un bouquin tout de suite.

Maïa est écrivain. Je la rembarre.

— Mais s'il était si laid que ça, pourquoi tu m'as laissée partir avec lui ? Tu pouvais pas venir me chercher, faire les gros yeux, je sais pas, moi, un truc magique pour que je retrouve ma lucidité ?

— Ma chérie, tu es adulte, tu avais envie de t'éclater, je ne vois pas ce que j'aurais pu faire. Et puis, comme dit le proverbe: « Chacun s'occupe de son cul et les vierges seront en sécurité. »

J'ai un rire maussade.

— Super, tes proverbes ! Si tu savais, ma pauvre...

Sans cesser de lui parler, je me bats avec l'imprimante. Cette saleté de machine a apparemment décidé de changer les marges et doit trouver plus joli d'imprimer avec le texte collé à droite et un énorme blanc sur le bord gauche.

— C'est quoi qui sonne ?

— Rien... L'imprimante... Aïe !

Je viens de me couper avec une feuille en tirant dessus comme une brute.

— Ça va ? Qu'est-ce qui se passe ?

— RIEN, je te dis ! Alors je te la fais rapide parce que je suis attendue par Ducon. Bon, donc j'arrive chez lui et il me déshabille pas très doucement, tout en me collant sa langue un peu partout. A la limite, là, ça allait encore, j'étais un peu sous le charme donc...

J'ai le téléphone calé entre l'oreille et l'épaule pendant que je replace les feuilles dans le bac de l'imprimante, ce qui n'est pas très pratique.

— Le charme de quoi ? demande Maïa. De la vodka ou de ses dents de travers ?

— A ton avis ? Et là, tu sais ce qu'il me dit ? (Je retourne à mon poste lancer l'impression.) « Tu veux que je te fasse quoi ? »

— Hein ?

— Non mais c'est quoi cette question con ? Comme si ce blaireau avait un répertoire assez large pour changer de menu à chaque fille ! J'hallucinais tellement que je n'ai pas su quoi répondre, et ça a fait descendre ce qui me restait de libido direct... Bref, en voyant ma tête, il a dû penser que je n'avais aucune expérience et a voulu me faire gracieusement profiter de la sienne...

Maïa éclate de rire.

— Petite veinarde !

— Tu parles ! Un cunni pourri qui a failli me faire mourir d'ennui. Ou vomir, je ne sais plus trop. De toute façon, je ne me rappelle plus grand-chose, mais je crois qu'un psy m'a dit un jour que c'était pour nous protéger que le conscient censurait certains événements... Ou alors c'est juste la vodka.

Je me marre en pensant à ma connerie et me retourne, pour voir Ducon appuyé contre le chambranle de sa porte, l'air légèrement amusé, dans son costume à deux mille euros.

— Maïa, je te rappelle, je pars en réunion.

— Ah, mais attends, je voulais...

— Pas le temps.

Je raccroche et me tourne vers M. Pressé.

— Qu'est-ce qu'il y a de drôle ?

— De drôle ? Absolument rien. Navrant, à la rigueur, mais drôle, non, désolé, je ne vois pas.

Apparemment, le sarcasme reste son mode d'expression préféré quand il s'adresse à moi.

— Et ça fait combien de temps que vous êtes là, à soutenir cette porte ?

Il se redresse, visiblement contrarié que je lui fasse remarquer qu'il ne fout rien.

— Je viens d'arriver, je m'ennuyais dans mon bureau à attendre ce contrat.

— Il est prêt, dis-je avec un sourire triomphant.

Il m'arrache les feuilles des mains et retourne à son bureau.

— Bravo, lance-t-il sans se retourner, vous aurez au moins réussi une chose aujourd'hui... Parlez-en à votre psy, il sera fier de vous.

Je vais mourir, là, c'est la seule chose qui me vient en tête. Non, pas la seule car une migraine pointe également le bout de son nez. Il est 8h30 : c'est une fantastique journée de merde qui s'annonce.

Effectivement, la journée s'est bien déroulée selon mes prévisions les plus pessimistes, mais il y a au moins un point positif : elle est finie ! A 21h15, j'arrive enfin chez moi et je m'affale littéralement sur le canapé. Et là, je sais que je vais vous décevoir, mais non, il n'y a pas de chat qui vient se frotter contre mes jambes (avouez que vous l'attendiez). Je n'ai pas plus de chat que de petit ami, de chien, de poisson rouge et même de plantes. De toute façon, elles crèvent au bout de deux jours en ma compagnie. Si vous avez bien suivi, aujourd'hui, je suis partie à 7h30 et rentrée quatorze heures plus tard. Comme tous les jours.

Comment j'en suis arrivée à passer ma vie à bosser ? Pff ! Même moi, je ne sais pas bien l'expliquer. Après quatre années d'errance en fac de lettres à Montpellier (là où j'ai rencontré une fille cinglée mais dont je suis vite devenue inséparable: Maïa), je me suis retrouvée à faire un master de commerce. Ça collait bien avec ma vision de la vie: « Avale-la si tu veux pas qu'elle te bouffe. » Alors j'ai avalé, avalé ce qui passait sur ma route: les contrats, les gens, les primes... Mais tout s'est vraiment déclenché quand j'ai décidé de rejoindre Maïa à Paris, sur un coup de tête.

Je venais de vivre une énième rupture avec je ne sais plus qui (mais là n'est pas le problème) quand j'ai appris que la boîte où je bossais était en train de couler. On allait savoir sous dix jours si elle était rachetée par un groupe d'assurances ou si on nous foutait dehors.

Comme je déteste abandonner mon avenir aux mains d'un destin capricieux (et jusque-là assez chaotique, je dois bien l'avouer), un verre de vodka plus tard, je prenais la meilleure décision de ma vie: tenter ma chance à Paris.

Je laissais derrière moi ma famille, mes amis et mon minable appartement.

Ma famille, ça a été vite fait. Quand j'ai eu 14 ans, ma mère est partie vivre avec son troisième mari en Italie. Depuis, je reçois une carte postale pour mon anniversaire et quelques coups de fil pour la forme, et la cellule familiale se résume à mon père et mon frère. A part un flicage pénible de mes résultats scolaires, mon père ne s'est jamais passionné non plus pour ma vie ou mes fréquentations. Du moment que je poursuivais mes études, j'aurais pu sortir avec un dealer multirécidiviste ou un défenseur des droits de l'homme, ça lui aurait fait le même effet. Le seul conseil qu'il m'ait jamais donné en matière d'homme, c'est: «S'il ne sait pas bricoler, il ne te servira à rien; s'il est riche, c'est un fainéant!» Puissant, non?

C'est comme ça que je sais toujours où trouver mon frère Jean: au garage, avec mon père. Ce dernier a officiellement pris sa retraite l'année dernière et mon frère a repris l'entreprise familiale de vidange, carrosserie et réparations en tout genre, Répar'Service, à Mauguio.

Entendons-nous bien: j'aime mes parents. Je n'attends rien d'eux, c'est tout. Au moins, je ne suis jamais déçue.

Quitter mes amis, ça a été un peu plus dur.

Au village, on était un bon groupe de fêtards inséparables, de vrais copains d'enfance. Je suis arrivée à Mauguio à 9 ans, et ça a été le coup de foudre! Première communauté espagnole de France, qui vit au rythme des fêtes, à dix minutes seulement de la mer et de Montpellier! Le rêve. Jean et moi, on s'est très vite fait des amis. Il faut dire qu'être deux, et jumeaux en plus, ça aide.

Comme tous les frangins, on était très proches petits, avant de se détester cordialement à l'adolescence, pour finir par se rendre compte qu'on pouvait avoir les mêmes amis. Enfin, encore qu'avec mes copines Jean avait une conception de l'amitié un peu particulière.

Je dois le reconnaître, mon frère est plutôt beau (pour un frère). Brun, les cheveux courts drus, des yeux marron de fouineur, bref, il plaît. Et malheureusement, à l'instar de beaucoup d'hommes dans son cas, il le sait. Ça m'a d'ailleurs valu pas mal de malentendus avec mes copines, toutes persuadées d'être la seule et unique et qui ont fini par rompre notre amitié sous prétexte que je ne les avais pas *aidées* dans leur histoire avec lui.

La seule qu'il n'a jamais eue, c'est Sophia. Trop fleur bleue à son goût, je pense. C'est donc tout naturellement qu'elle est devenue et restée ma meilleure amie.

Avec Maïa, elle est la seule que je pourrais appeler en cas de coup dur, même à 3heures du matin, pour qu'elle me réconforte et me fasse rire. Et réciproquement, ça va de soi.

Maïa et Sophia se connaissent. Quand j'étais en fac à Montpellier, on faisait des soirées ensemble, mais ça n'a jamais été la grande révélation entre elles et j'ai fini par comprendre que je pouvais ravaler mes rêves de Drôles de dames. Elles s'aiment bien mais avec parcimonie. Il faut dire qu'il y a un monde entre Maïa l'exubérante et Sophia la posée.

Dans le sillage de notre petit groupe, sans jamais être à proprement parler une amie, il y a aussi Angélique, dite «Angie». Belle, grande, blonde, pouffiasse, quoi. Attention, je tiens à préciser que je n'ai rien contre les blondes, d'ailleurs, je le suis moi-même. Et ce n'est pas de la jalousie féminine non plus, croyez-moi, même si j'admets que, bon, on pourrait s'y tromper. Non, c'est juste sa façon de s'habiller, de parler, d'aguicher, quoi (pour rester polie) ! A côté de ça, elle n'est pas méchante... mais elle n'est pas vraiment gentille non plus. Par exemple, je n'aurais pas aimé me retrouver avec elle sur le *Titanic*: c'est le genre de fille à jeter sans scrupules un enfant ou sa meilleure amie à la mer pour être sûre de finir sur une île déserte avec le seul homme disponible.

Avec le temps, à force de traîner avec nous, elle a fini par faire plus ou moins partie de la bande. Peut-être aussi parce qu'elle a couché avec tout le monde, mon frère compris...

Enfin, peut-être pas avec Paul qui, aussi loin que je me rappelle, a toujours eu le béguin pour Sophia, même s'il a attendu la deuxième année de fac de sciences pour le lui avouer. Depuis, ils filent le parfait amour à Londres, où ils sont partis vivre après leurs études, et, même s'ils sont un peu gnangnan, je les envie parfois.

Ensuite, il y a Damien, qui est... gentil. C'est bon ? J'ai tout dit ou je détaille ? Dans un groupe, il en faut toujours un. Damien, c'est notre gentil loser qui est tellement blanc qu'il faut sortir les lunettes de soleil quand il se met torse nu. C'est surtout l'éternel amoureux transi, de moi en l'occurrence, et attentionné comme personne, forcément. Ironique, non ? Mais bon, j'arrive à gérer et... STOP ! Là, je vous arrête tout de suite: interdit de me prendre pour une pimbêche ! Je sais que c'est dur pour lui mais, croyez-moi, ce n'est pas si facile pour moi non plus. Je l'adore, il est gentil, drôle, et puis il fait partie de la bande. Mais je ne vais pas non plus me sacrifier et coucher avec lui pour ménager sa sensibilité, non ? Donc c'est pas facile, je jongle, je le remballe gentiment mais fermement, je fais des allusions à ma vie amoureuse tumultueuse en essayant de ne pas le blesser. Bref, j'ai eu moins de mal à quitter Damien que les autres, mais je savais que son amitié allait me manquer presque autant que ses conseils d'hypocondriaque en matière de parapharmacie.

Le plus dur à quitter, ça a été Matthieu, le seul et unique, notre voisin, le meilleur ami de mon frère, mon héros à moi, mon pendant masculin, mon fantasme, quoi. Enfin pas si fantasme que ça, mais bon, il avait besoin de vivre, moi aussi. Tacitement, nous avons décidé de ne jamais officialiser... Ne me demandez pas pourquoi, je suis la première à l'ignorer ! Enfin si: il est hors de question que je fasse le premier pas pour lui demander plus. Je suis peut-être conne, mais je ne supporte pas de quémander. Donc, si monsieur me veut en tant que femme de sa vie, il va devoir se bouger... Sauf que pour l'instant, ce n'est vraiment pas le message qu'il envoie. Enfin, je me dis que s'il *essaie* toutes ces filles, c'est pour mieux se rendre compte que c'est bien moi la meilleure pour lui.

Voilà, c'était ça, notre bande: Lydia (c'est moi), ma copine Sophia, Angie la pouffiasse, mon frère Jean, Paul le Cyrano de Sophia, Damien mon amoureux transi, Matthieu mon PC (plan cul, enfin...) secret et, bien sûr, l'incontournable Julien.

Julien est arrivé à Mauguio à 17 ans. Il a tout de suite sympathisé avec mon frère et avec Paul. Il faut dire que le trio était fait sur le même modèle: des beaux gosses sportifs et un poil arrogants. Enfin, surtout Julien: il était clair que nous ne jouions pas dans la même cour, ce qu'il ne manquait jamais de nous faire remarquer, ou plutôt de *me* faire remarquer.

Belle maison avec domestiques sur l'arrière du village, belles voitures... Ses parents voyageaient beaucoup et il les suivait, ce qui fait qu'il était souvent absent. Mais quand il était là, comme on dit chez nous, il se la pétait. Contre toute attente, Jean, Paul et lui ont développé une amitié très poussée au fil des années, et je ne serais pas surprise d'apprendre que c'est grâce à lui que Paul a enfin déclaré sa flamme à Sophia.

Puis Julien est parti vivre à l'étranger et je n'ai plus eu de nouvelles, et, pour dire vrai, je crois que je l'avais oublié.

Jusqu'à mon départ à Paris...

Quand j'ai annoncé ma décision à mon frère, il a pris ça pour une lubie. Après une grosse crise, il a fini par admettre qu'après tout, Paris, c'était juste trois heures et demie de train, une heure d'avion ou sept de voiture (là, j'aurais mieux fait de me taire, mais j'ai vite enchaîné sur autre chose). Je lui ai expliqué que j'allais vivre en coloc avec Maïa, qu'il n'aurait aucun souci à se faire, que je ne sortirais jamais seule, bla-bla-bla, bref, toutes les conneries censées rassurer un frère surprotecteur. J'ai promis à mon père que j'allais décrocher un job de rêve avec salaire et primes, j'ai rendu les clés de mon deux-pièces d'étudiante et suis partie en train (tarif Prem's, vingt-cinq euros), avec la vie devant moi et Paris qui m'ouvrait les bras. J'avais une niaque d'enfer et l'envie de tout bouffer.

Bon ben, le trip Rastignac, ça n'a pas duré très longtemps. Parce que je me suis aperçue que, dans cette ville, la niaque, tout le monde l'avait, même si eux ne l'appelaient pas comme ça.

Un mois après mon arrivée et cent cinquante CV déposés en mains propres (cent cinquante-deux exactement, et je vous épargne les lettres de motivation écrites à la main) plus tard, j'ai reçu un coup de fil de mon frère.

— Salut, frangine, tu vas halluciner ! Je viens d'avoir des nouvelles de Julien...

— Julien ?

— Julien Beaume, mon pote.

— Ah oui, l'autre con.

— Dis pas ça. Non seulement il est cool, mais en plus il va te sauver la vie. Son père a eu un infarctus et donc il est rentré des Etats-Unis pour reprendre la boîte familiale... Et devine quoi, petite sœur ?

— *Grande* sœur, ai-je rectifié par habitude de notre petit jeu.

— Il recherche un collaborateur de confiance ! Je lui ai parlé de toi et il a eu l'air impressionné par ton CV.

— Il était pas dans l'import-export de meubles, son père ?

— Si, c'est ça.

— Et donc ton pote est « impressionné » par mon CV d'agent assureur ? Tu crois pas que t'en fais un peu trop ?

— Bon, OK, il est peut-être pas *super* impressionné, mais en tout cas il est d'accord pour te recevoir. Qu'est-ce que t'as à perdre ?

— Ma dignité, peut-être ?

— Arrête tes conneries, il est pas comme ça...

Non, il est pire. Evidemment, j'ai gardé ce genre de réflexion pour moi et noté les coordonnées de Julien en me disant que de l'eau avait coulé sous les ponts et que je pouvais bien lui laisser le bénéfice du doute après tant d'années. J'ai donc pris mon courage à deux mains et composé le numéro que m'avait donné Jean. Une secrétaire revêche a daigné m'accorder un rendez-vous pour le lendemain, à 8heures. Décor planté.

J'ai passé la porte à 7h50, juste ce qu'il faut en avance, rayonnante dans mon plus beau tailleur beige avec chemisier blanc et escarpins assortis. Je peaufinais mon sourire «spécial connard» en me tenant bien droite sur le canapé que la secrétaire guindée (pour ne pas dire «mal baisée») m'avait désigné d'un index décharné, quand la porte s'est ouverte — ou bien, pour être précise, a explosé contre le mur.

— Elle est là ?

— Elle est là, monsieur Beaume, a confirmé la marâtre de Blanche-Neige en levant le même index par-dessus son écran d'ordinateur, ce qui m'a fait comprendre qu'«elle», c'était moi.

Ma première réaction a été de m'encourager mentalement avant de m'extraire du canapé avec un grand sourire. Ma deuxième (c'est fou ce qu'il peut se passer en moins de dix secondes dans la tête d'une blonde), de me dire qu'il avait l'air aussi pète-sec qu'avant. Mais j'ai vite remballé cette mauvaise pensée grâce à la thérapie personnelle que je partage avec une marque de baskets bien connue: *Think positive.* Enfin, ma troisième et dernière pensée, avant le trou noir qu'a constitué le quart d'heure de torture (d'entretien, pardon) qui a suivi, a été: *Waouh! Je ne me rappelais pas qu'il était aussi beau!*

Bon, maintenant qu'on a un peu de temps, ce qui n'était pas le cas le jour de l'entretien, je vais vous le décrire rapidement.

Il doit mesurer 1,85m pour 75kg, mais de muscles, ça va de soi. C'est ce genre d'homme à porter le costume comme Angelina Jolie porte ses robes haute couture: avec classe et décontraction. Les pantalons tombent parfaitement sur ses hanches et les chemises blousent juste ce qu'il faut au-dessus de la ceinture, comme si les vêtements avaient été moulés sur lui (ce qui n'est pas loin de la réalité quand on sait qu'il ne porte que du sur-mesure au prix que vous imaginez).

Venons-en à l'essentiel: il a les plus belles fesses que

j'aie jamais vues. Et Dieu sait que je ne me suis pas privée de les observer la première semaine, chaque fois qu'il entrait dans son bureau en claquant la porte après m'avoir aboyé ses ordres — une manie plutôt pitoyable qui m'est passée dès que je me suis convaincue que le cul ne faisait pas l'homme.

Sinon, il a les cheveux d'un noir profond, des yeux verts incroyablement clairs et des dents blanches aussi bien alignées que des lignes sur un cahier.

Mais ce matin-là je me suis contentée d'un sifflement appréciateur silencieux et j'ai souri.

— Bonjour, Julien, quel plaisir de te revoir...

— Vous êtes en retard, a-t-il répondu sèchement en me montrant la direction de son bureau.

— Pardon ? Mais je croyais que nous avions rendez-vous à 8heures...

— C'est exact. Et la première chose que j'attends d'un collaborateur, ce n'est pas tant la ponctualité que le souci de prendre les devants. Vous auriez marqué des points en arrivant à 7h30. Tant pis, a-t-il soupiré en m'indiquant une chaise.

Analyse rapide de la situation: ça n'allait pas être une partie de plaisir. Mon cerveau s'est mis en mode «survie»: tant pis, je n'étais pas à un échec près, mais j'allais lui faire comprendre qu'il n'était le roi que dans son entreprise minable et que je ne ferais pas partie de sa cour.

Je me suis assise sur le bord de la chaise, raide mais pas trop, et surtout prête à bondir, le cas échéant.

— Je vous prie de m'excuser mais, visiblement, nous ne partageons pas les mêmes règles. La mienne est de ne pas arriver trop tôt à un rendez-vous pour ne pas mettre mon interlocuteur mal à l'aise si lui-même a quelques minutes de retard.

— Me mettre mal à l'aise ? Bonne chance. Et si vous voulez arriver avant moi, surtout n'oubliez pas votre sac de couchage.

— Bien, je note pour la prochaine fois. S'il y en a une.

Ouverture des hostilités... Assis bien droit et décontracté à la fois (sûrement l'effet de ses costards sur mesure) derrière son bureau de verre, il m'a toisée avant de lâcher:

— Vous imaginez bien que vous ne devez ce rendez-vous qu'à l'obstination de votre frère et pas à votre CV (qu'il m'a agité sous le nez avant de le jeter comme un mouchoir sale). Autre chose: comme vous avez pu le constater, dans mon entreprise, on se vouvoie. C'est encore une de mes règles et elle vaut pour tout le monde, qu'on se soit croisés avant ou non.

Piquée au vif, j'ai maudit mon frère, ses bons plans et ses super copains. Alors, pour m'en sortir dignement, j'ai décidé de changer mon fusil d'épaule: j'allais démontrer à ce con que le poste était pour moi avant de l'envoyer balader! Je l'ai regardé en souriant.

— Le vouvoiement me convient parfaitement. D'ailleurs, je suis de la vieille école pour qui c'est une marque de respect réciproque. A ce propos, je vous sais gré d'avoir pris sur votre précieux temps pour me recevoir et vous prie de m'excuser d'être arrivée avec dix petites minutes d'avance seulement. Pour éviter de vous retarder davantage, je propose de vous présenter rapidement mon parcours qui vous donnera une idée de mon professionnalisme et de mon adaptabilité.

Bien calé dans son fauteuil, l'index posé sous le menton pour mieux me regarder de haut, il a eu un petit rire sans humour.

— Votre adaptabilité... Intéressant. Et c'est cette adaptabilité qui vous a soufflé l'excellente idée de venir à cet entretien habillée comme un témoin de mariage?

Je vous jure que c'est ce qu'il m'a dit. Bosser pour un mec comme ça, ce doit être l'enfer. Remarquez, verser du cyanure dans sa tasse doit être un crime que même le grand Hercule Poirot couvrirait. «C'était une ordure, c'était une ordure, Votre Honneur!» Bref, comme je ne pouvais pas lui retourner une gifle, j'ai opté pour la pédagogie. Avec une pointe d'ironie, certes.

— Non, ça, c'est mon goût personnel. De toute façon, le noir aurait fait trop strict et les couleurs pas assez pro. Et puis je ne vous apprends sans doute rien en vous disant que le blanc est banni des mariages, sauf à vouloir concurrencer la mariée.

En guise de conclusion, je lui ai servi mon plus beau sourire carnassier et faux jeton à la fois. J'avoue surtout avoir pensé à me lever, à lui jeter son affreuse plante en plastique au visage et à faire demi-tour sur mes sublimes escarpins Cosmo (oui, je sais bien que, dans les livres, c'est des Manolo Blahnik, mais à l'époque ma réalité n'avait pas les moyens de la fiction). Mais quelque chose sur son visage m'a retenue, comme un infime sourire pincé, qui m'a fait comprendre que le salopard était en train de jouer avec moi. Ou de me tester.

— OK, je vous accorde un point.

— Formidable, avec ceux que j'ai perdus en arrivant, j'imagine que je vais bientôt remonter à zéro.

— Disons que c'est un début.

— Je suis à votre disposition.

C'est la première fois — et pratiquement la dernière — que j'ai senti chez lui comme une gêne. Il s'est aussitôt repris et m'a dit, plus raide que jamais:

— Alors commençons. Que connaissez-vous à l'import-export et aux meubles? Et soyez honnête, c'est dans votre intérêt.

— Honnêtement, je ne connais rien de plus à l'import-export que ce que j'ai appris en fac.

Je vous épargne la petite leçon niveau master que je lui ai débitée, mais elle a semblé le convaincre puisque, contre toute attente, il m'a demandé de poursuivre.

— Quant aux meubles, eh bien, la dernière fois que j'y ai réfléchi, c'est quand j'ai acheté les miens pour mon premier appartement.

— Et?...

— Et j'ai l'impression que leur qualité baisse alors que leur prix monte. Aujourd'hui, tout le monde semble ravi de s'endetter sur trois mois pour une armoire qu'il faut charger dans sa voiture et monter soi-même, quitte à se brouiller avec sa femme et à obtenir un résultat décevant après une journée de labeur. Au final, un meuble moyen de gamme et bancal dont on sera lassé au bout de trois ans, ce qui correspond de toute façon à sa date de péremption.

Il m'a gratifiée d'un de ses silences que j'ai encore aujourd'hui du mal à interpréter avant de commenter, à ma grande surprise:

— Intéressant. Finalement, vous correspondez peut-être plus au poste que ce que je pensais.

— Intéressant, ai-je répété comme un misérable perroquet.

Il ne m'a pas fait l'offense de relever.

— Voyez-vous, c'est justement la base de notre stratégie: le fait que la France ne sache pas ou plus produire de meubles et préfère importer malgré des frais trop lourds pour une qualité médiocre. Quand j'ai repris l'entreprise des mains de mon père, il la conduisait à la ruine...

J'ai vu une lueur de colère traverser son regard et je me rappelle avoir frissonné devant une telle absence de cœur. C'était le genre de type avec qui il valait mieux éviter de partager un radeau de sauvetage sous peine de se faire piquer tous les vivres. Je me suis dit que ce serait intéressant de le mettre sur la même île déserte qu'Angie, histoire de voir qui boufferait l'autre le premier.

— ... Et donc c'est là que j'ai besoin de quelqu'un.

Evidemment, je n'avais rien écouté. J'ai pris l'air hautement concerné et ça a semblé fonctionner.

— ... Mademoiselle Dennis ? Vous sentez-vous assez forte pour tenir ? Aurez-vous la carrure pour mener à bien des négociations de ce type ?

J'ai réfléchi à toute vitesse pour essayer de rattraper mes moyens avant qu'ils soient irrémédiablement perdus et je me suis lancée au culot:

— La carrure, je ne sais pas..., ai-je déclaré. Mais le

travail en amont, le sens du contact, une bonne dose de repartie et un grand sourire, en général, ça fonctionne.

Il a hoché la tête avant de porter l'estocade.

— Une dernière question avant de vous libérer : que feriez-vous maintenant si je ne vous prenais pas ?

Je l'ai regardé droit dans les yeux, en avançant légèrement le buste.

— Je chercherais ailleurs. Il en faut beaucoup plus pour me décourager.

Il a laissé son corps jouer le même langage non verbal que le mien, s'est redressé pour se rapprocher de son bureau et, d'une voix suave et chaude que je ne lui connaissais pas, m'a demandé :

— Citez-moi une bonne raison de vous embaucher. Et épargnez-moi les clichés habituels.

J'ai planté mon regard plus profondément dans le sien et, les yeux brillants (mais était-ce d'excitation, de rage, de stress ou de convoitise pour ce type aussi désirable qu'odieux ?), je me suis lancée :

— Je vais faire mieux, je vais vous laisser réfléchir à ce que vous pourriez perdre si vous ne m'embauchiez pas... Vous êtes un joueur : prendrez-vous ce risque ?

Portée par mon audace, je me suis levée pour mettre fin à l'entretien. Sans dire un mot, il s'est levé à son tour pour se placer à mon côté. Il m'a détaillée de la tête aux pieds, puis est remonté vers mon visage en laissant son regard s'attarder un chouïa sur ma poitrine, m'a-t-il semblé.

— Vous me plaisez, a-t-il conclu en me tendant la main, et c'est rare que je le dise. Ne me décevez pas. Prenez le contrat en passant auprès de ma secrétaire et, s'il vous convient, revenez lundi.

J'ai saisi sa main en me retenant de hurler et j'ai souri.

— Parfait.

Ça ressemblait plus aux prémices d'un duel au Texas qu'à la conclusion d'un entretien d'embauche à Paris, mais bon, je me suis dit que j'aurais tout le temps d'analyser ça plus tard avec Maïa.

— Lisez bien le contrat. Le salaire est plus qu'intéressant, mais j'exige en retour un comportement sans reproche et une totale dévotion de votre part, a-t-il précisé sans me lâcher la main.

— Parfait, ai-je répondu, en me demandant si je rêvais ou s'il avait, lui aussi, les yeux brillants.

J'ai retiré doucement ma main et, quelques minutes plus tard, j'étais dans la rue avec sous le bras un contrat qui semblait me brûler comme les flammes de l'enfer. J'avais envie de hurler, de joie/de colère/de soulagement (plusieurs réponses possibles). J'ai foncé jusqu'au métro, concentrée à l'extrême et complètement vide à l'intérieur. J'avais peur d'émettre le moindre son, de crainte qu'il soit derrière moi et me le reproche. Ce n'est que quelques stations plus tard que je suis sortie de cet état d'hébétude et que j'ai pu lâcher un «Putain!» libérateur.

2. Là où il y a une bonne nouvelle… parfois une mauvaise se cache

On est mercredi. Plus que trois jours avant le week-end et les vacances. Enfin, «vacances»…

Dans une semaine, c'est *le* mariage. Celui qu'on attendait tous et qui va permettre de réunir ma bande de potes.

«Les familles Elinor et Alain Schwartz et Jocelyne et André Dumont ont l'honneur de vous convier au mariage de leurs enfants Sophia et Paul, le 20juillet 2013. La cérémonie commencera bla-bla-bla…» Cela faisait maintenant deux mois que nous avions reçu le faire-part et presque un an qu'on entendait parler de ce mariage.

«Nous», c'est les habituels: mon frère Jean, avec sa femme Carole, ma belle-sœur rigolote et toujours de bonne humeur que j'adore, et toute notre petite troupe, Matthieu (le bel et ténébreux homme de ma vie, qui met du temps à comprendre que je suis la femme de sa vie), Damien et bien sûr Angie. Il y a aussi Becky, le second témoin de Sophia (je tiens à «second»), qu'elle a rencontrée à Londres, où Paul et elle vivent depuis cinq ans. Becky est grande, blonde, gentille mais froide et coincée: *so british*, quoi.

Du côté du marié, *mon* Matthieu est le premier témoin et le second est Maxime, un Parisien, bel homme également, que j'ai eu l'occasion de rencontrer une fois, à un anniversaire. Un fêtard invétéré, si je m'en souviens bien. Maxime est coursier, je crois, ou un truc plus compliqué mais que j'ai simplifié sous le terme « coursier ». C'est tellement parisien de mettre des termes compliqués sur des choses simples, histoire qu'on vous respecte sans vous poser de questions.

Ajoutez à cela les quelque deux cents invités des deux familles et vous obtiendrez une bonne garden-party à la française. Au début, la perspective de ce mariage m'enchantait. J'avais prévu de descendre à Montpellier de toute façon pour prendre quelques jours de vacances. Après un an d'esclavage pour Godzilla, je m'étais dit que quelques jours de repos en famille, au calme, me feraient le plus grand bien. Certes, avec mon salaire, dont je n'ai pas le temps de dépenser un centime, j'aurais pu partir un mois à la Barbade, mais, outre le fait que je n'aurais jamais un mois de vacances à poser, il y avait maintenant un bon bout de temps que je ne m'étais pas *ressourcée en famille*. Qui aurait cru que j'emploierais cette expression un jour ?

Seulement voilà, c'était sans compter deux énormes impondérables.

Le premier, c'est Sophia, qui m'a mis le grappin dessus: « Je t'en prie, je suis overbookée, je ne m'en sortirai jamais sans toi, j'ai besoin de toi, et puis je ne connais personne (à son propre mariage, c'est ballot, quand même), je sais que tu voulais être en famille mais tu ne supporteras pas ton père plus de quatre heures, tu le sais bien. Jean et Carole viennent aussi, c'est à une heure de route de la maison, alors tu vas pas faire les allers-retours, non ? »

Les parents de Paul avaient loué une propriété (en fait, un joli château) pour la semaine et les proches étaient hébergés d'office. Le gros des invités arriverait le samedi midi, mais les témoins, les parents et les futurs mariés étaient priés de s'y rendre dès le lundi afin de surveiller le bon déroulement des opérations et de mettre la main à la pâte si nécessaire. En langage courant, ça s'appelle un traquenard.

J'avais fini par céder: je descendrais à Mauguio en train le samedi matin, je passerais le week-end avec mon père et mon frère et j'irais au château le lundi pour me dévouer corps et âme une semaine au service de ma meilleure amie. Ce qui, vous l'aurez compris, ne me réjouissait pas franchement. J'adore Sophia, mais je la sentais d'avance tendue comme un string. Sans compter que sa famille et surtout sa belle-famille n'allaient pas me laisser une seconde pour traîner au bord de la piscine (forcément sublime) du domaine. Ça, c'était à parier.

Mon second facteur de stress, l'autre gros, énorme, monumental souci, qui risquait de transformer ma semaine de vacances comme psy/dame de compagnie de ma meilleure amie en interminable séance de torture, était la perspective de *sa* présence.

Car oui, bien sûr, en tant qu'ami proche du futur marié (rappelez-vous, c'est lui qui l'a aidé à conquérir Sophia), Julien était invité. C'était inévitable.

Justement, quand on parle du loup... (Non, on n'en voit pas la queue! Il faut vraiment que je prenne des vacances, moi.) Julien passe dans mon bureau.

— Lydia, vous partez quand?

Vous ne rêvez pas: après six mois il a daigné me *proposer* que l'on s'appelle par nos prénoms.

— Pardon? Ça y est, vous voulez déjà vous séparer de moi? Ou alors vous voulez savoir si je pars avant ou après minuit ce soir?

Il me regarde d'un air niais.

— Quoi? Au mariage, bien sûr.

— J'ai posé mes congés, Julien, et je vous l'ai dit, mais ça doit faire partie des nombreuses fois où je parle et où vous n'entendez que «bla-bla-bla».

— Alors, pour la prochaine fois, tâchez d'éliminer le verbiage et apprenez à aller à l'essentiel, dit-il sans une once d'humour. Quoi qu'il en soit, chère et dévouée collègue, auriez-vous l'extrême obligeance de me repréciser vos dates de vacances et votre jour d'arrivée au château ?

— Oh ! mon Dieu, deux compliments dans la même phrase ! Mais qu'est-ce qui me vaut tant d'amabilité ? C'est la fin du monde ? Un proche va mourir et vous essayez de me ménager ?

— Ha, ha, ravi de voir que vous ne perdez pas votre cynisme avec l'âge...

— Ouf, vous me rassurez, j'étais prête à vous faire exorciser ! Eh bien, je pars vendredi soir après le boulot, c'est-à-dire vers 20h30 dans le meilleur des cas, et...

— Non, me coupe-t-il. J'ai besoin de vous pour m'aider à boucler un dossier. Nous devons présenter au comité la demande d'ouverture du magasin d'usine à Abidjan avant fin juillet et... Qu'est-ce que vous avez à me regarder comme ça ?

Incrédule, je finis par refermer la bouche et prends une grande inspiration.

— Vous plaisantez, j'espère ? Même un tyran comme vous ne peut pas m'empêcher de prendre un peu de vacances pour le mariage de ma meilleure amie !

— Alors, rectification, je ne suis pas un « tyran » comme vous semblez le laisser croire à tout le monde... Et pas la peine de nier, j'ai bien vu la manière dont votre copine Maïa m'a regardé quand on s'est croisés par hasard dans ce bar.

— Croisés par hasard ? Parfois, j'ai l'impression que vous me suivez pour mieux me harceler...

— Ne prenez pas vos rêves pour des réalités, chérie.

— « Chérie » ? Je...

— Et deuxièmement, il n'est pas question d'annuler vos vacances. Je vous propose juste un arrangement. Vous savez déjà qu'en tant qu'ami des futurs mariés, je suis moi aussi convié à la fête, n'est-ce pas ?

Je hais cette manie qu'il a de me couper la parole, je vous l'ai déjà dit ? J'acquiesce néanmoins en esquissant une vague grimace.

— Ravi que ça vous fasse plaisir. La bonne nouvelle, c'est que je vais aussi y passer la semaine.

Il se plante devant moi, les bras croisés et un sourire narquois aux lèvres.

— Vous allez finir par gober une mouche à rester comme ça. On ne vous a jamais dit que ça n'était pas très élégant ?

— Je vous demande pardon ? (Je réussis à refermer la bouche, et la colère reprend aussitôt le dessus.) De quel droit me donnez-vous des leçons d'élégance ? Est-ce qu'un client s'est déjà plaint de mon *manque d'élégance*, fais-je en mimant les guillemets du bout des doigts.

— Les clients semblent effectivement apprécier votre... féminité brute. Et c'est sûr que je ne peux pas vous accuser d'atteinte à la pudeur avec vos tailleurs stricts. Enfin, à part peut-être celui d'hier, mais rien de grave, en fait vous avez de jolies jambes.

Il prononce cette dernière phrase comme si c'était une surprise pas forcément agréable pour lui.

— Mes jambes vous remercient, mais je ne me souviens pas d'une clause les concernant dans mon contrat de travail. Et je ne choisis pas ma garde-robe pour plaire à mon patron.

— Non, bien sûr, vous préférez réserver ça aux types que vous rencontrez dans les bars. A propos, ça s'est bien terminé avec celui de lundi soir ?

Il faut croire que ma rage est suffisamment palpable pour lui faire comprendre qu'il est allé trop loin.

— Bref, la conversation dérape, se reprend-il.

— On se demande pourquoi !

— Bon, fait-il, ignorant ostensiblement ma remarque. Je voulais donc vous expliquer que samedi je descends en voiture chez ma mère et que j'ai besoin de vous...

— Quoi ?

— ... pour le dossier. Nous le peaufinerons pendant les sept heures de trajet.

— Mais...

— Et je vous déposerai chez votre père. Nous nous

retrouverons lundi au château, où nous aurons tout le loisir de travailler ensemble, de manière efficace et productive, tout en faisant bronzette au bord de la piscine...

— Hors de question ! dis-je en hurlant presque.

— Et pourquoi donc ?

Il se retourne pour me faire face, un peu trop près à mon goût.

— Premièrement, je suis malade en voiture et, si je lis, ça ne rate jamais, je vomis. Désolée du détail, mais je ne voudrais pas ruiner vos beaux sièges en cuir. Deuxièmement, je ne vais pas au mariage de Sophia et Paul pour me *dorer* au soleil, mais pour aider la future mariée qui est en pleine crise de nerfs. Enfin troisièmement, il est absolument hors de question d'avoir une relation professionnelle avec vous en maillot de bain !

J'ai dit tout cela d'une traite, sans respirer ni le quitter des yeux. Il approche encore un peu son visage du mien.

— Je crains de m'être mal exprimé. Ce n'était pas une proposition, alors vous faites une note de frais pour tous les médicaments nécessaires et je vous laisserai même le volant si ça peut vous aider. Vous aurez tout le loisir de dispenser vos précieux conseils à la future mariée qui sera sûrement ravie de bénéficier de votre grande expérience en la matière, et vous m'accorderez votre entière attention le reste de votre temps libre.

Il fait une pause et me gratifie d'un sourire carnassier.

— Je vous laisse, je suis attendu, fermez en partant. Demain, je suis en rendez-vous toute la journée et vendredi, j'ai des courses à faire. Nous ne nous verrons donc pas avant le grand départ. Pensez à voyager léger, ma voiture a un petit coffre. Je passe vous prendre à 6h30: soyez fraîche et dispose. Et au fait, dit-il en se retournant, la main sur la poignée de la porte, tel Colombo qui aurait oublié une dernière question de la part de sa femme, je vous laisse votre vendredi après-midi de libre. Non, ne me remerciez pas. Et puis ça vous laissera tout le temps d'acheter un magnifique bikini pour me prouver votre féminité...

Il laisse sa phrase en suspens et claque la porte, juste à temps pour que l'agrafeuse que j'ai lancée dans sa direction vienne rebondir dessus avant de s'écraser par terre.

— Connard !

Je crois bien que je hurle dans le vide: il est sans doute déjà loin et la porte blindée est insonorisée.

Merde, merde, merde. Ça n'aurait pas pu être pire. Je ramasse mes affaires et fourre l'ensemble dans mon sac. De toute façon, ça ne sert à rien de rester au boulot, je suis incapable de me concentrer sur quoi que ce soit d'autre. Je ramasse l'agrafeuse par terre et observe les dégâts. Bravo, j'ai fait une éraflure sur la porte. Je gratte avec mon ongle: le résultat est encore pire — pour la peinture de la porte et pour mon vernis.

— Eh bien, tant pis, dis-je à la porte comme si elle était responsable de ce massacre.

Je la ferme sans ménagement (au point où elle en est) et je rentre chez moi.

En arrivant à l'appartement, je téléphone à Maïa et lui propose d'aller boire un verre à notre bar habituel, en bas de la rue.

— Avec plaisir ! Ce n'est pas raisonnable et je risque de le regretter demain, mais j'ai besoin de me changer les idées. Je suis vannée, Jules est sur les nerfs en ce moment et veut le deuxième tome au plus vite.

Jules est son éditeur et un ami sincère, mais il lui arrive d'être intransigeant sur les *deadlines* de ses auteurs. Et, à vrai dire, connaissant Maïa mieux que personne, je peux le comprendre. Toujours dans les nuages, oiseau de nuit plus que de jour, elle a une notion parfois floue de la réalité. Il n'y a qu'à voir son frigo, qui a de quoi effrayer un nutritionniste. Jules est là pour la canaliser et l'aider à gérer sa carrière. D'ailleurs, il y arrive plutôt bien si l'on en croit les bonnes ventes de ses polars historiques.

Nous nous retrouvons au bar, un Martini pour elle et une vodka citron pour moi.

— Je vais mourir…

— Toi, je ne crois pas: après une semaine avec lui, c'est plutôt toi qui vas le tuer. D'ailleurs, n'oublie pas de me faire un rapport régulier de vos prises de bec, ça commence à devenir intéressant. Plus qu'à transposer ça au XVIe siècle et j'ai mon prochain roman! me dit-elle en me tendant son verre pour trinquer.

Je cogne mon verre contre le sien et prends mon plus bel air outré.

— Tu te fous de ma gueule? Tu te servirais de mon malheur pour gagner de l'argent? J'ai honte pour toi… Et tu transposes comment la demande de m'acheter un joli bikini dans ton Moyen Age?

— Je t'ai déjà…

— … dit que le Moyen Age s'arrêtait au XVe siècle, on sait. Tu m'aiderais pas, là, au lieu de me faire un cours d'histoire?

— Non, pas là. En fait, je trouve ça plutôt sexy.

— Quoi donc? demandé-je en faisant signe au barman de nous remettre une tournée.

— Ton histoire. Beaucoup de belles histoires commencent par «Ils se détestaient, mais un jour la passion fut plus forte et…».

— Donc tu appelles ça une belle histoire? C'est un truc d'écrivain ou tu as bu avant de me rejoindre? Parce que moi, à mon deuxième verre, j'ai encore conscience que ce type ne voudrait pas de moi, même si j'étais la dernière survivante d'un catac…

— Ah! dit-elle en pointant sur moi un index accusateur.

— Quoi?

— Le ton a déjà changé. Tu dis «cet homme ne voudrait pas de moi» et non pas «je ne voudrais pas de lui». Très symptomatique ta façon de présenter les choses!

— Dans ce cas, tout est symptomatique! Pour être

tout à fait honnête, ce qui me contrarie le plus, c'est sa remarque fielleuse sur mon prétendu *manque d'élégance.* Je ne sais pas ce qui m'a retenue de le gifler.

— Si c'est à ce point, pourquoi tu ne cherches pas du boulot ailleurs ? Tu n'avais pas eu une autre proposition d'embauche, d'ailleurs ?

— Aucun rapport ! dis-je en replongeant sans complexe dans mon verre de vodka citron.

Waah, c'est frais, ça fait du bien. Maïa repousse son verre et se redresse, comme pour passer aux choses sérieuses.

— Si, justement, il y en a un. Laisse-moi t'expliquer. Tu m'as dit que, professionnellement, tu n'en pouvais plus de ce type, c'est ça ?

— Eh bien... c'est plus compliqué que ça. Je dois admettre que j'ai beaucoup appris à ses côtés et qu'il me paie plus que bien, mais en même temps, c'est parfois au-dessus de mes forces. Ce qui me reste de respect pour moi-même me dit que la coupe est pleine. Et puis, j'ai envie de passer à autre chose. Dans ma vie personnelle, tu vois. Jean et Carole sont mariés depuis plus de deux ans et je sens que je ne vais pas tarder à être tatie. Même Sophia a arrêté la pilule il y a quelques mois.

— Elle est folle ? Juste avant le mariage ?

— Non, évidemment, pour l'instant ils font très attention.

— Mouais, c'est risqué, quand même.

— Bref, parfois je me surprends même à regarder les femmes enceintes dans la rue. Attends, je t'arrête tout de suite: je ne veux pas de gosse pour l'instant. Mon plan de vie, ce serait de me calmer professionnellement, de trouver un homme, de faire un peu ma vie avec lui... Bon, à ce rythme-là, je ne ferai pas de gamin avant 40 ans. Ou alors j'adopterai, ce sera peut-être plus simple.

— Bon, chérie, attends un peu avant de publier

les bans et de choisir les prénoms, et écoute d'abord mon idée.

— C'est bien ce qui m'inquiète justement: ton idée.

— Quoi? Dis donc, c'est pas parce que j'ai pas l'horloge biologique qui fait ding-dong que je ne te comprends pas. Enfin... OK, je te comprends pas. Rappelle-moi pourquoi on serait obligées d'avoir des enfants, déjà?

— Laisse tomber, t'es unique toi.

— Je vais prendre ça comme un compliment.

— Bon alors, c'est quoi ta fameuse idée?

— Ah, enfin! Bon, l'idée, c'est que tu changes de job rapidement et en douceur, pour commencer à caler tes congés maternité avec un futur boss qui ne pourra pas être pire que celui-là, dit-elle en levant la paume pour m'empêcher de l'interrompre. Mais avant ça, pars la tête haute! Fais payer ce petit fils de pute, qui est peut-être un suppôt de Satan, mais qui est aussi beau comme un dieu. Profites-en, force-le à changer d'attitude avec toi! Tu as une semaine pour lui montrer quelle fille parfaite tu es. Je t'ai déjà vue à l'œuvre, tes méthodes sont pitoyables, mais ça semble marcher.

Je manque de m'étouffer avec ma vodka.

— Pitoyables, mes méthodes?

J'essuie une coulée citronnée sur mon menton. Maïa semble très satisfaite de ma réaction et reprend:

— C'est ça qui est trop fort chez toi: tu réagis sur cette partie du discours, mais tu ne sembles pas choquée par ma proposition... J'en déduis donc que tu acceptes.

— Minute, papillon...

— Par contre, évite de lui sortir des expressions de grand-mère.

— Ta gueule.

Maïa ne le prend pas mal une seconde et me sourit. L'insulte amicale, c'est notre mode de communication habituel. Oui, je sais, ça peut paraître bizarre, mais si vous connaissiez Maïa, vous changeriez votre notion du «bizarre».

— Donc, si je comprends bien, tu proposes que je

me ridiculise juste pour te prouver que j'ai raison et que je n'intéresse pas ce type ? Tu n'as pas pu louper la bimbo qu'il avait à son bras la dernière fois qu'on l'a croisé, quand même ?

— C'est vrai que, dans le genre plantureux et stéréotypé, elle se posait là. Mais je n'ai pas dit que tu l'intéressais déjà, même si je pense que c'est fort probable et que son agressivité cache juste un désir refoulé...

— Tu lis trop de livres...

— ... j'ai dit que tu pouvais l'intéresser. Alors séduis-le, mais subtilement, sans te dévoiler, juste pour voir. Et ne couche pas avec si tu n'en as pas envie. Cela dit, tu serais bien conne, mais bon...

— C'est tout vu, c'est hors de question ! Je considère déjà que j'aurai de la chance si je ne vomis pas à cause des hectolitres de vodka qu'il me faudra pour supporter ce mariage, et surtout lui, ou parce qu'il m'aura fait bosser pendant les sept heures de trajet. Alors ton opération « séduction subtile », tu peux lui dire adieu.

Sur ce, nous changeons de sujet et passons la soirée à plaisanter de tout et de rien, l'un de ces moments futiles et indispensables entre amies, comme une parenthèse dans une vie tumultueuse. Le calme avant la tempête, quoi. Ou déjà, sans qu'on le sache, dans l'œil du cyclone.

3. Qui a dit que la vie était un long fleuve tranquille

Je dirais plutôt « un chemin semé d'embûches »...

Samedi, 6h15. Je suis prête, « fraîche et dispose ». Enfin, relativement.

J'ai tellement perdu l'habitude d'avoir du temps pour moi que ce vendredi après-midi libre a complètement déréglé mon horloge interne. A 18h30, je dînais, à 20heures, ma valise était prête et à 22heures, je somnolais devant une série, je ne sais même plus laquelle tellement elles se ressemblent toutes. Pour une fois, je me suis mise au lit dès les premiers bâillements et, contre toute attente, je me suis aussitôt endormie.

En revanche, j'ai atrocement mal dormi. J'aurais dû acheter des somnifères hier en même temps que les pastilles pour le mal des transports. Je me suis réveillée plusieurs fois, en proie à l'angoisse du réveil qui ne sonne pas et de lui, furieux, en train de tambouriner à ma porte. Bon, j'aurais dû savoir que c'était juste un cauchemar parce que, pour commencer, je n'ai pas de réveil. C'est mon iPhone qui s'en charge. Pour l'occasion, j'avais choisi *Knockin'on Heaven's Door*, des Guns N'Roses, en guise de sonnerie. Je sais pas pourquoi, une envie subite d'un bon vieux hard rock slow... même si *Highway to Hell* aurait probablement été plus approprié en l'occurrence.

Je me sers un café. Je n'aime pas le café, ça m'écœure,

mais je me dis que ça pourrait m'aider à rester éveillée toute la journée. J'ajoute un nuage de lait pour atténuer l'amertume. Les Guns ne m'ont pas réveillée car je me retournais dans mon lit depuis 5h30, mais j'ai laissé l'iPhone passer les riffs de guitare électrique jusqu'au bout, pour le plaisir. Parce que, oui, j'ai des goûts de vieux et je les assume.

Ce qui fait que maintenant j'ai la mélodie dans la tête... Ajouté à ma fatigue, ça fait un mélange formidable. «Fraîche et dispose», quoi.

Je suis sur le canapé, raide comme un piquet, ma valise et mon vanity à mes pieds, ma petite veste pour la fraîcheur parisienne pliée délicatement à côté de moi, ma tasse de café au lait presque finie sur la table basse, et j'attends. Je me demande pour la énième fois si j'ai bien fait de ne prendre qu'un seul jean, si la robe choisie pour le mariage ira ou si je devrais prendre la deuxième au cas où, puis je me redis que de toute façon je n'ai pas le choix vu que rien ne rentre dans cette valise riquiqui...

6h25: il sonne. Eh bien, cinq minutes d'avance seulement! Il pourrait presque passer pour quelqu'un de normal. C'est inquiétant. Je me lève et j'ouvre. Il est en jean, polo bleu clair, pull sur les épaules. Il est à tomber. Puis je me rappelle à qui j'ai affaire et je lâche donc un «bonjour» le plus neutre possible.

— Bonjour, Lydia. Il fait froid, vous n'allez pas sortir comme ça?

— J'ai pris une veste, merci.

— Une veste? Pas très pratique pour voyager.

— Pratique, je ne sais pas, mais c'est plus léger qu'un pull et plus chaud qu'une chemise. Mais je vous remercie de vous en soucier.

— On baisse les armes ou ça va durer tout le voyage? Dans le second cas, ça risque d'être très long, ajoute-t-il en me prenant ma valise des mains.

— Je ne suis pas armée de si bon matin, dis-je

en levant les bras. A propos, vous m'épatez: 6h25? Ponctuel et pas en avance?

— J'ai retenu vos conseils. Je sais que vous n'appréciez pas les gens qui arrivent trop tôt. J'ai donc attendu une demi-heure en bas de chez vous.

— Vous plaisantez? dis-je en finissant de ramasser quelques dossiers sur la table basse.

— A quel propos? Vos conseils ou l'attente en bas de chez vous?

— Les deux.

— Oui et non, fait-il en souriant. C'est pour ça que je dis qu'il fait froid ce matin.

— Je confirme: le voyage sera long, dis-je en le devançant dans l'escalier.

L'avantage de donner rendez-vous à 6h30, c'est qu'on trouve des places même à Paris. La BMW X6 de Julien est donc garée juste devant la porte de mon immeuble. Attendez... j'ai bien dit «X6»?

Je me retourne et le regarde d'un air interrogateur.

— J'ai changé d'avis, dit-il en ouvrant le gigantesque coffre qui pourrait contenir dix valises comme la mienne. Je me suis dit que le cabriolet, pour sept cents bornes, ce ne serait pas le plus confortable. Et puis j'ai pensé à vos bagages...

Je réponds à son sourire par une grimace.

— Charmante attention.

— Ne le prends pas mal, j'ai cru qu'en tant que femme tu n'aurais pas respecté ce détail. Mais c'est vrai que tu ne fais rien comme tout le monde.

Il referme le coffre presque vide, m'ouvre la portière passager et s'installe au volant.

— Alors premièrement, encore une allusion au fait que je ne sois pas classée dans la rubrique «femmes» et je fais un malheur, deuxièmement, je croyais que je devais conduire, et enfin troisièmement, c'est quoi cette nouvelle lubie? On se tutoie maintenant?

Il démarre et me regarde d'un air pensif.

— Ça y est, c'est fini? C'est étonnant cette façon

que tu as de toujours tout classer, même quand tu engueules les gens. Je me demande si c'est pareil au lit...

Il rit et bientôt nous sortons de Paris. Je me tais, partagée entre l'agacement, la stupeur, la colère et... non, à la réflexion, c'est l'agacement qui domine.

Il rompt le silence.

— Je te rassure, Lydia, tu vas conduire, mais je me disais qu'on allait d'abord rouler un peu et s'arrêter sur l'autoroute pour prendre un bon petit déjeuner. Ensuite, oui, on se tutoie. On se connaît depuis qu'on est ados, tous nos amis seront présents et ce serait un peu ridicule d'être les deux seuls à se vouvoyer au bord de la piscine. Et puis ce qui se passe au boulot ne les regarde pas. Ils ne sont pas censés savoir que tu me détestes et que tu as déjà réfléchi aux cinquante façons de mettre du cyanure dans mon café du matin pour le plaisir de me voir mourir à petit feu la bave aux lèvres. Et si on décrétait une trêve pour la semaine ? Toute guerre digne de ce nom a ses trêves, non ?

Je pose ma veste et mes dossiers sur le siège arrière et me cale dans le fauteuil pour reprendre mes esprits avant de lui répondre :

— Bien. Alors premi...

Oh, mon Dieu, il a raison. J'arrête net en priant pour qu'il ne s'en soit pas aperçu — ce dont je doute un peu, vu son air encore plus satisfait que d'habitude.

— OK. Je veux dire, d'accord pour le tutoiement, mais on va y aller en douceur pour la trêve. Je préfère rester sur mes gardes, j'ai été bien habituée avec vous... toi !

— A ce point ? lance-t-il en souriant sans quitter la route des yeux.

— Mon père m'a toujours dit : « Méfie-toi des chiens qui ont des dents, ils pourraient mordre. »

Il rit franchement.

— Et que dois-je comprendre ?

— Qu'un chien a *toujours* des dents, que c'est dans sa nature de mordre et qu'il faut donc *toujours* se méfier.

— Et c'est à ça que je te fais penser ?

— Exactement.

Il sourit et un nouveau silence s'installe, plus apaisant, celui-là. Je souris en coin et je dis:

— Oh! à propos, c'est le jus d'orange.

— Pardon? fait-il en me lançant un coup d'œil de côté.

— La meilleure façon d'administrer le cyanure. Je me suis renseignée, c'est pas dans le café mais dans le jus d'orange. De toute façon, quand j'arrive, tu as déjà fini ton café. Et donc sur les quarante et une façons que j'ai étudiées, le jus d'orange gagne haut la main...

Sur quoi j'allume la radio et souris à pleines dents.

— En parlant de chien qui mord..., dit-il en accélérant.

A défaut de la guerre, je viens de remporter une petite victoire. «Contente-toi de peu si tu veux être heureuse.» Encore l'un des conseils à la con de mon père. Mais ce matin, enfoncée dans mon confortable siège en cuir, je le trouve soudain très pertinent.

Après trois cents kilomètres de trajet plutôt paisible à discuter du dossier (on ne s'est presque pas écharpés sur les choix musicaux mais, à vrai dire, mon éclectisme en la matière nous a sûrement facilité les choses), on décide enfin de faire une pause. Il est 9h40, je commence à piquer un peu du nez à cause du manque de sommeil couplé aux médicaments contre le mal des transports, et grignoter quelque chose va me faire le plus grand bien. Le petit déjeuner est agréable. Il fait soleil, on mange sur la terrasse. Julien ne cesse de m'étonner, moi qui l'aurais plutôt cru du genre à stresser ses passagers et à ne tolérer qu'une pause pipi toutes les quatre heures, il prend son temps, s'installe et sirote son café sans quitter ses Ray-Ban. Quand on revient devant la BM, il me met les clés sous le nez.

— Tu te sens de conduire?

Il croit quoi? Je lui prends le trousseau des mains et monte côté conducteur.

— A ton avis? Tu crois que je panique parce qu'elle est trop grosse?

— Non, je ne pense pas que ce soit ton genre..., dit-il en prenant la place du mort.

En fait, oui, je panique un peu. Mais ça, je ne l'avouerais pour rien au monde.

Je respire un grand coup et regarde les commandes tout en cogitant sur le nombre de mois (ou d'années) de salaire que représenterait un accroc dans la carrosserie de cette merveille. Ouf, c'est pas une boîte automatique. J'arrive à sortir en marche arrière sans encombre et lui jette un coup d'œil. Il a l'air de sourire, mais c'est difficile de déchiffrer son expression derrière ses lunettes noires. Je le hais, c'est ça, c'est la seule explication plausible à cette espèce d'allergie constante que j'ai en sa présence.

Nous roulons depuis un petit bout de temps déjà, le dossier est presque prêt. Dans un accès incontrôlé de jeunesse et de fougue, je me risque à nous complimenter:

— Waouh, on a bien avancé, bon boulot!

Il s'arrête de taper sur l'ordi et me regarde par-dessus ses lunettes.

— C'est bien la première fois que tu associes «on» et «bon» dans la même phrase. Est-ce que j'aurais une chance d'échapper au cyanure?

— Eh bien, le verdict n'est pas définitif, mais on a décrété une trêve, je crois, non?

— Exact, alors maintenons-la.

Vers 14heures, morts de faim, nous nous accordons une nouvelle pause. En ouvrant la portière, je suis frappée par la chaleur et bénis la clim.

— Bienvenue dans le Sud, dit-il.

— On n'est plus qu'à une heure de route. Tu es sûr que tu veux déjeuner? On peut se dégourdir les jambes cinq minutes et y aller directement.

— Je ne sais pas toi, mais moi, je ne suis pas spécialement pressé de voir ma mère. Et puis j'ai faim. Donc on fait vite si tu veux, mais je ne repars pas sans avoir mangé quelque chose.

J'acquiesce et descends de la voiture sans pouvoir m'empêcher de commenter:

— Le retour de l'enfant prodigue! Ce doit être un plaisir pour ta maman de t'accueillir à la maison, non?

Il fait le tour de la voiture et m'attrape par le bras avec une force qui me surprend.

— Je ne t'autorise pas à juger ce que tu ne connais pas, alors garde tes réflexions pour toi. Tu gères ta vie et moi la mienne, OK?

Je secoue mon bras pour l'arracher à son étreinte. Il ne me fait pas mal, mais je n'aime pas me sentir piégée.

— On montre de nouveau les crocs?

Je ne peux pas voir ses yeux, toujours cachés derrière ses lunettes sombres. On marche vers le resto en silence.

A table, il semble se détendre et relève même ses lunettes sur la tête (alléluia, revoilà ses yeux verts) pour me dévisager. Bon, finalement, j'aimais mieux les lunettes. Les miennes me protègent du soleil mais pas de son regard. Note pour plus tard: changer pour une paire de verres plus sombres.

— Désolé pour tout à l'heure. Je n'aurais pas dû réagir comme ça.

Je reste muette. Des excuses, une première.

— J'ai peut-être été indélicate. Sûrement même. En tout cas tu as raison, je n'ai pas à juger ce que je ne connais pas.

J'ai cru qu'il allait se confier mais, encore une fois, mon optimisme me perdra car, au lieu de ça, il demande:

— Alors, qui allons-nous retrouver exactement à ce mariage? Ton frère Jean, je suppose, et sa femme Carole?

— Oui, ils y seront, bien sûr. Ils arrivent lundi aussi et passent la semaine avec nous.

— Je m'en doutais un peu. Et qui sont les témoins? Ce petit prétentieux de Matthieu?

A ces mots, j'agrippe ma fourchette en plastique comme si j'allais la lui planter dans la main. Matthieu, prétentieux ? C'est vraiment l'hôpital qui se fout de la charité !

— Waouh, relax ! Tu en pinces encore pour lui à ce que je vois ! C'est vrai que vous avez eu une histoire ? Ou même plusieurs histoires ?

— Si j'« en pince » pour lui ? Qui emploie encore ce genre d'expression aujourd'hui ?

— 1-0, je retire. Mais tu n'as pas répondu à ma question. Vous êtes sortis ensemble, non ?

— Une ou deux fois, oui.

— Seulement ?

— Ou plus, j'en sais rien, je ne tiens pas les comptes.

— Le pit-bull montre les dents...

— Décidément, j'aurais mieux fait de la fermer avec mes histoires de chiens.

— Qu'est-ce qui n'a pas marché ?

— J'en sais rien, dis-je en toute sincérité. Peut-être qu'on n'était simplement pas prêts ?

— C'est des conneries, ça. Il n'y a pas de sonnerie intérieure qui annoncerait l'ouverture des soldes. Désolé, chérie, mais ce genre de trucs n'existe que dans les films.

— Arrête de m'appeler « chérie ». On suspend les hostilités, d'accord, mais deux fois « chérie » dans la même semaine, c'est trop, même pour mes nerfs pourtant bien rodés à ton contact.

Je finis mon repas et secoue le plateau au-dessus de la poubelle.

— Oh ! si on ne peut plus plaisanter..., dit-il en vidant son plateau à son tour. OK, j'arrête ! Dommage, j'aime bien te voir démarrer au quart de tour !

Je me retourne, furieuse.

— Quoi ? Je déteste qu'on dise ça ! C'est complètement idiot de s'amuser à énerver les gens...

— Très bien ! dit-il en souriant. Un jour, tu me feras la liste de ce que tu aimes et de ce que tu détestes... Ça ira plus vite.

— Certainement pas ! Il est hors de question de donner des arguments à l'ennemi.

C'est sorti tout seul et je regrette d'avoir employé ce mot.

— Un ennemi ? C'est comme ça que tu me vois ? demande Julien.

— Non, je ne te vois pas, c'est tout. Sauf dans mes cauchemars.

— Moi aussi, je t'ai déjà vue quand je dormais, mais ça n'avait rien d'un cauchemar. Ni pour moi ni pour toi, d'ailleurs...

Je le regarde en biais, il a un sourire énigmatique. Nous montons en voiture, il se met côté conducteur, ce qui me va car cet échange m'a épuisée.

C'est quoi cette nouvelle façon de me parler par allusions sexuelles à peine voilées ? La fatigue commençant à se faire sentir, je renonce à entrer dans son jeu... et je m'endors, bien calée sur mon siège moelleux, bercée par la musique douce.

— On est arrivés, ma belle.

« Ma belle » ? La voiture, le voyage, la clim, Julien: tout me revient comme une vague. J'ouvre les yeux en faisant comme si j'étais parfaitement réveillée, mais je dois encore avoir la trace de la ceinture sur ma joue.

— Tu m'as appelée « ma belle » ?

— Ah oui ? J'ai fait ça ? Une erreur de jugement, sûrement.

Mais pourquoi je le cherche, dites ? Pourquoi ? Je ne peux pas fermer ma grande gueule, juste une fois ?

Il gare la voiture devant chez mon père. Je descends et, pendant que je m'étire discrètement, il va ouvrir le coffre et en sort ma valise — miniature, je reprécise — et mon vanity. Je ne sais pas quoi lui dire et il m'épargne la peine de réfléchir plus longtemps.

— Repose-toi bien pour être en forme lundi, pour la future mariée et pour moi. Professionnellement, j'entends, précise-t-il avec un grand sourire.

Je lui rends un sourire qui ressemble sûrement plus

à une grimace et qui le fait éclater de rire alors qu'il remonte dans sa voiture.

Lorsqu'il démarre, je sens toute la fatigue accumulée cette année tomber sur mes frêles épaules.

Mais j'ai à peine le temps de m'apitoyer sur moi-même puisque la porte s'ouvre à la volée derrière moi sur Museau, notre vieux labrador noir, qui déboule en courant. Je sais que je ne devrais pas m'en vanter, mais c'est moi qui lui ai trouvé son nom quand on l'a adopté. J'avais 15 ans et lui tenait à peine sur ses pattes. Jean voulait l'appeler Truffe — ben oui, quand on est jumeaux, on a parfois des tares communes — et quand on a tiré à la courte paille, la mienne était la plus longue. Ça a donc été Museau.

Museau, qui aujourd'hui me fait la fête en bonne et due forme, avec Carole juste derrière. Elle me serre dans ses bras.

— Je n'y ai pas cru quand tu m'as dit que tu arrivais finalement en voiture ! Faut être folle pour faire la route par cette chaleur, et puis le train aurait été plus pratique, non ?

— Bonjour, Carole, comment tu vas ? dis-je en l'étreignant et en lui faisant la bise. Jean ne t'a pas dit ? Je n'ai pas vraiment eu le choix. C'est son psychopathe de copain qui voulait profiter du trajet pour bosser, et je crois que monseigneur n'aime pas voyager avec le commun des mortels.

— Julien ? Il est déjà reparti ? Il aurait pu prendre le temps de dire bonjour ! Bon, j'imagine qu'il devait avoir hâte de retrouver sa mère.

— Je ne crois pas, non. La prochaine fois qu'il se précipitera pour voir sa mère, je crains que ce soit à ses funérailles, pour peu qu'il y ait un héritage, bien sûr, dis-je en souriant, contente de mon mauvais esprit et le maudissant d'être enfin revenu alors que Julien n'est plus là pour en profiter.

— Mais quelle peste, c'est pas vrai ! fait une voix derrière mon dos. Salut, petite sœur !

— *Grande* sœur !

Je le serre dans mes bras et il me regarde comme si je revenais d'un pays en guerre.

— Je suis épaté, je n'aurais jamais cru que vous arriveriez tous les deux entiers à destination. Allez, sœurette, avoue: tu as enterré le corps ? Et la voiture avec, j'imagine ? Trop forte !

Je ris pendant que Jean prend ma valise, et Carole, mon vanity. Bras dessus, bras dessous, on entre dans la maison, précédés par Museau.

— Qu'est-ce qui te faisait dire qu'on allait s'étriper ? Si ça se trouve, nos relations se sont améliorées et tu n'en sais rien.

— Ça m'étonnerait ! J'ai régulièrement Julien en ligne, tu sais.

— Pardon ?

— Qu'est-ce qui t'étonne ? Que je l'ai en ligne ou qu'on parle de toi ?

— Un peu les deux, en fait.

— Rien de bien sérieux, je te rassure. On s'est beaucoup parlé pour l'enterrement de vie de garçon de Paul, le mois dernier. Julien a plus de contacts à Londres que Matthieu et moi, et il nous a bien aidés pour l'organisation. Et donc, quand je l'ai, j'en profite pour lui poser des questions sur ma sœur. Je m'inquiète pour toi, seule à Paris.

Il me pose un bras protecteur sur l'épaule.

— Tu n'as pas à t'inquiéter, Jean...

— Je sais, me coupe-t-il (décidément, c'est une manie), c'est ce que Julien m'a dit. Il a même ajouté que c'était plutôt la population masculine de Paris et des alentours qui avait du souci à se faire.

— Oh ! Je...

— Bonjour, ma chérie.

Cette fois, c'est mon père qui m'interrompt, mais c'est sans doute mieux comme ça.

— Bonjour, papa.

Recâlins. On le suit tous sur la terrasse pour un petit

pastis, comme au temps de Pagnol, où rien ne change et surtout pas la douceur de vivre.

Après un long repas émaillé d'anecdotes synonymes de retrouvailles familiales, je vais me coucher pour ma première bonne nuit de sommeil depuis... eh bien, une année, je dirais.

Dimanche matin: ça commence, mon téléphone sonne.

— Tu es arrivée?!

La voix surexcitée de Sophia me vrille les tympans et je baisse frénétiquement le volume de l'iPhone pour éviter la surdité.

— Oui, ma chérie, depuis hier soir!

— Oh! Lydia, j'ai trop hâte de te voir. Lundi, ça va être long, j'ai tellement besoin de toi!

Heureusement que j'ai bien dormi car je sens que je vais avoir besoin de toutes mes capacités mentales et physiques. Mon instinct de survie me dicte de profiter pleinement de ce dimanche avant une semaine qui promet d'être longue. Très longue. Je réussis à raccrocher après avoir rassuré Sophia en lui répétant cinquante fois que oui, tout allait se passer comme prévu. C'est le moment que choisit mon téléphone pour émettre le «ping» d'un texto:

Encore en vie?

Maïa.

Oui merci.

Je parlais de lui.

Ah ah.

Tu en as profité pour faire ce que je t'ai dit?!?

Non!!

OK, moi je dis ça, je dis rien…

Eh ben, dis rien.

… en tout cas amuse-toi comme une petite folle et oublie un peu Matthieu.

Quoi????

T'as très bien compris.

C quoi ce délire? C nouveau? Depuis quand t'as un pb avec M.?

Avec M.depuis jamais, C avec toi que G un pb. Tu veux une vraie vie, alors regarde les choses en face, C pas avec lui que tu l'auras, il sera jms prêt.

Et t'attends de me le dire par texto C ça?

+ facile.

Et en draguant Julien je me cale sur un projet de «vraie vie» tu crois?

Non ms au moins tu t'éclates. Relis la 1re partie du texto: «amuse-toi comme une folle».

T barrée complet ma pauvre.

Moi aussi je t'aimeu.

Je pose l'iPhone et descends me mettre à l'ombre sur la terrasse. J'y trouve Carole, seule avec son café et un magazine. Un grand classique du dimanche matin à Mauguio: les femmes profitent de la solitude à la maison tandis que les hommes vont au marché. Et si on les cherche d'urgence, on sait qu'ils sont au bar de la place de la Mairie avec des voisins ou des copains. Nettement plus simple que la vie parisienne.

Carole lève le nez de son magazine.

— Alors, bien reposée?

— Oui, super, merci. Ça fait du bien d'être ici, j'ai dormi comme un bébé.

— Retour aux sources...

— En quelque sorte. Et toi, alors, comment tu te sens?

Je sais que depuis leur mariage Carole et Jean essaient d'avoir un enfant, et même si nous n'avons jamais vraiment abordé le sujet toutes les deux, j'ai cru déceler quelques difficultés. Sa mine sombre de ce matin semble le confirmer.

— Moi ? Ça va.

Je laisse planer un léger silence, ce qui, en général, fonctionne plutôt bien quand quelqu'un a besoin de se confier… D'ailleurs, ça ne loupe pas.

— Non, en fait, ça va pas du tout. J'étais persuadée que cette fois-ci ça avait marché, et ce matin j'ai fait un test. Je l'ai acheté cette semaine à la pharmacie et je voulais attendre le dernier moment pour le faire.

Elle soupire et j'attends la suite en l'encourageant du regard.

— Et rien. Je suis indisposée, lâche-t-elle dans un léger sanglot.

— Ma chérie, je suis désolée, dis-je en faisant le tour de la table pour la prendre dans mes bras.

— C'est rien, c'est pas grave, une autre fois… Enfin la vérité, c'est que j'en peux plus des « la prochaine fois ». Et si ça ne marchait jamais ? Et si on ne pouvait pas avoir d'enfants ? C'est tellement important pour moi, mais c'est surtout pour Jean… Je sais que ça compte énormément pour lui.

— Ah bon ?

— Tu sais, vous êtes à la fois très semblables et très différents, tous les deux. Il n'a pas ta force, et quand je vois la manière dont il regarde les bébés, ça me fend le cœur. Il a tellement d'amour à revendre…

— Oui, je vois ce que tu veux dire. Peut-être aussi qu'il a quelque chose à combler. J'avais peur que le départ de notre mère l'ait affecté au point qu'il ne veuille pas avoir d'enfants, et puis il t'a rencontrée. Avec toi, c'est différent, il sait que tu n'es pas *elle*, il te fait confiance et il sait qu'il peut retrouver la structure familiale qui lui a manqué.

Je m'arrête de parler et je m'aperçois que Carole me dévisage.

— Waouh, depuis quand tu donnes dans le psy ? Ça vient d'une de tes séries à la con ou quoi ?

On éclate de rire toutes les deux, ce qui nous fait du bien et semble arrêter ses larmes.

— Non, dis-je en lui replaçant une mèche derrière l'oreille, mais je change, moi aussi. Et puis j'adorerais être tata, d'ailleurs, je suis sûre que je le serai bientôt et que j'assurerai dans le rôle !

— Oui, ça, je n'en doute pas, pour les bêtises surtout...

— Entre autres, mais... crois-moi ou non, ça commence à me travailler aussi.

— Eh bien, on peut dire que la vie parisienne te réussit finalement !

On rit de plus belle. C'est le genre de petits moments précieux qui ne sont pas forcément les plus drôles, mais où la proximité de ceux qu'on aime suffit à nous faire du bien.

La journée passe à toute allure, ponctuée d'une douzaine de coups de fil de Sophia qui veut savoir comment je vais, quand j'arrive, ce que je pense de tel élément de déco... Je reçois aussi trois textos de Julien qui me demande des précisions sur le dossier. Bref, quand arrive le soir, je suis vannée avec une seule envie: retrouver mon lit.

En attendant, je regarde le soleil se coucher au-dessus des maisons d'à côté et, pour la première fois depuis que je suis arrivée, je sens déferler une vague de nostalgie. Je suis bien ici. Je n'ai aucune idée de ce que me réserve l'avenir. Je ne sais pas si je garderai mon travail, si je resterai à Paris, si j'abandonnerai tout, si j'aurai des enfants, si je pardonnerai à ma mère, si Carole aura des enfants, si les fleurs de Sophia seront encore fraîches pour le mariage, si Matthieu me regardera différemment, si je coucherai avec lui, si j'enverrai chier Julien définitivement. Tout ça me semble soudain secondaire, comme si trop de questions tuaient les questions. Comme si tout ça n'avait pas d'importance. Pour moi, ce soir, tout est possible. Je le sais, je vais prendre ma vie en main et demain le monde m'appartient.

Je crois n'avoir jamais aussi bien dormi de toute mon existence.

4. Le début des emmerdes…

Lundi matin. Une voix familière résonne dans la cuisine, d'où émane une délicieuse odeur de café. Ben quoi ? Ce n'est pas parce que je n'en bois pas que je n'en aime pas l'odeur. Laissez-moi être comme tout le monde, au moins au réveil !

Au réveil ? J'émerge doucement de ma torpeur et j'attrape mon iPhone à bout de bras. 7heures ? Mais qui est le malade qui braille dans la cuisine à une heure pareille ?

Je me lève et m'apprête à descendre quand j'identifie enfin ce timbre familier qui m'a sortie du sommeil. Julien ! Changement de programme, je ne descends pas: direction la salle de bains pour une beauté express. Hors de question de sortir de là avec les cheveux en vrac et une haleine pas fraîche.

J'ai aussi l'impression désagréable que la nuit a éliminé mes belles résolutions du coucher du soleil. Tout me paraît soudain aussi stressant qu'avant mon départ. Mais je réfléchirai à ça plus tard, il faut que je me grouille. Mais d'abord, pourquoi il est là, bordel ? Ah oui, il a dit qu'il passerait me prendre. Mais à cette heure-là ? Et Matthieu ? Il est arrivé ? Bon, il faut absolument que je mette mes pensées en ordre et que je me calme.

Je prends une douche rapide, me lave les dents, mets une touche de parfum, un zeste de mascara et passe une petite robe en coton simple avec des talons compensés. C'est bon, je suis parée pour la bataille. Ou bien est-ce que j'ai juste fait ça pour Julien ? J'ai beau me dire qu'il n'y a pas de mal à vouloir être toujours à son avantage, j'entends le rire de Maïa qui résonne dans ma tête.

J'entre dans la cuisine en lançant un « bonjour » à la cantonade. La cantonade, c'est Julien, Jean et mon père, assis devant un solide petit déjeuner, dans une ambiance apparemment légère et décontractée. Enfin, plus maintenant, on dirait. C'est moi qui les crispe ou quoi ? Pourquoi ils me regardent comme ça ?

— Salut, sœurette. Eh ben, dis donc, elle est courte cette robe !

Je regarde ma robe et m'aperçois qu'effectivement il y a longtemps que je ne l'ai pas mise et que soit elle a rétréci au lavage (hypothèse ô combien probable vu que j'ai la fâcheuse manie de tout mettre au sèche-linge plutôt que d'opter pour le séchage naturel, dix fois plus long et… enfin bref, je ne vais pas développer, vous avez compris), soit j'ai pris un peu de poids et, par un système de vases communicants, le tissu prend plus de place au niveau des fesses et donc…

Oh, et puis merde, je ne suis pas à poil non plus, on est dans le Sud, j'ai même pas 30 ans, donc j'en profite. Et puis j'adore cette robe. C'est mon père qui clôt le sujet.

— Tu es très belle, ma fille. Cette robe te va très bien.

— Bonjour, dit simplement Julien en avalant son café de travers.

Jean lui tape dans le dos pour l'aider à tousser.

— Eh, remets-toi, Ju ! Tu devrais être habitué, tu la vois tous les jours !

— Oui, mais pas dans une tenue aussi *province*.

J'ignore ce qu'il entend exactement par « *province* », mais rien de très bon, j'imagine.

— Ouais, t'as raison, dit Jean en souriant.

Ah ? Apparemment, lui, il a l'air de comprendre ce qu'il a voulu dire. Il semblerait donc que je sois la seule à ne pas avoir le bon décodeur.

— Tu veux du café, chérie ? me demande mon père.

Navrant, ça fait dix-huit ans qu'il sait que je n'en bois pas, mais je crois qu'il n'enregistrera jamais l'information.

— Elle n'en boit pas, se charge de lui rappeler Julien, qui se tourne vers moi. Lydia, prends ton chocolat et dépêche-toi, s'il te plaît. Il y a une heure de route et je pense que, si tu ne t'occupes pas de Sophia, Paul risque de se suicider pour éviter qu'elle le fasse, elle. A une semaine du mariage, je ne voudrais pas être responsable d'une tragédie à cause d'un malheureux chocolat chaud.

— Mais qu'est-ce qu'elle a, enfin ? Tout va bien ! Je l'ai eue dix fois au téléphone hier, elle est tendue, c'est tout. Ça, c'est bien les hommes: elle s'occupe de tout et gère seule leur mariage, et après, vous vous étonnez qu'elle soit *un peu* stressée.

— Rien à voir, répond Julien, pragmatique. Elle a reçu un mail cette nuit: son photographe a déposé le bilan et n'a pas osé lui dire en face qu'il n'assurera pas le mariage. Donc Sophia a décrété qu'il était trop tard pour en trouver un autre et qu'elle préférait tout annuler. Paul attend que les magasins ouvrent pour passer des coups de fil, quitte à payer le double, mais Sophia a déjà accroché une corde à son cou et s'apprête à sauter dans le puits du jardin pour mettre fin à ses jours. Donc il «gère», lui aussi, comme tu dis, mais là je crois que ta copine a pété une durite pour de vrai.

C'est sarcastique ça, non ? Je ne rêve pas: à 7heures du mat, douché et rasé de frais, monsieur est sarcastique.

— Oh, merde ! Mais pourquoi je ne suis pas au courant ?

— Sophia n'a pas voulu t'appeler pour que tu puisses arriver reposée et trouver une solution miracle. Elle a donc demandé à Paul de m'appeler parce qu'elle savait qu'on venait ensemble et que, visiblement, mon sommeil à moi, elle s'en fout.

— Ou alors elle sait que tu ne dors jamais, dit Jean, me volant ma réplique au passage.

— Bon, OK, je prends mes affaires et on part. Vous venez avec nous ?

— Non, Carole dort encore, elle est crevée en ce moment, je préfère ne pas la réveiller si tôt. Papa ?

— Oh ! non merci, très peu pour moi, toute cette agitation. Je viendrai samedi pour le mariage et je repartirai dans la nuit pour dormir chez moi, au calme. Débrouillez-vous, les jeunes.

— Bien, je vois que les rats quittent le navire, dis-je en souriant.

— Il te reste un rat, rectifie Julien: en tant que chauffeur personnel, je suis embarqué dans ta galère.

— Mais la différence, c'est que tout ça t'amuse follement, non ? Ou, au mieux, que tu n'en as rien à foutre, de cette histoire.

— Mais qu'elle est vulgaire ! s'exclame-t-il en adressant à mon père un regard faussement outré.

Puis il se tourne vers moi, de nouveau sérieux.

— Détrompe-toi, Lydia. Je sais bien qu'un photographe, c'est l'âme d'un mariage, et je suis navré de ce qui leur arrive. Mais je ne me jetterais pas dans un puits pour autant. Par contre, effectivement, je ne te cache pas que je suis impatient de voir par quel miracle tu vas les sortir de cette crise. Je sens que je vais m'amuser cette semaine, conclut-il en se levant.

Je me lève à mon tour pour être à sa hauteur et plante mon regard dans le sien.

— Je te hais.

— Mais quelle agressivité, ma belle ! Vous voyez ce que je subis chaque jour ? lance-t-il à mon père, un sourire aux lèvres.

— Oh oui, on s'en doute ! répond mon père en souriant plus discrètement. Pour ça, je te tire mon chapeau. Mais j'ai comme l'impression que tu t'ennuierais sans elle, je me trompe ? Même si elle est dure comme du bois, rien ne vaut une tête bien pleine, surtout quand en plus elle est jolie comme ça.

Hein ? Non mais je rêve ?

— Hé, ho ? Je suis encore là ! Bon, je vais préparer mes affaires, il y a un excès de testostérone dans cette pièce qui m'empêche de finir mon petit déj.

J'entends des rires dans mon dos tandis que je monte dans ma chambre, et je résiste à la tentation de rebrousser chemin pour aller coller mon oreille à la porte. Et puis Sophia m'attend, c'est le plus important. Je monte donc l'escalier quatre à quatre.

On arrive au domaine en une petite heure, que je mets à profit pour réfléchir. A voix haute, en fait, et avec l'aide inespérée de Julien. On en vient rapidement à la conclusion qu'un photographe libre est soit incompétent, soit paraplégique, soit extraterrestre. On fait le tour des invités pour voir si quelqu'un peut assurer l'intérim, mais on abandonne l'idée au bout de dix kilomètres: trop contraignant s'il est bon, ou trop risqué s'il est mauvais.

A force de discuter, je ne vois pas le trajet passer et j'ai le souffle coupé quand on arrive au domaine. Splendide. Que dis-je ? Epoustouflant ! La perfection. On dirait un film. Un immense portail donne sur une allée bordée de platanes qui elle-même mène à un mas en pierre, qui ressemble en fait plutôt à un château en « U », avec deux ailes qui abritent sans doute des chambres. Après avoir contourné le domaine à pied, on arrive au creux du « U », où se dresseront probablement les tonnelles pour la cérémonie et le repas.

On décide de suivre des bruits de voix qui viennent d'un renfoncement, un peu plus haut.

— C'est magnifique, dis-je dans un souffle.

— Oui, c'est pas mal, répond Julien.

— Pas mal ? Arrête de faire ton blasé pour une fois. Ça te coûte quoi de reconnaître que c'est vraiment beau ? Ou alors tu as vu tellement de choses que plus rien ne t'émeut ?

— Non, ça va, OK, c'est beau. Je fais pas mon

«blasé». Quand je dis «c'est pas mal», ça veut dire que c'est beau. Oh, et puis merde, pourquoi je me justifie ? râle-t-il en grimpant d'une enjambée le petit dénivelé.

Et je fais comment, moi, avec mes compensées ? Il me tend la main. C'est nouveau ça: galant. Je la lui prends, il tire d'un coup sec et je me retrouve propulsée contre lui. Stéréotype à deux balles, on se croirait dans un Harlequin. Mais bon, en fait, je dois bien avouer que c'est agréable. Visiblement, mes hormones se réveillent et je me verrais bien en train de caresser son torse... Wouwouwou, on se calme ! *Maïa, sors de ma tête !* Cela dit... ça a dû durer trois secondes, mais j'ai eu l'impression que la situation ne le laissait pas de marbre non plus. Je préfère ne pas m'éterniser sur la question.

— J'ai une idée ! dis-je en prenant appui sur lui pour me reculer (et m'éloigner de ses pectoraux spectaculaires, enfin passons).

— Une idée ?

— Oui, pour le photographe !

Allez savoir pourquoi, mais c'est toujours dans les pires situations que j'ai des révélations. Je renonce à comprendre comment mon cerveau fonctionne: peut-être aura-t-on la réponse quand j'en aurai fait don à la science... Enfin, en attendant, j'ai une idée et je crois qu'elle est bonne.

— Une école de photographes ! dis-je, triomphante. J'ai vu un article dans un magazine, chez mon père, il y en a une qui vient d'ouvrir à Montpellier. Tu crois que ça pourrait coller ?

— Eh bien... Moyennant finance, j'imagine que tout est possible. En tout cas, c'est à tester.

— Ça ouvre à quelle heure, tu crois ? Je peux les appeler maintenant ?

— Oh oui, vu le temps que tu as mis à faire ta valise et le temps de venir, c'est sans doute ouvert depuis longtemps !

— Merci d'être aussi enthousiaste, j'essayais seulement de...

— Lydia, tu es là !

Ouf ! Sophia arrive pile à temps, comme si elle savait que la discussion allait (encore) dégénérer. Elle est suivie de Paul, et nous nous embrassons chaleureusement tous les quatre.

— Tu as visité ? me dit Sophia. Tu as vu comme c'est beau ? Je suis écœurée de tout devoir laisser tomber...

Elle se met à pleurnicher. Je joue la carte de l'autorité pour endiguer le flot de larmes qui s'annonce.

— On va trouver une solution. Julien ?

Je n'ai pas le temps de formuler ma question qu'il a compris et me dit :

— Oui, je vais passer un coup de fil, je te tiens au courant.

Je lui murmure « merci » du bout des lèvres et je demande à Sophia de me faire visiter. Ils viennent juste d'arriver également, mais ils connaissent le domaine comme si c'était le leur pour s'y être rendus une bonne trentaine de fois ces derniers mois, histoire de poser toutes les questions existentielles d'usage.

On croise les propriétaires au passage, un couple d'une cinquantaine d'années qui habite une modeste maison secondaire au bout de l'allée.

Je vois que la petite colline où on a rencontré Sophia et Paul mène à la piscine et qu'il y a un chemin moins escarpé pour y parvenir. Comme tout le reste, la piscine est surprenante et même franchement magnifique, avec ses pierres rouges qui flamboient au soleil du matin.

Je suis Sophia et nous descendons lentement vers le château.

— Alors, comment tu vas ? me demande-t-elle. Ça a l'air d'aller mieux avec Gueule de con, non ?

Je rigole.

— Oui et non, en fait, on a décrété une trêve pour la semaine, mais les hostilités ne sont jamais loin. Bon, parlons d'autre chose : cette semaine, l'essentiel, c'est toi ! Tu aurais dû m'appeler dès que tu as su, pour le photographe. Je suis témoin, c'est mon rôle de t'aider, quelle que soit l'heure. Et je te jure qu'entre mon boulot et ce mariage je vais assurer comme une bête !

— Comment ça, ton boulot ?

Oh là, c'est pas bon signe, Sophia s'est arrêtée et me retient par le coude. Paul ? Julien ? Il n'y a donc aucun homme pour me protéger quand j'ai besoin d'eux ? Elle me dévisage d'un air accusateur.

— Non, ne t'inquiète pas, ma chérie. C'est juste qu'on est en pleine fusion avec l'Afrique et qu'on attend un coup de fil important pour clore le dossier. Mais ce sera l'affaire de cinq minutes. La priorité, c'est ton mariage !

— Il y a intérêt ! Je vais lui péter la gueule, moi, à ce connard de Julien ! Paul m'a dit qu'il avait changé, mais c'est toujours la même saloperie de sociopathe, on dirait. Comment il ose te faire bosser pendant ta seule semaine de congé de l'année ?

— Et c'est toi qui me dis ça ? Tu n'as jamais su le sens du mot « vacances » et depuis que tu bosses à Londres, c'est encore pire. Ne t'inquiète pas, on sait ce qu'on fait et je saurai canaliser Julien.

— Mouais. A vrai dire, je ne sais pas ce qui m'inquiète le plus entre savoir que tu n'es pas réellement en vacances et le fait que tu prennes sa défense...

— Mais n'importe quoi, je ne prends pas sa défense, je t'explique juste que...

Mais je n'ai (encore une fois) pas le temps de finir ma phrase, qui est interrompue par une voix aussi familière qu'irritante.

— Ah, les filles ! Vous êtes là !

Je me retourne pour voir débouler droit sur nous... Angélique.

— Angie ! lâchons-nous en chœur, avec la même grimace.

Je profite de ce que la nouvelle arrivante est occupée à extraire sa valise du coffre d'une voiture pour marmonner:

— Euh, Sophia ? Qu'est-ce qu'elle fait là ? Elle était pas censée venir samedi comme les autres ?

— Il faut que je te parle de quelque chose, Lydia. Je suis désolée, je croyais que j'aurais le temps mais...

Angie est à côté de nous mais nous envoie une bise distante de la main, telle une superstar distribuant avec parcimonie quelques touches d'intimité à ses fans. C'est plus fort que moi, Angie me fait chaque fois cet effet-là. Le temps que cette réflexion arrive à mon cerveau et tout en cogitant sur le fait que Sophia me cache visiblement quelque chose, je vois la portière de la voiture dans laquelle Angie est arrivée s'ouvrir côté conducteur. Une boule se forme dans mon ventre. Matthieu ? Qu'est-ce qu'il fout là ? Il y a du nouveau et personne n'a cru bon de me prévenir ? N'étant pas complètement idiote, je comprends tout de suite: il n'y a qu'une valise.

Matthieu dit quelque chose à propos de garer la voiture plus loin, s'approche de nous avec un grand sourire et passe son bras autour de la taille d'Angie en même temps qu'il fait la bise à Sophia et la complimente sur le domaine. Angie resplendit, Sophia semble au bord de la crise de nerfs et Matthieu est tendu comme un string. Et moi ? Eh bien, comment vous dire ? Je n'en ai aucune idée. Mon cerveau m'enjoint de me reprendre, en commençant par fermer ma bouche restée ouverte en forme de « O », et de continuer comme si de rien n'était. Un fantasme bienveillant me fait croire que, moi aussi, je resplendis dans cette robe en coton trop courte, mais la réalité reprend vite le dessus et j'arrive à grand-peine à limiter les dégâts et à reprendre ce que je crois être une expression neutre. En d'autres termes, j'ai l'air complètement abrutie.

Matthieu et Angie nous disent qu'ils vont mettre les valises dans *leur chambre*, et j'abandonne très vite l'espoir qu'ils aient parlé au pluriel.

Je me retourne vers Sophia, furieuse.

— Tu étais au courant et tu as oublié de me le dire ?

— Hé, ho, ça va, doucement. Je n'ai pas « oublié ». Je n'ai juste pas trouvé le moment opportun, c'est différent.

Et puis de toute façon, c'est pas l'homme de ta vie, non ? La dernière fois qu'on en a parlé, tu disais avoir tourné définitivement la page. Ne me dis pas que tu as rechangé d'avis ? C'est n'importe quoi, cette histoire, même Maïa est d'accord avec moi. Pour une fois...

— Ah ben oui, c'est quand ça vous arrange. Depuis quand vous vous parlez, au fait ?

— Il te reste de vagues souvenirs de mon dernier passage à Paris ? Eh bien, on a parlé au bar, entre deux verres de vodka, à dix centimètres de toi. Et on ne s'est pas cachées, hein, c'est juste que ton cerveau n'a pas dû capter toute la conversation.

— Ha ha.

La voiture de Damien arrive et interrompt opportunément cet échange d'amabilités. Impossible de rater son Opel Corsa millésimée 1998 (ou peut-être avant) et son style de conduite inimitable, en témoignent les trois pots de fleurs renversés dans l'allée centrale. Il sort en claquant une portière qui manque de se détacher (laissez-moi exagérer si je veux).

— Salut, les gonzesses !

Je n'ai jamais pensé qu'il deviendrait beau un jour, mais, quand même, un homme peut parfois acquérir un certain charme avec l'âge... Ah, que la nature est ingrate ! Dans son cas, on ne peut pas vraiment dire que le vilain petit canard se soit changé en un beau cygne. Il est maigre comme un clou et porte des lunettes qui lui donnent un air intello alors qu'il était le cancre de notre petit groupe. Le moins sportif de la planète aussi ! Du village, du moins. Blessé à chaque nouveau sport : doigt fracturé au volley, épaule luxée en athlétisme... j'en passe et des meilleures. Une légende ! Mais bon, il est adorable. Et puis il a sa propre boîte d'assurances et semble bien réussir. Alors pourquoi sa Corsa pourrie ? Allez savoir. Il fait partie de ces gens qui se foutent des apparences et c'est aussi pour ça qu'on l'aime. D'ailleurs, c'est sûrement lui qui a raison.

On discute quelques minutes, on se raconte notre

vie et on se rend dans le salon, dans le patio, où des rafraîchissements nous attendent. Paul est déjà là avec Matthieu et — beurk — Angie.

Julien arrive en même temps que nous, me lance un clin d'œil qui me fait de nouveau douter de sa santé mentale et dit à Sophia:

— Bon, il y a une solution. Je viens d'avoir l'école de photographes de Montpellier. Ils proposent d'envoyer deux élèves de troisième année faire un reportage photo pour votre mariage. Ils vont venir au château demain te présenter leur travail.

Sophia pousse un cri de joie et Julien poursuit:

— Attention, apparemment ils sont doués mais ce ne sont pas des pros du mariage. Ils demandent quatre mille euros la prestation pour les deux, ce qui leur permettrait de financer un voyage et les a convaincus d'abandonner leurs projets pour le week-end.

— Pas de problème, je prends! T'es un chef, mec, dit Paul, en lui donnant une accolade virile qui semble tout droit sortie d'une série américaine.

— C'est pas moi, c'est Lydia qui a eu l'idée...

Mais visiblement, personne n'écoute. Sophia la première, qui lui saute dans les bras et l'embrasse. Euh, elle devait pas lui «péter la gueule» pour me faire travailler au noir pendant son mariage?

Il faut vraiment que j'aie une petite conversation avec ma future mariée, moi, entre ça et l'oubli pour Matthieu, c'est plus une valeur sûre, cette fille.

On finit par tous trinquer au rosé au «génie» de Julien qui, sans surenchérir, ne rend pas franchement honneur au mien, de génie.

Au bout d'un moment, Sophia nous explique qu'il y a eu quelques changements de chambres et que le mieux serait que nous allions installer nos affaires pour faire le point et décider de qui dort où. Elle précise que, puisque Angie et Matthieu sont maintenant dans la même chambre, elle en a profité pour modifier la répartition des autres. Ils semblent tous trouver ça normal, grand bien leur fasse. Je m'en fous. Enfin, pas tout à fait: d'après ce que je comprends, ça signifie qu'ils sont ensemble depuis peu de temps! Ce qui change... absolument rien, à vrai dire. Je ne vais pas me taper un mec derrière Angie. Sophia continue de parler et Paul ponctue ses phrases, mais je me rends compte que je n'écoute pas vraiment. Bon, ça va, je suis témoin du mariage, pas responsable de l'intendance, y a pas d'interro écrite après, non? Si? Bof, je verrai plus tard. *Bon, allez, concentre-toi, Lydia.*

— On fait comme ça? conclut Sophia.

Les autres acquiescent. Ma tentative de concentration arrive trop tard. Pas grave, je lui demanderai un briefing une autre fois, pour l'instant, j'ai d'autres chats à fouetter.

— Tu viens chercher ta valise? me demande Julien.

Ah, tiens, il se rappelle que j'existe, celui-là.

— Ben oui, je viens! Elle va pas venir à quatre pattes, non? A moins que tu aies l'improbable galanterie de me l'apporter, mais ça m'étonnerait.

Il soupire mais ne répond rien. On sort ensemble et je laisse éclater ma colère. Je sais bien que ce n'est pas ma semaine, que c'est le mariage de Sophia et que je ne suis *que* son témoin, mais rien ne justifie la tournure merdique que prennent les événements pour moi.

Julien ouvre le coffre et j'aboie:

— Tu te fous de ma gueule? J'espère au moins que tu as savouré ton petit quart d'heure de gloire.

— Je leur ai dit que c'était ton idée!

— Oui, mais pas assez fort! Et puis de toute façon, c'est toi qui as appelé, donc c'est toi le héros quoi que je fasse.

Il sort ma valise et me la met dans les mains. Ouille, elle est petite mais plus lourde que dans mon souvenir. Je la pose par terre en soufflant.

— Et merde, lâche-moi, fait Julien. C'est pour te rendre service que j'ai appelé, la prochaine fois tu te débrouilleras toute seule.

— *Me* rendre service ? Comme si je t'avais demandé quelque chose ! Tout ce que je voulais, c'était que tu prennes leur numéro et... Mais pourquoi on se prend la tête, putain ? Allez, laisse tomber, je suis la pauvre égoïste du coin et toi tu as fait ce qu'il fallait pour sauver ce mariage.

— Et toi, tu vas arrêter un peu ! Je ne sais pas ce que tu as, mais tu étais plus sympa ce matin au réveil et... Ah, mais j'y suis ! dit-il en prenant sa valise avant de fermer le coffre. Evidemment ! Ton humeur de chien, c'est à cause de Matthieu et Angélique !

— Pardon ? C'est quoi le rapport ? C'est dingue, ça peut jamais être toi le problème, c'est toujours les autres !

— Sauf qu'en l'occurrence je crois que c'est le cas et que, pour une fois, je ne suis pas la source de ta mauvaise humeur. Tu es jalouse, ma chère !

Je rêve ou il sourit de manière perverse ? Oh, l'enfoiré...

Il retourne au château en ricanant. Non mais s'il croit qu'il va s'en tirer comme ça... Je le suis.

— Attends deux minutes, Sigmund Freud ! Tu peux pas sortir des conneries pareilles et t'en aller comme un prince sans laisser aux gens le temps de répondre !

Mais il est où ? Il est parti dans l'aile gauche ou l'aile droite ?

Je prends à gauche et je tombe nez à nez avec... Matthieu. Et merde, ma série noire continue.

— Ça va ? me dit-il. Tu as deux minutes pour qu'on discute ? Angie range la valise dans la chambre.

Et remerde.

— Oui, si tu veux.

Comme si j'avais le choix.

On sort par le patio, côté intérieur. J'en profite pour reprendre au passage un verre de ce rosé qui continue de rafraîchir dans ses glaçons et on va à l'ombre d'un arbre, sur un banc.

— Je ne comptais pas te l'annoncer comme ça, mais en même temps, je ne savais pas comment te le dire.

— Quoi ? Que tu es avec Angie ?

Ouais, trop forte, Lydia. Vas-y, fais la fille qui ne voit pas où peut bien être le problème.

— Arrête, fais pas semblant avec moi.

OK, ça marche pas. Plan B.

— Ecoute, tu ne me dois rien, Matthieu, ne t'inquiète pas. On n'est pas ensemble, donc tu n'avais pas à me prévenir, et maintenant tu n'as pas à te justifier. Ça m'a fait bizarre, je ne vous voyais pas du tout ensemble, c'est tout. Enfin, c'est-à-dire que je la voyais avec beaucoup de monde, des fois en même temps, d'ailleurs, mais pas avec toi...

— Arrête, ne sois pas méchante avec elle. Les gens changent, tu sais.

— Waouh, tu prends sa défense ? C'est du sérieux alors ?

— Euh, non, du calme, ne nous emballons pas non plus ! Mais ça fait un mois qu'on est ensemble et ça se passe plutôt bien. Elle est rigolote et agréablement simple, en fait. Contrairement à toi.

J'avale mon rosé de travers.

— Quoi ? Qu'est-ce que j'ai de pas simple, moi ?

— Ben, tu sais bien...

— Ben non, justement, explique !

— Avec toi, j'ai toujours eu l'impression que je ne serais jamais à la hauteur. Tu en voulais toujours plus.

— Mais c'est faux ! Je ne t'ai jamais rien demandé.

— Non, pas demandé, mais je pouvais le sentir. Tu es ambitieuse, tu réussis ce que tu entreprends. Tu voulais quitter Montpellier, aller à Paris. Je me demandais même si Paris n'allait pas être trop petit pour toi, au bout d'un moment. Et moi, je pouvais pas t'offrir tout ça. J'avais juste envie d'une vie simple avec une femme et des enfants. Enfin, tu le sais déjà. Des fois, je me disais que je n'étais pas assez bien pour toi.

— Quel cliché à la con ! Tu te fous de moi ? Tu t'es tapé presque tout le village... Ah ben non, avec Angie, oublie le « presque ». Alors épargne-moi ton numéro de prince charmant, t'es pas crédible.

— Non, ce n'est pas ce que je veux dire. D'accord, j'aime les femmes et je n'avais pas envie de me poser avant, mais je t'assure qu'avec toi j'y ai pensé ! Tu es belle, intelligente, on se régalait au pieu ensemble... Du coup, ça m'a fait flipper, je me suis dit que tu te lasserais et que tu te barrerais un jour. Et ça, c'était au-dessus de mes forces, alors j'ai préféré partir, moi. Désolé, c'est con, c'est lâche, mais je suis un mec et c'est comme ça.

— Tu as fini ?

— Je crois, oui.

— Ça fait beaucoup d'infos à assimiler, là. Quoi qu'il en soit, ne t'inquiète pas. Si tu es bien avec Angie, c'est cool, je suis contente pour vous. La laisse pas te faire passer pour un idiot, c'est tout.

— Je te promets qu'elle n'est pas comme ça. Apprends à la connaître cette semaine, profites-en !

— Oh là, attends, faudrait pas trop m'en demander non plus. Entre mon rôle de témoin et le boulot à gérer avec Julien, ça va être compliqué de la caser dans mon emploi du temps !

— Tu vois, ça fait partie de ce que je te disais. Je ne me suis jamais senti à la hauteur de ton humour et de ta repartie.

— Tu te défendais pourtant bien.

— Oui, mais j'ai besoin d'une fille simple. Qui ne me taille pas tout le temps.

— Ah ben ça, pour être simple...

— Quoi ?

— Non rien, c'est bon, j'arrête. Je te promets d'essayer de faire un effort. Et puis je suis contente que tu viennes me parler comme à une vieille copine.

Il se marre et me prend par la taille pour me faire avancer.

— Pas mal, la vioque, dis donc !

— Hé, oh, ça va ! Je ne flirte pas avec les mecs maqués, moi !

— T'inquiète, c'était pas dans mes intentions. Allez viens, on rentre, sinon ça va jaser.

Il m'a l'air sincère. Quant à moi, j'ai beau plutôt bien faire semblant, c'est moins facile qu'il n'y paraît.

De retour à la maison, il part retrouver Angie et je croise Sophia qui, semble-t-il, me cherchait partout. Elle me prend par le bras.

— Viens, il faut qu'on parle !

— Vous vous êtes passé le mot ou quoi ? Va falloir prendre un ticket si ça continue.

— Quoi ?

— Non, rien, je plaisante. Viens, il y a un joli coin à l'ombre là-bas.

Je l'amène jusqu'au banc où j'étais assise avec Matthieu cinq minutes plus tôt, non sans avoir le réflexe de remplir mon verre de rosé au passage. Indispensable. Un peu ragaillardie, c'est moi qui attaque.

— Je viens de parler avec Matthieu.

— Ah.

— « Ah » ? C'est tout ce que ça te fait ?

— Ben non, raconte.

— Eh bien... Il n'y a pas grand-chose à raconter. Enfin si, mais ce serait long à expliquer. Bref, selon lui, je serais une fille « compliquée » ! Non mais j'aurai tout entendu...

Sophia me regarde en silence du coin de l'œil.

— Quoi ? Ne me dis pas que tu es d'accord avec lui ?

— Tu n'es pas « compliquée ». Mais en même temps, tu n'es pas un modèle de simplicité.

— Je suis une femme ! Par définition, c'est pas simple une femme, non ?

— Non, mais elles ne sont pas toutes aussi ambitieuses que toi. Vous n'étiez pas faits pour être ensemble, c'est tout.

J'en reste bouche bée (et j'en profite pour y faire glisser une gorgée de rosé).

— Alors toi aussi tu voyais notre histoire comme ça ?

— On la voyait tous comme ça. Il n'y a que toi qui ne t'en rendais pas compte.

— Ah oui, quand même... Je t'avoue que ça me fait un petit choc. Bon, enfin, on n'est pas là pour parler de moi ! Mariage, mariage ! Cette semaine, c'est tout pour toi ! Allez viens, on a du pain sur la planche.

Je me lève pour partir, mais Sophia ne décolle pas, le regard fixé au sol.

— Lydia... C'est pas de ça que je voulais te parler, en fait...

Ça a l'air sérieux. Je me rassieds, un peu inquiète. Je n'ai pas le temps d'ouvrir la bouche qu'elle fond en larmes. Je lui caresse les cheveux.

— Mais qu'est-ce qu'il y a, ma chérie ? C'est le photographe ? C'est arrangé, voyons.

Elle s'essuie les yeux et relève la tête.

— Je ne vais jamais y arriver. Je suis à bout de nerfs. En fait, si je ne t'ai rien dit sur Matthieu, c'est parce que je fuyais les discussions sérieuses avec toi. Je... J'avais peur de te le dire, alors je préférais encore attendre qu'on soit face à face.

— Mais me dire quoi ? Qu'est-ce qu'il se passe ?

Je pense déjà au pire: Paul la trompe, elle le trompe... Aucune hypothèse ne me semble plausible, mais bon, je ne suis plus à une surprise près. Une petite voix intelligente au fond de moi me souffle de ne jamais prononcer aucune de ces hypothèses à voix haute.

— Je suis enceinte..., finit par lâcher Sophia dans un sanglot.

— Quoi ? Alors là, je m'attendais à tout sauf à ça !

— Tu t'attendais à quoi ? demande-t-elle en relevant la tête.

— Euh, non, à rien, en fait. Mais c'est une bonne nouvelle, ça, non ? Ou bien... ça se passe mal ? Tu n'en voulais pas ? C'est arrivé comment ?

— Eh bien... En fait, je supportais mal la pilule, alors plutôt que d'en prendre encore une autre qui m'aurait tout déréglé, on a décidé de faire attention quelque temps puisque de toute façon on comptait essayer de faire un enfant après le mariage. Le problème, c'est que manifestement on n'a pas fait si bien attention que ça.

— Et tu es enceinte de combien ?

— Un mois et demi à peine. C'est une super bonne nouvelle, évidemment... Paul est ravi et moi aussi, mais ça tombe trop mal avec le mariage. J'ai rendez-vous avec la couturière pour faire quelques retouches à ma robe jeudi. Elle est tellement ajustée que je me sens déjà engoncée, et je n'arrête pas de manger ! Et puis, avec les hormones, je suis crevée et j'ai l'impression d'être dépressive. Je passe mon temps à chialer, je me soûle toute seule ! Je suis désolée pour la crise de nerfs à propos de cette stupide histoire de photographe, je sais que c'était ridicule mais je n'arrive pas à me canaliser.

Je lui fais un grand sourire et je la serre dans mes bras.

— OK, je comprends mieux maintenant ! J'imagine que c'est compliqué, mais je suis ravie pour toi. Tu as bien fait de me le dire, au moins je saurai gérer tes sautes d'humeur ! Et puis si quelqu'un...

— Ah non ! me coupe Sophia brutalement. Il est hors de question que quelqu'un l'apprenne.

— Mais pourquoi ? Ce n'est pas si grave, au contraire.

— Je ne le supporterais pas. Après le mariage, à la rigueur, mais j'aimerais mieux attendre les trois mois... Et il est hors de question que ce soit tout ce que les gens retiennent de ce mariage: la mariée enceinte ! Je suis peut-être vieux jeu, mais j'ai toujours rêvé de tomber enceinte pendant mon voyage de noces, donc à quelques jours près, ça passera ! Et puis tu connais ma famille... Si tout se passe dans le bon ordre, parfait, sinon, je vais en entendre parler toute ma vie !

— Ça va, j'ai compris. Motus et bouche cousue, c'est promis !

Sophia semble se détendre enfin et nous abordons les questions existentielles qu'elle s'apprête à entendre environ huit cents fois pendant les sept mois et demi qui viennent: «Tu vas l'allaiter?» «Tu as pris de la poitrine?» «Tu penses que c'est un garçon ou une fille?» «Et vous avez déjà des prénoms?» Non que je sois moi-même une spécialiste, mais je me rends rapidement compte que Sophia n'y connaît absolument rien en bébé et encore moins en grossesse. Elle me regarde, l'air un peu gêné.

— Tu peux demander à Maïa qu'elle pose une question à son père pour moi, s'il te plaît?

Le père de Maïa est médecin généraliste.

— Oui, bien sûr.

— Voilà... Avec le mariage, ça ne va pas être facile de ne jamais boire d'alcool, sinon les gens vont avoir des soupçons.

— Et y a rien de pire que les soupçons! dit-on en chœur, souvenir de nos reparties d'adolescentes.

— Demande-lui si je peux boire un peu de champagne, le soir au moins.

— Malheureusement, j'en doute, mais... OK! Je te dis ça dès que je sais.

On rentre en papotant et j'envoie aussitôt un texto à Maïa.

Question pr ton père: enceinte, on peut boire du champ'?

Si c'est une façon de m'annoncer que tu es enceinte C pourri! C Julien le père?

Faut te faire soigner, toi. 1/Comment je serais enceinte? 2/Pourquoi Julien?

1/ Je croyais que tu savais comment on faisait. 2/ A part lui, tu vois personne et tomber enceinte et le savoir en 2 jours depuis que t'es partie de Paris C méga rare.

T'oublies trouduc du bar.

Ah oui merde, fais-toi avorter.

Mdr C Sophia, top secret dis rien à personne et réponds-moi stp.

J'aurais pas misé sur elle pr savoir comment on fait les bébés ms C cool, félicite-la pr moi. Tu veux que je le dise à qui ? A ton Midi Libre ? Sinon pr l'alcool je te dis déjà : non en gde quantité ms 1 verre OK.

OK, demande quand même au padre stp.

Oui chienlit.

Merci râleuse.

De rien bisous.

Bisous.

Le reste de l'après-midi passe vite. Il est déjà 18heures et les parents des futurs mariés viennent d'arriver, d'abord ceux de Sophia puis ceux de Paul, une heure plus tard. Il faut installer tout le monde dans les chambres et commencer à briefer le personnel. Je ne touche pas terre de la journée et je croise à peine Julien, ce qui me va bien et…

— Lydia, rapplique vite ! aboie-t-il.

Ah ben, voilà, j'aurais mieux fait de me taire.

— C'est Massifou Bian, le président, il veut nous parler en FaceTime, je te cherche partout depuis tout à l'heure !

— Ah oui, mais fallait prendre ton ticket, mon chéri, tout le monde veut me parler aujourd'hui.

Il s'arrête et me regarde comme si je venais de descendre de mon vaisseau spatial. J'imagine que c'est l'effet du « mon chéri ». Ben quoi ? J'ai droit au sarcasme, moi aussi. Ou alors c'est l'effet du rosé combiné à la chaleur étouffante et au fait que je n'ai à peu près rien avalé depuis ce matin. Tout le monde a mangé dans la cuisine tout à l'heure, mais à force de jouer les hôtesses et les psys de service, je n'ai pas trop eu le temps.

On arrive dans la chambre de Julien juste à temps pour appuyer sur « Recevoir » l'appel FaceTime.

— Bonjour, monsieur Massifou, dit Julien.

— Bonjour, dis-je à mon tour.

— Ah, quand même, nous répond M. Massifou, je

commençais à m'inquiéter. J'ai votre rapport et quelques questions. Mais vous êtes où, là ? demande-t-il en scrutant la chambre par-dessus notre épaule.

— Là ? En déplacement, mais ne vous inquiétez pas, on va vous répondre, assure Julien.

— Pas de vacances, hein ? C'est trop important, je compte sur votre sérieux.

— Oui, monsieur Massifou. On est dans un hôtel pour un contrat et la réception est très mauvaise, on essaiera d'avoir la salle de réunion demain pour que ça passe mieux.

Je le regarde du coin de l'œil, dubitative.

Je repars vidée de la chambre de Julien, pour entendre que Carole et Jean, ainsi que Maxime, le second témoin de Paul, viennent d'arriver.

Il est bientôt 19heures: c'est l'apéro ! La soirée entre copains s'improvise, comme quand on était ados: les parents d'un côté et nous de l'autre, sauf que là, pas besoin de se planquer pour picoler ! Après une journée pareille, ça ne peut que faire du bien.

Je m'amuse avec Sophia, je bois avec Carole, mais j'ai du mal avec Angie, qui a l'air tendue dès que je suis dans les parages. Tant pis, je sociabiliserai un autre jour. Qu'elle s'estime déjà heureuse que je lui laisse son Matthieu et qu'elle arrête de jouer les saintes-nitouches.

Passons aux choses sérieuses: je ne me rappelais pas que Maxime était aussi beau gosse. Je l'ai croisé une fois à Paris, à une soirée, mais soit il était moins charmant, soit j'étais moins désespérée. Quoi qu'il en soit, j'en ferais bien mon quatre-heures. (Ou plutôt mon repas tout court vu ce que j'ai ingurgité aujourd'hui.) En attendant, je discute avec lui une grande partie de la soirée. On parle boulot, appart, sorties, on râle, bref, la routine parisienne, quoi.

Quand la conversation commence à s'étioler, on met de la musique et on passe aux cocktails. J'ai troqué mon rosé acide contre une bonne vodka citron, mais vu la vitesse à laquelle la tête me tourne, je délaisse mon Graal pour repasser au rosé que je pense moins traître. A tort : vers minuit, je suis déjà morte. Crevée d'abord, puis un peu pompette. Non, soyons honnêtes, franchement soûle. Au rosé... la honte !

Tout le monde est encore en bas, plus ou moins frais, et certains commencent à vouloir monter se coucher. Sophia m'accompagne à ma chambre. D'ailleurs, elle est où, au fait, ma chambre ? Je me rends compte qu'à force de m'occuper de celles des autres j'ai oublié de visiter la mienne ! Et ma valise ? J'en ai fait quoi ? Je me rappelle vaguement l'avoir sortie du coffre de la voiture de Julien mais après... le vide.

— Tant pis, on cherchera demain, me dit Sophia.

Elle me prend par la main et m'amène dans l'aile gauche. Enfin, tout dépend de quel côté on regarde. Ça pourrait aussi bien être l'aile droite si on a le jardin dans le dos. Voilà le genre de réflexions profondes dont je suis capable à ce moment précis. J'essaie de suivre Sophia tant bien que mal mais elle marche vite, non ? Et ces murs, ils étaient aussi proches tout à l'heure ?

— J'abandonne ! dit Sophia. Avec tous ces changements de chambres, je ne sais plus ce qui était prévu ! Promis, demain tu auras *ta* chambre... et pour ce soir, on n'a qu'à en prendre une au hasard !

On pouffe comme deux ados qui font le mur. Elle ouvre une première porte : un bordel sans nom, des culottes en dentelle un peu partout comme après le passage de dix strip-teaseuses déchaînées, on en déduit que c'est la chambre d'Angie et Matthieu. Elle ouvre la porte de la chambre d'à côté, qui est plongée dans le noir.

— Ça a l'air vide, regarde, c'est trop bien rangé, y a rien qui dépasse, si ça se trouve, c'est la tienne !

— Comment je fais sans ma valise ?

— Tu chercheras demain ! Je suis crevée, là. J'ai mis des brosses à dents neuves dans chaque salle de bains au cas où. Fais-moi plaisir, utilises-en une pour évacuer cette odeur de rosé !

— T'es une mère pour moi !

Sophia me plante un bisou sur le haut du crâne et repart sur la pointe des pieds.

Elle a déjà peur de réveiller le bébé ou quoi ? Je me lave les dents, j'enlève ma robe et mon soutien-gorge, je garde juste mon string pour ne pas avoir la sensation d'être nue (un truc que seule une femme peut comprendre, n'est-ce pas ?). Je regarde ma robe: trempée. Je renifle: beurk, j'ai renversé du rosé dessus, ça pue ! Je la mets en boule dans le lavabo avec mon soutien-gorge et je laisse couler l'eau. On verra demain. En attendant, je me traîne dans la chambre et je m'écroule au milieu du lit. La chambre tourne, tourne, tourne de plus en plus vite. C'est horrible mais, heureusement, je sombre aussitôt dans un sommeil sans rêves. Qui dure environ deux minutes.

— Mais qu'est-ce que c'est que ce bordel ? Qu'est-ce que tu fous là ?

Un dragon est entré dans la pièce et parle directement à l'intérieur de ma tête, c'est forcément ça. Oh putain, ma tête... J'ouvre un œil sans plus trop savoir qui je suis ni encore moins où je suis et, dans un mince filet de lumière qui me vrille le cerveau, je vois Julien, éberlué, au pied du lit.

J'articule une suite de syllabes qui doit à peu près ressembler à « Qu'est-ce que... fous... ma chambre ? ».

— Ta chambre ? Ma chambre, oui !

— Hein ?

Je me redresse un peu trop vite. Aïe, ça tourne.

— Quelle heure il est ?

— 2heures, mais je ne vois pas ce que ça change !

— J'ai pas de chambre ! Enfin, je l'ai perdue.

— Alors tu t'es dit que la mienne serait parfaite ? Je me doutais que tu avais des vues sur moi, mais on a connu des techniques de drague plus subtiles, dit-il avec un sourire qui me semble de plus en plus bizarre.

— Je te répondrais si j'avais pas autant envie de vomir. Mais bon, si tu veux me virer, OK, je préfère dormir dehors avec des chacals !

Je me lève (pour me souvenir trop tard que je suis en string) et retombe sur le lit, non pas gracieusement comme dans un bon film romantique, mais juste comme une merde pleine de rosé.

— Oh là, dit Julien. Vu ton état, je ne te laisse aller nulle part. Je ne voudrais pas être responsable d'une chute dans l'escalier.

— Y a pas d'escalier, dis-je dans un demi-sommeil.

— Justement, fait-il en ricanant. Je te préviens, je ne dors pas sur le canapé, alors tu te pousses. Ma bonne éducation a des limites, moi aussi je suis crevé. Et désolé, mais je ne vais pas te toucher !

— T'es vraiment un genteleleman...

Waouh, super dur à prononcer, ce mot !

— Ta gueule, dors et ne ronfle pas.

— Connard...

— Alcoolique...

C'est le dernier mot gentil que j'entends avant de sombrer dans un léger coma éthylique réparateur...

5. Où les ennuis s'installent pour de bon

« Ping. Ping. Ping. »

Mais qu'est-ce que c'est, encore ? Mon cerveau ? Non, lui, je ne le sens même plus, donc c'est un autre bruit. Je crève de chaud, y a pas la clim ? Mais où je suis, bon Dieu ? Le mariage, la soirée, Sophia enceinte, Matthieu et Angie... Ah non, donc c'est pas un cauchemar, ça ? Maxime, pas mal du tout, Julien... Julien ?!

Je me redresse d'un bond dans le lit, il est à côté de moi et se redresse tout aussi brusquement, au point que nos têtes manquent de se heurter. Nos jambes, c'est fait, puisqu'on a visiblement dormi l'un contre l'autre.

Après un instant de stupeur, je réagis: je suis à poil, sans même mon soutien-gorge, et j'ai laissé le drap sur mon ventre. Julien réagit à son tour en baissant les yeux sur ma poitrine. Je remonte le drap, mais apparemment pas assez vite puisqu'une bosse a le temps de prendre forme sous le drap, au niveau de l'entrejambe de mon voisin, qui suit mon regard et me calme.

— T'enflamme pas, c'est un pur réflexe sanguin matinal...

— Ça va, je ne me faisais pas d'idées. Et puis t'inquiète, je vais pas te violer. En fait, là, j'aurais plutôt envie de vomir...

Il hausse les épaules.

« Ping. Ping. »

Enfin on percute.

— Merde ! fait Julien en se levant précipitamment.

Il a la bonté de me laisser le drap, histoire d'accorder une petite chance à ma dignité. Lui est en caleçon. Dommage.

C'est bien Massifou Bian qui rappelle sur FaceTime, comme prévu. Dans mon vague souvenir d'hier, Julien lui avait parlé d'une « salle de réunion ».

— Où sont tes habits ? aboie-t-il.

— Aucune idée. Probablement dans ma valise qui doit être perdue quelque part avec ma chambre.

Il n'a pas l'air de goûter mon humour et court partout dans la chambre, toujours en caleçon, comme si tourner comme un hamster allait lui donner la solution à notre problème.

— Qu'est-ce qu'on fait ? On peut pas décrocher !

Si je n'avais pas aussi mal au crâne, je trouverais sans doute la situation comique.

L'horloge de l'ordinateur indique 7heures. Julien envoie un mail à notre correspondant pour lui dire qu'il le rappelle dans cinq minutes car on a un problème de connexion (et bien sûr il va trouver ça tout à fait crédible). Puis il prend deux chemises dans son placard, en passe une, sur laquelle il noue soigneusement une cravate, avant de m'envoyer la deuxième. Je prends la chemise blanche, interloquée, et le regarde avec un air niais.

— Enfile-la, on cadrera pour qu'il ne voie que ton visage. Au pire, si ça descend un peu, ça ressemblera à un chemisier de femme.

Le temps qu'il me dise ça, le « ping » reprend.

Affolée, je mets la chemise en lissant bien le tissu des épaules pour dissimuler les cinq centimètres de trop. Je laisse le premier bouton ouvert et ferme juste celui au niveau de la poitrine, puis je noue les deux pans qui dépassent au-dessus du ventre pour la tendre, ce qui ne se voit pas depuis la webcam mais a pour effet de faire ressortir ma poitrine. Tiens, à retenir ! Je regarde

Julien décrocher, avec sa chemise blanche impeccable, sa cravate bleue... son caleçon et ses pieds nus. Je pouffe discrètement hors caméra et me glisse près de lui au moment où la connexion s'établit.

Julien me regarde ébahi et devient blanc quand il voit le nœud que j'ai fait à sa chemise hors de prix, mais à part ça, visiblement, notre petite mise en scène fonctionne plutôt bien et mes cheveux détachés me valent même des compliments de notre partenaire. Mon mal de crâne passe (presque) le temps de la réunion, qui se termine sur des au revoir chaleureux à 8heures.

Nous éteignons l'ordinateur, crevés mais ravis tous les deux. Un instant plus tard, Julien se rembrunit.

— Qu'est-ce que j'ai encore fait ?

— Oh ! rien ! Je suppose que tu n'es même pas consciente qu'on a frôlé le drame par ta faute ?

— Ma faute ?

— Tu te couches bourrée et à poil dans ma chambre, et sans vêtements de rechange, la veille d'une réunion importante. Et c'est moi qui serais encore responsable ?

— Non. Mais en parlant de veille de réunion, je te signale que je suis rentrée beaucoup plus tôt que toi hier. Tu étais où ?

— Tu me fliques ? Je suis sorti marcher et j'ai discuté avec Paul et Jean. Satisfaite ?

— Reconnais au moins que tu n'étais pas très frais non plus hier soir. D'ailleurs, tu as ronflé toute la nuit comme un alcoolo en train de cuver.

— Toujours très féminine, ta façon de parler.

— Le garçon manqué te signale que tu avais oublié de mettre le réveil et que s'il n'avait pas été là, non seulement tu dormirais sans doute encore mais, dans le meilleur des cas, tu aurais été seul avec ta migraine pour faire du charme à Bian. Donc reconnais-le: tu as besoin de moi.

— Je n'ai pas besoin de toi ! braille-t-il en me menaçant du doigt. C'est sûr que, pour ce qui est de faire du charme, j'ai du boulot pour te rattraper. J'ai bien cru que tu allais lui proposer une pipe en ligne au milieu de la conversation.

Je lui jette l'oreiller le plus proche à la figure et, bien sûr, je loupe ma cible. Il riposte et je prends son projectile en pleine figure. Je me jette sur le lit et lui envoie l'autre oreiller, qu'il n'arrive pas à rattraper cette fois-ci, trop occupé, semble-t-il, à regarder mes cuisses.

S'ensuit alors une bataille d'oreillers et de tout ce que l'on trouve dans la chambre, c'est-à-dire pas grand-chose à part son pantalon posé sur une chaise, un prospectus pour le château et les draps de rechange posés sur le canapé avec les coussins.

Ça dure quelques minutes de pure détente puis Julien déclare une trêve.

— Stop ! dit-il en riant. J'en peux plus, j'ai mal au crâne, je déclare forfait ! OK, tu as bien assuré ce matin avec notre ami Bian.

Je grimpe sur le lit et lève les bras en signe de triomphe, découvrant au passage un peu de mon ventre nu au-dessus du string. Je le réalise trop tard et baisse les bras en redescendant du lit, légèrement gênée. Julien est debout lui aussi.

— En fait, si tes charmes fonctionnent sur certains hommes, me dit-il d'une voix un peu plus rauque que de coutume, autant en faire profiter l'entreprise.

Je le regarde et baisse les yeux sur son caleçon.

— A priori, il n'y a pas que sur les clients et les fournisseurs que ça fonctionne... C'est encore une montée sanguine du matin ou un bon vieux réflexe pavlovien masculin ? Ne t'inquiète pas, je ne me fais aucune idée. Quand je sais que tu as passé la nuit à mon côté à ronfler, j'en tire les conclusions qui s'imposent.

Puis je le gratifie d'un grand sourire de garce et je sors de la chambre, triomphante.

Je sors de la chambre ? Je dois avoir encore quelques grammes de rosé dans les veines, moi. Me voilà dans le couloir, en chemise d'homme et en string, sans la moindre idée de l'endroit où peut bien se trouver ma foutue valise. Mieux encore, j'ai laissé mon portable dans la chambre de Julien. Deuxième jour au château... bienvenue dans ma vie.

Bon. Après ma sortie flamboyante, je vais devoir refaire une entrée plus modeste, ne serait-ce que pour récupérer mon kit de survie, *alias* mon iPhone.

Je défroisse comme je peux (c'est-à-dire pas très bien) la chemise, j'attache les derniers boutons de manière à me couvrir la taille et je me plante devant la porte, sans savoir si je dois frapper ou entrer. C'est elle qui décide pour moi en s'ouvrant devant mon nez sur Julien, qui a mon portable à la main.

— Tiens, Cendrillon, t'as oublié ta pantoufle. Pour ta gouverne, sache que j'aime qu'une femme soit consentante et consciente quand je lui fais l'amour. Tu as peut-être été mal habituée avec tes petits copains de beuverie, mais avec moi, c'est comme ça. Je ne voyais donc aucun intérêt à te toucher hier soir. Cela dit, quand je te vois habillée comme ça, je me dis que les vêtements féminins sont vraiment mal pensés parce qu'il n'y a rien de plus sexy qu'une femme dans votre chemise, surtout si elle est froissée. Alors oui, si tu veux confirmation, malgré ton caractère de merde et ton épuisant sens logique, tu me fais bander, et non, ce n'est pas un simple réflexe. Mais bon, je suis un connard, toi, une salope, on va donc chacun gentiment retrouver sa chambre.

Là-dessus, il pose ses lèvres sur les miennes et me claque la porte au nez après m'avoir collé dans les mains mon iPhone et ma robe de la veille, qui a séché en boule toute seule dans son évier.

Mon Dieu, c'était quoi ça ?

Est-ce qu'une journée peut décemment commencer aussi mal ? Là, tout de suite, je déteste Julien et cette façon qu'il a de toujours vouloir avoir le dernier mot. Notez que ça change de Matthieu et sa prétendue peur de ma repartie. Je me retourne pour aller méditer plus loin sur le sens de ma vie et la perte de ma valise, lorsque je vois Matthieu, planté devant la porte de sa chambre, c'est-à-dire face à celle de Julien, qui me regarde, la bouche ouverte.

Ah, donc si: ça pouvait être pire.

— Bonjour, bredouille-t-il.

Je réponds avec un sourire et file sans demander mon reste.

Autant faire comme s'il était absolument normal de se faire surprendre en train d'embrasser son enfoiré de patron à 8h30 dans un couloir, vêtue simplement d'une chemise d'homme, avant de partir dans un lieu inconnu à la recherche d'une chambre qui n'existe peut-être même pas et d'une valise fugueuse.

Welcome to My Life. Tiens, c'est un titre de chanson, et que j'adore en plus. Simple Plan. Je la fredonne. Ça y est, je l'ai dans la tête pour la journée.

Do you ever feel like breaking down?
Do you ever feel out of place?
Like somehow you just don't belong
And no one understands you?

«T'es-tu déjà senti rabaissé?
As-tu déjà senti que tu n'étais pas à ta place?
Comme si tu n'étais pas chez toi
Et que personne ne te comprenait?»

Ça colle bien avec mon humeur.

Je file aux toilettes remettre ma robe modèle «rosé du soir», je jette la chemise de Julien dans la première poubelle que je croise et je déambule au hasard dans les couloirs en misant sur ma chance. Après moult détours, j'arrive enfin dans la salle à manger. Les lève-tôt sont là, à savoir Sophia, Paul et ses parents, Angie et Matthieu, qui a dû trouver un chemin plus court pour sortir du labyrinthe. On attaque le buffet gargantuesque qu'a dressé le personnel du château pour notre premier petit déjeuner et je me détends un peu.

Les parents de Sophia ne tardent pas à arriver, suivis de Maxime, vers 9heures. Toujours pas de nouvelles de Julien et Damien ni de Carole et Jean, qui doivent faire la grasse mat'. Maxime propose une tournée générale de Doliprane. C'est décidé, c'est un mec bien.

Je pose mon téléphone sur la table et retourne me servir au buffet. Après plusieurs litres de jus d'orange, des croissants et un Doliprane 1 000, le mal de tête devrait se faire un peu oublier. Peut-être que la journée ne sera pas si moche.

— T'as un texto, m'annonce Angie pendant que je reviens vers ma place en essayant de ne pas faire tomber le contenu de mon assiette.

Et là, tout va très vite. Je vois ses yeux s'écarquiller quand elle prend mon Smartphone et l'approche pour mieux lire.

— Lydia, c'est pas vrai ? T'es enceinte ? Oh ! je suis ravie, félicitations !

Elle semble au bord de l'extase.

Quoi ?

Toute la table se tourne vers moi, Matthieu a le visage encore plus décomposé que ce matin et les « félicitations » commencent à fuser.

— Quoi ? Mais non, je...

— Oh ! pardon, dit Angie, faussement gênée. Je n'aurais pas dû, c'était peut-être un secret. Je suis tellement contente pour toi que ça m'est sorti tout seul. Ta copine te dit que tu peux boire un verre de champagne enceinte, c'est pour ça.

Depuis quand elle se réjouit pour moi, celle-là ?

— Non, je... Il y a un malentendu, ce n'est pas pour moi...

— C'est qui alors ? demande la mère de Paul en souriant et en regardant autour d'elle.

Mon regard croise celui de Sophia et en une fraction de seconde j'ai le temps d'y lire toute la détresse du monde... OK, j'ai compris.

— Euh, si, oui, en fait, c'est moi, mais je ne voulais pas le dire...

Merveilleux, tout le monde semble ravi et les félicitations reprennent de plus belle. Maxime réagit un peu plus vite que les autres.

— Mais... et tout l'alcool que tu as bu hier soir ?

Ah oui, merde.

— Non, elle a fait semblant, intervient Sophia. J'étais dans la confidence et c'est moi qui ai bu ses verres pour qu'elle donne le change. En plus elle a des nausées et apparemment ça ressemble vraiment à une méchante gueule de bois !

Mouais, je ne trouve pas son histoire très convaincante, mais elle semble satisfaire tout le monde, alors... Jusqu'à *la* fameuse question. Là encore, c'est Angie, visiblement très en forme, qui met les pieds dans le plat.

— Mais c'est qui le père ?

Oh putain, elle la ferme jamais, celle-là ? *Oui, tiens, c'est qui au fait ? Allez, réfléchis, Lydia, réfléchis...* Mais comme il est apparemment écrit que ma vie ne m'appartient plus, au moins pour la matinée, Matthieu décide de répondre à ma place :

— C'est Julien !

— Quoi ? s'étonne tout le monde (et moi la première).

— Oui ! Je t'ai vue ce matin sortir de sa chambre en cachette, je l'ai même vu t'embrasser...

Ah ben oui, vu comme ça, c'est imparable. CQFD, y a rien à dire.

Et comme le timing de ma pseudo-vie semble vraiment parfait en ce moment, c'est cet instant précis que choisit le susnommé papa putatif pour entrer dans la salle.

Entre deux accolades et félicitations, Julien semble complètement perdu. Pour une fois, je ne peux que le comprendre et je reste immobile et muette. C'est comme ça que font les chats, non ? Si je ne bouge pas, il ne me verra peut-être pas.

C'est con, un chat.

Au milieu de la petite troupe, Julien me lance un

regard éloquent. Il semble avoir compris le plus gros et moi je suis mal barrée.

Les effusions se calment, je récupère mon iPhone et me maudis de ne pas avoir désactivé l'affichage du corps du texto sur l'écran principal. Je regarde le message de Maïa.

C bon 1 verre de champ par soir et ça fera rien au bébé. Juste cette semaine. Profite. Félicitations encore à la maman. Bisous.

Evidemment... Y en a qui ont été décapités à cause de textos mal interprétés pendant la Révolution française, non ?

Bref, j'arrive à m'éloigner, ou plutôt Julien arrive à m'éloigner en me tirant par le coude.

— Qu'est-ce que c'est que ces conneries ? Je te laisse cinq minutes et...

— Wowowo, déjà, tu le prends pas sur ce ton, t'es pas ma baby-sitter. Ensuite, tu te calmes, tu réfléchis deux secondes et tu comprends que ça ne peut pas venir de moi. Et maintenant, tu m'écoutes.

Je lui explique exactement ce qu'il s'est passé, confidences de Sophia comprises. Il secoue la tête, exaspéré, semble vouloir riposter puis finalement se ravise.

Sophia arrive à ce moment-là.

— Oh ! mes amours, pardon de vous faire subir ça ! Merci, Julien, de jouer le jeu, je suis désolée. Mais je n'ai pas le choix, dit-elle, au bord des larmes. Ma chérie, quand tu as dit « ce n'est pas moi », ma mère m'a tout de suite lancé un regard assassin. Alors j'ai paniqué.

— Mais tes parents croient que tu es encore vierge ? demande Julien qui n'en revient pas.

— Mais non ! Ils sont juste ultra-conservateurs, et un bébé avant le mariage, ça n'est pas concevable... Cherche pas, ils sont comme ça. Je suis désolée, je ferai ce que vous voulez pour me faire pardonner.

— C'est bon, c'est bon, la calme Julien. On ne va

pas en mourir, c'est juste que, quand Jean l'apprendra, ça risque d'être compliqué pour Lydia...

— Ne vous inquiétez pas pour ça, dit Sophia, je vais assumer et dire la vérité à Jean et Carole. De toute façon, je doute qu'ils auraient cru un seul instant à votre couple ! Par contre, ajoute-t-elle avec un sourire ironique qui lui fait oublier ses larmes, il faudra que vous m'expliquiez cette histoire de chambre !

Julien et moi regardons nos chaussures puis, tout d'un coup, ça me revient.

— Mais c'est ta faute, c'est toi qui m'as mise dans sa chambre hier soir !

— C'est vrai ? C'était ta chambre, Julien ? Elle semblait vide, si bien rangée.

— Désolé de ne pas être bordélique.

— Et le baiser de ce matin qu'a vu Matthieu ? insiste Sophia. Ça va aussi être ma faute ?

Je secoue la tête, atterrée.

— Oh ! un baiser, n'exagérons rien ! Matthieu en fait tout un plat mais c'était juste un accident, la bise qui dérape, tu vois.

— Oui, oui, bien sûr, répond Sophia. De toute façon, ça ne me regarde pas mais c'est super bien tombé. Deux bonnes nouvelles : personne ne sait que je suis enceinte et... je peux boire un peu de champagne !

— Super. Ça fait donc deux bonnes nouvelles pour moi aussi : tout le monde croit que je suis maquée, donc adieu les célibataires, et je ne peux pas noyer mon chagrin dans l'alcool, vu que je suis censée être enceinte ! Et si je passais la semaine enfermée dans ma chambre ?

— A vrai dire, j'ai une autre moins bonne nouvelle pour toi, dit Sophia avec toute la délicatesse dont elle est capable.

— Moins... bonne... nouvelle ? répété-je en détachant chaque mot.

— Bon ben, je vais vous laisser entre filles, dit Julien en faisant mine de s'éclipser.

— Non, ça te concerne un peu aussi, Julien, reprend Sophia, encore plus gênée.

On la regarde, on se regarde, on la regarde de nouveau: je crois que l'on s'attend au pire tous les deux.

— Eh bien... Je ne sais pas si c'est les hormones, l'organisation ou tous ces changements de dernier moment avec les chambres, mais je me suis un peu emmêlé les pinceaux et...

— Oui ? dis-je, sentant venir la chute.

— Et Angie ne devait pas venir si tôt, mais heureusement elle partage sa chambre avec Matthieu, et puis Maxime est arrivé plus tôt que prévu aussi, tout comme toi, Julien, et comme Paul organisait les arrivées, j'ai cru qu'il s'occuperait aussi des chambres et donc... Mais en fait c'est ma faute, j'aurais dû...

Elle parle de plus en plus vite et semble ne plus vouloir s'arrêter. Julien et moi, on n'en peut plus et on lance en chœur un « Vas-y, accouche ! » de circonstance. Sophia hoche la tête, prend une grande inspiration et lâche d'une traite:

— Il manque une chambre. Et comme, à part toi, Lydia, tout le monde est installé...

— Quoi ? dis-je, moitié interloquée, moitié hystérique.

— Mais, euh... Après ce qui s'est passé au petit déjeuner, je me suis dit que ce n'était peut-être pas si grave. Après tout, vous avez déjà dormi une nuit ensemble sans vous entretuer. Et comme tout le monde pense que vous êtes un couple, tout va bien, non ? Bon, euh, j'y vais, dit-elle en commençant à partir, je suis attendue par la cuisinière pour le repas de midi. On se retrouve dans la cuisine ?

— Wowowo ! Non mais attends ! Si tu crois que tu vas t'en tirer comme ça, tu te trompes lourdement !

Je suis complètement désemparée. Sophia, quant à elle, semble de nouveau au bord des larmes et je n'ai pas le cœur à l'enfoncer à une semaine de son mariage.

— Mais il n'y a pas un canapé au moins ? Ou alors une tente, pour qu'elle puisse camper ? suggère Julien.

— Que je campe ? On aura tout entendu ! Je te rappelle qu'accessoirement c'est moi la témoin ! Et pourquoi tu camperais pas, toi, d'ailleurs ?

— Parce que, moi, j'ai ma chambre ! Mes vêtements sont déjà dans l'armoire.

— Et alors ? Je te promets qu'en cinq minutes je les aurai virés pour mettre les miens à la place !

— Les tiens ? Il faudrait que tu commences par les retrouver !

Je m'apprête à riposter quand cette histoire de valise me revient en tête. D'ailleurs, je ne suis pas la seule.

— Euh, Lydia, justement, à propos de ta valise..., dit Sophia en se triturant les mains.

— Quoi encore ? Elle a été bouffée par des chacals ?

— Euh, non. Il n'y a pas de chacals ici, quand même, précise-t-elle avec un rire bête (très bête même). Mais en fait, à propos d'animaux, je ne le savais pas mais c'est pas plus mal... les propriétaires ont deux jeunes bergers allemands. On ne les a pas vus hier parce qu'ils les gardent enfermés dans la journée. Par contre, le soir, ils les sortent un peu, comme ça, ils protègent les voitures, et comme on est dans un endroit assez éloigné, ça peut rassurer les invités et... c'est pas plus mal...

Je ne sais pas où elle veut en venir avec son histoire de chiens, mais encore une minute et c'est moi qui la mords.

— Je m'en fous, de tes clébards !

— Euh... oui, mais non. Ils ont un rôle dans l'histoire. La cuisinière a retrouvé ta valise.

— Ah, voilà, enfin une bonne nouvelle, dis-je, soudain calmée.

— Eh bien, oui, presque, ça pourrait, mais en fait pas vraiment. Les chiens sont jeunes, un peu fous et joueurs, et c'est...

— Et c'est pas plus mal, c'est ça ? Mais tu veux en venir où, putain ?

— Arrête de crier ! Je suis déjà assez émotive comme

ça et je n'aime pas quand tu m'agresses. Je ne sais pas pourquoi, mais il se trouve que ta valise est restée dehors cette nuit. Les chiens l'ont trouvée et ont joué avec et ils ont un peu tout grignoté...

— Ça veut dire quoi «un peu tout grignoté»?

Je me retourne pour voir Julien se retenir de rire tandis que Sophia m'explique sur un ton grave:

— Eh bien, pas «un peu», en fait. Complètement. Ils ont tout bouffé, tes vêtements sont saccagés, voilà. Mais le vanity va bien, lui, il n'a rien! Enfin, quelle idée aussi de laisser sa valise dehors, pourquoi tu ne l'as pas rentrée?

— Mais... mais il s'est passé tellement de choses hier... Je me rappelle l'avoir sortie de la voiture et puis j'ai suivi Julien en criant et après tout le monde m'a parlé et... et arrête de rire, toi!

Julien se tord de rire à côté de moi, main plaquée sur la bouche. Il me fait un signe d'apaisement qui ne m'apaise pas du tout. Sophia continue de s'enfoncer.

— Ecoute, le mariage n'est que dans cinq jours, je te prêterai des habits et on ira faire les magasins pour te retrouver une robe. Le vanity n'a rien, c'est déjà ça!

— Oui, nickel, je serai à poil mais bien maquillée à ton mariage!

Tout rouge, mort de rire, Julien ne cherche même plus à se cacher.

Je vais le tuer.

— Bon, je vous laisse, ton vanity est dans le couloir. Va mettre tes affaires, enfin, ton vanity... enfin bref, va mettre ce qu'il reste dans la chambre de Julien et on reparle après. Je suis désolée, on va trouver une solution, je te promets. Je t'en prie, ne t'énerve pas, j'ai besoin de toi. Je t'aime, tu sais!

Non, je vais d'abord la tuer, elle.

Je suis au bord de la crise de nerfs.

Elle me fait une bise sur la joue et s'éloigne presque en courant.

Julien me passe un bras sur les épaules et me dit en riant :

— Allez viens, chérie, c'est pas bon de t'énerver comme ça pour le bébé ! Tu veux faire une petite sieste ?

C'est grave si je le gifle ?

6. Bilan de ma vie

Mardi. On n'est que mardi. C'est catastrophique. C'est moi qui ai dit que le mardi était mon jour de la semaine préféré ? Je peux encore changer d'avis ?

On case mes bagages — c'est-à-dire mon vanity — dans la chambre de Julien. En sortant, je croise Carole et Jean. Ils ont vu Sophia qui les a mis au courant de ce qu'elle appelle « un léger changement ». Jean ne fait aucun commentaire mais semble se retenir de rire, et Carole me console en me disant que ce n'est pas si grave et qu'elle connaît une très bonne boutique pas loin. On décide d'y aller cet après-midi même: à cinq jours du mariage, aujourd'hui inclus, je veux bien être *borderline*, mais il y a des limites.

Le midi, j'ai droit à plein de conseils pour le bébé, et Julien à des encouragements pour les mois difficiles qu'il va endurer à cause de mes sautes d'humeur. Par miracle, il s'abstient de tout commentaire. Enfin, devant tout le monde, parce que, quand on sort prendre un café (lui un café et moi un Coca zero) sur la terrasse pour être un peu tranquilles, le naturel revient au galop.

— Waouh, si on les écoute, je vais en baver pendant ces huit mois ! Va falloir que je me mette sérieusement à boire pour te supporter !

C'est la goutte d'eau (si je puis dire) qui fait déborder le vase. Si c'est vraiment à ça que ressemble la maternité, eh bien, franchement, je ne suis pas pressée ! Quand je me tourne vers Julien, je suis hors de moi, une vraie tigresse prête à sortir les griffes pour protéger son bébé... Euh, oui, je suis un peu perdue en ce moment, c'est contagieux les hormones des autres, vous croyez ?

— Me « supporter » ? Encore heureux que vous daigniez nous « supporter », vous, les hommes, non ? Après tout, on a juste trois ou quatre kilos de vie dans notre ventre qu'on va devoir sortir par le vagin alors que ça fait dix ou vingt fois la largeur du plus gros pénis qui y est entré. On va se déchirer pour avoir la joie d'être maman et élever un mioche seule parce que vous bossez et qu'il ne faut surtout pas vous déranger la nuit quand il chiale !

— Eh bien, au moins, je vois que tu es prête à être mère ! L'instinct maternel a l'air de couler dans tes veines comme du rosé bien frais, c'est rassurant pour ton futur compagnon. C'est pour ça que tu les cueilles dans les boîtes de nuit ? Ils ont trop picolé pour réfléchir ?

On est assis sur un canapé à l'ombre, rafraîchis par un petit vent qui me calme et me permet presque de faire abstraction de ses conneries. Et pourtant, c'est du lourd.

— Et puis faudra vraiment qu'un jour tu essaies de fréquenter de vrais hommes parce que ta description d'un pénis m'inquiète... dix à vingt fois plus petit qu'un fœtus...

Plongée dans mes réflexions, je ne l'écoute plus du tout et je lui demande, sans trop savoir pourquoi :

— Parce que toi, t'as envie d'avoir des enfants ?

— Belle tentative de changer de sujet... Cela dit, au risque de te surprendre... oui.

Interloquée, je reprends mes esprits.

— Ah bon ? Mais t'as pas du tout le profil !

— Et c'est quoi le profil pour être père, exactement ? demande-t-il en se redressant et en me jetant un regard curieux.

— Ben, je sais pas, moi... Il faut aimer sa famille, pour commencer. Voir les siens de temps en temps, avoir envie de jouer avec les enfants de ses frères et sœurs, ne pas bosser comme un malade ou se lever à 5heures, dimanche compris...

Le regard de Julien s'assombrit. Il plonge les yeux dans sa tasse de café.

— Pour aimer sa famille et avoir envie de la voir, il faudrait déjà que ce soit réciproque. Or on ne peut pas dire que je sois franchement gâté de ce point de vue-là, vois-tu. Mes parents, j'avais l'impression de les déranger dans leur vie mondaine plus qu'autre chose, jusqu'à ce que je sois en âge de reprendre l'entreprise familiale. Là, je suis devenu intéressant: j'entrais enfin dans le moule et je rapportais de l'argent.

Il relève les yeux pour les planter dans les miens et m'adresse un sourire narquois.

— Quant à jouer avec mes neveux et nièces, c'est compliqué: je suis fils unique! Par ailleurs, au risque de ruiner tes théories de merde, je pense que ma femme appréciera que je me lève tôt pour donner le biberon du matin.

— «Théories de merde», non mais je t'en prie! Je reconnais que j'ai pas été très psychologue sur ce coup-là, mais ça va aussi. Et puis je suis sûre que tu exagères, comme d'habitude. Bon, t'as pas de frères et sœurs, je sais, mais... C'est pas une raison! Tu avais l'air heureux avec tes parents quand on était ados. Vous partiez tout le temps à l'étranger et tu nous snobais chaque fois à ton retour, comme si on était trop gamins ou bêtes pour que tu daignes nous raconter tes voyages.

— Et voilà! La psychologie féminine dans toute sa splendeur! Je partais parce que je n'avais pas le choix. Pour mon père, ça faisait bien de dire en réunion au bout du monde que ton gamin te suit partout et qu'un jour il reprendra l'entreprise. Ça rassurait les partenaires. Mais pas moi. Parce que, tu vois, une fois en vacances j'étais confié au personnel de l'hôtel. Quand j'ai eu 14ans, mon père a décidé que je devais en profiter pour me forger le caractère, alors j'ai commencé à bosser dans ces hôtels de luxe, je faisais les lits avec les femmes de chambre, la vaisselle, du jardinage...

Julien me regarde et je dois avoir une drôle d'expression car il me sourit comme pour me consoler.

— C'est pas grave, dit-il, j'ai de super souvenirs. J'étais un peu la mascotte, je me faisais plein d'amis ! Alors c'est vrai que, quand je rentrais, je savais pas trop quoi vous raconter. Vous, vous étiez restés ensemble à faire la fête tout l'été, et moi, j'avais travaillé tout l'été avec le personnel d'un grand hôtel. Je trouvais ça un peu minable et, surtout, je vous enviais. Cela dit, j'ai appris des trucs formidables: je sais comment arroser les fleurs le matin avant le lever du soleil et quelles sont les variétés les plus fragiles, je sais faire la meilleure crème brûlée que tu aies jamais mangée, et je suis le plus rapide pour laver une centaine d'assiettes !

Il marque une pause qui me permet de respirer un grand coup et de retrouver l'usage de la parole.

— Je... je suis désolée. C'est étrange comme une même histoire peut changer selon le point de vue. Pourquoi tu ne nous l'as jamais dit ?

— Vous aviez de moi l'image du *bad boy* qui voyage, le gosse de riche un peu jet-setteur, et je n'avais pas trop envie de vous détromper. Surtout toi, en fait. Je me créais un personnage à travers ton regard désapprobateur, et ça m'éclatait.

— Tu veux dire que tu savais ce que je pensais de toi ? Et que tu en jouais ?

— C'est un peu ça, oui.

— Mais c'est dégueulasse !

— Pour qui ? Si ta propre version des faits ne te convenait pas, t'avais qu'à en changer à l'époque et chercher à savoir qui j'étais vraiment, non ?

— Mais... mais c'était impossible ! Tu ne te confiais pas, tu nous envoyais chier tout le temps.

— Non, pas tout le temps, d'ailleurs, certains l'ont compris...

— Comme qui ?

— Comme Jean, par exemple.

— Jean ?

— Oui, Jean, ton frère. Je n'ai jamais eu besoin de lui raconter tout ça, mais il savait observer et j'ai toujours vu dans son regard qu'il comprenait.

— Mais pourquoi il a rien fait alors ?

— Qu'est-ce que tu aurais voulu qu'il fasse ?

— Ben, je sais pas, moi. Te proposer de rester à la maison pour les vacances !

— Non, ça n'aurait servi à rien. La pitié, à 16 ans, on n'en veut pas. Il a fait ce qu'un pote, un vrai, avait de mieux à faire: rien. Il a continué à laisser planer le doute sur moi, il a joué le jeu et m'a permis de consolider ma carapace. Enfin...

Julien se lève d'un coup comme s'il reprenait connaissance après une absence et qu'il regrettait d'en avoir trop dit.

— ... tout ça pour dire que j'aimerais être père, oui. Et que les choses seraient bien différentes de mon modèle familial. Je vais te paraître vieux jeu ou même sexiste, et ça va encore se retourner contre moi, mais j'aimerais que ma femme élève nos enfants. Qu'elle s'en occupe quand je travaillerai et que je passe le reste du temps avec eux, à jouer. Et quand on partira en vacances, ma femme, mes enfants et moi, il sera hors de question d'entendre parler de boulot !

— Eh ben, quelle image idyllique ! Manque plus que le labrador sur la photo.

— C'est ça, moque-toi, c'est ce que tu fais de mieux, la raillerie. Tu n'auras jamais d'enfants, toi, alors ? Tu vas continuer comme ça jusqu'à 50 ans ? Et quand tu auras trop de rides pour lever des mecs en boîte, tu feras comment ?

— Je ne te permets pas ! dis-je en me levant à mon tour. Tes cinq minutes de confidences en quinze ans, c'étaient cinq minutes de trop, hein ? Décidément, chassez le naturel, il revient au galop.

Julien ouvre la bouche pour répliquer, mais je lui intime le silence d'un geste de la main.

— Moi aussi, je veux des enfants, figure-toi. Je m'en suis rendu compte il y a très peu de temps, et je peux te dire que c'est une étape très difficile à passer quand ta mère t'a abandonnée pour se barrer à l'étranger où il y a certainement des hommes bien plus intéressants que ses propres enfants...

Julien n'a pas le temps de répondre parce que Damien arrive pile au moment où je finis ma phrase. Tiens, on l'avait presque oublié, celui-là. Il semble juste se réveiller.

— Euh, salut, ça va ? demande Damien.

— Oui, se contente de répondre Julien.

— Euh...

— Qu'est-ce qu'il y a ? Tu viens de te lever ?

Il a l'air bizarre mais, de toute façon, Damien a toujours plus ou moins l'air bizarre. Mais bon, cette fois encore plus.

— Non, je suis levé depuis un petit bout de temps. Je réfléchissais.

— Ah..., dis-je sans trop savoir quoi ajouter.

— Je vous laisse, dit Julien, je rentre préparer un rapport, tu viendras le voir après, s'il te plaît, Lydia ?

— Oui, oui, OK.

Tiens, pourquoi j'ai l'impression que Damien a l'air soulagé de voir Julien partir ? C'est encore une interprétation de mes pseudo-hormones ?

— Il y a un problème ?

— Non, au contraire. En fait, ça tombe bien qu'on se retrouve tous les deux, je voulais discuter, dit-il avec une solennité qui m'inquiète.

Aïe, donc ce ne sont pas mes hormones. Je désigne le banc.

— Ça a l'air sérieux, dis donc.

— Oui, assez, fait Damien en s'asseyant à côté de moi.

C'est un euphémisme, parce que en réalité il a l'air complètement angoissé. Et c'est surtout contagieux: les confidences des autres m'ont tellement réussi ces derniers jours que je m'attends au pire. Comment je peux lui dire que je ne suis pas forcément la bonne personne à qui se confier ? Déjà que j'ai du mal à trouver des solutions à mes propres problèmes, alors ceux des autres... C'est plus le rôle de Maïa, ça. Enfin, *c'était*, avant qu'elle me ruine la vie avec son texto.

Damien se racle la gorge et prend une grande inspiration.

— Voilà. J'ai réfléchi toute la matinée à la meilleure manière d'aborder le sujet avec toi, et comme ça fait longtemps qu'on se connaît, j'en suis arrivé à la conclusion qu'il valait mieux que je sois direct.

Et moi je n'aime pas du tout la tournure que prend cette conversation.

— Alors, poursuit-il, tu sais que tu ne m'as jamais laissé indifférent.

Ah, merde, nous y voilà. Bon enfin, je ne réponds rien, quelque chose me dit qu'il ne vaut mieux pas.

— A vrai dire, avant d'arriver, j'appréhendais un peu de te voir. Et puis quand j'ai vu que Matthieu et Angie... enfin tu sais... je me suis dit que c'était une opportunité.

Ouais, pour savoir, je sais. Mais je ne voyais pas vraiment ça comme ça. Enfin, passons.

— Parce que, du coup, tu n'allais plus courir autour de ce gigolo.

— Pardon ? (Là, c'est ma voix qui a parlé.) Comment ça, « courir autour » de Matthieu ?

— Oui, non, enfin, tu vois ce que je veux dire...

— Non.

Ma voix doit être un tantinet menaçante car il détourne les yeux et regarde ses pieds.

— Enfin bref, peu importe. Il n'est plus en travers de notre chemin, quoi.

Ah, parce que maintenant on a un « chemin » commun, nous ?

— Donc, poursuit-il, c'est peut-être l'occasion pour nous de créer quelque chose, tu ne crois pas ? (Son débit s'accélère soudain.) Je suis sûr que nous pourrions être bien ensemble, je sais que je saurai te rendre heureuse, contrairement à tous les autres. Tu aimes faire la fête mais ça te passera peut-être avec l'âge ? On aura des enfants et tu les élèveras...

Mais qu'est-ce qu'ils ont tous ? Au secours, la piscine, que je me noie ! Damien continue son monologue mais, à vrai dire, je n'écoute plus vraiment. Je suis partagée entre la colère et la honte, mais c'est finalement la pitié qui l'emporte. Parce que c'est la déclaration la plus pourrie qu'on m'ait jamais faite.

Et c'est aussi la première, d'ailleurs. Ah non, avant il y a eu le gamin de 19 ans, le frère d'une copine, qui m'a déclaré sa flamme en boîte quand j'en avais 23. Faut croire que je lui ai littéralement coupé le souffle parce que, pendant que je croyais mourir de honte, lui, il manquait de mourir tout court. Bon, en réalité, le pauvre était asthmatique et avait oublié sa Ventoline. Et pendant que tout le monde s'occupait de lui faire reprendre son souffle, moi, j'ai pu m'éclipser discrètement.

Vous allez finir par croire que je n'attire que des losers, mais c'est faux ! Je suis juste sensible à cette partie lésée de la population masculine qui ne trouve pas d'oreille attentive et se tourne tout naturellement vers la blonde souriante qui se trouve être la seule à n'avoir pas fui aux premiers signaux. Non pas que j'aie plus de cœur que les autres, mais en général, les signaux... je ne les vois pas. Il y en a qui ont des radars pour ça. Pas moi. C'est une tare comme une autre et... En parlant de tare, il en est où, mon soupirant ?

— Alors ?

Ah, c'est une question. Et je crois que c'est à moi qu'elle s'adresse. Essayons de rester logique: il n'y a que lui et moi sous cette tonnelle, à part une vingtaine de fourmis, mais je doute qu'il s'adresse à elles, non ? Hé, les fourmis, pourriez pas m'aider ?

Et là, je panique complètement.

— C'est-à-dire... Je ne suis plus avec Matthieu depuis longtemps, mais... je ne suis pas seule.

— Ah !

— Je suis avec Julien !

Voilà, c'est lâché, un mensonge de plus ou de moins, ça ne changera pas la face du monde. De toute façon, dans cinq minutes il ira déjeuner et apprendra ma fameuse grossesse, alors...

— Quoi ? Julien ? Tu te fous de moi, j'espère.

— Non, je te jure...

— C'est ça, super façon de me remballer. Après tout le mal que je me suis donné, tu aurais pu trouver une manière plus délicate de me dire que je ne t'intéresse pas.

— Mais tu te trompes...

Je n'ai pas le temps de finir. Il est parti.

Bon. Bilan ? Ça, c'est fait, maintenant on peut passer à autre chose. Allez, mensonge suivant ! Quelle autre merde peut-il m'arriver aujourd'hui ? *Allez, Lydia, un peu d'enthousiasme ! Trouve-nous l'idée du jour pour gâcher un peu plus ta vie ou celle de tes amis. Ce n'est que le matin après tout, il te reste la journée !*

Ah, tiens, en parlant d'amis... Je sors mon portable et commence à tapoter.

Merci, T un amour. Suis donc enceinte et tout le monde m'a félicitée. Je te déteste.

La réponse ne tarde pas.

Lol. En quoi C ma faute ? Jferait un excellent père !

Tu te fous de moi ? T'arrêtes ta fixette sur J ? Epouse-le s'il est parfait. Et pourquoi ce serait lui en + ?

Le marié, peu probable, Damien, has been, Matthieu jouerait jamais le jeu… Simple déduction. G bon ?

Tu m'énerves.

CQFD. Raconte.

Valise bouffée par des chiens, dormi avec J car plus de chambre. M'a embrassée ce matin, Matthieu (qui se tape

Angie) ns a vus, et depuis elle est ma meilleure amie. Damien m'a déclaré sa flamme et tt le monde a vu ton texto qui me complimente pour ma grossesse... VDM. Je te laisse, vais me jeter dans la piscine.

Trente secondes après, mon portable sonne. Je décroche.

— Laisse tomber la piscine, t'as pied. Il t'a embrassée ?

— De tout ce que je t'ai dit, tu n'as retenu que ça ?

— Oui, c'est ça, j'ai un don pour n'aller qu'à l'essentiel. Raconte en détail et n'oublie rien.

— Tu bosses pas ?

— Ça peut attendre.

Je lui raconte donc la logique implacable de mes péripéties et elle reste sérieuse jusqu'à la moitié de mon récit, à peu près. Arrivée à la déclaration de Damien, elle commence à avoir du mal à dissimuler son hilarité. J'arrive presque à la comprendre.

— OK, ma chérie, tout n'est pas perdu. Pour commencer, évite la déprime et picole en cachette. Pas trop, pour ne pas être bourrée. Ensuite, considère tout ça comme une opportunité de coucher avec Julien, histoire de joindre l'utile à l'agréable. Parce que je suis sûre que ça peut être agréable. En rentrant à Paris, tu démissionnes, comme ça, tu prends ta vie en main et tu quittes ce boulot que tu n'aimes pas. Tu fais comprendre à Matthieu qu'il n'est rien pour toi, ce qui fait que ta fierté est intacte. Quant à Sophia, grâce à toi, elle a un mariage parfait et t'en est reconnaissante à vie. Toi, tu profites de ton état de fatigue du premier trimestre pour faire toutes les siestes que tu veux et tu remontes à Paris reposée, ragaillardie par des nuits de baise, sereine d'avoir vu toute ta famille et pleine d'espoir pour attaquer une nouvelle carrière !

— Mais t'es une grande malade ! Qui t'a dit que je voulais quitter mon poste ? Julien est un tyran mais je suis bien payée et j'aime ce que je fais. Et puis je ne veux pas coucher avec lui, j'aurais déjà préféré embrasser un python et...

Je lève les yeux et je vois Julien, planté devant moi.

— Et tu n'as plus d'arguments, c'est ça ? me demande Maïa à l'autre bout du fil.

— Euh, je te laisse, le python est en face de moi...

Je raccroche.

— Parce que ta copine évoque la possibilité qu'on couche ensemble ?

— Comment tu sais que c'est ma copine ?

Oui, je sais, complètement nul comme contre-attaque, mais je n'ai rien d'autre sous le coude.

— Je ne sais pas... Peut-être parce que je ne vois pas bien qui tu appellerais d'autre un matin pour te plaindre alors que tous tes amis sont ici et que la seule qui manque, c'est Maïa.

— T'en as pas marre d'écouter aux portes ?

Il fait mine de regarder autour de lui.

— Je ne vois pas de porte.

— Ha, ha.

La tension est si forte que j'ai l'impression que ses yeux sont devenus noirs. Ça risque de barder pour moi.

— Le python venait annoncer à sa gentille conjointe, mère de ses futurs enfants, qu'il y a une sortie prévue dans un bar ce soir tout près d'ici.

— *Ton* enfant. Je n'ai pas annoncé des jumeaux !

Il reste interloqué deux minutes devant ma connerie — à vrai dire, moi aussi, je m'épate toute seule — avant de se reprendre.

— Bonne nouvelle. En attendant l'heureux événement, je crois que j'ai besoin de me changer les idées. Je vais donc me joindre aux autres et tâcher de rencontrer des filles gentilles, qui apprécieront ma compagnie et dont les baisers n'auront pas un goût acide de cyanure. A propos, pour ta gouverne, oublie celui de ce matin, je réserve mes efforts aux personnes qui m'en donnent envie.

— Parfait ! Si ça peut te rassurer, je ne fais pas d'efforts pour toi non plus. Tu as donc ma bénédiction pour ce soir et surtout, fais-toi plaisir avec tes Barbie, je sens qu'on va bien rire. J'observerai attentivement tes méthodes de drague infaillibles et peut-être même que je m'en inspirerai pour rencontrer des hommes qui me donneront envie d'autre chose que de vomir.

— OK. Et pour l'instant, tu te dépêches, je t'emmène en ville choisir ta robe pour ce week-end. Désolé de t'imposer ma présence écœurante et mon air vicié encore quelques heures, mais personne d'autre n'était dispo et tu pourras te rattraper ce soir, promis. On verra bien qui de nous deux a le plus de succès.

— C'est un défi ?

— En quelque sorte. Et je préfère te prévenir que tu vas te ridiculiser. La lumière crue, ça va te changer des boîtes parisiennes avec des mecs bourrés aveuglés par les stroboscopes.

Je me rapproche de lui pour n'être plus qu'à quelques centimètres de son visage.

— Sale con !

— Oui, ma chérie. Allez grouille, on se retrouve à la voiture dans cinq minutes.

— Pas question, j'aime mieux passer la semaine à poil plutôt que d'acheter une robe avec toi. Ou alors tu me passes les clés de la voiture et je me débrouille comme une grande.

— Tu rêves, ma grande, ironise-t-il.

— Et pourquoi ?

— *Primo*: je ne laisse pas ma voiture à n'importe qui et encore moins à une folle hystérique. *Deuzio*: j'aimerais que celle qui est censée être ma conjointe soit habillée avec un peu de goût, donc je préfère choisir avec toi.

Je crois que j'ai les yeux qui vont sortir de leurs orbites. Pour la première fois de ma vie, je comprends vraiment cette expression.

— Je t'interdis d'entrer dans les magasins avec moi !

— Pourquoi ? Tu as peur que j'aie plus de goût que toi ?

— Tu n'as aucun goût en matière de femmes.

— Eh bien, on verra. Nouveau défi: le gagnant est celui ou celle qui trouve la plus belle robe et le plus beau parti ce soir. Quelle journée prometteuse !

— Et surtout longue..., dis-je en soupirant.

Je croise Sophia dans le couloir qui me demande de récupérer les dragées pour elle en ville et me dit qu'elle a plein de choses à voir avec moi en fin d'après-midi. Je la trouve fatiguée, elle a les traits tirés, mais elle me dit que ça va aller, que je ne dois pas m'inquiéter.

Je discute ensuite quelques minutes avec Carole. Elle me pose des questions sur cet arrangement stupide et je lui explique le pourquoi du comment de ma grossesse imaginaire. Sophia le lui avait déjà expliqué en partie, mais elle préfère ma version à la fois plus détaillée et plus *exotique* dans le choix des noms d'oiseaux.

— Allez, courage, me dit-elle, ça finira par s'arranger. Au fait, je suis désolée, je voulais t'accompagner en ville, mais je ne me sens pas très bien depuis quelques jours. Je ne sais pas ce que j'ai, mais j'espère que ça va aller mieux d'ici le mariage.

— Tu as toujours tes règles ?

— Non. Ça a duré une journée, même pas. Juste le temps d'anéantir mes espoirs de grossesse, quoi.

— Carole, tu as apporté un test de grossesse ?

— Non. J'en ai marre d'espérer, donc j'arrête de pisser quinze fois par jour sur des bâtons. C'est pour toi ? Ne me dis pas que tu penses être vraiment enceinte !

— Moi, non. Par contre, j'en ai appris beaucoup sur la question, ces derniers jours. Je sais que tu ne veux pas écouter tous les conseils des gens, mais j'ai appris par exemple que la tante d'Angie a eu ses règles au début de sa grossesse et que ce n'est ni rare ni anormal.

— Alors tu crois que... ?

— Je n'en sais rien, pas de faux espoirs. Je vais t'acheter un test de grossesse cet après-midi, on verra bien. En attendant, n'en parle pas, surtout pas à Jean.

— Bien sûr que non, je le ferai si tu veux, mais j'ai peu d'espoir.

On se quitte sur ce petit secret et je rejoins Godzilla qui m'attend en klaxonnant. Il semble s'être un peu calmé et on roule sans s'insulter.

Il est midi et il faut que l'on soit rentrés avant 17heures pour rencontrer les photographes en herbe et surtout convaincre Sophia qu'ils sont parfaits pour le job, parce qu'il n'y a pas de plan C.

Je me repasse le film de cette demi-journée de dingue, depuis notre réveil en fanfare: une réunion pro rondement menée, ma nouvelle vie de SDF, une grossesse, un fiancé, un prétendant malheureux, un défi franchement idiot et surtout une reposante trêve partie en fumée. Sans parler de cette robe et des vêtements dignes de ce nom (Angie m'a prêté un short et un haut, mais je fais carrément pute) à trouver en moins de cinq heures.

Il faut que j'arrête de réfléchir de la sorte, ça me flanque la migraine. Ah oui, l'alcool d'hier soir. Penser à reprendre un Doliprane en arrivant en ville. J'ai pas pris les Doliprane. Penser à acheter des Doliprane à la pharmacie avec le test de grossesse de Carole.

A une demi-heure du domaine seulement, Narbonne est une ville magnifique que j'ai traversée plus jeune sans vraiment m'y arrêter. Bon, évidemment, à l'époque, je n'aurais pas pu me douter qu'elle serait ma dernière chance pour trouver la robe du soir idéale.

On commence par les habituelles boutiques de fringues de centre-ville où je fais l'emplette de petites robes en coton, d'un short et de divers hauts.

Julien reste tranquille et prononce peu de mots.

Au bout d'une heure, il me propose d'aller manger un bout sur une jolie terrasse arborée. Je ne dis pas non. J'ai besoin de me poser un peu.

Je m'arrête d'abord devant une pharmacie sous prétexte d'acheter mon indispensable Doliprane et me raidis quand je réalise qu'il a l'intention d'entrer avec moi. Manquerait plus qu'il me voie acheter un test de grossesse. Je me tourne vers lui en souriant.

— Va plutôt au restaurant choisir une table et commande-moi un Coca zero s'il te plaît.

Ouf, il acquiesce et se dirige vers le restaurant.

En sortant de la pharmacie, je prends soin de dissimuler *mon* test de grossesse tout au fond de mon sac et garde mes précieux Doliprane à portée de main.

Julien a pensé à me commander de l'eau. Délicate attention, d'autant qu'il n'y avait plus que des effervescents et je doute que ça se marie bien avec le Coca.

Hé, je sais ce que vous allez dire, mais je n'ai jamais prétendu que Julien n'avait que des défauts ! Non, j'ai juste dit qu'il en avait beaucoup et qu'ils étaient rédhibitoires pour moi, c'est tout.

On discute de tout et de rien, le cessez-le-feu semble même être de nouveau de rigueur entre nous, jusqu'à ce que se produise l'inévitable incident. Comme on est un peu distants, je suis souvent distraite et, au bout de quelques minutes, je m'aperçois que mon regard croise régulièrement celui du serveur, à qui, en fille bien élevée, j'adresse chaque fois un sourire aimable. Seulement le serveur, lui, semble prendre ma marque de courtoisie pour une invite.

Il revient un peu trop souvent à notre table pour être honnête, au prétexte de demander — à moi, surtout — si nous ne manquons de rien. Ce genre de situation me met plutôt mal à l'aise. Eh oui, qu'est-ce que vous croyez ? Que c'est mon genre de draguer un serveur quand je suis avec un homme au restaurant ? Vous me prenez pour qui ? Et puis, ça va peut-être vous surprendre, mais draguer, c'est pas mon fort. Il y a une sacrée marge entre flirter avec un copain de copain le temps d'une soirée et faire du rentre-dedans à un parfait inconnu.

Mais bon, est-ce que ce ne serait pas justement le moment de faire une petite exception ? Après tout, non seulement Julien n'est pas mon petit ami, mais en plus il semble penser que j'ai des mœurs légères, alors autant ne pas le décevoir. Tiens, il semble d'ailleurs remarquer mon petit jeu et son regard s'assombrit. Ben quoi ? La partie commence plus tôt que prévu, c'est tout. Je souris plus que d'habitude, en essayant de ne pas paraître trop cruche pour autant, et mon regard est un tantinet plus langoureux qu'en temps normal.

Le serveur semble suffoquer sur place. Mon Dieu, je ne savais pas que je pouvais faire cet effet-là ! Julien semble de plus en plus en colère et j'adore ça.

— OK, tu as commencé, c'est ça ? demande-t-il.

— Commencé quoi ?

— A ton avis ? Tu t'éclates avec le serveur ?

— Il est charmant !

— Ce gringalet ?

— Oh ! tout de suite ! Tu es jaloux ou quoi ?

— Pas spécialement. C'est juste que je passe pour un con et c'est pas mon fort.

— Trouve-toi une occupation.

— OK.

Sur quoi il se lève, pour aller aux toilettes, j'imagine. J'attends son retour en consultant mes mails, parmi lesquels se trouve une proposition d'accord de M.Massifou. *Yessss !* Je ne l'ouvre pas, pas assez de réseau, je regarderai ça au domaine en rentrant. J'en informe Julien, qui vient d'arriver et a l'air aussi impatient que moi d'en savoir plus.

Le serveur dépose un café devant Julien, qui a dû le commander au passage, et ne jette pas un regard dans ma direction. Je lui demande un verre d'eau, ce qui me vaut un «oui, madame» plutôt sec. C'est bizarre, il semble éviter de me regarder, mais il se tourne une seconde vers Julien en... tremblant ? Quoi ? Non, j'ai sûrement mal vu. Julien demande l'addition. J'attends que le serveur soit parti chercher tout cela pour éclater :

— Qu'est-ce que tu as fait ?

— Moi ? Rien. Ah, si, j'ai changé les règles.

— Quelles règles ? On n'a jamais parlé de règles.

— Eh bien, justement, il n'y en a pas, tous les coups sont permis.

Le serveur dépose une carafe d'eau et l'addition devant Julien.

— Que lui as-tu dit ex-ac-te-ment, Julien ? demandé-je en détachant chaque syllabe.

Julien prend tout son temps pour sortir le sucre de son papier et le faire tomber dans la tasse. Il remue le liquide sans un bruit avant de relever les yeux et les planter dans les miens en souriant.

— Juste que ma femme enceinte avait des bouffées de chaleur et des montées d'hormones qui la rendaient complètement nymphomane, mais que j'apprécierais qu'il laisse ses hormones à lui de côté et qu'il t'ignore un peu s'il ne veut pas avoir mon poing dans la gueule.

Visiblement satisfait, il porte la tasse à ses lèvres et avale son café.

— Pouah ! Pas terrible, mais ça fera l'affaire.

Il sort une petite liasse de son portefeuille et dépose quelques billets sur la table.

Pendant tout ce temps, j'ai gardé la bouche ouverte, comme un poisson rouge hors de son bocal. Je n'arrive pas à en croire mes oreilles. Il n'a pas osé ? Je passe pour une... pour une... pour une pute !

Il se lève et je le suis.

— Tu es...

— Oui, je sais, un sale con, un salaud... tout ce que tu veux. Mais avoue que j'ai gagné la première manche.

— Certainement pas ! On devait prouver notre potentiel de séduction, c'est ce que j'ai fait. Toi, tu t'es contenté de te faire passer pour un cocu potentiel et de casser mon coup. Ça ne compte pas, tu es juste passé pour un con pour rien. Mais par principe je me vengerai de ton coup bas.

— Ne me dis pas qu'il t'intéressait vraiment ?

— Non ! En dépit de ce que tu peux penser, je n'ai pas pour habitude d'aller me faire trousser derrière un comptoir par le premier péquenaud venu. C'était amusant, c'est tout.

— Besoin de séduire typiquement féminin !

— Ah, parce que vous, c'est pas pareil peut-être ?

— Non. Nous, séduire pour séduire, ça ne nous intéresse pas, donc on va à l'essentiel. Je peux très bien coucher avec une femme sans être certain de lui plaire. L'important, c'est qu'elle ait envie au même moment que moi. C'est le seul intérêt : la baise derrière.

— Très subtil ! Donc si une fille qui vient de se faire plaquer se rabat sur le premier plouc venu pour se venger de son ex et qu'il se trouve que le plouc en question, c'est toi, tu couches avec elle sans te poser de questions ?

— Exactement ! Après tout, qui est gagnant dans l'histoire ? Elle, pas vraiment, son ex, certainement pas, par contre, celui qui a eu un coup gratis...

Je m'arrête encore une fois pour tenter de digérer sa phrase et dois presser le pas pour le rattraper.

— Décidément, je ne comprendrai jamais rien aux hommes !

— Précisément, il n'y a rien à comprendre. Arrêtez de chercher du sens là où il n'y en a pas. C'est simple : on aime baiser, on prend ce qu'on nous donne, point.

— ...

Cette fois, je reste carrément plantée sur place. Il s'arrête et rebrousse chemin, puis saisit mon menton entre le pouce et l'index.

— Mais je te rassure, me murmure-t-il, je ne suis jamais un second choix.

Il ne me laisse pas le temps de répondre et entre dans un magasin de vêtements plutôt haut de gamme.

Je vais vraiment le tuer. Une nuit, j'enterrerai son corps. Je porterai des escarpins et un trench beige, comme dans les films. Malgré la pluie (c'est plus dramatique), je prendrai ma pelle et je creuserai sa tombe sans abîmer mes ongles manucurés, tandis que son cadavre patientera à côté de moi.

J'entre à mon tour dans le magasin, où un simple coup d'œil aux étiquettes me donne le tournis. Ah tiens, non, ce n'est pas le code-barres mais bien le prix. En lires italiennes ou en anciens francs ?

Bref, malgré toute ma bonne volonté, on ne trouve rien. Je dis «on», car Julien semble très intéressé par le choix de ma robe du soir alors qu'il m'avait laissée choisir seule mes autres tenues.

C'est le début d'un véritable marathon de magasin en magasin. On cherche celui dont Carole m'a donné l'adresse, mais Google Maps nous plante et Plans nous oriente dans le sens opposé.

Au contraire de nombre de mecs qui auraient déjà pris la poudre d'escampette pour aller m'attendre au bistrot et écluser des bières (ne me dites pas que ça ne vous est jamais arrivé), Julien ne se plaint pas une seule fois.

Après avoir retenu peut-être une robe dans une boutique, un peu par défaut, puis une autre, sans grand enthousiasme, on trouve enfin la perle rare.

Une robe magnifique et qui semble avoir été faite pour moi. D'ailleurs, c'est ce que me dit la vendeuse, mais ça ne compte pas: c'est une vendeuse.

Elle adresse de grands sourires à Julien qui se comporte avec moi comme un gentil frère attentionné. Ah non, ça ne va pas se passer comme ça!

La robe est rouge sombre, avec un magnifique décolleté bénitier et une belle échancrure dans le dos, sans extravagance. Elle est moulante sous la poitrine pour descendre comme une jupe crayon juste au-dessous du genou, avec une fente à l'arrière, au milieu. Sobre et classe, c'est tout moi, ça.

Alors que je m'apprête à payer, je m'aperçois que Julien roucoule ostensiblement avec la vendeuse. Je l'apostrophe:

— Chéri, tu te rends compte de la chance qu'on a? Elle est moulante et pourtant on ne devine même pas que je suis enceinte! Du coup, on pourra attendre la fin du week-end pour l'annoncer à tes parents.

La vendeuse blêmit, Julien m'adresse un sourire crispé et nous sortons après les politesses d'usage.

— Un peu facile, me dit Julien.

— Je me bats à armes égales, rétorqué-je avec un joli sourire.

— Disons que c'était l'échauffement, on remet les compteurs à zéro.

16h30, timing parfait. Le temps de récupérer les dragées et on rentre au domaine. Avant de descendre de voiture, je regarde Julien.

— Merci, au fait... de m'avoir accompagnée et aidée à choisir.

— De rien, c'est normal.

— Non, peu de mecs auraient eu ta patience.

— On couche sans scrupules, mais on garde un fond humain quand même! répondit-il en rigolant.

— Alors ça, ça reste à prouver! dis-je en sortant de voiture.

Julien prend mes achats dans le coffre.

— Je vais te les déposer dans la chambre. Va voir Sophia, le photographe a dû arriver, je vous rejoins.

Je fais mine de protester et de lui prendre les sacs des mains.

— Pas question! Je ne voudrais pas qu'une des mères te voie porter des sacs dans ton état. Et puis je préfère m'assurer qu'ils ne croiseront la gueule d'aucun chien. Je suis patient, mais je ne survivrais pas à une autre journée shopping!

— Très bien, merci, monsieur Parfait.

— De rien, mademoiselle Têtue.

Je ne prends pas la peine de répondre.

Le rendez-vous avec les photographes se passe encore mieux que prévu et tout est convenu pour ce week-end. Alléluia, enfin quelque chose qui se déroule correctement!

Je passe un peu de temps avec Sophia à organiser

la cérémonie de samedi et je m'assure que l'on n'a rien oublié dans la liste «ne rien oublier».

A priori, c'est bon.

Elle me raconte le repas de midi et la déconfiture de Damien quand il a appris que j'étais *vraiment* avec Julien et *vraiment* enceinte. Je lui résume à mon tour la petite conversation que j'ai eue avec lui plus tôt et qui la fait halluciner.

— Eh bien, quel romantisme ! Vraiment désolée de ruiner tes plans avec don Juan.

On rigole toutes les deux, puis on se sépare pour se refaire une beauté avant de sortir dîner et boire un verre en ville.

Je fais d'abord un petit détour par la chambre de Carole. En fait un grand détour, car je me perds une fois de plus dans le dédale de cette maison.

Jean est sorti et Carole se prépare. Je lui donne le test de grossesse et m'apprête à partir quand elle me retient.

— Non, s'il te plaît, reste avec moi.

J'acquiesce. Carole va aux toilettes et je me surprends à croiser les doigts pour que ça marche. Ils le veulent tellement, cet enfant. Et je sens que mon petit frère est prêt. En fait non, ce n'est pas tout à fait vrai, comme tous les hommes, il ne le sera jamais. Mais il le veut si fort que c'est tout ce qui compte ; le reste, il l'apprendra au fur et à mesure.

Carole revient quelques instants après.

— Alors ?

— J'attends, il pause dans la salle de bains.

— Et combien de temps il doit «pauser» ?

— Deux minutes, apparemment.

— OK.

— Bon, qu'est-ce qu'on fait, en attendant ?

Carole a l'air complètement tendue.

— Je sais, dis-je, je mets de la musique et, à la fin de la chanson, on va contrôler.

— OK, répond Carole, soulagée.

Après un survol nerveux de la playlist de mon iPhone, mon doigt s'arrête sur *Big Girls Don't Cry*, de Fergie. Pas vraiment joyeux mais assez mélodique.

I hope you know,
I hope you know
That this has nothing to do with you
It's personal
Myself and I,
We've got some straightening out to do
And I'm gonna miss you like a child misses their blanket
But I've got to get a move on with my life,
It's time to be a big girl now
And big girls don't cry…

« J'espère que tu sais, j'espère que tu sais
Que cela n'a rien à voir avec toi
C'est personnel,
Entre moi et moi-même,
On doit mettre les choses au clair,
Et je vais te manquer comme son doudou manque à un enfant
Mais je dois avancer dans ma vie,
Il est temps d'être une grande fille maintenant
Et les grandes filles ne pleurent pas… »

On chante à tue-tête et on rigole de nos voix si *différentes* de celle de Fergie. Enfin, sans vouloir être mauvaise langue, avec les mêmes techniques de studio, on chanterait probablement aussi bien qu'elle. Passons.

La musique s'arrête. C'est le moment. J'éteins l'iPhone et on se regarde.

— Tu y vas ? lui dis-je.

— Tu veux pas y aller, toi ?

— Non, je pense que c'est à toi de le faire. Si ça a marché, c'est cool, si ça n'a pas marché, vois le verre à moitié plein plutôt qu'à moitié vide: après tout, ça ne change rien à ce que tu pensais ce matin et ça te laisse plein d'occasions pour essayer de nouveau...

— Ah oui, confirme-t-elle avec un sourire rêveur.

— Stooop! C'est mon frère, je ne veux rien imaginer sous peine de cauchemars à vie!

— Bon, allez, j'y vais.

Elle part dans la salle de bains et y reste ce qui me semble un temps incalculable...

Elle revient dans la chambre et son regard n'exprime... rien.

Puis elle lève les yeux du test qu'elle tient du bout des doigts et me dit, d'une voix très calme:

— Eh bien, il semblerait... que tu vas être tata!

— Ouiiiiii!

Je saute du lit directement dans ses bras. On reste comme ça, dans les bras l'une de l'autre, à bondir comme des folles pendant quelques minutes. Je la félicite en pleurant à moitié. Je crois que ça fait partie des rares instants de véritable plénitude dans une vie. Où on n'attend rien, rien de plus. On est juste bien, pendant quelques instants, avec ce que l'on a. Même si ce ne sont que deux bandes de couleur sur un bout de plastique, même pas à moi qui plus est. Quelqu'un disait que le bonheur des gens était contagieux: c'est vrai. Je n'ai pas subi au même titre que Carole ce désir contrarié d'enfants, ces mois d'angoisse, ces déceptions à répétition, mais là, dans cette chambre, je respire avec elle, comme elle. Je suis sereine pour elle. Comme si on m'avait ôté un poids, à moi aussi. Mes problèmes relationnels avec l'espèce d'hyperactif aseptisé et ma pseudo-grossesse me semblent très loin.

On finit par se calmer et on élabore un plan d'action pour ces prochains jours. Hors de question de voler doublement la vedette à Sophia: Carole décide donc de laisser passer le mariage et d'attendre que Sophia ait annoncé sa propre grossesse pour révéler la sienne.

Et puis elle semble heureuse de garder encore un peu ce secret pour elle et décide même d'attendre le lendemain du mariage pour le dire à Jean. En attendant, ce sera son bébé, rien qu'à elle.

Je laisse Carole à son bonheur et retourne dans *ma* chambre après ma promenade désormais rituelle (autant qu'involontaire) dans les couloirs sans fin de ce domaine de fou.

Déjà 19heures. Je profite de l'absence de Julien pour me doucher, tout en me demandant ce que je vais bien pouvoir porter ce soir. Quand je pense que ce matin encore je n'avais rien à me mettre... Bon, en plus c'étaient les soldes, or, comme chacun sait, le principe des promos n'est pas d'acheter ce dont on a besoin pour moins cher, mais de ne pas se contenter de la moitié quand on peut avoir le double au même prix.

Je laisse couler l'eau en me repassant ma nouvelle garde-robe: la robe noire Morgan ? la blanche à fleurs ? La noire est un peu beaucoup échancrée et courte, mais bon... J'ai pris quoi comme chaussures ? Parce que finalement tout dépend des chaussures...

J'interromps un instant mes réflexions pour sortir de la douche et me sèche rapidement. Tiens, je ne me rappelais pas qu'il faisait aussi chaud, quelqu'un a coupé la clim ou quoi ? Du coup, j'abandonne ma serviette dans la salle de bains pour arriver plus fraîche devant le placard, où j'ai la surprise de constater que Julien a soigneusement rangé mes vêtements.

Eh bien, un authentique maniaque ! Ça doit être quelque chose de partager la vie de ce genre de mec. Le dernier ex chez qui j'ai plus ou moins habité deux mois était tellement bordélique qu'il laissait parfois ses vêtements traîner en boule un mois avant de déclencher l'alerte et de les apporter à sa mère, qui se faisait un plaisir de les nettoyer !

J'esquisse un sourire, qui s'efface bien vite quand j'entends derrière moi la porte s'ouvrir avec fracas. Je me retourne pour constater, *primo*, que Julien vient de rentrer et, *secundo*, que je suis nue.

La boucle est bouclée, ce n'est pas comme ça que la journée a commencé ? Ah oui, enfin presque, parce que ce matin, ce n'était que la poitrine, alors que là, il a droit à l'intégrale.

Il dit « Oh », je dis « Oh », et quand mes neurones se reconnectent enfin, je fonce dans la salle de bains.

Je l'entends derrière la porte.

— Je suis désolé, je n'ai pas entendu l'eau, j'ai cru que tu n'étais pas rentrée.

— Et frapper, tu sais pas faire ?

— C'est ma chambre !

— Oh ! Et maintenant c'est aussi la mienne, je te signale, chéri, dis-je en sortant de la salle de bains, la serviette nouée autour du corps.

— J'étais avec Matthieu, figure-toi. Tu ne crois pas qu'il aurait trouvé bizarre que je frappe pour entrer dans *ma* chambre, retrouver *ma* femme qui m'attend avec *mon* bébé dans le ventre ?

— Oh, mais je n'avais jamais remarqué à quel point tu étais possessif ! Et puis tu n'avais qu'à lui dire que je suis particulièrement sensible en ce moment à cause des hormones. Ça ne l'aurait pas choqué: les femmes enceintes sont censées collectionner les TOC bizarres, non ?

Julien prend sa respiration et répond:

— C'est sûr, et puis quelque chose me dit que, pour t'avoir fréquentée, il ne doit pas être choqué par grand-chose...

Je lui tire la langue avant qu'il puisse répondre et plonge dans le placard. Au moins, ce petit intermède inattendu m'aura permis de choisir: ce soir, ce sera la robe noire échancrée. Je vais la passer dans la salle de bains. Je me juche sur des escarpins noirs aux talons vertigineux et vérifie l'effet dans la glace. Avec un maquillage léger et un chignon soigneusement négligé (les mèches rebelles qui coulent de chaque côté font immanquablement leur petit effet), c'est parfait. Exagéré ? Certainement pas ! A la guerre comme à la guerre, et que la fête commence !

7. Un jeu dangereux

Nous partons tous manger dans un petit restaurant asiatique pittoresque.

Il y a les futurs mariés, Carole et Jean, Angie et Matthieu, Damien et Maxime et les parents de Paul et de Sophia. Le repas se passe bien. Mis à part le manque d'alcool. J'aurais bien bu un verre de vin ou deux, quand même... J'écoute d'une oreille distraite la conversation où il est question de l'ordre d'arrivée des mariés à la mairie, quand je m'aperçois que le verre de rosé de Julien est posé juste à côté du mien... Peut-être que ni vu ni connu... D'ailleurs, depuis quand il boit du rosé, lui ? Je croyais qu'il n'aimait que le rouge. En tout cas, c'est ce qu'il me fait commander chaque fois que je réserve une table pour ses repas d'affaires avec de gros clients. Malgré le regard en coin de Julien, je prends discrètement le verre et bois juste une gorgée. Ah, ça fait du bien ! Non, ne me traitez pas d'alcoolique, ne me jugez pas sans savoir. Ou alors relisez bien le début de cette histoire et vous verrez qu'avec tout ce qui s'est passé, ce verre, je l'ai bien mérité. Et puis un petit remontant n'a jamais fait de mal à personne !

Le reste du repas se déroule sans encombre et je constate que le verre de rosé de Julien atterrit régulièrement à côté du mien. Pratique. Pratique, ou bien calculé ? Parce que je m'aperçois que Julien a aussi un verre de rouge... En fait, j'ai même l'impression que le rosé ne descend pas quand je n'en bois pas... Il aurait pas fait ça, quand même ? Ducon, prévenant ? Je n'y crois pas. Passons, j'éclaircirai ça plus tard. Sophia se lève une fois de plus pour aller aux toilettes et me demande de l'accompagner. Elle ne se sent pas bien. Elle a à peine touché au repas, par précaution, j'imagine. Je suppose qu'elle a entendu sa mère me dire que la nourriture épicée n'était pas vraiment recommandée dans mon état, avant de commander mes plats à ma place. Quelle délicate attention...

Sophia vomit une dernière fois et semble aller légèrement mieux.

Je lui propose de la raccompagner mais elle refuse. Elle veut profiter de cette soirée entre amis et espère juste que les parents vont s'éclipser rapidement. Pour accélérer le mouvement, nous proposons d'aller boire un verre après le repas. Ça ne loupe pas, ils préfèrent rentrer.

— Tu devrais venir avec nous, ma chérie, me suggère gentiment la maman de Sophia.

Je refuse poliment et elle finit par laisser tomber. Damien, convaincu d'avoir mangé un truc avarié ou d'avoir carrément été empoisonné, préfère rentrer aussi. Ça m'arrange. Nous avons échangé peu de mots depuis ce matin et c'est encore un peu tendu entre nous, même s'il sait que ce que je lui ai dit au sujet de Julien et moi est *la vérité*.

Nous partons donc tous les sept pour un petit bar sympathique, pas loin du centre, où on peut même faire un billard et jouer aux fléchettes.

En arrivant, Sophia file directement aux toilettes et je lui tiens les cheveux pendant qu'elle vomit de nouveau. Heureusement, je ne suis pas sensible, mais si ça continue, je vais finir par me sentir mal, moi aussi.

En s'épongeant le visage, elle me jure que cette fois ça va mieux. Elle qui prétendait échapper aux nausées...

A notre retour, il y a deux pichets de sangria et un Coca zero pour moi sur la table. Sophia semble crever de soif et, quand elle refuse le verre de sangria que Maxime lui tend, Matthieu intervient :

— OK, maintenant arrête et dis-nous la vérité.

— Quoi ?

— Tu vas un peu trop souvent aux toilettes pour quelqu'un qui n'a pas de problème de prostate et je ne crois pas t'avoir vue boire une goutte d'alcool depuis le début du dîner. Avoue qu'il y a de quoi se poser des questions.

Paul décide alors de tout leur dire, ce qui soulage Sophia, fatiguée de se taire. Evidemment, il nous fait jurer que ça ne sortira pas de notre petit groupe. Tout le monde est ravi et lève son verre à la bonne nouvelle. Quant à moi, j'ai gagné le droit de boire la sangria de Sophia en échange de mon Coca zero. Une bonne affaire.

Matthieu se tourne vers moi, visiblement soulagé.

— Mais alors, ça veut dire que c'était pas toi, c'est ça ?

— Non, confirmé-je, j'ai dit ça pour couvrir Sophia.

On essaie de leur expliquer, mais Matthieu insiste :

— Mais vous êtes ensemble ou pas ?

— Non, répond-on en chœur, Julien et moi.

— Je vous ai pourtant bien vus vous embrasser ce matin ! Je suis pas fou.

— Laisse tomber, dis-je. Ça ne t'est jamais arrivé de mal interpréter des choses ?

Julien explique notre problème de chambre et tout le monde semble trouver cela cohérent. Angie me foudroie du regard et je comprends que mon mensonge me fait dégringoler du rang de meilleure amie à la case pire ennemie. Elle ne se prive d'ailleurs pas de m'engueuler en public.

— Tu aurais quand même pu me le dire, la confiance règne ! Maintenant, c'est moi qui passe pour une idiote avec mes conseils à la noix.

Sophia vient à ma rescousse en expliquant que c'est sa faute, et que c'est elle qui m'en a empêchée, mais je sens bien que tout est brisé entre nous. Tant pis, je pleurerai une autre fois.

Maxime revient s'asseoir à côté de moi après avoir commandé un autre pichet et je sens qu'on va bien s'amuser ce soir. Enfin !

On décide de faire une compétition billard/fléchettes. Les filles contre les garçons. Idiot comme idée, les filles sont nulles aux fléchettes, tout le monde le sait. Ados, on jouait souvent au billard, avec Sophia. Il y avait une table au bar à côté de chez nous et on aimait bien «faire les belles» devant les garçons. On se retrouve donc Angie, Sophia et moi contre Matthieu, Maxime, Julien et Paul. Carole est crevée et Jean préfère la raccompagner non sans expliquer qu'il espère une *récompense* en retour.

Les équipes sont inégales car nous sommes trois contre quatre, mais ce n'est pas grave.

On fait une première partie où Angie joue aux fléchettes contre Maxime et Julien, pendant que Sophia et moi mettons une *pâtée* à Matthieu et Paul au billard. On a décidé ça un peu au pif et, si Angie a d'abord râlé de se retrouver seule (on a un peu triché, Sophia et moi, pour se retrouver toutes les deux), elle est finalement aux anges et ne se prive pas de minauder devant les deux garçons.

On rigole beaucoup, je bois pas mal aussi, et j'observe Julien du coin de l'œil. Il a l'air de beaucoup s'amuser. Pour la première fois, j'ai l'impression de voir en lui un ado insouciant qui passe un bon moment. Le barman, auprès de qui je vais régulièrement m'approvisionner, semble bien m'apprécier. Décidément, j'ai la cote avec les serveurs aujourd'hui.

Je minaude moi aussi (j'aime bien ce terme), pour essayer de prendre de l'avance.

Comme on gagne la première partie, les équipes tournent et on prend Maxime et Julien au billard. C'est là que les choses sérieuses commencent.

Ce sont des adversaires assez redoutables et la partie est beaucoup plus serrée.

On rigole moins qu'avec Matthieu et Paul car on doit

se concentrer. L'alcool ingurgité ne m'aide pas beaucoup, pas plus que la proximité de Julien. J'ai l'impression qu'il prend un malin plaisir à rester à côté de moi quand je dois jouer un coup difficile, mais je ne m'en sors pas trop mal. J'en profite aussi pour le déconcentrer dès que c'est possible et je m'aperçois que c'est assez simple. Il me suffit d'adresser un sourire complice à Jeremy, le serveur (oui, en plus je connais son nom), pour déstabiliser Julien et lui faire rater son coup. Vers la fin de la partie, quelques clients traînent autour de notre table et Julien en profite pour sympathiser avec une grande brune. C'est nouveau, ça. Je croyais qu'il préférait les blondes. Dans le genre grande asperge, elle est pas mal, enfin si on aime les flamants roses en minijupe. Non mais je rêve ou elle aussi se met à minauder ? C'est fini, oui ?

J'en profite pour me rabattre sur Maxime car Jeremy est bêtement occupé à servir d'autres clients au bar.

On finit par perdre la partie sur un joli coup de Maxime, qui rentre la noire en indirect alors qu'il nous reste une boule. Zut. Pour la suite, c'est pas gagné vu notre niveau aux fléchettes.

Les équipes tournent de nouveau. Sophia et moi partons aux fléchettes affronter Paul et Matthieu, qui ont gagné face à Angie (qui avait déjà perdu face à Maxime et Julien). C'est mal barré pour l'équipe des filles. On rigole encore beaucoup, ça fait du bien de se retrouver avec Sophia, que les nausées laissent tranquille pendant le reste de la soirée. Ce petit intermède semble lui faire oublier sa grossesse cachée, les préparatifs du mariage et la réunion de sa famille et de sa belle-famille sous le même toit.

Note pour plus tard: ne jamais me marier. Trop compliqué, je ne supporterais pas ma mère et mon père, plus une belle-mère et un beau-père. Ou alors il faut que je me trouve un orphelin.

J'affine ma future stratégie matrimoniale quand je

m'aperçois que Julien semble de plus en plus intime avec Grande Gigue.

— Concentre-toi, me sermonne discrètement Sophia. Tu pourras le reluquer tant que tu voudras quand on jouera contre lui tout à l'heure.

— Quoi ?

— Tu sais très bien ce que je veux dire. T'inquiète pas, il va pas s'envoler.

— Mais n'importe quoi...

— Oui, oui, c'est ça.

On finit par perdre, bien sûr, mais au moins on a bien ri.

On s'approche de la table de billard juste à temps pour voir Angie se faire écraser par les garçons. Décidément, elle sert à rien, celle-là. Matthieu la réconforte en la serrant dans ses bras. L'alcool doit me faire du bien car je ne ressens presque rien quand je le vois l'embrasser. J'ai dit «presque».

On retourne aux fléchettes et Maxime en profite pour me donner des cours particuliers, genre cliché de prof de tennis. Il se place derrière moi et dirige mes bras pour simuler le lancer parfait. J'en profite pour me caler ostensiblement contre lui pour faire enrager Julien.

A vrai dire, à cette heure avancée de la soirée, je ne sais plus trop quel est le but du jeu. Gagner des points en jouant les séductrices et en lui montrant que ça marche, ou juste le rendre jaloux ?

Telle Scarlett O'Hara, je me dis que je réfléchirai à ça demain. Pas le courage d'aller visiter les profondeurs de mon esprit embrumé ce soir.

La grande brune refait son apparition à côté de Julien. Grrrr.

On finit par perdre ! Bien sûr. C'est donc une victoire écrasante de la gent masculine. Une poussée de testostérone plus tard, nous nous retrouvons à devoir leur offrir et servir des bières toute la soirée. On n'avait qu'à pas parier.

Une piste de danse s'est improvisée dans le bar. On

se trémousse un peu et on s'amuse beaucoup. Je danse avec Maxime puis avec un inconnu, pas mal mais un peu trop collant à mon goût. Impossible de m'en débarrasser. Il est bien gentil, mais il faudrait qu'il comprenne que là c'est pas un slow, et qu'il doit arrêter de me coller sur ce morceau qui n'en finit pas.

Rien à faire. Il me presse contre lui et je sens quelque chose de dur et qui ne semble pas être une canette de bière qu'il aurait glissée dans la poche de son jean. M'enfin ! C'est flatteur mais très désagréable.

— Tu permets ?

C'est Julien, qui m'entraîne sans laisser à Rocco Siffredi le temps de répondre.

— Waouh, chevalier au secours des princesses en détresse, je ne te connaissais pas ce rôle !

— C'est juste que d'habitude c'est Maïa qui vient te sauver la mise, non ? Je me suis dit que ça lui faisait un peu loin, depuis Paris, et connaissant tes choix désastreux en matière de cavaliers...

— Comment ça « choix désastreux » ? Il est pas si mal et j'aurais très bien pu m'en sortir seule !

— C'est vrai, j'avais oublié que la *princesse* avait des griffes.

On continue de danser. Il danse pas mal, d'ailleurs, et il poursuit :

— Au fait, je crois que je suis en train de gagner !

— De quoi tu parles ?

— J'ai récupéré le numéro d'Elsa.

— Elsa ?

— La belle brune.

— Ah, la jument ?

— Oh, la mauvaise ! Je rêve ou tu es jalouse ?

— Moi ? Tu déconnes ou quoi ? Je t'ai déjà vu avec mieux, c'est tout.

— Tu veux dire que tu me préfères avec des Barbie, c'est ça ? Un peu dans ton genre ? me dit-il, railleur.

— Mon genre ? Décidément, j'ai tous les styles avec

toi. Bon, si tu permets, moi aussi j'ai des numéros à récupérer...

J'essaie de me libérer mais il resserre son étreinte.

— Doucement, ma jolie, on reprend. Pas de coups bas cette fois-ci ?

— Tu peux parler, c'est toi qui as commencé, je te ferai remarquer et... Oh, non, il revient ! dis-je en voyant mon étalon en rut.

Julien sourit et fait mine de s'écarter.

— Tu veux récupérer son numéro, je suppose ?

— Non, non, je t'en prie, reste encore un peu.

Je m'accroche à ses épaules.

— Dis donc, j'aime bien quand tu me supplies. Essaie encore, pour voir, je crois qu'Elsa m'appelle et...

— S'il te plaît, Julien... encore une minute...

Il rigole. Je le regarde dans les yeux:

— Bon, OK, qu'est-ce que tu veux en échange ?

— Waouh, carrément ! Qu'est-ce qu'il t'a fait pour que tu le fuies comme ça ? Je t'ai déjà vue moins regardante.

— Disons qu'il est un peu trop *empressé* à mon goût. Enfin surtout une certaine partie de son anatomie.

— C'est juste que tu lui fais de l'effet, ou alors il a vraiment trop bu.

— Merci...

— Désolé, c'est pas ce que je voulais dire... Je te connais trop bien pour être objectif, mais j'imagine que tu dois faire pas mal d'effet dans cette robe...

— Eh bien ! Je te supplie et tu t'excuses dans la même discussion ! On progresse.

On s'arrête de danser quand la musique se tait. Il plante son regard vert dans le mien et j'ai du mal à le soutenir.

— On dirait que nos relations évoluent, dit-il avant d'aller retrouver les autres.

Je reste interloquée un instant et finis par le suivre pour échapper à mon admirateur.

Paul et Sophia sont fatigués et veulent rentrer. Les autres sont partants pour aller boire un dernier verre dans une boîte dont le serveur m'a parlé. On rentrera avec la voiture de Julien. Dans la boîte, la musique est beaucoup trop forte pour permettre une conversation normale. De toute façon, ce n'est pas ce qui m'intéresse puisque ma seule *copine* restante est Angie.

On commande une bouteille. Tant qu'à ne plus être enceinte, autant se prendre une bonne murge !

Comme notre *gage* n'est pas terminé, Angie et moi jouons les barmaids pour les trois garçons. On prend la chose très au sérieux, en affectant des mines de serveuses de casino coincées pour leur verser leur vodka pomme. On éclate d'un rire complice quand Angie trébuche et manque de renverser son verre sur le pantalon de Maxime. Je vais aux toilettes et Angie m'accompagne. Je sens qu'elle a envie de me parler... Ah oui, c'est vrai, on est encore mardi même s'il est 2heures passées... La journée confidences n'est pas finie !

— Je suis contente d'être un peu seule avec toi, dit-elle. Quand il y a Sophia, c'est impossible de discuter, vous êtes collées comme des siamoises.

— Tu sais, avec Sophia, on se connaît depuis toujours et on ne s'est pas vues depuis longtemps, expliqué-je pour me justifier.

— Je sais, je sais. D'ailleurs, c'est pas un reproche. J'aimerais parfois pouvoir entrer un peu dans vos délires, c'est tout.

Effectivement, elle n'a pas l'air de m'en vouloir. Comme je ne réponds pas, elle en profite pour rectifier son rouge à lèvres. Quand elle termine, elle se retourne en me proposant le tube.

— Pourquoi pas ?

— Tu devrais en mettre plus souvent. Tu as de belles lèvres bien dessinées, c'est dommage de ne pas les mettre en valeur.

— Ah ? C'est gentil, mais je suis nulle en maquillage, j'en mets très peu.

— Je comprends ! Si j'avais un visage aussi joli que

le tien, moi non plus je n'en abuserais pas, lance-t-elle avec un grand sourire.

— Pourquoi tu dis ça ? Tu as un visage ravissant.

Et le pire, c'est que je le pense vraiment.

— Si on n'y regarde pas de trop près ! J'ai une vilaine peau, mais je crois que c'est de famille, alors..., fait-elle en dégainant son poudrier.

Je ne cache pas mon admiration devant sa dextérité, ce qui la fait rire.

— Des années d'expérience dans l'art du camouflage ! Au fait, si tu veux, je te maquille pour le mariage. Dans ton style, bien sûr, pas comme un camion volé !

J'accepte volontiers et je vais pisser. Quand je sors, après m'être *lavé* les mains sous un filet d'eau douteux, Angie me prend par le bras. Ouille, ça sent pas bon.

— Je voulais te dire...

— Oui ?

— Je suis désolée pour Matthieu. Ça n'a rien à voir avec toi, ça s'est fait tout seul, promis. J'aurais jamais cru qu'un mec comme lui s'intéresse à une fille comme moi.

— Comment ça une fille comme toi ? m'étonné-je en m'essuyant les mains comme je peux.

— Ben, comme moi, quoi. Tu m'as comprise. Sans ta classe ni ton boulot.

— Mais arrête ! A quoi ça rime de te comparer à moi ? Tu es très bien et Matthieu a l'air heureux avec toi. De toute façon, je crois que j'étais trop compliquée pour lui.

— Peut-être... En tout cas, je me sens bien avec lui, comme si tout était simple. Pour la première fois, je ne me sens pas jugée. Oh ! je ne me fais pas de faux espoirs non plus, je sais comment il est. Quand il sera lassé, il ira voir ailleurs, mais en attendant, j'en profite.

— Eh bien, pour l'instant, ça n'a pas l'air d'être le cas, si j'en crois la manière dont il te regarde !

— Tu crois ?

— J'en suis sûre.

— Tu en as parlé avec lui ? demande-t-elle, un léger soupçon dans la voix.

— Techniquement, c'est lui qui en a parlé avec moi. Je me suis contentée d'écouter.

— Et qu'est-ce qu'il t'a dit ?

Dans sa voix et dans son regard, le soupçon s'est mué en inquiétude.

— Exactement la même chose que toi, alors profite ! Il se pourrait même que tu réussisses à le changer.

— Tu crois ? Je ne sais pas pourquoi mais cette fois, après tous ces crapauds, j'ai le sentiment que ça pourrait marcher.

Je rigole.

— Méfie-toi quand même, au fond de chaque homme, il y a un crapaud qui sommeille !

— Hé, tu parles à une spécialiste ! Je suis même passée interprète dans le langage des crapauds. D'ailleurs, si tu as une question sur celui qui te tourne autour en ce moment, tu n'as qu'à me demander...

— Oh non, tu vas pas t'y mettre toi aussi ! Julien et moi...

— Qui te parle de Julien ? Je parlais de Maxime...

— Oh ! je...

— Non, je déconne, je parlais bien de Julien. Je voulais juste vérifier qu'il n'y avait pas erreur sur le batracien...

— Angélique !

C'est sorti tout seul. Je suis tellement outrée que j'emploie son prénom en entier. Elle pose un doigt sur ses lèvres rouges.

— Motus et bouche cousue, je ne dis plus rien.

Sur quoi elle sort rejoindre les autres.

Allez, une de plus sur la liste d'attente pour la publication des bans du mariage de Lydia et Julien. Commencent tous à me fatiguer. Bon, faut que je retourne dans l'arène, ces toilettes puent vraiment trop.

Comme il me l'a promis, Jeremy nous rejoint après son service.

On danse et je m'amuse, mais j'abuse aussi un peu de la vodka. Je me déhanche avec de moins en moins de retenue devant lui et une part de moi-même se demande comment je vais bien pouvoir sortir de ce pétrin. Je suis clairement en train de lui lancer des signaux sans équivoque, et en même temps je ne me vois pas du tout passer la nuit chez un parfait inconnu en pleine semaine de préparatifs du mariage et encore moins l'inviter dans *ma* chambre...

J'en suis là de mes réflexions quand il en profite pour m'embrasser. Il embrasse pas trop mal, c'est déjà ça. Remarque, c'est à peu près ce que j'ai dit la semaine dernière avec le boulet du bar.

Julien choisit de débouler pile au moment où les mains de Jeremy deviennent un peu trop baladeuses.

— Lydia, dit-il, ou plutôt aboie-t-il pour couvrir le bruit des basses, tu fais comme tu veux, mais nous on rentre et je ne fais pas taxi, alors vois avec ton petit copain comment tu t'organises.

— Non, c'est bon, je rentre.

— Mais je peux te ramener, si tu veux, intervient Jeremy.

— Euh, non merci. Il faut vraiment que je rentre ce soir, je ne peux pas faire autrement, dis-je en me dégageant.

— Allez reste, on s'amuse bien, objecte-t-il en se collant à moi.

— Tu as entendu, elle t'a dit qu'elle rentrait ! le coupe Julien sur un ton qui ne souffre aucune réponse.

— De quoi tu te mêles, toi ?

Oh, merde, ils se rapprochent et sont maintenant presque front contre front. Ça sent le combat de coqs et je rassemble ce qu'il me reste de lucidité pour m'interposer comme je peux avant le début des hostilités. Maxime, qui a vu que ça chauffait, arrive avec Matthieu sur les talons. Là, c'est vraiment la catastrophe, je dois éviter la bagarre générale.

— Non, non, non, dis-je en regardant Julien, avant

de me retourner vers Jeremy. Je te donne mon numéro, appelle-moi demain, d'accord ? Mais là il faut vraiment que j'y aille, cas de force majeure.

Jeremy acquiesce. Ouf. Il note mon numéro sur son portable et me le fait répéter pour s'assurer que je ne lui en ai pas donné un bidon.

Dans la voiture, personne ne parle et Julien a l'air assez tendu. Je suis devant, à côté de lui, j'ignore pourquoi les autres m'ont cédé d'office la meilleure place. Peut-être ont-ils peur du regard sombre de Julien ? Je finis par rompre le silence.

— J'ai gagné, non ?

Un brin provocateur, je vous l'accorde. Et peut-être pas le timing parfait, OK. Mais je vous l'ai déjà dit, passé une certaine dose d'alcool, mon filtre anticonneries ne fonctionne plus.

Julien me regarde, atterré.

— Tu te fous de ma gueule ?

— Pourquoi ?

— Te faire violer au milieu de la piste, tu appelles ça une victoire ?

— Tu crois pas que tu y vas un peu fort ?

— Moi ? C'est l'hôpital qui se fout de la charité !

— Mais quel caractère de chien, et mauvais perdant, en plus. Que des qualités, t'es bon à marier !

— On peut savoir en quoi j'ai perdu ? J'ai un numéro, je te signale. Sans compter la blonde en boîte à qui j'aurais pu laisser le mien, si j'en avais eu envie. Mais quand je t'ai vue avec tes losers...

— Ah, parce que ta jument et ta poupée Barbie comptent plus que mes « losers », comme tu dis ?

— Ah ! Donc tu as bien vu la blonde, ce qui valide le score de deux à un.

— Certainement pas ! Avec mon tordu du bar on est à égalité !

— Mais de quoi vous parlez ? lance timidement Maxime depuis la banquette arrière.

— De rien ! répliquons-nous tous les deux.

— Enorme... Je ne vous connais pas bien, mais vous me faites penser à mes grands-parents, insiste Maxime.

— Quoi ? dis-je en me retournant pour le regarder.

— Toujours en train de se chamailler. Je ne les ai jamais vus autrement. J'étais persuadé qu'ils se détestaient et qu'ils restaient ensemble pour les convenances.

— Et ?

— Et le jour de la mort de mon grand-père, je n'ai jamais vu personne d'aussi malheureux sur terre que ma grand-mère. J'avais grandi et j'ai pu lire ça dans son regard. Je crois que je n'ai jamais vu autant d'amour dans les yeux de quelqu'un depuis.

Un silence s'installe, que même Angie n'ose pas rompre.

— Tu as perdu quand même, dit Julien après quelques minutes.

Je secoue la tête.

Un instant plus tard, Julien gare la voiture: on est arrivés. Matthieu réveille doucement Angie, qui s'est endormie, et la porte à moitié jusqu'à leur chambre. Maxime nous fait un signe et s'en va. Je m'apprête à prendre le couloir de gauche quand Julien me lance:

— Tu vas dormir où ? Chez lequel de tes nombreux soupirants ?

— J'aimerais bien faire ça, mais un malotru les a tous chassés ! Donc je me contenterai de notre prison commune, dis-je en m'engageant dans le couloir d'un pas décidé.

— Quand tu me suppliais de t'aider, je n'avais pas l'impression d'être un « malotru ». Et c'est de l'autre côté, notre prison, couloir de droite, si tu la cherches.

Je me retourne, il est resté dans le hall d'entrée et me montre le couloir opposé à celui où je suis. Réussir à être énervant à ce point, ça relève du génie.

Je rebrousse chemin en râlant et trouve enfin la porte de notre chambre. Julien la claque derrière nous et me retient par la main avant de me plaquer contre le bois.

— Tu vas pleurer tes amours perdues toute la nuit ?

— Pourquoi ? Tu te sens coupable de m'avoir fait rater deux superbes occasions ?

— Tu devrais plutôt me remercier de t'avoir épargné une nuit à mourir d'ennui.

— Et alors on fait quoi, maintenant ? Match nul et on est bredouilles tous les deux.

— Peut-être que ton serveur va te rappeler, qui sait ?

— Ça va être dur, je lui ai donné mon ancien numéro.

— Ah, alors je vais devoir aller retrouver Elsa pendant que tu dors bien tranquillement ici, chérie.

— Quoi ? Espèce d'ordure ! dis-je en le repoussant.

Mais il saisit mes mains et les immobilise contre la porte.

— Ou alors...

— Ou alors ?

— Ou alors, puisqu'on est deux et qu'on est déjà là, on pourrait rester à égalité mais sans finir bredouilles.

— Parce que tu crois que j'accepterais de...

Mais je n'ai pas le temps de finir ma phrase que Julien m'embrasse violemment.

Oh, mon Dieu que c'est bon. Mais ça, je ne l'avouerais jamais, même sous la torture. Je n'ai pas le temps de réfléchir que son baiser se fait plus doux et sa langue, plus insistante.

Il relâche doucement la pression et j'en profite pour libérer mes mains et les glisser dans ses cheveux. Ça fait très cliché, mais je crois qu'au fond de moi j'en ai toujours rêvé. Passer les mains dans ses cheveux indisciplinés pour les *indiscipliner* encore plus.

Julien défait mon chignon et ses mains continuent de m'explorer. D'abord la poitrine, puis la main droite descend doucement et passe sous ma robe. J'en profite pour déboutonner sa chemise pendant qu'il m'embrasse dans le cou, sur la poitrine, un peu partout en fait.

J'ai l'impression d'être en manque de sexe et je me fais l'effet d'une nymphomane, mais je m'en fous. Il n'a pas l'air de pouvoir se retenir non plus. Une toute petite voix essaie de me prévenir: «C'est Julien, tu es en train de... », mais la réception est complètement brouillée et je ne comprends rien. Tant pis... j'essaierai de décoder demain...

C'est une tempête qui passe au-dessus de nous et rien ne semble pouvoir nous arrêter (du moins je promets de massacrer celui qui essaierait). Julien trouve un préservatif dans la poche d'un pantalon posé sur une chaise, l'enfile en un instant et me prend contre la porte. J'ai la sensation grisante d'être soulevée sans aucun effort. L'impression d'être une plume... Et il fait ça si bien que je suis incapable de la moindre pensée cohérente. Juste que c'est bon, le sexe sans conséquence... et je jouis en même temps que lui.

Il repose doucement mes jambes par terre et je me sens plus fragile qu'à aucun autre moment de ma vie.

— Alors ? Ton lot de consolation ? ironise-t-il.

— Pas mal, je vais prendre goût au sexe sans conséquence.

— Pas mal ?

— Oui, d'ailleurs je crois que l'inconnu au bar présageait de bonnes choses aussi...

— Ne me provoque pas, sorcière, dit-il en me portant jusqu'au lit. On va voir si tu tiens le coup pour la suite après ces préliminaires...

— Ces préliminaires ?

— Déjà fatiguée ?

— Non, impatiente, dis-je simplement.

Ensuite ce n'est plus une tempête que nous traversons, mais un ouragan, aussi mouvementé et torride que les « préliminaires », mais bien plus long et encore meilleur. Puis je sombre dans un sommeil profond, un sourire aux lèvres...

8. Les jours d'après

Je me réveille, calme et sereine, comme si, comme si… comme si j'avais fait (deux fois) l'amour avec mon patron ! Avec Julien ! Oh, mon Dieu !

Je regarde l'iPhone: 11 heures. Je suis seule dans la chambre, Julien est parti.

Quel jour on est ? Mercredi. Ça va, rien de prévu ce matin, enfin je crois. Je me douche vite fait et je sors de cette chambre.

Je rejoins Sophia qui est dans la pièce principale en train de discuter avec sa belle-mère. Elles me regardent arriver et j'ai l'impression qu'on peut lire sur mon visage « j'ai couché avec mon patron ». Remarque, pour la belle-mère, c'est normal, mais pour Sophia…

Bon, finalement leur conversation sur les essayages de la robe, demain, reprend vite. On me demande si j'ai bien dormi, s'il est bien raisonnable de se coucher aussi tard « dans mon état », bla-bla-bla. Jusque-là, je survis. Puis j'entends une voix familière qui me fait sursauter. *Il* arrive, avec Matthieu et Jean. On se salue et je suis toujours en vie.

Matthieu me demande discrètement si je n'ai pas trop mal à la tête… Je crois un instant qu'il fait allusion au fait que ma tête ait tapé à plusieurs reprises sur la porte hier soir pendant qu'avec Julien… puis je réalise qu'il parle d'une éventuelle gueule de bois à la suite de ce que j'ai ingurgité. Il faut que j'apprenne à être moins nerveuse, moi.

Vu l'heure qu'il est, je prends un petit déjeuner léger et je sors sur la terrasse où Julien me rejoint. On est seuls, ça y est. Je suppose que c'est le moment où on est censés se parler. Je me tourne vers lui.

— Sans conséquence on a dit ?

— Sans conséquence.

— Deux adultes consentants...

— Qui ont un objectif commun.

— Parfait !

— Parfait !

On dirait qu'on vient de signer un contrat. C'est peut-être un peu ça, en fait.

La journée se déroule sans incident notable, un miracle. En fait, s'il n'y avait pas eu ce texto de Maïa, j'aurais sans doute pu oublier *l'incident*.

Alors ?

Quoi ?

Ben comment ça se passe la cohabitation ?

Un peu trop cohabité, justement...

Puis je renvoie de suite derrière:

Mais qu'est-ce que c'était bon !

Et là, je compte en levant mes doigts un à un. Un, deux, trois, qua... Pas le temps d'arriver à quatre que mon portable sonne déjà.

— Tu as couché avec Julien ?

— Coucou, ça va, ma chérie ?

— Oui et toi ?

— Oui, très bien.

— Tu m'étonnes ! C'est un bon coup alors ?

— Tu bosses pas aujourd'hui ?

— Non, je m'offre trois jours de vacances, j'ai décidé ça hier. Combien de fois ?

— Il fait beau à Paris ? Parce que ici...

— Lydia ! hurle-t-elle.

— OK, OK, dis-je en riant. Réponses: oui, oui et deux.

— Seulement deux fois ?

— Sachant qu'on était un peu bourrés tous les deux et que c'était juste excellent, ce n'est pas la quantité qui a primé !

— Raconte tout et n'oublie rien.

Je m'éloigne pour être sûre de ne pas être entendue, cette fois-ci, et j'entreprends de raconter l'essentiel à Maïa en gardant un certain équilibre entre autocensure et détails croustillants. Je lui explique notre « contrat ».

— Bien sûr, commente-t-elle sur un drôle de ton.

— Comment ça « bien sûr » ?

— Rien, c'est très bien, je suis très fière de toi.

— D'avoir couché avec mon patron et mis ma carrière en péril ? Oh ! tu sais, c'est rien, je n'ai fait que suivre les conseils d'une copine un peu folle qui ne vient ni de Vénus ni de Mars...

— Depuis quand tu suis mes conseils, toi ?

— Depuis hier soir !

— Et tu le regrettes ?

— Pour l'instant, non, mais je sens que ça risque de changer bientôt.

— Mais non: pas de conséquences, donc pas de soucis !

— Tu sais bien qu'il y en aura forcément. Comment on va reprendre comme avant ?

— Tu veux dire que tu n'arriveras plus à le haïr comme d'habitude ? Et ce serait si grave que ça ? Au pire, rien ne change, au mieux, vous devenez amis et même...

— Et même quoi ?

— Vous vous mariez et vous avez beaucoup d'enfants...

— OK, je vais démissionner, je pense que c'est le plus raisonnable.

— Lydia, on ne panique pas !

— Et je fais quoi alors ?

— *Carpe diem !* Comme tu dis tout le temps: demain il fera jour.

— Mais elle veut rien dire cette phrase. Enfin, elle marche pour les autres, pas pour moi !

— Peu importe. Ce que je veux dire, c'est que tu ne démissionnes pas. Tu ne fais rien de plus que t'occuper du mariage et assurer avec Julien, et on reparle de tout ça à ton retour.

— Mais, Maïa, je...

— Je te laisse, ma chérie, j'ai un autre appel. Tout va bien se passer, demain il fera jour.

Je n'ai pas le temps de répondre, elle a raccroché ! Je peux la tuer à distance ?

Je suis perdue. Dans tous les sens du terme. Paumée, sans plus de moral ni d'ambition. Bon, peut-être que toutes ces émotions me font dramatiser un peu: elle a raison, on verra demain.

La journée se déroule à la perfection, si l'on excepte une légère tension entre les futurs beaux-parents concernant l'agencement floral. Je désamorce le conflit (j'ai déjà précisé que j'avais tendance à dramatiser ?) en disant qu'on verrait vendredi quand lesdites fleurs arriveront. Les belles-mères se regardent un instant en chiens de faïence, mais ça finit par s'apaiser. Elinor, la mère de Sophia, que je connais bien, n'a pas un caractère facile et, à mon avis, elle ne lâchera pas le morceau comme cela. Je n'ai pas franchement hâte d'être vendredi.

En fin d'après-midi arrive Becky, l'Anglaise, second témoin de Sophia. Elle est plutôt jolie, mais je découvre surtout que la première impression qu'elle m'a faite n'était pas vraiment conforme à la réalité: je l'ai prise pour une coincée alors qu'elle est tout simplement faux cul. A peine arrivée, elle a l'air parfaitement à son aise et me fait comprendre que ce n'est pas parce que je suis là depuis longtemps et que je connais tout le monde que j'ai l'avantage pour autant. Comment elle me fait passer le message ? Comme toutes les filles: par le regard et l'intonation de la voix. Elle sympathise très vite avec Julien et la discussion s'engage aussitôt, en anglais. Comme s'ils avaient quelque chose de spécial à partager.

C'est déjà le soir et je n'ai pas vu passer cette journée. Pas étonnant, c'est la première fois depuis des lustres que je fais une grasse matinée, ce qui ne m'arrive jamais en temps normal. «Normal»? Mais en ce moment rien n'est normal!

Visiblement, tout le monde est crevé et semble pressé de se coucher après une rapide collation. Dans la chambre, Julien me laisse me doucher en premier pendant qu'il consulte ses mails. Il a répondu à la proposition de M.Massifou cet après-midi après qu'on y a apporté quelques retouches. Quand je sors de la salle de bains, il me passe l'ordinateur pour que je prenne le relais.

— Tu t'entends bien avec Becky, dis donc, lui fais-je remarquer depuis la chambre tandis que l'eau commence à couler.

— Oui, ça va, elle est sympa.

Rien de plus. Merde.

— Et c'est quoi cette manie de parler anglais tout le temps?

— Ben elle est anglaise, non? me répond-il avant d'augmenter le débit de l'eau, mettant un terme provisoire à mon interrogatoire.

— Oui, c'est sûr, elle est anglaise, dis-je quand il revient dans la chambre, une serviette nouée autour de la taille.

Pour ma part, je porte l'un de ses T-shirts, qui remplace la chemise de nuit que j'ai oublié d'acheter. J'admire quelques instants sa plastique avant de poursuivre:

— Mais bon, elle parle très bien français.

— Et alors?

— Alors pourquoi elle ne parle anglais qu'avec toi?

— J'en sais rien.

— Moi si.

— Et?

— Elle t'aime bien, c'est tout.

— Ah, alors c'est une preuve supplémentaire de mon charme légendaire, dit-il avec un sourire ravageur.

— RAV ! Rien à voir ! Par contre, ça peut mettre les gens mal à l'aise. On a l'impression que vous cachez quelque chose. Sans compter que tout le monde sait que les Anglais n'ont pas de goût, dis-je avec un sourire.

Il rit et me soulève de ma chaise pour me poser sur le lit. Au moins, ça éclaire ma lanterne sur ses intentions.

— Jalouse alors ?

— Quoi ? Pas du tout !

— Tu parles anglais, tu sais très bien que ce que l'on dit n'a rien de confidentiel. Enfin, si tu penses que ça dérange « les gens », promis, demain on passe au français ! En attendant, ajoute-t-il en m'embrassant, j'aimerais bien que tu paies le loyer de ta chambre.

J'abandonne. Pas la peine de vous faire un dessin : pour l'absence de conséquences, on verra demain !

Le jour commence à poindre lorsque je me réveille, en nage. J'ai enfin compris pourquoi j'ai toujours chaud dans cette chambre : on n'a pas de clim ! Franchement, vu le standing du domaine, les propriétaires pourraient la faire installer. Je me douche discrètement et m'apprête à sortir pour aller prendre mon petit déjeuner quand Julien se réveille.

— Un câlin du matin ? me demande-t-il encore endormi.

Puis il se relève sur ses coudes et consulte son téléphone.

— Waouh, 6 heures ! Je rêve ou tu te réveilles avant moi ?

— Eh oui, ça arrive.

— Ça tombe bien, on a une grosse journée aujourd'hui. Bian attend une réponse.

— On ne l'a pas envoyée hier ?

— Si, mais il a renvoyé un mail cette nuit.

— ...

Je ne sais pas quoi dire. Il est 6heures du matin et ce type est capable de penser business avant le petit déjeuner.

— Je me suis réveillé et je n'arrivais pas à me rendormir, je réfléchissais, alors j'ai regardé mes mails, explique-t-il.

— Tu réfléchissais à quoi ?

— A nous. A la tournure des événements. C'est compliqué, tu sais.

Professionnellement...

J'imagine la conversation pénible qui va suivre et préfère prendre les devants.

— Non, il n'y a rien de compliqué, c'est une erreur, point. Il suffit de tout oublier et de remettre les compteurs à zéro.

— Une erreur deux nuits de suite ? demande-t-il.

— Exactement.

— C'est comme ça que tu le vois ?

— Oui. Toi et moi, c'est ridicule, dis-je avec une assurance qui est très loin de ce que je ressens. De toute façon, on sait très bien que ça ne peut pas continuer comme ça.

— Je suis d'accord, dit-il simplement.

Et là, je ne sais pas pourquoi, mais ces quatre petits mots suffisent à me faire mal.

— Tu es mon patron, on est trop différents. Tu veux du sexe sans lendemain, je croyais que moi aussi, mais ça ne m'amuse plus.

— Et si ce n'était pas ce que je voulais ? dit-il simplement.

— Mais alors qu'est-ce que tu veux ? Tu le sais, au moins ?

Il s'est levé et me regarde en enfilant un jean et une chemise. Il hausse les épaules.

— Non, j'en sais rien !

— Tu veux une relation longue, un mariage, des enfants ?

— Ah non, certainement pas !

Aïe, ça fait encore plus mal. J'écarte les bras en signe d'impuissance.

— Eh bien, voilà, tout est dit.

— Qu'est-ce que je suis censé comprendre ? C'est ce que tu veux, toi ? Première nouvelle.

— Et toi, qu'est-ce que tu en sais ? On change avec l'âge, et moi, j'en ai marre de tout ça. Si je ne prends pas ma vie personnelle en main maintenant, je ne le ferai jamais.

— Et ?

— Et je crois que ma vie professionnelle m'en éloigne. Je préfère donc partir.

— Partir ?

— Oui. Quitter cette chambre, ce boulot. Toi.

— Tu démissionnes ?

Je ne comptais pas aborder ce sujet délicat entre la douche et les croissants, mais je suis déjà allée trop loin pour reculer et ma réponse coule de source.

— Oui.

Et en le disant, je m'aperçois que c'est effectivement ce que je veux, avant qu'il ne soit trop tard.

— Et comment on fait pour le contrat ?

Et voilà ! Ce type est incorrigible.

— Ne t'inquiète pas pour ta chère entreprise, je ne ferai rien qui puisse nuire à ton bébé. On boucle le dossier, on signe et je m'en vais.

Il reste un instant sans rien dire et acquiesce.

— OK. Je suis déçu, c'est tout. Je te croyais plus résistante. J'ai fait une erreur, au temps pour moi.

— Non, *moi*, j'ai fait une erreur. L'erreur de penser que tout cela était sans conséquence, alors que ça n'existe que dans les films. C'est de la publicité mensongère, dis-je avec amertume.

— Alors, je suis une erreur, c'est ça ?

— Je pense que tu es quelqu'un de bien, seulement, il faudrait que tu le découvres toi-même pour qu'une femme s'en rende compte. Et je crains que ça prenne du temps, en tout cas trop pour ma patience et mon courage. Donc je ne crois pas que tu sois *une* erreur, par contre tu es *mon* erreur, c'est certain.

Quand je sors de la chambre, je me sens accablée par une soudaine envie de pleurer. La fatigue ou la tension nerveuse, je ne sais pas. Les deux, sans doute. Ça y est, je suis au chômage... et célibataire. «Célibataire» ? Je ne sais pas pourquoi cette dernière pensée me vient. Célibataire, je l'ai toujours été, en réalité. C'est bien ça mon problème. Un conseil de ma mère me revient à la mémoire: «Ne donne rien gratuitement à un homme, il te dira toujours que c'est trop cher.» Pour la première fois, je crois comprendre ce qu'elle voulait dire et j'ai même presque envie de parler avec elle. Aïe, si j'en suis là, c'est que c'est encore pire que je le craignais.

La matinée se déroule cependant tant bien que mal et je cherche une solution pour changer de chambre, sans réussir à aborder le sujet avec Sophia. Ma faible capacité de concentration après ma décision de ce matin ne doit pas aider. Au détour d'une conversation, j'apprends que Becky a sa chambre. Tiens ? Il y a des privilégiés ?

Je sors prendre l'air dans le jardin, avec *When I Was Your Man*, de Bruno Mars, dans les écouteurs. C'est triste, mais vous savez comment sont les filles: quand on est tristes, on aime bien en rajouter. Je me prends à rêver que la vie soit aussi simple que les paroles d'une chanson. Sauf que dans la vie les hommes ne sont pas des poètes.

And I should have bought you flowers, and held your hand,
Should have gave you all my hours,
When I had the chance,
Take you to every party,
'cause all you wanted to do was dance,
Now my baby is dancing,
But she's dancing with another man...

« J'aurais dû t'acheter des fleurs, et tenir ta main,
J'aurais dû te consacrer tout mon temps,
Quand j'en ai eu l'occasion,
T'emmener à toutes les soirées,
Car tout ce que tu voulais c'était danser,
Maintenant mon bébé est en train de danser,
Mais elle danse avec un autre homme... »

C'est ça, « il aurait dû ». Mais qu'est-ce que j'attendais, à la fin ? Qu'il se batte pour moi ? Qu'il me dise « je t'aime, reste, on peut essayer » ? Est-ce que c'est vraiment ce que je voulais, en réalité ? Je ne pense pas. En fait, je n'en ai aucune idée. Pour une fois, je vais donner raison aux hommes, mais c'est vrai que c'est compliqué, une femme !

L'après-midi se passe mieux, avec essayage de la robe prévu à 15heures. Evidemment, la mère de la mariée tient à y assister et Sophia angoisse à l'idée de ne pas pouvoir dire devant elle à la couturière que le ventre la serre trop. Compliqué. Je la rassure comme je peux en lui assurant que je vais trouver une solution mais, à vrai dire, aucune ne me vient en tête.

Un peu avant l'heure fatidique, je passe dans la chambre de Julien pour boucler le dossier avec lui. Sauf qu'il n'est pas là. Super. Je jette un œil par la fenêtre et l'aperçois qui bavarde dans le jardin avec Becky. Je ne sais pas s'ils flirtent ou non, mais en tout cas ils ont l'air sacrément complices. De mieux en mieux. Je réponds donc au mail toute seule et lui laisse un mot pour lui dire que c'est fait et que je pars à l'essayage.

Elinor est déjà là. Zut, elle ne me laisse aucun répit pour réfléchir. Quant à Sophia, elle est plus tendue que jamais.

La bonne nouvelle, c'est que depuis ce matin Elinor semble réconciliée avec Jocelyne, la mère de Paul.

Visiblement, l'orage qu'il y a dans l'air n'a pas affecté tout le monde.

Louise, la couturière, est charmante et nous explique comment Sophia doit passer sa robe le jour J pour ne pas se décoiffer. Elle demande gentiment à la future mariée de lui expliquer ce qu'elle souhaitait faire retoucher quand elle l'a appelée la semaine dernière.

Sophia se décompose et semble perdre soudain l'usage de la parole. Je prends alors le relais pour expliquer tant bien que mal (surtout mal, en fait) que Sophia a peut-être sous-estimé sa taille à certains endroits. Louise sourit poliment mais ne semble pas comprendre, et c'est alors qu'Elinor intervient :

— Voyez-vous, ma chère, il est possible qu'il faille reprendre un peu la robe.

— Ah bon ? Mais j'ai pourtant bien coupé selon les mensurations que nous avions prises et je ne me trompe jamais ! se justifie la couturière, apparemment paniquée à l'idée que l'on puisse sous-entendre qu'elle a mal fait son travail.

— Oui, mais les mensurations évoluent parfois, mon enfant, insiste Elinor.

Sophia passe la robe, qui lui va très bien. En même temps avec tout ce qu'elle vomit, ça ne m'étonne pas.

— Parfait ! dit Sophia, soudain soulagée.

— J'aimerais quand même que vous repreniez certaines choses, insiste Elinor.

Devant les regards interrogateurs de Louise et de Sophia, elle précise :

— Est-il possible de desserrer le corset ? Je ne voudrais pas que ma fille étouffe.

— Le problème, c'est qu'il est fait pour être serré au maximum, objecte Louise, sinon on aperçoit une bande de peau et ce n'est pas très joli.

Visiblement, elle ne connaît pas encore la légendaire obstination d'Elinor.

— Oui, je comprends, mais quand même, passer une journée et une nuit entière ou presque une nuit dans cette robe... On dirait un instrument de torture de la Belle Epoque !

— Tout ira bien, maman, intervient Sophia sans grande conviction.

C'est vrai qu'elle a l'air plutôt engoncée là-dedans. Je ne sais pas si je dois intervenir ou me taire.

— Ecoute, ma chérie, déclare tout à coup Elinor, je comprends que tu ne veuilles rien dire et je respecte ton souhait, mais dans ton état je pense qu'il est idiot et même dangereux de s'obstiner. Je n'aimerais pas que tu fasses un malaise en pleine cérémonie.

— Dans mon état ? répète Sophia, éberluée.

— C'est bien ce que j'ai dit, ma chérie.

— Mais... tu sais ?

— Pour qui me prends-tu ? Je suis tout de même ta mère ! Si moi je ne remarque pas ce genre de choses, alors qui le fera ?

— Et... tu n'es pas fâchée ?

— Que tu sois enceinte ? Mais, ma chérie, au contraire, c'est la plus belle chose qui pouvait m'arriver. Enfin t'arriver, je veux dire !

Sophia fond en larmes dans les bras de sa mère. Je suis ravie pour elles tandis que, son mètre de couturière à la main, la pauvre Louise semble complètement perdue. Sophia explique ses craintes à Elinor, qui la rabroue gentiment. Elles tombent d'accord pour n'officialiser la nouvelle qu'après le mariage. On apprend par la même occasion que Jocelyne, la mère de Paul, est au courant aussi, ce qui explique que les deux femmes — les deux futures grands-mères donc — aient enterré la hache de guerre. Malin celui qui arrive à cacher quelque chose à une femme, et il n'est pas encore né celui qui cachera quelque chose à sa mère !

Je ne bride pas mon émotion devant leur joie et elles m'embrassent toutes deux avec chaleur. Pour la deuxième fois de la journée, ma mère me manque.

La question de la robe est réglée: Louise coudra un

morceau de tissu derrière l'accroche pour desserrer les lacets et permettre à Sophia (et au bébé) de respirer.

Je profite du départ de Louise pour sortir moi aussi et, après un instant d'hésitation, j'appuie sur une touche de mon répertoire. Je n'ai pas à attendre longtemps.

— Ma chérie, comment vas-tu ?

— Bien, maman, et toi ?

— Super, je me régale, Roberto est formidable et...

Et voilà, elle est repartie à me parler de son énième mari, je n'écoute déjà plus. Pourquoi j'ai appelé déjà ? Je ne sais pas si c'est mon silence au bout du fil ou le fait que je ne l'appelle pratiquement jamais, mais elle finit par réagir.

— Mais toi, qu'est-ce qu'il y a ? s'enquiert-elle.

— Hein, moi ? Non, rien, ça va très bien.

— Menteuse.

— Pourquoi tu dis ça ?

— Parce que je te connais, ma chérie, quoi que tu penses. C'est un homme ?

— Plus ou moins.

— Plus ou moins ? demande-t-elle en éclatant de rire. C'est un travesti ?

— Non, maman. Je voulais dire que je ne savais pas vraiment si c'était ça le problème, c'est tout.

— C'est toujours ça le problème !

— Oui, je sais, « on ne doit pas s'attacher » ou « il ne faut pas se plaindre des chaînes que l'on s'est mises à soi-même »...

— J'ai dit ça, moi ?

— Une centaine de fois au moins, répliqué-je dans un souffle, plus pour moi que pour elle.

— Oui mais ça, c'était avant...

Allez, c'est reparti, elle en a trouvé un nouveau et elle va me raconter...

— ... avant que tu ne sois prête, ma chérie, poursuit-elle.

— Quoi ? Prête à quoi ?

— A ça, à ce jour, à ce coup de fil.

— Mais comment tu sais que je suis «prête», comme tu dis ?

— Parce que c'est toi qui appelles.

C'est vrai. En fait, je crois bien que c'est la première fois que je le fais.

— Je sais que je ne suis pas une mère modèle, mais s'il te plaît, crois-moi. Ne reproduis pas mes erreurs.

— En partant en Italie ?

— Non, en laissant tout tomber par amour.

— Par amour pour qui ? Un bel Italien ? Ton deuxième mari ?

— Non. Par amour pour ton père et pour vous. Un amour si étouffant qu'il en devenait effrayant.

— Quoi ? On t'étouffait ?

— Non, ma chérie, bien sûr que non. Mais je n'ai jamais fait les bons choix. Avec ton père, c'était un amour-passion, exclusif, on se déchirait, et je me suis perdue entre lui et mon rôle de maman. Peut-être qu'un jour on pourra en parler posément toutes les deux. Là, ce n'est pas le bon moment, mais je ne perds pas espoir que tu viennes me voir, et ton frère aussi, même si je sais qu'à vos yeux je vous ai abandonnés...

— On n'avait que 14 ans, maman, on était des enfants..., dis-je en étouffant un sanglot qui monte.

Mais qu'est-ce qui m'arrive ? Est-ce vraiment le moment de m'épancher ? Je crois qu'en réalité je n'ai pas le choix, je ne peux rien retenir. Pour la première fois de ma vie, j'ai besoin de me confier à ma mère, d'entendre sa voix.

— Oui, je sais. Peut-être que vous ne me pardonnerez jamais vraiment. Peut-être que je ne mérite pas que vous me pardonniez. Mais je n'avais pas le choix, c'était ça ou je me perdais, moi. J'étouffais et je vous étouffais. Quant à toi, tu étais en pleine crise d'adolescence et seul ton père comptait à tes yeux.

— Et Jean ?

— Jean, il était toujours d'accord avec vous deux. Je ne pouvais rien faire, rien dire. Je ne trouvais plus ma place... Mais ça fait beaucoup de choses à raconter par téléphone.

— Je crois que je vais le prendre, ce billet pour Como, en fin de compte.

— Rien ne me ferait plus plaisir au monde, mon cœur. Et cet homme alors ? demande-t-elle après un silence.

— Oh, rien.

— Ça n'est jamais rien. Tu l'aimes ?

Alors que j'ouvre la bouche pour répondre, je m'aperçois que je ne sais pas.

— Quelle importance ? finis-je par dire. Lui ne m'aime pas.

— Tu en es sûre ?

— Oui.

— Tu lui as posé la question ?

— Non, mais, maman, c'est plus compliqué que ça.

— Ma chérie, tu apprendras que rien n'est compliqué quand on s'en donne les moyens.

— Mais c'est bien ma mère au téléphone ? Allô, allô ? Qui l'a changée ? C'est l'inverse de ce que tu m'as toujours dit.

— Non, ma chérie, c'est toi qui interprètes mes propos. « Ne donne jamais rien gratuitement à un homme... »

— Oui, je sais: « ... ou il trouvera que c'est trop cher. »

— Ça ne veut pas dire ne rien donner ! Si on ne donne rien, on n'a rien en retour. Sache juste lui montrer ta valeur et, quand il voudra t'obtenir, il aura beau trouver cela cher, il sera prêt à mettre le prix. Et quand il t'aura, il comprendra que ça valait vraiment la peine...

— Bof...

— Fais-moi confiance, Lydia, pour une fois. Ne baisse jamais les bras, va jusqu'au bout, ne regrette rien. Moi j'en ai, des regrets, et ils sont parfois si lourds que j'ai du mal à les porter.

— Toi ?

— Oui, moi. Alors maintenant, un dernier conseil, que je tiens de ta grand-mère. Quand tout va mal, mets ton plus beau rouge à lèvres, ta plus belle tenue et affronte ta journée en allant de l'avant et tu verras que tout te réussira.

Je rigole et lui dis:

— Merci, maman.

— De rien, ma chérie, j'espère qu'il en vaut la peine. Je t'aime...

— Moi aussi, maman, dis-je doucement, presque en hésitant.

Puis je raccroche.

Angie passe par là pile à ce moment.

— Ça va? me demande-t-elle.

— Oui, je te remercie.

— Tu n'as pas l'air dans ton assiette. Tu veux que je te maquille? Si tu ne veux pas me dire ce qui ne va pas à l'intérieur, laisse-moi au moins t'aider pour l'extérieur!

Je souris et la suis dans sa chambre. Il s'en est passé des choses, cette semaine. La couleur de certaines est en train de changer. Peut-être pour le meilleur, je ne sais pas, je l'espère. Mais là, tout de suite, je ne sais pas si j'ai le courage d'affronter tout cela. Pour l'heure, je découvre une Angélique plus profonde que je le pensais et qui me permet de remettre à plus tard le face-à-face avec mes secrets de famille. Et avec moi-même.

9. Quand les choses ne tournent pas comme on le souhaite…

Alors que la nuit tombe, je me rends compte que j'ai passé une excellente fin d'après-midi en compagnie de Carole et de mon frère. Si celui-ci s'est aperçu de quelque chose, il n'en a rien laissé paraître. Ce qui m'arrange. Je comprends mieux ce que Julien voulait dire à son sujet : mon frère a cette sagesse de ne pas poser de questions quand il voit que les gens n'en ont pas envie et j'avoue que c'est reposant. Deux discussions familiales dans la même journée, je n'aurais pas supporté.

Je n'ai pas vu Julien, ni Becky, d'ailleurs…

Sophia passe beaucoup de temps avec sa mère, ce qui est tout à fait naturel. Elle vient me voir en fin de journée pour me dire que ma cohabitation forcée avec Julien n'a plus lieu d'être car toutes les personnes concernées sont au courant de la supercherie et que, si je veux, elle me donne la chambre de Becky.

— Tu avais gardé une chambre pour Becky ?

— Euh, oui… non… c'est compliqué ! dit Sophia piteusement.

— Ah non, tu vas pas recommencer, explique !

— Eh bien, en fait, c'est la seule chose dont Paul s'est occupé. Comme quoi, j'aurais mieux fait de tout gérer… Enfin bref, Becky devait arriver plus tard et je comptais la faire dormir avec mon frère, qui arrive samedi, mais Paul a trouvé que c'était déplacé car ils ne se connaissent pas...

— Un peu oui, mais bon, on s'en fout. Et donc où est cette chambre ?

— ... Donc il reste la chambre de François, qui est maintenant celle de Becky, enfin la tienne parce que finalement il semble qu'elle dorme avec... Hé, vous ! s'interrompt soudain Sophia. Revenez avec ce tulle, il ne va pas là... Mais c'est pas vrai, quelle bande de crétins !

Puis, sans autre explication, elle part en courant s'en prendre aux deux pauvres malheureux livreurs qui risquent de découvrir à leurs dépens les effets du cocktail hormones de grossesse plus adrénaline qui coule dans les veines de Sophia. Elle revient quelques instants plus tard.

— Donc oui, si tout va bien, celle de Becky est libre ce soir, dit-elle avec un air de connivence.

Elle me plante là, et je reste seule à penser à la chambre vacante. Sympa la meilleure amie... Ainsi Becky dort avec... le salaud, il a pas perdu de temps ! Cela dit, je ne peux m'en prendre qu'à moi, il m'avait prévenue.

J'envoie un texto à Maïa.

Folle de rage, il couche ce soir avec l'autre témoin.

Quoi ? L'enflure ! Il te trompe ? Je t'avais dit que c'était un connard !

Rectif: on s'est pris la tête ce matin j'ai démissionné et je l'ai quitté. J'ai relu textos, je vois pas à quel moment tu l'as traité de connard.

Qu'est-ce que t'as fait encore ? Je te laisse 4 jours et c'est le bordel.

J'ai rien fait ! Relis: il est avec une autre.

Ms TU l'as quitté ce matin.

Merde.

Va le voir.

Pour quoi faire ?

Au mieux pour discuter, au pire pour lui casser son coup. Au moins ce sera drôle.

Pas con.

Je sais.

Pas le courage.

Tu l'aimes ?

J'hésite à peine avant de répondre:

Même pas.

Pas nécessaire.

Ça veut dire quoi ?

Ça.

J'ai eu ma mère au tel.

Super journée !

C moi qui l'ai appelée.

??? Peux pas t'appeler: en réunion chez l'éditeur ms tu m'inquiètes.

Non ça va, j'en avais besoin.

Alors tu vas vraiment mal.

Oui.

Va le voir.

Le rapport ?

Tu le sais.

Remerde.

Courage.

Ben du courage, j'en ai pas, justement ! Je range mon portable et j'ai l'impression d'être plus perdue dans ma tête que je ne l'ai jamais été.

Je décide de ne rien faire à part l'autruche. J'aime bien ces braves bêtes, je vais creuser un trou, y mettre ma tête et attendre que ça se passe. Que tout passe, ce mariage, ma vie...

— Lydia ?

C'est Damien, qui me cherche. Oh, merde, vite, un endroit où la terre est meuble pour creuser ce putain de trou ! Trop tard, il s'approche de moi en remuant les lèvres.

— Je voulais te dire... J'ai appris, pour Julien. Paul m'a tout expliqué et je comprends que tu ne pouvais pas faire autrement. Tu étais obligée de t'en tenir à ton mensonge.

— Ah oui, désolée, Damien.

— Mais alors, ça veut dire que tu es célibataire ?

— Oui, mais, Damien...

— Non, ne dis rien. Je ne vais pas t'embêter, ne t'inquiète pas. J'ai compris quelque chose.

— Ah bon ?

— Tu es une fille bien, Lydia. Mais pas une fille pour moi. J'ai bien vu, au restaurant, l'autre soir, la manière dont les hommes te regardaient. Tout le monde se retourne sur ton passage.

— Et alors ?

— Alors, tu as vu mes muscles ? C'est pas un gars comme moi qu'il te faut. Il t'en faut un qui impressionne, qui fasse peur. Un qui fasse comprendre en un regard que tu es chasse gardée. Moi, je n'ai pas le charisme. Mais c'est pas grave, je te souhaite juste de trouver un jour quelqu'un qui saura le faire...

— Tu es un amour, dis-je en accompagnant mes paroles d'un baiser sur la joue.

Je le regarde partir en me disant que c'est la plus belle chose qu'on ne m'ait jamais dite. Sans être une déclaration d'amour, c'est très joli et ça me touche. Je dois devenir trop fleur bleue, moi.

Il faut que je repasse à la chambre de Julien récupérer mes affaires. Tout le monde profite de cette belle soirée d'été dans le jardin et la maison est assez vide. Tant mieux, je n'ai envie de croiser personne. Je me perds une fois encore dans ce dédale de couloirs avant de trouver la bonne porte. Au moment de tourner la poignée, j'entends des bruits bizarres. Je colle mon oreille contre la porte et... aucun doute, ce sont bien des gémissements.

Oh, l'ordure ! Une vague de colère monte en moi. A ce moment précis, je suis bien décidée à tuer cette grande perche anglaise et ce connard patenté. Je n'avais pas l'intention de faire quoi que ce soit, mais là, avec mes affaires encore dans la chambre, c'est trop. Mon sang ne fait qu'un tour et j'ouvre la porte avec fracas. La pièce est plongée dans le noir. Dans ma fureur, je ne prends pas la peine d'actionner l'interrupteur et m'écrie:

— Alors, content de toi, patron ? Tout ce qui intéresse monsieur, c'est sa boîte chérie et un peu de cul sans conséquence, mais les sentiments, rien à foutre ! OK, j'ai été conne, c'est moi qui ai proposé, mais je pensais qu'au moins, après toutes ces années, tu aurais un peu de respect pour moi ! Et avec cette affreuse Anglaise, en plus. Tu voulais me prouver quoi ? Que personne ne te résiste ? Que tu es irremplaçable ? Ou alors c'est juste dans ta nature de faire du mal ? Eh bien, c'est réussi. Voilà, tu peux ajouter ça à ta liste de sales victoires: j'ai été stupide, tu as gagné !

Je claque la porte et me retourne côté couloir, les larmes aux yeux, pour me retrouver face à... Julien.

Ce que je ressens ? Oh ! rien, juste une honte indescriptible. Vite, mon trou d'autruche ! La tête dans le sable, je parviens encore à me demander comment c'est possible. Julien ? Je le regarde, puis je regarde la porte de la chambre derrière moi, puis lui de nouveau... Mais qu'est-ce qu'il fait là ? Et du coup, à qui j'ai parlé ? Enfin sur qui j'ai gueulé, plutôt ? Qu'a-t-il entendu de ce que je viens de hurler ? Et il y a la clim, dans cette chambre ? C'est une question moins cruciale, certes, mais je sens comme un courant d'air glacé sur ma nuque. Julien me regarde, tranquillement accoudé au mur, un sourire aux lèvres.

— A moins que tu aies couché avec quelqu'un d'autre pendant ce séjour, c'est à moi que tu t'adressais à l'instant, n'est-ce pas ? demande-t-il posément.

— Ça dépend, dis-je, la mâchoire crispée. Qu'est-ce que tu as entendu exactement ?

— Je suis arrivé au moment où tu parlais de ma « boîte chérie », ou quelque chose comme ça.

— Ah, alors je crois que je ne peux pas nier...

— Et tu me reprochais de coucher avec qui ? Becky ?

— Euh, oui. A propos...

J'ouvre délicatement la porte et je dis timidement :

— Excusez-moi. Hum. (J'avale ma salive de travers.) Je crois que je me suis trompée de chambre.

— Je crois, oui, confirme la voix de Maxime, hilare.

— *Just impossible !* lance une voix *so british* et surtout *so* outrée.

Eh ben, déjà que c'était pas ma copine, celle-là, je viens de me faire définitivement rayer de son testament. Je referme la porte prestement.

Bon, ça, c'est fait. Reste le problème Julien qui m'attend dans le couloir.

— Tu savais ?

— Qu'ils étaient ensemble ? Oui, plus ou moins.

— Mais ils viennent de se rencontrer !

— Maxime est le témoin de Paul et il est toujours fourré en Angleterre, et Becky est le témoin de Sophia et habite en Angleterre : *what else ?*

— Ah !

Un silence pesant s'installe et Julien me regarde avec insistance.

— Quoi ?

— Tu cherchais quelle chambre, cette fois ?

— La tienne ! Je venais chercher mes vêtements pour les apporter dans la chambre de Becky. Enfin sa future ex-chambre.

Julien s'incline et me fait signe de passer.

— Si madame veut bien avancer, notre chambre, enfin la mienne, est la suivante.

— Ah !

C'est tout ce qui me vient. Je suis Julien dans sa chambre et je prends mes affaires en essayant de ne pas les froisser.

— On devrait parler, me dit Julien.

— Hum.

— Maintenant.

— Si tu y tiens.

— J'y tiens. Alors pose tes affaires.

— Je t'écoute.

Un silence pesant s'installe.

— Je ne souhaite pas que tu démissionnes, finit-il par dire.

— Nous y revoilà ! Encore et toujours cette foutue boîte !

— Tu ne peux pas me reprocher d'en parler, non ? C'est elle qui me fait vivre depuis toutes ces années, c'est mon moteur et mon carburant à la fois. Et... je ne veux pas te perdre.

— Me perdre ?

— Tu es l'une des meilleures choses qui soient arrivées à cette boîte.

— C'est pas l'impression que j'avais, dis-je en m'asseyant sur le bord du lit.

Je regarde les draps défaits et je pense à ce qu'on y a fait pas plus tard qu'hier soir. *Non, Lydia, ce n'est pas le moment. Concentre-toi sur ce dernier face-à-face.*

Il s'assied sur une chaise à côté du lit.

— Pourquoi ? Parce que je ne suis pas un patron qui remercie tous les matins et qui envoie des fleurs à sa secrétaire ?

L'idée me fait sourire. J'imagine la tête de Nicole recevant des fleurs et je me dis qu'elle serait capable de porter plainte pour harcèlement.

— Tu es devenue mon binôme dans l'entreprise, Lydia, vraiment. Je ne vois pas comment je trouverais le courage de continuer sans toi.

Ah ben, celle-là, je ne m'y attendais pas.

— Je ne sais pas, Julien. Ou peut-être dois-je t'appeler M. Beaume maintenant qu'on parle travail ? dis-je, un brin de provocation dans la voix.

Il m'adresse un sourire sans joie.

— OK, j'y ai peut-être été un peu fort. Mais je ne savais pas comment te gérer.

— Me gérer ?

— Ma boîte, c'est tout ce que j'ai. Je n'ai jamais été grand-chose, lâche-t-il en se prenant la tête dans les mains. Petit, j'étais juste le «fils de». Quand je suis arrivé à Mauguio, vous étiez déjà une bande d'amis. Je n'ai jamais vraiment réussi à trouver ma place et puis j'étais sans arrêt en voyage. Crois-moi ou non, mais quand mon père a eu son attaque, ça ne m'a pas fait plaisir. Je ne lui en voulais même plus, mais on s'était tellement éloignés l'un de l'autre qu'à part le nom on n'avait plus rien en commun. Alors, quand ma mère m'a demandé de reprendre l'entreprise familiale, j'ai paniqué. Ce n'était pas un cadeau, c'était un piège, une bombe à retardement : je ne pouvais pas refuser et en même temps, si j'acceptais, je n'avais pas le droit à l'erreur.

— Mais pourquoi ?

— Elle est venue me voir aux Etats-Unis. C'était la première fois qu'elle me témoignait un semblant d'intérêt. Je pensais qu'elle allait me parler, qu'on aurait une vraie discussion, mieux vaut tard que jamais ! Evidemment, encore une fois, ça a été une déception. Elle m'a dit textuellement : «Julien, il serait temps que tu saches montrer un peu de gratitude à tes parents qui t'ont tout donné. Alors, quand tu auras enfin fini de végéter dans ce pays, tu rentreras pour travailler convenablement.»

J'en reste bouche bée.

— Alors je suis rentré, conclut-il.

— Mais pourquoi ? A quoi ça servait ? De toute façon, quoi que tu fasses, ça ne changera rien, alors pourquoi tous ces efforts ?

— Et voilà, pour toi, tout est facile : ta mère s'en va, tu acceptes et tu gères ton frère et ton père. Mais tout le monde n'est pas aussi fort que toi. Et puis moi, je n'ai pas de frère ou de sœur, personne, même pas un chien à qui me confier ! Alors c'est peut-être une famille de merde, mais c'est la seule que j'ai. On ne peut pas tirer un trait sur son passé et faire comme si sa famille n'existait pas.

— C'est sûr. Je te rassure, je ne suis pas si forte non plus. Je l'ai compris cet après-midi quand j'ai eu ma mère au téléphone...

— Et ?

— Et c'est dur, mais bon, ce n'est pas le sujet.

— Et tu t'es rendu compte que ce n'était peut-être pas aussi simple que tu le croyais. Pas facile de sortir de ses certitudes d'enfant, n'est-ce pas ?

— Mais t'es devin ou psy, toi, maintenant ?

— Ni l'un ni l'autre. Je suis juste observateur.

— Bref, en quoi je suis concernée par cette histoire ?

Je sais, c'est un peu sec, surtout après tout ce qu'il vient de me confier, mais pardonnez-moi, à cet instant précis, je n'ai plus la force d'arrondir les angles.

— Eh bien, il y a un lien. Cette boîte, je n'en pouvais plus. Sur la fin, mon père ne devait déjà plus être au sommet de sa forme et les finances allaient franchement mal. Je lui avais fait remonter doucement la pente et j'avais décidé de peut-être arrêter, tout revendre. J'avais repris l'entreprise familiale, je l'avais rendue florissante, mais moi je dépérissais. Voilà ce que j'avais décidé de dire à ma mère...

— Et ?

— Et tu es arrivée dans mon bureau pour un entretien.

— Quoi ?

— C'est fou, je sais. Mais cette joute verbale constante entre nous m'a redonné des forces. Ton caractère de merde, allié au mien, a fait des merveilles. Tu m'as fait retrouver le goût du travail et l'envie de me battre.

— Contre moi ?

— Non, idiote, *avec* toi. Nos incartades ne sont

que la partie visible d'une véritable collaboration qui fonctionne.

Je réfléchis quelques instants. Ce qu'il dit n'est pas faux. En un an, on a décroché un nombre impressionnant de contrats et, même si je passais mon temps à pester contre lui, j'ai toujours respecté ses méthodes de travail et sa volonté. Il m'a toujours fait l'impression d'être un rouleau compresseur, une machine bien huilée qui marche à la perfection. Je lève les yeux vers lui.

— Je ne sais pas quoi te dire.

— Le problème, c'est que je n'ai plus envie de tout ça. On a bien vu cette semaine que l'on sait aussi bien s'entendre. Peut-être pas tout le temps, mais dans l'ensemble, non ?

— Oui, c'est sûr.

— Alors voilà ce que je voudrais te proposer...

J'attends, mais il ne semble pas se décider.

— On recommence, dit-il enfin.

— Quoi ?

— Tout, depuis le début. On repart à zéro. Je te donne des parts dans l'entreprise et on développe un autre secteur. Ça fait longtemps que je voulais t'en parler, mais je ne trouvais jamais le bon moment.

— Comment ça ?

— Si la fusion avec l'Afrique se passe bien, je devrai y consacrer beaucoup de temps et me concentrer sur l'export. Donc non seulement tu auras nettement moins à me supporter, mais encore je te laisserai gérer la France.

— Mais...

— Je peux t'augmenter, bien sûr, et on redéfinira la question des congés.

— C'est pas ça, Julien, mais après ce qu'il s'est passé...

— Tu ne sais pas si tu arriveras à me détester suffisamment pour qu'on travaille de nouveau bien ensemble, c'est ça ?

— Ah non, ça, j'y arriverai très bien, je pense !

— Je me disais aussi, dit-il en souriant.

Il a vraiment un sourire magnifique... *Lydia, arrête !*

— J'ai juste peur que ce ne soit plus pareil, enfin, tu comprends.

— Je sais, j'y ai réfléchi toute la journée. Et de fait, ça ne sera plus pareil, mais on peut s'adapter. Se tutoyer, pour commencer. Partir sur une relation de travail plus stable et plus franche, et surtout moins compliquée...

— Moins compliquée..., dis-je en regardant mes pieds.

— Si c'est ce que tu souhaites.

— Pour la première fois de ma vie, je ne sais pas ce que je souhaite, et c'est bien là le problème.

— Je sais.

Je ne réponds pas.

— Mais je ne peux rien faire pour t'aider. Si tu veux une relation...

— Non !

J'ai répondu sans réfléchir. C'est la panique au fond de moi. Je ne veux surtout pas qu'il pense que je souhaite avoir une vraie liaison avec lui. Je me suis déjà assez ridiculisée comme ça, il est hors de question de perdre de nouveau la face.

— OK, j'ai bien compris, dit-il.

Il a l'air un brin déçu, mais je préfère ne pas m'attarder sur cette impression.

— Je ne te demande pas de répondre tout de suite, Lydia. On en reparle lundi en rentrant ?

J'acquiesce en silence.

— Sans sautes d'humeur ?

— Moi ? Des sautes d'humeur ?

— Demande à la porte d'entrée, je crois qu'elle a récemment croisé de trop près une agrafeuse volante !

Merde, il a vu.

— A la fois, si tu ne t'amusais pas sans arrêt à me faire sortir de mes gonds...

— C'est ça, c'est ma faute !

— Ça va pas être la mienne, en plus ? Attention, monsieur Beaume, critiquer vos recrues les plus prometteuses n'est pas une technique de management efficace. Vous pourriez me fragiliser !

— Toi ? Permets-moi d'en douter. N'importe qui d'autre, oui, mais certainement pas toi. Ta repartie et ton ironie sont le rempart le plus efficace que je connaisse contre les salauds comme moi ! dit-il en souriant.

En lui rendant son sourire, je réalise à quel point ce genre d'échanges m'avait manqué.

Je prends mes affaires et sors de la chambre. Dans le couloir, je me sens soudain complètement paumée. D'abord parce que effectivement, pour changer, je suis vraiment perdue: je n'ai pas la moindre idée de l'emplacement de l'ex-chambre de Becky désormais mienne. Et je crois que je suis aussi perdue dans ma tête et peut-être un peu dans mon cœur. Mais ça, je refuse d'y penser.

Je me repasse notre conversation pour tenter d'y déceler quelque chose qui pourrait me faire espérer, en vain. Et en même temps, je me dis que c'est mieux ainsi.

Je croise Damien, à qui je demande à tout hasard s'il sait où se trouve la chambre vacante. Contre toute attente, ça semble être le cas. Il m'y accompagne et me lance un clin d'œil.

— En tout cas, il y en a pour qui c'est pas la peine de faire une visite guidée ! Je suis passé devant la chambre de Maxime, Becky l'a vite trouvée, elle...

Alors donc tout le monde avait compris, sauf moi, c'est ça ? Même Damien ? Faudrait que je me reconnecte avec la vraie vie pour suivre ce qu'il se passe autour de moi.

Une fois dans ma chambre, je déprime un peu toute seule. Il est 22heures et je songe à me mettre au lit, quand j'entends le bip familier d'un texto. Maïa. Je ne sais pas si elle tombe bien ou si au contraire je préfère ne pas regarder. Evidemment, la curiosité l'emporte.

Alors ? Comment ça va ?

Si court soit-il, son message me fait du bien. Parce que en le lisant je mesure à quel point non, justement, ça ne va pas du tout. J'appuie sur son nom dans le répertoire et elle décroche après deux sonneries. Je ne lui laisse pas le temps de parler.

— J'ai retrouvé un boulot !

Je lui raconte tout, depuis ma gaffe avec Maxime et Becky jusqu'à la proposition de Julien.

— Waouh, s'exclame-t-elle, presque admirative, à la fin de mon monologue.

— Comme tu dis, waouh.

— C'est pas un mauvais bougre, en fait.

— Il est juste bizarre et tyrannique, c'est déjà pas mal.

— Mais il reconnaît avoir besoin de toi.

— Pour le travail...

— Pas que.

— Non, je te promets qu'il s'est contenté de parler boulot. Comme les trois quarts du temps, d'ailleurs.

— C'est que tu ne sais pas lire entre les lignes, ma chérie.

— Mais tu n'étais même pas là !

— Et toi, tu y étais mais, comme tu n'écoutes que ce qui t'arrange, ça ne compte pas. Je pense au contraire qu'il s'est confié à toi comme il ne l'a jamais fait avec personne auparavant. C'est toi qui as dit que tu ne voulais pas d'une relation, pas lui, puisque tu ne lui as même pas laissé le temps de finir sa phrase !

— Peut-être, je ne sais plus...

— Tu lui as demandé clairement ?

— Ça va pas non ?!

— C'est bien ce que je disais. Tu as trop d'orgueil !

— Ça, je veux bien l'admettre, mais...

— Mais s'il avait répondu positivement ?

— Il n'avait qu'à le faire !

— Et si tu ne lui en avais pas laissé l'occasion ?

— Mais je te dis...

— Ah, ah, tu aurais aimé, en fait !

— Quoi ?

— Qu'il le fasse !

— Là n'est pas la question puisqu'il ne l'a pas fait !

— C'est vrai que vous êtes compliquées, vous, les femmes.

— Ah, parce que tu ne te classes pas dans cette catégorie ?

— Non, là, je suis conseillère de ma meilleure amie, donc j'échappe à ce genre de classification.

— Ben voyons.

— La nuit porte conseil.

— Encore ?

— Je crois que cette escapade t'aura fait du bien, en fait.

— J'ai plutôt l'impression qu'elle est en train de me détruire.

— Parfois, il faut détruire les choses pour reconstruire correctement. Et je crois que tu as bâti une grande partie de ta vie et de ta vision du monde sur des mensonges. Tu as besoin d'y voir plus clair.

— Oh ! là, là, gourou Maïa est de retour pour secourir les âmes perdues !

— Moque-toi, ma chérie. L'ironie, c'est ta défense préférée quand tu es à court d'arguments !

— Tiens...

— Quoi ?

— Julien aussi a dit que j'utilisais l'ironie comme rempart contre lui.

— Alléluia, cet homme a tout compris, messieurs les jurés, marions-les ! En plus vous êtes les deux seuls représentants sur terre de cette espèce capables de vous supporter. Ce serait dommage de passer à côté !

— Arrête, c'est pas drôle, je suis fatiguée.

— Je sais, pardon. Va te coucher, ma chérie, et on verra bien...

— Oui. Si demain il fait jour...

10. Le lendemain, le jour se lève...

Vendredi ! J¬1. Réveil en grande forme malgré des rêves tortueux où il était principalement question de ma mère, je crois, mais j'ai dormi et c'est l'essentiel. Il est 7heures, je me douche et je vais prendre mon petit déjeuner. Les parents de Paul arrivent en même temps que moi dans la salle à manger. Nous sommes les premiers. Ils profitent de cette intimité pour s'excuser une nouvelle fois de m'avoir embêtée avec leurs conseils de grossesse et on en plaisante ensemble.

Après le petit déjeuner, je vais faire un tour dans le parc, qui est encore plus beau le matin avec le chant des cigales en bande-son. Le soleil semble déjà levé depuis un petit bout de temps et paraît impatient de rayonner de plus belle pour nous brûler la peau. Mais c'est chaud, ça fait du bien, j'ai besoin de cette lumière. Comme si elle pouvait me réchauffer de l'intérieur. Je m'approche de la piscine et je vois mon frère, Jean, allongé sur un transat, qui semble en pleine méditation. Je m'approche et m'assieds sur le transat d'à côté. On reste silencieux un moment puis il se tourne vers moi.

— C'est beau, non ?

— Oui, très.

Je le regarde à mon tour et ses yeux me semblent embués. Il a pleuré ?

— Frangin, ça va ?

— Tu le sais mieux que moi, sale petite cachottière !

— Jean, tu... Quoi ? Mais de quoi tu parles ?!

— Je vais être papa ! dit-il en me regardant avec un sourire benêt.

Ah, ouf, tout va bien.

Il m'explique que Carole a mal dormi cette nuit au point de l'inquiéter. Après qu'il l'a harcelée de questions, elle a fini par craquer et tout lui dire. Jean et moi on reste comme ça quelques minutes, sereins, à regarder l'eau lisse et sombre de la piscine. Il a l'air tellement heureux.

— Je ne sais pas si je saurai..., dit-il au bout d'un moment.

— Quoi donc ? Changer des couches ?

— Oui, ça, et puis être un bon père...

— Ah ! Non, tu ne sauras pas, ça, c'est sûr ! Mais ni plus ni moins que n'importe qui d'autre, je pense... Tu apprendras.

— Et si c'était dans nos gènes ?

— Quoi ?

Je me redresse et le regarde, assise sur le côté du transat.

— Tu sais bien ce que je veux dire. On ne peut pas dire qu'on ait eu une enfance exemplaire. Et je n'aimerais pas tenir...

— De maman ? Y a plus de risques que ça m'incombe à moi ! dis-je avec un sourire en biais.

— Ou de papa.

— Pourquoi ?

— Eh bien, tu sais, on ne s'est jamais mêlés de ça, et tant mieux, mais je ne suis pas persuadé que c'était le meilleur des maris.

— Oui, je sais. J'ai appelé maman hier.

— Ah ?

Il continue de regarder droit devant lui. C'est peut-être mieux comme ça.

— J'en avais besoin.

— Et ça t'a aidée ?

— Oui et non. Je crois qu'on a beaucoup de choses à voir ensemble et il se peut que j'aille faire un petit tour au lac de Côme prochainement. Ça te dirait ?

— Non, je ne crois pas que ce soit le bon moment. Et puis je pense que tu en as plus besoin que moi.

— Quoi ? Tu insinues que je suis la plus fragile de nous deux, petit frère ?

— Oh non ! Mais t'en as pas marre d'être forte ?

Il se redresse à son tour et me regarde. Je m'allonge et, cette fois, c'est moi qui ne le regarde plus. L'horizon m'attire bien plus, tout à coup. C'est mon trou d'autruche à moi.

— Je ne comprends pas, finis-je par lâcher.

— Alors, c'est dommage. Je croyais que tu étais prête.

— A quoi ?

— A vivre.

— Ah, ça... J'y pense, dis-je en rigolant.

— Lydia, je ne déconne pas. Il serait temps que tu brises cette carapace. Je vais être père et j'ai besoin d'une sœur, d'une marraine pour mon enfant, pas d'un ange surprotecteur ni de Wonder Woman.

— Un ange ? Waouh, c'est beau ce que tu dis !

— Tu recommences...

— Si tu me parles de mon ironie, toi aussi, je hurle.

— Pourquoi « aussi » ?

— J'ai pas envie d'en parler.

— Ça évolue comment avec Julien ?

— Même réponse.

— Je te fiche la paix alors, fait Jean, sérieux comme un pape. Mais sache que je veux que tu sois heureuse. Mieux que ça, j'en ai besoin. En fait, je ne serai pas complet tant que je ne sentirai pas que toi aussi tu es bien.

— Mais je suis heureuse, j'ai un boulot qui me plaît, une vie que j'aime...

— Mais tu es seule...

— Et alors ? Mieux vaut être seule que mal accompagnée.

— Peut-être qu'il est temps que tu comprennes que tu ne reproduiras pas forcément le schéma familial, petite sœur. Qu'il est possible de rencontrer quelqu'un que l'on va aimer sans que ça tourne à la catastrophe.

— Ah ça, tu parles à une spécialiste !

— A la fois, avec ton caractère, je me demande si tu ne les provoques pas un peu, au cas où la relation deviendrait ennuyeuse... ou fonctionnerait trop bien.

— Mais je l'aime bien, moi, mon caractère !

— Alors trouve quelqu'un qui le supporte et que ça amuse. Et pas que ça rabaisse, surtout.

— Tu penses à Matthieu ? Parce que c'est exactement ce qu'il m'a dit : qu'il avait l'impression de ne pas être à la hauteur avec moi.

— Ça, c'est clair. Je l'aime bien, mais je n'ai jamais compris ce que vous faisiez ensemble.

— Je crois que je commence seulement à comprendre et à faire le deuil de cette relation. Grâce à lui, d'ailleurs. Peut-être que finalement le plus mûr des deux n'était pas celui qu'on croyait.

— Mieux vaut tard que jamais... Mais alors, et ta perle rare, à toi ? Celui qui saura faire rire ma sœur et répondre du tac au tac à ses blagues douteuses ? La soutenir dans ses malheurs tout en supportant son caractère, que j'aime beaucoup au passage. Il est dans les parages ou pas ?

— Non.

— Je croyais.

— Eh bien, tu te trompes.

Jean ne dit plus rien. Et sa technique de merde marche : j'ai envie d'en dire plus et en même temps je ne veux pas, mais c'est plus fort que moi.

— Il ne veut pas de moi, c'est inutile d'insister.

— Alors, il n'y a rien à faire. Il faut attendre.

— C'est ça, attendons le prochain, dis-je en me levant, sans cacher une certaine amertume.

Il est nul en remontage de moral, mon frère. Je pensais qu'il saurait m'aider, mais il n'en est pas plus capable que les autres. Et puis après tout, il a certainement raison, il faut attendre le prochain...

— C'est toi qui parles d'attendre le prochain, petite sœur, moi, je n'ai rien dit de ce genre, lâche-t-il après un long silence. J'ai simplement parlé d'attendre. Cela dit, si l'attente te paraît trop longue, je peux peut-être t'aider ?

— Hors de question.

Je dis cela sur un ton qui indique sans appel que la conversation est close. Avant de partir, je me retourne et lui demande avec un grand sourire:

— Je serai marraine alors ?

— Parce que tu voyais les choses autrement ?

On se sourit et je m'éloigne vers la maison, curieusement détendue. Cette discussion matinale m'a fait du bien. Pas tant à cause de ce qu'on s'est dit que parce que je crois bien que c'est la première conversation adulte que j'ai avec mon frère. On dirait bien que ce domaine a des vertus étranges sur mon entourage... Ou alors peut-être que c'est moi. Peut-être que j'écoute un peu plus. Ou que je suis prête à entendre.

Je rentre, pour trouver une Sophia en panique. Ça faisait longtemps, tiens. D'après ce que je comprends, il y a un problème avec les fleurs. Elles doivent arriver aujourd'hui, mais avec cette chaleur elles ne tiendront pas jusqu'à demain. Question con de la témoin numéro un: pourquoi ils ne les livrent pas demain ? Comment ça, on n'aura pas le temps de les installer ? Julien, Damien, Angie et Matthieu arrivent dans le couloir à ce moment du drame. S'ensuit une discussion aussi enflammée que confuse où tout le monde donne son point de vue en même temps. Paul arrive à son tour et explique qu'il a eu le fleuriste au téléphone, qui refuse de nous livrer aujourd'hui si on n'a pas de frigos spéciaux. Sa réputation est en jeu. Il propose donc de livrer demain matin en précisant qu'il ne pourra pas caser l'installation des bouquets dans son planning surchargé. Je propose à Sophia de le faire, ce qui me vaut un air mi-dégoûté, mi-apitoyé de ma meilleure amie. Ah oui, c'est vrai, non seulement je n'ai pas vraiment la réputation d'avoir la main verte, mais en plus il me suffit de regarder une plante pour la faire crever.

— Moi, je peux vous aider, propose Julien. Il suffit que le fleuriste me donne ses instructions et j'installerai tout.

— Nous installerons tout, intervient Angie.

Tout le monde se retourne et la regarde, surpris.

— Ben quoi ? On n'est pas là juste pour prendre une semaine de vacances, non ? On peut aider. Ça m'embêterait de me casser un ongle, mais on va pas les rempoter non plus ! Il y a qui ? Damien, Matthieu, Julien, Lydia, Becky, Maxime et moi.

— Non, dit Sophia, les quatre témoins, on en aura besoin demain.

— On peut s'inscrire ? demande Carole qui arrive au bras de mon frère.

— Il y en a tant que ça, des fleurs ? demande Damien.

— Quarante-cinq pots à disposer le long de l'allée jusqu'à la chapelle, une bonne centaine de roses coupées à l'intérieur puis à peu près autant dans la salle, sans parler des centres de table à confectionner...

— Ah oui quand même ! siffle Damien, admiratif et inquiet à la fois.

— Ce n'est pas un souci, dit Julien, j'ai déjà fait plus. Paul, demande-leur de livrer à la première heure et laisse-moi gérer la décoration.

— Mais tu as appris ça où ? demande Paul.

— Ça, c'est une longue histoire, dit Julien en m'adressant un clin d'œil qui n'échappe pas à Angie.

— Qu'apparemment on ne partage pas tous, déclare-t-elle.

— Contentez-vous de me faire confiance. Bon allez, hop, hop, hop, dispersion des troupes, on a du boulot aujourd'hui !

Visiblement, il sait aussi se faire obéir en dehors du boulot et je me retrouve très vite seule avec Sophia.

— Ça va ? me demande-t-elle.

— Oui, enfin c'est plutôt à toi qu'il faut demander ça. Comment vont tes nausées ?

— Envolées ! Elles ont dû comprendre que je n'avais pas le temps de m'en occuper en plus du reste. Allez viens, on va se poser un peu toutes les deux.

On sort dans le petit patio et on s'installe sur le banc des confidences, qui m'est devenu familier. Elle me regarde, l'air légèrement inquiet.

— Alors ? Qu'est-ce qu'il se passe en ce moment dans ta vie ?

— Pourquoi tu me demandes ça ?

— Je suis désolée, Lydia, je n'ai pas eu beaucoup de temps à t'accorder cette semaine.

— Arrête, tout va bien, c'est ton mariage et tu as déjà assez à penser comme ça.

— Oui mais maintenant, j'en ai, du temps. Alors j'aimerais en prendre un peu pour qu'on parle comme avant, toi et moi.

— De quoi ?

— De secrets de filles.

— Ah, ça...

— Oui, pas de triche, pas de faux-semblants, juste la vérité, bouche cousue, ça ne sortira pas de ma tête, dit-elle, récitant la petite litanie rituelle de notre adolescence.

— Ben...

— Et pas de « c'est compliqué » non plus !

— Et pourtant ça n'a jamais été aussi vrai !

— Vous avez couché ensemble, c'est ça ?

— Ça se voit tant que ça ?

— Oh oui. La façon dont il te regarde ne trompe pas et le regard que tu lui rends non plus. Vous êtes amoureux, ça crève les yeux !

— Arrête tes conneries...

— Et je crois même que ça remonte à beaucoup plus longtemps que tu voudras bien l'admettre.

— Attends, ôte-moi d'un doute: tu ne parles pas de Damien au moins?

Elle rigole.

— Non, cruche!

— D'accord, mais... tu sais bien que je le détestais et qu'il passait son temps à me snober.

— Allez, cite-moi un garçon de 15 ans capable d'avouer qu'il est amoureux! Je pense précisément que sa maladresse à ton égard voulait dire beaucoup.

— Mais moi...

— Maintenant, cite-moi une ado du même âge qui n'est pas amoureuse du *bad boy* qui agace tout le monde.

Je souris à mon tour et n'hésite pas une seule seconde:

— Toi!

— Eh bien, non, figure-toi. J'aurais tout donné pour que Julien s'intéresse à moi! Quitte même à mettre en péril notre amitié si tu m'en avais voulu.

— Arrête tes conneries!

— Juré, dit-elle en levant la main droite. Bon, maintenant, on reprend tout depuis le début, et sans rien oublier, s'il te plaît. A la veille de mon mariage, j'ai besoin d'une bonne vieille histoire pour me changer les idées et éviter de virer complètement hystérique.

— Ah ça, c'est un peu tard, ma belle!

On s'installe confortablement et je commence mon histoire en remontant à mardi dernier, 7h30: «Ça y est, c'est l'heure de partir, la fin du cauchemar. Ce soir, je me mets au lit et demain, tout ira mieux: une bonne nuit de sommeil et j'aurai oublié cette horreur.»

Sophia m'écoute sans m'interrompre, et j'essaie de n'oublier aucun détail. Je m'abstiens juste de lui raconter ce que Julien m'a confié de sa vie: Maïa est au courant mais Sophia est trop proche de lui et j'aurais l'impression de trahir un secret. J'essaie aussi de rester objective pour ne pas influencer la juge, mais c'est un exercice de haute voltige, mesdames et messieurs les jurés.

A la fin de mon récit, Sophia se redresse et me dit:

— Ma chérie, je suis désolée. Désolée d'avoir laissé tout ça arriver sans te soutenir. Je voyais bien qu'il se passait des choses, mais bon, j'étais trop prise par mes propres préoccupations pour mesurer ce que tu vivais toi, ma meilleure amie. Donc... Tu veux que je demande à Paul de lui casser la gueule?

Je rigole.

— Pour quoi faire?

— Comme ça, juste pour le plaisir de te faire plaisir. Pour qu'il arrête de ne parler que de sa foutue boîte!

— Non, ça va, merci. Je veux surtout passer à autre chose.

— Et si, pour une fois, c'était pas une bonne idée de passer à autre chose?

— C'est-à-dire?

— Que tu en as peut-être marre de zapper une relation dès que ça devient trop compliqué?

— Tu insinues que je me défile?

— Je n'insinue pas, je te le dis!

— Mais qu'est-ce que tu voulais que je fasse?

— Ah oui, toi et ta fierté légendaire! Et si tu essayais de jouer cartes sur table? De lui avouer tes sentiments?

— Mes sentiments? Si seulement je savais à quoi m'en tenir sur eux! Et puis pourquoi tout le monde s'escrime à vouloir savoir mieux que moi?

— OK, OK, je n'insiste pas! Sache juste que je suis là et que je ferais tout pour toi, comme tu as toujours été là pour moi. Et pour tout le monde, d'ailleurs.

— Je sais que tu es là, Sophia, et ça me suffit. Allez, maintenant passons aux choses sérieuses, mademoiselle Schwartz, on a un mariage à réussir pour que demain soir tu te couches Mme Dumont!

Elle hoche vigoureusement la tête comme une gamine et on se tombe dans les bras avant de reprendre le chemin du mas.

J'occupe ma matinée à suivre les instructions (parfois contradictoires, mais j'arrive tant bien que mal à contenter tout le monde) de Mmes Schwartz et Dumont senior qui, réunies, sont deux harpies déchaînées. Dehors, les hommes s'occupent du montage des chapiteaux pour le repas et de l'installation du parquet. Ça va être magnifique.

Après le déjeuner, je sors me dégourdir les jambes quand j'entends une voix familière. Au détour d'un sentier, j'aperçois Julien, en pleine conversation téléphonique, ce qui devrait suffire à me faire rebrousser chemin. Sauf que...

«Lydia!»

Je sursaute et me fige sur place en entendant mon prénom, avant de réaliser bien vite que ce n'est pas à moi qu'il s'adresse. Impossible de m'empêcher de tendre l'oreille.

«... Non, ça ne changera rien... Non, je ne l'aime pas... J'ai juste couché avec elle, ça va. Je suis un grand garçon, je peux gérer, non?... Non, rien d'exceptionnel. Elle bosse bien alors je la garde, un point c'est tout, de toute façon je n'aurai jamais le temps de retrouver quelqu'un dans les temps... Oui, c'est ça... je sais ce que je fais... Non, elle ne fera jamais ça... ce n'est pas son genre... Mais je te dis... Ecoute-moi... Oui, si ça déconne je ferai le nécessaire, bien sûr... Tu ne me feras jamais confiance, c'est ça?... Ecoute, maman...»

Visiblement agacé par la tournure que prend la conversation, il se retourne et me voit. Je suis décontenancée. Non, en fait j'ai l'impression qu'on vient de me planter un couteau dans le cœur. J'ai mal, mon Dieu, je ne savais pas qu'on pouvait avoir aussi mal. Mais qu'est-ce qu'il m'arrive? Je n'ai jamais ressenti ça. C'est à ça que ça ressemble, le goût de la trahison? J'ai envie de vomir.

Julien m'appelle mais je ne l'entends pas, je suis déjà partie cacher mes larmes qui affluent. Je n'essaie même pas d'aller chercher ma chambre et je pars me réfugier dans un petit champ, derrière le domaine.

Voilà, bravo à tous et merci: avec vos idées à la

con, vous avez presque failli me faire croire que c'était possible. Que je pouvais aimer et, pis encore, que je pouvais être aimée. Quelle blague ! Quelle conne, surtout ! On ne m'y reprendra plus. Je promets que je serai une bonne tata, la meilleure même, mais j'ai maintenant la certitude que je ne serai jamais une mère. Pas plus que je ne serai un jour la femme de quelqu'un si ouvrir mon cœur signifie souffrir à ce point. Et moi qui étais prête à essayer… Je pleure à torrents, mais ce sont des larmes de rage qui coulent sur mon visage, rage envers moi-même d'avoir osé y croire. Je serre les poings, serre les dents et jure que l'on ne m'y reprendra plus.

C'est moi qui décide désormais. Je décide où, je décide quand et je décide comment. Plus jamais aucun homme ne dictera ma vie et ma conduite.

Je rentre au domaine, forte de ces résolutions et le cœur plus endurci encore que du diamant.

Des pas précipités se font entendre derrière moi, puis la voix de Julien, implorante.

— S'il te plaît, il faut qu'on parle.

— Je ne crois pas, non.

— Si, justement. Je te dois une explication. C'était ma mère et…

— Encore mieux, je croyais que vous ne vous parliez pas.

— Suis-moi.

Sans attendre ma réponse, il me prend par la main et m'entraîne de force dans sa chambre. Non, pitié, pas là, je n'aurai pas la force. Il claque la porte et se tourne vers moi.

— J'ai déconné. Depuis que j'ai raccroché, je n'arrête pas de me repasser en boucle ce que tu as pu entendre. C'est sorti du contexte…

— Qu'est-ce qui est sorti du contexte ? Que je ne compte pas ? Que tu fais des efforts juste pour me garder car je suis un « bon élément », c'est ça ? C'est quoi « faire le nécessaire » ? Me virer quand tu n'auras plus besoin de mes services ? Et tu parles de quel service au fait ? Des pipes ou du travail ?

Pas besoin de vous préciser que je suis folle de rage.

— J'ai commis l'erreur de croire que je pourrais lui parler, dit-il, comme pour lui-même. J'avais besoin de me confier et, comme elle m'appelait, j'ai pensé que, pour une fois, je pourrais parler avec ma mère. Mais elle n'a rien compris, comme d'habitude. Dès que j'ai commencé, la conversation a mal tourné. Elle m'a dit que j'étais complètement fou de tomber amoureux d'une collègue, qu'on ne couchait pas avec le personnel, que tu pourrais porter plainte pour harcèlement... alors j'ai paniqué. J'ai voulu tout minimiser et je lui ai dit ce que tu as entendu, que tu ne ferais jamais une chose pareille. Elle m'a suggéré d'acheter ton silence et de te virer, mais j'ai répondu que j'avais besoin de toi. Je suis désolé, Lydia, je... je...

Il s'arrête et semble avoir perdu tous ses moyens. J'en profite pour reprendre l'avantage.

— Quel homme ! Quel charisme ! Je savais que c'était pas toujours facile avec une belle-famille, mais là, je me suis mis ta mère à dos sans même avoir été ta petite copine. Bel exploit ! Et tout ça, sans aucun soutien de ta part, bien sûr. Oh ! j'oubliais, je ne suis qu'une « employée ».

— Non, arrête, dit-il en me fixant de ses magnifiques yeux verts. Tu es plus, bien plus. J'allais le lui dire avant de voir que tu étais là. J'allais tout envoyer balader.

— Bien sûr, tu allais...

— Je l'ai fait, me coupe-t-il. Quand tu es partie. J'ai voulu te retenir mais, comme je ne te trouvais pas et que je l'entendais crier au bout du fil, j'ai repris le combiné. Je lui ai tout dit.

Je ne réponds rien. De toute façon, j'ai l'impression d'avoir pris un coup sur la tête et je suis incapable de formuler une pensée cohérente.

— Je lui ai dit qu'elle n'avait jamais été une mère et qu'elle ne comprendrait jamais rien. Que tu étais une fille bien et que je lui interdisais de parler de toi comme ça. Et que ce qui se passe dans *mon* entreprise ne regarde que *moi*... Parce que ça y est, la succession est officielle depuis ce début de semaine, l'entreprise est à moi.

— Tu m'excuseras si je ne te félicite pas.

Il acquiesce en baissant les yeux.

— Je lui ai dit que tu étais la meilleure chose qui me soit arrivée dans la vie. Pour l'entreprise... mais aussi pour moi. Surtout pour moi, en fait.

Il me regarde de nouveau et je trouve le courage de ne pas détourner les yeux.

— Je ne te crois plus, dis-je simplement.

— Je comprends. Je ne sais pas quoi faire pour te prouver que je suis sincère. Tu dois me faire confiance.

— C'est bien ça le problème.

— Parce que tu n'éprouves rien pour moi, peut-être ? Arrête de te mentir à toi-même, Lydia.

— Est-ce qu'à un moment vous allez tous cesser de vouloir penser pour moi ? dis-je en tremblant de colère.

— Lydia ! S'il te plaît, regarde-moi !

Je détourne la tête. Il prend doucement mon visage entre ses mains et m'embrasse avec ferveur, passion et désespoir à la fois. Oui, oui, je vous jure, je réussis à sentir tout ça. Mais j'ai encore trop mal. Je ne peux pas, je ne suis pas prête. Et en même temps je meurs d'envie de lui succomber, c'est délicieux, j'aime tellement être dans ses bras. J'ai l'impression que ma place a toujours été là. Mon petit ange et mon petit démon, posés chacun sur une épaule, délibèrent quelques instants puis me livrent leur verdict : pour mon bien, il ne faut pas. Je repousse donc Julien de mes mains, doucement mais fermement.

— Non, dis-je sans colère.

— C'est définitif ?

— Oui.

Je me lève et je sors.

Ça en fait des sorties théâtrales de cette chambre en quelques jours seulement. J'ai la sensation d'être détachée de mon corps, comme un acteur qui sort de scène après sa dernière tirade et que le public applaudit à tout rompre avant que le rideau tombe.

11. Le dernier acte

C'est vendredi soir. J'ai cette chanson de Nuttea dans la tête:

Nos destins étaient liés comme dans une tragédie avec une fin à la Shakespeare, le dernier acte a sonné, simplement j'aimerais te dire... Il y a trop peu de temps à vivre ici...

J'aime beaucoup. Ça tombe bien, j'ai l'impression que ça a été écrit pour raconter ce que je vis en ce moment. Ça ne vous arrive jamais, cette sensation qu'une chanson colle précisément à un moment de votre existence? Moi, ça m'arrive tout le temps. Allez, dites-moi que je suis normale, ça me changera.

L'océan qui nous sépare a vu trop de naufrages, trop de tempêtes et de déboires, ainsi finit notre histoire car notre amour en fait brûlait ses dernières heures de gloire...

Mouais. La partie «notre amour» n'a pas duré bien longtemps, mais bon. D'ailleurs, c'est ça, l'amour au moins? C'est grave, je ne sais même pas répondre à cette question. Je n'ai jamais ressenti ça avant.

Il y a trop peu de temps à vivre ici, pour jouer cette tragédie. Si tu dois partir, je n'aurai pas de peine, s'il n'y a plus d'espoir aujourd'hui, pourquoi jouer cette comédie, si tu dois partir, alors fais-le sans haine.

Maïa essaie de m'appeler, mais je ne réponds pas. Je n'ai pas envie de parler. Elle envoie un texto.

Ça va ?

Non ms laisse-moi, j'ai mal, pas envie de parler. C un connard.

Raconte.

Non, c votre faute à ts à force de me faire croire que je suis comme tout le monde. J'ai mal. On en parlera demain.

J'éteins mon iPhone. Je l'éteins pour de vrai, ce qui ne m'arrive jamais.

Je vais dans le salon aider pour les derniers préparatifs, histoire de faire passer la journée et d'arriver plus vite à l'heure de me mettre au lit.

Je croise Sophia, qui me demande si on peut dormir ensemble. Elle préférerait ne pas être avec Paul cette nuit, pour respecter les traditions et ne pas alimenter inutilement leur stress. Je trouve que c'est une bonne idée. Et puis je ne suis plus à une cohabitation près dans ce château ! Sans compter que, pour une fois, ça me permettra peut-être de trouver ma chambre du premier coup.

Comme tout le monde semble surexcité, Damien, qui trimballe toujours avec lui une vraie pharmacie, propose des somnifères à base de plantes pour ceux qui craignent de ne pas trouver le sommeil. J'accepte volontiers, espérant un sommeil sans rêves, et on part se coucher, Sophia, ses tonnes de crèmes hydratantes et moi.

On papote comme deux adolescentes, ça fait un bien fou. Sophia hallucine quand je lui confie que je n'utilise presque jamais de crème et elle met un point d'honneur à me les faire toutes essayer.

— J'ai raison ? me demande-t-elle en m'étalant un masque d'une drôle de couleur verdâtre sur le visage.

— De quoi ? De l'épouser ? C'est un peu tard pour

te poser la question, non ? Je te rappelle que tu portes son enfant, ma belle.

— Oui, admet-elle en riant, c'est vrai ! Mais justement, on n'est pas un peu jeunes ? On ne devrait pas en profiter ?

— Arrête tout de suite ! Tu me fais le fameux syndrome prémariage cumulé au syndrome postgrossesse, avec un peu d'avance. Bien sûr que ça fait beaucoup de bouleversements en même temps, mais je n'ai jamais vu un couple aussi assorti que Paul et toi. Vous me démontrez l'existence de tout ce en quoi je m'escrime à ne pas croire: un amour sain et inconditionnel. Alors oui, vous vous ruinez dans un mariage coûteux, vous allez avoir des insomnies aux premiers pleurs du bébé, tu vas hurler pour tes vergetures...

— Stop, arrête ! C'est bon, dit-elle en levant les mains en signe de reddition.

— ... mais tu seras encore plus heureuse que tu ne l'es aujourd'hui. Tous les deux, vous construisez quelque chose de merveilleux. Et je suis très contente pour toi, dis-je en la prenant dans mes bras.

Séquence câlins. Puis, je ne sais pas pourquoi, je lui demande de but en blanc:

— Tu crois que j'y arriverai ?

— A quoi ?

— A en trouver un, moi aussi ? Ou que j'en prendrai plusieurs, comme ma mère ?

— Tu n'es pas ta mère.

— Non, je suis peut-être pire.

— Je t'interdis de dire ça ! Un jour, toi aussi, ton prince viendra.

— Mais si je me goure encore de chambre ? dis-je en riant.

— Eh bien, c'est qu'il sera dans la chambre où ton mythique sens de l'orientation t'a guidée, ma chérie !

— Le destin n'a pas de boussole... Si seulement il me faisait des signes !

— Je pense qu'il t'en fait. Et plein même. Mais que tu ne veux pas les voir.

Je me lève, feignant l'indignation. Avec mon visage vert et mes poings sur les hanches, le miroir me renvoie l'image d'une extraterrestre au bord de la crise de nerfs. Ça dédramatise un peu la situation et je me rassieds en souriant.

— Alors ça, c'est trop facile !

— OK, je l'admets. Mais tu sais, les signes, ce n'est malheureusement pas aussi simple que dans les comédies romantiques. Ils ne tombent pas toujours du ciel sur fond de musique cucul annonciatrice de happy end.

— Et donc ils ressemblent à quoi, alors ?

— Plein de petits moments dont tu ne vois pas le sens sur le moment, mais qui, mis bout à bout, prennent toute leur signification.

— Toi et Paul, ça s'est passé comme ça ?

— Oui, en quelque sorte. Il était là, je l'aimais bien, mais je n'avais pas à me poser trop de questions sur mes sentiments. Je ne pensais pas qu'il comptait tant que ça. C'était facile, on était à l'école ensemble, à la fac ensemble... jusqu'au jour où...

Je lui lance un regard interrogateur pour l'encourager à poursuivre.

— ... où il n'a plus été là.

— Comment ça ?

— Il était avec une autre.

— Mais c'est arrivé plein de fois, ça.

— Oui, mais là, c'était différent. Elle était différente et elle semblait vraiment lui plaire. J'ai senti que je le perdais. Et ça m'a déchirée.

— On se rend compte de ce que l'on a quand on le perd.

— Exactement. Alors je suis allée le voir, je voulais lui parler, mais c'est lui qui a pris la parole en premier. Il m'a dit qu'il m'aimait, depuis toujours. Mais qu'il avait l'impression que ce n'était pas réciproque et qu'il préférait donc me laisser vivre ma vie et mener la sienne de son côté.

— C'est vrai ? Mais tu ne m'as jamais raconté ça.

— Non, à l'époque j'ai un peu embelli la réalité.

— Et alors ?

— Alors j'ai fondu en larmes en réalisant quelle idiote j'étais ! Je lui ai dit que je ne voulais pas le perdre. Il m'a prise dans ses bras, on s'est embrassés pour la première fois et il m'a dit qu'à partir de ce moment plus rien d'autre ne compterait pour lui et qu'il ne me perdrait jamais.

— Ah, ça, c'est la version que je connais.

— Oui, je préfère ne raconter que cette partie !

— Mais quelle menteuse ! dis-je en lui lançant un coton démaquillant.

— Non, j'arrange la vérité, c'est tout ! Moralité: il faut savoir baisser la garde et ravaler sa fierté si on ne veut pas tout perdre.

La conversation s'arrête là et on décide d'aller se coucher pour ne pas avoir de cernes demain. J'ôte mon masque et prends mon comprimé tandis que Sophia se prépare une infusion d'herbes compatible future maman.

Je me retourne dans le lit en me demandant pour la centième fois si la roue va tourner un jour. Suis-je une maîtresse maudite à la Shakespeare, moi aussi ? Et surtout est-ce que je fais les bons choix ? Apparemment pas. J'ai voulu me protéger et je souffre quand même, comme jamais auparavant... Des signes ! J'aimerais recevoir des signes qui me montrent le chemin à suivre, les bons choix à faire, comme dans ces films à l'eau de rose que je n'aime pas. Mes réflexions s'arrêtent à peu près là car le somnifère fait enfin son effet, et je plonge dans ce sommeil sans rêves dont j'ai tant besoin.

Lorsque j'ouvre les yeux, le jour se lève à peine. Il est 6heures, et pour la première fois de la semaine je me sens reposée, ce qui tombe bien car j'ai du pain sur la planche.

J'ai la sensation d'être différente ce matin, sans savoir identifier ce qui a changé. En tout cas, je me sens un peu mieux et c'est l'essentiel: aujourd'hui, c'est le mariage de ma meilleure amie et rien ne peut le gâcher. A part peut-être un infime détail que le tsunami de ces derniers jours m'a fait oublier: je n'ai toujours pas préparé mon discours. Et ça, c'est vraiment la cata!

Je rallume mon portable, qui affiche huit appels en absence, tous de Maïa. Je lui envoie un texto.

Désolée ça va mieux, j'étais fatiguée. Je t'appelle si j'ai 5 min mais ne t'inquiète pas. Pardon, je ne voulais pas t'accuser.

Elle me répond cinq minutes après (ce qui m'impressionne car Maïa n'est jamais levée avant 11heures).

OK éclate-toi bien, tu me raconteras. Je t'M.

C'est ça qui est bien en amitié, c'est moins compliqué qu'en amour.

Je fonce me doucher pour trouver Sophia levée à mon retour dans la chambre. Vu ses traits un peu tirés, elle n'a pas dû dormir tellement. Elle me dit de filer prendre mon petit déjeuner sans l'attendre. J'opine et enfile une petite robe en coton, histoire de ne pas salir la *vraie*.

Dans la cuisine, je suis seule avec les parents de Sophia, qui ont l'air au moins aussi stressés qu'elle. On passe une dernière fois en revue les ultimes détails à voix haute pour se donner l'impression qu'on n'a rien oublié. Au détour de la conversation, j'apprends que Julien est déjà levé et prépare l'arrivée des fleurs. Quelques minutes plus tard, effectivement, je le vois passer, l'air affairé, un panier à la main. Alain, le papa de Sophia, me dit que j'ai vraiment beaucoup de chance d'avoir un homme attentionné comme lui. Il n'a rien compris, celui-là. Pas grave, je ne prends pas la peine de le contredire. D'ailleurs, il parle peut-être au niveau boulot.

Sophia arrive enfin. Elle dégage une telle tension que je réalise aussitôt à quel point j'avais tort en songeant que sa mère était au moins aussi stressée qu'elle: Sophia l'est mille fois plus! Mon vague espoir que Paul l'aide à se tranquilliser s'évanouit à l'arrivée de l'intéressé qui n'est pas en meilleur état. J'en viens à me demander si une nouvelle catastrophe ne va pas nous tomber dessus.

Ils sont aussi heureux de se voir qu'anxieux, on dirait deux jeunes amoureux qui n'ont jamais vu le loup. Je dois avouer que malgré tout je les envie.

Je pars avec les parents régler les derniers détails de la cérémonie à la chapelle, ce qui nous prend une bonne partie de la matinée. Au mas, les chapiteaux sont prêts, les talents de jardinier de Julien ont fait des merveilles et le temps est parfait.

Le midi, les habitants du mas se retrouvent autour d'une collation préparée à leur intention par le traiteur. L'ambiance est plus détendue mais pas encore super festive. Le frère de Sophia, François, arrive à ce moment-là, ce qui crée un interlude de détente pendant lequel la mariée peut oublier un court instant son stress. Elle lui saute dans les bras tandis qu'il la félicite, et Paul semble tout aussi ravi de l'arrivée de son beau-frère.

On chambre un peu les mariés, quelques blagues idiotes habituelles sur le fait qu'il est encore temps de dire «non» fusent, mais comme tout le monde autour de la table sait que Sophia est enceinte — y compris son frère, qu'Elinor a aussitôt prévenu —, on n'insiste pas trop non plus: il est déjà trop tard!

14heures: je vais me préparer dans ma chambre, que je trouve du premier coup! Je vous ai déjà expliqué que le stress fait parfois des miracles sur mon cerveau? Angie frappe à ma porte, son vanity à la main. Elle passe une quinzaine de minutes à me maquiller, ce que je trouve incroyablement long tandis qu'elle me dit qu'elle a fait «rapide et léger». Toujours est-il que le résultat est très réussi. Je remercie chaleureusement celle qui, en une petite semaine, est presque devenue une bonne copine.

Alors que je fonce rejoindre Sophia, je tombe sur Julien dans le couloir. Il vient juste de finir d'installer les fleurs et n'a pas eu le temps de passer son costume. Son regard est sombre quand il croise le mien. Il s'arrête le temps de m'observer.

— Tu es splendide. Ne change rien.

Puis il repart. J'hésite entre le suivre, le frapper, l'insulter et le violer, et puis, bien sûr, je ne fais rien de tout ça. Après l'incident d'hier, je trouve ses tentatives de rapprochement dégueulasses. Rien ne me fera oublier ce qu'il a dit à sa mère.

Je l'ignore donc et reprends ma route. Ce coup-ci, je me perds. Oui, bon, ça ne peut pas marcher à tous les coups.

Je finis par trouver la chambre d'Elinor, où la robe était cachée depuis hier et qui sert de loge à la future mariée. J'essaie de me rappeler les instructions de Louise et j'aide Sophia à enfiler la fameuse robe sans abîmer le maquillage que sa mère vient de lui faire. Très joli maquillage, d'ailleurs, qui me fait oublier les réserves que j'avais émises quand Sophia m'avait dit qu'elle ne ferait pas appel à une professionnelle. Encore une fois, c'est elle qui avait raison. La robe est parfaite. Le timing aussi, puisque la coiffeuse arrive à cet instant en compagnie de Becky — que je n'apprécie toujours pas mais qui est sûrement mieux à même que moi de servir de guide dans les méandres de ce labyrinthe.

Vous ne serez pas surpris d'apprendre que Becky ne me porte pas dans son cœur non plus. Cela dit, depuis hier, le stress du mariage aidant, on commence à s'apprivoiser toutes les deux, un peu comme les mères des mariés. Je l'ai peut-être mal jugée. Et puis maintenant que je sais qu'elle ne couche pas avec Julien... Couac ? Qu'ai-je dit dans ma tête ? Julien. Bon, il faut que j'arrête d'y penser ou bien que je me remette à la vodka dare-dare.

La coiffeuse finit de s'occuper de Sophia, puis passe à Becky, et c'est enfin mon tour.

15h30: on est à peine en retard.

Tout le monde est parti. Restent Maxime, qui est le chauffeur de Sophia, Becky, Elinor, bien sûr, et moi. Nous montons toutes les trois dans la voiture d'Elinor et nous suivons la BMW X6 blanche de la mariée. Mais... c'est la voiture de Julien, non ? Elinor confirme.

— Les fleurs n'allaient pas du tout sur la Mercedes, impossible de les fixer au capot, donc Julien a prêté sa voiture. Il s'est levé à l'aube pour aller la laver et s'est occupé de tout. Ce garçon est un ange, ce qui est un miracle quand on connaît sa mère !

— Et vous la connaissez ?

— Bien sûr, nous étions presque voisines. Une vraie harpie. Je me demande comment ce garçon a pu devenir un adulte aussi accompli après avoir été élevé par ce monstre sans cœur. Cela dit, j'ai l'impression que les choses changent et qu'il lui tient enfin tête. Ça doit lui faire bizarre, à ce tyran.

— Qu'est-ce qui vous fait dire ça ?

— Qu'il lui tient tête ? demande-t-elle pour la forme en se penchant vers moi. J'ai surpris une conversation téléphonique hier. En gros, il lui disait qu'il décidait seul de la manière dont il entendait mener sa vie et que cette femme — je ne sais pas de qui il parlait, précise-t-elle en me jetant un regard en biais — était à l'opposé d'elle et donc la meilleure chose qui lui soit jamais arrivée. Et que, si à cause d'elle quoi que ce soit était gâché, il ne lui pardonnerait jamais et elle pourrait s'asseoir sur ses rentes mensuelles ! Ça a bardé, je te le dis. C'est sans doute dur à entendre, mais je crois sincèrement qu'elle le mérite.

La conversation s'arrête là car on arrive. C'est probablement mieux: j'aurais eu du mal à me concentrer sur la cérémonie à la mairie, qui se révèle plutôt rapide mais émouvante. J'ai les larmes aux yeux en sentant l'émotion contenue dans le «oui» de Paul et Sophia.

Dehors, une haie d'honneur attend les mariés. Ils s'embrassent comme dans les films et je me dis qu'il n'y a rien de pire qu'un mariage pour qui est un peu trop fleur bleue dans l'âme.

Nous repartons au mas pour un crescendo d'émotions. La cérémonie à la chapelle est magnifique. En lieu et place d'un curé, les jeunes mariés, tous deux athées, ont demandé à leurs témoins de lire des textes et de présider au mariage. Becky, Maxime, Matthieu et moi procédons donc à l'échange des alliances et à la bénédiction. La cérémonie réussit le pari d'être romantique, émouvante, drôle et pittoresque à la fois.

Mais c'est plus fort que moi, même pendant ce moment unique, mon regard se porte régulièrement sur Julien, qui lui aussi regarde dans ma direction. Il faut que j'arrête, il faut que j'arrête. *Les fleurs sont magnifiques*, me dis-je pour penser à autre chose. Sauf que c'est un échec car même les roses me ramènent à lui, qui a accompli le miracle de toutes les disposer ce matin.

A la fin de la cérémonie, Becky se joint à moi pour guider les invités vers les chapiteaux où nous attend le vin d'honneur.

Je m'assure que tout le monde soit installé pour regarder mon portable. Un appel en absence de Maïa. Et si j'allais retrouver mon petit banc fétiche pour savoir ce qu'elle me veut?

— Alors? me demande-t-elle après la première sonnerie.

— Alors c'est magnifique. Tout est super.

— Tant mieux. Félicite-les pour moi.

— Bien sûr. Ecoute... je suis désolée pour hier soir.

— J'étais inquiète.

— Et j'étais triste, pardon.

— J'ai compris. Et aujourd'hui ?

— Aujourd'hui, c'est Sophia, moi...

— Non, pas de «on verra plus tard».

— Comment ça ?

— C'est ce que tu allais dire, je te connais comme si je t'avais faite. Alors écoute, on n'a pas beaucoup de temps, il faut que tu retournes accomplir ton devoir de témoin, mais j'ai quelque chose d'important à te dire. Sache que tu vas certainement me détester pendant un petit moment, mais c'est pas grave, j'ai le dos large.

— De quoi tu parles ?

— Hier soir, j'étais inquiète, alors je l'ai appelé.

— Julien ?

— Oui.

— Comment tu as son numéro ?

— Tu me l'avais donné la fois où vous étiez partis en colloque et où ton portable ne passait pas.

— Tu l'as gardé ?

— Je ne suis pas le genre de fille qui jette. Enfin on s'en fout. Il était content, apparemment il avait besoin de parler, lui aussi.

— Et vous avez parlé de quoi ?

Ma voix frise l'hystérie.

— De toi, bien sûr.

— Je ne veux pas savoir.

— Ça tombe bien, je ne te dirai rien !

— Quoi ? Mais alors pourquoi tu me dis ça ?

— Parce que aujourd'hui c'est enfin «demain».

— Je ne comprends pas.

— Tu comprends très bien, alors fais pas ta sourde. J'en ai marre de t'entendre dire «on verra demain», «j'y réfléchirai demain». L'amour, ça fait mal, ma chérie, mais tu es une grande fille maintenant, alors prouve-le un peu, bordel ! Oui, on souffre, non, un bisou sur la main ça ne soigne pas vraiment, mais si c'était trop facile, ce ne serait pas drôle ! Je sais bien que je te raconte des platitudes, mais puisque tu n'as pas l'air au courant de certaines choses, j'estime de mon devoir de t'expliquer.

— Mais t'as pas fini de m'agresser ? Je vais mal et c'est tout ce que tu trouves à faire ?

— Oui, parce que t'es con, ma pauvre, des fois. Je crois qu'il t'a dit qu'il t'aimait, non ?

— Quoi ? Non !

— Enfin, en tout cas, il a essayé, mais tu n'as rien voulu entendre.

— Mais...

— Ecoute, j'en ai déjà trop dit. Retourne à ce mariage et amuse-toi, mais pitié, affronte tes démons. Il n'y a que comme ça que les princesses se débarrassent de leurs cauchemars.

— On n'est pas dans un dessin animé !

— Eh bien, pour une fois, dis-toi que si. Je te laisse, j'ai de l'huile sur le feu. Et au fait : n'oublie pas que moi aussi je t'aime.

Et elle raccroche. J'hallucine. Il m'aime ? C'est tout ce que j'ai retenu. Elle affabule, je la connais, elle prêche le faux pour que j'aille à la pêche au vrai. Je connais aussi Julien, il ne se serait jamais confié comme ça. « De l'huile sur le feu », elle se fout vraiment de ma gueule. Faudra qu'on ait une discussion à mon retour.

Le vin d'honneur se passe très bien, au frais sous les tentes. Un des cousins du marié semble m'apprécier et je passe un bon moment en sa compagnie.

Le repas commence, ce qui signifie que l'heure de mon discours va sonner. Je suis stressée mais m'en remets à mon sens inné de l'improvisation, tout en sachant que c'est méga-risqué. OK, je suis folle, ce n'est pas une nouveauté mais je n'ai pas le choix. Maxime et Matthieu prennent la parole pendant le repas et il est prévu que Becky et moi le fassions plus tard. Pas très galant en apparence mais ça nous arrange bien toutes les deux. Finalement, Becky se débine et m'annonce qu'elle n'en fera pas. Maxime porte un toast très drôle tandis que Matthieu émeut tout le monde avec un beau texte plutôt bref.

Je fais le tour des tables pour m'assurer que tout va bien et que personne ne manque de rien. Je discute un peu avec mon père au passage.

François vient vers moi et me propose d'aller prendre l'air. Je le connais bien, c'est le grand frère de ma copine et je l'ai toujours beaucoup aimé. De plus, il est vraiment très beau, ce qui ne gâche rien, mais c'est juste un ami. On sort tous les deux et il rigole quand je lui narre les péripéties de cette semaine. Je vois alors Julien approcher. François me demande comment va ma vie ces derniers temps, et c'est le moment que choisit Julien pour intervenir.

— Tu permets ? demande-t-il à François. J'aimerais m'entretenir avec cette jeune femme.

Mon cavalier hésite, me regarde, mais le ton de Julien ne souffre pas de contradiction. Il accepte donc sans trop avoir le choix et s'éclipse poliment. Et je crois que c'est là que j'ai compris.

Un peu de patience, je vais vous expliquer ce que j'ai compris de manière à ce que vous compreniez, vous aussi.

— J'ai fait des conneries, me dit Julien. Je ne suis pas parfait, mais toi non plus. Est-ce que tu vas me le faire payer en m'obligeant à supporter toute la soirée tes prétendants ? Je vais devoir te voir t'éclipser régulièrement avec un nouveau don Juan ? En tant que témoin, tu n'es pas censée te consacrer à la mariée ?

— Ma parole, mais c'est que le vilain matou sort de nouveau ses griffes. Il y avait longtemps. Jaloux, on dirait ?

— Non, possessif. Même avec ce qui ne m'appartient plus. C'est un vilain défaut, je sais.

— Le smoking te va très bien.

— Tu changes de sujet.

— Non, au contraire, je suis en plein dedans. Où est-elle ?

— Qui ça ?

— La blonde censée être toujours à tes pieds.

Il jette un œil autour de lui, puis son regard s'arrête sur moi.

— J'en vois bien une, là, devant moi, la plus belle de toutes. Mais je crains de devoir contrarier mon ego en reconnaissant qu'elle n'est pas à mes pieds...

— Aïe, tu veux dire qu'elle, elle résiste ?

— Je crois bien, malheureusement.

— Mais c'est ce que tu aimes, non ? C'est pas drôle quand c'est trop facile...

— C'est sûr, mais quand c'est trop dur, il faut savoir s'avouer vaincu.

— Mais la question est : à quel moment ? Comment tu sais qu'il y a espoir et comment tu sais qu'il faut abandonner plutôt que de perdre la face ?

— Ah ça, on ne sait jamais ! Mais, en amour, on s'en fout. Perdre la face, ça ne compte pas. L'enjeu, la chose à ne pas perdre, c'est l'autre personne.

— C'est vrai ? Tu serais du genre à penser ça ?

Il se rapproche de moi.

— Tu ne me connais pas.

— Plus que tu ne l'imagines, je pense.

— Je demande à voir...

Il se rapproche encore. Dangereusement.

— Julien, je te laisse, j'ai un discours à faire..., dis-je en tournant les talons.

— Tu te fous de moi ? me lance-t-il, ébahi.

— Non, justement ! Tu devrais rentrer, j'ai peur que tu ne prennes froid.

Je souris de toutes mes dents et regagne le chapiteau, sous lequel il fait trente degrés grâce aux climatiseurs, c'est-à-dire cinq degrés de moins que dehors.

J'arrive à ma table. Je prends mon verre, le fais tinter pour demander l'attention et, quand je l'ai enfin, je commence. J'ai le cœur léger et rien ne pourra plus m'arrêter.

— Mes chers amis, à mon tour de parler. Vous n'êtes pas sans savoir que Sophia est ma meilleure amie et Paul un très, très, très vieux copain aussi. Alors c'était difficile de savoir quoi dire. Ça fait des mois que je planche dessus et là, j'ai enfin trouvé. Hier soir, avec Sophia, on a beaucoup parlé. Bon, surtout de choses qui resteront des secrets de filles, désolée, Paul, mais d'autres, aussi, qui m'ont ouvert les yeux. Par exemple, Sophia, j'ai enfin su qu'il ne t'avait pas suppliée de sortir avec lui, comme tu nous l'as toujours dit, mais que tu étais verte de rage parce qu'il sortait avec une autre et que tu te préparais à lui dire ses quatre vérités !

— Traîtresse ! me lance Sophia en riant.

— Désolée, ma chérie, mais il faut que le monde connaisse enfin la vérité ! Et là, je t'ai demandé comment tu savais que c'était le bon. Bon, je t'avoue, j'ai rien compris à ta réponse, mais en creusant un peu et en vous observant, Paul et toi, j'ai fini par comprendre. Puis en vous voyant tellement heureux, je me suis dit que je devais vous piquer votre recette. Et aujourd'hui, comme je suis d'humeur partageuse, je vais aussi la donner aux autres !

Des cris d'approbation fusent dans la salle. Je regarde au fond et je vois Julien, accoudé contre la porte, qui m'écoute avec attention. Je plante mon regard dans le sien.

— Règle numéro un: celui qui pourra partager ta vie, c'est celui qui pourra supporter ton caractère, et ça, avec le tien, c'était pas gagné, dis-je en regardant Sophia, qui feint l'indignation. Règle numéro deux: il ne se sentira pas rabaissé par ton succès ou ta réussite mais, au contraire, te portera pour t'aider à te dépasser et saura même répondre à ta repartie légendaire. Et puis il fera les magasins avec toi une journée complète sans râler, juste parce que tu en as besoin, il aidera tes amis dans les moments critiques, il couvrira tes mensonges les plus absurdes, quitte à se mettre dans une situation délicate, il couvrira même ton alcoolisme mondain en te passant des verres discrètement, il saura que tu bois du chocolat le matin quand tout le monde te sert du café, il te prendra la main quand tu seras malade, il affrontera ses parents pour te protéger si besoin, et surtout, surtout — une règle qu'un ami à moi a ajoutée récemment, dis-je en levant mon verre en direction de Damien —, il saura te protéger ! Des autres hommes, d'abord, en étant prévenant envers toi et intimidant envers eux, et de toi-même, surtout, en t'empêchant de faire des choses que tu regretterais. Ça fait beaucoup, me direz-vous, mais justement, quand vous trouvez cette perle rare, il ne faut pas la laisser partir ! Sophia, ma chérie, depuis le temps que je te côtoie, je sais que tu as trouvé tout ça. Alors, Paul, si tu veux, je te note tout sur un Post-it pour que tu t'en souviennes... mais... à la réflexion, non ! Surtout, ne change pas, sois toujours le même, sois toi-même et continue de la rendre heureuse et de la protéger comme tu sais le faire, tu y gagneras en prime ma reconnaissance éternelle.

Je marque une petite pause pour reprendre mon souffle avant de lever mon verre.

— Au plus beau couple que je connaisse !

La salle imite mon geste et Sophia se lève elle aussi pour me prendre dans ses bras.

— C'est magnifique, me dit-elle. Je ne te savais pas l'âme d'un poète.

— Et encore, il te reste beaucoup à découvrir !

Je quitte la table sous les applaudissements et, lorsque je veux sortir, Jean me retient par le bras.

— Ma sœur a grandi, on dirait.

— C'est possible.

— Continue, ça te va bien.

— Merci.

— Reste à voir si tu sais appliquer ces belles paroles à ton propre cas... Et ça tombe bien, j'ai l'impression que justement tu es attendue, fait Jean en indiquant de la tête la direction de Julien.

Je lui donne une tape amicale sur l'épaule et sors de la tente en me retournant: comme je l'imaginais, Julien est juste derrière moi.

— Un peu cucul, ton speech, mais on dirait que ça a plu!

— Sal...

Mais il ne me laisse pas terminer et, au lieu de ça, m'attrape par les épaules et m'embrasse sur la bouche.

Et cette fois, je me laisse faire. Quel soulagement! J'ai l'impression qu'on vient d'ôter un poids énorme de mes épaules. Julien me prend dans ses bras et j'ai la sensation d'être rentrée chez moi. Quelle horreur! Depuis quand je parle comme dans un roman sentimental, moi? Mais tant pis, j'assume.

Quand il arrête de m'embrasser, ce qui me déçoit légèrement, il se détache de moi pour mieux me regarder de son air le plus sérieux.

— Et si tu trouvais cette perle rare, tu serais assez folle pour la laisser partir?

Je fais mine de réfléchir avant de répondre:

— Je crois que je suis suffisamment intelligente pour reconnaître la perle en question si je la croise. Mais si je n'y arrive pas, tu pourrais m'aider, non?

— Tu avoues enfin que tu as besoin de moi?

— Pas autant que, toi, tu as besoin de moi, dis-je en reprenant le baiser là où il l'avait interrompu.

Au bout de quelques instants, je le sens qui sourit.

— Quoi encore?

— On va devoir redéfinir les règles alors! dit-il.

— Quelles règles?

— Tu as raison, on n'a jamais eu de règles! Alors on va vivre au jour le jour, mais d'abord...

Devant sa mine soudainement grave, je lui lance un regard interrogateur.

— ... d'abord, avant de rentrer à Paris, je vais te présenter officiellement à ma mère. Autant que tu mesures tout de suite l'étendue du problème et que tu décides de ce que tu veux faire de moi avant d'aller plus loin.

Je respire de nouveau et esquisse un sourire.

— Parce que tu crois sincèrement que je peux changer d'avis quand j'ai décidé quelque chose ?

— Non, répondit-il en souriant à son tour, visiblement soulagé, c'est vrai, c'est peu probable. Ça me rassure.

— Ensuite ?

— Ensuite, que tu restes ou pas dans la boîte, ça m'est égal. Je te veux, c'est tout. C'est toi qui décideras et, en homme sage, je t'écouterai.

— Toi ? M'obéir ?

— Oh là, attention ! J'ai dit «écouter», pas «obéir» ! Et puis il reste des domaines où c'est moi qui décide, ajoute-t-il avec un regard vicieux qui me plaît beaucoup.

— Ça me va, dis-je en l'embrassant de nouveau. Juste une chose: je veux être présente quand tu l'annonceras à Nicole, juste pour voir si son visage est capable d'afficher plus de deux expressions.

— OK, fait-il en riant franchement, mais je crois que tu vas être déçue: elle n'en a bien que deux ! Et moi, j'aimerais que tu me présentes officiellement Maïa, à qui je dois beaucoup, je crois.

— D'accord. D'ailleurs, on en profitera pour régler certaines choses, tous les trois...

— Je ne vois pas du tout de quoi tu parles !

Je m'apprête à répondre mais il me fait taire en posant ses lèvres sur les miennes. Angie sort à ce moment-là et manque de nous rentrer dedans.

— Ah, enfin ! Vous allez peut-être vous détendre, tous les deux.

Puis elle s'éloigne à grands pas, ce qui nous fait rire comme des adolescents. Julien retrouve rapidement son sérieux et m'enlace d'un peu plus près.

— Alors comme ça, tu aimes bien que je chasse les malotrus qui te tournent autour ?

— Hé, t'emballe pas, il ne faudrait pas non plus croire tout ce que je raconte !

— Ah non ? fait-il en me serrant plus étroitement encore.

— Enfin, un petit peu...

— Et qu'est-ce que tu aimes d'autre chez moi ?

— Ta repartie...

— Déjà dit !

— Ton caractère de merde...

— Mais encore ?

— Tes dents.

— Ah bon ? demande-t-il en riant de plus belle.

— Tes cheveux décoiffés sans cesse, tes fesses...

— Seulement cette partie de mon anatomie ?

— J'ai pas eu le temps d'étudier à fond toutes les autres, j'aimerais approfondir...

— Vos désirs sont des ordres, madame, mais tu vas devoir attendre la fin du mariage.

— Oh zut ! Et toi ?

— Quoi ?

— Qu'est-ce que tu aimes chez moi ?

— Toi, dit-il sans l'ombre d'une hésitation.

Et je réalise que c'est la plus belle chose qu'on m'ait jamais dite.

On s'embrasse encore et, avant de rentrer rejoindre nos amis, Julien me glisse à l'oreille:

— Ce qui est bien, c'est que je sais que tu vas rester bien sagement à côté de moi ce soir et que je n'aurai pas à te chercher partout.

— Ah ! J'avais oublié ton fameux côté possessif. Désolée, mais il va falloir que tu apprennes à lâcher un peu de mou...

— Mais ce n'est pas ça du tout, ma chérie, explique-t-il en souriant. Je voulais simplement t'éviter de prendre le risque de te tromper de chambre tout à l'heure...

Après un dernier baiser en plein air, on entre dans la grande salle où les mariés ouvrent le bal sur Sam Cooke, que Sophia a choisi pour immortaliser ce moment.

Le titre qui sort des puissants haut-parleurs installés de chaque côté de la scène ? Vous voulez tout savoir ?

«Wonderful World»
Don't know much about history
Don't know much biology
Don't know much about science book
Don't know much about the French I took
But I do know that I love you
And I know that if you love me too
What a wonderful world this would be...

«Je n'y connais rien en histoire
Je n'y connais rien en biologie
Je n'y connais rien en livre de science
Je n'y connais rien au cours de français
Mais je sais que je t'aime
Et je sais que si tu m'aimais aussi
Quel monde merveilleux ce serait... »

Vous y voyez un rapport avec mon histoire ? Peut-être, je ne sais pas. Vous savez, les liens, c'est comme les signes, ça ne tombe pas du ciel, c'est à nous de les faire, à nous de les voir. Regardez, elle commençait plutôt mal, ma semaine. Qui aurait dit que je comprendrais tant de choses ? Sur ma famille, et sur moi surtout. Ce qui a changé ? J'ai appris à regarder, à écouter. Sans cela, est-ce que vous pensez vraiment que je serais amoureuse pour la première fois de ma vie, et de Julien en plus !

Bon, peut-être que je l'ai toujours été, depuis cet été de mes 15 ans. Pouah ! Une histoire d'amour d'ados, maintenant, ça devient carrément guimauve, non ? Enfin, ce que je veux dire, c'est que parfois on cherche très loin ce que l'on avait juste à côté de soi, peut-être pendant des années. Alors regardez bien et posez-vous la question: quelquefois, il vaut mieux attendre demain, c'est vrai, mais le plus souvent, pourquoi ne pas être heureux aujourd'hui ?

Hot LOVE DISASTER

PRÉAMBULE

Hou là, ça fait longtemps ! Longtemps que je ne me suis pas parlé à moi-même (enfin, que je ne vous ai pas parlé à vous, plutôt). En même temps, ma vie a beau être passionnante, il faut bien avouer qu'il n'y avait pas grand-chose à raconter depuis la dernière fois. C'est vrai, quoi, j'ai trouvé mon prince charmant ! Franchement, vous auriez envie de lire la suite de l'histoire de Cendrillon, de Blanche-Neige ou d'autres greluches de contes de fées ? Ah, vraiment ? Vous êtes sûre ? Réfléchissez deux secondes. Bon, pour les plus romantiques (ou les célibataires désespérées), une vie de princesse enfin casée, c'est tout rose et ça se passe dans un château géant qui peut contenir les tonnes de robes offertes par un mari fidèle, aimant, doux, qui l'aime « chaque jour davantage, aujourd'hui plus qu'hier et bien moins que demain »... STOP ! On arrête la guimauve ou je vais vomir. Et puis il y a les autres. Les réalistes. Celles qui se disent que, de toute façon, l'histoire finit pareil pour tout le monde. Déjà, le prince ronfle grave et ça devient vraiment chiant. Ensuite, la princesse, elle en a vite marre de se faire traiter comme une bonniche par un mec qui laisse traîner ses affaires par terre et s'attend à ce qu'elle soit dispo quand il rentre le soir d'une réunion avec les châtelains du coin. Réunion ? Mon cul ! Comme si Cendrillon, elle, ne savait pas qu'il lorgne la petite servante d'à côté avec ses haillons super sexy...

Bon, d'accord, je n'en suis pas là. Et, non, je ne suis pas non plus devenue complètement cynique, mais il faut bien avouer qu'on passe forcément par cette étape à un moment donné. Ou du moins c'est ce que je pensais avant… avant Julien. Et avant d'avoir envie d'y croire. Maintenant, vous dire que c'est le bon, je n'en ai absolument aucune idée. C'est vrai, quoi, vous l'avez su, vous ? Je parle à celles qui en ont «un», celles qui ont dit «oui» ou qui ont entendu au moins une fois dans leur vie : «Allez, madame, poussez, je vois la tête !» Enfin, tous ces mots qui signifient qu'elles sont unies pour le meilleur et pour le pire à un Homme. Avec un grand H, vous avez remarqué.

Moi, donc, je suis en couple depuis environ cinq mois. Bon, d'accord, j'avoue, on est début décembre, donc en fait depuis exactement cinq mois et huit jours — et je vous fais grâce des heures, ça change à mesure que j'écris. Mais, pour une fois, ce n'est pas de moi que je vais vous parler. Cela dit, puisque je sens que vous brûlez de curiosité, je vous donne le scoop : avec Julien, mon homme, ça va bien. OK, en fait, ça va même plus que bien. C'est toujours une bête de sexe et il me fait toujours tourner en bourrique dès qu'il en trouve l'occasion, surtout au boulot. Parce que oui, finalement, on a décidé de continuer à bosser ensemble pour l'instant. En même temps, pour lui, c'est un peu normal : c'est sa *boîte. Mais il est beaucoup à l'étranger, et moi, en réunion, donc on n'est pas l'un sur l'autre, si je puis dire. Et puis je crois que je m'y suis faite, à coucher avec le boss, ça pimente encore plus les choses… sauf que là je stresse un peu. Julien semble tendu depuis quelque temps et ce n'est pas vraiment son genre. En général, il est plutôt relax, comme type (sauf en négociation, où c'est un tueur). Mais bon, comme me dit ma copine Maïa avec la douceur et la patience qui la caractérisent: «Tu nous fais chier avec ton bonheur parfait, alors pour une fois évite au moins de le saboter et va pas chercher des problèmes là où y en a pas!» J'admets que, sur ce coup-là, elle n'a pas tort. Je me murmure ça comme un mantra depuis quelques jours et ça marche à peu près, sauf que je ne peux pas m'empêcher de trouver Julien soucieux, nerveux, même, et un peu distant. Mais je suis peut-être parano. Après tout, au lit, c'est toujours aussi bon et... Et on n'avait pas dit que j'arrêtais de parler de moi? Parce que celle qui a sûrement raison, dans l'histoire, c'est Maïa, et c'est justement d'elle que je voulais vous parler.*

Maïa, c'est ma copine, ma meilleure amie, mon alter ego, mon Perrier de lendemain de cuite, bref, vous avez compris. Elle est écrivain. Et c'est aussi une sublime brune sauvage aux yeux verts de vingt-neuf ans, taille mannequin, célibataire: le genre de fille qui est soit votre meilleure copine, soit votre pire ennemie. Elle est belle et elle le sait, mais elle s'en fout complètement. Elle est spéciale, Maïa. C'est peut-être pour ça qu'elle n'a pas encore trouvé chaussure à son pied. Enfin, pas la paire, et du coup elle serait plutôt du genre à essayer tout le magasin.

Allez, au lieu de dire des vacheries sur ma meilleure amie, je lui laisse la parole, elle vous racontera ça mieux que moi. Elle... et lui aussi. Parce qu'il y a toujours un «lui» quelque part. Et puis il y a vous, à qui je souhaite bonne chance pour la suivre... Parce que, moi, je n'y arrive toujours pas!

Lydia

1. Elle

« Une femme n'aime jamais qu'un seul homme. Mais elle lui donne plusieurs noms. »

CARLTON LE CLOWN

— Non, non, non, non, non !

— Si, si, si, si ! réplique Jules sur le même ton.

— Il manque un « si », j'ai gagné ! dis-je avec un sourire mesquin en tournant les talons.

— Reviens ici tout de suite !

Je soupire mais je fais demi-tour. Il n'a pas l'air de plaisanter, cette fois. Enfin, au moins, j'aurai essayé.

Je me retourne et lui lance le regard le plus suppliant de ma panoplie, genre croisement de cocker et du Chat potté, en version femme bafouée.

— Jules, s'il te plaît...

— Non ! Tu dois m'écouter, Maïa ! T'ai-je déjà trahie ?

— Oui, à l'instant...

— Non mais tu plaisantes ? Fais-moi confiance ! Est-ce que, depuis que je suis ton éditeur, ton ami, ton confident, ton psy, tu as déjà eu à te plaindre de moi ? Sincèrement.

— Oui, souvent, dis-je, remontée, les poings fermement plantés sur les hanches.

— Non, mais je veux dire, à part nos prises de bec constantes sur le fait que tu rendes systématiquement tes manuscrits à la bourre... Avoue, je suis ton yin, tu as besoin de moi et de mes judicieux conseils...

— Ah ben, merci, donc je suis le yang de l'histoire, c'est ça ? Le côté obscur de la force ?

— Oh ! ça va, arrête ton char, Dark Vador ! Tu sais très bien ce que je veux dire. Au fait, ces mémoires, tu en es où ?

— Pff, mes mémoires, tu parles, quelle merde ! Plus j'essaie, plus je trouve ça chiant comme la mort. J'espère que ma vie est moins merdique que ce que j'écris ! Enfin, t'inquiète, je fais ce que tu me demandes : tout ce qui fait le sel de mon existence fascinante sera retranscrit, y compris mes pensées et même cette conversation, avec quelques retouches personnelles, bien sûr, dis-je en lui souriant comme un chat devant une souris.

— Oui, pour la touche personnelle, je te fais confiance. Tu fais comme tu veux, mais tu le fais. Je sais que c'est une bonne méthode, et puis on n'a pas le choix : tu dois retrouver l'inspiration.

La page blanche, voilà mon drame. L'inéluctable page blanche de l'écrivain, celle qui nous guette tous un jour ou l'autre. Et voilà, c'est mon tour : depuis quelques semaines, mes neurones refusent obstinément de se concentrer pour me laisser écrire mon prochain roman historique — mon gagne-pain et ma passion. Enfin, surtout mon gagne-pain, à vrai dire... La vérité, c'est que j'en ai ma claque, des livres en costume ! Et même des livres tout court, surtout quand on me dicte ce que je dois faire. Comment voulez-vous écrire un bon livre quand le sujet vous soûle ? Je crois que c'est ce qui a causé la mort de ce pauvre Hercule Poirot : il soûlait Agatha Christie ! Le problème, c'est que Jules, mon éditeur ici présent, refuse de l'entendre... Je sors de mes pensées et reprends ma plaidoirie :

— Manquerait plus que je ne fasse pas comme je veux ! A ce propos, tu peux toujours courir pour que je remonte à ma petite enfance. Contrairement à ce que tu prétends, tu n'es pas mon psy. Et mes lecteurs, encore moins !

— OK, OK, pas l'enfance. Mais au moins ce qu'il

se passe en ce moment. Et peu importe ce que tu écris, tant que tu l'écris. Ce qui compte, c'est le processus : écrire, encore et encore. Et maintenant la deuxième étape, c'est de prendre un peu l'air.

— Ah, prendre l'air, ça, je suis d'accord ! Mais j'en ai pas trop l'occasion parce qu'un tyran m'oblige à rendre des comptes, figure-toi.

— Bon, ça suffit, maintenant ! Tu es infernale. Pour la dernière fois : soit tu fais ce que je dis, soit ta carrière est finie ! C'est plus clair comme ça ? Même si tes ventes ne sont plus ce qu'elles étaient, ton style plaît aux lecteurs. Alors profite de ta foutue angoisse de la page blanche pour évoluer. Le XVIe siècle, c'est *has been* ! Aujourd'hui, ce que veulent les gens, c'est du réel, du sang, du contemporain, des labos high-tech qui confirment, des experts fringués en costard Saint Laurent, des enquêtrices sexy et des enquêteurs à la Matt Bomer. Tes preux chevaliers, tout le monde s'en fout, même toi ! Alors non, je ne te demande pas de te travestir, de changer ton style, de te « dénaturer », comme tu dis, je te demande de t'a-da-pter ! Et de te remettre au clavier. Donc tu bouges ton joli petit cul, tu pars en vacances et tu suis H 24 un inspecteur pour savoir comment ça fonctionne, ce qu'il se passe dans sa tête, dans ses tripes, dans la partie que tu veux de son anatomie, et tu m'écris le livre du siècle pour participer à ce putain de prix littéraire, que tu remporteras haut la main, j'en suis sûr ! Ça sera le coup de pouce dont ta carrière a besoin et le *it-book* de l'année. Et sinon, ma chère, tu boufferas des pâtes, tu vendras ton joli appart à Paris et tu retourneras chez tes parents à Montpellier avec tes rêves et ta rancœur comme seuls bagages. Me suis-je bien fait comprendre ?

J'en reste sans voix. Jules a déjà été dur avec moi, mais ce ton... C'est la première fois. Les larmes me montent aux yeux... je vais pleurer sur commande pour l'amadouer, ça va marcher, ça doit marcher... Merde, j'arrive pas, ça bloque...

— Non, Maïa ! Ne me fais pas le coup des larmes, pas toi, lance Jules, glacial, en pointant sur moi un index vengeur.

Il ne m'en faut pas plus pour que la colère reprenne le dessus.

— Et je suis censée faire comment ? M'inventer des copains flics ? Ou me pointer au commissariat du coin ? « Coucou, monsieur l'agent, ça vous dérange si je vous colle aux basques pendant une semaine, c'est pour un bouquin ? » Tu veux que je le trouve où, ton Matt Bomer ? Et je parie qu'en plus il faut que je prenne un homo ? Histoire que tu puisses te le taper en prime ?

Jules sourit.

— C'était juste un exemple, ma chérie. Du calme et essaie de comprendre l'enjeu. Et surtout essaie d'éviter de te le taper, toi, ça simplifiera les choses. Je ne sais pas, tu n'as qu'à choisir le genre Columbo pour être sûre.

Je mime un vomissement qui me semble particulièrement réussi, mais laisse Jules complètement indifférent.

— Et puis, reprend ce sale traître, tu ne m'avais pas parlé d'une copine dont le frère est flic ?

— Quoi ?

— Mais si ! Le frère de ta copine Lydia, je crois.

— Jean ? Il est garagiste à Mauguio, à côté de Montpell'. Alors, à moins que ce soit un agent secret et que je sois encore la dernière prévenue...

— Non, alors ce n'est pas Lydia, mais... Je sais ! fait-il en claquant des doigts. C'est l'autre, celle avec qui on est allés boire un verre un soir, elle s'est mariée cet été et Lydia a rencontré son mec à son mariage... Comment, déjà ?

— Elle l'a pas *rencontré* à son mariage, ils se sont *déclarés*, ça n'a rien à v...

— Oui, voilà : Sophia ! Son frère est flic à Paris ! Elle avait déjeuné avec lui avant de venir boire un verre avec nous !

Je suis tellement sciée par sa mémoire que je ne l'engueule même pas pour m'avoir coupé la parole.

— Mais t'es incroyable, toi ! Comment tu stockes tout ça dans cette si petite tête ?

— La concentration, ma chérie, la concentration !

— Bah, tu ferais mieux de la mettre à profit pour te rappeler les centaines d'invitations que tu m'as promises au Relais Plaza !

— Ecoute-moi, ma belle, si tu fais ce que je te conseille et que tu gagnes ce prix, promis, je t'emmène chez Maxim's !

Ce concours, Jules m'en rebat les oreilles depuis des mois. Il prétend que ça relancera ma carrière, mais je crois qu'il pense surtout à l'image de sa chère maison d'édition...

Je le regarde de travers.

— Bon, admettons que je dise oui, je fais comment pour convaincre ce fameux frangin d'accepter que je le suive partout pour l'amour de la littérature ? Je ne sais même pas comment il s'appelle ni où il bosse, et mes relations avec Sophia n'ont jamais été au beau fixe. Enfin, on s'entend bien, mais c'est surtout la copine de Lydia.

— T'étais pas en fac avec elle ? Rappelle-moi son nom de famille...

— Si, mais c'était il y a longtemps et je traînais surtout avec Lydia et... Schwartz ! C'est ça, Sophia Schwartz !

— Parfait, je vais te le trouver, moi, ce François Schwartz.

— François ? Mais comment tu connais son prénom ?

— Oh ! comme ça. On retient des choses bizarres, dans la vie, parfois. Je me rappelle que, ce soir-là, je venais de me faire plaquer par Pierre. J'étais déprimé et, quand elle nous a parlé de son frère lieutenant de police, j'ai vaguement fantasmé pour me changer les idées...

— Il est homo ? dis-je, légèrement écœurée.

— Non, crétine. D'ailleurs, si tu pouvais éviter de faire une tête pareille... Ce n'est pas une maladie ! Ton François, c'était juste un fantasme. Tu fais ce que tu veux dans tes rêves, non ? A propos, je pense qu'il est plus prudent d'instaurer des règles. La première, c'est que tu ne couches pas avec lui. Vous allez passer du temps ensemble et je te connais trop bien : si tu te le tapes, au bout de deux jours, tu en auras marre, vous ne pourrez plus vous voir en peinture, et fini, mon livre !

— J'adore ta façon de résumer ma vie amoureuse...

— Ta vie amoureuse ? Quelle vie amoureuse ?

— Très drôle. J'ai le droit de ne pas avoir envie de rencontrer le grand amour, non ?

— Dans ton cas, je pense même que c'est la nature qui préfère éviter de repeupler la Terre avec ta descendance. Ça doit être pour ça que ce concept t'échappe...

— Ha ! ha ! ha ! Je suppose que c'est ça, l'humour gay ?

— Marché conclu, ma chérie, dit-il en ignorant délibérément ma dernière remarque. Reste chez toi, je m'occupe de tout !

Je le regarde attraper son manteau et se diriger vers ma porte d'entrée. Quel marché ? J'ai signé quelque chose ?

— Attends, Jules, j'ai pas dit oui...

— T'as pas le choix, ma puce.

J'entends à peine la fin, qui disparaît sous le claquement de ma porte blindée.

Voilà, voilà. Je suis seule dans mon appart. Je ne sais pas ce qu'il vient concrètement de se passer, mais mon instinct me dit que ça va changer le cours de ma vie. Moi, Maïa Tournan, je suis paniquée. J'ai jamais rien écrit d'autre que des romans épiques situés au XVIe siècle. Et si c'était la seule chose que je sais faire ? Si tout ça se soldait par un bide ? Dans ce cas, je pourrais dire adieu à ma carrière d'écrivain, qui était pourtant bien partie. Mais alors comment faire face aux mensualités gigantesques du crédit de cet appart ? Comment garder mon train de vie et mes restos journaliers ? Qui va arroser mes plantes vertes ? Qui va m'acheter les grands crus indispensables à mon métabolisme ?

Retourner chez mes parents... A trente balais... Hors de question. Je vais trouver, je le sais, il y a toujours une solution... En attendant, j'ai besoin de sortir boire un coup. Et même plusieurs. Lydia, je ne vois qu'elle. Elle va me soûler avec ses théories sur les sorties en semaine, mais tant pis. De toute façon, depuis qu'elle est avec Julien, le week-end, je ne la vois plus. Un bon resto, un Martini en apéro ou directement une bouteille de gigondas : voilà la prescription du Dr Tournan contre ce début de crise d'angoisse.

J'envoie un texto :

RDV 19 heures bar habituel, besoin de toi, pas une question, ta réponse est oui

La réponse ne tarde pas :

OK

Je prends mon manteau et je sors retrouver ma bouée de sauvetage.

2. Lui

« Ce n'est pas parce que l'homme a soif d'amour qu'il doit se jeter sur la première gourde. »

PIERRE DESPROGES

— Oui, oui.

— Bla-bla-bla-bla-bla...

— Mmm, mmm...

— Bla-bla-bla-bla-bla...

— Oui, oui.

Oh ! putain, je l'aime, ma mère, mais qu'est-ce qu'elle me gonfle, parfois... Bon, si je continue de dire « oui, oui » pendant un certain temps, ça devrait lui passer...

— Oui, oui.

— Bla-bla-bla-bla... Je te passe ta sœur, François.

— Oui, oui... Attends ! Quoi ?

Ah, merde, j'ai dû louper quelque chose ! Ma sœur, qui habite Londres, est à Mauguio ? Mais depuis quand ?

— Sophia ? Qu'est-ce qu'elle fait là ?

— Salut, frangin. Ça va ?

La voix de ma sœur a toujours pour effet de me rassurer. C'est moi l'aîné, mais elle a cette douceur dans le timbre qui me donne l'impression d'être un petit garçon de retour à la maison.

— Bonjour, ma belle, tu es à Mauguio ? Tout va bien ?

— Oui, oui, ne t'inquiète pas. La grossesse est un peu plus compliquée que prévu, mais rien de grave.

J'avais rendez-vous avec un gynécologue réputé et on en a profité pour descendre pour le week-end, avec Paul.

— Vous n'en avez pas à Londres ?

— Si, plein. Mais ils sont trop branchés accouchement naturel à l'ancienne et pas assez péridurale pour moi ! Si l'anesthésie a été inventée, je veux en profiter. Sauf que ce n'est pas l'avis du médecin qui me suit à Londres. On a pas mal de défauts, en France, mais niveau médecine y a pas mieux !

Sophia s'est mariée cet été avec Paul, que j'ai toujours connu et que j'apprécie beaucoup. Ils vivent à Londres depuis un bon moment, pour le boulot, mais elle me manque toujours autant. Et puis je dois avouer que ça me fait toujours aussi drôle d'entendre ma petite sœur parler de grossesse, même si je me doute bien que la période vanille de son adolescence est révolue depuis longtemps.

— Ah, OK, je vois, dis-je, sans vraiment voir grand-chose.

— Tu ne vois rien du tout, oui !

J'entends son sourire communicatif derrière cette phrase.

— Tu as raison. Je veux juste ce qui est le mieux pour toi.

— Ne t'inquiète pas, tout ira bien. Et toi, alors ? Tu n'as pas répondu à maman ?

— A quoi ?

— Je vois que tu n'écoutes toujours pas quand elle parle.

— Pour quoi faire ? dis-je en souriant à mon tour.

— François, tu as quelqu'un ou pas ?

— Oh ! là, là ! ça coupe, je passe sous un tunnel, je vais devoir te laisser...

— François !

— Allez, lâchez-moi, toutes les deux. Je suis encore jeune, non ?

— Mouais, si tu le dis. Trente-deux ans, quand même...

— Statistiquement, vu le nombre de femmes disponibles pour le nombre d'hommes, elles n'ont pas intérêt à faire les difficiles. Elles me prendront même si je suis un vieux con !

— Donc ce n'est pas dans tes projets ?

— Disons que ce n'est pas ma priorité.

Non mais qu'est-ce qu'elles ont toutes à croire que le but de l'existence, c'est de finir en couple avec des marmots ? Toutes, et encore plus dans mon entourage, où c'est carrément l'obsession. Si j'avais saisi chacune des occasions qu'elles m'ont présentées, j'aurais pu me marier au moins cinquante fois.

En bonne représentante des femmes de la famille, Sophia n'en démord pas.

— Mais tu as des copines, au moins ?

— Hé ! C'est la dernière chose dont j'ai envie de parler avec ma sœur ! Ne t'inquiète pas pour moi : je ne manque de rien, si c'est ce que tu veux savoir...

— OK, OK, je ne veux rien savoir, tais-toi ! Bon, je te passe Paul, il est à côté et me pousse depuis tout à l'heure pour prendre le combiné. Bisous, frérot...

— Je t'embrasse, ma belle.

— Moi aussi, mon cœur ! répond une voix d'homme, sarcastique, après un bref silence.

Paul, mon beau-frère. Je me sens seul, tout à coup, dans mon appartement parisien et je les envie d'être tous ensemble à Mauguio. Content d'avoir un homme au téléphone qui ne va pas me bassiner avec mes hypothétiques copines, je lui demande comment il va.

— Bien, super. J'ai l'impression que j'arrive juste à temps, non ?

— Putain, elles m'épuisent, avec leur harcèlement !

— Je n'aimerais pas être à ta place, c'est clair, plaisante Paul. Alors ? Il paraît que tu redescends vivre par ici ?

— Oui, je suis muté temporairement à Montpellier le temps de boucler une enquête.

— Cool, c'était ce que tu voulais, non ? Ça ne pourrait pas être définitif ?

— Je n'en sais rien. Je ne suis plus trop sûr de vouloir vivre de nouveau dans le Sud. J'ai ma vie avec mes potes à Paris, maintenant. A la fois, niveau climat et boulot, c'est tentant. Bref, je verrai dans un mois ou deux, après l'enquête, si j'ai mon affectation définitive.

Je suis en plein chamboulement dans ma carrière de lieutenant de police et du coup j'essaie d'éviter les décisions hâtives. Et si je n'obtiens pas ma mutation à l'issue de cette mission, eh bien, c'est que je dois rester à Paris...

Paul tombe juste :

— Tu vas laisser le destin choisir pour toi, en gros ?

— C'est ça. Si ma mut' est refusée, je considérerai ça comme un signe et je resterai à Paris.

— Et tu vas vivre où en attendant ?

— Devine !

— Ici ? Mais t'es malade !

Là, il marque encore un point, et je le sais très bien. Retourner vivre chez mes parents à trente balais, effectivement, il faut être un peu malade. Je me justifie laborieusement :

— Tu crois que j'ai le choix ? Je vais rendre mon appart à Paris histoire de ne pas payer un loyer délirant pour rien pendant deux, trois, peut-être même six mois ! Donc je vais chez mes parents, j'attends la réponse pour ma mut' et, en fonction, j'achèterai un studio à Paris ou une maison à Montpellier avec l'argent que j'ai de côté.

— Bon, en tout cas, n'oublie pas de descendre armé...

— Tu crois ?

— J'en suis même sûr ! Si tu descends ici sans assurer tes arrières, dit-il en baissant la voix, tu peux être certain que tu auras un rencard avec une fille différente chaque soir. Et elles sont tellement désespérées par ton cas qu'elles risquent même de ne pas se limiter aux filles.

— A ce point ? Mais qu'est-ce que tu veux que je fasse ? Je compte un peu sur l'arrivée du bébé pour qu'elle reporte son attention sur quelqu'un d'autre.

— Ta mère ? Mais tu n'as vraiment rien écouté,

alors ? Il y a de fortes chances pour que Sophia vienne finir sa grossesse ici, en plein pendant ton séjour. Moi, j'ai trop de boulot, je dois rester à Londres. Tu auras donc les deux sur le dos, dont une qui supporte encore moins la contradiction que quand elle n'est pas enceinte !

— Oh ! merde ! Je fais quoi ? J'achète une poupée gonflable et on fait les présentations ? Je ne vais quand même pas me trouver une copine juste pour qu'elles me foutent la paix ?

— Non, c'est sûr, pas une vraie... Mais une copine imaginaire qui serait restée à Paris, par contre, ça les calmerait. Tu descends mi-décembre. Tu as donc très peu de temps pour avoir le coup de foudre...

— Tu es un génie, Paul. Tu sais que je t'aime, toi ?

— Oui, ben, calme-toi, sinon moi aussi je vais finir par penser que tu es homo !

— Comment ça, toi « aussi » ?

— Ben, ton père...

— Quoi ? Mon père croit que je suis homo ?

— Non, en fait, je pense qu'il dit ça pour apaiser les deux harpies, mais, bon, tu as une drôle de famille, mon pauvre ! Je pense qu'ils accepteraient mieux l'idée que tu sois homo plutôt que de savoir que tu te tapes tout ce qui bouge !

— Ouais, t'as raison, dis-je en soupirant. Je vais réfléchir à ton super plan.

— Bon, je te laisse, on passe à table.

— Ah oui, sois pas en retard ! Bon appétit, le beauf, et bon courage, surtout.

— *Ciao*, mec, à bientôt et bonne romance !

Je raccroche en souriant. Ça me fait toujours du bien de parler avec Paul. Je le connais depuis des siècles, bien avant qu'il sorte avec ma sœur. Il était plus jeune que moi, donc pas vraiment dans ma bande d'amis, mais, comme le village est petit, on se connaissait tous plus ou moins. C'est un type bien et je suis ravi que ma sœur soit avec lui. En plus, ça me fait quelqu'un d'autre à qui parler que mon coincé de père et mon hystérique de mère.

Je me lève après une nuit passée à ressasser le plan de Paul entre deux rêves stressants où il était question de mariage. Elle était laide, grosse, et moi, en pleine dépression... Il faut que j'arrête d'appeler ma famille le soir, ça me traumatise pour la nuit. Un bon café et je file au commissariat.

Après avoir dit bonjour à tout le monde, j'accroche mon manteau et j'ai à peine le temps de me retourner que j'entends :

— Schwartz, dans mon bureau !

Je hausse les sourcils en regardant Franck, mon équipier, qui semble aussi étonné que moi, et j'entre dans le bureau du commissaire Vacquart. Bourru, la cinquantaine, le patron ressemble plus au Père Noël qu'à un commissaire de police. Enfin, pas commode quand même, le Père Noël.

— Asseyez-vous, mon petit.

« Mon petit » ? D'où ça sort ? C'est bon ou mauvais signe, ça ? Je dissimule au mieux mon inquiétude qui monte et je m'assieds. Mais qu'est-ce que c'est que cette nouvelle chaise de merde ? Je suis sûr qu'elle a été spécialement conçue pour déstabiliser les suspects pendant les interrogatoires. Pas le temps de m'appesantir sur la question. Je me tortille, le regarde, il me regarde : qu'est-ce qu'il me veut, à la fin ? Oh ! putain... Je sais, c'est l'affaire... Elle m'est retirée... Je ne descends plus... Après quelques secondes de silence interminable, je me racle courageusement la gorge.

— Il y a un problème ?

— Eh bien... Tout dépend de quel côté on voit les choses, à vrai dire. Etes-vous plutôt du genre à voir le verre à moitié vide ou bien à moitié plein, mon garçon ?

— Euh... plein ?

Je l'ai lancé comme une question, mais apparemment c'est la bonne réponse puisque son visage s'éclaire.

— Je m'en doutais !

— Il y a un problème avec l'affaire, c'est ça ? Si c'est le cas, je préfère que vous alliez droit au but et...

— Non, non ! Au contraire, vous avez fait du très bon boulot et je vous fais confiance pour démanteler le reste du réseau à Montpellier. Ce sera un jeu d'enfant. Dommage que Lion ne puisse pas vous accompagner, d'ailleurs, mais vous vous débrouillerez très bien tout seul.

Franck Lion est mon équipier depuis que je bosse à Paris et surtout mon meilleur ami.

J'aurais nettement préféré descendre avec lui, mais il va être papa pour la deuxième fois, donc je ne peux pas lui en vouloir. Sans compter que, dans son délire, mon père l'aurait sans doute pris pour mon mec, donc en fin de compte ce n'est pas plus mal.

— Quoi qu'il en soit, reprend Vacquart, ce n'est pas à ce propos que je voulais vous voir.

Il se lève et regarde par la fenêtre, les mains dans le dos, avant de reprendre :

— Vous savez, en tant que commissaire, j'ai pas mal de pouvoir et une certaine autonomie dans mes décisions... Je dirige une équipe, ce commissariat, des hommes, des femmes, et je suis généralement assez libre de mes actes au sein de mon bâtiment...

— Oui..., dis-je, hésitant, pour l'inciter à poursuivre, sans trop comprendre où il veut en venir.

— ... mais parfois, face à certaines décisions, il arrive que j'aie les mains liées. Ou, du moins, qu'on m'impose des choix que je n'aurais peut-être pas faits. Vous suivez ?

— Non.

J'ai répondu du tac au tac, ce qui le fait sourire.

— Vous allez comprendre. C'est à la fois très simple et très... Bref, j'ai reçu un coup de fil d'en haut. Très haut, même. Je ne citerai personne mais... Oh ! et puis merde, ça fait chier mais c'est comme ça ! Mon cher

Schwartz, j'ai le plaisir de vous annoncer que vous allez devoir vous coltiner un équipier sur cette affaire.

Il esquisse un nouveau sourire, qui ressemble cette fois plus à un rictus nerveux qu'à autre chose.

— Comment ça, un équipier ? Mais je n'ai besoin de personne ! C'est soit Franck, et on vient de dire que c'est impossible, soit personne.

Je me lève et je m'aperçois qu'en cinq minutes cette putain de chaise a réussi à me flinguer le dos.

— Doucement, doucement, on se rassied.

Je désigne la chaise d'un air mauvais et le commissaire acquiesce, compréhensif.

— C'est bon, vous pouvez rester debout, reprend-il en arpentant la pièce. A vrai dire... Eh bien... En fait, techniquement, ce ne sera pas réellement un coéquipier. C'est comme ça qu'on me l'a présenté, mais encore une fois j'insiste : je n'ai pas eu le choix ! dit-il en se retournant pour me faire face. C'est même l'inverse d'un équipier, c'est un civil... et de la pire espèce...

— Oh ! putain : un journaliste ?

— Presque... Un écrivain.

— Un *quoi* ?

— Un écrivain ! Oui, je sais, c'est bizarre, mais il semblerait qu'une prestigieuse maison d'édition ait commandé un livre à l'un de ses auteurs et que ce livre parle de nous...

— De *nous* ? Mais c'est quoi, ce bordel ? C'est quoi, le rapport avec notre affaire ? Je croyais qu'elle était encore confidentielle !

— Doucement, doucement, dit le commissaire de sa plus belle voix de Père Noël bourru. On se calme, mon petit. Je sais bien que c'est saugrenu, mais on ne m'a pas laissé le choix. Et puis il se peut que ce ne soit pas si mauvais pour notre image.

— Mais de quoi parlez-vous ?

— De l'opinion publique, mon cher ! Il faut lui montrer ce qu'on est vraiment et qu'on arrête de passer pour des ringards, vous saisissez ? L'opinion publique, elle adore les séries américaines, mais elle se fout des flics français !

Il marque une pause pour reprendre son souffle et poursuit :

— J'en ai marre. Je suis fatigué. Quand je demande le feu vert pour une intervention, on m'explique qu'il faut ménager cette foutue opinion, et on me le refuse sous prétexte que ça risque de heurter M. et Mme Tout-le-monde.

Son teint a viré à l'écarlate et il semble près d'exploser. Il approche son visage à quelques centimètres du mien et me regarde dans les yeux.

— Alors si un putain d'écrivaillon, pris sous votre aile, pouvait sortir un livre qui redore notre blason et qui fasse que les instances supérieures me lâchent un peu la bride : je prends. Et vous aussi ! Et ce n'est pas une question, c'est un ordre ! Donc, si vous voyez le verre à moitié plein, braille-t-il en me menaçant carrément du doigt, dites-vous que je vous offre l'opportunité de changer l'histoire en la réécrivant. Et surtout vous me surveillerez cet écrivain de près pour être sûr que ce qu'il écrit sur nous est propre et sans bavure. C'est compris ?

J'en reste quelques instants sans voix.

— Euh, oui, monsieur, dans les grandes lignes mais…

— Parfait ! me coupe-t-il. Vous avez rendez-vous avec un certain M. Tournan ce soir à 18 heures au Café du Commerce, porte de Clignancourt. Vous discutez, vous lui dites que vous êtes ravi de partager ce moment avec lui, mais qu'il doit bien comprendre que, dans l'intérêt de l'affaire, certaines données doivent rester confidentielles. Vous vous assurerez que personne n'est cité directement et vous exigez un droit de lecture sur la moindre ligne. C'est à prendre ou à laisser. N'hésitez pas à lui parler de sa propre sécurité, c'est encore mieux s'il a les chocottes. Un écrivaillon, ça ne doit pas être bien courageux, jouez là-dessus. Vous conclurez en lui disant qu'il a une semaine pour faire ses valises parce que vous partez dans le Sud et qu'il vous suit. Par contre, il se démerde avec son éditeur pour trouver un hôtel, ce n'est pas le contribuable qui va payer pour lui. Des questions ?

— Pourquoi moi ?

— C'est comme ça, apparemment, vous êtes à la mode en ce moment, alors profitez-en ! Et surtout c'est la seule affaire importante et pas trop dangereuse que j'ai sous la main. D'autres questions ?

Outch ! ça fait beaucoup d'infos, là.

— Oui, plein, je...

Le commissaire m'interrompt, comme si je n'existais pas.

— Parfait. Vous avez une semaine pour mettre en place votre départ et le transfert du dossier. J'appelle mon collègue de Montpellier pour lui expliquer la situation, et ça va pas être une partie de plaisir. Mais quand je vais lui dire qui nous impose l'écrivain, il comprendra, comme moi.

Il s'assied, s'arrête de parler, me regarde et me lance sans crier gare :

— Vous êtes encore là ? Vous m'avez l'air bien désœuvré pour quelqu'un qui part dans quelques jours !

Je me lève d'un bond (j'avais eu le courage de me rasseoir), car je sais par expérience que, quand la conversation en arrive à ce stade, il ne fait pas bon rester dans les parages. Je marmonne un au revoir et je sors en claquant la porte, sans le faire vraiment exprès mais c'est la colère qui parle. Et merde...

Je reste quelques instants contre la porte, immobile, quand je remarque le regard interrogatif que me lance Franck. A cet instant, j'en veux à la Terre entière et à lui en premier lieu.

— Quoi ? Tout ça, c'est ta faute ! T'étais vraiment obligé de coucher une deuxième fois avec ta femme ? Un mioche, ça suffisait pas ?

— Hé, le Père Fouettard, laisse mes gamins tranquilles !

Allez, viens, on descend boire un café, j'ai l'impression que tu as des trucs à me raconter. Et, pour ta gouverne, j'ai couché au moins quatre fois avec bibiche avant de faire le deuxième, ajoute-t-il en rigolant.

On se pose au comptoir du bar en bas de la rue et on commande deux cafés serrés. Je lui ai déjà résumé une bonne partie de mon entretien quand les espressos arrivent.

— Oh ! putain.

C'est la seule chose qu'il trouve à dire. Je le lui fais remarquer.

— Ben quoi ? Ça résume bien la situation, non ? lance-t-il.

J'acquiesce à contrecœur, l'œil carrément glauque.

— Allez, vois plutôt le verre à moitié...

Je le coupe aussitôt.

— Ah non, tu vas pas t'y mettre aussi !

— Hé, redescends un peu, Schwartz ! En plus, si ça se trouve, ce sera un mec super sympa qui écrira un best-seller et fera de toi un héros. Peut-être même que tu joueras ton propre rôle dans l'adaptation au cinéma !

Je lui adresse un superbe doigt d'honneur en avalant mon café froid. Beurk !

— Bon, tu sais quoi ? reprend-il. Comme je ne suis pas un gars rancunier, je vais venir avec toi ce soir au café, histoire de voir à quoi il ressemble, ton boulet. T'inquiète, je regarderai de loin, comme si j'étais un client lambda. Ensuite, on fera un débriefing et on trouvera un angle d'attaque pour t'en débarrasser. Ça te va ?

— Mouais.

— Allez, les idées, c'est pas ce qui me manque !

— C'est bien ce qui m'inquiète.

On continue quelques instants à bavarder de tout et de rien. Il me demande des nouvelles de ma famille et se fout encore de ma gueule quand je lui explique la mission commando que préparent ma mère et ma sœur pour me marier. Je rentre au commissariat un peu plus détendu d'avoir tout déballé à mon ami. On se plonge dans la paperasse et la tension remonte à mesure que la journée file. Je ne sais pourquoi, ce rendez-vous, je ne le sens pas, mais alors pas du tout…

Quelque part, plus au sud…

— Putain, un Parisien ! Ils ont que ça à foutre de nous envoyer un Parisien ? Ils croient quoi ? Qu'on passe nos journées à boire du pastis ?

— On va devoir se le taper combien de temps ?

— Le temps de boucler l'enquête… Des semaines, des mois, une vie, j'en sais rien, moi ! répond, atterré, le commissaire Julain au lieutenant Marbot.

— Aucun moyen d'y échapper ? Le type a peut-être été bon à Paris, mais ici on a fait le boulot aussi et on est capables de le finir comme des grands.

— Je sais. Je sens qu'il va nous pourrir avec ses méthodes et ses règlements. Il faut trouver un moyen de l'avoir le moins possible sur le dos. Mais lequel ?

Comme une réponse divine à sa question, le téléphone du commissaire sonne à cet instant.

— Allô ! hurle-t-il.

D'un signe de la main, il retient le lieutenant Marbot dans son bureau. Celui-ci entend d'abord un monologue étouffé dans le combiné, puis il voit le commissaire froncer les sourcils, ce qui n'est jamais de bon augure, puis décontracter les muscles de son visage, acquiescer de temps en temps, et enfin sourire franchement avant de conclure :

— Oui, bien sûr, vous pouvez évidemment compter sur tout notre appui. Votre lieutenant a vraiment beaucoup de mérite d'accepter cela et c'est tout à son honneur ! Soyez certain qu'ils seront tous deux bien accueillis. Oui… Oui… Comptez sur nous !

Le commissaire raccroche, le sourire aux lèvres.

— Eh bien, Marbot, il semblerait qu'en fin de

compte Paris nous mâche le travail : leur gars vient avec sa laisse ! lâche-t-il dans un grand éclat de rire à Marbot, qui n'a aucune idée de ce dont son patron peut bien parler.

3. La fille en rose

« Je ne me soucie pas de vivre dans un monde d'hommes, si je peux y être une femme. »

MARILYN MONROE

Il a réussi. Note pour plus tard : toujours se méfier de Jules. Ce type n'a pas le bras long, c'est carrément l'Inspecteur Gadget ! Je ne sais pas comment il a fait mais c'est officiel : je vais donc jouer les toutous d'un inspecteur de police pendant quelques jours pour écrire le roman du siècle. Non, mais la vraie question, c'est comment il a fait pour me convaincre, moi, d'accepter un truc pareil !

Oh ! et puis merde à Jules ! Je vais aller trouver ce flic au bar, faire la belle et, s'il n'est pas trop laid, coucher avec lui. Comme ça, je me tape un beau mec, j'oublie un peu ce foutu livre et Jules est tellement furax qu'il abandonne ce projet idiot et me laisse écrire ce que je veux.

Et s'il est laid ? Ou marié ? Eh bien, je le mettrai suffisamment mal à l'aise pour qu'il saborde de lui-même notre beau duo.

Pour l'occasion, j'ai mis mon « déguisement fille » : jean slim, escarpins Manolo Blahnik — vertigineux, subtilement classe et pouffiasse à la fois — et joli top rose bonbon décolleté, juste ce qu'il faut. Tout ça sous mon magnifique manteau beige ceinturé façon inspecteur sexy : je suis prête ! A quoi ? Pas la moindre idée ! Mais quand faut y aller...

Avant de partir, pour me donner du courage, j'appelle Lydia, qui n'a pas l'air très inquiète.

— Ecoute, tu verras bien. Attends d'y être, pour râler. Tu verras, il n'est pas méchant. Si ça se trouve, tu t'entendras même bien avec lui. Et puis oublie ton plan de coucher avec lui, il n'est pas ton genre.

— Comment tu peux en être si sûre ? T'as déjà couché avec lui, toi ?

— Non ! dit-elle en prenant un air choqué. C'est le grand frère de ma copine ! Je ne l'ai jamais vu plus de trois secondes, il se barrait en courant dès que j'étais dans les parages. Par contre, toi, je te connais !

— Mais, au mariage, tu l'as pas revu ? Tu peux pas me dire à quoi il ressemble ? Pas quand il avait quinze ans, maintenant.

— Il est arrivé seulement le jour J parce qu'il bossait sur une affaire urgente la semaine où on était au domaine. Et je te signale au passage qu'avec Julien j'avais d'autres chats à fouetter...

— C'est vrai que t'envoyer en l'air est bien plus important que de prendre des infos sur mon futur mentor dans la police...

— Malheureusement, ma boule de cristal ne tenait pas dans ma valise et je ne pouvais donc pas savoir que cette histoire allait t'arriver...

— Arrête tes sarcasmes. Ça ne te va pas.

— C'est vrai, c'est plutôt ton truc à toi.

— Exactement ! Bon, on va faire simple : je me le tape, je le plaque, je foire mon livre et j'écris dans la foulée un best-seller que Jules ne pourra pas refuser et...

Lydia me coupe.

— C'est ça, ton plan ?

— Oui, pourquoi ? Tu as un problème ?

— Ton plan, non, ta vision de la vie, un peu, oui. Et si tu essayais de voir le bon côté des choses, pour une fois ? Peut-être que c'est un mec sympa, que vous

vous entendrez bien, que sa vie de flic est passionnante et que tu écriras un super livre que tu aimeras.

— Putain, qu'est-ce que t'es devenue chiante depuis que t'es fleur bleue, toi. T'es enceinte ou quoi ?

— Ah non, ça va pas recommencer !

— OK, j'arrête. Comment ça va, toi ? Du mieux avec Julien ou il est toujours distant ?

— T'es lourde, Maïa, de passer du noir au blanc en deux secondes. Avec Julien, ça va. Enfin, j'en sais rien. Hier soir, il est rentré tard et il n'a pas été très clair sur l'endroit d'où il venait. Tout ce que je sais, c'est qu'il a fini le boulot tôt, mais comme je ne voulais pas faire ma chiante je n'ai pas insisté. Mais j'ai bien senti qu'il y avait quelque chose de bizarre.

— Pas faire la chiante, toi ? C'est plus du changement, c'est carrément la révolution. Bon, écoute, le jour où tu auras un sixième sens qui fait autre chose que de se tromper d'adresse ou de date pour une soirée, j'accepterai de l'écouter. En attendant, je crois que tu n'as pas à t'inquiéter pour ton couple.

— T'exagères ! Je me suis trompée une fois seulement, mais franchement l'affiche était illisible.

— En attendant, je suis arrivée en fermière, et toi, en Dalida, à une soirée où le *dress code* était bêtement « rouge » !

— Quelle honte ! dit Lydia en riant. Heureusement qu'on ne connaissait personne... à part mon ex...

— Et puis aussi mon ancien éditeur et le frère d'un ami, merci, Lydia !

— Oh ! ça va, Maïa ! Dans le genre rabat-joie, t'es pas mauvaise non plus.

— Bon, je suis tellement rabat-joie que je vais devoir raccrocher pour aller retrouver ce rencard que tu n'as même pas été foutue de me décrire !

— Ecoute, à partir d'aujourd'hui, je tiens un listing détaillé de tous les gens que je croise ou de tous les frères de mes amies en prévision d'une éventuelle rencontre professionnelle avec ma copine écrivain en mission secrète, ça te va ?

— C'est déjà beaucoup mieux ! Tu vois, quand tu veux !

— T'es exaspérante !

— C'est pour ça que tu m'aimes !

— Je ne te dis pas bonne soirée...

— Sauf si je me le tape et que c'est un bon coup.

— Maïa...

— Quoi ? Mais qu'est-ce que t'as avec ce François ? C'est chasse gardée ou quoi ?

— N'importe quoi ! C'est juste que... Et si, pour une fois, tu prenais le temps de connaître un mec avant de coucher avec lui ?

— Quoi ?

— Tu as très bien entendu. Par exemple, tu pourrais essayer de ne pas t'en lasser tout de suite, histoire d'envisager un avenir de plus de trois jours. Ou pas, hein, mais au moins essayer.

— C'est *toi* qui dis ça ? Toi, *Lydia* ? Toi qui avant Julien te tapais tout ce qui bougeait...

— Oui, mais, avant Julien, c'était avant Julien ! Et je ne le faisais pas exprès, je ne trouvais pas le bon. Et pourtant je le cherchais. Contrairement à toi...

— Mais j'y crois pas... C'est quoi, ton plan, là ? Je croyais que de toute façon il me plairait pas. Tu m'aurais caché quelque chose ?

— Ecoute, je n'ai pas le temps d'en discuter maintenant, et toi non plus, d'ailleurs. Va à ton rendez-vous et on en parle après. Bisous, ma chérie.

— Lydia, tu...

Trop tard, elle a raccroché. La garce. Bon, pour être honnête, je lui ai déjà dit bien pire. Je vérifie une seconde ma silhouette dans le miroir et je fonce dans le métro en prenant bien garde à ne pas m'étaler du haut de mes talons.

Dans le bar, il y a pas mal de monde pour un jeudi à 18 heures — c'est-à-dire le milieu de l'après-midi pour un Parisien moyen. Il fait froid et, avec ce ciel blanc, on dirait qu'il va neiger. Je referme la porte derrière moi. J'ai juste un minuscule quart d'heure de retard, ce qui peut passer pour de l'avance pour qui me connaît bien.

Je mets en route mon «regard laser détecteur de beaux mecs», ce qui me permet de passer en revue toute la population du bar à vitesse grand V sans perdre de temps avec la gent féminine, et je vois :

– un trentenaire plutôt beau gosse au fond, en chemise bleue ;

– un vieux au bar ;

– deux commerciaux sur le devant ;

– un bedonnant avec une femme (qui n'a pas l'air d'être la sienne, d'ailleurs) ;

– un gringalet avec son copain (la came à Jules) ;

– un quadra accoudé au bar. Pas mal mais pas à tomber non plus. Pull marron, jean, veste en tweed, léger embonpoint pas dramatique. Décidément assez agréable à regarder au deuxième passage de mon laser... Bingo ! C'est lui, mon homme, ou plutôt mon Schwartz.

Je m'approche de lui avec une démarche légèrement chaloupée, à peine exagérée. Je lui décoche mon plus grand sourire et tends la main.

— Enchantée, lieutenant Schwartz, c'est ça ?

Ma main reste suspendue, solitaire, pendant ce qui me semble un fort méga hyper long moment. Il hésite, presque mal à l'aise. C'est quoi, ce péquenaud ? Finalement, il me serre la main avec un grand sourire plutôt séducteur. Il semble avoir repris de l'assurance et dit, sans me lâcher la main :

— Lui-même. Ravi de vous rencontrer, charmante demoiselle.

— Désolée pour le retard, dis-je en retirant ma main, qu'il ne se décidait pas à lâcher.

— Aucun problème, ma chère, j'ai tout mon temps.

— Alors ? On va directement à l'essentiel ou vous m'offrez d'abord un verre ? dis-je en regardant le demi posé devant lui.

Quel stéréotype pourri : flic, veste, bière. On dirait un film. Manque juste son revolver. Waouh, en pensant à son arme, j'ai presque une bouffée d'excitation ! Ou alors c'est la chaleur. Je regarde un peu mieux le type et me dis que oui, en fait, c'est sûrement plutôt la chaleur. J'enlève mon manteau et le pose sur un tabouret avant de me hisser dessus. Il aurait pu choisir une table, ce con. C'est bien un mec, pour choisir un tabouret : une fois là-dessus, on est perchées, le dos droit, et quand on croise les jambes ça fait tourner toute l'histoire.

— Un verre d'abord ? fait-il avec un sourire en coin, pendant que je médite sur le châtiment que je compte infliger à Jules pas plus tard que demain. Que prendrez-vous ?

— Un chardonnay, s'il vous plaît.

J'aurais bien pris un whisky mais, si je dois passer pour une allumeuse, autant ne pas passer *en plus* pour une alcoolique. Je me fous de la bienséance mais je dois quand même vendre des livres.

Il commande et nous regardons le serveur verser le vin blanc dans le verre sans trop savoir quoi nous dire en attendant. Je l'observe en biais. Merde, une alliance... En même temps, il sera sans doute encore plus facile à séduire et surtout à larguer. Je suis sûr que c'est le genre à tromper sa femme, mais à culpabiliser tellement qu'il renoncera à bosser avec moi. Et, moi, j'aurai réussi à me faire éjecter de ce « boulot » de merde ! Alors que j'attrape mon verre, mon regard est attiré vers le fond du bar où l'inconnu à la chemise bleue est attablé devant un pastis. Il est vraiment pas mal, celui-là. Voyons : avocat ? Non, trop musclé. Médecin ? Non plus, trop jeune... Bon, en tout cas, il est pas flic, c'est certain. Ou alors flic dans une série télé. Voilà ! C'est un acteur. Enfin, un acteur en herbe. Il est sûrement monté à Paris pour devenir célèbre et ne rencontre que des embûches. Le pauvre, je le réconforterais bien...

Merde, ça fait longtemps qu'on ne s'est rien dit, avec

le flic. Mais pourquoi ce serait à moi de faire un effort, aussi ? Il a accepté le deal, non ?

Bon, allez, je me lance.

— Alors, c'est la première fois que vous faites quelque chose dans ce genre ?

Il manque de s'étouffer avec sa bière.

— Euh, oui... On peut dire ça comme ça.

— Je me doute. Vous verrez, tout se passera bien. Je me ferai discrète. Personne ne saura qui je suis. Si vous préférez, on pourra dire que je suis une cousine, c'est moins embarrassant. Je ferai exactement ce que vous voudrez et je me tiendrai où vous le souhaitez, comme vous le souhaitez..., dis-je de ma voix la plus sensuelle.

Libre à lui de comprendre le double sens, maintenant, la balle est dans son camp... Il semble de plus en plus gêné, ce qui n'est pas vraiment l'effet escompté. Il est puceau ou quoi ? Ah non, je suis conne, il est marié. Ou alors c'est un leurre, ou alors il est fidèle... Naaaan, ça n'existe pas ! Je poursuis :

— A moins que vous préfériez que je sois « active ». Que je prenne certaines choses en main, pour mieux ressentir...

Là, il a l'air carrément perdu.

— Attendez..., dit-il, je dois vous dire...

Mais je n'écoute pas. Pendant qu'il parle, beau gosse en chemise bleue s'est levé. Il a l'air impatient. Il s'approche directement du bar pour me prendre par la taille et me faire descendre du tabouret, puis il m'embrasse et... Non, en réalité, il s'approche d'un homme qui vient d'arriver et qui est assis à une table juste derrière moi. Il tend la main et dit :

— Bonjour, lieutenant Schwartz. Je vous attends depuis une bonne demi-heure. Mais bon, je suppose qu'ils se sont trompés là-dessus aussi. Monsieur Tournan, je présume ?

— Quoi ?

Ce cri strident dans le bar, c'est moi. Horrifiée, je regarde le lieute... Enfin, l'imposteur en face de moi.

— Mais qui êtes-vous ?

— J'allais vous le dire, je...

Je ne lui laisse pas le temps de finir.

— Espèce de pervers, vous n'êtes pas lieutenant !

— Mais si !

— Mais, mais...

Derrière moi, à la table, j'entends :

— Non, désolé. Vous devez faire erreur, je ne suis pas M. Tournan.

— Mais il est où, celui-là, alors ?

Je me retourne en me levant de mon tabouret pour faire face à Chemise bleue et lui dis :

— C'est moi, M. Tournan. Et vous, vous êtes ?

— Quoi ? Mais ce n'est pas possible ! répond Chemise bleue.

— Eh bien, il faut croire que si, dis-je, un brin agacée. Du moins, c'est le nom qu'il y a sur ma carte d'identité. Et vous ?

— Quoi, moi ?

— Qui êtes-vous ?

— Lieutenant Schwartz.

— Ah non, c'est impossible.

— Et pourquoi ?

— Parce qu'aux dernières nouvelles c'est lui ! dis-je en me retournant pour voir Veste en tweed aussi rouge que le cuir du tabouret sur lequel il est assis.

— Franck Lion, lieutenant de police, équipier de François Schwartz, que voici, dit le type en me désignant Chemise bleue.

Mon regard passe de l'un à l'autre. Eh bien, on dirait que mon « super regard laser détecteur » fait défaut, en ce moment. Qu'est-ce que j'ai dit à propos de Chemise bleue, « pas flic, c'est certain », c'est ça ? Léger manque de perspicacité, pas terrible pour une aspirante auteur de polar. Bon, peu importe, il y a embrouille, de toute façon. Je demande, franchement excédée :

— Alors expliquez-moi pourquoi vous vous faites

passer pour lui. Et vous, le misogyne, un écrivain est forcément un homme ?

Chemise bleue n'a pas le temps de répondre que Veste en tweed prend la parole :

— Non, c'est vraiment un malentendu et vous avez raison, on vous doit une explication. On nous a dit que vous étiez un homme, ce qui manifestement n'est pas le cas, dit-il en louchant sur ma poitrine. Quant à moi, j'avais décidé d'accompagner mon collègue par pure curiosité, à vrai dire, mais je n'aurais jamais cru que vous nous confondriez.

— Mais pourquoi ne pas m'avoir interrompue quand vous avez compris l'erreur ?

— Parce que je n'avais pas compris qui vous étiez ! Vous ne m'avez pas fait l'honneur de vous présenter, chère demoiselle...

— Mais alors qu'avez-vous cru ? dis-je, horrifiée, en essayant de refaire en accéléré la conversation dans ma tête.

— Que vous étiez l'une des nombreuses conquêtes de mon équipier rencontrées sur Internet et...

— Bon, tu la fermes, maintenant, dit Schwartz. Je crois que tu vas devoir rentrer chez toi, ta femme t'attend !

— De mieux en mieux ! Vous l'avez oubliée quelques instants, votre femme, non ?

— Mais pas du tout ! Avant que François se présente au mauvais monsieur derrière vous, j'étais en train d'essayer de vous dire qu'il y avait erreur sur la personne. Je ne sais pas exactement comment j'allais vous l'expliquer, mais je vous assure que c'était bien mon intention !

Un point pour lui. Je veux bien reconnaître qu'il avait l'air de vouloir parler. Mais ça ne m'empêche pas d'être assez furieuse du tour que prend cette première rencontre.

— Ecoutez, reprend Veste en tweed, *alias* Franck. Je vais y aller. François, désolé de te décevoir, mais il est évident que mademoiselle n'est pas un psychopathe en série et que tu t'en sortiras très bien. Vu l'heure et le peu qu'on a mangé ce midi, je vous suggère d'aller parler voyages et bouquins au resto. Sur ce, je vous laisse, ma femme m'attend.

Il paie les boissons au barman et s'éloigne rapidement.

Chemise bleue grommelle quelque chose que j'interprète comme un «va te faire foutre», mais je n'essaie pas d'en avoir le cœur net et préfère rebondir.

— Bonne idée. On a du boulot, autant commencer tout de suite. Vous connaissez un endroit ou c'est moi qui choisis?

Il semble maintenant franchement en colère et, vu que Franck est parti, j'imagine qu'il en a après moi. Ça commence bien. Je m'envoie un tas de compliments silencieux pour me redonner du courage, mais la meilleure des motivations, c'est lui. Brun, les yeux marron qui virent au noir quand il s'énerve, j'aime beaucoup. Enfin, là, il a les yeux qui tournent franchement à l'orage.

— OK. Restons dans le quartier, comme ça on perd pas de temps, dit-il en me poussant vers la sortie.

— Mais comme c'est romantique! Dites-moi, je suis un peu novice: c'est comme ça qu'on fait, sur Internet?

Il s'arrête et me dévisage.

— Excusez-moi mais je vous rappelle que ce n'est pas un rendez-vous romantique, dit-il, les yeux couleur corbeau.

Je souris.

— Aucun sens de l'humour dans la police! Je prends note. Mon livre va avancer vite, semble-t-il, dis-je avec mon plus beau sourire maléfique.

Il ouvre la bouche pour répondre puis se ravise et secoue la tête. Bien. Plan A: je couche avec lui. Plan B: je le rends fou.

Quelques mètres plus loin, il s'arrête devant une pizzeria. Il en a pas marre, des clichés?

— Quoi? demande-t-il.

Aïe! Il faut que je pense à mettre mon masque

antiexpressions pour éviter les gaffes, comme dans un rendez-vous galant. Même si ça n'en est pas un.

— Rien, rien, c'est bon, je prends, dis-je, résignée, en poussant la porte du restaurant.

On s'assied à une table et on regarde le menu, quand quelque chose me revient soudain.

— C'est quoi, cette histoire de voyage ?

— Quoi ? me demande Schwartz en levant les yeux du menu.

— Votre équipier, Franck. D'ailleurs, vous êtes recrutés au prénom dans ce commissariat ? Franck, Francis, c'est pas banal, quand même...

— Moi, c'est François, mais laissez tomber. Oui, on a presque le même prénom, très bien. Et notre chef s'appelle Francis, et sa femme, France, ça vous va ? C'est tout ce que vous vouliez savoir ?

— C'est vrai ?

— Quoi ? demande-t-il.

— Le prénom du chef et de sa femme ?

— Non ! aboie-t-il en se replongeant dans le menu.

— Ça va, c'est bon ! Rectificatif à mes notes : humour décalé, dis-je en pianotant du bout des doigts sur la table en formica.

Il relève les yeux par-dessus son menu et me lance un regard menaçant. Je souris et reprends :

— Je vous demandais ce que c'était que cette histoire de voyage.

— « Voyage », c'est un bien grand mot. Le sud de la France, y a pas besoin de passeport pour y aller.

Cette fois, il n'a pas pris la peine de lever les yeux de son menu et ça m'agace légèrement. Je prends la carte, la pose sur la table et le regarde par au-dessus.

— Ça vous ennuierait d'être plus clair ? Et de me regarder quand vous me parlez ? Qu'est-ce que le sud de la France vient faire là-dedans ?

— Mais on vous a dit quoi, exactement ?

— Que je devais suivre partout Francis Schwartz.

— François !

— Oui, bon, François Schwartz. Bref, que je devais vous suivre partout pendant quelques jours, ce qui est censé me donner l'inspiration qui me manque pour écrire mon prochain livre, dont le héros sera un super flic parisien et qui fera ma fortune et surtout celle de mon éditeur.

— En gros, c'est ça, à un détail près : ce n'est pas à Paris mais à Montpellier que...

— Montpellier ? répété-je, presque hystérique.

— Oui, pourquoi ? Vous avez un problème avec cette ville ? Elle est plutôt sympa et vous devriez trouver quelques magasins nécessaires à votre survie quotidienne...

— Non, non. C'est pas ça...

Je suis complètement déboussolée. Je tente :

— Merde, vous pouvez pas y aller une autre fois et faire une autre enquête à Paris le temps où je suis là ?

Il me regarde quelques instants avec des yeux ronds, puis il cligne comme s'il venait de se souvenir qu'il fallait les humecter pour y voir clair et me dit :

— Si, si, bien sûr ! Il suffit que je change la date. Je vais laisser l'affaire que je suis depuis dix-huit mois aux mains des flics de Montpellier afin qu'ils clôturent tout sans moi et je vais me trouver une gentille petite affaire tranquille à Paris. Vous m'aiderez à choisir, d'ailleurs, en fonction de votre livre. On fait ça ?

Ouf ! je suis soulagée. Je souffle et dis :

— Ah oui, merci, c'est parfait. Il faut que...

Mais je n'ai pas le temps de finir ma phrase.

— Mais vous êtes conne ou quoi ?

— Euh, si je peux choisir, je dirais plutôt « quoi ».

— Hein ?

— Non, rien, laissez tomber. C'était une blague, mais on a déjà établi que votre humour n'était pas au top ce soir... ou en général... Je ne me prononce pas parce que je ne vous connais pas mais...

Il me coupe de nouveau la parole.

— A votre avis, c'était quoi, à part de l'humour noir et grossier que je pensais à votre portée ?

Son portable sonne, il regarde l'écran et choisit de ne pas répondre, il poursuit :

— Je ne laisserai évidemment pas tomber « mon » affaire. Je ne calerai pas ma vie sur vous et votre bouquin. Je ne ferai rien en fonction de vous, d'ailleurs, si ce n'est vous supporter temporairement parce que mon chef me l'impose ! Je descends à Montpellier parce que l'affaire en cours à Paris a un rebondissement dans le Sud. Alors, à moins que vous ne connaissiez *aussi* du beau monde dans la pègre et réussissiez à faire déménager le QG des faux billets à Paris, l'affaire restera à Montpellier. Je descends la semaine prochaine, probablement vendredi soir, ce qui vous laisse une semaine pour faire votre valise. Sinon, vous devrez attendre mon retour. C'est-à-dire peut-être quelques mois. Là-bas, je serai hébergé chez mes parents, donc libre à vous de dormir où ça vous chante, je m'en fous. Comme de tout ce que vous ferez d'ailleurs, du moment que vous êtes le moins possible avec moi.

Son portable sonne de nouveau, mais il l'ignore encore. Je reste bouche bée. L'attendre une semaine, sinon des mois... Ah non ! Plus vite on en aura fini, mieux ce sera.

— Mais... mais... Combien de temps on devra rester à Montpellier ? On sera de retour pour Noël ?

— C'est encore de l'humour ou il faut vraiment que je réponde ?

Comme je reste muette, il continue :

— Vous pensez que, dans une affaire de police, il y a une *deadline* décidée par les criminels, en commun accord avec la police ?

Je lève une main, soudain exténuée.

— Non, non, c'est bon, arrêtez. Deux minutes, je réfléchis.

C'est le moment que choisit le serveur pour prendre la commande. Je m'aperçois que je n'ai plus faim. Francis/Chemise bleue commande une pizza trois fromages avec supplément chorizo : beurk. Je demande un verre de vin rouge et, comme le serveur semble attendre quelque chose, je prends une salade pour faire bonne figure. De toute façon, la piquette servie ici passera sans doute mieux avec un peu de salade au chèvre.

Noël... tout, mais pas ça ! Ça fait des années que je me débrouille pour ne pas être dans les parages de ma famille pour Noël, et là le destin leur sert leur fille sur un plateau d'argent ! Merde. Il faut que je me débrouille pour ne pas qu'ils le sachent.

Je demande :

— Où sont vos parents, déjà ?

— Mauguio.

— Ah oui, dis-je en réfléchissant.

— Pourquoi ?

— Il y a des hôtels par là-bas ?

— Oui, pourquoi ? Mais il y en a plein à Montpellier et de meilleur standing.

— Mais vous allez arrêter de me prendre pour une princesse ? En plus, j'ai l'impression que c'est péjoratif, venant de vous.

— Moi ? Non. Vous faites absolument ce que vous voulez.

— Très bien, donc je prendrai un hôtel à Mauguio. Comme ça, je serai proche de vous. Ce sera plus sympathique, non ? dis-je en souriant et en le regardant droit dans les yeux.

J'incline légèrement la tête et j'attends.

— Vous avez vraiment décidé de me faire chier, c'est ça ? grogne-t-il en se penchant vers moi de manière un poil menaçante.

OK, c'est compliqué. Je veux bien ne pas être la plus belle femme du monde, mais deux râteaux dans la même soirée, ça fait beaucoup pour mon amour-propre. Il est homo ou quoi ? Je bois une gorgée du verre que le serveur m'a apporté pour m'apercevoir qu'au final, valeur sûre avec la table en formica, le vin est dégueulasse.

— C'est quoi, votre problème ? finis-je par demander en abandonnant mon sourire.

— Vous.

— Bon.

Je pianote sur la table, signe classique que je gère mal la tournure des événements.

— Mais pourquoi ?

— Quoi ?

— C'est pas clair, comme question ? Qu'est-ce que je vous ai fait ? Ou pas fait ?

— Voilà, c'est bien ça, le problème. Vous êtes là pour quoi, au juste ? Pour écrire un putain de livre ou pour vous faire sauter par un flic ?

Je prends mon verre de vin et lui jette à la figure. Intense et fugace plaisir que le spectacle de sa chemise bleue maculée de rouge. Je prends calmement mon manteau sur ma chaise et me lève pour partir.

Son portable sonne. Il décroche comme si de rien n'était et je m'approche de la sortie sous le regard ébahi des quelques clients qui ont assisté à la scène.

Une fois dehors, je me dis que mon plan a merdé quelque part, mais que je n'ai pas bien compris où. Après tout, ce que je voulais, c'était coucher avec lui. Je fais ce que je veux et je ne laisserai personne me traiter de pute ! Non mais. J'en suis là de mes réflexions quand mon portable sonne. Jules. Et merde. J'hésite, puis finis par décrocher dans le vain espoir de l'insulter.

— Oui, dis-je sèchement.

— Alors, comment ça s'est passé avec ton inspecteur ? Il est comment ? Hétéro ? Homo ? Marié ? Gentil ? Bourru ?

— Tu fais chier ! Il est hétéro, beau gosse, rabat-joie, il me déteste, me voit comme un fardeau, me traite comme une pute, vient de m'insulter, je viens de lui jeter mon verre de vin à la figure et...

Je n'ai pas le temps de finir que ses hurlements me rendent presque sourde :

— Tu viens de *quoi* ? Ecoute-moi bien, Maïa : tes caprices, c'est fini ! J'ai fait des pieds et des mains pour t'obtenir ce contrat unique avec un *vrai* flic sur une *vraie* affaire. Tu peux même pas savoir le nombre de queues que je vais devoir sucer pour que tout le monde ferme les yeux sur les passe-droits que j'ai eus. Alors tu vas bouger ton cul, retourner voir ce flic, ranger ta fierté de merde, et t'excuser immédiatement et sans aucune arrière-pensée. Tu vas bosser avec lui, le suivre et répondre à ses moindres caprices et tout ça sans baiser avec lui ou tu es virée de la maison d'édition. Je me suis bien fait comprendre ?

— Quoi ? Mais je... mais... tu n'as rien écouté, je...

Et puis merde, je raccroche.

Je tourne deux secondes en rond dehors puis finis par me décider. C'est la première fois que Jules me parle comme ça. OK, je vais l'écrire, son putain de livre. Je vais faire ce qu'il me demande et après je me barre toute seule, comme une grande, de cette maison d'édition ! Je vais lui montrer, moi. Ça va être une bombe, ce livre. Je serai une romancière adulée mais pas chez lui. C'est sur cette pensée que je pousse la porte de cette pizzeria dégueulasse, pour la deuxième fois en moins de dix minutes.

4. Le gars en bleu

«Les femmes sont faites pour être aimées, pas pour être comprises.»

OSCAR WILDE

Ça, c'est fait. De toute façon, j'aurais jamais dû mettre cette putain de chemise. J'ai pas voulu faire «trop flic», je sais pas pourquoi. Total, on aurait dit que j'allais à un rencard au lieu d'un rendez-vous professionnel! Et maintenant ma plus belle chemise est couverte de vin rouge. Du qui tache, en plus. Et pour couronner le tout, je viens de me faire insulter par mon boss qui m'appelait pour savoir comment ça s'était passé.

Pour lui, le fait que ce soit une fille canon, bandante et ultra-chiante (même si je ne lui ai pas exactement présenté les choses comme ça) n'est pas une excuse. Le fait qu'elle m'ait jeté du mauvais vin à la gueule ne compte pas comme argument pour ma défense non plus. Putain. J'aurais mieux fait de me la taper et de jouer au con ensuite pour qu'elle me lâche. Elle serait partie d'elle-même en laissant tomber cette histoire idiote de bouquin. Quelque chose me dit qu'une fille comme elle n'attire que des problèmes.

En parlant de problèmes, ma mère essaie de m'appeler pour la centième fois, mais là, tout de suite, j'ai pas le courage de répondre.

Aïe! troisième problème en perspective, et pas des moindres: Victor Hugo revient dans le resto. Elle veut finir son verre, peut-être ? Vu la couleur et surtout l'odeur qui se dégage de ma chemise, j'en doute un peu.

Elle se rassied en face de moi. Elle est chiante mais on ne peut pas lui retirer un certain culot, à cette fille, c'est le moins qu'on puisse dire.

Elle prend la parole calmement :

— Eh bien... On peut dire que nous ne sommes pas vraiment partis du bon pied.

Je ne réponds rien. Ce n'est pas que je ne veux pas mais rien ne me vient. Elle poursuit :

— Procédons par étapes. On va reprendre point par point pour clarifier les faits et repartir de zéro. Je ne compte pas coucher avec vous : fait établi numéro 1. Pas plus que vous ne comptez coucher avec moi : fait irréfutable numéro 2.

Oui, encore que là, je l'arrêterais bien par souci d'honnêteté, mais bon je crois que ce n'est pas le moment. J'opte pour le petit mensonge par omission et la laisse poursuivre :

— Vous ne voulez pas avoir un écrivain sur le dos, pas plus que je ne veux être avec vous. Vous n'avez pas le choix, et moi non plus, ajoute-t-elle en soupirant légèrement. Est-ce qu'on est toujours d'accord ?

— Oui, oui, poursuivez.

— Peut-être pourrions-nous trouver un arrangement ? Mettre au point quelque chose qui...

Mon portable sonne : ma mère, bien sûr. J'en ai marre. Je n'en peux plus. Je vais craquer. Je veux couper mon portable, le balancer à la Seine, partir sur une île déserte, mais techniquement je ne peux pas. Je suis sur une affaire et je dois rester joignable vingt-quatre heures sur vingt-quatre. Je le mets donc sur silencieux.

— Vous devriez répondre, dit-elle en souriant.

— Quoi ?

— Il n'arrête pas de sonner, ce doit être important. Je peux attendre. Vous apprendrez que je sais être patiente.

— Bien.

Je prends le portable.

— Oui, maman, dis-je en décrochant.

Je regarde en coin l'écrivain. Cette garce retient un sourire, mais elle a l'air de compatir. Soirée de merde. J'écoute ma mère, qui s'excuse d'insister comme ça mais qui sait que sinon je ne décroche jamais. Elle a « absolument » besoin de me joindre ce soir. Il faut « absolument » que je lui rende un service. La fille d'une de ses amies vient d'emménager à Paris et elle a promis à l'amie (morte d'inquiétude de savoir son bébé de vingt-cinq ans seul à Paris) que son fils lieutenant de police allait lui faire visiter la capitale, lui montrer les endroits à éviter, bref, la prendre sous son aile. Evidemment, je n'ai pas encore eu le temps d'en placer une.

— Maman ?... Maman ? MAMAN ! Je ne peux pas te parler, là.

C'est inutile, bien sûr, elle n'écoute pas. Tel un pit-bull ayant refermé sa mâchoire sur son os préféré, elle ne lâchera pas sa proie avant d'en avoir extrait la moelle. De m'avoir complètement vidé. Je suis vache, mais c'est vrai. Comment fait-elle pour m'appeler systématiquement au pire moment ? Elle a un sixième sens ou quoi ? Ah ben non, je suis con : son secret, c'est d'appeler *tout le temps* !

L'écrivain a redemandé un verre et fait semblant non seulement de le boire, mais en plus d'y prendre goût. Elle a l'air totalement concentrée sur son infâme piquette comme s'il s'agissait d'un grand cru. Soit elle n'a aucun goût en vins, ce qui est peu probable vu son allure, soit elle écoute subrepticement la conversation. Je suis coincé. Ma mère n'est généralement pas très discrète, mais quand elle est possédée comme ce soir elle hurle à pleins poumons. Mon écrivain doit forcément entendre. Je ne peux pas m'éclipser, c'est trop tard. Je ne peux pas non plus raccrocher, je ne sais pas comment faire.

— Chéri, tu raccroches, s'il te plaît, et tu manges avec moi ou ça va être froid.

C'est ma compagne de table qui a parlé, d'une voix

aussi suave que puissante. Elle est penchée au-dessus de la table, à quelques centimètres du portable. Je reste interloqué quelques instants. Ma mère aussi, si j'en crois le silence au bout du fil. Je la regarde, elle a un grand sourire. Elle se recale contre le dossier de sa chaise et boit une gorgée de vin, qui provoque aussitôt une grimace. De l'autre côté, c'est toujours le silence. Cette fille a fait taire ma mère.

— M'man, je te rappelle, dis-je sans quitter l'écrivain des yeux.

— Chéri ? Mais... Mais... tu n'es pas seul ? Dis-moi...

Trop tard, j'ai raccroché. Je pose le portable sur la table et attends... une... deux... trois secondes. Elle ne rappelle pas. Soit elle digère, soit elle s'interroge, soit elle publie les bans et je ne vais pas tarder à recevoir un texto me demandant son prénom, son lieu de naissance et le nom de ses parents. En attendant, je suis peut-être dans l'œil du cyclone mais, putain, qu'est-ce que ça fait du bien !

— Merci, dis-je simplement en la regardant et en commandant un pichet de piquette.

— De rien, répond-elle avec un sourire.

Un léger silence s'installe. Tant mieux, ça me va. De toute façon, je ne sais pas quoi dire.

Elle semble le comprendre et m'épargne cette peine.

— Finalement, notre association peut être beaucoup plus fructueuse que prévu...

— Qu'entendez-vous par là ?

— Voyons, réfléchissez...

Non, vraiment, je vous jure, je n'ai pas la moindre idée de ce qu'elle veut dire par là. Elle reprend :

— J'ai besoin de vous. Que ce soit clair : ça m'emmerde, mais j'ai besoin de vous. Je dois écrire ce livre rapidement ou j'aurai des soucis avec ma maison d'édition. En fait, je n'ai tout simplement pas le choix.

— C'est là que nos points de vue diffèrent, dis-je. Moi, je n'ai pas besoin de vous, vous m'êtes imposée !

— Vous le dites vous-même : comme toujours, ce n'est

qu'une question de point de vue. Les besoins, ça se crée, monsieur Schwartz. C'est le B.A.-BA du marketing !

— Le marketing, ce n'est pas mon fort, mademoiselle, et ça ne risque pas de le devenir. Et si vous m'expliquiez plus simplement ?

— On simplifie, donc. Alors moi, Jane, toi, Tarzan, et comme tout Tarzan vous avez une maman qui pense que vous avez besoin d'une femme pour recoudre vos lianes pendant que vous tuez les lions à mains nues.

Cette femme est folle, j'en suis maintenant certain.

— Sans vouloir vous offenser, ma chère, si, sur un incroyable malentendu, je devais un jour prochain figurer au casting d'un film se rapprochant peu ou prou du *Livre de la jungle*, j'ai au moins une certitude : aucun risque que je vous croise sur le plateau avec vos Louboutin. Je ne sais pas pourquoi, l'instinct de survie, peut-être.

Je mords rageusement dans un morceau de pizza tandis qu'elle poursuit en déchiquetant en cinq un petit morceau de pain qui ne lui a rien fait :

— En fait, ce qui compte, ce sont les apparences. Que dans la réalité Jane soit partie au centre commercial le plus proche pour s'acheter un string léopard, on s'en fout. L'essentiel, c'est que la mère de Tarzan soit rassurée parce que son fifils chéri est casé !

Je commence à comprendre, mais ça ne me plaît pas trop. J'oublie toutes mes bonnes manières et je réponds la bouche pleine :

— C'est ça. Tarzan est perdu en pleine savane avec des lions assoiffés de sang mais Jane tient la maison donc sa mère est rassurée !

Je fais mine de réfléchir.

— Cela dit, en fait, ça résume assez bien ma mère, vous n'avez pas tort. Mais expliquez-moi donc votre plan, ma chère Jane, puisque vous semblez avoir pensé à tout !

— A tout, non, mais faites-moi confiance, ça va venir. Je suis plutôt douée en relations humaines et j'ai une bonne capacité d'analyse. Je vous résume la situation :

vous allez descendre chez vos parents pour une mission, en pleine période de Noël, trop mignon. Votre môman et votre petite sœur, qui est enceinte et n'aura que ça à faire, seront ravies d'imaginer toutes les stratégies possibles pour caser l'autre homme de leur vie et être enfin rassurées quant à son avenir radieux, c'est-à-dire avec femme et enfants. Je me trompe ?

— Mais qui êtes-vous ?

C'est sorti comme un cri de surprise. Comment elle sait tout ça, elle ? Elle a fait une enquête ou quoi ? Visiblement elle connaît du beau monde, mais de là à fouiner dans ma vie privée... Cette histoire commence à m'inquiéter pour de bon. Je l'arrête de la main alors qu'elle s'apprête à répondre.

— STOP ! On arrête tout ! Je ne dirai plus un mot avant de savoir comment vous savez tout ça. Alors crachez le morceau, et vite.

— Sinon quoi ? Vous sortez votre arme ? dit-elle posément.

— Ne jouez pas ce petit jeu avec moi, vous ne me connaissez pas.

— Oh si, je vous connais ! Et bien mieux que vous le pensez. Vous avez une sœur cadette qui vit à Londres. Elle s'appelle Sophia et elle est enceinte. Elle rentre à Noël car elle préfère les gynécologues de notre bonne vieille France. Vous êtes taciturne, célibataire, la petite trentaine, vous collectionnez les conquêtes d'un soir parce qu'au-delà ça vous soûle. Vous avez l'impression de profiter de la vie, mais la vérité c'est que vous la fuyez. Une déception amoureuse, sans doute. Allez, dites-moi, elle s'appelait comment ? Julie ? Marie ? Cécile ? Bref, vous n'êtes pas fleur bleue, mais, ça, c'est dû à votre métier. Enfant, déjà, vous préfériez les petits soldats aux dessins animés. Je continue ?

Je suis interloqué. Ce n'est pas mon genre, mais cette fois je ne sais vraiment pas comment réagir.

— Ah oui, j'oubliais, ajoute-t-elle en regardant ma chemise, vous ne connaissez rien à la mode.

Je prends une grande goulée d'air et je respire profondément. La garce semble ravie de sa conclusion. OK. Quand rien ne marche, il n'y a plus qu'une solution, l'intimidation. Je la regarde droit dans les yeux, me lève et attrape mon manteau sans un mot. Je pose un billet sur le comptoir et reviens vers la table en lui faisant signe de se lever. Elle semble hésiter mais elle a bien compris qu'il n'y avait pas à discuter. Elle met son manteau. Dehors, elle marche devant moi. Je la prends par le bras, pas trop fort mais pas délicatement non plus, et je la force à accélérer.

Quand on arrive dans un coin sombre et désert, je la plaque contre le mur assez fermement pour qu'elle ne bouge pas et je lui dis, le visage à quelques centimètres du sien :

— Vous avez trente secondes pour m'expliquer tout ça ou vous allez *vraiment* le regretter.

Je lui lance mon regard le plus dur. Putain, elle a vraiment de beaux yeux verts. Ne craque pas, François, tiens bon la barre.

Elle semble déstabilisée quelques instants puis se reprend très vite. Elle me repousse des deux mains, époussette les épaules de son manteau beige et me dit :

— Eh bien, pour un flic, vous n'êtes pas très perspicace, Fabien !

— François, merde !

Elle est pas foutue de retenir un prénom ?

— François ! Vous me laissez m'expliquer ou vous me mettez direct en garde à vue ?

J'acquiesce d'un signe de tête.

— Bien, fait-elle en se radoucissant. Alors j'explique. Vous savez déjà que mon éditeur m'a mis le couteau sous la gorge pour que je suive un flic, ce qui est censé me permettre d'écrire le best-seller du siècle. Bon. Je suis écrivain, pas criminelle ni procureur de la République, alors, des flics, je n'en ai pas dans mon carnet d'adresses. Par contre, ma meilleure amie, Lydia, a une autre meilleure amie, Sophia, dont le frère est flic. Voilà pourquoi c'est tombé sur vous, et j'en suis désolée. Votre sœur est venue voir Lydia l'année dernière et a eu la bonne idée de parler de vous un soir au bar où on buvait un verre avec mon éditeur, Jules, qui a une mémoire un peu particulière. C'est donc naturellement que votre nom lui est revenu quand il a eu cette idée à la con de m'inscrire au programme « Adopteunflic.com ».

Elle avance dans la rue à grandes enjambées sans cesser de parler :

— Les conquêtes d'un soir, facile, c'est grâce aux réflexions de votre équipier. Quant à votre mère, non seulement j'ai entendu une grande partie de la conversation, mais Lydia m'en a souvent parlé pendant les préparatifs de mariage de votre sœur. Je connais ce genre de femme et pour cause, j'ai la même et je la fuis comme la peste. Ah, au fait, je suis de Montpellier. Vous comprenez mieux pourquoi je n'ai pas une folle envie d'y descendre pour les fêtes ?

Effectivement, tout s'explique.

— Et pour les dessins animés ? dis-je, l'air indifférent.

— Tarzan et Jane... Rien à voir avec *Le Livre de la jungle*. Mowgli, ça vous dit quelque chose ?

Cette conversation vire au surréalisme.

— Laissez-moi deviner, c'est le B.A.-BA de n'importe quel gamin ?

— Exactement. Et pour votre gouverne, Watson, ce ne sont pas des Louboutin que j'ai aux pieds mais des Manolo Blahnik ! Quant à votre chemise...

— Quoi ? Elle ne vous plaît pas, ma chemise ?

— En fait, si, c'était juste pour vous chambrer. Armani, non ? Mais, vu la manière dont vous me traitez, je me dis que le vin est aussi bien sur elle que dans un verre.

Elle se retourne et me regarde, les yeux brillants.

— OK, 1 partout, dis-je en détournant les miens.

Bon, peut-être que j'y suis allé un peu fort.

— Je vous offre un autre verre ? Un verre digne de

ce nom dans un vrai bar à vins, ça vous tente ? Pour repartir sur de bonnes bases…

Elle semble hésiter, et franchement je la comprends. J'insiste :

— Retenez juste mon prénom et on devrait pouvoir communiquer. Je propose qu'on reparle de tout ça calmement, au chaud, et qu'on réfléchisse à cet éphémère avenir commun, vu qu'il semblerait qu'on n'ait pas d'autre choix, vous comme moi.

— Perso, je n'ai jamais eu l'intention de tuer quelqu'un ! Francis, François, Fabien, qui que vous soyez… Et… Bon, OK, je vous suis.

On fait quelques pas encore. Il fait un froid de canard, mais par chance le bar n'est pas très loin. Enfin, moi, ça va, je ne suis pas frileux, mais j'ai l'impression qu'elle est congelée et qu'à tout moment elle pourrait se briser comme une statue de glace.

On rentre s'abriter. Le contraste est saisissant. Dans le bar, il fait une chaleur étouffante et la musique de fond est ringarde et déprimante mais, bon, on ne va pas non plus y rester des heures. On s'installe à une table ronde dans un coin sombre, j'ai l'impression d'être un criminel qui répète les étapes de son prochain coup avec son complice.

5. Jane

« On a deux vies. La deuxième commence le jour où on réalise qu'on n'en a qu'une. »

CONFUCIUS

Oh là là, enfin au chaud. D'habitude, je ne suis pas frileuse, mais ce con m'a tellement stressée que j'en tremble encore. Pas mal, cet endroit, et puis j'aime bien la musique, cet air de jazz, c'est vraiment agréable. Aurait-il du goût ?

Bon, c'est pas tout ça mais il est temps que je me pose quelques questions. Par exemple, qu'est-ce que je fais là, en vrai ? Est-ce que je suis vraiment sûre de vouloir aller jusqu'au bout de cette histoire ? Et d'ailleurs est-ce que j'ai le choix ?

Bon sang, mais on n'a pas idée d'être aussi susceptible pour une malheureuse histoire de prénom ! Faut avouer que ça n'a jamais été mon fort. Pour un écrivain, c'est vraiment pas de chance mais j'y peux rien, ça a toujours été comme ça : pour me rappeler un prénom, j'ai besoin de l'avoir prononcé au moins cent fois. Va falloir que je fasse un effort sur la question si je veux m'en sortir vivante.

J'ai aussi l'impression qu'il n'apprécie pas vraiment les femmes de caractère. Je suis prête à parier que ce qu'il veut, au fond, c'est juste une bonne vieille bobonne qui s'occupe des gamins et qui obéit à tous ses caprices. Pff, encore un cliché à la con, pas terrible non plus pour un écrivain. Allez, de toute façon, j'ai pas le choix, alors autant ne pas m'en faire un ennemi. En plus, il m'inquiète un chouïa quand il est en colère ; or, s'il y a bien une chose qui ne me ressemble pas, c'est d'avoir peur des hommes. Sexe faible, mon cul !

Malgré tout, j'avoue que je reste vraiment troublée par cette façon qu'il a eue de me parler, dans la ruelle. Du stress ? Oui, mais surtout beaucoup d'excitation. En fait, je crois que j'ai trouvé ça sexy à mort ! Encore un truc qui ne me ressemble pas, moi qui n'ai jamais supporté les hommes à poigne. Attention, ne nous méprenons pas, les losers, c'est pas non plus ma tasse de thé — enfin, mon verre de vin. Voilà : en matière d'hommes, comme en matière de vin, je n'aime pas la piquette ! Non, moi, mon genre, ce serait plutôt le gentil, beau gosse, qui bosse dans la finance avec un beau costard, pas trop d'abdos mais pas de graisse non plus. Les *bad boys*, je laisse ça aux fifilles.

Il a commandé du vin. Un château-lagrange de 2010, pas mal.

Il sourit et me tend la main.

— François Schwartz, dit-il en appuyant sur « François », lieutenant de police, enchanté.

Un peu surprise, je décide d'entrer dans son jeu et lui serre la main.

— Maïa Tournan. Ecrivain.

— Ecrivain ? Mais quelle formidable coïncidence ! Figurez-vous que je cherche justement un écrivain pour me suivre partout sur ma dernière enquête ! Accepteriez-vous que je sois votre muse ces prochains mois ? Je suis sûr que je peux vous inspirer un best-seller.

Euh, il en fait un peu trop, là. Mais bon, je dois avouer qu'il est encore plus mignon quand il en fait trop. Je rigole doucement. Jane n'est pas censée se foutre de la gueule de Tarzan. Si elle doit le mater, c'est en douceur.

— Fascinant... Quelle chance inouïe ! Moi qui rêvais d'écrire un livre sur le sujet... Jamais je n'aurais cru possible...

— Ecoutez, je propose d'allier nos besoins et de créer un consortium commun !

Waouh, mais c'est qu'il a du vocabulaire, en plus, le bougre !

— Parfait ! dis-je en tendant la main à mon tour.

— Parfait ! fait-il en me la serrant. Ah oui, et tant qu'à faire, si vous pouviez vous faire passer pour ma petite amie, histoire que ma famille me lâche. Je recherche une jeune femme calme, honnête, bien élevée, pas du tout cynique et qui sache déguster du bon vin sans le gaspiller... vous me paraissez la candidate idéale !

Quel faux cul ! On dirait qu'il a fait ça toute sa vie. Je réponds sur le même ton :

— Mais bien sûr, lieutenant Schwartz. Je suis faite pour le rôle. Quant à moi, je cherche un authentique gentleman, pas vulgaire, qui me tienne la porte, soit sensible et romanesque. Je ne transigerai pas sur la question du bon goût. Nous pourrions aller au cinéma et parler des dessins animés de notre enfance. Et puis mes parents seraient sous le charme. Qu'en pensez-vous ?

— Du bien, évidemment ! Mais c'est tout moi, ce que vous venez de décrire...

— Alors c'est parti, Frédéric.

— François, marmonne-t-il, l'air franchement désespéré.

— Oui, François, Frédéric, c'est la même chose ! dis-je avec un clin d'œil. Je plaisantais.

Je le regarde, il me regarde... Eh bien, on n'est pas rendus. Je sais pas vers quoi on va, mais on y va tout droit.

On passe une petite heure à discuter de notre plan, qui n'est en fait pas si compliqué que ça.

Les grandes lignes :

1) Je descends à Montpellier (enfin à Mauguio, plus exactement) avec lui la semaine prochaine.

2) Je l'accompagne chez ses parents. (Après quelques verres de vin, on a abandonné l'idée de l'hôtel pour être plus crédibles. Ses parents sont plutôt tradi et j'ai beau être la fiancée officielle, on fera tout de même chambre à part. Vivement le mariage, qu'ils étendent les draps blancs tachés pour dire adieu à ma virginité.) Question existentielle pour moi-même : et je fais comment, pour coucher avec lui ?

3) La version officielle, c'est qu'on s'est rencontrés à une soirée organisée par Lydia. C'est Julien (le mec de Lydia, qui connaît François vu qu'ils habitaient le même village) qui nous a présentés. N-B : penser à mettre Julien dans le coup.

4) Pour éviter de le gêner dans son boulot tout en remplissant mon contrat avec ce connard de Jules, j'ai quartier libre pour faire les magasins dans la journée et il me fera un compte rendu le soir, avant qu'on rejoigne chacun son lit une place.

5) J'écris vite fait un livre qui parle de son job sans trop le citer, mais en redorant le blason de nos chères forces de l'ordre françaises.

6) Il boucle son enquête avec succès (ça, il se démerde).

7) Je boucle mon livre avec succès (ça, je me démerde).

8) J'annonce mes fiançailles à mes parents (oui, parce qu'on a passé le cap des fiançailles, mais là je crois que c'est le vin qui parle) en omettant de préciser que je suis à Montpellier. De toute façon, on est en voyage à Papeete pour fêter ça.

Résultat : je suis riche et célèbre, et lui il est... à vrai dire, j'en sais rien, au juste, ce qu'il veut. Nos familles nous foutent la paix, et au terme de cet « accord » on dit à la sienne que je romps et à la mienne qu'il rompt, on est inconsolables et surtout ils nous lâchent pour un bon moment. Tadam !

Comment ça, c'est de la fiction ? Meuh non. C'est même le plus simple de tous les romans que j'ai pu écrire jusqu'ici.

Note pour Jules : si ça déconne quelque part, c'est ta faute depuis le début.

Note pour moi : si ça marche, ce sera parce que j'ai pris les choses en main !

Bon, il se fait tard. On décide de s'appeler demain. Je dois prévenir Lydia, lui expliquer mon plan et me débrouiller pour obtenir la complicité de Julien. Après quoi j'avertis Franck, euh, François. Enfin, l'autre, quoi.

Je fais ma mijaurée encore quelques minutes et on se quitte sur une gentille poignée de main. Si on doit être fiancés dans une semaine, on a encore du boulot. Au pire, on peut compter sur l'alcool. A condition qu'on évite de se le jeter à la gueule, évidemment...

22 heures. On vient de se séparer à l'entrée d'une bouche de métro et je reste là, les bras ballants. Pour moi, c'est le début de soirée, et je n'ai pas envie de rentrer. Qu'est-ce que je fais ? Le tour des copines, bien sûr. J'appelle Aurore... qui ne répond pas. Elle doit être en plein rencard avec son nouveau mec. Estelle ? Répondeur... Probablement déjà au lit avec son petit mari, beurk ! Tiens, je n'ai pas essayé Lydia. Je crois qu'inconsciemment je repousse le moment de lui reparler, à vrai dire. Je ne sais pas bien pourquoi, mais je ne suis pas super fière de mon rendez-vous.

J'appelle. Avec un peu de chance, elle ne répondra pas.

— Alors ?

Merde, elle a décroché.

— Coucou. Euh... Je te dérange pas ?

— Maïa ? C'est bien Maïa ? Qu'est-ce qu'il y a ?

— Quoi ? Rien ! Pourquoi tu dis ça ?

— En plus de dix ans qu'on se connaît, tu n'as jamais envisagé que tu puisses me déranger...

— Non, c'est pas ça, c'est juste que, depuis que t'es en couple, j'ai toujours peur de te surprendre en pleine action et je préfère éviter les cauchemars en ce moment.

— OK, c'est bien toi, ouf ! Par ailleurs, sache que si j'étais en train de faire l'amour je ne décrocherais pas.

— Ah ben, merci ! On voit tes priorités...

— Maïa ?
— Quoi ?
— Raconte.

Je lui fais donc un résumé très synthétique en quelques phrases bien choisies. Elle ne dit rien. Bon signe. Puis :

— OK, Julien vient de rentrer, il a pas mangé, viens à la maison. On va s'ouvrir une bonne bouteille et tu vas tout me réexpliquer depuis le début.

Julien et Lydia habitent ensemble depuis trois mois et c'est la première fois qu'ils s'aventurent hors de leur cocon d'amoureux pour me proposer de dîner : je saute sur l'occasion. Non pas que ma copine me snobe depuis qu'elle est en couple, mais forcément on se voit moins qu'avant. J'aime bien Julien. Il est cynique, bagarreur et très drôle, dans le genre. Et puis surtout il est vraiment amoureux de Lydia. En dépit de ce qu'elle peut penser ces derniers temps, ça saute aux yeux. Ils forment un beau couple et j'avoue que je les envie un peu.

Juste un peu. Parce que l'amour éternel, moi, contrairement à eux, j'y crois pas. A cause des mecs. Ils finissent toujours par craquer. Pour une jupe trop courte, la finesse d'une cheville, une cambrure ou une chevelure juste entrevue. Il n'y a rien à faire, c'est cette satanée horloge. Essayez donc d'arrêter les aiguilles, vous n'y arriverez pas. Elles tournent toujours, et de plus en plus vite. Elles tournent aussi pour eux mais, à la différence de nous, ils ne se l'avouent pas. Nous sommes un peu fautives aussi, d'ailleurs, en les trouvant « charmants » quand ils « mûrissent », avec leurs rides au coin des yeux et leurs tempes poivre et sel. Mais qu'on leur demande s'ils trouvent charmante une femme imperceptiblement plus ridée, au corps un peu moins ferme, à la poitrine moins dessinée...

Je ne suis pas cynique, non. J'observe, c'est tout. Et malheureusement le résultat de mes observations ne va pas vraiment dans le sens de l'amour éternel. Pas dans mon entourage, en tout cas. Alors je préfère croquer la pomme, le plus de pommes possible, avant de me lasser de ce goût et surtout qu'on se lasse de moi.

J'en suis là de mes réflexions quand je vois que je suis arrivée à la station Abbesses. Je descends et me dirige vers l'appartement chic et bourgeois de Lydia et Julien. Je ne crois pas à l'amour éternel, mais je souhaite à ma meilleure amie de profiter le plus longtemps possible de son Julien. Quand il la trompera, mieux vaut pour lui que je ne le sache pas. Sinon, je lui refais le portrait. Lydia, c'est comme ma petite sœur et je la protégerai autant que je le pourrai.

Et moi, qui me protège ? Non mais, Maïa, c'est quoi, cette question à la con ? Personne ne me protège parce que je n'ai besoin de personne. Et aussi parce que c'est trop dur d'avoir besoin de quelqu'un... quand on le perd.

Je sonne.

Lydia m'ouvre et me serre dans ses bras. Je lui dis :

— Avec le peu de savoir-vivre que l'on m'a inculqué, je sais bien que je vous dois des excuses pour débarquer comme ça en semaine à 22 h 30, dis-je en passant la porte.

— Mais non, fait Julien, une bouteille de rouge et un tire-bouchon à la main. Je suis rentré trop tard du boulot pour regarder un film et le peu que m'a raconté Lydia de ton histoire promet d'être bien plus intéressant que n'importe quelle fiction télé.

J'acquiesce en rigolant et on s'installe tous les trois autour de la table basse, sur laquelle sont déjà posés de magnifiques verres à pied pouvant contenir la moitié d'une bouteille. Je regarde l'étiquette : on va boire la cuvée « Madame » du Château de Lancyre. Waouh ! c'est en mon honneur ou ils s'ouvrent toujours des bouteilles de cette qualité quand ils dînent en amoureux ? Je devrais venir dîner chez eux plus souvent. Comme s'il avait lu dans mes pensées, Julien sourit.

— Oui, en général, je garde ce genre de bouteilles pour l'intimité avec Lydia, mais mon intuition me dit que je vais me régaler en écoutant ton histoire, alors autant l'accompagner d'un bon vin !

Lydia a préparé ses amuse-gueules habituels, la seule chose qu'elle cuisine à peu près bien. Je savoure tranquillement une première gorgée de vin avant de me lancer dans le récit exhaustif de cette soirée rocambolesque.

Je ne leur épargne aucun détail, depuis le quiproquo avec l'équipier jusqu'à la chemise Armani repeinte en rouge en passant par le savon de Jules.

Ils m'interrompent pour poser quelques questions ou se foutre ouvertement de ma gueule. Quand j'en arrive enfin, après un bon quart d'heure, à la partie du bar à vins et de l'« accord », ils m'écoutent dans un silence qui ne leur ressemble pas. Bon, ça ne dure pas longtemps, mais quand même.

Au bout de deux longues minutes durant lesquelles un ange qui ressemble vaguement à Cupidon passe entre nous, Julien éclate de rire.

— Excellent ! C'est vraiment l'idée du siècle, Maïa, dit-il, secoué d'un fou rire.

Il se tourne vers Lydia, qui, éberluée, ne semble pas de son avis.

— Ecoute, ma puce, ta copine Maïa ici présente, dont tu dis toujours qu'elle se mariera quand les poules auront des dents et qu'elle ne se reproduira que quand une bombe atomique aura tout détruit et que le dernier homme disponible sera Josh Duhamel, a trouvé toute seule la solution rêvée pour vivre une aventure asexuée et monogame avec un homme, et sous le toit de sa belle-mère, en plus ! Et tout ça, pour écrire un livre sur un sujet qui ne l'inspire pas. Chapeau, Maïa, vraiment.

Lydia s'est mise à rire, elle aussi.

— C'est vrai que dit comme ça... Mais moi je dis qu'au bout d'une semaine il la réexpédie *manu militari* à Paris pour éviter de l'envoyer en taule.

— Pari tenu, mais moi je dis que c'est elle qui craque en premier. Au bout de deux semaines, elle repart à Paris après l'avoir castré au passage !

— OK, on parie quoi ?

— Comme d'habitude : du sexe, dit-il avec un clin d'œil pervers.

Lydia lui rend son sourire et ils se tapent dans les mains comme des ados en plein délire avant de sceller leur accord par un baiser. Je reste là, bouche bée, à les regarder faire comme si je n'étais pas là.

— Et le mieux, ma belle, poursuit Julien, c'est qu'on sera aux premières loges pour commenter les étapes de ma future victoire.

— Ta victoire ? T'emballe pas, mon coco, je la connais depuis plus longtemps que...

— Euh, excusez-moi ! dis-je d'une voix forte.

J'ai enfin retrouvé l'usage de la parole.

— Pourriez-vous m'indiquer l'adresse de Lydia et Julien, deux crétins cyniques et prétentieux qui étaient mes amis à la base ? Là, j'ai dû me tromper d'endroit...

Ils tournent la tête vers moi, comme s'ils se rappelaient soudain ma présence et la raison de leur hilarité.

— Désolée, ma chérie, dit Lydia, mais, si je t'avais raconté le début de l'histoire, admets que tu n'aurais pas acheté un euro les droits du film...

— Ah oui ? Tu ne m'en crois pas capable ? Je t'ai dit que j'étais une excellente actrice. Il est grand temps que je vous le prouve. Je descendrai à Mauguio, je serai la belle-fille parfaite, et j'irai jusqu'à ne pas coucher avec mon fiancé puisque personne ne semble me croire capable de résister à mes hormones. J'écrirai ce putain de livre et je remonterai victorieuse à Paris, avec un Jules aux anges — que je congédierai après mon succès —, un Arthur complètement transi d'amour pour moi, et j'en profiterai pour trouver de nouveaux amis pour vous remplacer !

— Ça va, ça va, dit Lydia en rigolant. On s'excuse... Mais Arthur, c'est qui ?

— Arthur ?

— Oui, tu viens de dire « Arthur », tu parles de François, sûrement ?

— Oh ! Arthur, François, c'est pareil, dis-je en toute mauvaise foi.

— Evite quand même de dire ça à sa famille.

— Mais on n'abandonne pas notre pari ? intervient Julien.

— Certainement pas ! lance Lydia en se tournant vers moi. Maïa, double pari avec toi : si tu couches avec François, tu nous paies le resto, si tu résistes plus de trois semaines, c'est nous qui t'invitons au resto de ton choix. Allez, fais-toi plaisir !

Je réfléchis un instant. Trois semaines, c'est du gâteau. Je suis pas non plus complètement nymphomane.

— Il me mangera dans la main sans même que j'aie besoin de lui montrer mes seins ! dis-je en regardant dans les yeux les deux serpents venimeux en face de moi.

Je tends la main à plat et lance :

— Pari tenu ! Mais je me fais avoir, là ! Vous êtes deux et je suis seule. Je paie un resto pour deux ?

— Il est clair que si c'est nous qui perdons, réplique Julien, le resto devra être très très haut de gamme... mais de toute façon j'ai l'impression que tu t'es déjà résignée à perdre, non ?

— Certainement pas ! Quand tu me connaîtras mieux, après ce fameux dîner que tu paieras, par exemple, tu sauras que, lorsque je décide quelque chose, personne sur Terre ne peut me faire changer d'avis.

— Ça, c'est pas faux, souffle Lydia à côté de moi. Mais je sens qu'on va bien s'amuser. Et... Pourquoi tu disais qu'on serait aux premières loges, Julien ? C'était une boutade ou...

— J'allais t'en parler ce soir, justement. Attention, roulement de tambour : ma mère m'a invité pour fêter Noël chez elle. J'ai cru qu'il allait pleuvoir des grenouilles et que la troisième guerre mondiale allait se déclarer, mais curieusement il ne s'est rien passé. Je lui ai répondu que nous étions pris à Noël et, comme elle a eu l'air très déçue, je me suis dit que cet infâme démon reste quand même ma mère et qu'il serait temps que tu la rencontres vu qu'on n'a pas pu la voir cet été comme prévu. Je te propose donc qu'on descende à Mauguio mi-décembre : on passe une semaine chez Cruella et ensuite on va chez ton père, à qui j'ai promis qu'on passerait Noël en famille, avec ton frère et ta belle-sœur.

Lydia lui saute au cou.

— Oh ! chéri ! C'est une idée géniale. T'inquiète pas, je survivrai à la rencontre, promis ! Et un Noël avec papa, Jean et Carole, que je vais enfin voir avec son ventre de femme enceinte, encore mieux !

Elle réfléchit un instant et demande :

— Mais... On va pouvoir prendre des vacances ? Tu bosses comme un malade en ce moment, je pensais qu'on devrait se passer de congés à Noël... Tu sais, ajoute-t-elle avec un grand sourire, j'ai un patron très tyrannique... Ou alors, minaude-t-elle, tu as quelque chose à te faire pardonner...

— Mais non ! J'avais prévu de te faire la surprise. Si j'ai bossé comme un fou, c'est justement pour qu'on puisse partir en vacances. C'est Nicole qui prendra le relais trois semaines, mais de toute façon, à cette période, l'agence tourne au ralenti. En fait, je descends surtout à Mauguio pour retrouver ma maîtresse. Tu sais comme je tiens à la tradition : pour Noël, je m'offre toujours une pute.

— Salaud ! dit-elle en le frappant. Je devrais peut-être me faire payer, alors, si c'est ce que tu aimes...

Ils s'aiment... Ils m'énervent.

— Bon, super. J'interromps cet excellent feuilleton pendant la pause pub pour vous dire que j'ai été ravie de ce déballage de mièvrerie et que je vais vous laisser continuer entre vous. Lydia, je vais de ce pas me chercher une nouvelle meilleure amie qui gardera mes fantasmes secrets. Julien : bonjour à ta pute de Noël, mais ça ne m'empêchera pas de gagner ce pari ridicule. C'est mon plan et il est infaillible !

Je me lève et m'apprête à partir.

Lydia me suit.

— Oh ! ça va, ce n'est pas un secret, que tu mouilles pour Josh Duhamel. Ta maison d'édition au complet le sait ! Tu vas perdre le pari, ma chérie. Tu n'as aucune idée de ce qu'est une relation de couple, et encore moins sans sexe. Pour toi, l'homme a juste été créé, je te cite, «parce qu'il a une bite qui s'emboîte bien et qu'il sait toujours partir quand il est temps». Fermez les guillemets. Alors, passer du temps avec un homme pour autre chose que de coucher avec, je crois que génétiquement tu n'as pas été programmée pour, tout simplement.

— Pas faux, mais je te rappelle que j'ai la faculté d'adaptation du cabri créole en milieu hostile, alors je te prouverai que tu te trompes. Quand je veux quelque chose, je l'obtiens toujours ! Quant à toi, cocotte, vu la semaine qui t'attend chez ta belle-mère, tu ferais mieux de te réjouir que je sois dans le secteur. Alors prie pour que ça marche et que je reste à Mauguio assez longtemps pour te sauver la vie. Et surtout réservez dès aujourd'hui chez Maxim's, sinon il n'y aura plus de table pour janvier. Hein, Julien ?

Je prends mon manteau, embrasse Lydia et envoie un baiser de loin à Julien, qui répond :

— Pas de problème. Et toi, commence à faire des économies. Au fait, à la première occasion, je glisserai dans la conversation que je vous ai présentés, François et toi, ce sera plus crédible.

— Merci.

Une fois dans la rue, je marche sans trop savoir où aller, l'esprit un peu embrouillé. Concentre-toi, Maïa, concentre-toi. Mon plan initial est en train de prendre une drôle de tournure, mais le bluff, c'est ma spécialité, alors je vais m'en tirer.

J'avais prévu :

– de coucher avec le flic ;

– de faire semblant d'écrire ce livre ;

– d'écœurer le flic par mon comportement pour qu'il se débarrasse de moi ;

– de trouver une super idée de roman sans l'aide de personne et sans avoir besoin de prendre des notes sur ce stupide carnet.

Au lieu de ça, j'ai réussi :

– à faire un pari à la con dans lequel il est question de ne jamais coucher avec ledit flic ;

– à devoir écrire un début de livre parce que je n'aurai que ça à foutre à Montpellier ;

– à me transformer en petite amie idéale et en femme parfaite ;

– à être en panne sèche niveau créativité, ce qui me vaut de prendre des notes sur tout ce qui se passe dans ma vie en ce moment sur ce putain de carnet.

Bien. Pas de panique.

Etapes réussies : aucune.

Envie de continuer : nulle.

Perspectives positives : zéro.

Envie de suicide : très grosse.

Allez, Maïa, n'oublie pas que, ta théorie préférée, c'est celle du verre à moitié plein !

Bon. Le flic est persuadé que je mène la danse. Lydia et Julien sont persuadés que je suis sûre de moi et que j'ai tout prévu depuis le début. Je peux donc gagner ce pari à la con et manger dans un super restaurant. Jules est stressé à mort à l'idée que je fasse tout foirer et, rien que ça, ça n'a pas de prix !

Ces constatations ne changent rien à ma vie de merde, mais ça me met du baume au cœur.

Je suis presque arrivée chez moi quand j'entends le « ding ! » familier d'un texto. Lydia.

> Au secours : 1 semaine chez ma belle-mère… je survivrai pas… pitié, ne perds pas ce putain de pari, ne remonte pas à Paris sans moi, help !!! PS c quoi un gabri créole ? ! ?

Je souris et lui réponds :

> Je gagnerai, je gagne toujours ! Je te soutiendrai, je serai ton héroïne, tu m'offriras un resto par mois pour me récompenser. « Cabri créole », pas « gabri », regarde sur Internet.

La réplique ne tarde pas :

Un resto par mois : rêve pas ! J'ai un pressentiment : mon mec, ma belle-famille, « ta » belle-famille, Irma est en moi, tu verras, il va se passer des choses, mon petit cabri !

Cette fille est folle, mais c'est pour ça que je l'aime. Mon « petit » cabri, si elle savait. Cet animal s'apparente plus à un bœuf qu'à un animal chétif, mais on dit que c'est celui qui s'adapte le mieux à son environnement. Comme moi.

6. D'une liane à l'autre, Tarzan réfléchit

« Les dieux jettent les dés et ne demandent pas si nous avons envie de jouer. »

PAULO COELHO

Elle est folle. Elle est dangereuse. Elle est bandante. C'est risqué, mais c'est aussi ma seule chance d'être tranquille à Noël. Et si en prime je me la tape, ça me fera un cadeau de plus. Quitte à cohabiter, hein... Le problème, c'est que je ne suis sûrement pas son genre de mec. Elle aime probablement les *bad boys*. Si ce n'est que ça, ça peut s'arranger. Suffit d'être un peu plus « flic », plus prétentieux. Un peu con, quoi.

J'ai mal dormi. Résultat, ce matin, je ne suis bon à rien. Je prends un café vite fait et j'arrive au commissariat où Franck m'attend en classant des Post-it. Je sais que, quand il fait semblant de ranger son bureau, c'est qu'il cherche la meilleure occasion pour me parler. Je n'entre pas dans son jeu. Je passe coup de fil sur coup de fil pour organiser ma virée dans le Sud. Je me montre assez occupé pour éviter de lui laisser une brèche. A midi, j'ai usé toutes mes combines et il vient me demander :

— Allez, petit con, tu pourras pas me fuir jusqu'à ton départ. Arrête de faire semblant de bosser et descends au resto du bout de la rue manger un morceau avec moi. Je te laisse dix minutes pour te faire beau.

Je n'ai pas le temps de répondre qu'il se barre. C'est bien ma veine. Il va me harceler de questions. Qu'est-ce que je vais lui dire ? Même moi, mon histoire, je la trouve un peu bancale. Ce qui semblait infaillible hier soir après quelques verres me paraît complètement ridicule quand j'y repense aujourd'hui. Ramener une inconnue chez ma mère et la faire passer pour ma petite copine... Si ma mère ou ma sœur s'aperçoivent de la supercherie, je suis mort. Remarque, avec un peu de chance, elles me bannissent de la famille et je suis peinard. Oh ! putain, j'en ai marre. Je prends mon écharpe et mon manteau et je descends rejoindre Franck au resto.

Deux bières, le seul alcool qu'on s'autorise quand on est en service, sont déjà posées sur notre table habituelle.

Je m'assieds, commande une entrecôte et des frites, et j'attends patiemment.

— Tu vas rien me dire, c'est ça ? demande Franck avec le même ton qu'il emploierait pour cuisiner un malfrat.

— Sur quoi ? demandé-je en buvant une gorgée de bière.

Ouais, j'avoue que ma technique est minable et ne va pas tenir longtemps.

— François, je suis marié. Père d'un adorable petit bambin qui me réveille trois fois par nuit. Ma femme, cet être parfait, est de nouveau enceinte et prétend qu'elle a grossi de telle sorte qu'elle refuse que je la touche même du regard pour les six mois à venir. Après l'accouchement, si j'ai bonne mémoire, son vagin ressemblera plus au gouffre de Padirac qu'à un refuge magique plein de mystère.

Il boit une gorgée pour reprendre son souffle et je le regarde en souriant. Je sais parfaitement où il veut en venir. Il poursuit :

— Toi, espèce de petit con prétentieux de merde, non content de te taper tout ce qui bouge, tu as la mission pour une durée indéterminée de jouer la garde rapprochée d'une véritable bombe sexuelle. Et tu passes ta première soirée avec elle et tu me la joues à l'envers ? Tu fais comme si t'avais rien à me dire ? T'es vraiment la pire raclure que je connaisse, mon gars.

Je me marre et lui réponds :

— Mais qu'est-ce que tu veux savoir, alors ?

— Mais tout ! Quand elle a croisé les jambes, quand elle les a décroisées, combien de fois elle a joui, est-ce que son cul est aussi bombé qu'il en a l'air ? Bref, rien sur toi mais tout sur elle !

— Ah ! Eh bien, je pense que tu vas être déçu, dis-je en baissant les yeux sur l'assiette que vient de m'apporter la serveuse avec un grand sourire. Elle a joui qu'une fois...

— Ça m'étonne pas, je savais que t'avais une petite bite ! fait-il en coupant sa viande.

— ... et je pense que c'est au moment où elle m'a jeté son verre de vin au visage.

— Quoi ? demande Franck en interrompant le trajet de sa fourchette en plein vol.

— Eh ben, au moins, pour une fois, j'aurai réussi à te couper l'appétit, mon gros.

Je mange un bout de viande et je commence à lui raconter. Je voulais pas en parler, mais finalement ça fait du bien. Je vais à l'essentiel : on n'a pas couché, elle est chiante, incapable de retenir mon prénom, elle vient avec moi dans le Sud, on dort chez mes parents et je fais d'une pierre deux coups, si on peut dire ça comme ça.

— Arrête tes conneries ! dit Franck, qui s'est remis à manger en m'écoutant.

Bon, évidemment, il ne pouvait pas rester sans manger trop longtemps non plus, c'est physiologique chez lui.

— Nan, je suis sérieux, dis-je en plantant ma fourchette dans un morceau de bœuf saignant.

— Je n'en reviens pas, que tu ne te la sois pas tapée. T'es tombé sur un os ou quoi ?

— N'importe quoi ! J'avais pas envie, c'est tout. C'était pas le moment.

Franck repose bruyamment sa fourchette dans l'assiette.

— Tu vas pas me faire croire qu'elle te fait pas bander ? Monsieur se tape des tonnes de filles, mais il aurait du mal à avouer que celle-là lui a résisté ?

— Mais t'es lourd ! Il faut que je te réexplique tout depuis le début ? On descend dans ma famille, mais ce n'est qu'un jeu ; et je ne veux surtout pas que ça dégénère. T'imagines si elle tombait amoureuse de moi ? Je ferais comment si ma mère pense que c'est la belle-fille parfaite ? Et si ma sœur l'adopte ? Je me serais construit moi-même ma cage !

— Quel prétentieux ! Alors, pour toi, tu couches avec elle et, hop, elle tombe automatiquement amoureuse ?

— C'est une gonzesse, non ? Elles tombent toutes amoureuses à un moment donné. Elles sont génétiquement programmées pour ça !

— Eh ben ! Je te savais pas aussi macho, dit Franck en se cadrant sur sa chaise comme pour prendre du recul et mieux observer l'espèce bizarre qu'il a en face de lui.

— Mais non, c'est pas ça, répond le monstre de machisme que je suis. Les femmes, je les respecte. Mais elles ont beau dire que c'est juste pour le sexe, à un moment donné, elles voient passer une femme avec une poussette et elles se touchent le ventre ; elles regardent la bague au doigt de leur meilleure amie et elles commencent à fantasmer sur des robes blanches... C'est comme ça, c'est tout. Et j'en ai pas envie pour l'instant.

— Et t'en auras envie quand, alors ?

— Tu vas pas t'y mettre, toi aussi ? C'est ma mère qui te paie ou quoi ?

— Arrête, je te dis juste que c'est pas si mal, cette vie, c'est tout. J'ai beau raconter des conneries, je n'échangerais ma Cathy pour rien au monde. Quand elle est pas enceinte, au lit, c'est une tuerie. Parce que, niveau sexe, c'est avec la personne que tu aimes que tu fais les trucs les plus dingues et…

Je lui coupe la parole d'un air ostensiblement dégoûté en plaquant les mains sur mes oreilles.

— STOOOOP, je veux pas savoir ! Cathy, c'est comme une deuxième sœur pour moi et l'imaginer avec toi au lit…

— En tout cas, dit Franck en plaçant son index sous son nez comme s'il flairait un coup fourré, cette fois-ci, attends-toi à ce que ça se corse.

— C'est-à-dire ? demandé-je avec un sourire.

— Tu ne l'auras pas si facilement, celle-là. Le bon côté, c'est qu'une fille comme ça ne menacera pas ton cher célibat.

— Ah ouais ?

— Eh ouais, don Juan de pacotille ! C'est pas le genre qui tombera raide amoureuse de toi.

— On parie ? dis-je, provocateur. En une semaine, je la mets dans mon lit.

Il commande deux cafés et l'addition puis se tourne vers moi avec l'air d'un mafieux de série B.

— Combien ?

C'est un rituel entre nous : quand on fait un pari, chacun décide de ce que gagnera l'autre s'il perd. Je décide de miser gros.

— Mon manteau noir en cachemire. Tu le veux, il est à toi. Et si je gagne ?

— Un resto. Celui que tu veux dans un budget raisonnable pour le simple fonctionnaire et futur père de famille presque nombreuse que je suis.

— Tope là, dis-je en tendant une main, qu'il repousse en secouant la tête.

— Pas si vite ! Coucher avec une fille, c'est facile, sur un malentendu, n'importe qui peut le faire. Et puis je ne sais pas pourquoi, mais ta gueule de travers a l'air de leur plaire. On va donc préciser un peu les règles.

— Préciser ? Les règles ? dis-je en commençant à me sentir un brin inquiet.

— Ouais. Allez, je suis magnanime : tu n'as pas une mais deux semaines pour la mettre dans ton lit...

Je souris, soulagé.

— ... et un mois pour qu'elle tombe amoureuse.

Le sale con.

— Mais t'as rien compris ou quoi ? Il n'est pas question que cette fille tombe amoureuse de moi. Alors on oublie ce pari débile et on remonte bosser !

— Mais je rêve ou le grand séducteur a les jetons ? C'est l'échec ou la réussite qui te fait peur comme ça, mon poulet ? Fais-moi confiance, une fille comme elle, elle te suce jusqu'à la moelle, elle te rend fou, elle décide au final de quelle cravate tu portes. Parce que, pour elle, tu te mets à porter des cravates.

— Lâche-moi avec tes théories à la con et commence à faire des économies : cette fille sera amoureuse de moi avant que ta femme accouche de ton deuxième braillard.

— J'aime mieux ça ! On prend les paris ?

— T'as déjà perdu, dis-je en lui lançant mon fameux regard d'acier, qui ne semble pas l'impressionner le moins du monde.

— On reprend, fait mon équipier comme s'il récapitulait les éléments d'une enquête. Deux semaines pour coucher avec elle, un mois pour qu'elle tombe amoureuse.

— Et comment je te le prouverai ?

— Je le saurai, t'inquiète. S'il faut, j'appellerai ton beau-frère pour qu'il me confirme.

— Paul ?

— Ouais, pourquoi tu ne le mettrais pas dans le coup ? Après tout, c'est une idée à lui, au départ, cette fiancée imaginaire, non ?

— Ouais. Par contre, il n'avait pas prévu que je fasse carrément les présentations.

— Tu n'en parles à personne d'autre ?

— Je l'ai juste dit à Julien, c'est lui qui est censé nous avoir présentés.

— Julien ?

— Un mec sympa qui est avec la meilleure amie de Sophia. Un pote à moi.

— OK, donc Julien, Paul et moi, c'est tout.

J'acquiesce, légèrement inquiet.

— Et, parmi tes idées géniales, il y en a une qui dit comment je me débarrasse de mon amoureuse une fois que j'ai gagné mon pari ?

— Ça, c'est ton problème ! Bon, je ne devrais pas te le dire, mais il y a des rumeurs. A titre personnel, ça m'emmerde, mais il y a de fortes chances pour que ta mutation définitive passe cette année si tu résous cette affaire. Du coup, ton écrivain remontera à Paris et, toi, tu resteras dans le Sud, fin de l'histoire. Enfin, dans l'hypothèse improbable où il y aurait une histoire, bien sûr.

Je m'apprête à lui balancer une remarque cinglante sur les pères de famille nombreuse, mais je décide finalement d'ignorer son sarcasme.

— Ma mutation ? Tu as des oreilles partout ou quoi ?

— Ouais, bon, fais comme si j'avais rien dit, d'accord ?

— OK, de toute façon, il faut déjà que je boucle l'affaire. Pour l'écrivain, laisse-moi faire les choses à mon rythme : je couche avec elle et elle tombe amoureuse de moi avant la fin de l'enquête, ça marche ?

— OK, mon gars, pari tenu.

On passe la main par-dessus la table et cogne nos poings pour sceller cet accord idiot, comme deux ados. Je me sens aussi con qu'à seize ans, mais ça me fait délirer.

On finit de manger en parlant de tout et de rien, et surtout pas de la fin de notre travail en commun si ma mutation est acceptée. Ça me fait un petit pincement au cœur et je préfère ne plus y penser. C'est dans ces moments-là que je réalise que Franck est vraiment mon meilleur ami. On termine notre café et on retourne au commissariat pour 13 heures. En chemin, Franck reçoit un appel et me fait signe de continuer. J'entre donc seul dans le commissariat en réfléchissant à la suite des événements.

Quinze appels en absence : c'est officiel, ma mère vient de battre son record personnel. Je lui envoie un texto :

Désolé, très occupé, promis je t'appelle ce soir pour t'expliquer.

Voilà, j'ai déclenché le compte à rebours de ma bombe. J'appelle Maïa sur ma lancée pour lui donner rendez-vous ce soir. Autant commencer tout de suite l'opération fiançailles.

Elle me propose un resto, mais je préfère qu'on se retrouve chez moi, histoire qu'elle maîtrise la topographie de l'appartement nuptial. Ce serait louche que mes parents le connaissent mieux qu'elle. Et puis ça m'arrange. Non, je ne dois pas coucher avec elle ce soir. Non. Je me colle un Post-it mental pour ne pas oublier ce principe de base : si je veux qu'elle tombe amoureuse de moi, il va falloir que je patiente. Que je joue les gentlemen et pas les don Juan en rut. Un point pour Franck, qui connaît mieux la question que moi. Vu mon comportement d'hier soir, j'ai intérêt à bosser. En même temps, quand je l'ai plaquée contre le mur, dans la ruelle, j'ai vu un peu d'angoisse dans ses yeux mais aussi une pointe d'excitation... Vraiment toutes les mêmes. Excitées par l'idée de coucher avec un flic mais pas au point d'en assumer les risques. « Je suis désolée, François, mais, tu comprends, la probabilité qu'il t'arrive quelque chose est bien trop élevée par rapport à un travail normal. Comment je pourrais avoir une famille dans ces conditions ? Tu es un type bien mais moi, ce que je veux, c'est une vie tranquille, une jolie maison, un labrador, des enfants... Et puis je ne suis pas sûre de pouvoir t'attendre le temps que tu redescendes de Paris... Tu es vraiment obligé d'y aller ? »

Marie... Pourquoi j'ai encore les paroles de cette garce en tête ? Quand je pense que j'ai failli larguer mon boulot pour elle. Quel con. Qu'est-ce qu'elle devient, d'ailleurs ? Est-ce qu'elle est mariée ? Est-ce qu'elle l'a, sa foutue maison avec son clébard ? Son cliché de *desperate housewife* ? Sept ans, déjà. A quoi elle peut bien ressembler, maintenant ? Combien de gamins elle a, combien de kilos en plus ?

Mouais, ça m'arrangerait bien, qu'elle se soit changée en mère de famille à bigoudis. La vérité, c'est que je n'ai pas le courage de vérifier. Mais pourquoi j'y pense maintenant ? Allez, juste cinq minutes, Facebook, « Marie Mazon ». Marie Mazina, Mazinirc, Mazon, Mazon, encore Mazon... Avec un peu de chance, elle a pris le nom de son mari. Ah non ! la mienne est là. Enfin, « la mienne »... Je clique dessus. Oh ! putain... Mince, blonde, cheveux longs, pas d'enfants, ou alors elle ne le dit pas. Et je ne peux rien savoir d'autre parce que l'accès à son profil est limité à ses amis proches, dont je ne fais pas partie, bien sûr. J'aimerais bien arrêter de me faire du mal, mais c'est plus fort que moi, je clique sur les photos, mais elles sont inaccessibles, elles aussi. C'est ma punition. Bon. Je referme l'onglet et j'efface l'historique de mon ordinateur. Déformation professionnelle ou réflexe parano, je n'en sais rien.

La journée se déroule plutôt bien et elle a surtout le mérite de passer vite. Je finis tôt, claque la moitié de mon salaire chez le caviste et rentre chez moi faire un brin de ménage. Je suis un type assez ordonné, ça devrait me prendre cinq minutes.

Ou pas. Le bordel de mon appart est là pour témoigner du fait que je ne me connais pas si bien. Hé, c'est normal, je déménage ! Excuse pourrie : si elle voit ça, elle part en courant et je ne lui en voudrai pas. Le but, c'est qu'elle veuille de moi, pas qu'elle ait pitié d'un ado sur le retour. Allez, François, bouge ton cul.

Un string en dentelle sous le canapé, ça commence bien. Merde, mais c'est à qui, déjà ? Monica... Je souris en balançant le string à la poubelle. Franchement, elle était aussi bien sans... Je mets mes fringues au linge sale, passe un coup d'aspirateur et file sous la douche.

Toujours le même rituel depuis que je suis arrivé à Paris, ce besoin de faire peau neuve le soir.

J'ai à peine le temps de me draper dans une serviette qu'on sonne à la porte.

7. Vénus

« Il n'y a que dans ces courts instants où la femme ne pense plus du tout à ce qu'elle dit, que l'on peut être sûr qu'elle dit vraiment ce qu'elle pense. »

Georges Feydeau

Quinzième tenue essayée devant la glace et je ne suis toujours pas convaincue. Chez moi, c'est une première. Normalement, j'ai un radar dans mon dressing pour trouver *la* tenue adaptée à la soirée. Et là je bloque. Parce que le thème de la soirée « interdiction de le séduire, interdiction de coucher », c'est aussi une première. Du coup, pourquoi je vais chez lui, déjà ? Ah oui, ce plan à la con. *Mon* plan à la con. Bon, c'est pas une raison non plus pour m'habiller comme un sac. J'ai quand même ma dignité, merde. Bref, d'habitude, je n'ai aucun problème pour mettre en valeur mes atouts de manière à obtenir ce que je veux. Manipulatrice ? Non. Mais pas féministe non plus. J'aime l'idée de jouer de mes atouts pour obtenir ce que je souhaite... tout en gardant le contrôle. C'est moi qui romps : règle numéro 1 du contrôle. En fait, non : ne jamais, jamais tomber amoureuse est la règle numéro 1. Rompre en premier est la règle numéro 2. Si cette histoire de livre sur les flics ne marche pas, j'écris un livre sur ma méthode pour aider les filles à prendre le contrôle.

J'aurai mis deux heures en tout, mais je me suis fait un malin plaisir à les prendre sur la rédaction de mes putains de notes pour Jules. Et qu'il ne vienne pas se plaindre, parce que c'est pour la bonne cause.

Je jette un dernier coup d'œil à ma tenue dans l'ascenseur de chez François (ce coup-ci, ça y est, je crois que j'ai retenu), et je sonne à la porte. Une fois. Rien. J'en profite pour jeter un dernier dernier coup d'œil. Pas mal. Une jupe courte noire et un chemisier rouge bouffant avec de fines lanières qui flottent au-dessus de la poitrine. Généralement, les hommes ont irrésistiblement envie de tirer dessus pour le défaire. Pour accessoiriser, mes Louboutin préférées et mon manteau en cachemire noir cintré. Ce n'est pas parce que je ne veux pas coucher avec lui que je dois me priver du plaisir de le voir baver devant moi. Oui mais... S'il me drague, est-ce que je n'aurai pas du mal à dire non ? Et voilà, j'aurais dû m'habiller plus simplement. Et puis merde, évidemment, que je saurai résister s'il me saute dessus, voyons. Sois forte, Maïa, il n'est pas si craquant que ça. Je sonne une deuxième fois en me demandant comment il est habillé. Je m'apprête à sonner une dernière fois quand la porte s'ouvre...

A poil ? Ah, merde, je n'avais pas prévu cette option ! J'en ai le souffle coupé. Bon, en fait, il n'est pas vraiment à poil mais, avec sa serviette autour de la taille et son corps impeccable, il est tellement sexy que c'en est indécent. Merde, merde, merde... Je respire profondément. Je dois avoir l'air d'une vierge effarouchée. Ressaisis-toi, Maïa, ressaisis-toi.

Je souris, tends la main.

— Bonsoir, euh, comment allez-vous ?

Il reste un instant sans rien dire puis finit par répondre avec un petit rire :

— Bon, on peut peut-être au moins se faire la bise pour commencer à s'habituer au contact de nos deux corps, non ?

Je t'en foutrai moi, du « contact de nos deux corps »...

— Commence par aller t'habiller, dis-je en passant à côté de lui pour entrer dans l'appartement, et oublie ces histoires de contact, c'est pas prévu dans le contrat. Par contre, on va se tutoyer et, si tout va bien, je t'embrasserai peut-être sur la joue en partant.

— Désolé, je voulais pas t'effrayer. Je sors de la douche, laisse-moi cinq minutes. Assieds-toi en attendant et sers-nous du vin si tu veux.

Il m'indique d'un geste le coin-cuisine avec des tabourets en cuir noir et un comptoir sur lequel deux verres à pied nous attendent, ainsi qu'une carafe où décante un magnifique breuvage rubis.

— C'est un vin de chez nous, dit-il en se dirigeant vers ce que je suppose être sa chambre, j'espère que tu apprécieras. La cuvée spéciale « Divin Venin » du Mas Gourdou, à Valflaunès.

« Divin Venin. » Ça me plaît bien.

— Parfait, je nous sers, alors. Mais prends ton temps, je ne suis pas pressée. Et surtout ne t'inquiète pas, dis-je en haussant le ton car il n'est plus dans mon champ de vision, il en faut plus pour m'effrayer.

Il repasse un instant la tête dans l'embrasure de la porte pour m'adresser un sourire avant de repartir. Oh ! putain. Non, c'est pas vrai : il ne m'en faut pas plus ! Pardonnez-moi, mon Père, j'ai menti. Un corps pareil, ça bouleverse tous mes repères. Je n'ai même pas d'adjectif pour le qualifier. Musclé ? Fort ? Sublime ? Note pour plus tard : ne pas partir sans mon vibromasseur, je risque d'en avoir besoin si je veux tenir mon vœu d'abstinence.

Je nous sers du vin dans des verres qui se révèlent certes moins présomptueux que ceux de Lydia et Julien, mais tout aussi disposés à recevoir un bon vin. D'ailleurs, à propos de vin, je me demande si le Divin Venin est dans mon verre ou s'il se trimballe à moitié à poil dans cet appart... Pas trop musclé comme un mec qui ferait de la musculation et se gaverait de stéroïdes, plutôt gaulé comme un super sportif, sec et taillé, avec la serviette qui tombe juste là où il faut... Enfin, on s'en serait bien passé, de cette foutue serviette. Allez, une gorgée de vin pour me remettre les idées en place et… waouh, qu'est-ce qu'il est agréable, ce vin ! Bon, finalement, on arrête tout, je l'épouse. Euh…malheureusement, c'est un homme, donc en fait non, je ne l'épouse pas. Une femme non plus, d'ailleurs, hein. Entre deux réflexions idiotes destinées à calmer mes ardeurs, je regarde autour de moi. Le désert : hormis un canapé, un buffet et une table basse, il n'y a plus rien. Plus rien, à part des tonnes de cartons fermés et posés contre un mur.

Il revient avec un jean, un T-shirt blanc et les pieds nus. Même habillé, il a plus de charme que n'importe qui. Et pourquoi le blanc lui va si bien ? Je lui tends un verre et me lève du tabouret. Ses yeux brillent quand il me dévisage. Eh ouais, bingo ! moi aussi, je sais faire de l'effet, mon gars… ah, merde, non, pas bingo du tout. Ce soir, il ne se passe rien, je dois montrer à tout le monde que je peux être professionnelle. Je vais me poser sur le canapé avec mon verre et déclare :

— Bien, on a une soirée pour tout se dire. Je dois tout savoir de toi, tu dois tout savoir de moi.

— Très bien, dit-il en s'asseyant, mais…

Et là il se passe ce truc improbable, l'affreux cliché qui n'arrive que dans les comédies romantiques, on dit exactement en même temps :

Moi : Ça va être long.

Lui : Ça va être rapide.

L'éternelle histoire de Mars et de Vénus, quoi. On sourit. Je bois une gorgée pour me donner du courage et me réchauffer. Ça caille, chez lui. Il part en cuisine chercher des petits amuse-gueules qu'il n'a sûrement pas faits lui-même et revient s'asseoir sur le canapé.

— A toi l'honneur, Francis, dis-je en levant mon verre.

— Alors, tout d'abord, je m'appelle François, précise-t-il en trinquant.

Merde, ça commence bien, je croyais vraiment avoir retenu. S'ensuit la conversation la plus bizarre à laquelle il m'ait été donné de participer, et pourtant Dieu sait si j'ai vu des choses bizarres depuis que je suis à Paris.

On échange sur notre famille : il a une sœur, Sophia (merci, oui, je sais), je suis fille unique, ses parents sont mariés, les miens aussi... bla-bla-bla. On dirait un jeu télévisé débile où chacun doit répondre à l'autre en appuyant sur un buzzer. Ça me fatigue. Soudain, je le trouve un peu trop proche de moi sur le canapé. Aïe ! C'est le moment de mettre des barrières.

— T'as couché avec combien de filles ?

Ah oui ! c'est bien moi qui ai posé cette question. Niveau barrières, on peut dire que je fais fort.

— Quoi ? demande-t-il.

— Pas à la fille près, hein, une moyenne. C'est juste que je ne veux pas avoir l'air bête devant ta famille s'ils abordent le sujet.

— Mais pourquoi ils feraient une chose pareille ? demande-t-il, l'air limite inquiet.

— Ah, ils ne font pas ce genre de choses ? Quelle chance. Chez moi, leur passe-temps préféré, c'est de parler de mes ex à mes nouveaux. Ça explique que j'évite désormais de les leur présenter.

— Ah oui, vu comme ça, c'est effectivement une bonne idée de ne rencontrer ta famille que par FaceTime, alors, dit-il, dubitatif. Et sinon... Un certain nombre, ça te va, comme réponse ?

— Pas vraiment, non. T'es puceau ou t'en as eu trop pour les compter ?

— Je ne voudrais pas paraître prétentieux..., dit-il tandis que ses yeux affirment le contraire.

— Allez, don Juan, balance le chiffre et on passe à autre chose.

— Cent environ, dit-il avec une gêne à moitié feinte.

— Quoi ?

Il profite de mon silence interloqué pour se lever et nous resservir.

— Ben, oui. Fais le calcul : j'ai trente-deux ans, j'ai

commencé à 16 ans — pas très tôt, d'ailleurs, tu remarqueras. En seize ans, il peut s'en passer, des choses.

— Des choses ? Des femmes, surtout ! Mais tu n'as jamais été en couple, alors ? Pour de bon ?

— Comment ça, « en couple » ?

— Eh bien, une centaine de filles en seize ans, ça fait... un peu plus de 6 par an.

— Euh non, en fait, beaucoup plus.

— Oui, c'est ce que je dis, 6,25 exactement.

— Plus. Je suis resté cinq ans avec une fille.

— Ah ! Je savais bien ! dis-je, triomphante, en le pointant du doigt. Celle qui t'a brisé le cœur ! Comment s'appelle-t-elle ?

— Laisse tomber. Ça ne va rien changer et ma famille ne t'en parlera pas.

— Attends, ça veut dire 16 moins 5 égale 11, donc en onze ans tu en as eu 9 par an en moyenne quand même, dis-je en le regardant déambuler dans l'appartement.

— Grosso modo, oui. Des années moins, des années plus...

— Plus ?

— Bon, écoute, j'ai pas envie de passer pour un connard le premier soir. Et je ne les compte pas, si ça peut te rassurer. Mais je pense que j'en ai eu un peu plus de cent...

— OK, j'ai capté l'essentiel, c'est bon. Je vais passer pour une héroïne parmi la population montpelliéraine : la fille qui a réussi à passer la bague au doigt du tombeur local. Et je ne te raconte pas ce que ce sera quand c'est moi qui te plaquerai !

— Super, tu auras ton heure de gloire, heureuse ? Et toi, alors ?

— Quoi, moi ?

— Combien ? demande-t-il en s'arrêtant à ma hauteur.

— Aucune importance, ta famille ne demandera jamais et la mienne ne le fait pas non plus. Sujet suivant.

Avant qu'il n'ait le temps de renchérir, je poursuis :

— Ta sœur est enceinte de combien ?

Il semble hésiter puis répond, à contrecœur me semble-t-il :

— Sept mois et demi. Je crois.

Grâce à ma brillante diversion, la conversation sous forme de questions-réponses reprend son cours.

J'ai même droit à son album photo pour faire le tour de la famille et mémoriser les visages. J'ai moins froid, c'est l'alcool, sans doute.

A 22 heures, son téléphone fixe sonne. Il sourit.

— Ma mère.

Il décroche et entame une conversation potentiellement sans fin. Il arrive à placer trois phrases où il est question de s'excuser de ne rien avoir révélé plus tôt mais qu'il attendait d'être sûr que ce soit la bonne. Puis il lui dit qu'il est désolé de la prévenir au dernier moment, mais serait-il possible qu'elle vienne avec lui à Montpellier ? Cris de joie de l'autre côté. « Oui, bien sûr, comment oses-tu penser le contraire ? Je vais prévenir tout le monde, elle restera à Noël ? » « Moi aussi j'espère, évidemment, elle peut rester aussi longtemps qu'elle le souhaite... » « Ah, vous êtes ensemble, passe-lui bien le bonjour, bisous, mon chéri... bla-bla-bla. » Je crois même entendre une autre voix féminine derrière qui doit être celle de sa sœur.

François raccroche et semble exténué. Non seulement je le comprends, mais elle m'a crevée aussi.

— Si tu me lâches maintenant, je te séquestre, dit-il sans rire.

Pourquoi cette idée m'excite-t-elle ?

On décide de partir samedi en voiture. Oui, c'est plus crédible d'arriver ensemble. Moi, j'ai juste à préparer ma valise, alors ça ira. Je désigne les cartons.

— Tu déménages pour de bon là-bas ?

— Peut-être, rien n'est certain. Pour l'instant, en tout cas, je rends mon appartement. Le gros des meubles part chez un ami qui les met en vente pour moi. Les cartons descendent en camion à Montpellier dans le garage de mes parents. Quand je saurai ce qu'il en est, je rachèterai tout pour Montpellier ou pour Paris. On verra bien. Je voulais tout changer, de toute façon.

— T'es pas très matérialiste, toi, dis-je en souriant.

— Non, pas vraiment.

— Forcément, quand on change aussi souvent de femme..., dis-je en rigolant.

Je me lève et vais me resservir du vin.

— Ha, ha ! Mon prochain boulot, c'est de me faire à ton humour, dit-il en me rejoignant au bar.

Il me prend la bouteille des mains et me sert sans me quitter des yeux.

— Mais je pense que j'arriverai à me faire à pas mal de choses chez toi, lance-t-il de manière un peu trop suave à mon goût.

— Et ne pas coucher avec moi, tu vas t'y faire aussi ?

Son sourire se fige un instant. Il me tend mon verre.

— Si ça fait partie de la règle, oui. Mais ce serait dommage d'avoir les inconvénients sans les avantages...

— Ça fait partie de la règle ! Cela dit, en tant que flic, ça ne doit pas te déplaire, les règles.

— C'est-à-dire que j'en ai tellement au boulot que le soir, justement, j'aime bien les briser.

— Pas de bol, moi, je préfère les enfants sages, dis-je en repartant m'asseoir sur le canapé.

— Serais-tu vierge ? Ça expliquerait ton refus de me répondre. Pas très poli, d'ailleurs, pour une enfant sage.

— Ha ! ha !

Je me rends compte que mon rire sonne faux. Forcé. Ou carrément crétin, je ne sais pas trop, ça doit être l'effet du vin.

— D'après toi ?

— Si tu as vécu dans un couvent à l'abri des regards masculins, c'est déjà peu probable, alors, je dirai non.

— Allez, gardons un peu de mystère, sinon on s'ennuie. Je te rappelle que ce qui importe, ce n'est pas mon palmarès au pieu mais mon livre. Tu sauras tout ce que tu as à savoir pour le respect de notre accord et pour l'avancement de mon livre, mais c'est tout !

— OK. En parlant du livre, justement, j'ai quelques règles, moi aussi.

Il me les énumère : tout lui faire lire avant publication, ne citer personne, n'utiliser aucune information confidentielle : rien d'anormal. J'acquiesce et me lève pour partir. Cette soirée m'a épuisée.

Alors que j'enfile mon manteau, il reprend :

— Jamais de sexe entre nous, alors ? Tu crois vraiment qu'on sera crédibles avec notre ceinture de chasteté ?

— Eh bien... En privé, rien, devant les autres, le minimum syndical. Je te laisse gérer ton petit show familial.

— OK. Et quand j'ai envie de t'embrasser ?

— Envie de m'embrasser ? Comment ça ?

Merde, je panique et ça s'entend à ma voix, qui monte en flèche dans les aigus. Je fais quoi ? Je la joue Julia Roberts dans *Pretty Woman*, « J'embrasse jamais » ? C'est vrai, quoi, ne pas coucher avec, ça va être dur, alors s'il s'amuse à m'embrasser... Remarque, il embrasse peut-être mal, ça m'arrangerait bien. Je noue la ceinture de mon manteau, attrape mon sac à main et me dirige vers la sortie. Il me précède devant la porte.

— Pas de panique, je sais me tenir et calmer mes pulsions ! Non, je parle de notre petite fiction : mon personnage va sûrement avoir envie d'embrasser sa ravissante fiancée à un moment ou un autre, question de crédibilité. Ma mère est une emmerdeuse de niveau international, mais elle n'est pas débile. Et je peux te dire qu'elle va nous observer.

— Eh bien, si ton personnage en a besoin pour être crédible, il le fait. Sans en abuser, bien sûr...

— Il t'embrasse ?

— Oui.

— Comment je sais quand j'abuse ?

Mais il le fait exprès ou quoi ? Je me retourne, son visage est à quelques centimètres du mien.

— Et si on ne le fait pas au moins une fois avant,

dit-il en souriant (et quel sourire il a…), on aura l'air idiot la première fois.

— Mais pourquoi on aurait l'air idiot ?

— Parce que le premier baiser donne rarement l'air malin.

— Ah bon ?

Je suis maintenant totalement paniquée et le vin ne m'aide pas à rationaliser. Notre petit accord prend une tournure de plus en plus surréaliste. C'est même carrément n'importe quoi. Je lève la tête pour lui répondre quand il me prend le visage à deux mains et se penche pour m'embrasser. Il a les lèvres douces et fermes en même temps. Mon dernier neurone me lâche à cet instant tandis que je laisse échapper mon sac à main. J'ignore comment je fais mon compte, mais mes lèvres s'entrouvrent. Peut-être à la suite de l'invasion de sa langue, qui est justement en train d'explorer ma bouche et me donne des sensations incroyables. Nous avons bu le même vin, mais sur sa langue il prend de nouvelles saveurs, plus douces, plus sucrées. Je ne sais pas combien de temps ça dure, mais il retire sa langue et s'écarte de mon visage juste avant que je m'étouffe. Je crois que j'ai oublié le B.A.-BA du baiser : la respiration.

Eh bien, soyons clairs, mon plan est en train de s'effondrer lamentablement : ce garçon embrasse comme un dieu.

— Ah non, tu as raison, dit-il en faisant quelques pas en arrière. On n'a pas l'air idiot. Enfin, au moins, j'aurai vérifié.

— 8 heures, devant chez moi, samedi, dis-je en récupérant mon sac par terre et en me retournant pour sortir.

Dans le couloir, j'ai presque l'impression d'avoir sauvé les apparences. Jusqu'à ce que je voie dans ce putain de miroir de l'ascenseur une midinette toute rouge avec les yeux qui brillent. Il y a un local à poubelles dans cet immeuble ? C'est pour ma dignité.

8. Un Mars et ça repart…

« Les folies sont les seules choses qu'on ne regrette jamais. »

Oscar Wilde

Ça y est, tout est prêt. Je ferme l'appart, donne les clés à Franck, qui s'occupe de l'état des lieux de sortie, et je suis prêt à aller chercher Maïa.

— Bien, me dit Franck.

— Bien.

— Une nouvelle vie qui commence.

Je soupire.

— Arrête, c'est rien, juste un appart.

Aussi ému que lui, je cherche juste à me donner une contenance. Visiblement, ce n'est pas une franche réussite.

— Tu sais très bien que je ne parle pas de l'appartement. Si tout va bien pour toi, on ne bossera plus ensemble. C'est la fin d'une belle équipe.

— Mais c'est pas la fin d'une amitié, par contre !

Je le serre dans mes bras en savourant cet instant rare. Deux minutes de ce qui pourrait s'apparenter à un « moment doux », mais entre deux ours qui portent des gants de boxe : ni très adroits ni très subtils. Putain, c'est dur, j'aime vraiment bosser avec ce mec, et même si j'ai toujours voulu retourner dans le Sud, maintenant que ma vie est calée ici, je ne sais plus ce dont j'ai envie en réalité. On descend l'escalier pour faire durer le moment et je m'approche de la voiture.

— Tu m'appelles dès que Cathy a accouché ?

— Ouais, j'aurai besoin de parler à un homme, je pense. Mais, à distance, comment on va faire pour aller se bourrer la gueule ?

— Je sauterai dans un avion et je serai là une heure et demie plus tard. Tu commanderas deux bières au bar du coin, et le service est tellement lent que j'aurai largement le temps d'arriver, dis-je en souriant.

Il rit franchement.

— Au fait, Cathy t'embrasse et me demande de te transmettre un message.

— Ah oui, lequel ? dis-je en ouvrant le coffre.

— Déconne pas.

— Quoi ?

— « Déconne pas », c'est son message.

— Mais pourquoi ?

— Elle a dit que tu comprendrais un jour.

— Elle est mystérieuse, ta femme, depuis qu'elle est enceinte.

— Non. Elle a toujours été mystérieuse, c'est pour ça que je l'aime.

Je souris et pointe sur lui un doigt accusateur.

— Toi, tu lui as parlé du pari !

— Non ! dit-il en levant les mains comme pour se défendre, avant de les baisser. Enfin, oui, un peu. Mais elle est pas contre, elle trouve ça drôle. Même si elle est sûre que tu vas perdre.

— Pff, vous êtes aussi cons l'un que l'autre quand vous vous y mettez. Vous vous êtes vraiment bien trouvés.

— Ecoute, quoi qu'il arrive, fais-toi plaisir. Profite, mon gars. Mais pas parce qu'un jour tu seras marié et que tu pourras plus profiter, c'est des conneries, ça. Le couple, c'est une nouvelle vie pleine de choses fantastiques que tu ne soupçonnes même pas. Profite, parce que je voudrais pas que tu joues au con et et que tu passes à côté de l'essentiel.

Je m'apprête à lui sortir une vanne bien sentie quand

je me retourne et m'aperçois qu'il ne plaisante pas. C'est un vrai conseil, pour une fois.

— Allez, t'inquiète pas, dis-je en essayant de dédramatiser. Je vais te harceler au téléphone pour tout te raconter. Et commence à mettre de l'argent de côté pour me payer ce resto que tu me devras quand je reviendrai.

— C'est ça, rêve.

Il m'aide à ranger mes affaires dans le coffre. Mon Audi TT n'est pas vraiment un break mais, quand je l'ai achetée, ce n'était pas pour descendre mes affaires à Montpellier. On arrive à tout caser et même à laisser un peu de place pour la valise de Maïa. En espérant qu'elle en aura une petite. Puis Franck me donne une nouvelle accolade tendre et maladroite et nous nous quittons.

Je monte dans la voiture et démarre en lui faisant un signe de la main.

Le bruit du moteur me fait du bien. Cette voiture de sport, c'est un peu ma réussite personnelle. J'ai rarement l'occasion de la sortir à Paris et elle me coûte plus cher en garage qu'en essence, mais je m'en fous. Je voulais une voiture racée qui a du caractère et je me la suis offerte. Finalement, aujourd'hui, c'est tout ce qu'il me reste avec quelques chemises et des pompes. Drôle de bilan, pas vraiment celui auquel je m'attendais. Enfin, on verra bien demain...

Je branche mon iPhone et mets la musique en aléatoire. *Burning Benches*, des Morning Runner. Pas mal : ça me rebooste un peu et me déprime à la fois.

J'arrive à 8 heures précises à l'adresse que Maïa m'a indiquée et sonne au deuxième étage gauche. Je n'ai qu'une envie, prendre la route tout de suite pour ne rien regretter et ne pas penser à tout ce que je laisse ici.

La porte s'ouvre au bout de cinq bonnes minutes sur une Maïa qui me semble à peu près tout sauf prête. Tout ce qui me gonfle chez une femme !

Elle m'offre un café, que j'accepte. En fait, ça me fait du bien. J'ai presque l'impression de partir en vacances. Son appartement est vraiment très beau avec ce parquet en cerisier. Bon, visiblement, ma fiancée n'est pas matinale. Elle porte un jean et un T-shirt moulant et très peu de maquillage, contrairement aux autres fois où je l'ai vue. L'ensemble lui va très bien. En fait, elle est vraiment très belle, avec ses longs cheveux bruns en pagaille et ses immenses yeux verts.

Finalement, trente minutes plus tard, elle m'annonce enfin qu'on peut y aller. C'est à ce moment-là que je vois ce qu'il y a devant la porte d'entrée et commence à paniquer.

— Trois valises ? Tu les prends toutes ?

A sa mine, je devine que j'ai posé la question la plus conne du siècle.

— Non ! Rassure-toi, dit-elle. Je les ai préparées, mais je compte les laisser dans le hall d'entrée. C'est au cas où je serais cambriolée. Les voleurs vident les placards, mais ne pensent jamais aux valises !

Je reste quelques instants sans voix. Elle est tarée, c'est bien ce que je me disais.

— Eh oui, tu n'as pas le monopole du sarcasme, dit-elle.

Elle semble à présent complètement réveillée.

— Evidemment, que je les prends, crétin !

— On va donc avoir un problème, dis-je en essayant de garder mon calme. En fait, non : deux problèmes.

— Lesquels ? demande-t-elle en m'attendant dans l'embrasure de la porte.

— Au cas où tu aurais oublié, je déménage. Certes, la plupart de mes meubles voyagent en camion, mais pas mes vêtements. Que tu aimes ou pas ma façon de m'habiller, moi, j'y tiens, donc j'ai tout pris avec moi et ma voiture n'est pas très grande.

— Mais, mais... Je ne sais même pas combien de temps je vais rester dans le Sud ! Comment veux-tu que...

— Bon, pas de panique, deux valises, ça devrait tenir, dis-je, conciliant. On peut essayer de faire le tri ?

— La troisième, c'est mes chaussures..., avoue-t-elle, penaude.

— Tu as une valise entière de chaussures ?

— Ben, oui ! lance-t-elle comme si c'était l'évidence même.

Cette fille a une incroyable capacité à reprendre du poil de la bête et un véritable talent pour la mauvaise foi.

— Bon...

Je joue les mecs imperturbables, comme si tout était sous contrôle, même si mes nerfs sont bons à jeter. Le côté positif, c'est que si je ressors vivant de cette histoire, je serai invulnérable après. Ce qui ne te tue pas...

En fin de compte, j'arrive à caser ses deux valises et je vide la troisième un peu partout à l'arrière de mon coupé sport, avec une bottine dans chaque angle mort. Elle fait certaines concessions, par exemple renoncer, la mort dans l'âme, à emporter ces escarpins à brides en argent. Ça semble être un vrai déchirement. J'ai l'impression de lui demander de choisir entre son labrador et son chat angora avant de les abandonner au bord d'une route. Quant à l'utilité d'avoir des pompes ouvertes en plein hiver... Mystère... cette femme est un mystère.

Vers 10 heures, on est enfin prêts à partir. On monte dans la voiture quand elle me demande :

— Au fait, c'est quoi le deuxième problème ?

— Quoi ?

— Tu as dit « on a deux problèmes ». Ta voiture, c'est réglé. Alors le deuxième, c'est quoi ?

— Alors, premièrement, ma voiture n'est pas un problème, figure-toi. Si tu t'y connaissais un tant soit peu, tu saurais que ce coupé est un véritable petit bijou. Ensuite, le deuxième problème, c'est ta façon de t'adresser à moi. Au cas où ça t'aurait échappé, je te signale que tu m'as traité de crétin. On a donc exactement sept cent cinquante kilomètres pour que tu me trouves un autre petit sobriquet plus mignon qui prouvera l'amour que tu me portes. Voire juste mon vrai prénom, ce sera déjà pas mal.

— Bijou..., répète-t-elle avec une moue dubitative, c'est pas la RS non plus. En plus, ça fait cliché, je trouve. Dans un design tout aussi subtil et pour un budget nettement plus raisonnable, tu avais la RCZ de Peugeot, elle atteint les cent kilomètres-heure en 7,2 secondes, ce qui n'est pas négligeable... mais bon, dit-elle en bouclant sa ceinture. Cela dit, j'admets que le noir est un bon choix. Ça la rend un peu plus classe et moins tape-à-l'œil.

Pour le coup, je n'ai pas besoin d'elle pour me sentir crétin. Comme je reste bouche bée, elle m'adresse son plus beau sourire de sale gosse.

— Eh oui, c'est la vie, je m'y connais aussi bien en voitures de sport qu'en fringues haute couture. Si tu voyais ta tête... Promis, la prochaine fois que je détruis un stéréotype sexiste, je te préviens avant. Mais je t'assure que ton machisme et toi vous en remettrez parfaitement, François.

Elle prononce mon prénom en haussant le ton et en articulant comme un enfant fier d'avoir enfin réussi à dire « maman ». Puis elle se tourne vers moi avec un sourire nettement plus amical.

— « Chéri », ça te va ? demande-t-elle.

— Ou... oui, finis-je par répondre, avant de démarrer.

Un mystère, c'est ça, cette femme est un mystère.

The Big Bang de Rock Mafia passe dans les enceintes de la voiture en provenance de mon iPhone. Je souris. En fin de compte, ce voyage s'avère nettement moins déprimant que j'aurais pu le craindre. Je vais même de surprise en surprise, et la plus grande, c'est que je commence presque à avoir envie d'apprendre à connaître cette drôle de fille. De coucher avec elle aussi, mais ça, ce n'est pas une surprise. En revanche, ça n'a pas l'air franchement dans la poche, mais j'adore les défis. Faut juste changer les codes, mettre en mode femme. Et je suis prêt à changer les codes.

On passe une bonne partie du trajet à parler de mon affaire. Non seulement elle semble authentiquement intéressée, mais elle commence même à prendre des notes sur un cahier. Je lui explique que les protagonistes ne sont pas des enfants de chœur, mais elle ne semble pas effrayée. D'ailleurs, je me demande ce qui pourrait l'effaroucher — à part peut-être ce baiser, l'autre soir. Pense à autre chose, François, concentre-toi sur ta conduite.

On s'arrête pour déjeuner et je constate avec surprise qu'elle ne choisit pas une microsalade comme mes copines habituelles. L'appétit avec lequel elle attaque son burger me fait m'interroger sur son secret pour rester mince. J'espère que ce n'est pas le genre anorexique qui se fait vomir... Ah non, pitié ! ça, j'ai déjà donné, c'est le calvaire.

On arrive à Montpellier vers 18 heures et je prends la sortie Mauguio. Et, là, la tension monte. J'angoisse sans trop savoir pourquoi. Est-ce que notre plan débile va marcher ? Est-ce qu'elle va plaire à mes parents ? Est-ce que je ne suis pas censé m'en foutre, surtout ? Le but, c'est qu'ils me lâchent, c'est tout.

— Hé ! déstresse, me dit-elle en s'étirant. Tout va bien se passer.

— Pourquoi tu dis ça ? fais-je sans quitter la route des yeux.

— Pour un flic, tu caches mal tes sentiments. Tu es tendu comme un string et ça se voit.

— Non, je suis juste crevé par la route, c'est tout.

— T'avais qu'à me laisser conduire, dit-elle en souriant.

— Alors là...

— Oui, oui, je sais. Plus tard, peut-être... ou alors demain, un autre jour. Jamais, quoi !

— C'est ça, dis-je en riant. Ah, au fait, fais attention à la Teigne.

— A qui ?

— La Teigne, le chat de maman.

— Un chat ?

— Oui, un chat. Tu es allergique ?

— Non, j'aime pas ces trucs-là, c'est tout. Je suis plutôt chiens. Pourquoi ? Qu'est-ce qu'elle a, cette Teigne ? Et c'est quoi, ce nom à la con ?

— En fait, à la base, c'est « Châtaigne ». Quand ma mère l'a achetée, elle avait quatre mois et venait juste d'être sevrée. Elle l'a ramenée à la maison et dans les cinq minutes elle s'est cassé le poignet.

— Qui ? La chatte ?

— Non, ma mère ! Suis un peu.

— Je comprends rien...

— Attends, je t'explique. Ma mère a été hospitalisée et a subi deux opérations puis de la rééducation. Elle a été absente de la maison presque un mois. Châtaigne a donc été accueillie par mon père, qui est plus chiens, lui aussi. Et la cohabitation ne s'est pas... très bien passée. Mon père l'a immédiatement rebaptisée la Teigne, et depuis cet idiot de chat ne répond plus qu'à ce nom. Enfin, « répond »... Ma mère est la seule à s'obstiner à l'appeler Châtaigne. Mais, comme c'est un chat, elle s'en fout complètement et ignore royalement sa maîtresse.

— Ça ne me dit pas en quoi je dois m'en faire.

— Elle a certaines tendances bizarres... Par exemple, elle est parfois cleptomane.

— Quoi ? Un chat clepto ? Excellent.

— Je pense que tu trouveras ça moins drôle dans quelques jours. Pour le reste de ses... manies... je te laisse la surprise. Mais fais attention, ma mère adore cet animal.

— OK ! C'est pas un chat qui va me mater, quand même !

Je la regarde en souriant et crois distinguer une légère inquiétude qui voile un instant son visage. Oui, tu peux t'inquiéter, ma belle, la Teigne en a fait plier plus d'un...

9. Eve

« Mais on ne se bat pas dans l'espoir du succès ! Non ! non, c'est bien plus beau lorsque c'est inutile ! »

EDMOND ROSTAND

— Mon chéri !

Sa mère nous attend debout sur le perron. C'est quoi, cette famille ? Elle attend depuis quand ? Ce matin ? Ou alors elle a une oreille aguerrie au doux ronron de la TT ? Inquiétant, tout de même. Je reste en retrait pendant les effusions et je regarde « belle-maman » embrasser « mon cher et tendre », avec Sophia derrière, que je connais déjà et qui s'approche de moi pour me faire la bise. Je ne sais pas si cette familiarité doit me rassurer ou m'inquiéter. Le risque, c'est qu'elle se rende vite compte de la supercherie. Elle sait bien que je ne suis pas du genre belle-fille idéale. Ni même belle-fille tout court, d'ailleurs. Mais elle me lance un sourire chaleureux assorti d'un clin d'œil qui semble tout à fait sincère et laisse la place à belle-maman. Autre ambiance, nettement plus fraîche. Evidemment, c'est une chose de vouloir marier son fils, mais de là à voir la voleuse en chair et en os... Elle semble néanmoins se reprendre et m'adresse un grand sourire en me souhaitant la bienvenue. Elle me demande de l'appeler Elinor. Je souris bêtement car, pour une fois, je ne sais pas quoi dire. Ses yeux me sondent comme seul ose le faire mon médecin de famille quand il me fait promettre de ne pas mélanger l'alcool et les médicaments. Elinor — Elinor, Elinor, Elinor... je m'entraîne pour éviter les gaffes — est une belle femme pour son âge. Jupe longue stricte, chemisier blanc impeccable, collier ras du cou, cheveux châtains relevés en chignon avec les racines nickel. Elle est élégante, raffinée. Je n'aimerais pas l'avoir comme ennemie, c'est la première idée qui me vient. La maison est magnifique, c'est même un petit manoir. C'est drôle, je ne voyais pas du tout François affublé d'une famille bourgeoise, mais ça colle bien avec Sophia.

On entre. La main sur mon épaule, François me pousse doucement vers le salon et me dit qu'il videra la voiture «après». «Après» quoi ? Je stresse un peu, là. Je me sens comme un méchant dans un film ou une espionne sur le point d'être démasquée. Note : espionne, pourquoi pas ? La Mata Hari de Mauguio, c'est moi ! Et personne ne pourra me...

RSCHHHHIIIIIII Miiiiiiaaaaouuuuuuuuuurrrrr.

— OH, PUTAIN, MAIS C'EST QUOI ?

Quand j'atterris après un bond de deux mètres et une quasi-crise cardiaque, je réalise que j'ai dû hurler ces insanités à voix haute.

Le cœur battant, je fixe, incrédule, l'objet de ma frayeur : un monstrueux chat roux, gros comme un pit-bull, toutes griffes dehors et le dos en position viaduc. Avec les yeux exorbités d'un tueur fou sorti de prison qui n'aurait pas eu sa dose journalière de calmants, la chose vient de me cracher dessus comme un putain de crotale.

Je reprends péniblement mes esprits et ne parviens qu'à bafouiller :

— Mais qu'est-ce que...

— Châtaigne, voyons ! dit Elinor en prenant dans ses bras l'épouvantable machin qui ne me quitte pas des yeux. Ce n'est pas très élégant, d'accueillir Maïa comme ça !

Elle dépose délicatement le sumo par terre et lui donne une légère tape sur l'arrière-train pour le mettre dehors. Elle aurait tout aussi bien pu jeter la chatte : je suis sûre qu'elle aurait roulé sans se blesser.

Quand mon cœur retrouve un rythme à peu près normal, j'esquisse une parodie de sourire naturel tandis qu'Elinor me présente ses excuses en me décrivant la bête comme « timide et vite stressée ». Je t'en foutrais des « stressée », moi, c'est le diable en personne, ce chat, et il m'a démasquée...

François me prend par la main (encore moite) pour m'accompagner dans le salon et pour le coup je me laisse faire, au cas où la Teigne reviendrait.

Je découvre alors Alain Schwartz, beau-papa, donc, qui me semble de prime abord le plus rassurant de la famille. Un très bel homme aux cheveux grisonnants et au visage carré, pantalon flanelle et polo. Je vois de qui François tient ce visage viril. Franchement, si à l'âge d'Elinor j'ai un si beau spécimen masculin à mes côtés, je ne me plaindrai pas. Oui, enfin bon, d'abord je suis loin d'avoir l'âge d'Elinor et je n'ai aucune envie de me caser, donc techniquement je m'en fous. Ce con de chat m'a vraiment remuée !

François va vider la voiture pendant qu'on boit un verre dans le salon. Elinor me pose quelques questions parfaitement neutres. Je sens qu'elle brûle de tout savoir mais, heureusement pour moi, sa bonne éducation prend le dessus. Il n'empêche, j'ai l'impression d'être en plein interrogatoire à Guantánamo. François arrive, les valises à la main, et demande où il doit les déposer.

— Dans ta chambre, voyons, chéri, dit Elinor avec un curieux sourire, sans me quitter des yeux.

— Oui, mais euh, dit François en se raclant discrètement la gorge. Et celles de Maïa ?

— Voyons, chéri, je veux bien être un peu vieux jeu, mais il y a des limites. Et puis je ne suis pas naïve, alors je vous ai mis dans la même chambre !

— Ah ! fait-il en souriant.

— Aaah ! dis-je, comme si on m'annonçait que j'allais dormir avec le chat.

Enfin, pas tout à fait quand même. La soirée se passe sans encombre. Je ne me trompe pas une seule fois dans les prénoms, cela dit, Sophia, je la connaissais déjà, et François se montre très disert pendant le dîner. En fait, je découvre avec plaisir un homme beaucoup plus jovial qu'il m'avait semblé au premier abord. Il est prévu d'aller au marché demain matin. Ouais, super, mon occupation favorite du dimanche matin. Elinor me propose un petit jogging pour commencer, mais François explique que je préfère les grasses matinées et qu'on les rejoindra au marché un peu plus tard, à pied. *A pied ?* Mais pourquoi il précise ? Il est où, au juste, ce marché ? Bon, c'est pas grave, comme dit Lydia, « on verra bien demain ».

On embrasse tout le monde, on se dit bonne nuit après un dernier verre et on monte se coucher... à 23 heures. Je suis au bord du gouffre. Comment leur demander la bouteille de whisky pour finir la soirée sans passer pour une alcoolique ? Comment je peux même me poser la question ? Mon organisme et moi, on doit être vraiment désespérés.

Au niveau de la troisième marche environ, mon portable bipe. Jules. Tiens, pour changer, il tombe bien, celui-là.

Bien arrivée ?

J'hésite et finis par répondre :

Suis morte, tout est ta faute. Viens d'arriver en enfer !

La réponse ne tarde pas :

Super, garde-moi une place au chaud et dis à Satan que j'attends sa fourche :)

Je souris et ressens tout à coup une immense fatigue. Je suis naze, vidée, plus un gramme d'énergie. Si ça se trouve, je vais même réussir à m'endormir avant minuit (et sans whisky). Le voyage m'a tuée. A moins que ce soit l'interrogatoire des femelles Schwartz. Ou alors juste le chat. Bilan : journée 1 de Mata Hari : fait !

Après une interminable escalade, on arrive enfin dans la chambre. Hé ! mais... La suite, plutôt ! Mais elle mesure combien, cette pièce ? Le lit est grand aussi, mais sûrement pas assez... François referme la porte et se tourne vers moi. Je suis raide comme un piquet.

— « Non, mes parents sont trop conventionnels, ne t'inquiète pas, on ne dormira pas ensemble », dis-je en mimant des guillemets du bout des doigts et en me livrant à une imitation plutôt ratée de sa voix.

— Oui, ben, ça va, désolé ! Ça m'a autant surpris que toi.

— Sauf que ça n'a pas eu l'air de te gêner.

— Je suis très bon comédien, figure-toi, répondit-il avec un rictus qui contredit son propos.

— Bon, George Clooney, on fait comment ?

— Je préfère te prévenir tout de suite : j'ai conduit toute la journée, il est hors de question que je dorme par terre !

Je le regarde en secouant la tête, atterrée, tandis qu'il commence à défaire sa valise.

— Tu vas pas m'aider, là ? dis-je en me plantant à côté du lit, sur lequel il plie consciencieusement un polo.

— A quoi faire ?

— A trouver une solution, qu'est-ce que tu crois ?

— Calmos ou dans deux minutes tu me traites de crétin. Je vais aller dormir dans la chambre d'amis.

— Ah, parce qu'il y a une chambre d'amis ?

— Oui.

— Et comment on fait pour que personne ne s'en rende compte ?

— Mes parents dorment en bas, ils ne montent jamais. Le lit est toujours fait au cas où.

— Et Sophia ?

— Eh bien, je vais m'arranger pour ne pas la croiser, c'est tout. Par contre, j'ai besoin de ton autorisation pour utiliser la salle de bains de ta chambre plutôt que celle de la chambre d'amis.

— Parce qu'il y a une salle de bains par chambre ?

— Oui, enfin, une salle d'eau, quoi. Sauf dans la chambre de mes parents, eux, ils ont une vraie thalasso. Et celle de ma sœur et la mienne, qui ont une baignoire.

J'émets un sifflement appréciateur.

— Je vais me doucher en premier, dit-il en haussant les épaules, ensuite, je te laisse tranquille.

J'entends l'eau couler et défais ma valise. Je pose mon pyjama sur le lit. En fait, c'est un petit ensemble shorty boxer et caraco en satin. Peut-être pas exactement la tenue appropriée à l'endroit, je le concède. Ni à la saison. Ben quoi ? J'allais quand même pas embarquer une liquette en polaire chez mon fiancé, non ? Bon, si, peut-être. Oh ! et puis merde, de toute façon tout le monde sera levé avant moi, alors ça ne choquera personne si je prends mon petit déj' habillée.

J'envoie un texto à Lydia pour lui demander quand elle arrive.

Une semaine.

Putain. Je suis condamnée au purgatoire bourgeois pour l'éternité, quoi.

Au bout de quelques minutes, François sort, une serviette autour du bassin. Il veut que je fasse une attaque ou quoi ? Le verre à moitié plein me souffle qu'au moins je ferai de beaux rêves. De l'avantage d'être une incorrigible optimiste.

On se dit bonne nuit et il part à pas de loup dans la chambre d'amis.

Je vais dans la salle de bains dans l'espoir d'oublier cette folle journée, me démaquille et me fais couler un bain. Je me glisse dans l'eau brûlante avec délectation, en prenant bien garde de ne pas mouiller mon calepin. C'est l'heure du bilan.

Deux minutes. C'est le temps que je tiens avant d'avoir envie de mourir ou de me soûler au whisky. Du coup, je relis les notes que j'ai prises dans la voiture et je m'aperçois que je prends beaucoup de plaisir à retracer l'histoire de François. Pas si chiante, la vie de flic. Pas plus que la vie d'écrivain, en tout cas. Le temps passe vite et le bain a refroidi. Je sors, serviette pudiquement drapée sur ma poitrine, pour mettre mon pseudo-pyjama, qui est... mais il est où, ce foutu pyjama ? Pas sur le lit où je l'avais laissé, en tout cas. Je retourne ma valise, au cas où, mais rien. Je passe la chambre au scanner, sans succès, et... Mais que fout mon caraco par terre ? Où est le shorty ? Et surtout pourquoi la porte est ouverte ? Mais enfin qu'est-ce que c'est que ce bordel ? Je m'approche et passe la tête dans le couloir. Pas une lumière ni un bruit. A l'heure qu'il est et avec les projets matinaux, j'imagine que tout le monde dort. Je m'apprête à refermer la porte quand j'aperçois une masse informe et poilue sortir à reculons d'une chambre, de l'autre côté du couloir.

Oh non. C'est pas ce con de chat, quand même ? Un chat clepto, ça vole *aussi* les shortys ?

J'enfile mon haut et le premier string que je trouve : c'est bon, je suis en tenue de parfait agent secret infiltré pour traverser le couloir. Sans trop d'espoir, je prie pour que la pièce d'où sort tout juste l'affreux félin soit un simple placard. Je m'approche doucement tout en gardant à l'œil la Teigne, qui s'est assise à côté de la porte et semble déterminée à faire à cet endroit même sa toilette complète. Elle attaque les pattes arrière quand j'arrive à quelques centimètres d'elle. Là, le temps s'arrête. Elle se fige, me regarde. Je me fige aussi et n'ose plus faire un pas. Merde, ça attaque, un chat ? Elle émet un bruit étrange qui s'intensifie progressivement. Ça commence comme un désagréable ronflement puis ça sonne très vite comme une menace à mon encontre.

— MMMMMMaaannnn onnnnnnnnn.

— Gentille, la Teigne, gentille !

Au moment où je dis ça, elle se met à me cracher dessus avec la même force qu'à notre première rencontre. J'étouffe un cri et rentre précipitamment dans la chambre la plus proche en claquant la porte derrière moi. Là, tout va très vite, j'entends un bruit bizarre et j'aperçois une ombre rapide comme l'éclair qui se jette sur moi et me plaque contre le mur. Comme si c'était possible, mon rythme cardiaque s'accélère encore plus.

— C'est toi ? dit l'ombre en me relâchant. Mais qu'est-ce que tu fous ?

Il allume la lumière de la table de chevet et je m'aperçois qu'il est nu comme un ver !

Oh ! mon Dieu est la seule pensée cohérente qui me vient. Mais qu'est-ce que c'est... qu'est-ce que c'est beau, tout ça. Même si je fais des efforts, mes yeux ne parviennent pas à remonter au-dessus de la ceinture, ça doit être le choc post-traumatique.

François réagit vite, trop vite, et prend la couette pour se cacher le bas du corps.

10. Adam

«Derrière chaque grand homme, il y a une femme qui n'a rien à se mettre.»

L. Grant Glickman

— Mais qu'est-ce que tu fais nu ? demande-t-elle.

— Pardon ?

Je suis complètement décontenancé.

— A ton avis ? Je dormais ! Je te signale que je suis dans ma chambre et que, si je veux dormir nu, c'est mon droit le plus strict. Et toi, qu'est-ce que tu fous là ? Voilà la vraie question !

Toute rouge, elle se met à bafouiller :

— Ben, je, ben, je... Je me protège !

Elle se retourne pour entrouvrir la porte et m'offre au passage une vue magnifique sur son joli petit cul bien rebondi et complètement nu à part un bout de ficelle qui ne sert à rien. Coup de bol, j'ai la couette sur moi et elle est assez épaisse pour que Maïa ne repère pas la partie de mon anatomie qui vient soudain de se dresser.

Elle semble scruter le couloir avec méfiance. Mais qu'est-ce qu'elle a ? Elle est somnambule ou quoi ?

— Elle est partie, dit-elle en refermant la porte.

Elle m'observe pendant quelques instants suspendus où tous les quiproquos du monde semblent possibles et, devant mon air ahuri, finit par comprendre.

— Oui, ben, au moins, j'ai un string, moi !

Elle crie presque.

— Chuuut, tu ne veux pas réveiller Sophia, quand même ?

Elle articule un « OK » muet, ce qui, j'ignore pourquoi, m'excite encore plus.

— Bon, maintenant, explique-moi ce que tu fous en string à cette heure-ci dans ma chambre. Besoin d'un réconfort, peut-être ?

Visiblement contrariée, elle ne répond pas à mon sourire. Puis elle se précipite sur mon lit et s'empare d'un morceau de tissu que je n'avais pas vu tout à l'heure.

— Ton con de chat ! dit-elle en brandissant le tissu comme un trophée.

— Euh… non, ça, c'est un bout de tissu. La Teigne est beaucoup plus grosse, dis-je en ricanant.

— Je le sais bien, crétin ! C'est elle qui m'a volé mon bas de pyjama ! Et cet abruti de félin obèse l'a apporté dans ta chambre !

— Mais bien sûr, dis-je, dubitatif. Tu sais, tu as le droit d'avoir besoin de compagnie, il n'y a pas de honte à ça. Tu n'es pas obligée de mettre la Teigne dans le coup. A cette heure-ci, ce gros paresseux de chat doit être en train de se prélasser tranquillement dans un coin.

Elle prend une profonde inspiration, ouvre la bouche, ne dit rien, me regarde droit dans les yeux et tourne les talons pour sortir de ma chambre, ce qui m'offre un nouveau panorama sur ses fesses musclées.

— Au fait, je te préfère sans pyjama ! dis-je doucement tandis qu'elle se faufile par la porte.

Comme je m'y attendais, ça ne me vaut aucune réponse. Je ricane tout seul et me rends rapidement compte que ce n'est pas drôle du tout. Parce que je continue à bander. Comment je vais dormir, moi, avec ça ? Je laisse tomber l'idée d'une douche et me remets au lit. Avant de continuer la nuit avec de beaux rêves érotiques, note pour plus tard : donner une double ration de pâtée à la Teigne pour la remercier. Pour une fois que cette saleté de chat sert à quelque chose.

9 heures : une vraie grasse matinée pour moi. Mais la nuit a été agitée ; j'ai mal au crâne et des difficultés à émerger. Mes parents sont dans la cuisine et Sophia et Maïa dorment encore.

10 h 30 : Sophia descend et tout le monde décide d'aller au marché. Je leur dis que je les rejoindrai plus tard avec Maïa. Mon père me regarde d'un air complice et me fait remarquer que j'ai l'air de quelqu'un qui a peu dormi. Ça semble l'amuser. Euh, oui, papa, mais là je risque de te décevoir...

11 heures : Maïa finit par arriver et s'étonne de trouver la maison vide. Elle semble ne pas avoir beaucoup dormi, elle non plus. Tant mieux. Ça étayera la théorie de mon père.

L'idée d'aller à pied au marché n'a toujours pas l'air de l'enchanter, mais elle finit par accepter.

Elle est tendue et irritée. Non, en fait, il faut savoir dire les choses comme elles sont : elle est chiante. Sur la route, elle me fait remarquer cinquante fois au bas mot que, contrairement à ce que je lui ai vendu, le marché n'est pas à cinq cents mètres. Effectivement, c'est à près de deux kilomètres, mais la marche nous aidera à nous réveiller après cette nuit de merde. Surtout elle, qui a eu l'excellente idée de mettre des chaussures à talons et galère en me maudissant. D'accord, ce n'est pas comme ça que je la mettrai dans mon lit, mais je savoure cette petite vengeance personnelle pour m'avoir fait passer une si mauvaise nuit.

On flâne un peu au marché et on finit par rejoindre mes parents et Sophia au Café du Commerce, sur la place, pour boire un verre de vin blanc (Coca pour Sophia) puis, ensuite, on rentre tranquillement à la maison.

Maïa semble au bout du rouleau avec ses talons, ce qui me vaut des regards accusateurs de la part de ma mère. Ben quoi ? C'est pas ma faute si cette fille ne sait pas marcher.

Je me rends soudain compte que mes parents

risquent de trouver bizarre ma distance avec Maïa. Il ne faudrait pas qu'ils pensent qu'il y a de l'eau dans le gaz entre nous. Enfin, pas tout de suite. Je ralentis et m'approche de Maïa, qui reste à la traîne derrière nous. Je la regarde gentiment.

— Ça va ?

— D'après toi ! répond-elle, furieuse.

C'est le moment que choisissent mes parents pour se retourner. On leur sourit en chœur et je glisse mon bras autour de la taille de Maïa pour l'aider à marcher. Elle s'appuie légèrement contre moi. C'est plutôt agréable. Après vingt bonnes minutes de marche, on arrive tant bien que mal à la maison — enfin, bien pour tout le monde et mal pour Maïa. Sophia va se reposer et Maïa propose à ma mère de lui donner un coup de main en cuisine. Elle semble s'y connaître presque aussi bien qu'en voitures de sport et en chaussures de luxe. Cette fille a vraiment décidé de me surprendre. Je me demande s'il y a un domaine qui lui échappe, à part la diplomatie. Ah, si : les chats.

Leur bœuf aux oignons est délicieux et l'après-midi se passe plutôt bien.

Le soir, on monte ensemble pour rejoindre chacun sa chambre. Je suis toujours en proie aux mêmes fantasmes, mais je m'endors un peu plus vite.

Lundi. Pour mon premier jour dans mes nouveaux quartiers, Maïa reste à la maison avec ma mère. Je préfère rencontrer l'équipe et les collègues avant de leur présenter mon écrivain sous tutelle. Non pas que je craigne la cata, mais... Si, en fait, je crains la cata. Je me lève aux aurores et pars courir un peu, seul, pour mettre mes pensées en ordre avant d'arriver au boulot, vers 8 heures.

L'accueil du commissaire Julain s'avère agréable et chaleureux, mais celui du lieutenant Marbot, beaucoup plus réservé. Pour ne pas dire carrément antipathique.

Il pose des questions à tout bout de champ et semble trouver tout ce que je lui dis parfaitement inintéressant. Petit con. Tu ne vas pas jouer à ce petit jeu longtemps, c'est moi qui te le dis.

Les notes que j'ai prises à chacune des étapes de l'enquête me permettent de répondre à toutes leurs questions. Je vais finir par me recycler en écrivain, si ça continue.

En fin de matinée, après avoir défriché l'essentiel, Marbot me demande avec ce que j'identifie comme un brin d'ironie pourquoi l'écrivain n'est pas avec moi. Ah non, visiblement, ce n'est pas ironique. Bizarre. Je pensais qu'ils seraient soulagés de ne pas l'avoir dans les pattes, mais ça semble être l'inverse. Le commissaire me dit qu'il a des ordres et exige qu'elle soit présente tous les jours.

Je ne sais pas comment réagir. Je leur promets donc qu'elle sera là dans l'après-midi et j'appelle Maïa... à la rescousse.

Le midi, on déjeune dans une cafétéria, à deux pas du poste, et, juste avant les hors-d'œuvre, un événement change le cours de ma journée. Mes collègues semblent soudain figés devant leur assiette vide, comme si on leur avait jeté un sort. Je me retourne pour suivre la direction de leur regard fixe et ne suis pas surpris de voir Maïa débouler dans le restaurant dans notre direction. C'est vrai qu'elle est belle, putain ! Elle porte une jupe juste au-dessous du genou, un petit chemisier cintré et son manteau ouvert par-dessus. Tout ça avec ses interminables jambes et ses talons aiguilles — objets de beaucoup de mes fameux fantasmes nocturnes.

Elle s'approche de nous, pose une main sur mon épaule et tend l'autre au lieutenant et au commissaire avec un grand sourire.

Le repas se passe beaucoup mieux que prévu. Les collègues me lâchent un peu et harcèlent Maïa de questions sur son livre, dont ils se foutent sans doute éperdument, mais elle est tellement sexy quand elle parle... Bon, OK, ils me lâchent, mais ils vont devoir la lâcher aussi parce que ça devient lourd. C'est *mon* boulet à moi, merde.

Après le café, on repart au commissariat, suivis d'une Maïa radieuse. Tout le monde veut lui être présenté, et pendant un bon bout de temps je ne la vois plus. Elle doit être en pleine visite guidée. Je me demande si elle a besoin d'aide et réalise à temps qu'on est dans un commissariat et qu'elle ne court aucun danger.

Marbot vient me voir et semble hésiter à me poser une question.

— Oui ? fais-je pour l'encourager.

— Euh... je voulais savoir. Vous êtes ensemble, l'écrivain et toi ? demande-t-il après un court silence.

— Non.

— Ah ! souffle Marbot, visiblement soulagé. Ça te dérange pas, alors, si je... si...

Je l'aide de nouveau.

— Si tu la dragues ?

— Oui, c'est ça, dit-il, un brin penaud.

— Pas du tout, mec, vas-y, tu as ma bénédiction.

Eh bien, contrairement à toute attente, c'est comme ça que je me fais un ami de mon futur équipier !

La semaine passe sans encombre. Enfin, presque. Moi, j'ai l'habitude, mais pour Maïa, se lever à 6 heures, c'est une torture. Les premières fois, en voyant sa tête le matin, j'ai cru qu'elle craquerait illico et prendrait le premier avion pour Paris. Mais non. Par contre, niveau pari, ça stagne lamentablement. Pourtant, je peux compter sur la Teigne, qui m'apporte régulièrement des trophées tout droit sortis de la valise de Maïa, mais rien qui fasse qu'on se retrouve de nouveau à poil dans la même chambre. Autant que possible, je me réveille une heure plus tôt et vais courir pour m'aider à évacuer la tension avant de partir bosser avec elle.

En somme, notre petit arrangement se déroule plutôt tranquillement, et ça me va.

Mais bien sûr, dans la vraie vie, la tranquillité, ça ne dure jamais.

Vendredi soir, 19 h 30 : avant de passer à table, ma sœur décide de me parler, en douceur, à la Sophia — c'est-à-dire en me coinçant dans le hall d'entrée.

— Je vais finir par croire que c'étaient des rumeurs !

— Quoi donc ?

— Toutes ces filles que tu es censé te taper.

— Pourquoi tu dis ça ?

— T'as l'air totalement coincé, mon gars ! On dirait un ado boutonneux devant la reine du lycée. Je ne t'ai pas vu une seule fois l'embrasser. Tu tiens à elle ou pas ?

Aïe ! terrain glissant. Je n'ai pas le choix, je dois jouer le jeu.

— Oui, bien sûr. Tu crois que je l'aurais emmenée dans la gueule du loup si ça n'avait pas été le cas ?

— J'espère que tu n'aurais pas fait une chose pareille, lance-t-elle comme une menace.

Ça ne sent pas bon, mais alors pas du tout. J'ai l'impression que Sophia a des soupçons. Si Paul lui a dit quelque chose, je le fais coffrer. Il m'a juré de la boucler mais je connais ma sœur : quand elle veut savoir quelque chose, elle est pire que la Gestapo. Elle me regarde d'un air protecteur qui me fait encore plus peur.

— Elle est différente des autres, François.

— Ça, je le sais.

Et là je ne mens pas. Effectivement, Maïa n'a rien à voir avec toutes celles que j'ai connues. Et pourtant j'en ai connu.

— Alors, si tu veux la garder, fais un effort ! dit-elle en haussant le ton.

— Mais qu'est-ce que tu crois ? Je fais des efforts ! J'en fais plein, même. Tu ne les vois pas, c'est tout. Allez, viens, on va dîner.

J'ai un peu honte de m'en sortir par cette pirouette digne d'un enfant de cinq ans, mais je suis tellement contrarié que je ne trouve rien d'autre à dire. Je déteste mentir à ma famille, et surtout à ma sœur. En fin de compte, ce plan n'était peut-être pas une bonne idée. En plus, j'ai l'impression que, même si j'étais le dernier homme sur cette Terre, Maïa ne souhaiterait pas la repeupler avec moi. C'est quoi, son problème, à miss Poupée Barbie ? Je ne lui plais pas ? Elle a l'air complètement coincée. Ou alors ça vient de moi ? D'habitude, avec les filles, je ne fais pas de faux pas, mais avec elle, depuis le début, c'est un festival. Merde, qu'est-ce qui ne va pas ?

Après tout, Sophia a peut-être raison. Je devrais m'occuper un peu plus d'elle. C'est quand même ma fiancée. Un resto, des compliments, des fleurs... le reste suivra.

Je passe devant la cuisine en cogitant sur tout ça et j'aperçois Maïa, seule devant le four. J'entre et lui souris.

— Alors ? Tout se passe bien ?

— Comment ça ? demande-t-elle, surprise.

— Ça va ? Le rythme ne t'épuise pas trop ?

— Non, je commence à m'y faire. J'arrive même à me coucher tôt. Après le petit footing derrière les affaires que le psychopathe griffu t'apporte tous les soirs, je dors parfaitement bien. Ce doit être l'air du Sud.

— Ou le fait d'avoir une vie équilibrée avec un travail équilibré, dis-je sans trop réfléchir.

Ouille ! si j'en crois sa tête, j'ai encore fait une bourde. Elle me regarde, immobile.

— Qu'entends-tu par là ? demande-t-elle d'une voix glaciale.

— Rien de spécial. Enfin, je veux dire que ça te change de ta vie parisienne, tu...

Mais je n'ai pas le temps de finir. Elle s'approche de moi en brandissant une cuillère de bois.

— Tu es le plus macho des hommes que j'ai eu la malchance de rencontrer ! Tu crois quoi ? Que je passe mes journées à glander, et mes nuits, à picoler et à sniffer de la coke ? Que mon boulot d'écrivain est juste un prétexte pour boire des coups avec Beigbeder à Saint-Germain-des-Prés ? Ou que c'est un hobby de nana, genre macramé ou *scrapbooking* ? Mais rassure-toi, mon âme est sauvée parce que, grâce à toi et à ta chère famille, je me lève enfin de bonne heure et surtout, SURTOUT, je suis à ma vraie place : dans une putain de cuisine !

Elle est maintenant tout contre moi et la cuillère flotte dangereusement à quelques centimètres de mon nez.

— Ce n'est pas du tout ce que j'insinuais !

Je sais que ma réplique sonne faux.

— Si tu veux faire carrière dans la police, je te conseille de prendre des cours de comédie, je n'ai jamais vu quelqu'un mentir aussi mal, siffle-t-elle.

J'écarte cette cuillère qui menace de m'assommer et commence à me faire loucher.

— Merde, Maïa, je voulais juste savoir si ça allait après cette première semaine de boulot ! Je m'inquiétais sincèrement parce que le rythme est serré et qu'on avait convenu que tu ne viendrais pas tous les jours. Je suis impressionné que tu le fasses, c'est tout !

— Il y a plein de choses chez moi qui pourraient t'impressionner encore plus, réplique-t-elle.

— Ça, je n'en ai jamais douté, dis-je entre mes dents. Et il y a autre chose dans le pseudo-contrat que l'on doit modifier.

— Quoi donc ?

Elle est repartie remuer une soupe qui mijote. Ça sent délicieusement bon et ça me débarrasse enfin de sa cuillère de Damoclès.

— Notre relation ! Ma sœur et mes parents commencent à croire que je suis un saint.

Elle ricane sans se retourner.

— Un saint du genre coincé, je veux dire.

— Je croyais que ça leur plairait, une belle-fille qui

ne pelote pas leur fils dans tous les coins de la maison, dit-elle en me faisant face.

Je m'approche d'elle en levant une main en signe d'apaisement.

— Eh bien, il faut croire que non. Ils se demandent si notre couple tient vraiment la route. Et je t'avoue que je préférais quand ils me voyaient comme un tombeur plutôt que comme un saint coincé !

Elle ricane.

— Et qu'est-ce que j'y peux ?

Je prends la cuillère de ses mains et la pose sur le plan de travail derrière elle. Je la pousse doucement en arrière et pose les mains de part et d'autre de ses hanches. Elle ne peut pas m'échapper.

— Tu y peux certainement beaucoup, dis-je en la regardant dans les yeux.

— Et je suis censée faire quoi ? demande-t-elle sur un ton gêné que vient démentir la lueur qui brille au fond de ses yeux.

J'approche mon visage du sien.

— Eh bien, me laisser faire comme on avait convenu serait un bon début.

— Ici ? Mais là il n'y a personne, proteste-t-elle en murmurant.

— Justement, c'est l'occasion rêvée pour s'entraîner.

Je la prends par la taille, ramène son bassin contre mon sexe qui se dresse, et l'embrasse. Il fallait s'y attendre, ce qui n'était qu'un jeu pour moi prend aussitôt le dessus. J'en veux plus. Maintenant. Là, tout de suite, dans la cuisine de mes parents où n'importe qui peut entrer, je n'ai qu'une envie, la prendre sur ce putain de plan de travail. Plus je mets ma langue dans sa bouche, moins j'arrive à me contrôler. Mes mains commencent à la caresser et j'ai l'impression qu'elle aime ça. Elle réagit enfin et bouge sa langue contre la mienne. Elle gémit légèrement. Je n'arrive plus à réfléchir, à me concentrer. Je ne sais même plus où on est. Ce n'est que quand j'entends le toussotement délicat de ma mère dans l'embrasure de la porte que la réalité me rattrape brutalement. Je relâche Maïa et m'éloigne en souriant. Je la regarde en coin, elle a l'air un peu déboussolée mais se remet vite. Trop vite. Cette fille est donc complètement insensible ? Ou alors elle est lesbienne et je la laisse de marbre. J'ai quand même eu l'impression qu'elle ressentait la même chose que moi, mais maintenant j'ai des doutes.

A la fois, si elle est lesbienne, ça expliquerait que je me plante à ce point. Mais merde, ce serait vraiment dommage...

11. Juliette

« Amour, donne-moi ta force et cette force me sauvera... »

William Shakespeare

Oh ! putain. C'est plus possible, c'est trop dur de se retenir tout le temps. J'ai bien cru qu'il allait me prendre sur le plan de travail, et j'allais le supplier de le faire, en plus !

J'en ai marre, je ne tiendrai pas... Ce repas du soir est interminable, je compte les minutes qui me séparent du silence de ma chambre.

Le seul incident notoire — enfin, qui n'est notoire que pour François et moi — est l'intervention d'Elinor, qui explique que la chambre d'amis sera repeinte demain... Nous retenons notre respiration, mais Elinor ne semble pas s'en apercevoir. Elle explique que ça lui tient à cœur que le futur bébé ait sa chambre quand sa fille et son gendre viendront en vacances. Elle précise qu'il faut le faire au plus vite pour que l'odeur de peinture ait le temps de se dissiper avant l'arrivée du bébé. François tente le coup en demandant si Sophia ne peut pas prendre le bébé avec elle au début, ce qui lui vaut des regards incrédules et un non unanime. En plus, comme la chambre d'amis est en face de celle de Sophia, c'est encore plus pratique. François semble abdiquer et n'ose plus croiser mon regard du repas, concentré sur son assiette.

Je vois Lydia demain. On sortira un peu, ça me fera le plus grand bien et je réfléchirai à tout ça à ce moment-là. Sophia, quant à elle, ne m'est pas d'un grand secours, mais ce n'est pas une surprise. Elle passe son temps à me parler de son mariage et de son bébé, en insistant comme si j'étais débile. C'est bon, pas besoin de sous-titres. J'ai tout le temps l'impression qu'elle me passe sur le gril en attendant que je sois à point pour le faux pas.

Le seul bon point, c'est mon livre et mes notes. J'écris tous les soirs en rentrant, sans me forcer. Enfin, après le rituel consistant à aller récupérer mes strings et autres offrandes de lingerie fine que la Teigne apporte quotidiennement à François. Parce qu'évidemment ce mollusque poilu délaisse les T-shirts et les chaussettes pour se focaliser sur les pièces hors de prix. Preuve qu'on peut être bête et méchant et avoir un certain goût. Ou alors que François a dressé ce raton laveur obèse pour me faire chier.

Donc, après ma petite promenade de l'autre côté du couloir, j'écris. J'écris sur le métier de François et sur l'affaire en cours et je prends surtout beaucoup de notes sur ma vie fictive. Ma vie de fiancée, amoureuse d'un flic des plus sexy. Ça me détend, comme si d'écrire mon quotidien me le rendait plus agréable. J'ai l'impression de vivre une fiction délicieuse et pas la réalité pathétique de ma vie d'écrivain en manque d'inspiration reconvertie en menteuse professionnelle pour s'inventer une vie... Et une page de plus ! Je pose mes notes sur la table de chevet et j'éteins dans l'espoir de trouver le sommeil.

Je pense à ce Marbot qui me tourne autour, aussi fin et discret qu'une abeille au-dessus d'un melon. Remarque, il n'est pas si laid. Peut-être que je devrais le laisser faire, ça m'aiderait à oublier un peu François. A oublier que je vis un huis clos permanent avec un homme dont le charme et le sex-appeal affolent mes hormones malgré l'interdiction formelle de coucher avec lui, sous peine de... Sous peine de quoi, déjà ? Ah oui !

sous peine de perdre un pari complètement stupide avec ma meilleure amie et son mec... Dit comme ça... Il est vraiment temps que je reprenne ma vie en main.

Sur ces belles résolutions, je ferme les yeux et tâche de vider mon esprit pour laisser la place au sommeil. Mais le temps passe et je me tourne et me retourne dans mon lit sans que ce foutu Morphée pointe le bout de son nez.

Mes pensées très profondes tournent autour de mon rendez-vous chez l'esthéticienne, demain matin, censé m'éviter de concurrencer King Kong. C'est dire si tous les prétextes sont bons pour lutter contre le sommeil.

Lydia est arrivée ce soir chez son père et on a prévu de déjeuner demain pour qu'elle décompresse avant la fameuse rencontre avec sa belle-mère. La connaissant, j'ai plutôt intérêt à avoir mes huit heures de sommeil pour soutenir la conversation. Ce qui signifie qu'il faut que je m'endorme — je jette un œil à ma montre — il y a un quart d'heure.

Je referme les yeux, ce qui a pour effet de me rappeler la conversation de ce soir. La chambre où dort François va être repeinte par un ami de la famille, qui viendra dès demain, samedi, pour commencer à protéger le sol et les meubles. Bref, il faut qu'on trouve une solution au plus vite.

Mais comment je trouve le sommeil, moi, avec toutes ces questions ? Je rouvre les yeux. Bon. Et si j'allais boire un verre d'eau ?

J'allume la lampe de chevet et mon esprit un peu brumeux me dit aussitôt que quelque chose cloche... Je cligne des yeux et passe mon environnement immédiat en revue... La table, mon iPhone, mes notes, la lampe, ma... Mes notes ?

Non ! Ne me dites pas que ce putain d'animal malfaisant a décidé de livrer mes notes au camp adverse ? Il est passé maître du crime organisé ou quoi ?

— La Teigne ! dis-je d'une voix menaçante.

Cette fois-ci, j'en ai vraiment marre, je vais lui

montrer de quel bois je me chauffe, à ce... C'est pas possible! Elle est là, au pied du lit, elle me regarde de son œil torve. Ne pas lui montrer ma peur pour ne pas lui donner l'avantage, j'ai lu ça quelque part. Montrer qui commande.

— Ecoute-moi bien, con de chat de merde, c'était déjà pas drôle au début, mais là ça devient carrément grotesque, alors tu vas prendre tes petites pattes boudinées et tu vas traîner ta graisse jusqu'à la chambre de François pour me rapporter mes notes et peut-être, je dis bien «peut-être», que je passerai l'éponge pour cette fois sans vider tes entrailles sur le parquet!

Regard vide du félin et miaulement apathique suivi d'un bâillement.

— «Miaou» quoi? T'as pas autre chose à dire? On t'a jamais appris à pas bâiller quand tu miaules? T'as été élevée par qui, bordel?

En même temps que je l'engueule, je prends conscience de l'absurdité de mon comportement. Oui, je sais, j'ai mis le temps. Je me lève, bien décidée à récupérer mes précieuses notes. La Teigne prend ça pour un jeu ou une proposition de rapprochement mutuel, je ne sais pas, toujours est-il qu'elle vient se frotter contre mes jambes.

— Mais, mais, qu'est-ce que tu me veux, Attila? Qu'est-ce que je t'ai fait?

Je suis au bord du gouffre, épuisée à un point que je n'avais pas mesuré jusque-là. La vérité, c'est que j'en ai marre, marre de cette semaine absurde, de ce boulot qui ne mène à rien, de ces faux-semblants, de l'abstinence forcée, de ce pari crétin, de ce sumo poilu...

Je me penche pour caresser le chat, qui, curieusement, se laisse faire... Elle est douce, en fait, et... Beurk! Mais qu'est-ce qu'elle fabrique? Oui, oui, je sais bien que c'est un signe d'affection, mais si tu pouvais arrêter de me lécher avec ta langue toute râpeuse que tu laisses traîner partout... Et d'abord que me vaut ce brusque revirement de situation? C'est parce que je t'ai crié dessus?

Je cesse de la caresser, me redresse, et là cette espèce de gros tas de merde hypocrite me mord !

Je pousse un cri qui la fait fuir en courant. Non mais elle m'a mordue ! Je la caressais gentiment et elle m'a mordue ! Je sais même pas si je suis vaccinée contre la rage... Furieuse, je fonce dans le couloir, prête à lui éclater la tête à coups de pied si je la croise, quand je la vois entrer dans la chambre de François en dérapant ventre à terre.

Je me précipite et pousse la porte de la chambre d'amis, prête à en extirper le démon par la peau du cou pour lui régler son compte dehors avec un fusil de chasse.

Je suis maudite.

Dans la chambre, devant moi, il y a François, tranquillement assis sur le lit en caleçon (comme si j'avais besoin de ça en plus), qui caresse la Teigne de la main gauche tandis que la droite tient... mon calepin.

Il me sourit, toutes dents dehors, et la petite flamme malfaisante qui brûle au fond de son regard diabolique me rappelle soudain quelqu'un. Comme si elle avait lu dans mes pensées, la Teigne relève la tête vers moi. OK, c'est bon, tel maître, tel chat.

— Tiens, tiens. Vous ici, chère fiancée ? Qu'as-tu encore bien pu faire à ce pauvre petit chaton sans défense ? me demande-t-il avec les accents d'un méchant de James Bond.

— Tu te fous de ma gueule ? Je suis sûre qu'Attila s'inspirait de ces bestioles pour élaborer ses stratégies de conquête. Figure-toi que ce monstre vient de me mordre alors que je le caressais ! Mais qu'est-ce qui tourne pas rond chez cette bête ?

— Eh bien, la Teigne ? dit François en regardant le chat dans les yeux. Qu'est-ce que t'a fait cette vilaine fille pour te forcer à mordre dans autre chose que tes croquettes ?

Il sourit, ravi de se foutre ouvertement de ma gueule. Je m'aperçois qu'il a toujours mes notes à la main. Je me précipite sur lui pour les récupérer en poussant un cri de guerre.

Il pousse la Teigne, qui tombe avec un bruit sourd, telle une enclume jetée sur de la moquette, et lève le bras qui tient les notes de manière à me les rendre inaccessibles. Il a toujours son sourire exaspérant.

— Tss, siffle-t-il en me repoussant d'une main. Ce soir, la Teigne s'est surpassée. Ça m'a l'air passionnant, tout ça. Par contre, j'ai comme l'impression que ça ne ressemble pas trop au livre que t'a demandé ton éditeur, je me trompe ?

— Rends-moi ça ! dis-je en fulminant. C'est privé, c'est à moi ! Prends mes strings en échange si tu veux, mais rends-moi mes notes.

Je saute sur le lit pour essayer d'atteindre mon calepin, mais François est plus rapide et m'immobilise de son bras libre. Il tourne la tête vers mes notes et lit à voix haute :

— « On s'est embrassés ! C'était chaud et passionné à la fois, j'ai rarement ressenti ça, être si proche de l'orgasme avec la langue d'un quasi-inconnu dans ma bouche... »

Je crie de rage et me débats avec l'énergie du désespoir, ce qui semble beaucoup amuser François. Dans la bagarre, je lui fais perdre les notes. Je me démène comme un beau diable, ce qui l'oblige à me plaquer sur son lit pour me canaliser. Il m'immobilise et me regarde en souriant. On a arrêté de se battre mais je ne décolère pas.

— C'est de la fiction ! Je te rappelle que j'écris un roman, parce qu'au cas où tu l'aurais oublié c'est mon métier !

— Incroyable, comme ta fiction rejoint la réalité, dis donc. Tu as même écrit « J + 6 » au-dessus de cette scène torride, comme le nombre de jours depuis notre arrivée.

— Simple coïncidence ! Tu crois quoi ? Que j'ai mouillé avec juste un baiser ? Il m'en faut un peu plus, chéri. Je suis romancière, exagérer, c'est mon boulot.

François semble décontenancé quelques instants. Il recule légèrement son visage du mien, mais ne relâche pas son étreinte.

— Tu es toujours aussi frigide ?

— Frigide ? Moi, frigide ? Mais tu te prends pour qui ? Ton attitude de grand fauve, ça marche peut-être avec les midinettes que tu levais jusque-là, mais pas avec moi !

— Ah oui ? dit-il avec un curieux sourire.

Mais dans quoi je m'embarque ?

Je me poserai la question plus tard. Parce que François vient de plaquer sa bouche sur la mienne et m'embrasse sauvagement. Je serre les lèvres un (très) bref instant puis les entrouvre pour laisser passer sa langue, à laquelle la mienne est incapable de résister. Aucune volonté, c'est pitoyable. Il m'embrasse maintenant avec une urgence qui me fait perdre tous mes moyens. Moi, la reine du contrôle, je ne maîtrise plus rien. Et voilà que mon corps me trahit et se presse contre son sexe dur.

12. Roméo

«La vie est une longue patience dont l'amour est le prix.»

CHARLOTTE SAVARY

Mais...

«La patience est une fleur qui ne pousse pas dans tous les jardins.»

JOHN HEYWOOD

Enfin une réaction ! J'ai l'impression que la banquise est en train de fondre... J'espère juste ne pas craquer avant. Je sens son corps collé au mien, remué par les mêmes spasmes. Sa nuisette est tellement fine que j'ai la sensation qu'elle est nue en dessous de moi. J'entends son gémissement léger tandis que ma main se promène sur ses seins puis descend vers son entre-jambe. Délicatement, j'écarte le petit short en satin et laisse mes doigts se frayer un chemin en elle. Alors, miss Frigide, on fait moins la maligne ? Surtout, ne rien précipiter. Je n'ai qu'une envie, c'est lui ôter ce foutu short et la pénétrer pour évacuer cette tension qui me torture depuis des jours. Mais, si je ne ralentis pas un peu, je jouirai trop vite. Pas terrible, pour une première fois. Sa main est descendue elle aussi et me caresse le sexe à travers mon caleçon tendu à l'extrême. C'est bon, je n'en peux plus. Je descends, l'embrasse dans le cou, ce qui crée une distance salutaire entre mon sexe et sa main, et je décide de lui montrer comment on s'occupe correctement d'une femme.

Je descends encore et m'applique tranquillement sur sa chatte, ce qui me permet de profiter de son corps et de faire redescendre un peu la pression de mon côté tout en faisant monter la sienne. J'aime son goût et j'aime ses gémissements étouffés. Elle descend les mains pour me retenir, mais je les repousse : c'est moi qui décide. Elle m'agrippe alors sauvagement les cheveux, ce qui, je ne sais pas pourquoi, me met en transe. Je sens son corps trembler et je comprends, en même temps que j'introduis mes doigts en elle, qu'elle est sur le point de céder... Ma langue continue de l'explorer, ses gémissements sont de plus en plus forts, elle crie... Crie ? Je me redresse. Ce n'est pas elle qui a crié, ça vient de la chambre en face.

Maïa se redresse aussi, elle semble avoir compris plus vite que moi, rajuste son ensemble et sort en courant. En me relevant, je heurte du genou le montant du lit, putain, ça fait mal ! Je m'apprête à la rejoindre, mais mon érection, visible sous mon caleçon, ne semble pas l'entendre ainsi.

Je récupère mon pantalon qui traînait par terre. Note pour plus tard : arrêter de croire que je ne suis pas bordélique. La Teigne, qui dormait dans ledit pantalon, me crache dessus. Dormait ou matait ? Maïa a raison, ce chat fout vraiment les jetons.

Je sors enfin de la chambre pour apercevoir ma mère qui court pour descendre l'escalier pendant que mon père monte. Comme dans un vieux film comique, ils se cognent sur le palier. Mon auguste mère tombe sur les fesses et mon père recule de quelques pas. Ce serait drôle si le cri glaçant que nous avons tous entendu ne venait pas de la seule absente dans cette scène de vaudeville : Sophia. Mon sang se fige à l'idée qu'il lui soit arrivé quelque chose. Quand j'entre dans la pièce, Maïa est à son chevet et lui tient la main en lui parlant tout doucement. Elle me demande de prendre le relais le temps qu'elle donne un coup de fil. En passant à côté de moi, elle me chuchote :

— Tu rassures ta sœur et tu me fais disparaître cette panique de tes yeux. On appelle les urgences avec ta mère, alors tu ne t'inquiètes pas et surtout tu ne l'inquiètes pas, elle.

La fin de sa phrase sonne comme un ordre. Mais comment je la rassure, moi ? Je n'ai pas la moindre idée de ce qui se passe.

Je m'approche du lit et prends la main de ma sœur.

— Ma chérie, qu'est-ce qu'il...

Je m'arrête net en voyant le sang sur les draps. L'air refuse d'entrer dans mes poumons. Ma sœur se tient le ventre en pleurant doucement. Je suis en pleine panique. Reprends-toi, François, merde, c'est juste un peu de sang. Oui, mais c'est ma sœur et pas un inconnu renversé sur la chaussée. OK, qu'a dit Maïa ? Ne pas m'inquiéter, ne pas l'inquiéter, la rassurer. Je prends une grande goulée d'air, qui accepte enfin d'oxygéner mon cerveau.

Je m'assieds sur le bord du lit, esquisse un pauvre sourire et lui parle. Les mots sortent tout seuls. Je murmure à son oreille et lui caresse le front, comme quand elle était petite et faisait des cauchemars.

— Ma chéric, tout va bien, Maïa et maman appellent le médecin. Tout va très bien se passer, on est tous là pour toi.

Je répète ça en boucle pour nous rassurer elle et moi. Ma mère débarque dans la chambre avec une bosse sur le front que Sophia ne semble pas remarquer. Elle s'assied à côté de moi et répète à peu près la même chose, a priori elle était avec Sophia quand c'est arrivé et est descendue immédiatement chercher le téléphone. Une ambulance arrive, et ma mère répète en boucle que tout va très bien se passer. Dans l'encadrement de la porte, mon père semble une statue de pierre. Paralysé. Maïa, qui a pris le relais de ma mère au téléphone, apparaît derrière lui, et répond aux questions des urgentistes d'une voix calme.

Comme elle s'approche du lit pour demander plus de détails à Sophia, ma mère et moi nous levons tout naturellement pour lui céder la place. Maïa parle au téléphone tout en s'occupant de ma sœur. On dirait qu'elle a fait ça toute sa vie. Après ce qui paraît être une éternité, on sonne à la porte d'entrée. Maïa se lève aussitôt et confie Sophia à ma mère.

— Je vais leur ouvrir, dit-elle seulement avant de sortir en courant.

D'instinct, je décide de la suivre. Arrivée en bas, elle ouvre la porte en grand et parle à toute vitesse. Ce n'est plus la Maïa calme et posée qui rassurait ma sœur, et moi-même par la même occasion, à l'étage.

— Elle a perdu beaucoup de sang, je ne sens pas bouger le bébé quand je pose la main sur le ventre, elle respire régulièrement, mais est en souffrance et en stress complet. Pas de contractions pour l'instant. Elle est en haut, suivez-moi.

— Combien de mois ? demande l'un des brancardiers.

— Début du huitième, répond Maïa en laissant passer le brancard.

Tout le monde s'engouffre dans l'escalier et je ne fais que suivre un film qui me semble à la fois lointain et trop douloureusement réel.

Lorsque nous arrivons en haut, maman sort de la chambre et nous rejoint, papa et moi, dans le couloir tandis que les deux brancardiers entrent avec le médecin. Celui-ci nous sourit et explique que tout ira bien. Mais, putain, comment il peut le savoir, ce con ? Il ne l'a même pas examinée. Maïa sort un instant et me prend la main doucement, ce qui a pour effet de m'apaiser et de m'éviter de la coller dans la gueule du médecin. Quelqu'un l'appelle depuis la chambre. Elle semble surprise et me lâche la main pour entrer. Je sens un vide et un froid inhabituel qui m'engourdit les doigts.

Le médecin lui dit qu'ils vont l'amener à l'hôpital

Lapeyronie, qui est relié à la maternité Arnaud-de-Villeneuve, et que Sophia souhaite que Maïa l'accompagne. L'un des brancardiers ajoute qu'à cette heure-là on y sera très vite, qu'il n'y a rien à craindre.

Ma sœur est allongée sur le brancard, sous perfusion, et semble un peu plus détendue. Deux autres hommes, que je n'avais pas remarqués jusque-là, arrivent du rez-de-chaussée et aident leurs collègues à descendre le brancard.

Maman et Maïa se précipitent dans leur chambre et en ressortent quelques minutes plus tard, prêtes à partir. Le mystère des femmes : pourquoi quand elles le veulent ça leur prend trois minutes alors que le reste du temps elles mettent au moins une heure ?

Le brancardier qui parlait à Maïa semble déçu de sa nouvelle tenue. Ben, oui, tu croyais qu'elle allait sortir en nuisette, Ducon ?

Je dis à ma mère qu'on les rejoindra en voiture et referme la porte. Mon père est sous le choc et pendant quelques longues secondes, incapables de dire un mot, nous écoutons le hurlement caractéristique des sirènes qui s'éloignent dans les rues désertes.

— C'est grave ? me demande mon père.

— Je ne sais pas. Je suis comme toi, j'ai entendu crier et je suis venu voir si Sophia allait bien et... tout ce sang.

— Mais c'est grave, tu crois ? répète-t-il, les orbites creusées par l'angoisse.

— Je ne sais pas, papa. Je ne pense pas, j'espère que non... Allez, viens, ça ne sert à rien de faire des hypothèses sur du vent. On en saura plus à l'hôpital, dis-je pour couper court à la conversation.

Mon père cherche ses clés de voiture comme si sa vie en dépendait pendant que je remonte dans la chambre de Sophia. Je ne sais pas quoi prendre. De quoi va-t-elle avoir besoin ? A cet instant, j'entends le bip de mon portable et me précipite dans ma chambre. Vu les circonstances, c'est sûrement Maïa. Gagné.

Rejoignez-nous mais roulez prudemment. Prenez le sac de maternité dans la chambre de S. et son sac à main dans la cuisine + papiers. N'appelle pas Paul, on le fera quand on en saura plus.

Un deuxième texto arrive aussitôt :

Ça va aller, promis. Confirme-moi que tu as eu le message.

J'écris rapidement :

Oui on part.

J'appuie sur envoyer et on y va dès que j'ai enfin localisé le « sac de maternité ». Dans le doute, on prend les deux sacs à main qui se trouvent dans la cuisine plus un autre sac qui traînait à côté. Pas le temps de vérifier le contenu, mieux vaut trop que pas assez, conclut mon père.

On prend la voiture de mon père, qui permet de ramener tout le monde, contrairement à ma TT. Je remarque pour la première fois depuis tout à l'heure que mon père a lui aussi une énorme bosse sur le front et retiens un petit rire qui me détend légèrement. Je prie en silence pour que Sophia et le bébé aillent bien.

Papa finit à peine sa manœuvre sur le parking de l'hôpital et je m'apprête à appeler Maïa quand un nouveau texto fait vibrer mon portable :

Couloir de gauche en arrivant, urgences maternité, face salle d'attente, pas de nouvelles.

Je méditerai plus tard sur le sixième sens des femmes.

On arrive en courant à moitié avec mon père. Ma mère et Maïa sont aussi tendues l'une que l'autre et semblent prêtes à bondir quand la porte s'ouvre. Ma mère se jette dans les bras de mon père et Maïa s'approche de moi. Sans réfléchir, j'écarte les bras et lui fais un câlin en lui embrassant les cheveux. Elle balaie mes remerciements d'une main.

Un médecin arrive à ce moment-là.

— Vous êtes la famille de Sophia Schwartz ?

Comme on acquiesce, il poursuit :

— Bon, l'hémorragie n'était pas très importante, mais assez pour mettre le bébé en difficulté. On a donc choisi de la faire accoucher. A presque huit mois, les risques sont très faibles et ce sera mieux pour le bébé et la maman, qui vont bien tous les deux. Nous préparons la salle d'accouchement. Elle est sous anti-douleurs et le bébé ne souffre pas. La césarienne est programmée pour demain matin, mieux vaut qu'elle se repose un peu avant l'intervention. Elle nous a dit que le papa était à Londres, il faudrait le prévenir. Vous pouvez venir auprès d'elle, mais une seule personne à la fois. Madame ?

Maman s'avance et nous regarde.

— Vous appelez Paul et vous me tenez au courant ? Je préfère que vous rentriez vous reposer, de toute façon, Sophia va s'endormir. Revenez demain matin avec des affaires de rechange pour moi. Je vous appelle s'il y a quoi que ce soit.

Papa semble avoir quelques réticences mais finit par accepter. Maman a raison, mieux vaut qu'on soit en forme pour demain. Elle s'en va et nous laisse seuls tous les trois.

— Vous voulez que je prévienne Paul ? propose Maïa.

Papa et moi acceptons son offre, soulagés.

Maïa se met à l'écart pour appeler Paul et nous partons l'attendre sur le parking. Ça ne prend que quelques minutes. Sur le trajet du retour, je reçois un coup de fil de Paul. Sa voix semble plutôt ferme, apparemment, Maïa l'a beaucoup rassuré. Il m'informe qu'il arrivera à l'aéroport de Montpellier à 9 heures. Je lui confirme que je viendrai le chercher et qu'on ira directement à l'hôpital.

Une fois à la maison, je téléphone à maman pour la tenir au courant. Elle me rappelle quelques minutes plus tard : tout va bien, Sophia dort paisiblement et le monitoring du bébé (aucune idée de ce que c'est, mais je m'y intéresserai une autre fois) est bon. La césarienne est prévue pour demain, 10 heures, pour que Paul puisse y assister. Je n'y connais rien, mais je me dis que, si les médecins acceptent d'attendre jusque-là, c'est que la situation n'est sans doute pas si grave. Enfin, j'espère.

Nous buvons un verre tous les trois dans la cuisine en essayant de refaire le film de la soirée, puis mon père va se coucher pour pouvoir partir à la maternité à la première heure demain matin.

Maïa reste avec moi et semble complètement perdue. Je lui pose une main sur l'épaule.

— Ça va ?

— Non, pas vraiment. Je t'avoue que j'accuse un peu le coup, là. Mais ça va aller, c'est juste le choc.

Elle tremble légèrement. Je me rends soudain compte qu'elle a tout géré depuis le début, depuis le cri de Sophia jusqu'au coup de fil à Paul. Je lui dépose ma veste sur les épaules et lui propose de boire quelque chose de plus fort qu'une tisane.

— Un whisky, s'il te plaît, dit-elle, les yeux dans le vague.

— Ah oui, quand même !

— Eh oui, je ne suis pas une vraie dame ! Tu as encore pas mal de choses à découvrir.

— Je n'en doute pas, dis-je en rigolant à moitié. Bon, la bonne nouvelle, c'est que du point de vue biologique tu es bien une fille. Pour le reste, tu peux boire tout le whisky que tu veux et faire du rodéo en voiture de sport, je m'en fous.

— Sale con !

Elle boit presque cul sec le whisky que je lui ai servi et dépose le verre dans l'évier.

— Hé, qu'est-ce qui te prend ? Tu es super tendue. Tu ne veux pas qu'on reprenne là où on s'est arrêtés ? Je suis sûr que ça nous ferait le plus grand bien.

Elle ne prend même pas la peine de se retourner.

— Sûrement pas !

— Ah ! dis-je bêtement. Ça fait plaisir... Je croyais pourtant que ça t'avait plu...

— François, c'était une erreur, on n'aurait pas dû. Il faut qu'on arrête, sinon on n'arrivera jamais à travailler ensemble. Désolée mais c'est trop compliqué.

Merde. On monte l'escalier en silence. Devant la porte de sa chambre, elle se retourne et me sourit.

— Mais... ça m'a plu... Disons que c'était pas mal pour quelqu'un qui ne connaît pas mes goûts.

Je m'apprête à dire quelque chose, mais elle est déjà entrée.

Je reste un instant seul et dépité dans le couloir quand la porte de sa chambre s'ouvre de nouveau.

— Mais je trouverai l'occasion de te rembourser pour euh... tout à l'heure.

Puis la porte se ferme une deuxième fois et elle disparaît de mon champ de vision.

Je ne risque pas de dormir beaucoup cette nuit encore...

13. Cléopâtre

«Il se rit des plaies, celui qui n'a jamais reçu de blessures!»

WILLIAM SHAKESPEARE

Non mais n'importe quoi. Je ferme la porte et m'adosse contre le bois en me laissant glisser au sol. «Je trouverai l'occasion de te rembourser...» Mais quelle conne! D'où je sors des niaiseries pareilles? Bon, on se calme et on se remet les idées en place. Techniquement, je n'ai pas couché avec lui... Je n'ai donc perdu ni mon pari ni ma dignité. Mais il faut bien avouer que, sans l'hémorragie de Sophia, je l'aurais supplié de me prendre sur-le-champ. Lydia a peut-être raison. Je suis incapable de ne pas coucher avec un homme. Non mais ça voudrait dire que je donne aussi raison à Jules et, ça, c'est pas possible. En parlant d'eux, je pense qu'ils se sont passé le mot pour me pourrir la vie. Comme si je n'étais pas assez stressée à l'hôpital, j'ai reçu les textos suivants, tout en finesse:

Jules:

Il a pas trempé son biscuit? Tu as su te retenir, vilaine fille? Le livre, le livre, le livre.

Lydia:

Courage, j'arrive demain! Je veux voir où ça en est, j'ai pas confiance en toi. Suis sûre que t'as couché avec lui.

Garce. Pas un pour rattraper l'autre. Et ça se dit mes amis.

Je n'arrive pas à dormir. Je tourne en rond, alors je me lève pour écrire un peu. Mince ! Mon calepin est resté dans la chambre de François. Une part de moi s'inquiète à l'idée qu'il le lise et une autre part se dit que c'est surtout un super prétexte pour aller dans sa chambre. Oh ! Maïa, tu es intenable !

Je traverse le couloir et frappe doucement à sa porte.

— Entre.

La lampe de chevet est allumée et je le vois dans son lit, sous les couvertures, les yeux grands ouverts.

— Tu ne dors pas ?

Question idiote.

— Et toi ? Je suis un peu... tendu.

— Eh bien, tu as une main, non ? dis-je en lui jetant à la figure un coussin qui traîne sur une chaise près de la porte.

— Mais tu es vraiment sans pitié ! Explique-moi pourquoi tu es là si ce n'est pas pour me « rembourser » ?

— Pour récupérer mes notes. Tu ne les as pas toutes lues, j'espère ?

— Non. A vrai dire, j'avais même oublié qu'elles étaient là. Sinon j'aurais regardé sans hésitation, déformation professionnelle, je suppose...

— C'est ça, curiosité mal placée, plutôt.

Il rit et me fait signe de m'asseoir sur le bord du lit.

— Allez, approche, je ne vais pas te violer. Je vois bien que tu n'arrives pas à dormir, toi non plus. Il n'y a pas de honte à admettre que ce qui s'est passé ce soir nous a tous fait un sacré choc.

Je lui pique une couverture que je passe autour de mes épaules. Je grelotte.

— Evidemment. Et puis ça confirme ce que je savais déjà : ne jamais faire d'enfants ! L'accouchement, très peu pour moi.

Toujours enveloppée dans ma couverture, je pose mes fesses au bord du lit. Il se redresse, laissant apercevoir ses pectoraux. Mais pourquoi il dort en caleçon ? Cet homme est la tentation-née !

— Et comment tu feras si ton mari en veut ?

— Je ferai quoi ? Ah oui ! des enfants.

Je suis tellement fatiguée que j'avais complètement oublié le sujet. Je réfléchis.

— Eh bien, c'est très simple, pas de mari non plus ! Tu as d'autres questions ou tu préfères continuer à croire en ma part d'humanité ?

— Mais qui es-tu, Maïa Tournan ? Qui t'a rendue aussi cynique ? Quand je t'ai rencontrée, j'hésitais entre totalement coincée et sacrément chaudasse, et je sais maintenant que tu n'es pas coincée mais que...

— Eh !

— ... tu n'es pas non plus chaudasse. En fait, tu n'es ni l'un ni l'autre... Tu es juste blessée. Je me trompe ?

— « Chat échaudé craint l'eau froide. » Quand on a eu très mal, on ne tend pas le bâton...

— Mais, trente ans, c'est un peu jeune pour avoir vraiment souffert, non ?

— Qu'est-ce que t'en sais, monsieur Je-prends-des-putes-sur-Internet-pour-ne-pas-m'engager ?

— Des clubs de rencontre, c'est des clubs de rencontre, merde ! Arrête de me prendre pour un obsédé ! Tu crois que j'ai le temps de rencontrer des filles ? Et puis pardon, mais dans le genre tu n'es pas vraiment une sainte. J'ai fait mon enquête, figure-toi. Je suis flic, n'oublie pas. Je voulais savoir qui était l'écrivain qui allait me faire chier pendant un mois.

— Et qu'est-ce que tu as appris, alors ?

— Vie amoureuse mouvementée, ou plutôt absence de vie amoureuse. Tu passes de l'un à l'autre en prenant bien soin de ne pas t'attacher. Je suis très vexé, d'ailleurs...

— Et pourquoi ?

— Parce qu'avec tous les efforts que je fais en pure perte je suppose que je ne suis pas ton genre... Tu donnes plutôt dans les avocats, non ?

— Ah, je vois que tu as tout un dossier à charge.

Et tu en conclus quoi ? Que je suis une sorte de pute de luxe ?

Furieuse et blessée, je m'apprête à sortir de la chambre quand son bras me retient.

— Non, pardon, Maïa, reste ! Ce n'est pas du tout ce que je voulais dire, j'ai été maladroit.

— Et c'est écrit dans ton rapport que je me suis presque mariée ?

— Quoi ? Non, pourtant...

— C'est normal. Pas la peine d'engueuler tes enquêteurs. Le mariage a été annulé juste après la demande en mariage. Je suis rentrée un soir plus tôt que d'habitude et je l'ai surpris en train de culbuter la voisine sur la table du salon. Quel affreux cliché, non ? J'aurais dû me taper le jardinier pour la peine.

— Et tu ne l'as pas fait ?

— Non.

— Dommage, tu aurais dû, dit-il en souriant.

Ça fait longtemps que je ne parle plus de cette histoire à personne. Je ne sais pas ce qui me prend de la sortir ce soir. Peut-être le choc d'avoir vu Sophia en sang... Mais ça me rassure, parce que je ne vois pas dans les yeux de François ce voile de pitié qui m'a forcée à couper les ponts avec tous nos amis communs. Je lui souris.

— On n'avait pas de jardin.

Il rit et je l'accompagne, ça fait du bien. Cette histoire date un peu, mais certaines blessures ne se referment jamais vraiment.

— Mais j'ai quand même déménagé ! Pour ne plus voir la voisine. Et puis surtout parce que je ne pouvais plus assumer la maison seule. On habitait une banlieue plutôt chic, et l'entretien coûtait un bras. Et vu que ce connard est parti en vidant tous les comptes en banque...

— Mais quel connard ! s'écrie François.

— Oui, c'est à peu près ce que j'ai dit. Entre autres. C'est aussi pour ça que je ne fais que dans les avocats ou les banquiers, maintenant. Pas parce que je suis vénale, mais parce que quand ils ont de l'argent ils n'ont pas besoin de celui des autres. Enfin, normalement.

— Oh! tu serais étonnée! dit-il en calant un oreiller dans son dos. Tu étais jeune?

— Beaucoup trop! Folle, surtout. J'avais à peine vingt-deux ans. En fait, cette chiffe molle m'a rendu service. Ça fait du bien de vivre!

Un léger silence s'installe où je repense à ma vie d'avant. Avant de m'apercevoir que j'étais cocue, quand je me sentais bien, amoureuse, prête à tout. Qu'est-ce qui clochait chez lui? J'étais jeune et jolie, et la voisine était plus vieille... Ne pas leur faire confiance, jamais. Telle est ma devise. Jamais, jamais.

— Marie, dit soudain François.

— Comment ça?

— Tu m'as demandé le soir où on s'est vus chez moi comment s'appelait celle qui m'a brisé le cœur. Eh bien, c'est Marie.

— Ah!

Comme je ne sais pas quoi dire, je reste assise sur le bord du lit. J'ai l'impression de le sentir réfléchir dans mon dos.

— Rien d'aussi romanesque, reprend-il tout d'un coup. Je l'aimais, elle m'aimait, enfin, je croyais. On était jeunes, elle rêvait de moi en policier et, à travers ses yeux, j'avais l'impression d'être un héros. Je devais monter à Paris pour mon premier poste. Ça l'a fait grincer des dents. Quitter le Sud, ce n'était pas dans ses projets. Je suis monté, on a continué à distance pendant un mois. Au départ, elle avait accepté de me rejoindre. On devait rester cinq ans à Paris puis redescendre, c'était un bon compromis. Elle en parlait à tout le monde, je préparais son arrivée à Paris. Et puis mon équipier a pris une balle.

— Oh! et comment va-t-il? demandé-je aussitôt, captivée par son histoire.

— Il s'en est parfaitement remis. C'est Franck, que tu as rencontré. Mais Marie en a profité pour reconsidérer notre relation. Elle voulait des enfants et estimait le taux de mortalité de ma profession trop élevé pour une relation stable. Elle n'a même pas pris la peine de monter me le dire et m'a plaqué par téléphone.

Il marque une pause et reprend :

— Ce qui l'avait séduite chez moi au départ a fini par la rebuter. Elle m'a déclaré qu'elle voulait une famille mais qu'elle ne voulait pas que ses enfants grandissent sans père.

— Mais elle est barrée, cette gonzesse !

C'est sorti tout seul. Je m'apprête à m'excuser mais François rigole.

— Oui, on peut voir ça comme ça. J'ai quand même culpabilisé pendant un certain temps. Elle avait raison sur un point : si je ne peux pas rendre une femme heureuse parce qu'elle s'inquiète pour moi, c'est quand même vachement égoïste. Donc je préfère ne rien promettre. Quand je serai prêt, je changerai de métier.

— N'importe quoi ! Change de style de femme, surtout ! C'est pas parce que tu es tombé sur une sainte-nitouche névrosée au dernier degré qu'elles sont toutes comme ça !

— Ah oui ? Par exemple, toi, ça ne te ferait pas peur ? dit-il, le regard brillant.

Attention, terrain glissant, cette question pue la provocation. Il me cherche.

— Au contraire ! On achèterait une belle maison, une voiture de luxe, et je mettrais une super assurance dessus. Tu meurs tragiquement en service et tout est à moi ! D'ailleurs, si ça se trouve, c'est de moi, cette balle perdue que tu prends. En plus, dans ces conditions, aucun risque que tu couches avec la voisine. Tu vois, j'ai tout à y gagner !

— Pas con, dit-il comme s'il y réfléchissait vraiment. Mais toujours pas d'enfants ?

— L'adoption ! Définitivement : a-dop-tion. Bref, dis-je en me levant, je vais retourner me coucher, une grosse journée nous attend demain.

Je récupère mes notes sur son bureau et marque une pause avant de sortir.

— Au fait, je ne suis pas difficile avec les hommes, c'est vrai. Mais tu ne sauras jamais si tu es mon genre ni ce que ça aurait pu donner au lit entre nous parce que j'ai promis à mon éditeur d'être très, très sage... Et puis j'ai parié avec ma meilleure amie que pour une fois je saurais me retenir... Je suis désolée, mais je déteste perdre.

Je prononce les derniers mots à voix très basse en sortant de la chambre. De l'autre côté de la porte, j'entends des protestations :

— Quoi ? Mais c'est dégueulasse... Combien ? Je te donne le double !

Oh ! l'enflure ! Je rêve ou il vient de me proposer de l'argent pour coucher avec lui ? Alors pourquoi je souris bêtement en allant dans ma chambre ?...

14. César

« Quel homme es-tu, toi qui, ainsi caché par la nuit, viens de te heurter à mon secret ? »

WILLIAM SHAKESPEARE

OK, je comprends mieux. C'est pas de bol, mais au moins j'ai une explication. Je me glisse sous les couvertures en réfléchissant. Je pouvais toujours essayer de la mettre dans mon lit… Bon, et maintenant que je sais ça, comment je gagne mon pari avec Franck, moi ? En même temps, j'ai la réputation d'être le type le plus têtu de la Terre, non ? Alors fini de jouer : cette fille, je la veux et je l'aurai, c'est tout.

Même si elle est vraiment étrange. Unique. Et pas seulement parce que c'est la première qui me résiste. Mon métier n'a pas l'air de l'inquiéter, ni d'ailleurs de l'impressionner. Si j'avais été comptable et qu'elle avait dû écrire un bouquin sur les chiffres, ça lui aurait fait le même effet. Je ne sais pas ce qu'il faut pour la déstabiliser. Il n'y a qu'à voir la manière dont elle a gardé la tête froide avec ma sœur, tout à l'heure. Ce n'est pas Marie qui aurait su gérer ça. Mais qu'est-ce que c'est que cette comparaison bidon ? Qu'est-ce qu'il me prend de penser à Marie en ce moment ?

Eh bien, ma chère Maïa, lundi, on entre dans le vif du sujet, on verra si ton sang-froid résiste vraiment à une vie de flic.

Contre toute attente, le sommeil arrive rapidement et

m'entraîne dans des rêves érotiques étranges auxquels le réveil m'arrache vers 7 heures. J'ai l'impression d'avoir dormi dix minutes, mais je me lève d'un bond, prêt à rejoindre ma sœur. Je sors dans le couloir en caleçon et croise... mon père.

Au même moment, avec une parfaite synchronisation, la porte de Maïa s'ouvre sur ma «fiancée», en chemise de nuit mais bien réveillée. Mon père nous gratifie chacun d'un coup d'œil surpris et se contente de soupirer, comme pour chasser tout commentaire à venir. Il se tourne vers moi.

— François, je venais te réveiller, mais je vois que ce n'est pas nécessaire. Ta mère m'a appelé: Sophia va bien, elle a un peu dormi mais semble encore très faible. Il ne faut pas tarder au retour de l'aéroport avec Paul. L'accouchement doit être déclenché au plus vite.

Maïa comme moi n'émettons qu'un «hum» un peu gêné. Arrivé sur le palier, mon père se retourne vers nous.

— Et je pars du principe que ce n'est pas le moment de vous demander pourquoi vous ne dormez pas dans la même chambre depuis votre arrivée ici. François, pense à réintégrer la grande pour laisser la place au peintre. Après, vous vous débrouillez comme vous voulez, mais pour notre tranquillité à tous je vous demande de faire en sorte que ta mère continue à croire que vous êtes le jeune couple amoureux fou de ses rêves. Je n'ai aucune envie de devoir cacher un de vos cadavres ce week-end.

Puis il nous tourne le dos et descend. Je reste ébahi quelques instants, puis je regagne ma chambre pour transférer mes affaires dans celle de Maïa, qui semble perplexe. Elle lève la tête vers moi.

— Il savait depuis le début?

— Apparemment.

— En fait, ça ne m'étonne pas. J'aime bien le côté «force tranquille» de ton père. Il ne dit rien mais, ni vu ni connu, il comprend tout.

— Bien observé. Et, connaissant ma mère et ma

sœur, je ne peux pas le blâmer de vouloir sa tranquillité... Tu te douches en premier ?

— Oui, s'il te plaît, je fais vite. En fait, je venais te chercher pour être sûre que tu te réveilles.

Mais qu'est-ce qu'ils ont tous, ce matin, à croire que je ne vais pas me lever ? Qui est-ce qui se lève aux aurores tous les jours, ici ?

Maïa file sous la douche. Je m'assieds sagement sur le lit en attendant mon tour quand la porte s'ouvre doucement. Je suis tellement stressé que je suis prêt à bondir pour neutraliser un intrus qui n'existe que dans mon imagination. Bon, évidemment, ce n'est que la Teigne, qui entre en se dandinant paresseusement. Elle a les yeux mi-clos, comme si elle avait passé une mauvaise nuit, elle aussi.

Je me détends et appelle ce gros dindon de chat.

— Qu'est-ce que tu dis ? demande Maïa sous la douche.

— Rien, rien, dépêche-toi !

— Oui, ça va ! J'ai presque fini.

Je reporte mon attention sur la Teigne, qui est à mes pieds et prend appui sur ses pattes arrière pour sauter sur mes genoux. Qu'est-ce qu'elle a encore dans la gueule ? Un bout de chiffon ? Je récupère le morceau de tissu froissé au moment où Maïa sort de la douche. Elle est en jean, sa poitrine dissimulée sous une serviette assez petite pour que je devine qu'elle est plutôt généreuse. Je fais comme si je n'avais rien vu, mais j'ai l'impression d'être aussi discret que le loup de Tex Avery.

— Désolée, dit-elle, un brin gênée. J'étais sûre d'avoir pris mon soutien-gorge avec moi. Mais... Qu'est-ce que... ?

Elle m'arrache la boule noire des mains.

— Mon soutien-gorge ! Je peux savoir comment il est arrivé là ? Tu es fétichiste, en plus ? Non mais n'hésite pas, sers-toi, j'en ai plein ma valise.

Je reste ébahi quelques instants comme un crétin, puis je reprends enfin conscience de l'existence de mon cerveau, d'abord, et de ma bouche, ensuite.

— Mais non, c'est la Teigne qui...

Je montre du doigt Satan, roulé en boule au pied du lit, qui se lèche tranquillement les pattes avant pour se nettoyer l'arrière des oreilles. Comme si elle comprenait, elle s'arrête soudain et nous regarde avec les yeux du chaton innocent qu'elle n'a jamais été. « Oui, quoi ? » semble-t-elle demander.

— OK, c'est bon. Tu es frustré, je peux le comprendre, dit-elle en regardant mon entrejambe avec un sourire.

Evidemment, entre l'érection du matin et Maïa dans ma chambre à moitié à poil tandis que j'ai son soutien-gorge dans les mains, je bande dur dans mon caleçon. Mais qu'est-ce que j'ai fait pour qu'on me torture comme ça ?

— Allez, va prendre une bonne douche froide, dit Maïa en rigolant. Je sais bien que c'est Houdini le coupable, ajoute-t-elle en désignant la Teigne. Je t'attends en bas avec un café.

Elle sort de la chambre et la douche froide que je prends suffit à peine à calmer mes ardeurs. La journée va être longue.

Maïa et moi récupérons Paul à l'aéroport dans un état de stress et d'angoisse comme j'en ai rarement vu. Je le soupçonne d'avoir poussé tous les passagers pour sortir le premier de l'avion, voire d'avoir poussé l'avion sur le tarmac pour qu'il arrive plus vite.

La route vers l'hôpital nous semble interminable. Pour briser le silence pesant et rassurer Paul, Maïa risque quelques phrases de temps en temps. Ma mère appelle pour dire que mon père est arrivé, que tout va bien, mais que l'anesthésiste est déjà passé et que la césarienne doit commencer sans attendre.

Nous ne sommes plus qu'à quelques kilomètres de l'hôpital. Nous arrivons en un temps record malgré la circulation et jetons littéralement Paul devant la maternité avant de partir nous garer un peu plus loin, sur le parking.

Nous arrivons, essoufflés, dans la salle où nous attendent mes parents et je sens mon angoisse monter en flèche à leur vue. Je suis près de laisser libre cours à mes larmes quand maman s'approche de moi et me serre dans ses bras.

— Tout va bien. Le bébé va bien... C'est une magnifique petite fille, toute petite mais en pleine santé. Sophia est fatiguée mais elle va bien.

Les larmes coulent sur son visage et je m'aperçois qu'elles ruissellent sur le mien aussi.

Mon père tourne la tête pour cacher les siennes. Quand ma mère prend Maïa dans ses bras, il me semble que ses beaux yeux verts sont humides, mais je respecte sa pudeur et préfère ne rien dire. Au lieu de ça, je propose de descendre prendre un café.

Paul est parti rejoindre sa femme en salle de réveil. Quand nous le voyons arriver à la cafétéria, son visage est radieux et il semble avoir oublié les océans d'angoisse qu'il vient de traverser. Il nous propose d'aller faire connaissance avec Anna, magnifique petit poupon rose de deux kilos et demi. Tout s'est bien passé, nous dit-il, Sophia a été hospitalisée à temps. Il nous remercie un par un d'avoir été présents à ses côtés.

Dans le couloir, Maïa me retient par le bras.

— François... Je t'attends ici. Il vaut peut-être mieux que je vous laisse en famille.

— Ça va pas, non ! dis-je en grimaçant. Tu en as plus fait hier soir que n'importe qui dans cette famille.

Je lui prends la main et l'entraîne à l'étage.

Dans sa chambre, Sophia nous attend, un magnifique sourire aux lèvres et un bébé encore plus beau dans les bras. Et, là, il se passe quelque chose d'exceptionnel : tous les membres de cette famille de tarés se taisent.

Au bout de quelques instants, ma mère craque.

— Ma fille, je suis si fière de toi !

C'est bon, elle a donné le signal, la cacophonie

Schwartz peut reprendre. Chacun y va donc de son commentaire sur l'absolue perfection de la petite Anna, la chance qu'a eue Paul d'être arrivé à temps, l'avenir radieux qui s'annonce... Personne n'ose revenir sur la soirée de terreur que nous avons vécue hier soir, et à vrai dire je m'en réjouis.

Paul prend mon père dans ses bras et, après une chaleureuse accolade virile, se recule pour mieux le regarder.

— Mais, Alain, qu'est-ce que vous vous êtes fait à la tête ? C'est quoi, cette énorme bosse ?

— Oui, et toi, maman ? Tu as la même au front ? dit Sophia, qui semble revenir d'un coup au milieu des vivants.

On se regarde, papa, maman, Maïa et moi, et on part dans un énorme fou rire. C'est comme si le souvenir de mes parents se percutant dans l'escalier comme deux Buster Keaton effaçait par magie toute trace de l'angoisse de ces dernières vingt-quatre heures et la remplaçait par une irrésistible euphorie collective.

15. Chouchou

«La vie est une pièce de théâtre: ce qui compte, ce n'est pas qu'elle dure longtemps mais qu'elle soit bien jouée.»

SÉNÈQUE

Enfin! Le samedi soir tant attendu est arrivé. Evidemment, mon programme de la journée a été totalement bouleversé et je dois retrouver un peu plus tard Lydia et Julien — qui sont partis admirer la petite merveille — dans un bar.

J'ai pu déplacer mon rendez-vous chez l'esthéticienne et j'ai enfin quelques heures rien que pour moi. De plus, Eva, la fille que m'a conseillée Lydia, s'avère au moins aussi efficace et surtout beaucoup plus drôle que les coincées façon vendeuses du Bon Marché dont j'ai l'habitude à Paris. On rit tellement qu'au bout d'un moment, quand elle me demande ce que je fais à Mauguio, je lui déballe tout... Tout. De l'éditeur sociopathe gay jusqu'au stéréotype pourri mi-flic mi-*bad boy* qui me sert de pseudo-fiancé. Elle doit s'arrêter plusieurs fois, sa bande de cire chaude à la main, pour calmer son fou rire. Tu m'étonnes. En le racontant à voix haute, je n'y crois plus moi-même et je me prends au jeu, comme si c'était l'histoire d'une autre. Avec cette distance-là, je parviens à rigoler à mes dépens, malgré la cire qui me crame l'épiderme.

Bref, je ressors de l'institut détendue, un peu brûlée

mais la peau parfaitement lisse et l'esprit ragaillardi comme après une bonne nuit de sommeil... Un luxe qui m'a été retiré depuis mon arrivée à Mauguio.

Je me dis que je reviendrai la voir avant mon départ : c'est moins cher qu'un psy et on ressort en pleine forme, prête pour une séance de sexe torride, que, bien sûr, je n'aurai pas ! Et puis, en plus, je lui ai promis de repasser lui raconter la suite. C'est sûr qu'une tarée comme moi, elle ne doit pas en voir tous les jours.

Mon portable sonne pendant que je me maquille en repensant à ce grand déballage de mes pires cauchemars à poil devant une inconnue. Je reconnais la musique d'Abba, *Take a Chance on Me*, qui dépare complètement sur mon bijou de technologie téléphonique, mais me permet d'identifier l'émetteur en deux secondes. Mon homo préféré, qui m'appelle très probablement pour faire le point sur mon livre... sur lequel je n'ai pas du tout avancé. Vite, une histoire, et crédible ! Jules est un vrai détecteur de mensonges.

— Maïa, spécialiste en criminologie, auteur du best-seller *Colle au cul d'un flic et tais-toi*, à votre écoute.

— Je vois que mademoiselle a la positive attitude : on progresse ! Bon, blague à part, t'en es où ?

— Salut, Jules, contente de t'entendre, moi aussi. Je vais bien, je n'ai pas été agressée par des terroristes, merci de t'en inquiéter.

— Des terroristes ? C'est ça, son enquête ? Mmm... C'était quoi, ça ? Ça ressemblait à un gémissement mais...

— Jules ? C'est quoi, ce bruit ?

— Rien, rien. Des terroristes... tu parles ! Toi, en cas de prise d'otages, tu ne risques rien. Les types préféreront se rendre plutôt que de subir ton caractère de merde. Je n'ai donc pas à m'inquiéter.

— Pour moi ou pour le livre ?

— Oh ! mais qu'elle est vilaine ! Ah...

Un petit cri lui échappe.

— Jules ? Qu'est-ce que t'es en train de faire, là ? J'entends un bruit suspect de... succion ?! Oh ! l'enflure !

— JULES ? Tu m'appelles et tu es... tu es... occupé ? Tu te fous de moi ?

— C'est bon, pas d'hystérie, chérie, c'est juste mon nouveau jouet... Joyce.

— Joyce ? Et tu peux demander à Joyce d'arrêter de te sucer pendant que tu es au téléphone avec ton écrivain-vedette, s'il te plaît ?

Je tremble de colère.

— Oh ! arrête, miss Prude. Je sais pas ce qu'il t'a fait, ce flic, ou plutôt ce qu'il ne t'a pas fait, mais il va falloir que tu te détendes... Et donc ça répond à ma première question : bravo, tu n'as pas couché ! Je suis fier de toi ! Te connaissant, j'imagine que soit tu es tombée sur un os, soit il est vraiment laid...

— Je t'emmerde !

— T'es tombée sur un os, conclut-il.

— Je...

... n'ai pas le temps de finir ma phrase.

— Bon, deuxième question, ma chérie, maintenant qu'on sait que tu n'as pas été séquestrée ou violée et que c'est ce qui te frustre : ça avance bien, mon livre ?

— OUI ! dis-je, au bord de l'hystérie. Enfin, dans la mesure où tout le monde pense que je suis une nymphomane en pleine reconversion incapable d'écrire quoi que ce soit. Oui, ça avance bien et je t'en dirai plus quand tu auras d'autres centres d'intérêt que l'endroit où est en train d'affluer ton sang en ce moment même. Putain, homos ou hétéros, vous êtes vraiment tous les mêmes, je...

... m'interromps encore une fois. Ce coup-ci, c'était carrément un gémissement. Je regarde mon téléphone, écœurée.

— Jules, ta mère m'a dit de te dire que tu devais déjeuner chez elle dimanche. Elle veut te présenter son quatrième mari.

Et je raccroche avant d'avoir pu l'entendre crier. Hi !

hi ! hi ! vengeance. Je n'y suis pas allée de main morte, le pire cauchemar de Jules : manger avec sa mère un dimanche et se taper son énième mari…

J'hésite à rappeler Jules pour lui avouer que c'est faux, puis je me ravise en me disant que ce n'est qu'un juste retour des choses.

C'est à cet instant précis que je réalise, comme une illumination, à quel point j'en ai marre.

Marre que tout le monde me dicte ma vie, marre de ne pas pouvoir écrire ce que j'ai envie d'écrire, marre de devoir la boucler, marre qu'on ne me laisse pas prendre ma misérable existence en main. *Back to the roots.* Ce sont les seuls mots qui me viennent. Retour aux sources. A celle que je suis vraiment. Une emmerdeuse avec un sale caractère, mais qui l'assume. Parce que c'est *mon* sale caractère. Celui qui m'a permis de survivre jusqu'ici, malgré les emmerdes, les échecs et les coups bas. Celui qui fait de moi une battante. Alors, lui et moi, on va rester ensemble et on va leur montrer de quoi on est capables. A partir d'aujourd'hui, je reprends à mon compte le slogan préféré de Lydia : demain, il fera jour.

Mon portable bipe à ce moment-là :

Tentative minable. Loupé, ma belle, j'ai eu la meilleure pipe de ma vie !!! Tant mieux pour ma mère si elle se marie, ça va l'occuper. Et toi, pour la survie de l'humanité, fais-toi sauter !

Ce con réussit à me faire rire. Il doit y tenir, à son nouveau joujou, pour se moquer de la vie dissolue de sa mère.

Pas envie. Merci pour tout. Grâce à toi j'ai eu révélation. Hésite à m'inscrire chez les sœurs. Je donne mon corps à Dieu.

Réponse quelques secondes plus tard :

Donne-le à la science plutôt, il y a bcp à étudier. Comment une femme a pu voir passer autant d'hommes ?!? Stp n'annonce pas ta reconversion sinon risque de vague de suicides dans la population masculine… Remarque je les consolerai… ;)

Je range mon portable dans mon sac en souriant. Du cul, une vacherie et un pseudo-compliment dans le même message, c'est du Jules tout craché.

Cet échange et mes bonnes résolutions m'ont remonté le moral. Je me sens nettement mieux et c'est dans mes plus beaux atours (jupe en cuir, petit débardeur rouge et talons vertigineux) que je sors pour rejoindre Lydia, Julien et deux copains à eux dans un bar à Odysseum.

François m'attend en bas et jette un regard sans équivoque sur mes jambes. Tant mieux. Ce n'est pas parce que je n'ai pas (encore) le droit de coucher avec lui qu'on ne peut pas jouer un peu.

Je mets cette bonne résolution en pratique dans la voiture, où j'occupe le trajet à croiser et décroiser mes jambes. François ne dit pas grand-chose, il a l'air concentré sur la route.

Il met la radio, et la voix chaude d'Amy Winehouse monte dans l'habitacle. *You Know I'm No Good.*

Je souris. Ecoute bien les paroles, mon gars. Tu me prends pour une vierge effarouchée ? Il est temps que je te montre que je ne suis pas une fille gentille…

On arrive à l'Oliver, un bar très sympa où nous attendent la très ponctuelle Lydia et son Julien, avec son charisme qui réussit encore à m'impressionner. Il fallait vraiment le caractère libre et impulsif de Lydia pour le faire fondre. Bref, ils sont toujours aussi heureux et toujours aussi énervants. Contrairement à la grande gigue d'au moins un mètre quatre-vingt-dix et cinquante kilos tout mouillé qui se tient, j'ignore pourquoi, à leurs côtés. Le géant maigre à lunettes semble vouloir s'excuser de déparer dans ce paysage idyllique. Curieux tableau. C'est Damien, m'explique Lydia, un ami d'enfance. Ah oui, Damien. L'amoureux transi, le loser sympa fort en thème et pas vraiment sexy. Effectivement, ce garçon a l'air d'un cliché ambulant, mais il paraît gentil. Il l'est en tout cas suffisamment pour avoir accepté la liaison de Lydia et Julien.

Jean, le frère jumeau de Lydia, et sa femme Carole, enceinte elle aussi, que j'ai croisés une fois ou deux à Paris, viennent également d'arriver. Ils habitent Marseille mais passent les fêtes à Mauguio.

— C'est contagieux ? dis-je à Carole en l'embrassant. Tout le monde est dans cet état autour de moi en ce moment. Excuse-moi mais je préfère m'éloigner, j'ai peur de l'attraper.

Carole rigole poliment à ma mauvaise blague, mais Lydia ne peut s'empêcher d'ajouter :

— Ma chérie, si tu as peur d'être enceinte, c'est que tu es passée en mode Vierge Marie ou que tu nous dois un resto.

Elle dit ça assez discrètement pour que François ne l'entende pas, mais je suis d'humeur badine.

— Non, je te rassure, je n'ai couché avec personne, ces derniers jours. Tu n'as qu'à demander à François, qui est même persuadé que je suis lesbienne.

Je le regarde en lui faisant un clin d'œil et celui-ci en profite pour ajouter :

— Je finis par croire que j'ai vraiment vieilli et que je ne plais plus à personne. J'ai tout essayé pour séduire ta copine, même la Teigne m'a rendu service mais rien n'y fait.

— La Teigne ? demande en rigolant Lydia, qui connaît visiblement bien la bête. Elle est encore en vie ? Comment tu as fait, Maïa, avec ton amour légendaire pour les chats ?

— Eh bien, justement, je ne « fais » pas ! Ou alors de la pâtée, dis-je le plus sérieusement du monde.

— Peut-être que tu ne sais pas t'y prendre avec les femmes, en fait ? taquine Julien en regardant François.

Le salaud, il veut vraiment gagner son resto, celui-là.

— Je n'ai pas dit mon dernier mot, rétorque François en me jetant un regard en coin. J'imagine que pour l'instant elle est juste trop impressionnée d'avoir rencontré un vrai mec, mais elle va se détendre quand elle aura vu mes arguments.

— Hé, il y a de l'ambiance ici, fait Jean. Bon courage, en tout cas, mon gars, ajoute-t-il en tapant dans le dos de François. Celle-là, elle est du genre chasseur plutôt que douce biche.

— Ho ? Coucou, je suis là. Ça y est ? Vous avez fini de parler de moi ? On peut passer à autre chose ou vous voulez continuer les clichés pourris ?

— Tu ne me fais pas l'effet d'un cliché pourri, intervient Damien d'une voix de crooner sur le retour, ce serait même plutôt le contraire. Alors si tu veux un homme gentil et gentleman, laisse-les tous et viens t'asseoir à côté de moi.

Tout le monde rit, mais je me retrouve effectivement assise à côté de Damien, ce qui provoque en moi une petite bouffée d'angoisse. Pitié, pourvu qu'il ne me drague pas ce soir, je ne pourrai pas gérer à la fois mon plan et lui.

On commande tous des mojitos. Envie d'été, sûrement. Lydia me raconte que sa mère est arrivée d'Italie cet après-midi et qu'elle rencontre la mère de Julien demain. Elle angoisse. Nous partons aux toilettes pour débriefer un peu.

— Alors ? me demande-t-elle de but en blanc. Il est canon, François, avoue ! Enfin, si on aime le style *bad boy* stéréotypé, bien sûr, ce qui n'est pas ton genre.

— Et depuis quand j'ai un « genre » ?

— Depuis que tu ne te tapes que des avocats coincés et drogués.

— Ha, ha ! Tu permets que j'en profite pour aller vraiment aux toilettes ? dis-je en entrant dans une cabine.

— Si, si, poursuit-elle comme si de rien n'était. Mais quand même tu m'épates, j'étais sûre que tu finirais par craquer.

— Donc tu as fait ce pari avec la certitude de le gagner, espèce de garce.

— Un peu, oui. A quoi ça sert sinon ?

— Eh bien, non, désolée. Il ne s'est rien passé. Enfin, presque rien...

— Presque ? demande-t-elle soudain avec une voix qui grimpe dans les aigus.

Merde, qu'est-ce qu'il m'a pris de dire ça ?

— Il est pas mal, c'est vrai. J'avoue qu'en temps normal, dans d'autres circonstances, il ne dormirait pas dans la baignoire. Mais là c'est non. J'ai ma fierté. Entre Jules et toi, je deviens dingue, et je veux vous prouver que vous vous trompez sur moi.

— Change pas de sujet, cocotte : c'était quoi, ce « presque » ?

— Eh bien, justement, on arrive dans le vif du sujet, dis-je en tirant la chasse.

— Quoi ? demande Lydia, de plus en plus intéressée.

Je sors et je me lave les mains en gardant le silence, ce qui semble l'énerver au plus haut point.

— Je ne dois pas coucher avec lui, dis-je en haussant la voix pour couvrir le bruit du sèche-mains.

— Ça, je suis au courant. Ou plutôt si, tu dois coucher avec lui ! Toi, tu t'éclateras avec un type qui parle d'autre chose que de droit des affaires, et moi j'aurai gagné un resto.

— Oui, mais non.

— Allez, fais pas ta radine. Combien de bouquins tu dois vendre pour me payer un resto ? Vingt ? Trente ?

— Ce n'est pas une question d'argent mais de principe. On est bien d'accord que sucer, ce n'est pas coucher ?

— Quoi ?!

— Réponds.

— Non, pas coucher *stricto sensu*, OK. Mais tu es *borderline.*

— Ça, c'est l'histoire de ma vie, ma chérie, dis-je en retouchant mon rouge à lèvres.

— Maïa Tournan, si tu sors de ces toilettes sans m'en dire plus, je raconte à Damien qu'il a une touche avec toi !

— Salope !

— Je ne plaisante pas !

Je la prends au mot et lui décris vite fait mes relations avec François en terminant par l'épisode d'hier soir, avant l'alerte de Sophia. Elle semble boire littéralement mes paroles.

— Et tu l'as laissé en plan ? demande-t-elle quand j'ai fini mon récit. J'y crois pas...

— Et qu'est-ce que tu voulais que je fasse, au juste ? Que je demande à Sophia de continuer de se vider de son sang pendant que je réglais quelques affaires avec son frère ?

— Non, mais tu aurais pu reprendre où vous en étiez en revenant de l'hôpital !

— On était un peu fatigués, figure-toi. Et puis j'avais repris mes esprits et ça ne semblait plus une si bonne idée.

— Tu avais « repris tes esprits » ? dit-elle en me regardant avec des yeux ronds. Depuis quand tu fonctionnes comme ça ? Maïa, soit tu es devenue complètement folle, soit...

Elle suspend sa phrase, avec l'air d'un mystique qui reçoit une inspiration divine dans les toilettes d'un bar de province.

— Soit quoi ?

— Non, Maïa, c'est pas possible...

Elle commence à me taper sur les nerfs, avec ses moitiés de phrases.

— Soit QUOI... ?

— Toi, Maïa Tournan, tu commencerais à avoir...

— Bon, alors maintenant soit tu finis ta putain de phrase, soit tu te prends une baffe.

— ... des sentiments ! déclare-t-elle avec un air triomphant que je lui ferais bien passer.

— Ha ! ha ! ha ! Alors on y est. Tu es en couple, heureuse, et tu voudrais que tout le monde soit comme toi, c'est ça ? Ou bien tu tiens tellement à ton foutu resto que tu es prête à raconter n'importe quoi ?

— Je tiens à rien du tout. Si tu veux, on annule

même tout de suite ce pari débile. Je ne voudrais pas être la raison de ton blocage avec François.

— Pff, «blocage», et puis quoi encore ? Tu l'as dit toi-même, il n'est pas mon genre. Donc désolée pour tes fantasmes de midinette, mais je n'ai pas l'intention de craquer.

— Deux semaines sans coucher dans les parages d'un hétéro, c'est déjà un record pour toi. Non mais quand je vais dire ça à...

Je lui coupe net la parole.

— Tu ne vas dire ça à personne, c'est compris ? Au nom de notre amitié, de la solidarité féminine ou de ce que tu veux : tu fermes ta gueule ! Je te paie ton resto si tu veux, mais mon honneur reste sauf : je n'ai couché avec personne et je ne coucherai avec personne. Par contre, il est hors de question que ce petit flicaillon continue à croire que je suis coincée. Je vais lui montrer qui je suis, moi !

— C'est donc ça ! Ta réputation... OK, tu as ma parole, cette conversation ne sortira pas des toilettes de ce bar. Et désolée de te décevoir, ma chérie, mais sucer et coucher, ça revient au même. Enfin, bon, si c'est ta manière de préserver ton honneur, je veux bien faire une concession. C'est quoi, le plan, alors ?

— Eh bien, justement, il n'y a pas de plan à part m'amuser un peu avec lui, point barre.

— OK, mais...

Elle semble hésiter mais reprend en voyant les flammes revenir dans mes yeux :

— Eh bien, ma chérie, tu as beaucoup fait pour Julien et moi, alors si je peux t'aider en quoi que ce soit...

Je lui coupe une nouvelle fois la parole.

— Mais t'en as pas marre d'être fleur bleue comme ça ? Ma pauvre Lydia, l'amour te rend complètement guimauve. Bref, tout ça, c'est pas pour moi, alors tu notes : pas de *love story*, pas de happy end, juste moi qui m'amuse en posant mes propres règles, compris ?

— Compris ! dit-elle en tapant dans la paume que je lui présente.

— A toi, maintenant. Alors ? Ça en est où avec Julien ?

— Pour être honnête, je ne sais pas. Dans la voiture, je l'ai senti un peu plus tendu à chaque kilomètre qui nous rapprochait de Montpellier. Peut-être qu'il regrette d'avoir eu l'idée de me présenter à sa mère ? Je ne suis peut-être pas la belle-fille parfaite. Enfin, je ne suis pas un monstre non plus, j'ai quelques défauts, certes, mais je...

Je pars d'un grand éclat de rire.

— Ah, ça, oui, tu en as, des défauts ! Mais, si j'ai bien compris, tu as la chance d'avoir un petit copain qui ne se fait aucune illusion sur sa mère et n'en a rien à foutre que tu sois ou non la belle-fille idéale. Alors c'est bon, arrête de stresser et *carpe diem* !

— Ça y est, je retrouve ma Maïa qui m'apprend la vie de couple ! Ce que tu peux être chiante, parfois. Comme si tu maîtrisais parfaitement la question, toi qui ne supportes pas de passer plus de deux nuits avec le même mec !

— Justement, ça me donne un regard beaucoup plus objectif. Et la conclusion de mes observations, ma petite chérie, c'est que le couple parfait, ça n'existe pas. Enfin, peut-être au début, mais en tout cas ça ne dure pas. Cela dit, je comprends : l'être humain n'est pas fait pour vivre en couple, mais encore moins pour être seul. Alors en effet, à choisir, autant s'emmerder à deux.

— C'est réjouissant, ta façon de voir les choses.

— Non, c'est réaliste. Attention, je n'ai pas dit que ça ne marchait jamais. Il y a quand même des exceptions.

— Ah oui ? Et lesquelles ?

— Revois tes classiques, ma grande. Rappelle-toi ce que dit Kit à Julia Roberts dans *Pretty Woman* à propos de — je cite — « cette salope de Cendrillon » !

On rigole en chœur et on retourne retrouver les autres. Apparemment, il y a une nouvelle personne à la table, que je n'identifie pas tout de suite.

En m'approchant, je reconnais le lieutenant Marbot, le collègue de François. Mais qu'est-ce qu'il fait là, lui ?

François le présente à Lydia et explique qu'il a eu l'idée de l'inviter pour faire plus ample connaissance. C'est quoi, son prénom, déjà ? Ma mémoire des prénoms étant ce qu'elle est, je renonce tout de suite à me souvenir et me retrouve donc coincée à table entre Damien et... Marbot.

J'en profite pour le détailler un peu. Pas si mal, décidément. Blond aux yeux bleus, comme Damien. En fait, c'est tout ce qu'il a en commun avec Damien. Pour le reste, c'est plutôt le genre militaire tout en muscles. Décidément, on s'éloigne de plus en plus de mes avocats et mes traders maigrichons. Et là, soudain, le déclic : si on met un costard-cravate à Damien et qu'on le colle dans une salle des marchés à Paris, eh bien, on obtient mon genre. Enfin, mon ex-genre. Je sens une légère suée : il est vraiment temps que je revoie mes critères, moi.

Pour commencer, ce sera donc Marbot. Pour un changement, c'est un changement. D'accord, j'aurais préféré le côté taciturne et ténébreux de François, mais j'ai dit non, c'est non.

Me voilà donc à plaisanter avec tout le monde, à raconter l'accouchement catastrophe de Sophia pour la centième fois et à flirter ni vu ni connu avec Marbot tout en gérant Damien qui n'est pas en reste niveau flirt.

Les mojitos s'enchaînent. Ils sont servis avec des tapas, mais ce n'est pas ça qui va me remplir l'estomac. Ma tête commence à tourner un peu mais rien de grave. J'ai l'habitude de boire de l'alcool et ce ne sont pas quelques mojitos qui vont avoir raison de moi.

Angélique et Matthieu, deux autres amis de Lydia et Julien, nous rejoignent. Angie est assez sympa pour une Barbie blonde et famélique, ou alors c'est les mojitos qui me rendent indulgente. Matthieu est l'ex-petit copain de Lydia, qu'elle pensait aimer encore jusqu'à ce qu'il se pointe au mariage de Sophia et Paul accompagné d'Angie. Ça a été un petit choc au départ et puis c'est sûrement ce qui lui a permis de comprendre plus vite que, celui qui l'intéressait, c'était Julien. Elles sont devenues plutôt copines, Angie et elle, et Lydia a même renoncé à la traiter de pouffiasse en privé.

Bref, on passe tous un très bon moment et les regards appuyés de Loïc me font presque oublier François et la merde dans laquelle je suis avec ce bouquin qui n'avance pas… Attends… C'est bien Loïc ? Pas Ludovic ? Ou bien… ? Enfin, bref, Marbot, quoi, qui vient parfois frotter sa jambe contre la mienne sous la table, ce qui me provoque de petites décharges électriques dans le dos. Il faut vraiment que je sois descendue bien bas pour qu'un simple contact avec une jambe me fasse frôler l'orgasme. Deux solutions : soit j'arrête les mojitos, qui semblent avoir un effet pervers sur moi, soit je rentre avec Marbot pour assouvir ce besoin naturel qui se fait sentir depuis trop longtemps déjà. La dernière fois que j'ai crié ce mois-ci, c'est quand cette salope de Teigne m'a terrorisée dans le couloir. Il serait temps que je crie pour une meilleure raison que ça.

Je lance à intervalles réguliers des regards discrets en direction de François, qui semble en grande conversation avec Angie. Malgré tout, de temps en temps, nos regards se croisent. Je lui souris et fais papillonner mes yeux de biche tout en effleurant délicatement mais ostensiblement le bras de Marbot. Marbot que je regarde parfois intensément, comme si je buvais ses paroles. Mais d'ailleurs il parle de quoi ? Telle est la question.

Matthieu est très sympa, mais je ne comprends pas trop ce que Lydia a pu lui trouver. Il est charmant, certes, mais manque un peu de profondeur. En tout cas, pour une discussion de bar, il est parfait. Angie, malgré son côté bimbo, a l'air suffisamment éprise de Matthieu pour ne pas me faire concurrence auprès des trois spécimens masculins disponibles, à savoir Damien, Marbot et François. Réfléchissons un instant : si j'étais dans une autre période de ma vie, sereine, normale, sans contraintes débiles ni angoisses du lendemain, lequel je choisirais ?

A ma gauche, Damien. Gentil, adorable, même. Et doté du pouvoir magique de faire chuter ma libido vers des températures polaires. Et pourtant je me rappelle son prénom, ce qui est déjà bon signe, et il a beau être maigrichon, il est futé et pas vilain. Par contre, impossible d'imaginer quoi que ce soit avec lui : trop gentil. Trop ouvertement gentil, surtout. Parce qu'en fait on veut toutes la même chose. Pas des méchants, non, certainement pas, mais des gentils déguisés en méchants. De faux méchants, quoi. (Messieurs, si vous me lisez, c'était mon conseil gratuit du jour.)

A ma droite, Marbot. L'antithèse de Damien, ultra-viril, « un homme, un vrai »... Mais, niveau profondeur, on reste au ras des pâquerettes. Ce serait vraiment le *one shot* parfait, le fantasme de la brute qui vous plaque sur la table en vous arrachant vos fringues et que vous suppliez de vous prendre comme une bête. Bref, pas mon genre non plus. Trop viril, testostéroné, trop beaucoup de choses, mais peut-être pas assez pour moi.

Non, pour moi, le « assez », c'est plutôt François. Celui qui épouse le mieux mes fantasmes. Ce n'est peut-être pas ce que j'aurais dit il y a un mois, mais comment aurais-je pu savoir que j'allais apprécier le caviar avant d'y avoir goûté ?

Ce regard sombre, ces cheveux bruns, ces épaules larges, ce petit cul musclé — que je me surprends à reluquer régulièrement, j'avoue. Ne croyez pas que c'est une habitude chez moi, non, celles qui m'intéressent, ce sont les fesses de François. Je sors un instant de ma rêverie pour m'apercevoir que je suis justement en train d'en regarder l'objet. Et que Julien, assis juste en face de moi à siroter son mojito d'un air moqueur, surprend comme par hasard mon regard. Merde, vu sa tête, j'imagine qu'il pense déjà avoir gagné son pari. Je me compose une expression neutre apparemment ratée puisque je le vois qui articule nettement le mot «resto». Je détourne le regard et fais confiance à mon mojito pour que mon visage n'exprime plus que la douce béatitude d'une soirée d'hiver.

De nombreux mojitos plus tard, je me dis que je devrais écrire un bouquin sur les femmes, adressé aux hommes, pour les guider sur le long chemin de la perfection — et nous éviter bien des déceptions.

POUR EN FINIR AVEC LA SOLITUDE MASCULINE,
PAR MAÏA TOURNAN

Comment draguer une fille (et la garder) en la rendant folle de vous?

Règle n° 1 : Soyez gentil !

Règle n° 1 bis: Mais surtout ne lui montrez pas.

Vous avouerez que jusque-là c'est super simple.

Donc vous montrez un caractère indépendant et égoïste pour vous conformer à l'adage «suis-moi je te fuis, fuis-moi je te suis». Car la femme, cet être paradoxal, est attirée par l'homme qui lui montre qu'il n'est pas attiré par elle. Ah!

Mais le chasseur n'est pas toujours celui qu'on croit: pour être rassurée, la femme a besoin de savoir qu'elle peut tout avoir, y compris l'impossible. Comme ce sac à main inabordable aperçu dans une vitrine.

Mais poursuivons: vous ne pouvez pas la draguer, mais il n'est pas question de la rejeter non plus. Là, attention, ça se complique un peu, mais faites un effort, bordel, le jeu en vaut la chandelle!

Donc vous lancez la ligne et vous laissez le joli poisson mordre en maintenant une distance raisonnable. (Je sous-titre car je vous connais, messieurs: un compliment n'est jamais aussi efficace que s'il est suivi d'une légère indifférence à la réaction de madame.)

Autrement dit, la base de la drague, c'est le chaud-froid.

Ensuite, partez du principe qu'être un homme à femmes c'est un avantage. Quel bonheur pour nous d'être enfin la seule et unique, d'avoir réussi à vous dompter! On y mettra tout notre cœur et on pourra même (dans un premier temps) être docile.

(Aparté pour les féministes qui me liraient: calmez-vous, on sait très bien que ce n'est que la première phase. Qui a dit qu'une femme ne faisait jamais de concessions? On en fait. Les premiers moments. Pour mieux attirer nos proies vers le fond de l'océan...)

Reprenons. Comme dans une bonne recette, tout est affaire de dosage:

— séduisez-nous en nous faisant comprendre (ou au moins croire) qu'on est unique;

— restez charmeur, mais ne soyez jamais loser;

— montrez-nous que nous sommes la seule et unique, mais sans nous donner l'impression d'être trop accro;

— continuez de plaire aux autres mais ne dépassez pas les limites en draguant ouvertement n'importe quelle fille un peu jolie, qui sera automatiquement cataloguée «pouffiasse» par votre bien-aimée;

— traitez-nous comme des princesses sans pour autant céder à tous nos caprices (ce sac à main inabordable dont on parlait plus tôt sera d'autant plus désirable qu'il reste un fantasme);

— soyez doux, mais pas chiffe molle;

— soyez ferme, mais pas brutal;

— restez gentil sans le montrer;

— soyez fort en apparence, mais faible au fond pour qu'on vous rassure;

— soyez faible en apparence, mais fort quand on a besoin de vous dans l'intimité.

Et surtout, surtout: changez, mais restez le même!

Etc., etc. Bref, messieurs, surtout ,n'ayez pas peur de la contradiction: est-ce qu'on s'en prive, nous?

A propos de contradiction, ce connard de François ne me regarde même plus depuis quelques minutes. C'est quoi, ce plan ? Il me fait le coup du chaud-froid ou quoi ? Je m'apprête à lui expliquer qu'il ferait mieux d'éviter de me prendre pour une conne vu que c'est moi qui viens d'inventer le concept.

La vie est tellement plus simple quand tout ce qui rend heureuse une femme, c'est un homme qui nous drague et un nouveau sac à main... D'ailleurs, c'est juste ça, mon problème: j'ai besoin d'un nouveau sac à main!

16. Loulou

« Quand les dieux veulent nous punir, ils exaucent nos prières. »

OSCAR WILDE

Elle est de plus en plus bourrée. Et de plus en plus bandante. Avec son décolleté et sa jupe en cuir, cette fille est une véritable incitation à la débauche. Non mais il faut qu'elle arrête de se pencher en avant en croisant les jambes, sinon je ne réponds plus de rien.

Elle me regarde, elle regarde cette grande gigue de Damien, elle me regarde, elle regarde Ludovic, elle me regarde... Tiens, elle regarde encore Ludovic ? Il lui plaît ou quoi ? Et moi ? Je ne comprends vraiment rien à cette fille. Je suis tenté de lâcher l'affaire et d'appeler Franck pour lui dire qu'il a gagné son manteau, mais non... je ne peux pas renoncer si près du but...

J'envoie un texto à Franck :

Ma nièce est née, tout va bien. Et vous ça va ?

La réponse ne tarde pas :

félicitations sophia rien de nouveau nous mais toi tu as reussi ou g un mteixno

Je souris, j'adore les textos de Franck. C'est pas son fort, l'écriture sur portable.

Comme je ne réponds pas tout de suite, il m'appelle. Je m'éclipse pour répondre :

— Salut, mon vieux.
— Je préfère t'appeler, c'est plus rapide, fait Franck, lucide.
— Alors, comment va Cathy ?
— Comme ça peut aller avec un ballon de trois kilos dans le ventre. Elle ne voit plus ses pieds mais, bon, elle et le bébé sont en pleine forme.
— Super. Toujours pas d'accouchement en vue ?
— Rien pour le moment, mais on compte les jours, je peux te le dire !
— J'imagine, dis-je en souriant.
— Bon, allons à l'essentiel : les bébés, c'est fait, l'enquête, on en a parlé hier, il ne reste donc plus que ton écrivain. Alors ? Du neuf ?
— Eh bien... ça va, dis-je en me contractant légèrement.
— « Ça va » ? Tu te fous de moi ? Tu as une femme qui écrit un bouquin sur toi, qui te voit comme un héros, qui dort même avec toi et qui, en prime, est une vraie bombe sexuelle, et tout ce que tu trouves à me raconter c'est : « ça va » ?
— Très bien. J'espère que tu as un peu de temps devant toi...
Je lui raconte tout, sans lui épargner aucun détail : la distance permanente de Maïa, son comportement ambigu, la promesse à son éditeur, le pari stupide avec sa meilleure amie et même le chat...
La réaction de Franck est à la hauteur de mon récit : trois bonnes minutes de fou rire.
Je lui laisse le temps de reprendre son souffle en espérant secrètement qu'il s'étouffe.
— Ça y est ? Tu es calmé ?
— Oui ! Désolé, dit-il, manifestement épuisé, mais tu avoueras que c'est pas tous les jours que Casanova rencontre Aphrodite et qu'elle a fait vœu de chasteté ! T'es le mec le plus malchanceux de la planète, mon gars !
— Ouais. C'est ce que je me dis tous les jours en ce moment.
— Alors, j'ai gagné un beau manteau en cachemire...

— Doucement, ma poule. Je l'ai cru et en fait... j'adore les défis, tu sais. Elle ne sera pas la première à perdre un pari à la con. Crois-moi, elle est à deux doigts de craquer!

— Deux doigts seulement?

— Sale pervers, t'es vraiment en manque! Vivement que Cathy accouche. Allez, je te rappelle demain pour te raconter la suite!

— J'ai hâte!

— Te fais pas trop d'illusions, mon pote! Allez, va t'occuper de ta femme et on se reparle demain.

Je raccroche et retourne dans le bar où on dirait que Maïa a passé un cap avec Ludovic, qui semble avoir beaucoup plus d'humour que je croyais puisqu'elle rigole à gorge déployée. Sans vouloir remettre en cause les talents comiques de mon collègue, j'imagine que le nombre de mojitos qu'elle a ingurgités n'est pas étranger à cette soudaine hilarité. N'étant pas un salaud prêt à profiter de l'ivresse d'autrui, je vais encore devoir faire une croix sur mes ambitions ce soir.

Et merde, ça va pas du tout, moi! Rien que de penser à ce que je vais louper, je bande comme un ado. Ce qui n'est pas très agréable vu le peu de place dont nous disposons autour de cette table. Pense à autre chose, pense à autre chose. Je tente d'engager la conversation avec Julien, à côté de moi, mais son regard ne me lâche pas. Enfin, il me semble. Je préfère tout faire pour éviter ses yeux verts ensorcelants et tenter de me concentrer sur ce que me dit Julien. Mais visiblement il a remarqué notre petit manège et il me sourit avec l'air du mec qui pense: «Ouais, mon pote, elle est bonne et elle peut être à toi. Alors fais ce qu'il faut.» Mais c'est quoi, justement, ce qu'il faut faire avec une fille comme elle? Qu'est-ce qu'il faut dire ou être? Il n'y en aurait pas une qui voudrait nous donner un mode d'emploi? Parce que celui-là, promis, je le lirais jusqu'au bout. Moi qui m'en suis très bien sorti jusque-là avec la gent féminine, je commence à me demander si je ne me berçais pas d'illusions. Parce que, là, je dois me rendre à l'évidence : ça marche pas.

Allez, j'arrête de la regarder. Je ne voudrais pas passer en plus pour un con frustré.

La soirée se poursuit et on passe un bon moment malgré tout, malgré Maïa qui me snobe et moi qui fuis son regard. Vers 1 heure, le bar ferme et on rentre tous.

On se dit au revoir sur le parking. Je ne sais pas si c'est l'effet de l'air frais, mais Maïa semble nettement plus détendue, heureuse, même. Elle rit beaucoup et s'accroche à mon bras pour marcher. J'adore cette sensation. Ludovic nous regarde nous éloigner, déçu, et je lui adresse un sourire amical en haussant les épaules. Je sais que je lui ai donné le feu vert pour draguer Maïa, mais là, tout de suite, je savoure l'avantage que me procure ce simple bras passé autour du mien. Il me fait me sentir plus grand et plus fort. Bon, en réalité, c'est surtout pour marcher droit qu'elle s'appuie sur moi, mais tant pis, je prends quand même !

Quand on arrive à ma voiture, qui est garée un peu plus loin, je tâte le terrain.

— Alors, ce lieutenant, il te plaît bien, finalement ?

— Richard ? me demande-t-elle, étonnée.

— Richard ? Il y avait un Richard, ce soir ?

— Ah, il ne s'appelle pas Richard ? ajoute-t-elle avec une moue dubitative. Ben, c'est comment, alors ?

— Ludovic.

— Ludovic ? Tu es sûr ? Ça lui va pas du tout. Mais c'est vrai qu'il est charmant.

— Charmant ? Peut-être, mais pas du tout ton genre, non ?

— Ah oui ? Et c'est quoi, « mon genre », Columbo ?

Elle me tend les poignets comme pour que je lui passe les menottes, puis elle m'attrape le bras.

— J'avoue tout, inspecteur : je me suis tapé des dizaines d'avocats coincés, mais pour le reste je suis innocente...

— Tu n'es coupable de rien à part de rechercher des

hommes avec qui tu n'as aucun avenir, pour t'éviter de souffrir.

— Voui.

Elle lâche mon bras et recule de quelques pas. Ça laisse un léger froid à l'endroit où se trouvait sa main. Elle me contemple en souriant.

— Je ne savais pas que les flics étaient aussi psychologues ! Ou alors... Tu es jaloux ! fait-elle en tapant dans ses mains comme une petite fille ravie de son mauvais tour.

— Mais pas du tout ! dis-je en riant et sans grande conviction.

— Si, si, si ! Lieutenant de police Schwartz, non seulement vous êtes un vilain jaloux, mais en plus vous mentez très mal !

— Qu'est-ce que c'est que ce grand sourire, mademoiselle Tournan ? Vous avez réussi votre coup ? Vous vouliez me rendre jaloux ?

— Mais pas du tout ! se défend-elle en cessant de rire. C'est juste que c'est très flatteur qu'un homme se montre possessif.

— Je ne crois pas t'avoir caché mon intérêt pour toi jusqu'ici, dis-je, sérieux, moi aussi.

Elle s'approche de moi. Tiens ? D'habitude, elle a tendance à fuir quand ça devient sérieux.

— A propos, dit-elle avec une lueur provocatrice dans les yeux, il me semble que je te dois quelque chose.

— Que tu me dois...

Je n'ai pas le temps de finir qu'elle s'empare de mon col de chemise pour m'attirer à elle et m'embrasse à pleine bouche. La surprise me fait hésiter une fraction de seconde, mais juste une toute petite fraction... Je pose une main sur son dos et l'autre sur ses reins pour la plaquer contre moi et je lui rends son baiser. Sa langue a la fraîcheur de la menthe et la douceur du sucre de canne.

Je sens ses mains qui glissent le long de mon corps et qui s'arrêtent... à l'endroit exact où je le désire. Sa main droite passe sur mon jean et mon érection se fait de plus en plus dure. C'est bon. Putain, c'est trop bon...

Elle détache à peine ses lèvres des miennes et murmure, collée à moi :

— J'ai dit que je ne pouvais pas coucher... mais jouer...

Je ne comprends pas toujours la philosophie de cette femme, mais ce soir je suis prêt à y adhérer. Je me laisse guider pendant qu'elle défait les boutons de mon jean. J'ai vaguement conscience qu'on est sur un parking, mais c'est le cadet de mes soucis. Plus rien ne fonctionne très bien dans mon cerveau obnubilé par ces quelques mots, qui clignotent comme un néon : je l'ai, enfin !

De toute façon, à cette heure-ci, personne ne viendra nous surprendre au fond de ce parking. Mais le léger frisson de l'interdit fait encore monter mon excitation et je suis près d'exploser quand elle pose les mains sur mon caleçon. Elle descend pour m'embrasser dans le cou, sur le torse... elle ne va pas me sucer sur un parking, quand même ? En fait... j'espère bien que si ! Mais qu'est-ce qu'elle fabrique ? Pourquoi elle remonte ? Oh ! merde ! Elle s'écarte sans crier gare et a juste le temps de se retourner pour... vomir. Décidément, cette fille est un modèle unique et... eh bien, je commence à penser que c'est tant mieux pour l'espèce humaine.

Je m'approche d'elle, inquiet. Je lui demande si ça va, en ayant bien conscience que ma question est purement rhétorique.

Elle me fait un signe un peu brouillon que je décide d'interpréter comme un oui.

Je récupère un paquet de mouchoirs dans la boîte à gants et lui en tends quelques-uns, qu'elle saisit, reconnaissante. Avec mon boulot, j'ai l'habitude de ce genre de spectacle peu ragoûtant mais ce n'est pas le cas de mon érection, qui, elle, a complètement disparu...

Elle revient vers moi, visiblement partagée entre le soulagement et la gêne.

— OK, pas la peine que je dise que ça ne m'arrive

jamais, ce serait faux. Mais enfin, avec un homme, c'est une première !

Elle monte dans la voiture et ajoute, avec un sourire compréhensif :

— Allez, viens, promis, je ne vomirai pas sur tes beaux sièges.

Je fais le tour et grimpe à mon tour, pas certain d'avoir tout suivi.

— Pourquoi ? Ça t'arrive avec des femmes, d'habitude ?

Elle me lance un regard ahuri puis secoue doucement la tête.

— Mais qu'il est drôle ! Tu m'excuseras mais je profiterai mieux de tes excellentes blagues demain, quand ma gueule de bois sera passée. Mais ils mettent quoi dans leurs mojitos ? Ils étaient si forts que ça ? Je n'ai pratiquement rien mangé, mais quand même... Si ça se trouve, c'est Alphonse qui a mis quelque chose dans mon verre...

— Alors, je ne vais pas entrer dans les détails de la recette du mojito, mais c'est pas mal alcoolisé, en effet. Si j'avais remarqué que tu ne mangeais pas, j'aurais fait plus attention à toi. Et désolé mais il n'y avait pas d'Alphonse ce soir, à part peut-être le serveur, mais je ne suis pas si intime avec lui.

Je l'entends marmonner quelque chose :

— Il aurait dû faire plus attention... adorable... Fais gaffe, mon chéri, je vais vraiment finir par m'attacher à toi...

Ses derniers mots se perdent entre deux ronflements. Je démarre et la regarde de biais.

Elle est belle quand elle dort. Elle est belle tout le temps, en fait.

— Pardon, dit-elle en ouvrant soudain grand les yeux.

— De quoi ?

Je la regarde de nouveau, surpris. Même si elle a mille raisons de s'excuser, là, tout de suite, je n'en vois plus aucune.

— C'est pas ce soir que je te ferai plaisir, dit-elle

en souriant, les yeux fermés, la tête contre la portière. Je te promets qu'un jour je ne serai plus un boulet.

Elle s'est endormie.

— C'est pas grave, dis-je tout bas, en lui rendant son sourire. Boulet ou pas, tu es vraiment unique.

Je conduis tout en souplesse pour ne pas la réveiller et la porte jusqu'à la maison. Elle a beau être légère, je galère dans l'escalier et manque de m'étaler sur la Teigne, qui semble avoir passé la soirée à attendre mon retour pour se foutre en travers de mon chemin. Maïa dort toujours profondément, comme une Belle au bois dormant qui aurait abusé des tranquillisants. J'arrive enfin dans notre chambre. Je n'ai pas oublié les recommandations de mon père. Je lui enlève son manteau et ses chaussures. Je contemple son haut et sa jupe en cuir en essayant de chasser les images que je leur ai associées toute la soirée. Bon, pas le choix. Au-dessous, elle porte une culotte en dentelle fine et un soutien-gorge assorti. Je sens que je vais encore passer une bonne nuit, moi. Je souhaite secrètement qu'elle se réveille, mais elle semble profondément endormie. Quand je pense qu'elle a failli me gerber dessus... Je suis vraiment en manque ou quoi ?

Je la recouvre délicatement d'une couette et vais prendre une douche froide, résigné. Je souffle en pensant à demain. Il va falloir que j'appelle Franck. Je vais encore passer pour un con... Et un con aux couilles pleines, en plus.

17. Le jour

« Le plus grand obstacle à la vie est l'attente qui espère demain et néglige aujourd'hui. »

SÉNÈQUE

Oh ! putain, mon crâne ! Et pourquoi il fait si chaud ? Je... HAAA !

Totalement réveillée par mon cri, je me redresse dans le lit d'un bond. Il y a quelqu'un à côté de moi. Alphonse ? Damien ? François ! Lui aussi est réveillé et me regarde, les yeux encore voilés par le sommeil.

— On a, on a...

C'est la seule chose que ma bouche pâteuse parvient à articuler.

— On a dormi ! dit-il, avant de se retourner ostensiblement et de poursuivre, pète-sec : Enfin, *tu* as dormi. Moi, je me suis contenté d'essayer, et, crois-moi, avec tes ronflements c'était héroïque.

Je tire le drap contre moi et, là, tout me revient à la mémoire. Enfin, presque tout. Après le vomi, j'ai un trou noir. Mais qu'est-ce qui m'a pris ? Je serre mon crâne entre mes paumes comme pour l'empêcher d'exploser. Je peux sentir les épis de mes cheveux : avec le mascara d'hier soir, je dois ressembler à Batman. Ou juste à la chauve-souris. Ça ronfle, une putain de chauve-souris ?

— Comment ça, je ronfle ? C'est impossible.

— Désolé mais c'est la triste vérité. Ou alors j'ai

dormi avec la Teigne, mais à ma connaissance elle ne sent pas le rhum.

— Je ne ronfle pas. Je le sais.

— Ah oui ? Et comment tu peux le savoir ? dit-il en se tournant vers moi, appuyé sur un coude. Tu t'écoutes aussi la nuit ?

— Parfaitement ! Enfin, personne ne me l'a jamais dit.

— Alors, c'est que tu n'as jamais passé une nuit entière avec un homme.

Il se lève et sort du lit en caleçon. Pas mal. Je secoue légèrement la tête pour me remettre les idées en place, ce qui a pour seul effet de faire valser mon pauvre cerveau endolori contre les parois de ma boîte crânienne. Il n'a pas tort, en fait : je ne crois pas avoir passé une nuit entière avec un homme depuis cet enfoiré. Mais pas question de lui donner raison. Par contre, je me sens déjà traumatisée par cette histoire de ronflements et je demande, avec une timidité qui ne me ressemble pas :

— Mais je ronfle... beaucoup ?

François passe un jean et se retourne, torse nu. Sous la mèche de cheveux bruns qui lui retombe sur le front (et me donne envie de lui sauter dessus), son regard est sans appel.

— Alors, résumons. Tu as passé la soirée à draguer Ludovic, à savoir le lieutenant Marbot, dont tu n'es même pas foutue de te rappeler le prénom. Tu as dû boire douze mojitos en omettant de manger, ce qui revient à enfreindre une règle d'or que toute personne qui a ta descente n'a pas le droit d'ignorer. En sortant, complètement bourrée, tu me proposes une pipe sur un parking pour finalement te raviser et me vomir dessus... Et donc ce qui t'inquiète, ce matin, c'est de savoir si tu ronfles fort ?

Ah ! c'est vrai que vu comme ça... Bon, j'arrête d'insister. D'ailleurs, avec le marteau-piqueur que j'ai dans la tête et mon haleine de balai de chiottes, j'ai d'autres priorités pour l'instant. Comme penser à ne pas raconter cet épisode dans mon calepin et ranger l'ensemble de la soirée dans la case *black-out.* Mais pourquoi François me regarde comme ça ? Ah oui ! il attend une réponse. Putain, ce mec est vraiment bizarre. Ou alors c'est moi qui le suis ? Possible, parce que depuis que je le connais j'ai l'impression qu'il me regarde comme si j'étais la preuve vivante que les ovnis existent. Je bredouille néanmoins une réponse :

— Euh, non, oui, non. En fait, le fond du problème, c'est que si je ronfle fort ça signifie soit que je suis un homme, soit que j'ai un problème et qu'il faut que je me fasse opérer. Et je dé-tes-te les opérations.

Je le regarde en tentant mon premier sourire de la matinée, censé me faire un peu moins ressembler à la chose fripée et malodorante que j'ai bien conscience d'être. Il secoue la tête et semble même abandonner toute envie de me parler. Ce qui ne m'empêche pas de reprendre :

— Et puis je te signale que je ne t'ai pas vomi dessus. Sinon tu penses bien que ma première préoccupation n'aurait pas été mes prétendus ronflements, mais de trouver les magasins étranges où tu te procures tes chemises afin de réparer mon forfait. Et franchement quelque chose me dit que ça ne doit pas être un endroit où je mets régulièrement les pieds, ça aurait sans doute compliqué ma journée.

Ses épaules s'abaissent d'un coup comme si tout le poids du monde leur était tombé dessus sans crier gare et il me lance un regard mauvais (mais du genre très mauvais), au point que je suis prête à avouer tous les crimes de l'humanité pour être tranquille. Puis il va dans la salle de bains et claque la porte.

Bon, enfin seule. La porte de la chambre émet un bruit très étrange (comme si un rugbyman bourré essayait de la défoncer de l'épaule en loupant systématiquement le chambranle) puis finit par s'entrouvrir. Je me penche un peu et vois entrer la Teigne. Elle me regarde d'un air... d'aucun air, en fait, les yeux de ce chat reflètent l'intérieur de son crâne : le grand vide. Donc la Teigne sait ouvrir les portes, intéressant, intéressant... Non, en fait, je m'en fous, ce qui m'importe, c'est mon mal de tête ! Elle monte sur le lit devant moi et commence sa toilette.

— T'as pas un Doliprane ? demandé-je à la bête.

Pour toute réponse, elle cesse de se lécher et me crache dessus. Hé, ça va ! Qu'est-ce que vous avez tous avec moi ce matin ? Je me cale aussi loin que possible d'elle en remontant le drap pour m'en servir comme d'un bouclier. Je m'aperçois alors que je suis en sous-vêtements. En fait, je le savais déjà mais là, après quelques minutes de quasi-réveil, l'information prend toute son importance et une question s'impose : putain, mais comment c'est possible ?

Bon, calmons-nous. J'ai besoin d'aide.

Mon portable doit être dans mon sac, qui est lui-même à côté du lit, donc pas loin de la Teigne. Tandis que je tends doucement la main, le monstre relève brusquement la tête, la patte en l'air suspendue dans un arrêt sur image parfaitement grotesque, et m'étudie. Merde. Je ralentis encore mon mouvement sans quitter l'ennemi des yeux. J'arrive à attraper la lanière de mon sac, que je fais glisser par terre jusqu'à moi. Je le hisse sur le lit et en sors mon portable. La Teigne reprend sa toilette, montrant finalement un total désintérêt pour mes activités.

9 heures seulement : impossible d'appeler Lydia aussi tôt. Jules ! Je sais que je vais le réveiller aussi, mais pour le coup non seulement je n'ai aucun scrupule, mais en plus ce sera mon petit plaisir du matin. De toute façon, il me doit bien ça.

Cinq sonneries plus tard, quand je m'apprête à raccrocher pour retenter le coup, il décroche d'une voix pâteuse :

— T'es morte et tu m'appelles du paradis ?

— De l'enfer, plutôt, dis-je aussi bas que possible pour éviter que François entende.

— Ça m'étonne pas, chérie, je t'ai dit d'arrêter tes excès.

— Tu voudrais pas m'aider, au lieu de me faire la morale ? J'ai besoin de toi, Jules.

— Qu'est-ce que tu as encore foutu ? demande-t-il d'une voix beaucoup plus forte et réveillée.

— Pas grand-chose..., dis-je doucement, en perdant mon assurance.

— T'as couché avec lui ? aboie-t-il.

— Non ! Merde. Arrête. Aide-moi, pour une fois, au lieu de te contenter d'empocher l'argent de mes ventes.

Il semble s'adoucir un peu.

— Vas-y, mon agneau, raconte, je me fais un café.

— Oh ! pitié, fais-m'en un aussi, dis-je en pleurant presque.

J'entends le bruit de sa cafetière qui se met en route et, là, je donnerais très cher pour être dans son loft en ce moment même. Même si ça veut dire me trouver au milieu d'une partouze gay.

— Je lui ai vomi dessus, dis-je si faiblement que même moi je m'entends à peine.

— Hein ?

— Je lui ai vomi dessus hier soir. Enfin presque dessus, à côté, quoi.

Silence au bout du fil. Même la cafetière se tait.

— Jules ? Mon chéri ? Allô ? Mon éditeur unique et préféré ? Tu es toujours là ?

— Maïa, explique-moi comment tu peux vomir sur quelqu'un dont je t'ai interdit de t'approcher ! J'aurais dû être plus précis ou quoi ? Ne pas le toucher, ne pas le regarder, ne pas s'approcher de lui à moins de deux mètres, ne pas lui vomir dessus, ne pas vomir à côté de lui, je ne sais pas, moi...

Je lui coupe la parole.

— Jules, arrête ton mélodrame !

— Bon, maintenant, tu me racontes tout, m'ordonne-t-il. Maintenant, je suis soit parfaitement réveillé, soit en train de faire le rêve qui pourrait bien être le plus drôle de ma vie. Allez, vas-y, crache tout et n'omets rien.

Je lui résume comme je peux en surveillant la porte de la salle de bains et la Teigne. J'occulte volontairement l'épisode de la pipe ratée sur le parking et la remplace par un baiser, manière de ne pas trop mentir non plus. Jules écoute et rigole de temps en temps.

— Et il est où, là ? demande-t-il enfin.

— Il se douche...

— Tu m'étonnes, répondit Jules en ricanant.

— Jules, si c'est pour m'enfoncer, je raccroche.

— Mais tu t'attends à quoi ? me dit-il. Je ne peux pas faire de miracles pour tes cheveux, ton haleine et l'image désastreuse que tu me donnes même à sept cents bornes de distance, ma chérie.

— Je ne vais pas y arriver, dis-je en sanglotant.

— Arrête, Maïa, reprends-toi ! Tu vas attendre qu'il sorte, aller te laver les dents, la bouche, les cheveux, le corps, tout ce que tu peux, au Kärcher s'il faut. Ensuite, tu descends prendre trois cafés noirs sans sucre et un Coca zero. Tu t'excuses, tu le suces et on fait comme si de rien n'était.

— Je le suce ? demandé-je, ébahie.

— Oui, il va bien falloir te faire pardonner après lui avoir vomi dessus.

— Presque dessus.

— Laisse tomber les détails. Vu les commentaires de tes conquêtes, tu ne dois pas être trop mauvaise en pipe. Il faut savoir utiliser ses atouts dans la vie...

— Merde, il a fini. Je raccroche.

François entre dans la chambre avec sa sempiternelle serviette nouée autour de la taille. Il me regarde avec insistance.

— Quoi ? Ah oui !

J'ai compris, je me retourne. Il veut s'habiller.

— Je suis désolée, dis-je, penaude.

Il ne répond rien.

— Désolée de t'avoir... aguiché... désolée de t'avoir

presque vomi dessus... Et puis aussi désolée... euh... d'avoir ronflé.

Je me retourne, pour le voir passer un T-shirt.

— Et ?... demande-t-il.

— Et quoi ? J'ai oublié quelque chose ?

Il me regarde en croisant les bras.

— Désolée d'avoir dragué ton collègue ? lancé-je.

— Non, ça, je m'en fous, dit-il.

— Alors quoi ?

— Mes chemises.

— Qu'est-ce qu'elles ont, tes chemises ?

— J'en ai marre que tu les critiques. Que tu n'aimes pas la façon dont je m'habille, je m'en contrefous, mais garde tes commentaires pour toi, à l'avenir, s'il te plaît.

Oh ! Il semble vraiment vexé. En plus, je les aime bien, ses chemises, c'était juste une manière de l'emmerder sur quelque chose.

— OK.

— Je descends nous faire du café, dit-il.

— Je vais me doucher.

Je me lève et vois son regard s'arrêter sur moi.

— Au fait, comment je me suis retrouvée en sous-vêtements ?

Son regard s'assombrit légèrement puis il me répond :

— Tu voulais peut-être que je les enlève aussi ?

— Ha ! ha !

— La prochaine fois, je te laisserai te débrouiller avec tes fringues.

— Il n'y aura pas de prochaine fois. Je ne sais pas ce qui m'a pris de ne pas manger. Ça devait être le contrecoup du choc de l'accouchement catastrophe de ta sœur.

— Je pense aussi. C'est pas grave.

— Merci de t'être occupé de moi, en tout cas.

— Les hommes ne sont pas tous des enculés, dit-il en souriant.

— Et les femmes sont toutes les mêmes, désolée, je ne vais pas te mentir.

Il sourit, s'apprête à ouvrir la porte, mais se ravise.

— En fait, j'ai enlevé tes sous-vêtements, mais, comme je pensais que tu le prendrais mal, je te les ai remis, dit-il en sortant précipitamment et en fermant la porte pour ne pas se prendre l'oreiller que je lui lance dessus de toutes mes forces.

— Pervers !

— Chuuuuuu !

Ça, c'est la Teigne, contrariée par ce remue-ménage.

— Ta gueule, toi !

Elle ouvre de grands yeux, semble peser le pour et le contre et finit par descendre gentiment du lit sans un regard pour moi. Echec, animal sauvage ! Je t'ai eu ! Ou alors c'est mon haleine...

Avant d'aller me doucher, je reçois un texto de Jules :

J'abandonne. En 1 semaine tu as défié toutes mes recommandations. Plus d'interdit, s'il t'a pas foutue à la porte c que c un surhomme ou Dieu. Bon courage à lui, à toi ou aux autres. Je te fais confiance, fais à ta guise !

Deuxième texto, qui arrive juste derrière :

Ecris-moi juste ce putain de livre !!!

Ah, je me disais aussi. Je souris et vais me doucher.

Le dimanche se passe tranquillement. François va courir une heure — très peu pour moi, merci — puis va faire un tour au marché avec les autres, avant de rejoindre Paul à la clinique. Je préfère rester sur la terrasse. Au frais, certes, mais assise et au repos. Je préfère ne pas retenter l'expérience du marché, j'ai déjà mal à la tête, je vais donc épargner mes pieds.

Ça fait du bien d'être seule. Lydia passe me voir dans l'après-midi et on boit un thé tranquillement pendant qu'elle me détaille sa rencontre du midi avec sa belle-mère, chez qui Julien est resté bosser. Elle a sa tête des mauvais jours.

— C'est Cruella ! assène-t-elle avec un regard de folle.

— Qui ça ?

— Ma belle-mère !

— Rectificatif, ma chérie : toutes les belles-mères sont des Cruella. La tienne ne fait donc pas exception.

— Tu dis ça parce que tu ne l'as pas vue. Je te jure. Elle est sèche, maigre, aigrie, acariâtre, faux cul, froide et sans âme. Je suis étonnée qu'ils aient pris Glenn Close au casting, elle aurait été cent fois meilleure !

— Sympa, vu ta description, je préférerais rencontrer le diable en personne.

— Moi aussi !

— Mais comment est Julien ?

— Adorable, mais tendu. De plus en plus tendu, mais super avec moi. Techniquement, je n'ai rien à lui reprocher. Et tu le verrais quand il parle à sa mère... Il est plus doux avec notre secrétaire, c'est pour te dire.

— Alors tout va bien. Tu la verras au maximum une fois par an. Dis-toi que certaines ont leur belle-mère au bout de la rue.

— Non, là, aucun risque. Je crois qu'elle-même ne le supporterait pas. En fait, je ne pense pas qu'elle ne m'aime pas, je pense juste qu'elle n'aime personne à part elle.

Je soupire.

— Elle ne t'aime pas, c'est le principe. C'est pour ça qu'il y a ce « belle » bidon devant « mère », pour noyer le poisson. Mais oublie et dis-toi que tu as l'extrême chance de ne pas avoir la version collante, celle qui veut tout gérer à ta place.

— Mais je tiendrai jamais une semaine !

— Arrête de te plaindre. Il y a pire qu'être en vacances dans le Sud pour Noël. Tu es dans ta famille avec le play-boy qui te sert de petit ami, boss de sa boîte et friqué ! Et je te rappelle que tu as la chance d'avoir ta meilleure amie coincée dans ce trou perdu avec toi.

— Tu n'as qu'à t'en trouver un, toi aussi, de play-boy, jalouse ! dit-elle en riant et en nous resservant du thé. Allez, change-moi plutôt les idées. Hier soir, vous êtes partis bras dessus, bras dessous, plutôt proches... Comment ça s'est fini ?

— Ah ben, ça, pour être proches, on était proches, oui !

— Tu as mis ton plan en pratique ?

— Pas tout à fait...

— C'est-à-dire ?

— J'ai vomi !

— Sur lui ?

— Non ! Quand même, j'ai ma dignité... A côté de lui, en fait.

— Devant lui ? Il t'a vue ?

— Il pouvait pas me louper, on venait de s'embrasser.

— Tu as vomi juste après l'avoir embrassé ? demande-t-elle, proche de l'hystérie, avec des yeux moqueurs que je n'aime pas trop.

— Voilà, c'est ça, dis-je, laconique.

— Alors là ! Au rayon bizarreries, tu me bats à plate couture ! Et toi qui te foutais de ma gueule l'été dernier après mes aventures avec Julien... Chapeau, ma belle !

— Ouais, ben, moi, je ne me suis pas gourée quarante-cinq fois de chambre, je n'ai pas eu ma valise bouffée par des chiens et il y a pas de rumeurs comme quoi je suis enceinte d'un homme que je pseudo-déteste, ce qui m'empêche de boire de l'alcool au mariage de ma meilleure amie !

— Oui, vu comme ça, je retire « à plate couture ».

Elle se lève, regarde dehors et poursuit en comptant sur ses doigts à chacune de mes tares.

— Mais tu es allergique à la vie de couple et tu fais semblant d'être éprise d'un homme que tu connais à peine. Tu supportes sa mère, son père et même sa sœur, que tu as aidée à accoucher, toi qui n'hésiterais pas à jeter les enfants à l'eau pour empêcher le surpeuplement de la planète. Tu n'as pas eu de relation depuis ce qui doit être à tes yeux une éternité. Tu dois écrire un livre que tu n'as jamais eu l'intention de commencer sur quelque chose qui t'échappe complètement. Tu n'as pas le droit de coucher avec un des plus beaux spécimens existants, même si ça te tuerait de le reconnaître, et en plus tu te retrouves à côté de chez tes parents pour Noël !

— Ah, mais c'est formidable, Lydia ! A partir de maintenant, quand je vais pas trop mal, je t'appelle, histoire d'être sûre de voir le mauvais côté des choses !

Elle me regarde et rigole.

— Reconnais que je ne suis pas très loin de la réalité...

— Malheureusement, tu n'as pas tort, non. Oh ! Lydia ! Je ne vais jamais y arriver, pour ce livre, je n'ai pas une once d'inspiration. C'est un calvaire !

Elle s'approche de moi et me prend dans ses bras.

— Allez, ma foldingue, arrête ton cirque ! Tu sais très bien que c'est faux. Tu es le meilleur écrivain que je connaisse. Il te manque juste un petit déclic, c'est tout, et je suis sûre que tu vas l'avoir, ton inspiration. Tu retournes au boulot avec lui demain ?

— Ouiii ! dis-je en pleurnichant à moitié. En plus, je lui ai aussi fait croire que j'étais une lève-tôt. Je sais pas ce qui m'a pris. Je ne voulais pas entrer dans les stéréotypes. Maintenant, je suis obligée d'être fraîche et pimpante tous les matins et je n'ai même pas le droit de me plaindre. Et puis je vais devoir revoir Loïc...

— Pour ton réveil matinal, facile : tu augmentes les doses de café et tu te reposeras en remontant à Paris. Pour Loïc, par contre, je ne peux rien pour toi vu que je ne sais pas de qui il s'agit. A part si on parle du GI Joe qui était là hier soir, auquel cas il s'appelle Ludovic. Mais c'est bien, vous progressez, ma petite dame, votre blocage sur les prénoms s'améliore : au moins, maintenant, il y a des sonorités en commun.

Je la regarde, désespérée. Elle continue :

— Pour Ludovic, donc, ne fais rien ! Laisse-le te draguer. Ça peut durer une vie, la drague, tu le sais aussi bien que moi. Au pire, laisse-toi faire, sors avec lui, ça t'aidera à mettre de la distance avec François. Si c'est ce que tu veux.

— Oh oui, c'est ce que je veux ! Ce mec est un poison pour moi. C'est ma kryptonite personnelle.

Je fais connerie sur connerie quand je suis avec lui et l'expérience d'hier m'a prouvé qu'il valait mieux s'arrêter là. Et puis j'ai peur qu'il s'attache.

— Qu'*il* s'attache ? objecte Lydia.

— Oui, *il*.

— Oui, oui, bien sûr, fait-elle en se resservant du thé. Toi, avec ton cœur de pierre, tu ne t'attacheras jamais. J'avais oublié. Tu adopteras des enfants à quarante-cinq ans pour ne pas finir vieille fille, et comme tu seras éternellement jeune et belle tu continueras à te taper tout ce qui passe en profitant de la vie.

— Mais tu sais que ton sarcasme m'avait manqué ? Rappelle-moi qui pensait exactement la même chose il y a six mois à peine ?

— Oui, eh ben, j'étais conne. C'est déjà pas mal de le reconnaître, non ? Et puis attention, je n'ai jamais dit que je finirais ma vie avec Julien ! Je l'aime, certes, mais il me trompe une fois et je le tue ! Cela dit, pour moi, c'est le bon, alors, s'il déconne, plus d'autre chance, je n'ai plus qu'à me retirer du jeu et à finir ma vie avec un chat.

C'est ce moment-là que la Teigne choisit pour passer paresseusement devant nous en traînant son gros bide. On éclate de rire toutes les deux.

— Tiens, j'ai déjà un candidat ! dis-je en riant. Ma pauvre, reste avec Julien ou bien tu connaîtras l'enfer avec cet animal ! Et je te promets que tu regretteras ta belle-mère.

— Oui, je compte bien rester avec Julien, dit-elle, redevenant sérieuse. Mais tu as raison, il y a six mois, je n'aurais pas misé un kopeck sur cette histoire. C'est marrant, comme ce n'est jamais ce que tu crois avoir écrit qui se réalise.

Elle se tait et me regarde. Je me lève pour aller rincer nos tasses dans l'évier.

— Tu essayes de me faire passer un message, c'est ça ? Même pas en rêve. La psychologie de bazar, avec moi, ça ne marche pas.

Sur cette conclusion moyennement constructive, les parents de François rentrent de la clinique avec François et Paul. Nous bavardons un peu avec eux et prenons des nouvelles de Sophia et la petite, puis Lydia file retrouver Julien.

La soirée se poursuit à table, dans une ambiance très détendue. On discute comme de vieilles connaissances, on reparle des bosses d'Elinor et d'Alain, on rit beaucoup. Jusqu'à ce qu'Elinor aborde la question de Noël. Et, là, c'est le drame : ma « belle-mère » nous a fait la surprise d'inviter mes parents au réveillon. Je m'apprête à lui dire qu'ils ne sont pas là, qu'ils sont en vacances à Papeete comme tous les ans ou qu'ils ne fêtent jamais Noël, quand elle me prend de court en m'apprenant qu'elle en a déjà discuté avec Lydia et que celle-ci lui a dit qu'ils seraient ravis !

La garce. Je reste sans voix. Je ne peux même plus déglutir. Je regarde François dans l'espoir qu'il me trouve une solution miracle et je vois que c'est pire. Il est figé comme le personnage d'un tableau, la fourchette à mi-chemin entre l'assiette et sa bouche. Bouche restée grande ouverte et surmontée d'une paire d'yeux exorbités comme dans un film comique. Je le fusille du regard. Non mais depuis quand les flics sont aussi doués que des gamins de trois ans pour cacher leurs émotions ? Après quelques secondes de pétrification, il semble reprendre vie, bouge les paupières et avale sa salive.

— Euh, maman, c'est peut-être un peu prématuré, non ? Maïa ne me les a même pas encore officiellement présentés.

— Je sais, je sais ! dit Elinor en prenant un air penaud. En fait, je suis tellement euphorique que je voudrais un Noël parfait où tout le monde serait réuni. Le réveillon, c'est mercredi soir, Sophia sera sortie de la clinique, ce sera l'occasion de fêter ça tous ensemble. Oh ! Maïa, ne m'en voulez pas ! J'ai simplement voulu bien faire. Je voulais vous faire la surprise. J'ai... J'ai comme qui dirait appelé vos parents.

— Vous avez *quoi*? dis-je sans maîtriser mon agressivité.

Elinor semble se tasser légèrement sur sa chaise.

— Je me suis aperçue qu'ils ne savaient pas que vous étiez dans le Sud. Ce doit être un malentendu, mais ils vous croyaient à Papeete avec François.

Note pour plus tard : éviter les fausses bonnes idées du genre envoyer un mail à mes parents pour leur dire que j'ai rencontré un homme et qu'on est en vacances à Papeete.

Elinor reprend :

— Ils ont semblé agréablement surpris, en tout cas. D'ailleurs, votre maman m'a l'air d'être une femme charmante. Elle a été très émue par ma proposition. J'étais un peu gênée de la prévenir au dernier moment, mais ça ne semble lui avoir posé aucun problème.

Tu m'étonnes. Les deux pires marieuses de la Terre réunies le temps d'un réveillon. Ma mère pourrait déplacer une montagne à mains nues pour voir sa fille se caser plutôt que de devenir le cas désespéré et/ou la lesbienne esseulée qu'elle imagine.

Je crois que je vais défaillir. Paul a dû le remarquer puisqu'il se met à parler de tout et de rien pour changer de sujet. Il dit qu'il vient de recevoir un texto de Sophia, ce qui a le mérite de détourner l'attention générale de ma personne et de me laisser le temps de me recomposer un visage.

Une pelle, un trou, vite. Je ne demande rien de plus. Je suis même prête à creuser moi-même le trou si on me fournit la pelle. Mais dans quel merdier je me suis foutue ? Je ? Non. Dans quel merdier Lydia m'a foutue ? La garce. La pelle et le trou, c'est pour elle, en fait.

Le repas se termine sans autre incident notable. En même temps, après cette bombe, je vois pas bien ce qui pourrait arriver de pire.

Tandis que les autres s'installent dans le salon pour une joyeuse soirée télé en famille, j'enfile mon manteau et rédige un premier texto vengeur :

Ecoute-moi bien, Judas, fuis sans te retourner, c ton seul espoir. Ne ferme plus jamais les deux yeux quand tu dors. J'ai mis un contrat sur ta tête.

La réponse ne tarde pas :

Merde. Tu le sais.

Puis :

Je suis désolée.

Et juste après :

Peux pas appeler, on en parle demain. Je te jure pas fait exprès. Elle m'a coincée.

Je bouillonne de rage.

Foutage de gueule ? Tu comptes aller à un mariage bientôt ? Tu as acheté une robe et tu cherches une occase de la porter, c ça ?

Cette sale traîtresse :

Lol non c un accident je te jure je ferai tout pour me faire pardonner. Je voulais t'en parler tout à l'heure mais pas eu le courage.

Moi :

Je veux une nouvelle identité, des papiers, changer de couleur de cheveux et 1 million pour quitter le pays et tu seras pardonnée.

Mon ex-meilleure amie, qui brûlera en enfer :

Ça va être dur. OK. Pour les cheveux j'aime pas ta couleur.

Le temps que j'écrive la réponse remplie de noms d'oiseaux, un autre texto arrive :

Je plaisante arrête de m'insulter.

Puis elle me renvoie un texto :

J'ai essayé de la dissuader de les appeler quand elle a su qu'ils habitaient MTP et sans faire exprès j'ai dit qu'ils étaient là. Mais elle est têtue Elinor.

Moi :

C ça. Suis folle de rage. Je sais pas quoi faire, je te hais. Démerde-toi avec ta belle-mère.

Judas Iscariote :

Nooooon pitié je t'm.

Moi :

Je te hais.

Brutus devant César :

C normal c'est le premier effet mais ça va passer je suis sûre, c qu'un soir.

Moi :

Noël putain, Noël avec un inconnu et sa famille qui nous prend pour un couple.

Cette petite garce :

Eh ben, vis ta vie de couple profite des bons côtés en te disant qu'après tu retrouveras ta liberté.

Moi :

L'histoire se reproduit c ça…

Les larmes me montent aux yeux sans que je puisse les stopper.

Lydia :

Non c différent. C pas Frédéric.

Moi :

Pourquoi ? Il s'appelle François et il a pas de voisine ? C tous les mêmes, comme mon père.

A ce moment-là, mon portable sonne et je décroche.

— Je suis sortie, me dit Lydia.

Après un silence, elle reprend :

— Maïa, tu ne peux pas mettre les fautes de certains sur le dos de *tous* les autres.

— Ah oui ? Mon fiancé me trompe juste avant Noël, et quelques jours après je trouve mon père dans son bureau en train de culbuter une autre femme, mais t'as raison, ils sont pas tous pareils. Juste ceux qui m'entourent !

— Maïa, je sais. Frédéric était un connard. Ça, c'est un fait établi. Mais tes parents, ça ne te regarde pas. C'est ta mère qui gère ça, pas toi. Si ton père la trompe, qu'elle le sait et qu'elle laisse faire, pourquoi, toi, tu t'en mêlerais ?

— Pff. Super argument, ça change rien.

— Ça change tout. Ta vie, c'est pas la leur. Frédéric n'était pas le bon, vraiment pas, et c'est bien que tu l'aies su avant de l'épouser plutôt qu'à votre troisième enfant, non ? Il était beau et ça t'a aveuglée, mais c'est un tel salaud que je suis sûr que sa mauvaise âme l'a enlaidi.

Je souris.

— Hum, comme le portrait de Dorian Gray ?

— Exactement ! Bon, tu as fait une erreur qui s'appelle Frédéric, mais il n'y a pas que des hommes comme lui sur la Terre. Certes, il y en a beaucoup, mais ne laisse pas une erreur te bouffer la vie.

— De toute façon, ça ne change rien. Je n'aime pas les hommes. Ils font tous souffrir un jour les femmes qui ont le malheur de les approcher.

— Tu sais, Maïa, pour l'instant, c'est plutôt toi qui fais souffrir les hommes.

— Et alors ? C'est pas le juste retour des choses ?

— Non, pas s'il y a des gentils qui n'ont rien demandé et se retrouvent à payer les pots cassés. Parmi ceux que tu as largués, il y avait des types bien qui en ont bavé par ta faute.

— N'importe quoi.

— Will m'a appelée pendant un mois, presque tous les jours, pour savoir comment tu allais et si je pensais qu'il y avait une chance entre vous.

— Hein ?

— Et puis Erwan aussi.

— Quoi ?

— Le plus drôle, c'est Pierre, qui m'a fait envoyer des fleurs au bureau pour que je te les fasse suivre. Il n'osait pas te les donner lui-même et avait peur que tu les jettes en voyant sa carte.

— Mais c'est qui, Pierre ?

— Nous y voilà ! Cette manie de ne pas retenir les prénoms masculins, c'est symptomatique, ma vieille, Freud aurait adoré. C'est le moment de consulter. Ah, et pour ta gouverne, Pierre, c'est celui de chez Apple.

— Ah oui ! Pas très remarquable, plutôt geek.

— Comme la plupart de tes conquêtes : informaticiens, financiers, avocats, pas de professions à forte vie sociale. Ils sont tout à toi, comme ça. Pas mal, mais pas des tombeurs non plus. Ils ont l'impression d'avoir gagné à un jeu télévisé, avec une bombe comme toi, ils t'adulent, ce qui flatte ton ego, et puis tu les quittes. Ce qui les brise. Mais tu ne t'en rends même pas compte.

Je réfléchis et essaie d'assimiler toutes les informations qu'elle me donne.

— Tu déconnes ?

C'est la seule chose qui me vient.

— J'ai gardé les fleurs séchées de Pierre dans mon bureau, si tu veux des preuves. Je savais que tu ne saurais même plus qui il était trois jours après et ça me permettait de faire râler Julien qui était jaloux.

— Tu m'embrouilles ! Tout ça, ça n'excuse pas ce que tu m'as fait, dis-je, retrouvant ma colère.

— Je sais. Pardon. Je t'aiderai, promis. Je ne lâcherai pas mon téléphone ! Et après, si tu veux, on rentre ensemble à Paris. On reprend notre petite vie tranquille, on annonce à tes parents ta rupture, François se démerde avec les siens et on se fait un bon resto, toutes les deux, comme au bon vieux temps. Et c'est moi qui paie… Et rien à voir avec le pari, c'est pour me faire pardonner.

— Avec un bon chardonnay ? dis-je avec une toute petite voix.

— La meilleure bouteille de la maison !

— On en reparlera. Je suis encore fâchée pour l'instant. Je te laisse, je suis congelée.

Je raccroche et me retourne pour voir la Teigne allongée sur le paillasson de l'entrée. Avachie, plutôt. Si j'en crois le nombre de fois par jour où je la croise, soit elle passe sa vie à me suivre, soit il y a plusieurs chats sur le même modèle dans cette maison.

J'enjambe le sumo avec une extrême prudence, histoire de ne pas marcher sur cette grosse mine antipersonnel. En équilibre précaire, je m'apprête à pousser délicatement la porte quand elle s'ouvre sur François, ce qui a pour résultat de faire fuir la Teigne, qui heurte mes jambes, me fait basculer et me fait tomber dans les bras de François.

— Oh ! putain, c'est pas un chat ! C'est ma mère déguisée, en fait ! dis-je en prenant appui sur le corps ferme de François pour me relever.

— Ça va ? demande-t-il.

— Non. Et toi ?

— Pas vraiment.

Bon, au moins, pour une fois, on est sur la même longueur d'onde, lui et moi. On monte à l'étage tout en parlant. Arrivé dans la chambre, notre chambre, il me demande :

— On va faire comment ?

— Eh bien, comme un gentil petit couple ! On va passer un super réveillon en famille et puis surtout on va boire pour oublier. On aura la gueule de bois le lendemain, mais après quelques jours je pourrai remonter à Paris, annoncer notre rupture à mes parents comme convenu. On ne change pas le scénario ! Ce n'est pas parce qu'il y a des modifications mineures que ça va tout chambouler.

— OK. Tu en es où de ton livre ?

— Ça avance, dis-je, hésitante.

— Tu n'as rien fait, c'est ça ? demande-t-il en s'asseyant sur le lit.

— A peu près, oui. Mais ne t'en fais pas, je ne vais plus te coller bien longtemps. Je trouverai une solution et je fêterai la fin de cette année de merde à Paris. De toute façon, il est hors de question que je reste dans ce trou perdu plus d'un mois.

— OK, je te fais confiance. Honneur aux dames, dit-il en m'indiquant la salle de bains d'un geste courtois de la main.

18. La nuit

« Oui, femmes, quoi qu'on puisse dire,
Vous avez le fatal pouvoir
De nous jeter par un sourire
Dans l'ivresse ou le désespoir. »

ALFRED DE MUSSET

Voilà, c'est la nuit. Et c'est de pire en pire. Maintenant, elle est en nuisette et dort à côté de moi. J'ai eu beau prendre une douche froide, je suis bon pour une nuit blanche.

Elle a vraiment un corps parfait. Le peu que cache la nuisette ne laisse presque aucune place à l'imagination.

« Ce trou perdu », c'est comme ça qu'elle qualifie le Sud. Voilà, François, au moins, la question ne se pose même pas. Tu vas faire ta vie dans le Midi, elle va remonter à Paris, fin de l'histoire. Sauf que je n'aurai même pas réussi à coucher avec. C'est même plus une question de pari avec Franck, c'est juste une question de dignité, merde. A propos de Franck, quand je l'ai appelé ce matin pour lui raconter ma fin de soirée, j'ai cru avoir une hyène hystérique au bout du fil tellement il se foutait de ma gueule. Il n'a même pas réussi à me dire « je te l'avais bien dit » entre deux putains de gloussements.

Je n'ai jamais autant galéré pour avoir une femme. Elle détesterait que je dise ça, mais Maïa, dans son genre, c'est un vrai stéréotype : un pas en avant, deux pas en arrière. Et en même temps elle s'y connaît au moins autant que moi en voitures, ne semble pas apeurée par la moindre petite bête (la Teigne ne compte pas), ne veut pas de mari et encore moins de famille. Elle a plus de caractère que la moitié des taulards que j'ai rencontrés et marche sur des talons de dix centimètres comme une équilibriste chevronnée. Un mystère. Mais un mystère avec un sacré beau cul. Et merde, ça recommence. Allez, dors, François, dors...

Et voilà, évidemment, je me réveille dans le même état qu'hier soir. Je vais me doucher avant que Maïa se réveille. Elle est encore plus belle quand elle dort car elle n'a pas ce rictus qui lui donne l'air d'être toujours sur la défensive.

Quand je sors de la douche, un peu calmé, elle est levée. Je descends prendre un café et on part ensemble au commissariat. Aujourd'hui, je suis sur le terrain. Je n'aime pas trop l'idée de l'emmener, après tout, ça peut être dangereux. Mais Ludovic me soutient que ça ne craint rien, qu'on est deux et que c'est juste un repérage.

Il semble vraiment vouloir jouer les gardes du corps et ça commence à me gonfler.

On arrive dans un entrepôt sur l'un des quais près du port de La Grande-Motte. On repère rapidement la voiture que l'on cherche. Dans la nôtre, l'ambiance est un peu tendue. Ludovic essaie de rassurer Maïa avec des phrases toutes faites, mais elle n'a pas l'air d'avoir tant besoin que ça qu'on la rassure. Depuis ce matin, elle a le regard vide et semble plongée dans ses pensées. Ce réveillon de Noël en famille doit vraiment la chambouler. Si j'en crois ce que j'ai entendu derrière la porte hier soir, ça a un grand rapport avec son connard d'ex. Oui, je sais, c'est mal, d'écouter aux portes, mais quand j'ai surpris le début de la conversation ma curiosité a été plus forte que mon savoir-vivre.

On se gare à quelques mètres d'un endroit où sont

sorties plusieurs voitures que Ludovic a déjà repérées ailleurs.

Après quelques minutes, on décide de lancer une opération pour ce soir car nos données se recoupent : le transfert des faux billets devrait avoir lieu cette nuit. Ce n'est pas *le* gros coup car il ne s'agit que d'une petite quantité de fausse monnaie, mais l'un des mecs que j'ai en ligne de mire depuis longtemps sera présent. Avec lui sous les verrous, le réseau tombera, ce qui perturbera le trafic et permettra de démanteler tout le reste. Cette enquête, c'est des mois de travail de fourmi qui démystifie toutes les conneries qu'on peut voir à la télé.

Maïa se met à nous poser des questions pendant que nous rentrons au commissariat. Je lui détaille les débuts de l'affaire, les interrogatoires, les suspects relâchés faute de preuves, les règlements de comptes qui ne mènent à rien... Mais on lui raconte surtout les heures passées au bureau, à relire des rapports interminables, à contrôler la moindre erreur qui pourrait nous coûter l'enquête, à répondre aux critères d'exigence de nos supérieurs, qui veulent que tout soit « propre » et conforme à la procédure même si ça risque de tout faire foirer. Marbot a travaillé dur, lui aussi, et même si c'est mon enquête je dois avouer que le boulot sur Montpellier a été parfaitement mené. D'ailleurs, ça me rassure : si je suis muté, je ne bosserai pas avec des bras cassés.

Maïa a l'air sincèrement intéressé et noircit les pages de son calepin. En arrivant au commissariat, Marbot et moi nous consacrons à l'opération de ce soir. Il faut agir vite et fort, avec précision. Maïa en profite pour prendre encore des notes ; elle nous suit un peu partout et interroge d'autres lieutenants.

Vers 16 heures, le commissaire Julain sort de son bureau et pète un câble. De nombreux détails ne sont pas encore au point. Il vient me voir pour me dire que Maïa, en tant que civile, n'est plus la bienvenue. Il a raison, ça peut être dangereux.

Je lui paie un taxi et la renvoie chez moi, à Mauguio.

« Chez moi », ça fait bizarre de penser ça. Et à la fois, la savoir là-bas pendant que ça s'agite ici me rassure. C'est mon instinct protecteur, le même que pour Sophia.

La fin de journée arrive très vite. A 19 heures, je reçois un texto de Maïa :

Ta mère veut savoir si tu rentres manger.

Je souris.

Non désolé, ne m'attendez pas, je risque de rentrer dans la nuit.

OK. C'est dommage qu'on soit « que » fiancés, c'est trop tard pour contracter une assurance vie ou faire construire une maison pour cette nuit. S'il y a des chances que j'hérite, tu me connais, je prends.

Je ris doucement. Cette allusion à peine voilée au lâchage de Marie m'aurait mis en colère il y a encore peu de temps, mais là ça m'amuse. Je lui réponds :

Oui trop tard. Prie pour qu'il ne m'arrive rien, que tu aies au moins le temps de connaître la nuit de noces.

La réponse ne tarde pas :

Oh oui, ce serait dommage que je reste vierge toute ma vie parce que mon fiancé a été tué en mission !

Moins crédible en vierge, je te préfère en croqueuse de diamants, c plus excitant.

A en croire ton état au réveil, un rien t'excite de toute façon.

Exactement ! Ça s'appelle un homme, mon cœur. Enfin un vrai, pas tes ex.

La réponse tarde à venir. Je l'ai vexée ? Je ne pense pas que ce soit le genre, mais j'ai peut-être touché un point sensible. J'enfile mon gilet pare-balles quand mon portable m'indique l'arrivée d'un texto :

Pardon j'étais occupée avec mon vibro. Mieux qu'un homme, tout le temps dressé, et il se tape pas la voisine, ne m'emmène pas au marché, ne me présente pas sa mère et ne me reproche pas d'être écrivain. Le top quoi.

Je rigole franchement et réponds :

Attends de voir s'il reste quand tu lui vomiras dessus…

J'hésite à cliquer sur « envoyer », c'est un sale coup mais en même temps elle l'a cherché. Me comparer avec un vibromasseur, merde...

Visiblement, elle est moins susceptible que je le pensais.

Ha, ha ! je réserve ça aux flics que je veux éloigner. Je te laisse j'ai un deuxième orgasme.

Putain, elle me cherche ou quoi ? A dix minutes de partir en mission, je me retrouve avec un début de gaule. Je réponds :

Au moins je me console en me disant que c'est en pensant à moi.

Tu me cherches, ma belle, tu me trouves. La réponse ne tarde pas :

Peut-être, mais tous les fantasmes ne sont pas forcément faits pour être réalisés.

OK, c'est officiel, cette fille me rend fou. Et pas au sens figuré, « fou » comme cintré, dingue, taré, zinzin, barjot, fada. Je me retiens de hurler ma frustration dans le commissariat et me concentre sur les derniers préparatifs... pour rien. Parce qu'évidemment rien ne se passe finalement comme prévu, c'est aussi ce qu'on appelle les risques du métier. En fait, rien ne se passe tout court : apparemment, le transfert de fausse monnaie a été annulé. J'espère qu'ils n'ont pas eu vent de notre opération, sinon c'est vraiment la merde.

Je suis à la maison à 3 heures. Le temps d'un arrêt dans la cuisine pour un verre d'eau et un rapide coup de fil à Franck, et j'entre dans la chambre aussi discrètement que possible, pour ne pas réveiller Maïa. Je la regarde en me demandant si ce fameux vibromasseur existe vraiment ou si c'était juste pour me provoquer.

Je me demande aussi si c'est vraiment une bonne idée de penser à ça avant de me coucher.

Mais c'est Maïa elle-même qui interrompt ma rêverie. Elle se retourne et entrouvre les yeux.

— Coucou.

— Coucou.

— Ça va ? Tout s'est bien passé ?

— Non, calme plat. Il ne s'est rien passé. Dors, tu sauras tout au débriefing de demain.

— OK, bonne nuit, chéri.

Elle m'a appelé « chéri » ? Je ne sais pas si elle a dit ça dans son sommeil ou comme une boutade, mais ça m'obsède une bonne partie de la nuit.

Mardi 23 décembre. Une fois de plus, je me réveille crevé et tendu, et la perspective de dîner ce soir au resto avec Julien et Lydia m'épuise d'avance. Avec mes trois heures de sommeil, la journée va être longue.

J'insiste auprès du commissaire pour qu'il laisse Maïa assister à notre débriefing du matin. Elle se fait discrète au fond de la salle et semble prendre des kilomètres de notes tandis que chacun fait son rapport. J'ignorais qu'il était humainement possible d'écrire autant en une heure.

A midi, Ludovic l'invite à déjeuner. Bon. Je les regarde partir tous les deux et vais me chercher un sandwich, histoire d'avancer dans ma paperasse.

13 heures, ils ne sont toujours pas rentrés, il abuse, quand même. C'est pas comme si on était sur une enquête importante dont le dénouement nous échappe et qu'il était en train de draguer ma Maïa. Enfin, Maïa.

13 h 30, ils reviennent bras dessus, bras dessous et, la fatigue n'aidant pas, je sens monter ce qui ressemble à une pointe de jalousie. Cela dit, ça répond à ma question de cette nuit : son « chéri » était bel et bien ironique. Apparemment, son nouveau genre de mecs,

c'est les blonds bodybuildés. Eh bien, il faut parfois savoir se retirer avec panache.

La journée passe avec une lenteur insupportable. A 17 heures, on rentre à la maison se préparer pour la soirée. Julien et Lydia nous attendent à 20 heures au Patio, un joli petit restaurant espagnol de Mauguio réputé pour ses excellentes tapas et sa carte des vins.

J'attends Maïa en discutant avec ma mère, qui s'inquiète d'avoir fait une bêtise en invitant les parents de ma «fiancée». Je la rassure en lui disant qu'elle a bien fait. De toute façon, est-ce que j'ai le choix ? Quand Maïa descend enfin, je suis atterré. Elle est encore plus belle que d'habitude, si cela est possible. Elle porte une robe noire avec un imprimé fleuri très couleur locale, puisque Mauguio est la première communauté espagnole de France. Bel effort, pour une Parisienne dans l'âme. Comme je reste sans voix, ma mère me met un coup de coude dans les côtes. Perdu dans mon admiration, je me demande un instant ce qu'elle veut avant de comprendre qu'elle attend une réaction de ma part.

— Tu es magnifique ! dis-je à Maïa en l'aidant à passer son manteau.

Voyant que ma mère continue à me regarder avec insistance, j'aide Maïa à ajuster son col et une impulsion subite me fait me pencher pour l'embrasser. Maïa a un léger mouvement de recul mais se laisse faire et reprend vite son rôle de «fiancée». Ce qui n'était qu'un simple baiser pour donner le change se transforme en quelque chose de beaucoup plus appuyé tout en restant dans les limites de la décence, présence de ma mère oblige. Je prends la main de Maïa et pousse la porte de la maison quand je sens ses doigts trembler légèrement entre les miens. Et voilà. Je n'ai peut-être pas passé une heure et demie avec toi ce midi, mais est-ce que Marbot te fait le même effet ?

19. Yin...

«Le seul moyen de se délivrer d'une tentation, c'est d'y céder. Résistez et votre âme se rend malade à force de languir de ce qu'elle s'interdit.»

OSCAR WILDE

On arrive au restaurant. Je m'attendais à un boui-boui provincial, mais en fait c'est magnifique. Il y a des fleurs grimpantes un peu partout, des bouchons de liège joliment empilés sous le comptoir de verre, des ardoises de bois avec des proverbes aux murs. La petite salle est aménagée dans une ancienne grange, ce qui explique l'impressionnante hauteur sous plafond. Au centre d'une décoration hétéroclite façon brocante chic et chaleureuse trône un immense four. Je crois que je suis en train de tomber amoureuse de cet endroit.

Damien est déjà installé à la grande table réservée par Lydia. Tiens, c'est drôle, je crois que depuis le début je ne me suis pas trompée une seule fois sur son nom.

Lydia et Julien arrivent presque en même temps que nous, suivis, quelques minutes plus tard, d'Angélique et Matthieu. Paul nous rejoint avec Sophia, qui est sortie de l'hôpital cet après-midi. Elle m'impressionne : à part de légers cernes sous les yeux, elle a l'air en pleine forme. Ils sont avec Anna, dans son landau, et restent juste le temps d'un verre. Ils sont fous, normalement, on ne doit pas sortir avec ces choses-là, non ?

Tout le monde s'extasie sur le bébé, tandis que Jean et Carole, de plus en plus enceinte, arrivent à leur tour.

Quand on est enfin au complet, Julien commande du champagne. Tiens, il a des envies comme ça, lui aussi ? C'est les hormones ou quoi ?

François et Paul l'observent et je surprends un regard de connivence entre eux trois. Qu'est-ce qu'ils manigancent ? Oh non ! Ne me dites pas que...

Julien s'approche de Lydia, qui discute avec Carole. Il prend sa coupe de champagne, la remplit, puis pose un genou à terre devant elle.

L'instant est tellement solennel que j'ai l'impression qu'un silence complet est tombé sur le restaurant tout entier. C'est d'ailleurs bel et bien le cas quand Julien prend la parole d'une voix émue mais assurée :

— Lydia. Tu es la femme la plus têtue, la plus déroutante et la plus folle que je connaisse...

Rires discrets autour de la table.

— ... et je suis le plus borné, le plus con et le plus macho des mecs de cette Terre. Mais je sais une chose, c'est que je n'aurai jamais l'occasion ou l'envie de rencontrer une autre femme un jour dans ma vie. Alors, si tu penses pouvoir me supporter jusqu'à la fin de tes jours, je serai toujours le plus borné des hommes mais certainement nettement moins con...

Lydia reste sans voix. Elle semble complètement paralysée et ses yeux clignent dans le vide, par pur réflexe physiologique.

— ... je sais que ceux qui comptent le plus pour toi sont réunis ici, autour de cette table, et c'est la raison pour laquelle j'ai attendu jusqu'à ce soir. Pardonne-moi d'avoir été tendu ces derniers temps, mais je voulais que tout soit étrange et parfait, à ton image. Alors, Lydia...

Il sort de sa poche un écrin de velours bleu et l'ouvre devant elle, dévoilant un magnifique solitaire, dont le brillant et la pureté éclipsent les lumières du restaurant et illuminent jusqu'aux tables alentour.

— ... me ferais-tu l'honneur de passer ta vie à m'aider

à changer pour faire de moi un homme moins macho, moins borné, moins con et parfaitement heureux ?

Plus personne ne respire, tandis que le visage de Lydia se modifie doucement pour former le plus éclatant des sourires qu'il m'a été donné de voir sur... sur personne, en fait. Je n'ai jamais lu un tel bonheur sur le visage de quiconque.

— Oui !

Elle le dit comme un souffle plutôt que comme un mot.

— Oui, répète-t-elle en riant, les yeux brillants. Même si je ne suis pas assez dingue pour envisager de te changer ! Tu es mon con borné à moi, et c'est tout ce qui m'importe.

Julien se redresse, elle se lève et ils s'embrassent, sous les applaudissements de toute notre table et de quelques-uns de nos voisins, visiblement impressionnés.

Voilà, voilà, messieurs-dames, c'était notre happy end du jour, on rallume les lumières et on relève son strapontin, le film est terminé ! Cette salope de Cendrillon va partir sur son cheval blanc... Je crois que je viens d'assister à la scène la plus mièvre, la plus cliché, la plus romantique... et en fait la plus authentique qu'on puisse imaginer.

Il me faut quelques instants pour réaliser que mes mains sont en train d'applaudir à un rythme effréné, comme si je venais de voir le spectacle d'acrobatie le plus impressionnant du monde, et putain je crois bien que mes yeux sont même légèrement humides, les traîtres. Non mais en fait c'est sûrement cette saleté de cheminée centrale, ce barbecue-plancha ou je ne sais pas quoi, qui me pique les yeux. Quelle idée de mettre un truc pareil en plein milieu d'un restaurant !

Tout le monde félicite les heureux fiancés et je mets un petit moment à retrouver ma voix. Quand j'y pense, moi qui me vante de tout anticiper, eh bien, celle-là, je ne l'avais pas vue venir ! En tout cas, j'avais raison de rassurer Lydia sur les retards et la tension de Julien ces derniers temps. Les batteries de mes radars ne sont pas complètement à plat non plus. D'ailleurs, Lydia vient vers moi et, quand j'ouvre la bouche en la serrant dans mes bras, elle me murmure :

— Merci !

— Pourquoi ?

— Pour avoir toujours été près de moi quand je pétais un câble, pour m'avoir donné la force de ne pas douter et pour m'avoir ouvert les yeux chaque fois qu'il le fallait...

— Alors de rien, ma chérie.

Je la serre dans mes bras et je l'entends me dire :

— A charge de revanche...

Je souris et elle s'éloigne pour aller embrasser Carole. Julien prend sa place en face de moi.

— Alors, miss Paris, on dirait que ton cœur de pierre à toi aussi commence à s'effriter...

J'efface du bout des doigts un reste de larme coincé dans mon œil droit et lui réponds :

— La fumée, sans doute ! Félicitations ! En tout cas, tu peux te vanter de m'avoir bien surprise. Et tous les hommes ne peuvent pas en dire autant.

— Ça, c'est que tu n'as toujours pas trouvé le bon, tout simplement, dit-il avec un sourire canaille.

On se prend dans les bras, je le félicite de nouveau puis le regarde droit dans les yeux.

— Tu sais que si tu lui fais du mal...

— Tu m'émascules avec les dents, oui, je sais, répond-il en souriant. Mais tu sais que tu n'auras pas besoin d'en arriver là. Je vais prendre le relais et, si un jour j'ai la chance d'être père, je sais aussi que mes enfants auront la plus formidable et la plus déjantée des taties... Quant à toi, en attendant, tu pourrais peut-être commencer enfin à t'occuper de toi. Même si tu n'es pas tout à fait normale, tu mérites aussi d'être heureuse...

— T'as vraiment pas ton pareil pour les compliments, toi ! Je comprends ce qui a séduit Lydia !

Sophia et Paul nous laissent pour rentrer coucher leur petite chose et nous trinquons tous ensemble au champagne tout en débattant du risque que représente une demande en mariage en public. Même s'il est vrai que personne à table n'a vraiment douté de la réponse de Lydia.

La soirée est très sympa et le champagne coule raisonnablement, surtout dans mon verre. Une cuite par semaine, ça suffit. Même si techniquement c'est une nouvelle semaine. L'atmosphère est si détendue que j'en oublie presque que mes parents seront là demain soir pour rencontrer François et sa famille... Je dis bien presque. Parce qu'en réalité j'ai l'estomac qui se noue chaque fois que j'y pense, c'est-à-dire toutes les trente secondes. Connaissant mon père, il ne croira jamais à cette comédie, il verra tout de suite la supercherie et je n'ai plus qu'à prier pour qu'il s'abstienne de faire un scandale. J'apprécie trop la famille de François pour gâcher leur premier Noël avec leur petite-fille.

Avant la fin du repas, le portable de François sonne et il sort prendre l'appel.

Il revient deux minutes après et nous dit qu'il est désolé mais qu'il doit partir en urgence. L'opération importante qu'il chapeaute se déroule cette nuit. Je me lève pour l'accompagner, mais il m'oppose un refus catégorique.

— Tu restes ici, m'ordonne-t-il. C'est interdit aux civils. Passe une bonne soirée et amuse-toi pour moi. Et puis profites-en pour prendre des notes : vu la manière dont a commencé la soirée, je suis sûr que tu trouveras plus de matière pour ton roman ici qu'avec moi, ajoute-t-il sur un ton qu'il veut léger, mais je le sens nerveux.

Il fait un rapide tour de table, envoie une bise à Lydia et sort presque en courant. Bon, bon, bon... Je me sens complètement désemparée. Comme si je n'étais pas à ma place dans ce restaurant avec mes amis... Je ne sais pas si c'est l'envie de finir mon livre, qui commence à prendre forme, ou de ne pas quitter François.

De toute façon, je sais que je n'arriverai pas à dormir. Comme la nuit dernière, où je n'ai pas pu fermer l'œil avant de savoir qu'il allait bien. Quoi ? « Inquiète » ? Non, pas du tout, c'est juste qu'on n'est pas plongé tous les jours dans une affaire policière, quand même. J'ai envie de savoir la suite, moi.

Quand on sort du restaurant, vers 1 heure, il n'a toujours pas donné signe de vie. Lydia et Julien me déposent à la maison et on reste un peu dans la voiture, à commenter cette belle soirée. Puis je prétends que je suis fatiguée pour les laisser rentrer fêter dignement leurs fiançailles.

Au moment où je m'apprête à claquer la portière, Julien me dit :

— Ne t'inquiète pas, c'est un bon flic. Il a l'habitude.

Je rigole.

— Tu connais tes classiques ! Il te manque juste le borsalino avec ton costard, Alain Delon. Allez, bisous, les amoureux, filez chez vous !

Il sourit mais n'est pas dupe de mon apparente légèreté. Je leur fais un signe de la main et j'entre dans la maison.

Je vais directement dans la cuisine boire un verre d'eau, et je tombe sur Sophia qui prépare un biberon.

— Coucou, me dit-elle. Les joies d'être maman ! C'est fini, le repos, je crois.

Je lui prends la bouteille d'eau minérale des mains et essaie de l'aider car je me doute qu'elle souffre encore à la façon dont elle se tient légèrement courbée.

— C'est pas trop douloureux ?

— Ça va, c'est supportable. La nature est bien faite. On doit sécréter des hormones de bien-être qui compensent la douleur quand on regarde son enfant.

Je souris tout en galérant avec la machine étrange devant moi censée, j'imagine, simplifier la vie des jeunes mères. Sophia me rend mon sourire, me reprend la mixture et met en route l'engin en question.

Paul arrive à ce moment-là avec le bébé dans les bras et me demande ce que j'ai fait de François. Je leur explique rapidement qu'il a dû partir au boulot mais rien de grave, il va revenir. Ça ne semble pas les alarmer, c'est déjà ça. Paul insiste pour prendre le relais de Sophia et lui dit d'aller se recoucher pour récupérer.

— Tu verras, me dit Sophia en montant l'escalier avec moi, un jour, tu comprendras.

— Quoi ?

— Ce que c'est que cette hormone secrète de maman !

— Ah ! oh, là, là ! ça m'étonnerait, je...

Mais je me tais de peur d'en dire trop.

— Moi, tu sais, plus rien ne m'étonne, déclare-t-elle avec un sourire en entrant dans sa chambre.

Je ne réponds rien, je regarde un instant sa porte se refermer et je pousse la mienne.

Je prends une longue douche en espérant trouver François dans la chambre en sortant, mais non, personne... Ah, si : la Teigne.

Je me mets au lit avec mes notes mais rien n'y fait, impossible de me concentrer. Je pousse un gros soupir et pose mon calepin sur mes genoux, par-dessus le drap, tandis que la Teigne s'approche de moi en ronronnant. Pour une fois, elle n'a pas l'air hostile. Elle pose son énorme fessier sur mes notes — vas-y, ma grosse, fais comme chez toi — et j'ai l'impression qu'elle me regarde... tristement ? De son museau humide, elle pousse ma main comme si... Mais oui, ce chat essaie de communiquer. Mais que veut-il me dire exactement ? Pendant que je médite sur le langage des chats se produit un événement très étrange : la Teigne me lèche la main. Je comprends alors que ce gros machin est en train de me faire un câlin et attend une caresse en retour. Vu la manière dont notre dernière tentative de rapprochement s'est terminée, j'hésite un peu. Finalement, n'écoutant que mon courage, je lui passe la main sur le poil. La chose semble aimer ça et cale sa tête sous ma paume en donnant de légers à-coups. C'est marrant. Je la caresse pendant plusieurs minutes tout en me laissant bercer par son ronron étrange et bruyant, qui semble m'apaiser. Je suis en train de m'endormir enfin quand un bruit dans le couloir me fait sursauter. Ça doit encore être les heureux parents au service de leur dictateur en couche-culotte.

Contre toute attente, la porte de la chambre s'ouvre sur François, qui semble surpris de me trouver encore éveillée, lumière allumée. Mais, la plus surprise, c'est moi. Car François a l'air d'être passé sous un rouleau compresseur. Son épaule est dissimulée sous une sorte d'attelle et il a des bleus un peu partout, et même ce qui me semble être du sang séché à la base du cou. Je me redresse brusquement en oubliant la Teigne, qui pousse un feulement de tigre, me griffe au passage et bondit au pied du lit.

— Mais qu'est-ce qui s'est passé ?

— Rien de bien grave, c'est soigné, dit-il en me montrant son épaule. Tout s'est très bien passé et la mission a été un succès ! Toi, par contre, tu as affronté un ennemi coriace, à ce que je vois.

Comme je ne comprends pas, il désigne la Teigne, par terre, qui nous regarde.

— Oh oui ! la Teigne et moi étions amies avant que tu ne fasses irruption pour interrompre ce moment de tendresse et nous réveiller.

— Vous réveiller ? Allez, Maïa, tu peux m'avouer que tu ne dormais pas ! Tu attendais le retour de ton vaillant fiancé, pas vrai ?

— Eh bien, l'action te monte à la tête, à ce que je vois, mon pauvre. Commence plutôt par tout me raconter au lieu de dire des conneries.

Il me raconte en détail l'action, les échanges de balles et celle qui lui a éraflé l'épaule. Rien de grave, précise-t-il. Je l'écoute patiemment mais le vois bâiller à plusieurs reprises. Il a l'air à bout de forces. Je lui propose de réserver la suite pour demain. Et puis quelque chose me dit que, s'il s'endort demain soir à table en plein réveillon, Elinor ne nous le pardonnera pas. Son attelle semble le gêner et il accepte avec reconnaissance mon aide pour ôter jean et chemise. Décence oblige, je m'arrête au caleçon et à la porte de la salle de bains puisqu'il tient absolument à prendre une douche.

Au moment où je range son jean, une feuille pliée en quatre tombe de sa poche arrière ainsi qu'une boîte de médicaments. Une ordonnance. « Rien de grave », tu parles, vu les antidouleurs qu'on lui a prescrits, soit le médecin est dealer, soit ce n'est pas si bénin que ça. Il sort de la douche quelques minutes plus tard, je lui tends la boîte de médicaments.

— Tu as pris ces trucs et tu as conduit après ?

— Non, maman, répond-il. C'est Ludovic qui m'a déposé.

— C'est qui, Ludovic ? fais-je sans trop réfléchir.

Il me regarde, l'air désespéré et amusé à la fois.

— Celui avec qui tu vas manger en tête à tête le midi.

— Ah oui, Marbot ! Oh ! ça va, je retiens pas son prénom, c'est tout. Mais tu serais pas un peu jaloux sur les bords, toi ? dis-je en l'aidant à s'installer entre les draps.

— Pas du tout ! Si tu veux donner dans le genre militaire, à ta guise.

Je fais le tour du lit et m'installe à ma place.

— On sait jamais, je suis preneuse de toute nouvelle expérience ces derniers temps, dis-je en éteignant les lumières.

— Voilà une information passionnante, mademoiselle Tournan, dit-il en se retournant soudain vers moi.

— Ah, tiens, ton épaule ne te dérange plus, maintenant ?

— En réalité, elle me fait terriblement mal, si tu pouvais me remettre l'oreiller...

Sans rallumer la lumière, je me penche vers lui, quand il m'attrape de son bras libre, me retourne pour me plaquer contre le lit sous lui et m'embrasser. Mais je l'entends aussi retenir un gémissement de douleur. Je me dégage alors et lui donne une légère tape sur son bras valide.

— Ça suffit, vos enfantillages, lieutenant ! Repos, repos et pour le reste... on verra demain.

Il grogne comme un enfant privé de goûter, mais se remet sur le dos. Je réajuste ses oreillers et l'embrasse doucement sur la joue.

— Bonne nuit, Fabien !

Dans la pénombre de la chambre, je peux deviner l'esquisse d'un sourire sur ses lèvres et, en très peu de temps, je le sens glisser dans les bras de Morphée. A mon tour, maintenant, et vite, par pitié.

20. ... et yang

« J'essaie toujours de faire ce que je ne sais pas faire, c'est ainsi que j'espère apprendre à le faire. »

Pablo Picasso

Je me réveille avec des douleurs un peu partout. J'ai l'impression d'être passé sous un rouleau compresseur. Tiens ? Ça sent bon, c'est quoi ? De la vanille, ou quelque chose d'un peu plus exotique mais que je ne saurais définir. Quand j'arrive à vraiment ouvrir les yeux, je vois Maïa en sous-vêtements. Ça y est, je suis au paradis ? Ses cheveux sont mouillés, j'imagine que l'odeur vient de sa crème ou de son parfum. Elle passe une robe en laine ajustée et se retourne.

— Oh ! Je t'ai réveillé ? Pardon, je ne voulais pas. Tu peux dormir encore, si tu veux.

Sa voix est douce, chaleureuse, prévenante, presque maternelle : quelqu'un a échangé son cerveau contre celui d'une fille normale pendant la nuit ou quoi ?

— Non, ça va, merci, dis-je d'une voix pâteuse. On est le 24, si je ne descends pas aider, je risque bien plus qu'une éraflure à l'épaule !

Je me redresse avec une grimace de douleur. Putain, c'est bénin mais ça fait mal. Maïa se précipite et me recale contre l'oreiller.

— Toi, tu bouges pas sinon je te détruis l'autre épaule ! Je vais aller te faire un café que je vais te monter au lit. Après quoi, tu prendras gentiment tes antidouleurs et tu attendras qu'ils fassent effet pour descendre rejoindre les autres. En attendant, tu profites encore de ton lit. Je me suis bien fait comprendre ?

Ah, ouf ! c'est bon, elle a retrouvé son cerveau. Je m'adresse donc à la vraie Maïa :

— Si tu veux que je reste au lit, il y a des moyens beaucoup plus efficaces, tu sais…

Elle s'immobilise et se retourne lentement, avec un sourire plein de dents un peu flippant. Quand elle a cet air-là, je ne sais jamais si elle va me violer ou me mordre.

— Effectivement, j'y ai pensé, dit-elle, appuyée contre la porte dans une posture légèrement aguicheuse qui me laisse voir le départ de la poitrine depuis son décolleté. Mais je me suis dit que coucher avec toi alors que tu as dormi cinq heures, que tu t'es pris une balle et que tu es sous morphine n'allait peut-être pas être l'expérience du siècle. Dans un esprit de loyauté, je préfère donc repousser l'échéance et te laisser une chance ultérieure pour mieux… (elle mordille sa lèvre inférieure avant de poursuivre) t'exprimer.

Sur ce, elle rigole et sort de la chambre.

Pour changer, je suis dans mon lit avec des pensées lubriques. Sauf que cette fois je suis coincé. Aucun moyen de les faire taire et la morphine ne parviendra jamais à calmer ça.

Elle revient quelques minutes plus tard avec un plateau sur lequel sont posés un café brûlant avec un sucre et demi et deux tartines grillées.

— Les tartines, c'est ta sœur qui me l'a dit.

— Par contre, le sucre, ça m'étonnerait. Sophia aurait mis de l'aspartame.

Elle hoche la tête en souriant.

— Ça, c'est moi. J'ai un petit talent d'observation.

Je tapote le lit à côté de moi pour qu'elle vienne s'asseoir.

— Tu ne préfères pas rester seul ? demande-t-elle.

— Certainement pas. J'ai envie de t'entendre me

raconter la soirée d'hier pendant que je déjeune. Mais avant de commencer ôte-moi d'un doute, tu n'as vomi sur personne ?

Elle fronce les sourcils en une parodie de colère.

— Non, je ne trouve ça bien qu'avec toi.

— Ah, j'aime avoir des privilèges !

— Tu parles d'un privilège !

— Quand on peut déshabiller la femme après, je t'assure que c'en est un.

— J'avais oublié ça... J'espère au moins que mes sous-vêtements sont à ton goût.

— Ça va. Même si j'aurais préféré du beige plutôt que du noir, mais on ne va pas pinailler.

— Du *beige* ? Mais t'as aucun goût ! En plus, ça aurait juré avec le reste de mes fringues. Oublie le beige.

— Je sais, dis-je en mordant dans ma tartine. Mais ça aurait été assorti à ma chemise.

On se regarde alors sans bouger quelques instants. Un ange passe, portant un petit moment de gêne en guise d'auréole.

Je fais tomber le sucre dans ma tasse et remue le liquide en faisant tinter la cuillère contre la faïence pour briser le silence.

— Le café est délicieux. Je vais finir par m'habituer à avoir une femme à mes côtés, tu sais. Il va falloir que j'en trouve une régulière en rentrant à Paris.

— Oui, mais fais un bon casting, alors. Le café, je n'y suis pour rien. J'en bois beaucoup mais je suis incapable d'en faire un buvable, même avec la super machine de tes parents. Tu pourras remercier Sophia, ma seule vraie contribution, c'est le sucre.

— C'est déjà pas mal. Mais tu as raison, je préciserai « doit savoir faire le café » sur l'annonce.

— Tu comptes remonter vivre à Paris, alors ? demande-t-elle soudain.

— Non, mais ma mutation n'est pas encore officielle, donc je préfère m'épargner les faux espoirs.

— Et c'est quoi, tes projets, quand elle le sera ? Parce qu'elle le sera, n'est-ce pas ?

Je souffle devant l'étendue du programme.

— Eh bien... Bosser, d'abord. Ça, ça ne change pas. Acheter une maison...

— C'est vrai ? Où ça ?

— J'en sais rien, dans un village des alentours.

— Pas à Montpellier même ?

— Quel intérêt ? Ici, on a tous les avantages de la ville en n'étant qu'à dix minutes, sans les inconvénients. Et, pour élever des enfants, je préfère largement être à Mauguio.

— Elever des enfants ? demande-t-elle, les yeux exorbités.

— Eh oui, ma petite dame. Je m'amuse, je travaille, mais je ne compte pas finir célibataire. Tant que ma mère me harcelait, ça me gonflait d'avance et je rejetais l'idée. Mais, depuis un mois qu'elle m'a lâché, je m'aperçois que c'est ce que je commence à vouloir, moi aussi.

— Une maison, un chien, des enfants..., dit-elle, pensive.

— Ton pire cauchemar, c'est ça ?

— Non, mon pire cauchemar, c'est la version avec un chat.

Nettement plus détendus, on discute encore de la soirée d'hier, de tout le bonheur que l'on souhaite à Lydia et Julien quand un soudain éclair de lucidité me foudroie sur place.

— Maïa, on a un problème !

— Quoi ?

— Ce soir, c'est Noël.

— Oui, ça, je sais, c'est mon sujet de cauchemar préféré... mais encore ?

— Eh bien, à moins que tu me caches des choses, on n'a de cadeau ni pour l'un et l'autre ni pour tes parents, que je sache !

— Oh ! putain, oui, tu as raison. J'en ai un pour tes parents, que je comptais leur offrir avant de partir, mais comme je savais pas pour combien de temps je serais là... je n'ai pas pensé au reste. Quant à mes parents, ça ne m'a même pas effleuré l'esprit. Oh ! merde !

Elle semble complètement paniquée. Je sens que c'est à moi de prendre les choses en main. Je pose le plateau et bondis hors du lit en bénissant les antidouleurs. Enfin, « bondis »... je me lève, quoi.

— Très bien. Il n'est que 9 h 30, les magasins ouvrent dans une heure, on a donc tout notre temps. Préparez-vous, on est partis pour une journée shopping de Noël, mademoiselle Tournan !

— Mais tu disais que... Ta mère ne va pas râler si on n'est pas là pour l'aider ?

— T'inquiète, je m'en occupe. Je la connais par cœur, avec les bons arguments, dans cinq minutes, elle va me dire que ça l'arrange de ne pas nous avoir dans les pattes pendant qu'elle cuisine.

Je me douche tant bien que mal avec mon attelle et rejoins Maïa dans la cuisine. Elle a déjà prévenu ma mère pour mon épaule et, contrairement à mes craintes, celle-ci ne me fond pas dessus. Elle se contente de me prescrire quarante-cinq traitements différents et finit même par nous suggérer d'aller nous promener pour nous changer les idées pendant qu'elle s'occupe de tout avec mon père.

Maïa lui demande ce qu'on peut acheter pour ce soir et elles parlent cuisine pendant cinq bonnes minutes. Décidément, Maïa ne cessera jamais de me surprendre. Quand elle a enfin la liste complète de ce qu'il manque, nous sommes prêts à partir.

J'embrasse ma sœur et ma toute petite nièce au passage. Paul me rejoint.

— Je ne sais pas qui est le plus à plaindre ! Toi, à faire les magasins avec une femme le jour de Noël, ou moi, coincé ici avec un bébé qui pleure et une belle-mère qui a décidé de transformer le repas de ce soir en un conte de Noël.

Je lui pose la main sur l'épaule et lui chuchote, d'un air solennel :

— Placard de droite dans le salon, porte du bas, tout au fond, il y a un rhum vieux Diplomatico du Venezuela. Si, à 17 heures, je ne suis pas rentré, tu vas t'enfermer dans le bureau avec mon père et vous prenez un verre tranquillement avant le début des hostilités !

— T'es le meilleur, je vais compter les minutes !

— Fais gaffe, c'est comme ça qu'on devient alcoolique !

Fait exceptionnel dans nos contrées méridionales, cette année, il fait un froid de canard pour Noël. J'ai même l'impression qu'il fait trop froid pour qu'il neige. Pour épargner mon épaule, Maïa a décidé de conduire, mais c'est la première fois que je laisse quelqu'un prendre le volant de ma TT. J'aurais été plus serein avec la voiture de mon père, mais j'ai peur qu'elle le prenne mal. Or je tiens à ma peau.

Après quelques minutes pour dompter la bête, je m'aperçois qu'elle conduit vraiment bien. Mais comme je suis un con macho, ça m'arracherait la gueule de le lui dire et je préfère ne pas faire de commentaires.

— Ça va, je ne maltraite pas trop ton bébé ? demande-t-elle.

— Comment tu fais pour lire dans mes pensées ? dis-je en allumant l'autoradio.

— Une certaine connaissance des clichés masculins, peut-être ? rétorque-t-elle en accélérant.

— Oui, ben, attention quand même, je ne voudrais pas être arrêté pour excès de vitesse.

Maïa a beau être devenue une vraie Parisienne, Montpellier semble n'avoir aucun secret pour elle, et elle va se garer directement au parking du Polygone, le plus gros centre commercial.

Voilà. C'est là que l'apocalypse commence. Dans la fourmilière, c'est le chaos le plus total : des gens qui courent partout au milieu des hurlements d'enfants, des cadeaux qui s'entrechoquent, des caisses saturées où les caissières semblent au bord de la crise de nerfs, des chants de Noël en boucle dans les haut-parleurs comme la propagande d'une dictature inhumaine, des photographes désespérés, partout des Pères Noël moins vrais que nature... Que quelqu'un me sorte de là !

Devant mon air mi-déprimé, mi-paniqué, Maïa me prend la main et sourit.

— Ordre et méthode, fais-moi confiance, on va y arriver !

D'un pas martial, elle nous emmène au dernier étage (« De haut en bas, lieutenant Schwartz, c'est le secret »), chez Nature et Découverte. En moins de dix minutes, elle dégotte une bouilloire écolo pour ma mère avec ses « berlingots de thé » et un ensemble du parfait routard pour son père avec guide, timbale et sac de couchage en version sac à dos tout-en-un.

Au passage, elle réduit à néant tous mes *a priori* sur l'indécision chronique des femmes. Et ce n'est que le début.

Chez Marionnaud, elle achète une séance de massage pour ma sœur, utilisable partout en France et valable un an. Dans un salon de thé, elle prend un assortiment de cafés aux mille saveurs différentes qui donnent l'impression de faire le tour du monde en une matinée. Chez un caviste, elle choisit un excellent whisky pour mon père et deux bouteilles de grand vin pour ses parents, de ma part. On fait une razzia chez Petit Bateau, où il ne reste plus un seul pyjama de 0 à 6 mois après notre passage. Et, enfin, elle craque sur un chapeau chez Tie Rack pour sa mère.

Je regarde ma montre, il est à peine 11 heures. Cette fille fait du shopping aussi vite qu'elle conduit.

On s'arrête boire un café. Je la félicite pour son efficacité et elle semble légèrement blessée que j'aie pu douter d'elle. Encore. J'ai vraiment le chic pour ça, apparemment. Oui, désolé, Maïa, je te voyais plus comme une fille qui passe une heure dans chaque magasin pour ressortir avec le même T-shirt hors de prix en trois couleurs que comme une organisée du shopping qui refuse de perdre son temps. Elle m'explique qu'elle est parfaitement capable de passer trois heures dans la même boutiquc à claquer ses droits d'auteur en T-shirts assortis. Question de moment.

— Bien, maintenant, on va passer à la partie la plus périlleuse, dit-elle.

— Nos cadeaux ?

Elle acquiesce en réfléchissant.

— Alors ? Tu as déjà tout prévu ?

— Han, lance-t-elle en agitant l'index. Là, c'est différent, mon chéri. Si on veut vraiment donner le change, je ne dois pas connaître ton cadeau et tu ne dois pas connaître le mien. On devra les découvrir ce soir. Parce que je fais confiance à mes talents de comédienne pour simuler la surprise, par contre, sans vouloir t'offenser...

— Quoi ? Mais c'est complètement faux. Je sais prendre l'air étonné. Regarde !

J'écarquille les yeux en ouvrant grand la bouche. Elle rit.

— C'est bien ce que je disais ! Désolée, mais le déballage du cadeau des amoureux, vrais ou faux, sera le clou de la soirée et je te garantis qu'on se retrouvera sous les feux des projecteurs familiaux. Alors, crois-moi, on a plutôt intérêt à assurer. On se retrouve ici dans une demi-heure, ça te va ? Ça ira ? Tu survivras ?

Je fais oui de la tête d'un air penaud. Je ne veux pas qu'elle parte, je ne veux pas qu'elle me laisse dans ce centre commercial dangereux avec tous ces gens stressés prêts à toutes les bassesses pour dégotter le nounours du petit dernier.

— Mais si je me perds ? Si on me pousse ? Si on me cogne l'épaule ? Si une horde de femmes m'attaque parce que je suis le dernier mâle disponible ? Si...

— Tu t'en sortiras ! me coupe-t-elle.

Puis elle se hisse sur la pointe des pieds, m'embrasse sur la bouche et sourit.

— Il va falloir que tu survives si tu veux savoir à quoi pourrait bien ressembler notre première nuit. Rendez-vous dans une demi-heure.

Puis elle tourne les talons et disparaît dans la foule. Ou plutôt j'ai l'impression qu'elle se fait happer par la foule.

Et voilà, je suis comme un con. Mais un con heureux, avec une promesse de nuit torride. C'est encore une de ses plaisanteries ou elle est sérieuse, ce coup-ci ? J'en ai marre, j'ai l'impression d'être un labrador qui remue la queue en attendant sa caresse. Allez, concentre-toi, François !

Je regarde partout autour de moi : Pimkie, connais pas, Camaïeu, connais pas, bureau de tabac, non, escalator, non plus, Monoprix, sert à rien... Formidable, ça commence bien. Je bloque un petit moment au pied des escalators en me disant que le temps passe et que je ne vais pas lui offrir une marche en alu ni un paquet de clopes. Je sais vivre, quand même. Tiens, une pharmacie. Et si je lui offrais la pilule ? Ha ! ha ! Faut que j'arrête tout de suite les antidouleurs, ça m'anesthésie le cerveau.

Putain, j'ai envie d'une bière. Hélas, non seulement il est un peu tôt, mais en plus (et surtout) ça ne résoudra pas mon problème.

Quelqu'un pour me sauver, vite. Si j'appelle Franck, il ne va pas louper cette magnifique occasion de me chambrer, ça me gonfle d'avance. Autant emmerder Paul. Il décroche à la deuxième sonnerie.

— T'es encore en vie ?

— Oui, mais pas pour longtemps. On a trouvé tous les cadeaux mais il me reste l'épreuve finale...

— Le sien ! dit-il aussitôt.

— Comment tu le sais ? Elle t'a appelé, elle aussi ?

— Non, mais je suis en couple et je sais donc que, le plus terrible cauchemar de l'homme, c'est le cadeau pour la femme ! Et dans ton cas c'est encore pire. T'es vraiment dans la merde, mon beauf.

— Pourquoi tu dis ça ?

— Oh ! pour rien ! A part que ta mère s'attend à une bague parce qu'elle a remarqué que Maïa n'en portait pas. Et que ses parents à elle doivent probablement penser la même chose. Le problème, c'est que vous êtes un faux couple, tu ne peux donc pas lui acheter une vraie bague. Sans compter qu'il faudrait savoir ce qu'elle va t'offrir pour lui trouver un truc à peu près équivalent.

— Equivalent ?

Je sens monter la panique et me concentre très fort pour éviter de péter les plombs au beau milieu de la fourmilière.

— Ben, oui. Tu ne peux pas lui offrir une fleur si elle t'offre une Rolex ni lui offrir une bague si elle t'offre des chaussettes. Tu saisis la subtilité du problème ?

— Ah oui, pas faux ! Je suis dans la merde, quoi.

— C'est ça !

— Mais comment tu faisais, toi, avec Sophia, au début ?

— Je me gourais tout le temps. Je le fais encore, d'ailleurs. D'où je sors mes exemples, à ton avis ? Le jour où je lui ai offert les fleurs, elle avait acheté la montre. Alors la fois d'après j'ai acheté une bague et, comme elle en avait marre de mes cadeaux à la con, elle m'avait offert des chaussettes.

— Faudra que tu m'expliques comment tu as réussi à te marier !

— Ça, c'est mon charme indéniable ! Tu peux pas comprendre. J'essayerai un jour de t'en donner un peu si tu veux, mais, tu sais, la nature est ingrate, elle ne distribue pas à tout le monde...

— Bon, arrête tes conneries et aide-moi !

— Mais comment ? Tu viens d'admettre que j'étais un vrai nul en matière de cadeaux. Tu veux que je demande à ta sœur...

— Surtout pas !

— Bon, oui, en effet, mauvaise idée. Le mieux, c'est que tu te poses cinq minutes pour réfléchir sereinement.

— Merci mais ça fait déjà dix minutes et la seule idée cohérente qui m'est venue, c'est de t'appeler ! Et pendant ce temps-là le compteur tourne et je n'ai pas avancé d'un pouce.

— Ah ouais, c'est con, ça !

— Oui, c'est con...

— Ecoute, oublie tout ce que je t'ai dit. N'essaie même pas de réfléchir à ce qu'elle peut t'offrir, elle. Pense simplement, en homme. Qu'est-ce que tu as envie de lui offrir ? Que représente-t-elle aujourd'hui pour toi ?

— Ben, je...

Mais il me coupe la parole.

— Chuuut ! Je ne t'ai pas demandé de me répondre, je t'ai demandé d'y réfléchir.

— Mais j'en sais rien, moi ! Je ne vais pas lui offrir une bague, quand même !

— Mais qu'il est lourd, celui-là ! Bien sûr que non. Putain, c'est les femmes qui ont pris les cerveaux, dans votre famille, ou quoi ? Heureusement que j'ai eu une fille ! Dès que tu raccroches, tu réfléchis à ce que tu veux pour elle, ensuite, tu trouves le magasin. Et tu te grouilles !

Ah, super ! vraiment utile, le beau-frère.

— « Prends la clé, Passe-Partout, et attention à la clepsydre » ! Ça vaut pas mieux qu'un jeu télé, ton conseil. Bon, je te laisse, je vais méditer tes paroles, père Fouras. Merci quand même.

— De rien, dit ce con, l'air content de lui. Et bon courage ! Retiens quelques consignes élémentaires de survie en milieu hostile : ne jamais regarder une femme dans les yeux, ne pas pousser un petit vieux dans une file d'attente, ne pas prendre le dernier sac à main sur l'étagère. Respecte ça et tu devrais t'en sortir.

Il se marre et raccroche. Il est pas fini, ce type. Merde, merde, merde. Qu'est-ce que je suis censé faire ?

Alors, ce que je voudrais lui offrir... A quoi elle me

fait penser ? Elle est passionnée, dynamique, drôle, fatigante, exubérante, changeante, efficace quand elle le veut et complètement déstabilisante le reste du temps, mais ça m'aide pas.

Ah si ! Mes neurones ont percuté ! Mais oui, ça ressemble à une idée ! Il doit bien y avoir une boutique qui vend ça, ici. Allez, je fonce.

21. Le rouge

« L'expérience est le nom que chacun donne à ses erreurs. »

OSCAR WILDE

Ça y est, cadeau acheté ! Je me demande comment François s'en est sorti. En même temps, je vais pas me vanter, j'ai vraiment eu du mal à trouver une idée à peu près cohérente. *Exit* les montres, trop cher, trop tape-à-l'œil, sans compter mon air con s'il m'offre un truc de merde. *Exit* également la cravate, il n'en porte pas, les chaussettes et les caleçons, on n'est pas assez intimes, le parfum, trop ringard...

Maintenant que j'ai l'esprit (presque) libre, je n'arrête pas de penser à mon comportement. Depuis ce matin, j'enchaîne les provocations débiles... Mais à quoi ça rime ? Je ne sais pas ce qui m'a pris. Remarque, mieux vaut peut-être que je laisse faire mon inconscient, pour une fois, parce qu'on ne peut pas dire que mon conscient m'ait vraiment servi ces derniers temps.

Récapitulons. Je ne suis pas sortie avec lui pour obéir à Jules et j'en ai été frustrée. Ensuite, j'ai eu cette idée de génie attardé de lui proposer de jouer les faux couples. Résultat, mes idées lumineuses se retournent contre moi et je me retrouve à devoir me taper un Noël en famille. Ce qui ne m'était pas arrivé depuis six ans, au moins. Et qui m'allait très bien. Enfin, j'ai fait un pari qui était de loin l'idée la plus crétine du siècle avec ma meilleure amie, ce qui m'a permis de repousser encore les limites de ma frustration. Désormais, même si Jules est revenu sur ses injonctions débiles et que Lydia a annulé le pari, le mal est fait : je suis complètement paumée. Et, s'il y a bien quelque chose que je déteste dans la vie, c'est d'être paumée.

De toute façon, il faut que je pense à autre chose : sa mission est finie, donc notre collaboration aussi. Il va rester ici et moi je vais rentrer à Paris... Et je ne sais pas pourquoi mais cette idée ne m'enchante plus tant que ça. J'avais oublié à quel point Montpellier me manquait. Les petites boutiques au lieu des avenues au-dessus des métros bondés.

L'ambiance festive du centre commercial me plaît, les odeurs de Noël, les gens souriants qui font leurs achats de dernière minute, la musique dans les haut-parleurs, les Pères Noël joyeux... J'avais perdu de vue tout ça et je crois bien que je suis en train de me laisser gagner par l'esprit de Noël. Et je dois admettre que ça fait du bien. Je dois aussi avouer que je me suis fait un sang d'encre pour François, cette nuit, et que j'ai failli tourner de l'œil en voyant sa blessure. Quel soulagement quand j'ai su que ce n'était rien. Ça mérite bien de nous laisser une chance au lit, non ?

J'arrive pile à l'heure au point de rendez-vous avec le cadeau de François caché au milieu des autres. Mon « fiancé » est déjà là. Eh bien, il l'a trouvé vite, mon cadeau ! Soit il ne s'est pas foulé, soit c'est le seul mec que je connaisse dont le neurone « faire plaisir aux femmes » fonctionne.

Je regarde discrètement : pas de sac. Il l'a caché où, mon cadeau ?

Pitié, j'espère que c'est pas une bague ! Ou alors il n'a rien trouvé. A la limite, je préférerais.

Je lui demande, un peu tendue :

— C'est bon ?

— Prêt ! On peut y aller.

Comme je le regarde un peu trop longtemps avant de décoller, il précise :

— Oui, j'ai ton cadeau. Ne me regarde pas comme ça. Et déstresse, c'est pas une bague de fiançailles, ajoute-t-il en avançant avec un sourire vers l'escalier qui mène au parking.

Il lit dans mes pensées, lui, maintenant ?

Je reprends le volant de son merveilleux petit bolide. Dommage que je ne puisse pas accélérer un peu... Mais François a l'air tendu, ce n'est pas le moment.

On s'arrête en chemin dans une grande surface acheter ce qui manque pour ce soir et on se prend un McDo au passage. Le temps qu'on rentre, il sera 14 heures et ils auront sûrement mangé. François semble surpris de me voir dévorer mon Big Mac. Quoi ? Il m'a déjà vue manger un burger, non ? J'ai l'impression que tout le monde se fait une image de moi à mille lieues de la réalité. Ça ne m'a jamais vraiment dérangée jusque-là mais, depuis que je connais François, j'en ai marre de passer pour la fille « différente », avec des guillemets pas vraiment flatteurs.

L'après-midi passe très vite. Au bout de la trentième tentative d'appel de ma mère, je finis par décrocher. Elle ne fait aucun commentaire sur mon prétendu voyage à Papeete et me demande au moins soixante-dix fois si sa présence au réveillon ne va pas déranger. Elle me dit avoir déjà beaucoup sympathisé avec la maman de « ce François ». Je la rassure : ce n'est pas moi qui ai pris l'initiative de les inviter mais bien les Schwartz. Je pense qu'elle est tellement obnubilée par sa personne qu'elle ne voit pas la perfidie dans ma remarque.

François va faire une sieste pour reprendre des forces tandis que je dresse la table dans le salon. Sophia a l'air de plus en plus en forme et m'impressionne vraiment avec sa bonne humeur communicative. Sortir les beaux couverts, les verres en cristal et les ronds de serviette, faire le plan de table, tout ça me semble très solennel, mais en réalité j'adore ça. Elinor passe l'après-midi à préparer sa dinde en chantant. La journée file agréablement, même si je culpabilise un peu de mentir à ces deux femmes que je commence à apprécier sincèrement. Mes a priori sur Sophia ont complètement disparu. En fait, Lydia avait raison, c'est quelqu'un de posé et très simple, et pas la snob compliquée que j'imaginais de loin. La mère et la sœur me racontent beaucoup d'anecdotes très drôles sur François et ses lubies d'enfant. Ma préférée, c'est quand il s'est mis en tête de constituer des dossiers sur les voisins pour mieux les avoir à l'œil parce qu'ils avaient tous, selon lui, un comportement suspect. C'est d'ailleurs comme ça que tout le quartier a appris que la voisine trompait son mari : François avait pris une série de clichés la montrant tous les mercredis à la même heure accueillant chez elle en petite tenue un autre voisin. Ça n'aurait pas posé de problème si c'était resté dans la famille, mais François a eu la bonne idée de montrer les photos au mari, pensant que sa femme prévoyait l'attaque de la pizzeria du coin... Il n'avait que huit ans ! C'est ce qu'on appelle une vocation précoce. J'espère juste qu'il tire aujourd'hui des conclusions un peu plus fiables.

A 17 heures, Paul passe la tête dans la cuisine et me fait discrètement signe de le suivre.

Je prétexte un coup de fil à passer et le suis dans le bureau d'Alain Schwartz.

— Maïa ! Joignez-vous à nous, mon petit, dit mon « beau-père ».

Paul referme silencieusement la porte du bureau. C'est étrange, ça ressemble à un guet-apens. Mais un guet-apens des plus sympathiques, puisque Alain me tend un épais verre en cristal d'où émane une agréable odeur de rhum. Eh bien... il est un peu tôt pour commencer à boire mais après tout... Je le remercie et avale une gorgée qui me procure une délicieuse sensation de chaleur.

— D'habitude, on fait ce petit rituel avec François,

m'explique papa Schwartz, mais comme il dort encore je me suis dit que ce serait l'occasion idéale pour discuter un peu.

Ah non ! c'est bien un guet-apens. C'est où, la sortie, déjà ? Appuyé sur le bord de son bureau, Alain me fait signe de m'installer dans un grand fauteuil club en cuir fauve. Paul est assis dans le fauteuil jumeau, à côté de moi, et porte régulièrement son verre à la bouche.

— Je ne vais pas y aller par quatre chemins, Maïa. De toute façon, vous savez déjà que je sais.

J'acquiesce sans un mot. Que pourrais-je faire d'autre ? Il poursuit :

— Paul m'a enfin expliqué le fin mot de cette... mascarade.

Je regarde Paul, moitié inquiète, moitié en colère. Il se tasse dans son fauteuil et boit une nouvelle lampée de rhum.

— Ne vous inquiétez pas. A vrai dire, je trouve l'idée de base très bonne. Tellement bonne que je pense que c'est vous qui l'avez eue et pas mon écervelé de fils. Ne vous méprenez pas, j'adore et je respecte François, mais je crois qu'une initiative aussi brillante et tordue ne peut venir que d'une femme.

J'ouvre la bouche, prête à me défendre mollement, mais il poursuit :

— Cela dit, je ne vous cache pas que quelque chose me chiffonne un peu. En dehors de ses enquêtes, mon fils sait se montrer aussi têtu qu'aveugle. Et j'ai bien peur qu'il... ne sache pas toujours s'exprimer correctement.

— S'exprimer ?

J'ai peut-être des idées « brillantes et tordues », mais là j'avoue que je suis complètement perdue. Il me regarde avec ce qui me semble être une grande bienveillance. Mais qu'est-ce qui se passe dans cette maison ?

— Je vous apprécie beaucoup, Maïa. Je vous ai bien observée. Vous êtes à la fois l'exact opposé de la femme que je pensais voir François ramener un jour et exactement ce dont il a besoin.

— Mais, monsieur Schwartz...

— Appelez-moi Alain !

— Alain..., dis-je, hésitante. Je ne comprends pas...

— Ah, les jeunes, vous êtes un peu lents à la détente, parfois ! déclare-t-il en se levant. J'étais persuadé que François nous présenterait encore une belle écervelée égocentrique et complètement inutile comme cette Marie. Et, là, je découvre avec plaisir que vous êtes tout l'inverse. Enfin, vous êtes très belle aussi, bien sûr ! s'empresse-t-il de préciser. Vous surpassez même largement Marie, qui était un peu fade à mon goût.

— M... merci. Je...

— Alors je voulais juste vous dire que mon fils est quelqu'un de bien. Il n'est pas question que j'intervienne dans votre vie, ça ne me regarde pas. Mais je sais que François tient beaucoup à vous et je pense que vous l'aimez bien aussi. Je me trompe ?

Waouh ! la question de but en blanc, comme ça... Il reste du rhum, non ?

— Je l'apprécie, oui, mais...

— Non, ne dites rien de plus ! Je ne suis pas en train d'essayer de jouer les entremetteurs. Votre vie et vos sentiments vous appartiennent, jeune femme. Je voulais juste vous dire de faire attention. S'il vous plaît, dit-il avec gentillesse. Même si François ne dira rien, je ne l'ai jamais vu regarder une femme comme il vous regarde. Marie, c'était l'aveuglement de la jeunesse. Aujourd'hui, avec vous, c'est différent. Alors tâchez de prendre le temps, c'est tout ce que je vous demande. Avant de remonter à Paris, discutez avec lui. Je vous promets que je ne dirai rien à Elinor et j'ignore où vous mènera la suite de votre « histoire », mais, s'il vous plaît, faites-moi la simple promesse d'essayer de parler, tous les deux.

— Oui, dis-je d'une voix faible.

— Bien ! Voilà un point clarifié ! conclut Alain, apparemment ravi.

— Qu'est-ce qui est clarifié ? demande François en poussant la porte du bureau.

— Le choix du rhum ! lance Alain en me faisant un clin d'œil discret. Content que tu sois réveillé, mon fils ! Tiens, prends un verre.

Nous discutons alors tous les quatre de tout et de rien, comme de vieilles connaissances. Je ne sais pas si c'est l'arrivée de François ou l'effet du rhum, mais Paul s'est nettement détendu. Et je dois avouer que moi aussi.

Si j'ai bien compris, la sœur d'Alain sera là ce soir avec sa fille, la cousine de François et Sophia, dont il a toujours été très proche. Avec ses vingt-six ans, c'est la cadette du trio.

Paul demande alors à François ce qu'il compte faire maintenant que son enquête est finie et celui-ci répond ce que je sais déjà, qu'il va essayer de rester dans le Sud et y faire sa vie. Alain se tourne vers moi et je secoue la tête négativement. Ma vie est à Paris, pas ici, plus maintenant. Pour ne pas lui gâcher sa soirée, je lui dis que je dois rentrer peaufiner mon livre avant de l'envoyer à mon éditeur, sous-entendant un peu lâchement que ce retour est temporaire. Je pense qu'il n'est pas dupe, mais il me gratifie d'un sourire bienveillant.

— La vie parisienne ! s'exclame Paul. Certains s'y font, d'autres non.

— Et la vie londonienne, tu crois que c'est mieux ? réplique François. Tu peux parler !

— Mais pour moi la ville ne compte plus, objecte Paul en levant son verre, j'y suis avec la femme que j'aime ! Je pourrais être n'importe où ailleurs, ça ne changerait rien.

— Bien dit ! salue Alain en levant son verre à son tour.

— C'est peut-être une connerie de redescendre, déclare François, redevenu soudain sérieux.

— Il n'y a pas de mauvais choix dans la vie, mon fils. Il n'y a que des projets non aboutis. C'est de mes plus grosses erreurs que j'ai tiré mes meilleures décisions !

Paul acquiesce.

— Moi, c'est le jour où j'ai perdu Sophia que j'ai su à quel point je l'aimais. Et pareil pour elle. Parfois, il faut savoir s'éloigner pour se retrouver, conclut-il sans s'adresser à personne en particulier...

... A part François et moi, bien sûr. Je n'ai pas le temps de relever cette allusion à peine voilée, car Elinor fait irruption dans le bureau. J'ai un temps de retard sur les hommes, qui ont déjà caché leur verre, mais Elinor fait comme si elle n'avait rien vu et nous informe simplement que tout est prêt et qu'il est temps qu'on aille se préparer pour la soirée.

— Allez, on se dépêche ! Ma belle-sœur arrive dans une demi-heure, et vos parents, Maïa, dans moins d'une heure. Je ne veux pas que quelqu'un arrive et trouve l'un d'entre nous dans le salon habillé n'importe comment.

Bon, la généralissime semble avoir terminé son speech, nous montons donc sans protester. Les paroles de M.Schwartz, d'Alain, résonnent encore dans ma tête et le rhum semble avoir fait son travail. Pour la première fois depuis hier soir, je suis enfin détendue. Je passe la porte la première et j'entends François donner un tour de clé derrière nous. Bien. Je le regarde, comme si ce geste était le plus naturel du monde.

— C'est pour la Teigne ! Je n'ai pas envie qu'elle s'incruste dans notre chambre, dit-il en s'approchant de moi.

— Il faudrait vérifier qu'elle n'est pas sous le lit, dis-je sans le quitter des yeux.

Il continue de s'approcher doucement.

— C'est sûr, avec un animal pareil, il faut faire attention, dit-il en baissant la voix.

Hypnotisée par ses yeux, je vois son regard descendre sur mes lèvres. Il a l'air calme et tendu à la fois. Je me sens bien mais complètement paralysée. Une mouche prise dans une toile d'araignée. Je le regarde s'approcher de moi sans pouvoir esquisser le moindre mouvement. Ça me fait peur et m'excite terriblement.

— D'autant que, si elle m'attaque une fois de plus, je ne répondrai plus de moi…, dis-je dans un murmure.

Il est si près que je sens son souffle sur mon visage. De son bras valide, il me prend par la taille et me plaque contre lui avec une brusquerie qui contraste avec sa voix calme et douce.

Je poursuis, comme pour me donner une contenance :

— Et comme je n'aime pas perdre le contrôle…

— Essaie, alors, juste une fois, dit-il, sa bouche effleurant presque mes lèvres.

— Je ne sais pas si…

Mais je n'ai pas le temps de finir. Je sens la chaleur de ses lèvres qui se collent sur les miennes. Je manque de défaillir sous la pression de sa bouche douce et ferme. De tous les hommes que j'ai embrassés, aucun ne m'a jamais fait un tel effet. Sa main reste calée dans mon dos et j'ai l'impression que s'il me lâche, je m'écroulerai sur le sol. J'entrouvre les lèvres et laisse sa langue explorer ma bouche. Je lui réponds avec une avidité qui me surprend. Mes mains ont pris leur indépendance et parcourent son torse, se perdent dans ses cheveux sombres. J'ai l'impression d'avoir une soif incroyable, tout à coup, que seul son contact pourra étancher. François me dépose sur le lit et s'allonge au-dessus de moi. Je gémis doucement mais il me fait taire en m'embrassant plus fort. Il dégage sa main de l'attelle et je n'ai pas envie de lui faire la leçon.

Il se redresse alors et je crierais presque de frustration. Il me regarde avec des yeux qui semblent complètement hagards tandis que ses mains glissent le long de ma robe. Il saisit le tissu léger et remonte doucement le vêtement le long de mon corps. Je me soulève légèrement pour faciliter le passage. Quand il a réussi à me l'enlever complètement, il m'observe comme si j'étais un tableau de maître. Je suis bien contente du choix de mes sous-vêtements ce matin et d'avoir mis mes bas à couture autofixante.

— Des sous-vêtements couleur chair ? dit-il avec un sourire.

— J'espérais que tu remettrais ta chemise.

Il se penche, s'attarde un instant sur ma bouche puis descend rapidement dans mon cou, glisse sur ma poitrine, mon ventre, tandis que je sens ses mains caresser tout mon corps.

J'en profite pour lui enlever les boutons de sa chemise puis je fais glisser ma paume sur son torse. Comment peut-on avoir un torse aussi ferme ?

Il se lève et déboutonne son jean, que je l'aide à faire tomber à ses chevilles. Son caleçon se révèle déjà prometteur mais, après l'en avoir débarrassé, je réprime un sifflement admiratif devant son sexe dressé.

Je lève les yeux pour lui sourire, mais François semble déjà parti.

Je le prends dans la bouche, décidée à lui prouver que je ne suis ni une vierge effarouchée ni une alcoolique anonyme. Je le suce avec application et vigueur, en reprenant mon souffle de temps en temps et en écoutant ses gémissements, qui se font de plus en plus intenses.

— Stop ! dit-il tout à coup en m'éloignant de lui. Soit je vais finir par hurler, soit je vais jeter la clé et on va passer la nuit ici.

Il me porte d'un bras. Cette facilité avec laquelle il me soulève me déconcerte et m'excite. C'est quand même bien, des fois, d'être cette salope de Cendrillon ! Merde, même si tout ça ne dure que le temps d'un film, profitons-en avant le générique de fin.

Il me porte jusqu'à la salle de bains et me dépose légèrement sur le sol.

— On nous entendra moins ici, explique-t-il en m'embrassant.

Il fait couler l'eau de la douche, d'où émane une agréable vapeur tiède. Puis il sort un préservatif du tiroir, tiens, ils sont là depuis quand ? Il l'enfile sur son sexe, ce qui tombe bien, je n'ai jamais été super douée pour ça, et me pousse sous le filet d'eau chaude sans cesser de m'embrasser.

Je sens ses mains partout sur moi, en moi, sa bouche qui m'explore, je n'en peux plus ! J'en veux plus, je lui griffe légèrement le dos, m'accroche à ses cheveux. Il me mordille les seins, le cou... C'est bon mais ce n'est pas assez et je m'entends lui murmurer :

— S'il te plaît... vas-y, prends-moi...

Il ne devait pas lui en falloir beaucoup plus. Il me soulève le bassin d'un bras, me colle contre le mur encore frais de la cabine de douche, mais je m'en fous, mon corps est si brûlant que je ne sens plus le froid. Quand il me pénètre enfin, je pousse un cri et ma respiration se fait haletante.

Moi qui pensais que ça pouvait être bien, je mesure à quel point j'étais loin de la réalité. Nos corps s'accordent à la perfection. Le sien sait quand le mien doit faire une pause, comprend quand repartir puis accélérer, et quand je finis par jouir et qu'il éjacule à son tour, il sent que je suis à bout de forces et me maintient contre lui. Il repose délicatement mes jambes sur le sol, m'embrasse et...

— Maïa, François, vous êtes prêts ? Les parents de Maïa viennent d'arriver. On vous attend en bas !

Elinor.

— On arrive ! dit François d'une voix étonnamment ferme.

On se regarde : l'eau dégouline sur ses cheveux et tombe sur son visage, et je ne dois pas être plus présentable. On éclate de rire en même temps.

— On est dans la merde ! dis-je en reprenant mon souffle.

— Je m'en fous, répond-il.

Il m'embrasse de nouveau tandis que j'essaie en vain de me dégager de son étreinte. Il saisit le gel douche et m'en badigeonne le corps.

— Non, non, non ! dis-je en créant une distance

de sécurité entre nos corps. Ce n'est pas la meilleure méthode pour descendre plus vite !

— On n'est pas obligés d'y aller ! rétorque-t-il comme un gamin qui prépare un sale coup.

— Non, tu as raison, on va faire péter Noël !

— Quoi ? Ça ne se fait pas ? demande-t-il avec des yeux de cocker.

— Non, monsieur Schwartz !

Il me savonne vigoureusement sous toutes les coutures.

— Même pas une demi-heure de retard ?

— Non !

— Alors dix minutes, allez ! Je te promets qu'en dix minutes je peux t'emmener au paradis, insiste-t-il, le regard suppliant.

— Non !

Mais je sens que ma détermination à lui tenir tête faiblit dangereusement.

— Si tu es sage et que tu te tiens bien à table, on reprend après le passage du Père Noël.

Il fait mine de bouder comme un môme. Je lui donne une petite tape sur la main.

— Dépêche-toi ! Tu descends, tu fais patienter, je me sèche les cheveux, me maquille, te rejoins, on passe une bonne soirée et je te promets que, dès qu'on remonte dans la chambre, tu as la suite de ton cadeau...

— J'aurai le droit de le déballer et d'en faire ce que je voudrai ? demande-t-il calmement sans me quitter des yeux.

— Tout ce que tu veux ! Tu pourras même utiliser tes menottes si je me débats...

— OK ! Mais ça ne m'aide pas vraiment, dit-il en regardant son sexe en érection.

— Tu n'as qu'à prendre une bonne douche froide pendant que je me sèche les cheveux.

Je l'entends murmurer en râlant :

— Ce ne sera que la huitième cette semaine.

Comme prévu, François est prêt avant moi. Je le laisse descendre à contrecœur et passe une jupe rouge fendue sur le côté, un joli chemisier en satin blanc et mes Louboutin fétiches, qui devraient me permettre d'affronter ma famille.

Contrc toute attente, je suis plutôt contente de voir mes parents. Même mon père. Après tout, c'est Noël.

De manière tout aussi surprenante, François semble très bien s'entendre avec eux. J'aide Elinor à servir les hors-d'œuvre et, chaque fois que je passe près de François, je sens sa main se poser quelque part sur moi ou m'effleurer. J'ai l'impression d'être légèrement ivre sans avoir bu une goutte d'alcool depuis le rhum de 17 heures. Une première.

Je reçois un texto de Lydia, qui semble s'en sortir mieux que prévu avec sa belle-mère. Apparemment, l'annonce des fiançailles a adouci Cruella.

Ma mère, au départ légèrement gênée quand je suis descendue, semble maintenant parfaitement à l'aise et plaisante avec tout le monde. La tante de François est très drôle avec sa voix rauque d'ancienne fumeuse. Elle ressemble à une caricature de pétroleuse. Je ne sais pas quel âge elle a, mais je comprends que c'est la sœur aînée d'Alain et la mère de Céline, la cousine de Sophia et François, une petite brune gaie et dynamique qui me fait me sentir molle et défraîchie en comparaison, mais avec un rire si communicatif qu'on ne peut même pas la jalouser. Ils doivent avoir de bons gènes, chez les Schwartz.

Je retourne dans la cuisine déposer un plateau vide quand je sens la présence de François derrière moi. Je me retourne juste à temps pour le voir me soulever et me poser sur le plan de travail.

— De quelle couleur sont vos sous-vêtements, cette fois, mademoiselle Tournan ?

— Si vous êtes sage, lieutenant, je vous laisserai vous faire une idée par vous-même !

— « Si je suis sage » ? Il me semble que vous vous étiez engagée à mieux que ça…

— Ah oui, vraiment ? Mais quand est-ce que j'aurais fait une chose pareille ? dis-je en levant les yeux au ciel.

— Eh bien, je ne sais plus si c'était au moment où tu me suppliais de te pénétrer ou quand je te prenais contre le mur...

— J'ai fait ça, moi ? dis-je en jouant les effarouchées.

— Je vais te rafraîchir la mémoire.

Il m'attire vers lui et m'embrasse. Bon sang, que j'aime cette manie qu'il a de me plaquer contre lui.

— Oh là ! dit soudain Paul, qui vient d'entrer dans la cuisine avec Anna dans les bras. Ne regarde pas, ma chérie ! C'est tonton François qui fait n'importe quoi. Hé, les tourtereaux, il y a des chambres pour ça !

— Tiens, pas con, on pourrait peut-être monter, dit François en me déposant sur le sol.

Paul se retourne, nous regarde et déclare le plus sérieusement du monde :

— Si vous montez et que vous me laissez seul à gérer ta mère et ta sœur, sans parler des autres, je te garantis que je... que je...

— Que tu quoi ? demande François en souriant.

— Que je ne viendrai plus jamais à ta rescousse si tes deux harpies préférées se remettent à te harceler !

— OK, OK, je me rends, on reste ! Allez, en échange, laisse-moi faire un câlin à ma nièce.

François prend délicatement la petite et la dépose dans le creux de son bras valide. Dans le salon, ma mère discute cuisine avec Elinor et mon père parle jardinage avec Alain. L'ordre des choses, quoi. Si tout cela était vrai, ça pourrait être bien.

Je ressens un nouveau pincement au cœur en me demandant comment tout ça va finir. Mais *carpe diem* ! Je me sers une coupe de champagne et vais me mêler aux conversations.

Le repas est excellent. Elinor et Sophia ont fait des merveilles et j'avoue ne pas y être tout à fait pour rien non plus. Après le café, mon père me demande de l'aide pour aller chercher les cadeaux dans la voiture.

Aïe ! Me retrouver seule avec lui n'était pas exactement dans mes plans.

J'enfile mon manteau et une écharpe. La braise de sa cigarette brille dans la nuit et je lui en pique une au passage.

Il me regarde et me demande, de but en blanc :

— Tu vas me faire la gueule toute ta vie ?

— Au moins, ça a le mérite d'être direct. Je ne sais pas, papa.

On tire sur notre cigarette et l'odeur du tabac me rassure, comme quand j'étais plus jeune et qu'on passait des heures à discuter tous les deux sur la terrasse pour fuir maman qui avait toujours quelque chose à nous faire ranger.

— On était si proches, tous les deux, dit-il, l'air soudain très las. Qu'est-ce qu'il s'est passé ?

— Tu as sauté ta secrétaire, papa !

— Oui, exact. Mais ça n'est arrivé qu'une fois, Maïa, et il a fallu que tu le voies. Je m'en suis déjà excusé auprès de toi, auprès de tout le monde. Si ta mère m'a pardonné, pourquoi…

Je ne lui laisse pas le temps de finir.

— Parce que tu m'as déçue, papa. Toi, mon héros. Mon futur mari venait de me tromper, et là toi… toi aussi… Plus rien n'avait de sens. J'étais perdue… et…

— Et tu l'es encore. Je le vois bien. Mais tu confonds tout. Il est temps que tu comprennes, Maïa. Un couple, ça n'a rien d'évident, ça demande de l'attention, beaucoup d'attention. Mais ça ne veut pas dire que c'est impossible. Une erreur de parcours ne justifie pas un changement de destination ! Sans quoi personne n'arriverait jamais à bon port dans la vie.

Il prend une pause et tire sur sa cigarette tandis que je jette la mienne qui m'écœure déjà.

— Je travaillais beaucoup, Maïa. Tu étais sur le point de te marier et j'étais tellement triste.

— Que je me marie ?

— Que tu épouses un connard !

— Quoi ? Mais tu ne m'as jamais dit ça !

— J'ai essayé, mais quand tu ne veux pas entendre quelque chose... Dès qu'il s'agissait de Frédéric, tu devenais aveugle et sourde. Tu montais au créneau tout de suite. Alors, comme je ne voulais pas te perdre, j'ai préféré attendre. Attendre le jour où ce connard allait commettre une erreur et où je pourrais lui casser la gueule et te sortir de là. Mais tout ne s'est pas passé comme prévu.

— Tu ne lui as pas cassé la gueule, dis-je en souriant.

— Ah, ça, bien sûr que si, répond-il, les yeux brillants comme au souvenir d'une bonne blague.

— *Quoi ?*

— Je suis allé le voir le lendemain et il a pris mon poing dans la figure. Tout simplement. Mais ne t'inquiète pas, il n'a pas porté plainte et il n'a même pas demandé pourquoi.

— C'était ça, son œil ? Il m'a dit qu'il s'était pris une porte et je me rappelle avoir adressé une prière de remerciement à cette porte !

— C'était moi, la porte !

— Et alors ?

— Alors quoi ? La suite, tu la connais. Quelques jours après, tu me surprenais avec Nadège.

— Que tu as virée, d'ailleurs, alors qu'elle n'y était pour rien.

— Je ne l'ai pas virée, Maïa, je l'ai envoyée chez un confrère. Et elle n'y était pas « pour rien », comme tu dis. Tu n'es pas naïve, tu sais parfaitement que les femmes ne sont pas de blanches colombes.

Il écrase sa cigarette et poursuit, en prenant les cadeaux dans le coffre :

— Je me sentais seul, tu étais partie et ta mère ne s'occupait plus de moi depuis longtemps. Elle s'éclatait avec son club de lecture, ne parlait que de toi, mais le « nous » n'existait plus. Je me sentais seul le jour, la nuit, tout le temps. Ça ne justifie rien, je le sais. Mais, quand quelqu'un vous prête un peu d'attention, on s'aperçoit tout à coup que ça fait du bien. En vingt-cinq ans de mariage, je n'avais jamais regardé quelqu'un d'autre que ta mère.

Il fait une pause, je ne sais pas quoi dire. Il s'appuie contre la voiture et continue :

— Après ça, on a beaucoup parlé, avec ta mère. On a beaucoup pleuré et on a certainement beaucoup grandi, aussi. Elle m'aime et je l'aime tellement que nous avons surmonté cette épreuve et en sommes sortis plus forts.

— Pourquoi tu me dis tout ça maintenant ?

— Et pourquoi j'attendrais demain que tu aies gâché ta vie ? Peut-être que je sens que c'est le bon moment.

— Le bon moment pour quoi ?

— Pour grandir enfin, ma chérie. Mais, je te préviens, ce n'est pas drôle tous les jours. Mais c'est quand même tellement mieux que de se voiler la face et de fuir les responsabilités...

— Eh bien, merci ! C'est comme ça que tu me vois ? J'ai un boulot, je m'assume...

— Et je suis très fier de toi ! me coupe-t-il. Mais le boulot, l'appartement, qu'il soit à Paris, à Hong Kong ou dans le trou du cul du monde, tu crois que ça suffit pour faire une vie ?

Comme je ne réponds rien, il poursuit :

— Tu es ma petite fille. Je t'ai élevée du mieux que j'ai pu. A l'ancienne. Je t'ai encouragée, dorlotée, réconfortée et donné tout l'amour que j'avais en moi. Je décrocherais la lune pour toi, Maïa. Mais une bonne éducation consiste aussi à savoir dire à ses enfants quand ils se fourvoient. Et à savoir parfois les pousser pour qu'ils avancent.

Il marque une pause, semble hésiter et lance dans un souffle :

— François est un homme bien.

— Attends, papa. Je n'ai pas envie de...

— Tu vas quand même écouter, m'interrompt-il d'un ton sec. Je te connais, Maïa Tournan, et je ne voudrais pas que ce que tu as vécu avec cette tafiole de Frédéric et mon comportement t'empêchent d'être heureuse. Je sais que tu ne nous dis pas tout. Ce François, il n'est pas sorti par magie du chapeau, comme ça, en deux mois. Mais je ne veux rien savoir, ça te regarde. Pour l'instant, tout ce que je vois, c'est que je pourrais un jour confier ma fille à un homme qui la regarde de cette façon.

— Mais...

Je suis au bord des larmes. J'ai envie de l'interrompre, de lui dire qu'il se trompe, qu'il ne pourra rien se passer entre François et moi. Qu'il reste dans le Sud, qu'il aime un peu trop les femmes, que je remonte à Paris et que j'aime juste assez les hommes pour les mettre dans mon lit, mais pas suffisamment pour leur faire confiance... Cette soudaine prise de conscience me fait mal.

— Non, Maïa. Pas de «mais». Je sais que c'est dur, je te l'ai dit. Mais tu ne pourras pas éternellement prendre les hommes quand tu veux et les jeter ensuite. Même toi, tu vas te lasser. Et je sais que tu le sais déjà. Tu as simplement peur. Alors je voulais te dire de ne pas avoir peur, ma chérie. Je suis là et je serai toujours là. Quitte le nid, saute dans le vide, tu vas voir, ce n'est pas si haut et il y a plein de choses sympas à vivre. Mais avant tout arrête de fuir. Ça ne te ressemble pas et tu vas finir par te perdre...

François sort à ce moment-là.

— Excusez-moi, dit-il en se frottant les mains pour se réchauffer. Tout le monde vous attend.

— On arrive, dit mon père.

Puis il m'embrasse sur le front et rentre.

— Ça va ? me demande François, inquiet.

— Oui, ça va, dis-je en lui prenant la main. Ça va très bien. Viens, on rentre.

Dans le salon règne une étonnante euphorie et je me demande soudain si, au fond, tous les adultes présents ne croiraient pas encore un peu au Père Noël. Comme des gamins, ils rôdent autour du sapin, au pied duquel sont disposés les paquets brillants. Comme il n'y a pas d'enfants (en tout cas pas de plus de un mois ni de moins de vingt-cinq ans), on décide que chacun distribuera ses cadeaux. Je donne à Sophia celui d'Anna et le sien et je la regarde les déballer, ravie qu'elle semble apprécier mes trouvailles. C'est le moment que j'aime le plus à Noël, quand chacun ouvre ses paquets et redevient l'enfant qu'il était l'espace d'un instant. Elinor me tend son cadeau. Surprise et gênée, je la remercie chaleureusement et découvre une somptueuse écharpe en cachemire. Mes parents ont choisi du vin, eux aussi, pour les parents de François, ils m'ont offert un bon d'achat valable dans plusieurs magasins. Ma mère me regarde avec douceur, comme pour s'excuser de ne pas avoir su trouver mieux. Je peux soudain lire dans ses yeux tristes ce qu'a été leur vie ces dernières années. Attendre. Attendre que leur fille daigne leur faire un signe, partager avec eux un peu de sa vie. Et pourtant on parle, mais seulement de ce que j'accepte de dévoiler. Le boulot, mon appart, la pluie et le beau temps. Rien. Je mesure déjà combien la discussion avec mon père m'a fait du bien. Je crois qu'en quelques minutes j'ai mûri plus qu'en de nombreuses années. Peut-être qu'il a raison. C'est le moment. Le moment d'affronter cet âge adulte dans lequel je suis censée être entrée depuis longtemps déjà.

A propos d'affrontement, je repère enfin mon cadeau pour François : ma nouvelle copine la Teigne est allongée dessus.

— Oh non ! dis-je tout haut en me précipitant vers elle. Tu t'éloignes et de suite !

L'index menaçant, je désigne un coin de la pièce comme pour punir un enfant pas sage. La Teigne me lance un regard apathique, se lève, s'étire avec une lenteur hypnotique et se déplace d'un pas chaloupé vers l'endroit indiqué. Contente de mon petit numéro de domptage, je récupère le paquet encore tiède quand je m'aperçois que tout le monde m'observe.

— Quoi ? dis-je en les regardant tous.

— La Teigne vous obéit ? me demande Elinor, incrédule.

— On a trouvé un consensus, toutes les deux, dis-je en souriant.

— Tu l'appelles la Teigne, maman ? demande Sophia, étonnée.

— Mais comment veux-tu que je l'appelle ? Ce chat est une plaie. Depuis des années, je l'appelle Châtaigne en espérant que ça aura un jour une influence positive sur son comportement, mais je dois me rendre à l'évidence : ce monstre à quatre pattes ne changera jamais ! Elle déchire mes vêtements, se couche dans le linge propre et passe son temps à voler des affaires aux invités, que je dois chaque fois aller déposer discrètement dans la chambre d'amis. Et, mon Dieu, ce que les gens peuvent avoir comme affaires bizarres..., dit-elle, songeuse.

On éclate tous d'un rire franc en regardant la Teigne, qui se prélasse au coin de la cheminée en mâchouillant quelque chose.

François se lève d'un bond en criant :

— Saleté, rends-moi ça de suite !

Il arrache des griffes du chat un petit paquet dont le papier a été à moitié déchiqueté et me l'offre, penaud.

— Euh, désolé, mais... Joyeux Noël.

Je me retiens de rire devant la piètre allure du cadeau et la mine déconfite de François. Autour de nous, les conversations reprennent sur fond de bruit de papier froissé.

Je regarde François déballer son cadeau, une chemise blanche Lagerfeld et des boutons de manchette en argent.

— C'est pour me faire pardonner mes critiques idiotes... Et pour te remercier de ta patience avec ton boulet écrivain, dis-je doucement pour que lui seul entende.

Il semble très touché et surpris que la chemise soit si parfaitement à sa taille. Ben, oui, j'ai quand même eu un certain nombre d'occasions d'évaluer ses mensurations.

— A ton tour, me dit-il en désignant la boîte déchiquetée que j'ai gardée dans les mains.

J'enlève les lambeaux de papier, qui dévoilent un élégant écrin allongé. Je l'ouvre en tremblant légèrement. Sur la doublure de satin repose une longue chaîne fine en or blanc, à laquelle est accroché un pendentif en rubis rouge vif serti de petits diamants. La pierre est taillée à l'ancienne, comme les bagues que portait ma grand-mère, mais le collier en maille vénitienne résolument moderne contraste magnifiquement avec la pierre. L'ensemble est sublime.

Chacun feint de s'affairer sur ses propres cadeaux, mais je sens le poids des regards par-dessus mon épaule.

Céline, la plus hardie, s'approche et lance avec un naturel désarmant :

— Waouh ! Quelle splendeur ! Comme j'aimerais qu'on m'offre ça un jour. Le rubis, c'est un symbole royal. Il est censé protéger et éloigner la menace. C'est aussi la pierre qui empêche la trahison et punit les infidèles. Enfin, dans la légende, bien sûr, dit-elle en haussant les épaules. Mais ce n'est pas à toi que je vais apprendre ça, François ! Tu te rappelles quand on était mômes et qu'on ramassait des cailloux en prétendant que c'étaient de vraies pierres précieuses que des trafiquants avaient perdues ? On regardait leur couleur et leur signification dans le livre que Sophia avait eu pour son anniversaire.

Elle se tourne vers ses cousins. Sophia articule un vague « oui » en s'affairant à remettre à sa place une serviette qui était décalée de deux millimètres tandis que François ne me quitte pas des yeux.

— C'est magnifique !

Je ne trouve rien d'autre à dire, c'est l'un des plus beaux bijoux qu'il m'ait été donné de voir. Il est fin et élégant, exactement comme je les aime.

François retire le collier de l'écrin et se place derrière moi pour me le mettre au cou. Le contact de ses doigts frais me donne la chair de poule. On va dire que c'est ça...

Il ajuste le fermoir et revient face à moi pour admirer son œuvre.

— Tu es splendide, me dit-il. Et ça ne vient pas du collier.

Je touche doucement le pendentif pour m'habituer à sa présence. Tout est parfait, jusqu'à mes vêtements, impeccablement assortis aux pierres.

— Le rubis est un symbole de force, comme toi. La façon dont tu as assuré avec Sophia, dont tu m'as suivi au boulot sans jamais rechigner ni t'inquiéter...

— Eh bien, cousin, lance Céline, fais pas ta chochotte ! Si tu ne l'embrasses pas tout de suite, je vous pousse sous le gui.

François me prend la main et m'attire doucement à lui pour m'embrasser. C'est le baiser le plus tendre que j'aie jamais reçu. Plus qu'un baiser... une promesse.

L'univers disparaît autour de moi, et c'est à peine si j'entends le « pop » de la bouteille de champagne que le père de François vient d'ouvrir. Alors que nous nous écartons en souriant pour prendre les coupes que Paul nous tend, mon père propose un toast.

— A nos hôtes ! Merci pour ce magnifique réveillon. Et à cette créature étrange, dit-il en levant son verre en direction de la Teigne.

— A la Teigne ! lance Elinor, qui a l'air un peu pompette.

C'est sûrement le contrecoup des préparatifs de la soirée, couplé à la préparation de la dinde au whisky qu'elle a dû goûter plus souvent que je le pensais.

La soirée passe en un éclair, dans les rires et les bavardages. La tante Suzanne nous régale d'anecdotes sur ses réveillons passés avec autant d'amants différents.

Céline semble avoir hérité de sa liberté de ton et de son franc-parler et me pose mille questions sur mon livre et sur ma relation avec François. Les premières me mettent mal à l'aise, mais je m'aperçois vite que je connais mieux François que ce que je pensais. Mes réponses semblent la satisfaire et j'ai l'impression d'avoir passé un test avec succès.

Je bénis Elinor quand elle vient lui demander de

l'aider en cuisine car l'électron libre me fatigue. Tiens, d'habitude, c'est moi qui fatigue les autres, décidément, je dois vieillir.

On va se coucher vers 3 heures. Mes parents sont partis depuis une petite heure et je leur ai promis de passer les voir avant de rentrer à Paris.

Sophia et Paul sont montés se coucher tôt pour être disponibles quand bébé morfale se réveillera. Nous voulons aider Alain et Elinor à ranger, mais celle-ci nous explique qu'elle sera plus efficace seule et nous envoie tous nous coucher comme des gamins, Alain compris.

Je me sens complètement épuisée, mais le regard de François quand il ferme la porte me donne une soudaine décharge d'adrénaline.

On s'approche l'un de l'autre lentement. Nos gestes sont doux et maladroits, comme si nous avions été séparés des années durant avant de nous retrouver. Ses mains explorent mon corps, les miennes se concentrent sur ses fesses et son torse. Je me recule et me déshabille devant lui. Il fait chaud malgré l'hiver, et le champagne, associé à mon excitation, m'emmène droit sous le soleil de Papeete. J'aurai fini par y aller, dans mes fantasmes.

Il semble hypnotisé par le pendentif rouge vif qui souligne la naissance de mes seins, couverts de fine dentelle blanche. Il écarte le tissu léger et embrasse doucement la peau puis la mordille délicatement.

J'ai tellement envie de lui que je suis déjà près de jouir. La suite est comme dans un rêve dont j'aurais perdu le contrôle. J'ai l'impression que tous mes fantasmes réprimés s'expriment enfin. François accélère le rythme, je le sens avide, puissant...

On fait l'amour deux fois. La première est rapide et violente, comme si la fin du monde allait nous rattraper et que la course contre le temps avait commencé. Puis, nullement rassasiés, nous recommençons en prenant le temps de mieux respecter nos corps. Cette fois, plus encore que les précédentes, il s'avère un amant exceptionnel, comme je n'en ai jamais connu. Il semble savoir à l'avance tout ce qui va me faire vibrer, et je ne sais pas si c'est lui qui sait ou tout simplement moi qui aime tout ce qui émane de lui.

J'essaie de m'endormir, mais un sentiment puissant, telle une ombre dévorante, m'enserre le cœur et me souffle à l'oreille une question lancinante : et après ?

Je ne veux pas y penser, mais c'est plus fort que moi. François dort sur le ventre, son bras posé sur mes hanches. Je sens sa respiration régulière qui rythme mon insomnie.

Ma vie à Paris m'apparaît fade, mais c'est ma vie. Je ne peux pas tout envoyer promener ni demander à François de changer ses plans. Sa route est tracée et il sait où il va. La mienne est sinueuse et bordée de précipices. Est-ce que le livre suffira à calmer mon éditeur ? Est-ce que j'ai envie de continuer à me faire imposer mes choix ? A quel moment ma vie m'a échappé au point de laisser un boulot me dicter ma conduite ? Je suis devenue écrivain pour le sentiment de liberté que cela m'apporte, mais, s'il disparaît, que faire ? En même temps, qu'est-ce que je sais faire d'autre ? Là, la réponse est simple : rien.

Comment peut-on choisir la liberté pour se rendre finalement compte que l'on s'est enfermé tout seul ?

Je n'envisage même pas de proposer à François de me rejoindre dans cette impasse en sachant parfaitement que je n'ai pas d'issue de secours.

Ce qu'il lui faut, c'est une gentille femme qui tiendra la maison et lui donnera de beaux enfants pour perpétuer la tradition familiale. Suis-je seulement capable de tenir une maison ?

Malgré le chauffage, malgré les pleurs d'Anna qui proviennent du couloir, malgré la présence de tout ce monde et le bras chaud de François sur moi, j'ai froid et je me sens seule.

Les minutes s'écoulent lentement et j'entends toujours cette question qui me hante, tout bas, comme une ritournelle qu'on ne peut pas s'empêcher de fredonner : et après ?

22. Le noir

«Dieu a inventé le chat pour que l'homme ait un tigre à caresser chez lui.»

VICTOR HUGO

Je me réveille apaisé, avec un sentiment de bien-être. Les événements de la nuit dernière me reviennent agréablement à la mémoire, mais quand je me tourne dans le lit, à côté de moi, la place — sa place — est vide. Je regarde vers la salle de bains, mais la porte est ouverte, la lumière, éteinte, et aucun bruit n'en sort.

Je me lève en gémissant, et à cet instant je me fiche complètement de cette foutue épaule. Un passage éclair sous la douche et je suis en bas. Il est 11 heures, c'est la première fois de ma vie que je me réveille aussi tard.

Dehors, le temps s'est assombri et la température a l'air de flirter avec le négatif.

Ma mère s'affaire en cuisine avec l'aide de Maïa, que j'embrasse dans le cou. Il me semble qu'elle tremble légèrement, mais elle ne se retourne pas.

J'embrasse ma mère et passe dans le salon pour donner un coup de main à mon père, qui met la table. Paul revient de la boulangerie et ôte son bonnet en s'ébrouant.

— Pfiu, c'est un temps de neige !

Sophia rigole, chaque année, dès que la température approche le 0 °C, Paul pronostique un temps de neige.

Mais il neige une fois tous les quatre ans à Montpellier, ce qui compromet sa carrière de météorologue.

— Il fait 2 °C, mon chéri, et il n'y a pas un seul nuage. Mais bon, garde espoir, si tu veux, dit-elle en repartant avec Anna dans les bras.

— Ça va ? me demande Paul en accrochant son manteau dans l'entrée.

— Ça va, dis-je, les yeux dans le vide.

— Holà !

— Quoi ?

— Vous avez couché ensemble ? chuchote-t-il.

— Oui.

— Et ça s'est pas bien passé ?

— Pourquoi tu dis ça ?

— Ben, vu ta gueule...

— Si, ça s'est très bien passé, au contraire...

— Mais ce matin, c'est différent.

— Comment tu le sais ?

— Parce que c'est toujours comme ça, la première fois.

— Mais j'ai déjà eu plein de premières fois, je n'ai même eu que des premières fois, et ça n'avait rien à voir.

Il sourit et me regarde comme si j'étais le plus naïf des hommes.

— Justement, crétin. Là, c'est une vraie première fois.

Comme je ne dis rien, il me pose une main sur l'épaule et précise sa pensée.

— Il y a le sexe pour le sexe, et un jour il y a le sexe qui ouvre des possibilités...

— Des possibilités sexuelles ? dis-je en souriant.

— T'es vraiment con, toi !

— Je plaisante.

— Arrête, justement. Des fois, il faut savoir être sérieux !

— Mais si je ne sais pas ce que je veux ?

— C'est le problème, justement. Tu ne sais pas... mais elle non plus. Vous êtes sur le fil. Maintenant, il va falloir que l'un de vous soit capable de dire les bons mots, au bon moment, pour aider l'autre à basculer du bon côté. Mais est-ce que tu es prêt à cela ? Ça...

Il s'éloigne et me laisse en plan. Bon. Paul en donneur de conseils. Je suis vraiment mal, là.

Le repas se passe tranquillement, à commenter la soirée d'hier. Maïa participe mais reste distante. Comme une magnifique boîte à musique dont l'extérieur serait intact, mais le mécanisme, abîmé.

L'après-midi, elle me propose une balade dans le quartier. Maïa, marcher ?

Nous enfilons manteaux, écharpes et gants, et sortons affronter le froid piquant sous un ciel bleu vif.

— Ta mission est finie, dit-elle quand nous arrivons au bout de la rue.

— Oui.

Les yeux fixés sur le sol, je me laisse distraire un instant par la vapeur qui monte de ma bouche.

— Et mon livre l'est donc aussi.

— Oui.

— Tu sais que je dois remonter à Paris. Comme c'était convenu.

— Oui.

Décidément, je manque de repartie aujourd'hui, mais rien d'autre ne me vient. C'est comme quand vous roulez et que vous choisissez une route alors que votre inconscient vous répète que ce n'est pas la bonne. Une force vous pousse à aller jusqu'au bout malgré tout. Même si vous savez qu'il faudra faire demi-tour ensuite et que, parfois, ce sera trop tard.

— Tu as des nouvelles du boulot ? demande-t-elle.

— J'ai reçu un texto tout à l'heure. Le commissaire de Paris me dit que ma mutation est acceptée. Je remonte signer quelques papiers pour boucler mes rapports, mais désormais je suis officiellement affilié à Montpellier.

— Super ! Félicitations !

— Merci, dis-je en baissant les yeux pour regarder mes pieds avancer comme s'ils ne m'appartenaient pas.

— Tout se sera passé comme prévu, alors, poursuit-elle.

— Oui.

— Si ça continue comme ça, mon livre sera peut-être même un succès ! lance-t-elle en riant.

— J'en suis sûr. Sincèrement, Maïa.

— C'est parce qu'il parle de toi que tu dis ça ?

— Non, dis-je en rigolant, mais je...

— Je pars demain, me coupe-t-elle.

— Ah !

Je me suis arrêté un instant mais elle continue d'avancer et je dois donc accélérer le pas pour la rattraper.

— Tu remontes comment ?

— En train. Celui de 10 h 30.

— Et après ? dis-je après un silence.

Elle s'arrête et me regarde.

— Après, chacun mène sa vie, répond-elle en me regardant droit dans les yeux.

— Séparément ?

Mes paroles résonnent dans un silence éloquent.

— Je ne sais pas. Que veux-tu, toi ? me demande-t-elle.

— Je ne sais pas. Je ne peux pas remonter à Paris maintenant que...

— Je sais, me coupe-t-elle. Ça aura été une belle histoire. Et puis on a bien rigolé, non ?

— Oui, dis-je en souriant.

Nous ne prononçons plus un mot sur le trajet du retour.

En arrivant à la maison, elle va directement voir mes parents, les remercie pour tout et leur dit qu'elle doit aller dormir chez ses parents pour son dernier jour à Montpellier. Avec mon bras, explique-t-elle, mieux vaut que je reste ici. Elle leur dit à bientôt sans trop de conviction dans la voix. Mon père semble contrarié, ma mère aussi mais elle joue mieux la comédie. Elle la serre fort dans ses bras.

— Je comprends. J'ai hâte de vous revoir, ma chère Maïa. Vous êtes toujours la bienvenue ici, quelles que soient les circonstances.

Maïa semble au bord des larmes, et serre à son tour

ma mère dans ses bras. Paul s'approche de moi et me prend à part.

— Et tu ne fais rien, là ?

— Qu'est-ce que tu veux que je fasse ? Elle a pris sa décision.

— Et depuis quand les femmes prennent toujours les bonnes décisions ?

Je ne réponds pas et accompagne Maïa, qui monte faire sa valise.

— Reste ! dis-je en fermant la porte.

— Pourquoi ? Ça ne ferait que reculer l'échéance. Le contrat était clair.

— Mais j'ai besoin de toi !

Elle sourit.

— Non, François, tu as besoin d'une femme, d'une présence. D'une Marie, peut-être. Et, ça, je ne le serai jamais, crois-moi.

— Tu ne veux toujours pas t'engager, c'est ça ?

— Et toi ? Tu es prêt ?

— J'en sais rien, mais je peux faire l'effort.

— *L'effort ?* dit-elle en fermant sa valise. Mais, l'amour, ça ne doit pas être un effort, justement.

— Parce que tu es spécialiste en amour, toi, maintenant ?

Elle soupire avec un petit sourire triste.

— Non, c'est vrai. Mais toi non plus. Et ça va être dur d'apprendre à deux.

— Et si j'ai envie d'apprendre ? Tu aurais envie d'écouter ?

— Peut-être, oui. Mais sincèrement je ne pense pas qu'on soit prêts, là, tout de suite.

Je sens monter la frustration et la colère.

— Arrête de parler pour moi ! Comment je suis censé savoir si tu es prête un jour ?

— Je ne sais pas, François. On est sans doute bien ensemble, mais ce n'est peut-être pas le moment, voilà tout. Il faut d'abord que l'on règle des choses dans notre vie, toi comme moi. Tu dois t'installer dans le Sud, c'est un beau projet. Je ne veux pas d'une relation à distance, et je sais que toi non plus. Il est temps que tu poses tes valises alors que moi je fais juste les miennes.

— Alors j'attendrai, dis-je.

— Moi aussi. Et on verra ce que l'avenir nous réserve.

Ma colère est soudain complètement retombée. Je la regarde et lui demande doucement, comme une supplique :

— Reste une dernière nuit, au moins...

— C'est trop dur, je ne peux pas... Et je ne peux pas non plus accepter ton cadeau, François. C'est trop beau, trop..., dit-elle en essayant de défaire le fermoir.

— Non ! Garde-le. Ce collier, cette couleur, c'est toi, il n'irait à personne d'autre. Garde-le et qu'il te porte chance comme la pierre le promet.

— Merci...

Elle semble au bord des larmes, mais je préfère ne pas m'approcher d'elle. Je me sens paralysé, comme un animal pris dans la lumière des phares, incapable de la consoler et de prendre les bonnes décisions.

Elle sort et je la suis, sa valise à la main. Je la range dans le coffre de la voiture de Sophia qui a décidé de l'emmener pour prendre un peu l'air. Elle dit au revoir à Paul, adresse un signe à mes parents et se baisse vers la Teigne, qui s'est approché de son pas qui semble plus lourd encore que d'habitude et se frotte contre ses jambes en miaulant.

— Au revoir, sale bête, dit-elle en caressant son dos massif.

La Teigne se frotte encore contre ses jambes en miaulant, comme pour dire au revoir.

Elle monte dans la voiture. Je la regarde s'éloigner jusqu'à ce que mon père me tire à l'intérieur et referme la porte.

— Rentre, tu vas être gelé, me dit-il.

Cette fois-ci, la journée passe comme dans un cauchemar. C'est comme si une partie de moi m'avait été arrachée, mais j'essaie de rationaliser en me disant que j'ai plein de projets, que c'est la fatigue, que ça ira mieux demain. Je ne suis pas sûr d'y croire vraiment, mais je n'ai pas le choix. Le soir, je reçois un texto de Franck : sa fille est née. Je lui réponds que je serai à Paris en début de semaine, que j'ai hâte de la rencontrer. Je regarde les horaires des trains et réserve pour le lundi 29 décembre. Ça me permettra de commencer la paperasse ici et de terminer à Paris. Pour la dernière fois. Je pourrai passer du temps avec Franck et sa famille avant de redescendre. Définitivement.

26 décembre, retour au commissariat. Marbot est là, d'excellente humeur. Apparemment, il a revu une ancienne copine à lui avec qui le feeling est bien passé. Il a reçu un texto de Maïa qui lui fait ses adieux et le remercie pour tout.

Fin de journée. Le commissaire arrive et nous invite à passer avec lui dans son bureau.

— Eh bien, dit-il avec un grand sourire. Il semblerait que j'aie une nouvelle équipe ! Et qui fonctionne plutôt pas mal, d'après ce que je vois.

Il sort une bouteille de rhum et nous sert trois petits verres.

— Allez, c'est la fin du service. Et joyeuses fêtes !

— Je suis content d'être muté avec vous, dis-je en levant mon verre. Je vous avoue que j'appréhendais un peu.

— Vous *appréhendiez* ? s'esclaffe le commissaire Julain. Mon gars, c'est rien par rapport à nous ! Finalement, vous n'êtes pas le con de Parigot qu'on s'était imaginé !

— Ah non, dit Marbot en rigolant. Quand je pense qu'on voulait te laisser la romancière dans les pattes pour que tu nous fiches la paix... J'ai bien regretté quand j'ai vu à quoi elle ressemblait !

Je tombe des nues.

— C'est pour ça que vous avez autant insisté pour qu'elle m'accompagne partout ? dis-je, surpris.

— Exactement ! fait Marbot. Mais franchement t'as pas à te plaindre... On a connu pire, comme boulet !

— C'est sûr ! ajoute le commissaire. Quoi qu'il en soit, vous êtes un excellent élément et on se réjouit de vous avoir.

— Merci, commissaire !

— A cette nouvelle équipe, et aux Parigots ! lance Marbot en levant de nouveau son verre.

Je m'apprête à enfiler mon manteau, quand Julain me dit :

— C'est pas facile de laisser partir une femme, hein ?

Je regarde Marbot, qui acquiesce. Ils m'ont l'air bien complices, ces deux-là.

— Surtout quand elle ressemble à celle-là ! fait Marbot.

— Ouais, mais quand une femme veut partir on ne peut pas faire grand-chose...

— Et depuis quand une femme sait ce qu'elle veut ? râle le commissaire. Ah, ces superflics, vous ne craignez rien face aux méchants, mais devant une femme... de vrais bleus...

En rentrant à la maison, je passe un coup de fil à Julien. On discute de tout et de rien, je lui confirme ma mutation, ce qui me vaut ses félicitations. Je demande des nouvelles de Lydia : elle est juste à côté de lui et il me propose de me la passer. Je crois bien que c'est la première fois que je parle avec elle au téléphone.

— Ça va ? me demande-t-elle d'une voix enjouée.

— Oui, très bien, merci. Et toi ?

— Ça va. Il fait froid mais ça va.

— Oui, il ne va pas neiger pour autant, je pense...

— Bon, me coupe Lydia, tu m'appelles pour me parler de la pluie et du beau temps ou tu veux savoir comment elle va ?

— Comment va-t-elle ?

— Très bien.

— Tant mieux.

— Aussi bien que peut aller une femme qui ne sait pas ce qu'elle veut, quoi. Mais bon, c'est Maïa.

— Oui, c'est Maïa.

C'est tout ce que je trouve à dire.

— Et, sinon, tu l'aimes ?

— Quoi ? Je... Je...

Elle m'a complètement déstabilisé. Je réalise soudain que je ne me suis même pas posé la question...

J'entends Julien grogner quelque chose, je crois que Lydia se fait engueuler.

— Ça va, ça va, c'est bon, désolée. Je voulais juste te faire réfléchir et que tu te poses la question. Si tu avais clairement dit non, j'aurais aidé Maïa à t'oublier. Mais je crois plutôt que, maintenant que la question est posée, c'est à toi de chercher les réponses...

Je l'entends ajouter, à l'intention de Julien :

— Hé, ça va, toi ! Je te signale que tu as tenu le même discours à Maïa l'été dernier. Heureusement qu'elle était là pour te faire entendre raison... Oui, bon, OK, à moi surtout. Oh ! c'est bon, tu vas me le rappeler toute ma vie ? C'est pas très gentleman, ça...

Elle semble soudain se rappeler que je suis au bout du fil et me dit :

— Bon, écoute-moi bien, François. J'admets que je suis bornée et têtue, mais je crois que c'est du pipi de chat par rapport à Maïa ! Je vais essayer de lui parler mais laisse-lui du temps. Elle est paumée.

— Et comment je saurai que c'est le bon moment ?

— Tu le sauras, c'est tout. Enfin, entre le savoir et agir en conséquence... Vous, les mecs, vous n'avez aucun sens du timing, mais t'inquiète, compte sur moi pour te le dire !

J'entends de nouveau Julien qui la reprend, puis elle lui répond quelque chose que je ne capte pas et raccroche. Ils ne sont pas finis, ces deux-là, mais qu'est-ce qu'ils vont bien ensemble. Je suis vraiment ravi que Julien ait trouvé une fille belle, intelligente et juste assez folle pour le comprendre. J'espère qu'un jour, moi aussi… Mais inutile d'y penser.

Les jours qui suivent, je me mets à fond dans le travail pour éviter de réfléchir. Je croise un vieux pote qui me donne deux informations. La première, c'est que Marie est fiancée à un avocat. Grand bien lui fasse, je m'aperçois à cette occasion que je m'en fous complètement. Il m'apprend aussi et surtout que la maison de son grand-père, de l'autre côté de Mauguio, est à vendre, à un prix qui correspond à mon budget. Un coup de chance étant donné l'inflation constante que subit l'immobilier local. Eh oui, on dirait que mon cher village a la cote. Le lendemain soir, je visite la maison, qui s'avère parfaite : un étage, trois chambres, deux toilettes et deux salles de bains, un grand salon avec cuisine américaine et un jardin avec un barbecue et assez de place pour une future piscine.

Dimanche soir. Je prépare ma valise pour demain. Ma mère monte me voir dans ma chambre.

— Coucou. Tu veux de l'aide ?

— Non, merci, maman, dis-je en souriant. Je sais faire une valise seul, maintenant, tu sais. J'ai vécu à Paris pas mal de temps.

— Oui, c'est vrai, dit-elle en s'asseyant sur le lit. Mais quand je vois ta technique, je me dis qu'il y a faire une valise… et faire une valise.

— OK, tu as gagné, j'abandonne.

Visiblement ravie, elle tourne la valise vers elle et plie les quelques affaires que j'emporte pour ces trois jours tandis que je m'allonge sur le lit en regardant le plafond.

— Comme quoi, on a toujours besoin d'une femme, dit-elle.

— Je sais.

— Mais parfois il faut aller la chercher loin.

— OK. Vas-y, dis ce que tu as à me dire.

— Mais, mon chéri, c'est juste que...

— Maman !

— Qu'est-ce que tu veux que je te raconte ? lâche-t-elle, abandonnant soudain ma valise pour me regarder, en colère.

Mais qu'est-ce que j'ai encore fait ? Elle semble vraiment très fâchée. Je me redresse pour l'écouter, de peur de me prendre une claque.

— Vous n'en avez pas marre, dans cette maison, de me considérer comme une cruche ? Entre ta sœur enceinte à son mariage qui croyait que je ne verrais rien, mon gendre qui est aussi discret qu'une poule dans un placard, mon mari qui pour une fois est dans la confidence... Tu croyais sincèrement que j'étais bête à ce point ?

— Mais, je... Sophia ne savait rien, dis-je en guise de défense.

— Oui, eh bien, c'est un moindre mal. Cela dit, en ce moment, ta sœur ne verrait pas une goutte dans l'océan. Il n'empêche que même elle a compris des choses. Elle a questionné Paul qui a dû craquer au bout de cinq minutes maximum, et elle est venue tout me dire.

— Et papa ?

— Ça reste un mystère. Il ne se rappelle jamais les invitations à dîner, oublie la dinde dans le four, ignore que nos amis ont divorcé depuis cinq ans, mais, ça, il le savait ! De sa part, plus rien ne m'étonne.

— Mais c'est pire que *Voici*, dans cette maison ! dis-je, abasourdi, avant de me rendre compte que je ne suis pas vraiment en position de protester. Maman, je suis désolé, je...

— Taratata, coupe-t-elle. Je t'ai peut-être un peu trop mis la pression ces derniers temps. Et je m'en excuse mais...

Waouh, une grande première ! Elinor Schwartz qui s'excuse...

— ... mais maintenant, mon fils, tu vas rattraper tes conneries !

— Mes... mes *conneries* ? Mais qu'est-ce que...

— Oui, mon fils. Crois-moi, ce n'est pas tous les jours que tu vas rencontrer une femme comme celle-là. Et, quand ça arrive, on ne se contente pas de déposer ses valises dans la voiture en lui souhaitant bon retour !

— Mais, maman, elle ne voulait pas...

— Elle ne sait pas ce qu'elle veut ! Ou plutôt elle le sait parfaitement. C'est juste qu'elle doute. Et ce n'est pas ton comportement de chiffe molle qui va l'aider à y voir clair et la rassurer ! Parce que, oui, le rôle premier d'un homme est de rassurer. Alors bouge-toi les fesses et fais ce qu'il faut. Moi, j'ai essayé, mais maintenant c'est ton tour !

— Tu as *essayé* ? Mais qu'est-ce que tu as fait ?

— Un petit coup de pouce, rien de plus. Tu as vu passer le peintre dans la chambre du bébé ?

— Euh, non. Mais je ne vois pas le rapport.

— Ça fait un mois que la chambre est finie, François. Si tu crois que j'allais attendre le terme pour préparer une chambre de bébé, c'est que tu me connais mal.

Elle se lève et me lance, avant de sortir :

— Maintenant, finis ta valise. Je vais pas tout faire à ta place, quand même, non ? Ah, les hommes ! dit-elle en s'éloignant dans le couloir, aucun sens de l'observation...

Après le repas, je vais boire un verre avec mon père dans son bureau. Il me tient à peu près le même discours entre deux gorgées de rhum, mais de manière plus voilée que ma mère.

OK, c'est bon, les gars, pas la peine de vous acharner, j'ai compris ! Mais qu'est-ce que je suis censé faire, moi, entre vous qui me dites de foncer et Lydia qui me conseille de patienter ?

*
**

Lundi matin, dans la voiture. Je savais bien que Sophia ne me proposait pas de m'accompagner juste pour le plaisir des embouteillages à la gare.

— Bon, frérot ! Bonne chance, me dit-elle à l'approche du parking.

— *Bonne chance* ?

— Ben, oui, répond-elle comme si j'étais complètement idiot. Dans la vie, il y a une part d'action et une part de chance. Et vu qu'en dehors du boulot t'es pas le plus doué en action...

— Merci, ça fait plaisir !

— Tu sais, je la connaissais peu, avant. Et pour tout dire je ne l'appréciais pas vraiment. Trop délurée, trop frivole, trop tout, quoi... Mais ces dernières semaines j'ai appris à la connaître et, crois-moi, c'est quelqu'un de bien.

— Je sais, dis-je en me rembrunissant.

— Et, contre toute attente, il se trouve qu'une femme intelligente, drôle et vraiment belle est amoureuse de toi ! Un vrai miracle qui ne se produira pas deux fois, j'en ai peur !

— Eh bien, merci. Vous êtes tous très encourageants, dans cette famille.

Je réfléchis quelques instants à ce que ma sœur vient de me dire, quand on arrive au dépose-minute de la gare.

— Qui m'aime ? Comment tu peux le savoir, toi ?

Elle sort de la voiture, ouvre le coffre et me dit :

— Pourquoi tu crois que j'ai voulu la raccompagner la semaine dernière ? Pour le plaisir des embouteillages ? Si on ne peut plus questionner les gens dans une voiture, c'est que la situation est désespérée, moi, je vous le dis.

Elle sourit, m'embrasse et remonte dans la voiture.

Je reste quelques instants sur le parvis de la gare et regarde la voiture s'éloigner en attendant bêtement qu'elle revienne et m'apporte des réponses. Puis je retourne à la réalité et me décide à aller prendre mon train qui entre en gare.

Arrivé trois heures et demie plus tard à Paris, je suis fatigué, courbaturé, mais je n'ai toujours aucune réponse.

De loin, j'aperçois avec plaisir Franck, qui m'attend au bout du quai. Cathy et lui ont insisté pour que je vienne dormir chez eux, mais j'ai préféré prendre un hôtel à deux pas pour ne pas les déranger.

— T'as une sale gueule ! dit-il en me prenant dans ses bras.

— Toi aussi !

Franck m'offre une bière dans un café en face de la gare. Le temps est glacial, et le ciel, couvert, il va neiger d'une minute à l'autre. Paul serait content d'être à Paris.

On discute une bonne heure. Je raconte l'enquête en détail et lui me parle de l'accouchement de Cathy, sa joie d'être père une nouvelle fois mais aussi la fatigue qui ne le quitte plus.

Puis on part chez lui en taxi, trop crevés tous les deux pour s'engouffrer dans un métro bondé. Cathy m'accueille avec une chaleur qui me donne l'impression d'être à la maison. Je joue les Pères Noël avec les deux petits et on passe un après-midi paisible, en évitant les sujets délicats.

Entre les biberons et les bains, le soir arrive vite.

J'aide Franck à mettre la table pendant que Cathy couche sa fille, qui, me disent ses parents non sans fierté, fait déjà ses nuits. Note pour plus tard : penser à leur demander la recette au cas où.

A table, Cathy me sert à boire et pose enfin la question qui apparemment lui brûle les lèvres, sous le regard reconnaissant de Franck :

— Alors, le tombeur, tu as encore fait craquer une fille ou c'est toi qui es tombé, ce coup-ci ?

— Eh bien, je crois que... que j'en sais rien, en fait.

Cathy menace de me priver de dessert si je ne leur

raconte pas tout et je m'exécute tandis que Franck sort une bouteille de rhum vieux du placard — il y a eu une promo sur le rhum ou ils se sont passé le mot ? Je raconte l'essentiel et réponds à toutes leurs questions, dont ils semblent avoir une réserve inépuisable. Je conclus par le départ de Maïa, le 25 décembre, et me lève avec un geste de résignation.

— Je crois que j'ai un cadeau pour toi, d'ailleurs.

Je sors de ma valise mon manteau en cachemire, que j'ai pris soin d'apporter au pressing le 26.

— Non, dit Franck, garde-le. Si j'ai bien compris, tu as perdu beaucoup plus que ce manteau. Et je voudrais pas en rajouter.

— Tu n'as pas tort. Mais le manteau est vraiment pour toi, je te l'offre avec plaisir. Ça me donnera l'occasion de m'en acheter un nouveau, pour fêter ma mutation. En fait, je crois que, pour la première fois de ma vie, je me fous complètement du résultat d'un pari.

— Tu avais raison, chéri, dit Cathy en regardant Franck.

— Sur quoi ? dis-je.

— Tu es amoureux...

— Mais, bon sang, arrêtez tous avec ça ! Et, de toute façon, à quoi ça sert que tout le monde me le dise ? Hein ? Je peux rien faire, elle ne veut pas de moi dans sa vie.

— Erreur ! déclare Cathy en levant la main. Est-ce que tu lui as seulement fait une vraie proposition ?

— J'ai essayé, oui, mais...

— Non, essayer, ça ne suffit pas ! Vous êtes vraiment tous pareils, il faut mettre une pancarte avec des néons qui clignotent et un prompteur pour que vous compreniez ce qu'on attend.

— Faut dire aussi que vous n'êtes pas faciles ! lance Franck, qui regrette aussitôt son erreur.

Le malheureux en prend pour son grade et j'espère, un peu lâchement, que Cathy va m'oublier, mais son attention revient rapidement vers moi.

— Il n'y a aucun obstacle que l'amour ne peut surmonter ! « Ce que l'amour peut faire, l'amour ose le tenter ! » C'est du Shakespeare, messieurs, révisez vos classiques. Et puis franchement, Montpellier-Paris, tu appelles ça un obstacle insurmontable ? Des gens se sont battus pour briser les conventions sociales et épouser celles qu'ils aiment, certains ont renié leur religion, d'autres ont pris les armes, ont traversé des déserts ou franchi des montagnes... Et, toi, tu t'arrêtes à cause de sept cents petits kilomètres dans un pays où il y a le TGV ?

— C'est vrai que vu comme ça..., dit Franck pour se rattraper.

Après quelques trop longues minutes à essayer de contrer les arguments de Cathy, j'abandonne. Evidemment, c'est elle qui a raison.

Un peu rasséréné (le rhum n'y est sans doute pas pour rien), je pars à mon hôtel plein de bonnes résolutions mais sans savoir par où commencer.

Je me réveille aux aurores avec un bon moral et passe la journée avec mes futurs ex-collègues pour régler les derniers détails et fêter la conclusion de l'enquête. A 18 heures, je m'apprête à partir, quand le sosie de Jean-Paul Gaultier m'apporte soudain la solution sur un plateau d'argent.

— François Schwartz ? me demande un grand échalas que la fille de l'accueil dirige vers moi.

— Oui. Vous êtes ?...

— Jules Lioncourt, enchanté. Vous avez cinq minutes ?

— Oui, bien sûr, dis-je, comprenant aussitôt qu'il s'agit de l'éditeur de Maïa.

Mais qu'est-ce qu'il me veut ?

— Promis, je ne vous retiens pas longtemps, je vous accompagne juste au métro... Eh bien, dit-il en lorgnant mon postérieur, on peut dire que je lui ai vraiment pas facilité la tâche en lui disant « pas touche » !

— Pardon ?

— Rien, je pensais à voix haute. Bref, Maïa a presque fini son livre. Deux ou trois réglages et c'est bon, ça part à l'impression.

— Bien, lui réponds-je.

— A vrai dire, le problème... en fait, ce n'est pas vraiment un problème, mais le fait est que ce n'est pas exactement le livre auquel je m'attendais.

— Ah ?

— Loin de là, même. Mais, bon, je viens vous voir pour remplir ma part du contrat. Rien ne doit être publié avant que vous l'ayez approuvé. Alors voilà.

Il me tend un épais manuscrit.

— Non, c'est bon, j'ai confiance. Pour la validation, envoyez-le plutôt au commissariat.

— Ah non, je ne pense pas que ce soit une bonne idée, croyez-moi. Cela dit, ça pourrait les distraire un peu. Prenez ça, calez-vous avec un bon whisky et lisez. Ah, il faut tout vous dire ! s'exclame-t-il en ouvrant son parapluie.

Une fine neige se met alors à tomber, comme s'il l'avait commandée. Alors que je le regarde s'éloigner, il se retourne une dernière fois en faisant tourner son parapluie comme un Gene Kelly de pacotille.

— Et faites attention, ce n'est pas du pâté, celle-là, c'est le meilleur caviar qui existe !

Puis il disparaît dans la foule et sous les flocons qui tombent de plus en plus dru. Si je n'avais pas un manuscrit dans les mains, je penserais que j'ai rêvé. Je me penche et regarde le titre : *Le rour où j'ai rencontré l'homme de ma vie*, par Maïa Tournan.

23. Quand le soleil a rendez-vous avec la lune

« Ce que l'amour peut faire, l'amour ose le tenter. »

William Shakespeare

Il neige... Je regarde par la fenêtre et vois tomber les flocons. On est mardi soir, le deuxième pire moment de la semaine. Je ne peux pas appeler Lydia pour aller me bourrer la gueule avec elle, elle est encore à Mauguio. Mes amis sont tous en vacances.

Voilà, la nuit est tombée. Paris est magnifique, la nuit, plus encore sous la neige, mais je n'ai personne avec qui l'admirer.

Ces derniers jours ont été les plus pénibles depuis des lustres. D'abord chez mes parents. J'ai dû trouver mille réponses aux questions tordues de ma mère. Mon père est resté silencieux mais son regard valait tous les jugements du monde. Oui, papa, je peux changer, tu as raison, mais, si lui n'est pas prêt, on fait comment ?

Sophia m'a fait comprendre que je trouverais la solution. Encore une qui croit à la magie. Je vais la trouver comment ? Elle va sonner à ma porte ?

Avant de partir, j'ai appelé Frédéric, qui s'est montré très surpris. Il habite Montpellier et m'a proposé d'aller boire un verre. Quand je l'ai rejoint au bar, j'ai réalisé que ça ne me faisait plus rien de le voir. Je pensais que mon cœur allait faire comme chaque fois que je le croisais par hasard : s'emballer puis souffrir. Mais rien. En fait, je suis même plutôt contente de le voir, comme un vieil ami perdu de vue. Je ne comprends pas ce que j'ai pu lui trouver. Il n'est pas laid mais n'a aucun charisme. On discute de sa vie, de la mienne. Il est amoureux et va être père, je suis ravie pour lui.

Je crois que lui aussi avait besoin de me voir, de s'assurer que j'avais tourné la page et que je ne lui en voulais plus. Pour se débarrasser des derniers résidus de culpabilité. On se dit à bientôt, que l'on va garder contact, mais lui et moi savons que c'est un mensonge.

Lydia m'est tombée dessus quand je l'ai appelée de la gare, le lendemain. Je me suis pris un savon et une leçon de morale directe et sans gants, à la Lydia.

Mais elle a fini par laisser tomber. Elle m'a juste rappelée tout à l'heure pour me dire que François était à Paris.

Super, merci, comme si j'avais besoin de ça !

— Et alors ?

— Alors merde ! me dit-elle.

— Ah, bravo ! Ton futur époux n'a toujours pas amélioré ton langage, on dirait.

— Maïa, arrête d'esquiver : tu ne peux pas rester sans rien faire.

— Si.

— Tu l'aimes ?

— Ou... Je ne sais pas.

— Tu allais dire oui ! Maïa Tournan, écoute-moi bien. Tu vas laisser ta foutue fierté de côté, comme je l'ai fait avec Julien, et tu vas accepter de prendre des risques, espèce de poule mouillée !

— J'ai déjà fait un pas...

— Et je peux savoir lequel ?

— Avec mon livre.

— Et tu crois qu'il va le lire comment ? Il va pirater ton ordi ? Cambrioler le bureau de Jules ?

— Quand il sera publié, il le verra bien, non ?

— Et tu crois vraiment que ça va lui plaire de savoir

quels sont tes véritables sentiments en lisant un putain de livre ? Putain de livre qui va sortir dans plusieurs mois, en plus. Et qui parle de lui ! Et s'il n'appréciait pas et qu'il décidait de ne plus jamais te revoir ? Tu t'es posé la question ?

— J'ai changé les noms.

— Ha ! ha ! « J'ai changé les noms. » Tu le prends pour un con, en plus ?

— Je ne sais pas, Lydia. Je suis fatiguée...

— Et sinon, dans ton plan, tu attends six mois qu'il lise le livre ?

— Je n'ai pas de plan ! Pour la première fois de ma vie, je n'ai pas de plan ! C'est bien ça, mon problème.

Silence. Je suis fatiguée, à bout.

— Ma chérie, dit doucement Lydia. Tu veux que je vienne ? Je prends un avion, si tu veux, et...

— Non, non, merci. Ça va aller, c'est à moi de réparer ma vie et de régler ce genre de détails. J'ai juste besoin de réfléchir, de mettre de l'ordre dans mes idées et de regarder ma vie en face en me demandant quels morceaux je vais recoller en premier.

— Tu en as déjà recollé beaucoup, tu sais. Avec ton père, c'est en bonne voie, et puis surtout tu as définitivement tourné la page avec Frédéric. Tu n'as plus ce fantôme au-dessus de toi qui t'interdit de vivre. Tu le sens, non ?

— Oui, c'est vrai, je me sens libérée.

— Ensuite, tu as pris la bonne décision pour ton livre, et tu peux compter sur le soutien de Jules. Tout est en bonne voie...

— Il ne reste que le plus compliqué..., dis-je dans un souffle.

— Oui, mais, tu me connais, je crois aux miracles. Et il me semble que tu es la cliente idéale pour un coup de pouce de là-haut. On ne sait jamais, tu vas peut-être entendre *La Traviata* dans la rue et voir Richard Gere débarquer dans sa limousine...

Je souris.

— Oui, t'as raison, je vais tout de suite aller regarder par la fenêtre. Dommage qu'on soit en France et que ça manque d'escaliers de secours, il aura du mal à monter.

— Ah oui, merde ! Dors, alors, et demande au syndic d'en faire installer un.

Je raccroche et mets un peu de musique. Les premières notes de *Something I Crave*, de Julie Black, montent des enceintes. Grosse erreur, ça me déprime complètement. A la fois, je ne mérite rien d'autre, je ne fais que récolter ce que j'ai semé.

Je laisse mes idées noires revisiter le cauchemar de ces derniers jours.

Dans le train du retour, j'ai appelé Jules et je lui ai tout balancé. Les doutes sur ma vie, mon besoin de prendre un nouveau départ et de vraies décisions. Il ne m'a posé aucune question sur le livre, il m'a juste écoutée. Quand je suis arrivée à la gare, il était là. Il m'attendait. Ça m'a fait un bien fou de le voir et les larmes sont aussitôt montées. Chez moi, j'ai posé mes valises, sans me sentir vraiment bien. Parce que j'avais le sentiment que le «chez-moi», je venais de le laisser derrière moi. J'ai sorti mes notes sur le déroulement de l'enquête et Jules a trouvé ça très bon mais trop journalistique. Puis, en déballant mes affaires, je suis tombée sur mes autres notes. Les miennes, celles que Jules m'a forcée à écrire au début. Mon autobiographie. Jules me les a prises des mains et a commencé à lire malgré mes protestations. Il m'a fait signe de me taire et de vaquer à mes occupations sans tenir compte de lui. J'ai fini de sortir mes affaires et fait une lessive pendant qu'il lisait. Ce n'est que deux heures plus tard, quand il a eu fini, qu'il m'a regardée comme pour la première fois. Avachi sur mon canapé, il m'a demandé quelque chose à boire. Je lui ai dit que je n'avais plus rien, pas même un Coca, que j'avais vidé le frigo avant de partir car je ne savais pas pour combien de temps j'en aurais. Il a ri et m'a dit :

— Oublie le Coca et dégotte-nous quelque chose de plus fort, chérie ! Un truc pour faire la fête !

N'étant pas vraiment d'humeur festive, je l'ai laissé prendre les choses en main et déboucher une bouteille de champagne qui traînait au frigo. Seule au milieu du vide sidéral. Peut-être qu'elle attendait ce moment.

Il a rempli nos verres, a levé le sien et a dit en brandissant mes notes dans sa main libre :

— Le voilà, ma chérie, ton best-seller !

Je l'ai regardé, éberluée, puis il a commencé à m'expliquer, avec l'énergie dont il a toujours su faire preuve pour m'encenser ou m'engueuler. Petit à petit, verre après verre, je me suis laissé convaincre que son idée était la bonne. Mais comment la mettre en application ? D'abord tout remettre au propre sur ordinateur, puis changer les noms. Pour l'autorisation, il m'a assuré :

— Je m'en occupe. C'est juste un détail, ne t'en fais pas.

D'habitude, quand Jules me dit « ne t'en fais pas », je sais que je dois commencer à paniquer. Mais cette fois je n'ai même pas le courage de flipper. Puis il m'a dit qu'il y avait encore un peu de boulot, que je devrais revoir la fin mais qu'on en parlerait plus tard. Au moment de partir, il s'est arrêté sur le pas de ma porte et m'a dit :

— C'est quand même bien, le boulot d'écrivain. Tu peux être à Paris, New York ou Shanghai, ça ne change rien. Tu peux travailler exactement de la même façon, et, grâce à la technologie, je reçois les manuscrits de mes auteurs aussi sûrement que s'ils me les apportaient dans mon bureau. Super pratique, non ?

Sans attendre ma réponse à sa question de toute façon rhétorique, il a fait volte-face et fermé la porte derrière lui.

Ha ! ha ! Bon, humour mis à part, je dois bien avouer que Jules a de vraies qualités. En plus de son détecteur de champagne, je veux dire. Par exemple, ce don pour me rebooster même quand je suis au fond du trou.

Alors, le soir même, je me suis remise au boulot. J'ai tout retravaillé à fond mais sans faire d'autocensure. J'ai laissé toutes les scènes personnelles, même les plus «délicates», comme celle où je vomis dans le parking. Après tout, il faut savoir laisser son ego de côté. D'autant que, ces temps-ci, mon ego est en vacances à Papeete. Sans moi.

Le lendemain, j'étais toujours convaincue par notre projet. Enfin, par le projet de Jules. J'ai relu ce que j'avais fait pendant la nuit et y ai apporté des corrections mineures. Mais dans l'ensemble, pour la première fois depuis très longtemps, j'étais vraiment contente de mon travail. J'ai mis le manuscrit sous enveloppe sans un mot d'accompagnement et l'ai adressé à mon éditeur. Un sentiment d'apaisement m'a envahie quand j'ai laissé tomber l'enveloppe kraft dans la boîte de La Poste.

Je ne sais pas exactement combien de jours ont passé depuis que j'ai posté le manuscrit. J'ai l'impression que le temps est un élastique qui s'étire indéfiniment puis me claque dans la main pour me ramener à la réalité. On est le 30, je crois. Ce qui veut dire que François est à Paris. Une flopée de questions se bousculent dans ma tête: pourquoi je suis partie comme ça? Pourquoi est-ce qu'il n'a pas cherché à me retenir? Pourquoi c'est compliqué... Et si, et si... Et si je l'appelais, tout simplement? Mais qu'est-ce que je pourrais bien lui dire?

Je prends mon portable, le repose. J'arrose un ficus qui est à deux doigts de porter plainte auprès d'une association de plantes maltraitées. Je reprends mon portable, fais défiler les noms, contemple sa fiche comme si elle allait me donner une réponse. Et toujours cette foutue question qui me trotte dans la tête depuis Mauguio: et après?

Et soudain la réponse me foudroie: eh bien, après, merde! Voilà. Après, on verra, après, c'est demain, et là on est aujourd'hui. *Carpe diem*, j'ai dit! Le temps d'appuyer sur «appel», j'ai déjà changé d'avis. Mais c'est déjà trop tard, la technologie moderne a été plus rapide que mon repentir : ça sonne.

Il décroche rapidement, légèrement essoufflé, semble-t-il. Il est presque 22 heures, pourquoi est-ce qu'il est essoufflé à cette heure-ci ? Il fait des footings le soir ou quoi ? Ou bien... Ou bien je suis jalouse et j'ai peur.

— Bonsoir, dit-il.

— Bonsoir.

Et voilà. Le silence. Je ne sais plus quoi dire. Bravo, la spécialiste des mots.

— On m'a dit que tu étais à Paris...

— On t'a bien renseignée. Et toi, comment ça va ? Qu'est-ce que tu fais ?

— Eh bien... pas mal, je sors, je fais la fête, je reprends ma vie...

Quelle conne ! C'est tout ce que tu trouves à lui dire ?

— Ah...

C'est tout ce qu'il trouve à me répondre. Juste retour des choses. Je soupire et rectifie le tir.

— Non, en fait, je suis chez moi, seule. Et je pense à toi.

— En bien ou en mal ?

— Les deux, dis-je en souriant.

— Merde, ça ne dit rien de bon.

— Si, en fait, je repense à plusieurs choses et...

— Et ?

— Et j'ai besoin de te voir.

— Quand ?

— Maintenant. Enfin, je veux dire, quand tu peux, quand tu seras disponible...

Je sursaute, surprise par la sonnerie de ma porte d'entrée. Merde, qui vient me déranger maintenant ? Mauvais timing.

— Tu ne vas pas ouvrir ?

— Non, pas envie. Ils attendront.

Ça sonne encore. Je m'approche de la porte.

— Attends, lui dis-je.

Bon sang, mais c'est quoi, ça, encore ? Qu'est-ce qu'ils

me veulent ? Tous mes amis sont partis en vacances, à part Jules. Tiens, c'est bien son genre de passer comme ça, sans prévenir. Il veut sûrement me forcer à aller à une de ces horribles soirées branchées, remplies d'alcool et d'homosexuels...

J'ouvre la porte. Mouna, ma voisine, est sur le palier. Elle a soixante-dix ans et perd un peu la boule.

— Bonjour, Maïa. Vous auriez un peu de farine, s'il vous plaît ? Je fais des crêpes pour mes petits-enfants.

— Oui, Mouna, ne bougez pas.

— Mouna ? me demande François.

— Ma voisine.

Je vais dans la cuisine, prends un paquet de farine neuf et le lui apporte.

— Voilà, gardez tout.

— Oh ! comme c'est gentil, me dit Mouna de sa voix traînante. Je vais en mettre dans ma pâte et je vous le rapporte.

— Non, Mouna, gardez-le, je vous en prie !

De manière un peu grossière, je referme la porte sur elle.

— Pardon, dis-je à l'intention de François. Je suis de retour.

Mais ça sonne de nouveau. Je vais péter un câble !

— Ça resonne ! fait François.

— Ouiiiii ! dis-je en pleurnichant. Je vais pas y aller. J'en ai marre des importuns. J'ai besoin de parler.

— Mais ce n'est pas très poli. Déjà, la manière dont tu as refermé la porte au nez de cette vieille dame...

— Comment tu sais que c'est une vieille dame ? Bon, je vais aller lui ouvrir et m'excuser.

— Oui, vas-y.

— Je vais dire à Mouna de garder la farine. Tu ne raccroches pas, hein, je te reprends dans deux minutes, dis-je, désespérée, en ouvrant la porte.

— Non, je ne raccroche pas, dit François, qui se tient en face de moi, dans l'encadrement de la porte, le téléphone à l'oreille.

Je reste sans voix pendant quelques instants.

— Tu as réussi à te débarrasser de l'importun ? demande-t-il, toujours au téléphone, sans me lâcher des yeux.

— En fait, je crois que je n'en ai pas vraiment envie. Je vais peut-être plutôt l'inviter à entrer.

— Dans ton appartement ou dans ta vie ? questionne-t-il avec ce regard qui me fait fondre.

— Certainement dans ma vie, dis-je en m'effaçant pour le laisser passer.

Je referme la porte et coupe le téléphone, que je tenais encore bêtement contre mon oreille, imitée par François.

Il pose sur la table une lourde enveloppe kraft.

— Il faut qu'on parle, Maïa, dit-il en désignant le paquet. Ouvre-le.

Sur la page de garde du manuscrit, la catastrophe s'étale en caractères gras : *Le jour où j'ai rencontré l'homme de ma vie*, par Maïa Tournan.

Je panique.

— Comment tu as eu ça ? Ne t'inquiète pas, si tu n'es pas d'accord, je ne le publie pas, de toute façon, je comptais changer les noms et...

— Non ! me coupe-t-il. Tu ne changes rien. Pas un mot. Je veux qu'un jour nos enfants puissent connaître leur histoire.

— Tu n'es pas fâché ?

— Pourquoi ? Parce que tu es partie comme une voleuse ou parce que tu préfères avouer tes sentiments à quelques milliers d'inconnus plutôt qu'à moi ?

— Eh bien... Nos enfants ?

Je me rends soudain compte que j'ai un train de retard sur tout ce qu'il dit.

— Oui, nos enfants. Parce que je compte bien réussir à te faire changer d'avis. Mais, je te rassure, je ne suis pas encore prêt et pas pressé.

— Alors ça va, dis-je en souriant bêtement. Et comment vois-tu les choses ? Je veux dire, quand tu seras prêt, bien sûr.

— Oh ! très simplement : moi, Tarzan, toi, Jane. Je te prends sur mon dos et te ramène à Mauguio avec moi. Je suis en train d'acheter une jolie maison et j'ai besoin de ton avis pour la peinture. Si j'en crois tes remarques sur mes chemises, la déco n'est pas mon point fort.

— Je pourrais éventuellement te donner un coup de main. Mais, bon, ça fait loin, Mauguio. Mon travail est ici, ma vie est ici et…

— Maïa, m'interrompt-il. Tu comptes être chiante comme ça toute ta vie ?

— Oui, pourquoi ?

— Parce que ça tombe bien, répond-il en s'approchant, je compte bien passer ma vie à t'embrasser. Ça devrait me permettre de te faire taire.

Il illustre aussitôt son propos en me plaquant contre lui pour poser fermement ses lèvres sur les miennes.

Le souffle coupé, je me rends compte à quel point ce contact m'a manqué.

J'ai follement envie de lui, mais je pose la main sur son torse pour l'éloigner (mais pas trop) et lui dis, en balayant mon appartement d'un geste large de la main :

— Mais tu comptes tout porter sur ton dos, Tarzan ? Et Jules, tu vas t'en charger aussi ?

— Non, je compte juste te porter, toi. Pour les meubles, il y a des déménageurs, on sait aussi être modernes, dans la jungle. Quant à Jules… je pense que la question est réglée, dit-il en désignant le manuscrit posé sur la table.

— C'est Jules qui… ?

— A ton avis ? Tu es peut-être la plus exaspérante des femmes que je connaisse, Maïa, mais tu as su t'entourer des meilleurs amis possible.

— *Exaspérante ?* Mais comment oses…

Je suis une fois encore coupée dans mon élan, car il me hisse sur le plan de travail et m'embrasse tout en me déshabillant. OK, je suis exaspérante, chiante, tout ce que tu veux, mais pitié, ne t'arrête pas…

Epilogue

Voilà, ça, c'est fait. Ma meilleure amie descend vivre dans le Sud! Elle, la plus parigote des Parisiennes, pour qui la province, au-delà d'une semaine, c'était un enfer où le diable n'était même pas foutu de s'habiller en Prada. Comme quoi, il y a un temps pour tout. Un temps pour la jeunesse, un temps pour les conneries et un temps pour la vie.

Si on m'avait dit que Maïa se caserait un jour, et avec le frère de ma plus vieille amie, en plus, j'aurais demandé où était la caméra cachée. Et moi, alors, qu'est-ce que je vais faire, toute seule à Paris ? Ah oui, c'est vrai, j'ai mon mariage à organiser! Ça me fait un prétexte pour obliger Maïa à passer me voir de temps en temps. D'ailleurs, elle aussi, si on lui avait dit que j'allais me marier, elle en aurait sûrement fait un roman!

D'autant qu'avec ma belle-mère elle aurait un personnage de méchante sur mesure. Je suis sortie vivante de la confrontation (pardon, des présentations), mais la température de mon corps a dû chuter de 10 °C au passage.

A propos de Paris... Je ne l'ai pas dit à Maïa, qui, de toute façon, est trop perchée sur son nuage en ce moment pour s'intéresser aux pauvres Terriens que nous sommes, mais… En fait, Julien n'est pas contre l'idée de déplacer l'entreprise à Montpellier. Après tout, c'est de l'import-export, qu'importe d'où on travaille, non ? On laisserait une succursale à Paris et on descendrait rejoindre notre famille (enfin, surtout la mienne) dans le Sud.

Ah, j'oubliais ! Mon frère Jean est papa depuis une semaine. Un petit Mike ! Carole est en pleine forme et je suis ravie pour eux. Je dévalise les boutiques de puériculture et me renseigne sur le mode d'emploi de ces petites choses pour être une tatie au top ! En attendant d'être une maman. Oui, sans vouloir être trop tradi, on va quand même commencer par le mariage.

Le mariage ? On envisage un grand voyage, avec juste la famille et les amis proches. Destination : n'importe où, pourvu qu'il y ait du sable blanc et des cocotiers ! Pourquoi pas Papeete, tiens ? Ça ferait plaisir à Maïa, qui n'arrête pas de m'en parler. Encore une de ses fixettes, je suppose. En tout cas, vous imaginez ? Toute la bande de potes réunie sur une île ? Avec les parents (même la mère de Julien, avec un an et demi de préparation psychologique, ça devrait aller) pour s'occuper des petits qui feront leurs premiers pas sur le sable. Allez savoir pourquoi, je pense que l'organisation ne sera pas de tout repos. Mais, si Maïa est en manque d'inspiration pour son prochain livre, je lui cède volontiers les droits du scénario en échange du rôle de témoin. Histoire que ça l'inspire pour la suite de ses aventures. En tout cas, ça promet d'être hot (du soleil, enfin !), love (j'espère que je ne me transformerai pas en bridezilla*) et… inoubliable ! Mais ça… c'est une autre histoire !*

Hot LOVE

WEDDING

Je ne sais plus qui a dit: «Il y a autant d'histoires qu'il y a de protagonistes.»

Effectivement, la même situation vécue par quatre personnes sera perçue de quatre façons différentes... L'essentiel n'est donc pas ce qu'il se passe, mais bien comment le vit la personne pour qui ça se passe... C'est forte de cette théorie que je peux vous conter ce qui suit.

1. Annie

«Fières et racées, les Annie en imposent par la distance qu'elles mettent entre elles et les autres. Cela est souvent pris pour de la froideur ou de l'orgueil, mais ne s'agit-il pas plutôt pour elles avant tout de se préserver ? En effet, elles sont inquiètes, méfiantes, introverties et demeurent secrètes et réservées, d'où ce côté énigmatique qui leur sied si bien… Curieuses et intuitives, elles sont particulièrement perspicaces, possèdent une vision fine des êtres et des choses, sont plus habiles à percevoir et à deviner les autres qu'à se faire comprendre par eux.

Elles seront tentées par les professions artistiques ou esthétiques, celles en liaison avec la restauration, la cuisine, les commerces alimentaires, l'hygiène, la précision…, en rapport avec la mode, les activités d'avant-garde ou les dernières techniques nouvelles, des professions libérales en liaison avec la psychologie ou l'ésotérisme, le domaine médical ou paramédical…»

RAV. Rien à voir, songe Annie. «Professions artistiques ou esthétiques» ?

Pffuit. Remarque, faire à ce point de ma vie un fiasco relève de la performance artistique. Besoin de souffler.

En souriant, Annie tend les billets aux deux personnes devant elle. Grand sourire, «bon voyage messieurs dames», et en retour, à peine une réponse baragouinée dans leur barbe. De toute façon, personne ne la regarde vraiment. Elle garde son sourire parfait, Ultrabrite. Non seulement c'est ce qu'on lui a appris, mais de toute façon, c'est sa façon de faire. Car si la vie ne sourit pas forcément à Annie, Annie, elle, continue de sourire. *On va pas se laisser aller.*

Entre deux saisies sur le terminal, ses pensées s'échappent, aussi furtives qu'un claquement de doigts. Tout se mélange. Sa mère qui... qui... ben en fait qui est juste elle-même quoi. Et puis ce mal. Le mal qui l'habite, depuis longtemps, trop longtemps maintenant. Annie le sait : elle a pris de mauvaises décisions dans sa vie, mais celle-là, c'est la bonne. Enfin. Juste le besoin de se sentir vivante. Se dire que cette fois, elle en a pris une, de décision. Et c'est ce qui fait qu'on existe. *Aujourd'hui est le premier jour du reste de ma vie.* C'est pas un livre ou un film ça ?

Annie croit aux signes. Cet horoscope, ce matin, qui lui disait « Ciel bleu, horizon dégagé, un voyage planifié », eh bien, il ne pouvait pas mieux tomber ! Bon OK, c'est facile. Une hôtesse de l'air, ça voyage tout le temps. Mais là, c'est différent. Après tout, son boulot, elle l'adore. C'est peut-être pas une profession artistique ou esthétique, ou en rapport avec la cuisine ou je ne sais plus quoi, mais c'est *sa* profession. Et désormais, elle l'aime. Avant, elle ne s'en rendait sans doute pas compte. A cause de lui. Mais aujourd'hui, n'a-t-elle pas la plus belle profession, qui lui permet d'aller, à la fin de son service, « se ressourcer » ? S'ils savaient tous...

Aujourd'hui, elle quitte Montpellier ! Elle aussi, sa valise l'attend. Même pas besoin de la faire peser et de mettre une étiquette dessus. Cet avion qu'elle enregistre, elle le suit. Et c'est que le début, ensuite elle en suivra un autre... Bien plus loin.

C'est ragaillardie par cette idée qu'Annie lève les yeux, offrant son sourire le plus resplendissant, vers le couple qui se tient devant elle.

Le couple, ou plutôt le groupe car a priori ils sont plus de deux à voyager ensemble.

— Bonjour, messieurs dames ! lance Annie en montrant ses dents étincelantes.

— Bonjour ! répond l'une des plus belles femmes qu'il lui ait été donné de rencontrer.

Un vrai sourire franc et un regard direct illuminent le visage parfait de cette blonde pétillante aux immenses yeux bleus.

Tout en prenant les billets des mains délicates et manucurées de la blonde, Annie jette un coup d'œil à l'homme qui l'accompagne. Ah oui. Evidemment, Barbie ne se déplace pas sans Ken. Jamais Annie n'a vu un homme aussi... aussi... eh bien, aussi « homme », en fait. Un grand brun avec des yeux verts, qu'on aurait dit tout droit sorti des séries télé qu'Annie affectionne. L'homme lui sourit distraitement, sans qu'Annie s'en offusque. De toute façon, il a l'air trop absorbé par le parfum de la blonde qu'il tient par la taille et qu'il ne peut s'empêcher de venir lécher dans le cou pendant qu'Annie contrôle les billets sur son terminal.

— Bon, tu la violes sur place devant le comptoir ou tu te décides à enregistrer tes bagages, qu'on ait une chance de prendre ce vol nous aussi ? lance une voix féminine, derrière la blonde.

Ma parole, mais le casting de Beverly Hills est de sortie ou quoi ? La voix est celle d'une brune plantureuse aux yeux verts, qui semble très copine avec Ken et Barbie.

— Oh ! Lâche-moi, jalouse, dit le beau brun en rigolant, c'est pas parce que t'as choisi un mauvais coup que tu dois t'en prendre à moi !

— Vas te faire voir, Julien ! dit une autre voix, rocailleuse, celle-là, juste derrière.

Annie distingue alors le quatrième membre de cette joyeuse bande, tout droit sortie d'une pub de chirurgie esthétique américaine.

OK. Tout en contrôlant le poids des bagages et avec son expérience de déduction à la Sherlock affûtée par des années de travail en aéroport, Annie comprend que Barbie et Ken sont bien évidemment ensemble et partent avec leurs amis en vacances pour... se marier !

— Tu la baiseras après le mariage, ajoute la brune, là j'ai pas envie qu'on se fasse arrêter pour trouble sur la voie publique à cause de ton comportement dépravé.

Bingo.

— Regarde pas, chérie, répond le brun un peu cow-boy à la belle voix rauque en serrant la brune dans ses bras. Laisse le temps à cet avion de nous amener à l'escale et je te fais oublier toutes ces horreurs dans un coin sombre avant le vol suivant.

La blonde — Lydia, d'après son passeport — regarde alors Annie en riant :

— Désespérant ! Excusez-leur leur manque d'éducation. Mais ma meilleure amie, qui détestait les hommes et refusait toute relation, a fini par en trouver un avec un caractère pire que le sien ! Et depuis, on se coltine des ados en rut. Nous au moins on sait se tenir ! poursuit-elle en se tournant vers la brune.

Annie rit franchement en leur rendant passeports et billets.

— Vous partez tous les quatre ?

— Presque, répond Lydia.

— A quelques détails près, précise Julien, le futur marié, en faisant signe à Annie de regarder derrière lui.

Celle-ci assiste alors à un spectacle hétéroclite, pour ne pas dire chaotique — en tout cas très drôle —, qui humanise un peu cette perfection hollywoodienne.

Tandis que le *bad boy* embrasse sa brune dans le cou, celle-ci répond à une autre femme, derrière elle, qui porte un bébé dans les bras, pendant que le papa se bat désespérément avec la poussette à grand renfort de jurons. Quelques pas en arrière et l'air de ne pas savoir ce qu'il fait là se tient un grand type d'allure militaire, cheveux coupés en brosse, qui regarde, ahuri, le papa. Il finit par lui venir en aide en assenant un coup sec à l'un des côtés de la poussette, qui se plie alors sans demander son reste. A côté de lui, le grand échassier semble en proie à une peur incontrôlable, vu la sueur qui perle à son front, le tremblement des mains et l'inefficacité dont il vient de faire preuve en voulant aider à fermer la poussette. Son stress semble encore monter d'un cran lorsque ladite poussette se referme sur un pan de sa chemise, avec pour effet de le laisser coincé dans une position à mi-chemin entre debout et assis, et sans aucune liberté de mouvement. Le militaire intervient à nouveau pour le tirer de ce mauvais pas sous le regard amusé du papa.

Une autre femme avec un bébé s'approche de Lydia, accompagnée d'un homme qui appelle la future mariée «sœurette». Puis une blonde peroxydée arrive à son tour, arborant talons trop hauts et jupe trop courte, et s'agrippe au bras d'un brun plutôt quelconque qui semble en grande conversation avec le bébé de la femme du fond. Pour compléter le tableau, Cruella d'Enfer, du haut de ses stilettos hors de prix, tape du pied d'impatience et lance des regards assassins à Julien, comme s'il était le seul responsable de la cacophonie régnant dans ce hall d'enregistrement.

L'aéroport de Montpellier-Méditerranée n'étant pas franchement un hub international, il n'y a pas foule pour ce vol. En ce début de mois de juin, avant les vacances scolaires, la plupart des passagers voyagent pour affaires et se contentent d'un bagage à main.

Annie reprend l'enregistrement de Melrose Place. Après Buffy et Angel, alias Lydia et Julien, dits aussi les futurs mariés, suivent Indiana Jones et sa femme, soit la belle voix rocailleuse et la magnifique brune — François et Maïa, selon la source très officielle du passeport.

Cette joyeuse bande amuse beaucoup Annie, qui se détend et n'a même plus le temps de penser à «la suite». Qui lui revient toutefois très vite en mémoire quand elle se rend compte en faisant défiler les bagages que la fameuse bande part... au même endroit qu'elle!

Paris n'est qu'une escale pour leur suite à tous, à savoir la République dominicaine.

— Ainsi donc c'est là-bas qu'aura lieu le mariage ? demande Annie à Lydia qui est restée sur le côté en attendant ses amis.

— Eh oui. Assez loin de Papeete, mais bon..., fait-elle en souriant.

— Pardon ? demanda Annie en rendant son passeport à Maïa.

— Rien, intervient Maïa. C'est une *private joke*. Pour que ma famille me lâche les baskets à Noël, j'ai prétendu à tout le monde que je passais l'hiver à Papeete. Du coup, vu qu'ils aiment l'original, ces deux-là, ajoute-t-elle en désignant Lydia et Julien, je me suis dit que j'allais organiser leur mariage là-bas. Mais bon, en fin de compte, ce sera la République dominicaine ! Pour un mois, c'est plus pratique. Surtout quand le témoin connaît la responsable d'un des plus beaux hôtels !

— Concierge ! rectifie son compagnon. Ma cousine est concierge dans cet hôtel de luxe, et apparemment, ils ont plus de pouvoir que les responsables ! Elle nous a promis les meilleurs divertissements possible, le plus beau des mariages et le voyage le plus dépaysant du monde !

— Connaissant ta cousine, d'ailleurs, ça m'inquiète un peu ! lance Maïa en riant.

— Ce sera sport, alors ! Moi, ça me va, dit Julien à François. De toute façon, si ça foire, je me vengerai sur ton mariage, mon pote !

Quelle chance, se dit Annie. Ils ont vraiment l'air de bien s'entendre tous.

Après cela vient l'enregistrement des bagages du bébé de Sophia et Paul Dumont, Anna, une magnifique petite fille de six mois. La maman semble fatiguée et à bout de nerfs. Pas les meilleures conditions pour voyager. D'autant que le papa est tendu, ou perdu, ou les deux à la fois. Sophia semble exaspérée par chaque mot qu'il prononce, et lui n'a d'yeux que pour sa fille. Fille qui le lui rend bien, d'ailleurs, tant et si bien qu'une fois la poussette déposée sur le tapis roulant, la mère lui cale le mouflet dans les bras et s'éloigne en marmonnant quelque chose à propos d'un magazine à acheter.

Paul Dumont, tout sourires pour sa fille, ne semble même plus connecté à la réalité et prend le passeport que lui tend Annie en la remerciant sans un regard, tant il est obnubilé par le babillage de la petite.

Un vent glacial souffle sur le comptoir quand c'est au tour de Cruella d'enregistrer ses bagages Louis Vuitton.

Sans un sourire, les mains gantées, sans doute pour empêcher que le comptoir ne gèle au contact de ses longs doigts, elle tend passeport et billet à Annie. Son dégoût semble si évident que celle-ci est à deux doigts de lui proposer de les désinfecter avant de lui les rendre. Heureusement, rien de spécial dans ses bagages, si ce n'est la quantité. Pendant que la troisième valise est sur la balance, le grand échalas s'approche sur le côté.

— C'est ça, le gabarit ? demande-t-il.

— Pardon, monsieur ?

— Pour les bagages à main ? Je mesure là-dedans ? reprend-il en montrant le casier prévu à cet effet.

— Oh oui, c'est ça, répond Annie avec un grand sourire, qui se fige devant la mine de la femme décharnée devant elle.

— Voilà, madame Dumont, dit Annie en lui rendant son passeport.

C'est donc la mère du marié, comprend-elle. Eh bien, bonne chance, belle Lydia. Tu as beau épouser un prince charmant, ta belle-mère te fera bouffer plus de pommes empoisonnées que dans le film.

Annie sourit à cette pensée en attendant le prochain passager.

Le militaire. *Tiens, pas si mal, en fait*, se dit Annie en révisant son jugement. Pour un militaire, il est plutôt charmant. Un peu strict dans sa façon de se tenir mais bon, plutôt bel homme. Coupe en brosse, un mètre quatre-vingt-dix, pas mal de muscles, un bon stéréotype, manque juste le treillis. Un cliché, OK, mais au moins, c'est un homme, lui, un vrai. Ah non, pas ça ! Même en plein travail, la rancœur et la colère lui envahissent le cœur. Allez, tourne la page. C'est aujourd'hui que tu écris ta nouvelle histoire, n'oublie pas...

Derrière Ludovic Marbot, comme le passeport le souffle à Annie, on entend des bruits métalliques. Annie penche légèrement la tête de côté pour voir le grand maigre se battre avec le casier gabarit.

— Un problème, monsieur ? demande-t-elle gentiment.

Ludovic se retourne et lève les yeux au ciel quand il voit l'origine du bruit. La valise de l'échassier a bien fini par s'encastrer mais semble ne plus vouloir ressortir. Ça arrive souvent. Encore un qui a voulu tout mettre dans le bagage à main et rien dans sa valise en soute. La peur de perdre ses bagages ou qu'il arrive quelque chose. Annie voit ça tous les jours et au final, évidemment, ça ne rentre jamais, d'autant que la compagnie est assez stricte sur la taille et le poids des bagages à main.

Le pseudo-militaire lui adresse un grand sourire charmeur et effleure sa main quand elle lui tend son billet. Annie ressent un léger frisson mais le met vite de côté. C'est pas le moment ! Pas de place pour un homme. Tout sauf un homme. Et pas de femme non plus. *N'étant pas zoophile,* résume-t-elle, *je suis en mode « none », nichts, nada.*

De toute façon, la Rep Dom, c'est grand, et puis à coup sûr ils vont tous à Punta Cana, comme tout le monde. Pas de risque de les croiser.

Pierre Richard se débattant encore avec le gabarit, c'est la deuxième maman et son mari, le frère de Lydia, donc, qui passent au comptoir. Elle semble très gentille. Enfin une fille normale ! Ni top model ni mère frustrée comme l'autre (pourtant, les bébés ont l'air d'avoir sensiblement le même âge), pas pète-sec comme Cruella, juste une gentille fille souriante avec un bébé tranquille et un papa détendu à côté.

Avec un petit pincement au cœur, Annie s'occupe de cette famille modèle. Non pas qu'elle soit jalouse, d'autant plus que cette Carole a l'air vraiment charmante, mais elle se dit qu'elle, sa part de bonheur familial, elle ne l'aura certainement jamais. Les chiens ne font pas des chats, et à en juger par ses choix désastreux en amour, le jour où elle aura sa famille en photo dans un cadre, c'est qu'elle aura laissé la pub avec les figurants d'origine.

Le papa lui sourit et plaisante avec elle :

— Rassurez-vous, on ne voyage en troupeau que très rarement ! Et selon les statistiques, vous avez peu de chances de retrouver une bande loufoque comme la nôtre avant un bon bout de temps.

Annie rit et lui rend ses papiers en les remerciant et en leur souhaitant un bon voyage tous ensemble.

Au tour de la blonde peroxydée, qui décrocherait probablement le rôle de la garce dans la série. Son copain a l'air sympa, un peu mou mais sympa. Angélique et Matthieu.

L'enregistrement s'avère assez rapide malgré tous les bagages de madame. Elle n'a pas l'air méchante mais se laisse distraire par Matthieu, qui lui-même n'est pas concentré et passe son temps à jouer avec le bébé de Carole.

— Trois valises, c'est grave ? dit le monsieur au bagage à main, qu'il a enfin réussi à sortir, non sans l'aide de Ludovic-le-militaire. Il semble essoufflé comme s'il avait couru un marathon.

— Euh, non, mais qu'en est-il de votre bagage à main ? s'enquiert poliment Annie sans cesser de sourire.

— C'est une catastrophe ! J'ai mis l'essentiel dedans. Je vais devoir en caser dans la valise. Mais je ne sais pas quoi enlever...

— Sinon, vous pouvez prendre un deuxième bagage à main, moyennant un supplément...

— Un supplément ?

— Ça fait 50 euros de plus, monsieur...

— Cinquante euros, quand même ?

— Oui, désolée..., dit Annie, contrite.

— Fais pas chier, Damien, paie tes 50 euros et qu'on avance..., le chambre Julien.

— Non, c'est pas la peine. J'ai pas d'autre sac pour transvaser, de toute façon. Je vais devoir en mettre dans ma valise en soute... Mais j'ai juste l'essentiel...

Il semble vraiment au bord du gouffre. L'essentiel ? Qu'est-ce qu'un homme peut bien juger essentiel dans une valise à main ? Selon son expérience, Annie opte pour une tablette numérique, un appareil photo, une caméra, un ordinateur, bref, tout ce que la technologie nous offre d'indispensable et de banal aujourd'hui. Mais apparemment, l'habitude n'est pas légion chez cet homme... Des médicaments ! Annie en reste sans voix pendant quelques secondes.

— Mais monsieur... Vous ne pouvez pas..., déclare-t-elle.

— Hein ? dit Damien occupé à trier dans son sac. Je ne peux pas enlever ça, j'ai le mal de voiture quand je ne conduis pas, alors en avion...

— Vous n'avez jamais pris l'avion, monsieur ?

— Non, c'est ma première fois ! crie-t-il presque.

— Ah, je comprends. Mais vous ne pouvez pas prendre ces médicaments avec vous, monsieur. Vous devez les laisser en soute...

Ouille, que n'avait-elle pas dit ?

— Quoi ? En soute ? Mais pourquoi ? Pourquoi faire ? C'est pas possible, la soute on n'y a pas accès non ? C'est pas comme un coffre de voiture qu'on ouvrirait de l'intérieur, il faut attendre que l'avion atterrisse, non ?

— Oui, c'est ça..., répond Annie, prudemment.

— Mais alors si j'ai besoin de mes médicaments pendant le vol, je fais comment, moi ? En quoi ça dérange la compagnie ? C'est juste des médicaments...

Et là, Annie commet une erreur de débutante. Pourtant, de l'expérience, elle en a, mais l'épuisement qui précède les vacances imminentes, le stress de son propre voyage... Toujours est-il qu'elle répond ce qu'elle n'aurait jamais dû répondre :

— Mais enfin monsieur, c'est normal ! C'est une question de sécurité, vous pourriez droguer le pilote et la moitié des passagers, avec ça...

Aïe, aïe, aïe... On passe sur le détail de ce qui suit. Mais pour faire court, parce que cela révèle beaucoup sur les membres du groupe et sur ce début de voyage, voici ce que vit la mamie venue déposer son petit-fils à l'aéroport pour qu'il prenne le vol de Paris pour rentrer chez ses parents, et qu'elle s'empressera de raconter à sa voisine qui prétendra, encore une fois, qu'elle exagère : la réaction incongrue du grand maigre en panique ; l'intervention de la sécurité qui a vu le sac de médicaments ; la réaction de François et Ludovic, flics tous les deux et apparemment coéquipiers, qui reviennent sur leurs pas pour savoir ce qu'il se passe ; les bébés qui se mettent à pleurer, et pour cause : le ton qui monte, la maman zombie qui traite l'hypocondriaque de « cas désespéré qui sert à rien à part emmerder le monde », le papa gâteau qui essaie d'apaiser sa femme mais abandonne au profit de sa fille, la gentille Carole qui observe avec des yeux de merlan frit, Damien qui respire dans un sac que lui a tendu Lydia, Maïa qui semble mouiller sur place devant l'efficacité de son cher et tendre mais qui ne fait rien pour le calmer et Cruella, à bout de patience, qui va voir son fils et lui dit, sans juger utile de chuchoter, que « t'aurais pu juste la garder comme secrétaire et la sauter de temps en temps, t'étais pas obligé de l'épouser », puis qui, après un grand soupir, finit par proposer un Lexomil à Damien qui le saisit et l'avale comme on prend une bouffée d'air en remontant à la surface, c'est-à-dire trop vite et sans réfléchir.

La fin de l'embarquement est proche, toute l'équipe est en retard. Annie est encore abasourdie par ce qu'elle vient de voir, et c'est quand ils se mettent tous à courir (enfin sauf Damien, sur qui on dirait que le Lexomil fait déjà effet) vers les escalators qui mènent à la zone Duty Free qu'elle se dit qu'elle aussi a un avion à prendre !

Mais ça, on ne le détaillera pas, car effectivement, ce n'est que le début d'un long, un très long voyage...

2. Céline

«Céline est une personne ouverte, sociable, communicative, extravertie, exprimant la joie de vivre et appréciant les échanges avec les autres. C'est une individualiste qui est prête à fournir beaucoup d'efforts pour accomplir ses projets, sa volonté et son ambition étant à toute épreuve.

C'est à la maturité qu'apparaîtront sa force, son sens des responsabilités, sa détermination, et sa capacité à prendre en charge les autres et à les guider. Perspicace, intuitive, elle possède une excellente écoute, et sait être tant une amie attentive qu'une conseillère avisée.

Enfant, elle joue les Sarah Bernhardt et manipule avec maestria son entourage, qu'elle tyrannise sans vergogne.

Elle aime sortir des sentiers battus, intéressée par l'hétérodoxe, l'inhabituel, la nouveauté, la mode, l'avant-garde. Elle désire être la première en tout et est en quête de perfection et d'absolu, d'où une certaine tendance à être sélective dans ses approches. Diriger, commander, gérer, administrer, s'exprimer, communiquer sont presque aussi nécessaires pour elle que de respirer. Elle rêve de grandeur et de réalisations personnelles car son ego est très puissant.»

— Ce soir ! Ils arrivent ce soir ! OK. Il est midi. J'ai encore le temps de tout contrôler une dernière fois avant de m'occuper de mes autres clients. Ouh, je suis excitée comme une puce. Je sauterais partout !

D'ailleurs, je saute partout et je parle à voix haute. Il faut que j'arrête, tout le hall me regarde comme si j'étais dingue. Même si la majorité de mes clients pour le mois à venir n'arrivent que ce soir, je ne dois pas passer pour une folle aux yeux des autres. J'ai une réputation à tenir. Mais je suis trop contente !!! Mon cousin et ma cousine que j'adore ! Je les ai vus à Noël la dernière fois que j'ai pris une semaine de vacances en France avant de venir en République dominicaine. Ça va faire bizarre, de travailler pour la famille.

Depuis que j'ai eu mon diplôme, je ne travaille que pour des hôtels austères en France. Là, un établissement comme le Samana Resort, waouh, c'est la grande classe ! J'y suis depuis début janvier mais je ne m'y fais toujours pas.

— Salut, Luis, dis-je en faisant un signe de la main au gardien armé devant le hall.

Au début, ça surprend de voir tant de civils armés qui surveillent les hôtels, mais ensuite, tu te dis que ça fait partie du folklore local. Plutôt que de laisser les gens inactifs traîner dans les rues, les hôtels ou les particuliers leur donnent de l'argent pour qu'ils surveillent l'entrée. Même si c'est juste de l'intimidation et qu'ils ne se servent jamais de leur arme, je ne sais pas si je m'y ferai un jour. Je me demande toujours si Luis se donne un air de truand pour bien jouer son rôle ou si c'en est vraiment un. Quelque chose me dit que je préfère ne pas connaître la réponse.

Un petit repas sur le pouce au restaurant d'à côté avec cette vue magnifique sur le sable blanc me fera le plus grand bien.

— Salut, Jess ! lancé-je en arrivant devant celle qui est devenue une bonne copine.

Jess est une Française arrivée avec son père sur l'île depuis quelques années déjà.

C'est elle qui m'a formée sur les excursions et les activités diverses qui me permettent aujourd'hui de répondre illico aux demandes des clients, même les plus incongrues.

Son père tenait un restaurant parmi les plus célèbres dans le village de pêcheurs situé quelques mètres plus loin. J'aurais adoré connaître le village avant l'incendie de 2012. Tout a été reconstruit depuis et c'est très beau, mais *too much* à mon goût. Les bâtiments sont parfaitement alignés, pimpants, sécurisants. Le charme des cabanes en bois exotique aux peintures criardes et hétéroclites que me décrit Jess me manque à moi aussi, même si je ne les ai pas connues.

J'y amènerai quand même toute la troupe dans les jours qui viennent. C'est un passage obligé quand on séjourne à Las Terrenas et, en un mois, on aura largement le temps d'y faire un tour. Franck, le père de Jess, est à la capitale maintenant, mais il passe souvent et c'est toujours un plaisir de le voir. Et surtout, c'est un privilège de goûter à sa cuisine française ! D'ailleurs, j'ajoute sur mon calepin : amener la troupe à Saint-Domingue manger à la Taberna Vasca que tient Francky.

Chaque fois que je vois Jess, je ne sais pas comment la remercier de m'avoir « prise sous son aile ».

Etre concierge n'est pas un boulot des plus faciles. Nous sommes des *problem solvers* : chaque problème ne doit pas en être un ! Un bon concierge a trouvé la solution du client avant que celui-ci n'ait eu l'occasion, ou même seulement l'idée, de formuler son problème ! Tout doit être possible, dans la limite de la loi, bien sûr. *Cf.* ce que j'ai répondu à ce connard, le mois dernier, qui voulait deux petites jeunes, si possible mineures, pour passer sa dernière soirée ici avant de rentrer dans son pays... Eh oui, les îles, c'est pas toujours le paradis que l'on pense. Et ici, ce genre d'horreurs ne manque malheureusement pas.

La Rep Dom est un monde à deux vitesses, je m'en rends compte depuis que j'ai atterri. En tout cas, j'espère que l'intervention de la *policía* aura fait passer l'envie de chair fraîche à ce fumier.

— Comme d'habitude ? me demande Jess.

— Non, quelque chose de plus fort, pour une fois !

— Oh ! oh ! Mauvaise journée ?

— Non, au contraire, c'est ce soir qu'arrivent ma famille et leurs amis pour le mariage. Je suis excitée comme une folle !

— Excellent ! Ton planning est prêt ?

— Presque. Pour le mariage, oui. Pour le reste, j'ai encore quelques détails à peaufiner.

— Tu as vu le dernier article ? fait Jess en me servant une piña colada.

— Sur quoi ? Mmm, ça fait du bien, dis-je en sirotant mon cocktail à la paille. Tu es la seule à savoir les doser aussi bien !

— Sur ton rival !

— Quoi ?

Là, j'arrête net ma dégustation et je prends le journal que Jess me tend.

« Un homme hors du commun pour un hôtel hors du commun. » C'est le titre de la gazette.

— C'est pas vrai, encore ce « Scott » ! dis-je avec tout le mépris que je peux caser dans ma voix.

— Tu ne l'as jamais vu ? me demande Jessica.

— Non, on se loupe chaque fois. Mais écoute-moi : s'il croit qu'il est meilleur que moi parce qu'on parle de lui dans la presse, grand bien lui fasse ! Le jour où je le croise, je lui en touche deux mots, à ce petit con. Il brasse du vent pour que le directeur de la chaîne lui confie Dubaï, mais crois-moi, si quelqu'un doit y aller, ce sera moi !

— C'est sérieux, alors ? me demande Jess en se posant sur le tabouret à côté du mien.

Elle est responsable du restaurant, mais continue

de s'occuper de tout, du service jusqu'à la disposition des fleurs.

Je lui explique :

— Oui ! La République dominicaine n'est qu'un passage. Un interlude très agréable, certes, mais ma carrière est toute tracée. J'ai choisi cette chaîne car ils sont présents à Dubaï et pour moi, c'est le top évolution niveau carrière. Là-bas, c'est l'apothéose, la reconnaissance ultime de mon statut. Les *tips* vont jusqu'à 1 500 dollars si tu sais te rendre indispensable !

— Mais c'est de la prostitution ! dit Jess en souriant.

— Arrête tes conneries, pas du tout ! Ce qui me branche, c'est l'idée d'être indispensable, le kif de te dire que tu agis dans l'ombre et que tu gères tout pour ces magnats du pétrole. Imagine, des riches qui ne savent même pas se servir d'une lime à ongles ! Et toi, tu aides, tu anticipes, tu cherches, tu trouves, tu planifies des moments magiques pour eux, qui ont déjà tout. Tu décides du moment où le soleil se lève et de celui où il se couche. Plus fort qu'un prestidigitateur, tu es l'illusionniste qui leur vend du rêve. Et ce rêve a un prix. Et à Dubaï, le prix est au-dessus de tout ce que tu peux imaginer !

— Oui, mais la magie dans l'histoire ?

— Quelle magie ?

— La vraie rencontre ! La magie du vrai coucher de soleil, de la vraie coïncidence qui te dit que c'est l'homme idéal. Tout est faux, en fait, tu crées une illusion pour eux, comme pour cet homme qui a demandé sa main à sa copine alors que tu étais cachée derrière les rochers pour tout paramétrer. Tu as même payé une Dominicaine qui est venue leur dire la bonne aventure selon les conseils que tu lui avais soufflés avant !

— Oui, et alors ? demandé-je en aspirant longuement dans ma paille.

— Alors tout est faux ! Quand ils vont rentrer chez eux, quel que soit leur pays, tu ne seras plus derrière le rocher. La vraie vie reprendra le dessus et personne ne les fera se lever exactement en même temps que le soleil...

— Ah oui, mais ça, après c'est leur problème, vois-tu. Je ne fais pas le SAV. Si la vraie vie leur fait peur, ils n'ont qu'à venir vivre ici et me laisser m'occuper d'eux !

Jessica soupire en souriant, comme si mon cas était désespéré.

Elle repasse derrière le comptoir en jetant son torchon sur l'épaule, un peu comme si c'était de moi qu'elle se débarrassait, et me demande, espiègle :

— Et si elle suce mal, tu remplaces la mariée aussi ?

— Ah çà ! Tout dépend du pourboire ! dis-je en m'étouffant à moitié avec mon cocktail.

Je termine mon repas en discutant avec d'autres employés de l'hôtel qui ont aussi fait du restaurant leur cantine, et je repars en promettant à Jess de passer régulièrement lui raconter les aventures de la troupe, et oui, bien sûr, je lui présenterai tout le monde au plus vite.

Justement, j'arrive dans mon bureau où je reprends mes fiches. Ils n'arrivent pas avant ce soir mais je préfère être bien prête. Je sais que mon boss m'attend au tournant niveau chiffres ce mois-ci.

C'est maintenant que le gros de la saison commence et je dois faire mes preuves. Pas question de laisser ce Scott me griller la politesse pour Dubaï, si telle est aussi son ambition ! Pour l'instant, il est sur un autre hôtel de la baie de Samana, mais les directeurs se connaissent, comme tout le monde ici d'ailleurs. Je ne voudrais pas que ses exploits ternissent mon avenir au pays de l'or noir...

Bien. Alors, ils atterrissent à Saint-Domingue à 18 h 10. C'est un peu plus loin que l'aéroport El Catey, mais le vol est tellement plus long et avec plus d'escales depuis la France que j'ai préféré leur conseiller la capitale.

Vingt et une heures de vol minimum, ça allait même jusqu'à cinquante ! Le tour du monde quoi !

Des fois, je m'interroge. On est capable de se skyper en direct de n'importe où, d'envoyer des mails aux quatre coins du monde, mais la France n'arrive toujours pas à relier la Rep Dom sans passer par les Etats-Unis, l'Espagne ou le Canada... Enfin à part l'aéroport de Saint-Domingue, qui est le seul à permettre un accès direct via Paris-Charles-de-Gaulle.

Bon, à la fois ça fait partie des vacances : le dépaysement commence dans le hall d'embarquement ! J'espère que tout s'est bien passé...

Quoi qu'il en soit, c'est un très long voyage depuis... Je jette un œil à mes documents... C'est vrai, ils partaient tous de Montpellier ! Et avec deux bébés, en plus. Les pauvres vont être crevés.

Quand ils arrivent à Saint-Domingue, un bus les attend, j'ai pris soin de le réserver juste pour eux. Ensuite il y a à peu près deux heures et demie de voyage, sur des routes à peu près correctes. Si tout va bien — et tout ira bien —, ils seront ici vers 22 heures, heure locale, mais pour eux ça fait un voyage d'environ... Réfléchissons : une heure de voyage Montpellier/Paris, le transfert des valises et la correspondance deux heures, onze heures trente de vol, trois heures de route... Eh bien, tout de même dix-sept ou dix-huit heures environ. Pas mal. Un cocktail de bienvenue, un buffet froid que j'ai fait préparer pour eux et au lit. On verra toute la beauté de Las Terrenas demain !

Allez, je relis mes notes :

Fiche n° 1. Les mariés. Lydia et Julien.
Lydia, blonde, yeux bleus, vingt-huit ans.
Julien, brun, yeux verts, trente ans.
Lydia et Julien vivent à Paris mais habitaient Mauguio (à côté de Montpellier) quand ils étaient enfants. C'est

comme ça que Lydia est devenue la meilleure amie de ma cousine Sophia.

Ils ont décollé de Montpellier aussi car ils sont descendus dans le Sud voir le père de Lydia avant de partir.

Ils travaillent ensemble à Paris dans la boîte de Julien, où Lydia tient un rôle essentiel d'associée.

Julien l'a demandée en mariage en décembre dernier. Selon Sophia, ces deux-là se sont détestés et cherché des noises avant de se rendre compte qu'ils étaient les seuls au monde à pouvoir se supporter, et qu'ils étaient en fait complètement dingues l'un de l'autre.

La mère de Lydia : Laetitia, habite en Italie, au lac de Côme. Elle les rejoindra plus tard pour le mariage, avec son nouveau copain.

Le père de Lydia : André, vit à Mauguio, où il tient un garage avec son fils, Jean. Viendra au dernier moment lui aussi.

Le frère jumeau de Lydia : Jean. Marié à Carole, ils ont un petit garçon de cinq mois : Mike.

La mère de Julien : attention (tiens, j'ai écrit ça en rouge, pourquoi ?). Ah oui, c'est une femme exigeante apparemment. Bah, j'en ai maté d'autres ! Solange Beaume, veuve.

Fiche n° 2. Les témoins.

De la mariée :

Sophia (ma cousine, mariée depuis l'été dernier à Paul, ont eu Anna qui a six mois).

Maïa, une copine de fac, qui est montée vivre à Paris et qui finalement redescend dans le Sud, où j'ai eu la chance de voir la naissance de son couple avec mon cousin : François, le frère de Sophia.

Quelle belle histoire aussi. Maïa est écrivain et François, flic. Ils se sont fait passer pour un couple l'hiver dernier car elle devait écrire un livre sur lui et que ça leur permettait de ne pas se faire harceler par leurs familles respectives. Et de faux couple à vrai amour, il n'y a qu'un pas ! Bref, je n'ai jamais vu mon cousin amoureux comme ça. François était à Paris mais a été muté à Montpellier et Maïa vit avec lui à Mauguio. Finalement, Paris ne semble pas trop lui manquer.

Du marié :

Jean. Le frère jumeau de Lydia. Ils sont amis d'enfance avec Julien.

François, mon cousin. Même principe, ils se connaissent depuis qu'ils sont ados et le fait que leurs femmes soient les deux meilleures amies les a rapprochés encore plus.

Apparemment, Lydia et Maïa sont vraiment très proches. Ma cousine Sophia semble compléter le trio, mais je crois que depuis qu'elle a eu sa fille, elle est devenue un peu chiante. En tout cas, c'est ce que me dit ma tante quand j'appelle, car je n'ai vu personne depuis Noël et la naissance d'Anna.

Sophia et son mari Paul vivent à Londres, mais, depuis la naissance d'Anna, Sophia vient de plus en plus souvent dans le sud de la France, chez sa mère. Au grand désespoir de Paul, apparemment. D'où le fait qu'ils soient partis de Montpellier eux aussi. Ç'aurait certainement été plus simple de décoller de Londres, mais bon, avec Sophia, j'ai appris depuis longtemps à ne pas insister !

Fiche n° 3. Les amis.

Damien : grand brun. Célibataire. Ah oui, c'est celui qui a la chambre dont j'ai dû retirer les fleurs parce qu'il est allergique. Ladite chambre est orientée côté sombre, pas côté piscine, pour éviter le bruit et le coucher de soleil. En fait, ça m'arrange : je lui ai donné la seule chambre dont quasiment personne ne veut. J'ai mis les numéros d'urgence à côté du lit et contrôlé le fonctionnement du téléphone de service.

Angélique, dite Angie. Copine de Mauguio, elle aussi.

Pas une super copine de Lydia au départ, mais elles se sont rapprochées depuis quelque temps apparemment. Elle sort avec Matthieu, qui est un ex de Lydia, un des membres de la bande de copains de Mauguio. Il est gentil, «quelconque», *dixit* ma cousine Sophia quand elle m'a fait le briefing. En couple avec Angie depuis environ deux ans.

Ludovic Marbot. Lieutenant de police, coéquipier montpelliérain de mon cousin François. A priori Julien et lui se connaissent depuis peu mais ont beaucoup sympathisé, c'est pour ça qu'il est invité aussi. François et lui ayant bien travaillé, ils ont eu le droit de poser leurs congés ensemble.

Paul, bien sûr, que j'adore. Le mari de ma cousine Sophia.

Reprenons les chambres, j'ai:

La chambre nuptiale pour Lydia et Julien, dans le bâtiment central. Il semblerait que Lydia ait un sens déplorable de l'orientation, la position centrale de sa chambre par rapport à l'hôtel devrait donc lui faciliter la vie. Chambre 1-14.

Une chambre dans l'aile gauche, quasi nuptiale elle aussi, réservée pour Maïa et François. Chambre 2-25.

Une chambre avec lit bébé pour Sophia, Paul et Anna. Chambre 7-34.

Une autre chambre avec lit bébé pour Carole, Jean et leur fils Mike. Chambre 7-28.

Une chambre double pour Angie et Matthieu. Chambre 2-12.

Une chambre simple pour Ludovic. Chambre 1-8.

La chambre isolée pour Damien, dans le nouveau bâtiment construit lors de l'agrandissement de l'hôtel, plus en retrait. Chambre 5-8.

Mme Beaume. Chambre 6-5.

*
**

Fiches classées. Je remets tout dans mon bureau quand mon téléphone sonne : M. Draille, le directeur.

Qu'est-ce qu'il me veut ? Il n'est pas souvent là et ne demande quasiment jamais à me voir : c'est pas bon signe.

J'arrive et je frappe à la porte de son bureau, et quand j'entends « entrez », je pousse les doubles battants en lui offrant mon plus grand sourire. J'entre d'un pas conquérant — je n'en connais pas d'autre de toute façon — et m'avance vers son bureau.

— Bonjour, monsieur.

— Bonjour, ma petite Céline.

Qu'est-ce que j'ai horreur qu'il m'appelle comme ça...

— Connaissez-vous Scott Grella ?

— Euh oui, non, enfin si, de nom, vaguement en fait...

OK, je m'embourbe. Je ne le connais pas en vrai, mais je connais son nom. En même temps ça me fait chier de le reconnaître car ça veut dire qu'il est célèbre.

— J'ai pas très bien compris..., me dit alors M. Draille en me regardant un peu de travers, comme un animal étrange.

— Oui, pardon. J'en ai vaguement entendu parler. Il travaille pour l'hôtel Luxury Bahia Principe, je crois. Un arriviste, il n'a même pas de diplôme dans la profession. Imbu de sa personne, ce qu'il aime, c'est faire sa pub perso plus que le bien de l'hôtel je crois... hum.

Je toussote et fais un geste de la main pour balayer une poussière imaginaire tout en me rendant compte que je développe sans qu'on me l'ait demandé. C'est ça mon problème : ne pas savoir m'arrêter à temps !

M. Draille me regarde toujours comme une espèce en voie d'extinction mais avec, en plus, un air de pitié.

— Pourquoi ? demandé-je alors timidement.

— Parce qu'il est là, dit alors tout simplement M. Draille en désignant quelque chose sur le côté de la pièce.

Comment ça « il est là » ? Comme « il » est là ? Je commence à avoir une drôle d'impression. Je tourne lentement la tête sur ma droite, mais mes yeux semblent vouloir rester accrochés à mon directeur comme à une bouée de sauvetage. Quand ma tête a atteint la rotation maximum humainement possible, mes yeux suivent enfin le mouvement pour s'arrêter sur un homme qui sourit de toutes ses dents blanches, les bras croisés et la tête légèrement inclinée, comme un chien qui observerait un jouet pouet-pouet avant de lui bondir dessus.

Mes yeux s'agrandissent comme si j'étais dans un train fantôme. Je souris et tends la main.

— Bonjour ! Enchantée, Céline Patevin. En quoi puis-je vous être utile ?

La phrase que je sors à chaque nouveau client de l'hôtel. Pathétique. Mon sourire est immense et devant le silence dans la pièce, qui semble figée dans le temps pour les cent ans à venir, je me dis que je vais avoir les maxillaires coincés si je ne referme pas la bouche sur ce rictus ridicule.

Il prend alors ma main et me regarde dans les yeux en disant :

— Grella. Scott Grella. Mais appelez-moi l'arriviste prétentieux, ça sonne mieux.

Il a dit ça sans lâcher ma main et avec un sourire charmeur qu'il a dû peaufiner devant le miroir depuis qu'il est tout petit.

— Lâchez ma main et je vous appellerai comme vous voulez, dis-je en grinçant des dents.

— Pourquoi ? Mon contact aussi vous dérange ? Ça ne va pas être facile, alors, fait-il en me lâchant finalement la main, les yeux braqués sur mon directeur.

— Qu'est-ce qui ne va pas être facile ? dis-je sans cesser de détailler l'intrus.

Un blond, pouah ! J'ai horreur des blonds. Avec un prénom pareil, ça doit être un Américain. Mâchoire carrée, carrure athlétique, il a le temps de faire du sport, lui ? C'est bien ce que je disais : ce type est un imposteur, un amateur qui croit que le métier de concierge, c'est les vacances permanentes avec la jet-set. Jean, polo, on le croirait sorti tout droit d'une fraternité, il n'a pas son logo gravé sur la poitrine par hasard ?

Je termine mon observation en secouant la tête et me concentre, enfin, sur ce que dit M. Draille. Oui, ben ça va, travailler avec. Quoi ?

— Pardon ?

Ça, c'est moi qui demande à voix haute.

— Oui, oui, je trouve cette idée géniale. N'est-ce pas, Scotty ?

« Scotty ». Ha, ha. Je vois le Scotty en question se raidir un peu devant l'emploi de ce surnom, ça, c'est à retenir, mais il se reprend très vite, sourit et répond :

— La meilleure, Jack !

« Jack » ? Il l'appelle par son prénom ? C'est quoi ce délire ?

— Vous pouvez me résumer un peu tout ça ? dis-je en tournant ma main comme si je leur demandais de m'expliquer les ingrédients mystères d'une recette de cuisine.

— C'est simple. Deux pour un ! Comme vous êtes les deux meilleurs et que l'hôtel de Scotty va subir quelques travaux, nous avons décidé de vous transférer ici tous les deux. Une petite compétition tout ce qu'il y a de plus amical. Et qui sait ? Peut-être qu'à la clé, le meilleur se verra proposer un autre poste... Et puis avec ce mariage qui arrive, vous ne serez pas trop de deux pour tout gérer.

— Qu... *Quoi ?* Mais je gère très bien toute seule ! Tout est planifié pour le mariage, je n'ai pas besoin de lui !

Ma colère est montée d'un coup. M. Draille me regarde avec le sourire d'un Père Noël qui serait sur le point de m'offrir une dînette alors que j'avais demandé un drone.

— Doucement, doucement, ma petite. Je sais que vous êtes efficace et mignonne mais vous savez, parfois, il faut savoir accepter l'aide d'un homme... Certaines parties de l'île sont quand même plus accessibles par le sexe, euh... fort... Enfin non, c'est pas tout à fait ce que je veux dire, mais bon, enfin vous voyez quoi.

Non, je ne vois pas. Et d'ailleurs, mon air horrifié doit lui montrer à quel point je ne vois pas. Il s'assied et commence à trafiquer dans ses papiers, comme pour nous signifier que l'entretien est fini. Il déplace des notes manuscrites à l'écriture penchée comme sur un parchemin, on dirait une carte aux trésors... Ou alors, non, trop bizarre, on dirait un journal intime... Quand «Jack» lève la tête et surprend mon regard, il glisse rapidement les feuilles derrière des tableaux de comptabilité. Il est vraiment étrange, cet homme, loufoque, inquiétant et étrange... Mais pour l'instant, il est surtout mon supérieur hiérarchique et il me donne un ordre que je refuse d'exécuter!

— Allez, allez, ne voyez pas le mauvais côté du verre, mon petit. Ce n'est pas une compétition au sens stricte, mais plutôt une manière de vous motiver pour que vous donniez le meilleur de vous-mêmes. Qui sait, peut-être apprendrez-vous tous les deux plein de choses? dit-il en nous jetant un regard lubrique. Allez, partez, maintenant, au boulot! Et que le meilleur gagne.

«Le mauvais côté du verre»? Il me gonfle, à inventer des expressions parce qu'il est trop con pour se rappeler les vraies!

Je reste un temps bloquée à le regarder fouiller dans ses papiers, quand je reçois un coup de coude du blond, qui me fait signe de la tête qu'il est temps pour nous de sortir.

Je trouve alors dans mon cerveau la fonction «indiquer aux jambes de faire un pas devant l'autre» et je sors de ce bureau.

Dehors, je suis Brad Pitt, version premier de la classe, dans le couloir. Mon esprit se reconnecte petit à petit et je l'attrape alors par le haut de son T-shirt pour le pousser contre le mur.

— Ecoute-moi bien, «Scotty», tu crois pas que tu

vas me voler ma promotion uniquement parce que t'es un mec et que tu appelles le boss par son prénom ?

— Eh, doucement, la féministe ! dit-il en levant les bras en signe d'abandon. Je ne sais pas ce qu'on t'a dit sur moi, mais il est possible que je gagne cette mutation tout simplement parce que je suis « bon ».

— « Bon » ? répété-je, écœurée.

— Oui, ma belle, « bon » dans mon boulot, mais dans d'autres domaines aussi. Ça sera avec plaisir que je te formerai dans tous les domaines possibles si tu veux, « ma petite », susurre-t-il à quelques centimètres de mon visage.

J'hésite à lui cracher dessus, comme le chat de ma tante, communément appelé la Teigne. Mais bon, un certain savoir-vivre, qui m'a été inculqué il y a bien longtemps par ma famille rétrograde, m'empêche de le faire. Je lui souffle alors dessus. Oui, souffle. C'est ça, j'aurais pu trouver bien mieux, mais c'est tout ce qui m'est venu. A mi-chemin entre le soupir humain et le feulement du chat. Au moins, les choses sont claires : pour lui, maintenant, je suis folle.

— Pose tes sales pattes sur moi et je te griffe ! ajouté-je alors.

Au point où j'en suis, autant me faire plaisir.

— Ah, et c'est comme ça que ça se passe, alors ? Et tu pisses aussi autour de tes clients pour qu'ils te suivent partout ? Fais gaffe, minette, je pourrai adorer me faire griffer !

— Un soumis, ça ne m'étonne pas ! répondis-je en lui tournant le dos. Bon, trêve de plaisanterie, j'ai pas de temps à perdre avec toi, Scotty.

Je m'éloigne de mon pas de conquérante version châtelaine en colère, quand j'entends derrière moi :

— C'est rare que les femmes perdent leur temps avec moi ! On est peut-être partis sur de mauvaises bases. Allions nos forces, laisse-moi t'apprendre certaines choses dans les domaines que tu veux et après, chérie, je partirai à Dubaï pendant que tu continueras gentiment ton apprentissage ici.

Je me fige, me retourne et lui lance, avec toute la grâce dont je suis capable :

— Connard !

Il sourit.

— Pauvre gars ! dis-je en soufflant à nouveau et en tournant les talons, définitivement, cette fois.

Je me retourne au bout du couloir et lui lance : « Tous les coups sont permis, alors serre les fesses, ça va faire mal ! » Puis je décampe.

Quelques instants après, j'ai les pieds au chaud dans le sable fin et une nouvelle piña de Jess dans les mains.

— Ça y est, tu l'as rencontré, alors, me fait Jess gentiment.

— Ouiiii, dis-je en pleurnichant.

— Alors, il est pas mal, hein ?

— Quoi ? Tu le connais ?

— Tout le monde le connaît ici ! Ça fait dix ans qu'il habite là ! C'est pour ça que je voulais savoir si tu l'avais déjà vu. Ça m'étonnait que tu n'aies rien dit. Il est charmant, non ?

— Pour un blond efféminé ?

— Oh ! Il est châtain clair ! Et pour un efféminé, il est sacrément bien foutu, quand même, dit-elle en riant. Je ne sais pas ce qu'il te faut.

— Je le déteste !

— Eh bien, tant mieux. Reste comme ça, dit Jess en rangeant des verres pendus tête en bas au-dessus du bar.

— Pourquoi tu dis ça ?

— Parce que quand l'organisation rencontre la spontanéité, c'est signe de tempête.

Comme je ne semble pas comprendre, elle précise :

— Toi, le soir de ta première fois avec l'homme de tes rêves, tu embaucheras quelqu'un pour mettre de la musique romantique et du gui au-dessus de ta porte parce que tu ne sais pas faire autrement que de tout planifier ! Et lui, il est du genre à prendre une femme par surprise sur le capot de sa voiture pendant qu'elle le supplie de continuer.

— Mais tu me sembles bien renseignée, dis donc ! C'est quoi la marque de la voiture ?

— Moi ? Oh non, c'est pas mon genre ! J'ai assez à faire avec mon Américain, mais merci quand même !

— Eh bien, ne t'inquiète pas pour moi, je ne tomberai pas sous le charme de Brice de Nice !

— Oh ! Tu exagères ! dit-elle en riant franchement. Me voilà rassurée : si ton meilleur ennemi ne t'intéresse pas, le big bang ne frappera pas une nouvelle fois ! En même temps, ça aurait un peu pimenté mes journées, c'est calme ici, parfois, ajoute Jess en essuyant un verre parfaitement propre.

Bien, bien, bien. Alors, Scotty, que les choses soient claires, si tu te mêles de l'organisation des vacances de ma bande, je vais te montrer de quel bois je me chauffe. Tu vas vite comprendre que je ne me suis jamais laissé emmerder par personne. Alors, ça va pas commencer avec un connard de blond bronzé avec la trace du string. Hein, avoue ?

Petite, je me battais avec François. Depuis, il est devenu flic, et c'était pas toujours lui qui avait le dessus ! Ha, tu veux la guerre, Scotty de merde ? Tu vas l'avoir. Si tous les coups sont permis, alors laisse-moi te dire que ça ne sent pas bon pour toi !

Un simple détail insignifiant dans ma vie, voilà ce qu'est ce type. Rien ne peut m'échapper, tout est planifié, et lui, le champion de l'improvisation, n'a pas sa place dans ce monde. Je rentre à l'hôtel en souriant à cette idée : j'ai tout prévu !

— Chériiiiiie ! C'est toi, Céline ?

Mon dos se crispe comme si mon corps ressentait l'arrivée imminente d'un cyclone. Un cyclone avec une voix aiguë et non identifiée. Je me retourne, pour voir dans le hall d'entrée, au milieu des orchidées dominicaines, un homme... ou peut-être pas... enfin une créature habillée en violet et formant un tableau du goût le plus exquis avec lesdites orchidées de la même couleur.

Je regarde derrière moi, pensant, bien qu'il ait distinctement prononcé mon prénom, que l'individu s'adresse à quelqu'un d'autre.

Mais au milieu des valises turquoise et mauve qu'il enjambe pour virevolter vers moi, je comprends instantanément que ça a quelque chose à voir avec mon groupe de ce soir.

Je lui souris de toutes mes dents et m'approche de lui en me présentant, main tendue. Il se jette alors sur moi et me prend dans ses bras.

— Ah ! Formidable ! Je suis au bon endroit ! J'ai failli douter, tu sais, ma belle !

Il se recule légèrement pour mieux me regarder.

— Elle avait raison, tu es ravissante et d'une fraîcheur !...

Devant mon air éberlué, il précise :

— Oh ! *my God*, je suis nul, je ne me suis même pas présenté ! Je suis la surprise ! dit-il en ouvrant les bras comme une parodie de John Travolta qui singerait Marilyn Monroe.

— « La surprise » ?

— Oui, ma chérie ! On est presque de la même famille ! Ou ça va le devenir ! Je m'appelle Jules !

Pendant que j'essaie mentalement de passer en revue mes fiches avec tous les prénoms — exercice périlleux vu le flot ininterrompu de paroles qu'il débite —, « Jules » retourne en arrière récupérer ses valises.

— Je suis l'éditeur de Maïa, la femme de ton cousin ! Enfin future femme.

— Future femme ? Mais c'est Lydia qui se marie, pas Maïa. Vous avez réservé ? Dans cet hôtel ? Même famille ?

Tout en rassemblant mes esprits dans cette cacophonie chamarrée, je fais signe à un porteur qui accourt et pose ses bagages en pyramide sur un chariot. Puis je souris de nouveau à la créature.

— Oh ! qu'elle est mignonne ! Efficace et mignonne. Mais tutoie-moi, voyons, ma chérie. On ne peut pas boire quelque chose en attendant ? Je t'expliquerai tout. Oui, j'ai réservé ! Bien sûr ! On m'a passé Scott, qui m'a dit que c'était bon ! Hou là là, à voir ta tête, c'est pas ton ami, celui-là. Moi, en tout cas, j'en ferais bien mon quatre-heures ! Hou, cette voix chaude au téléphone, ouille, ouille, ouille, mais décontracte-toi chérie, tu vas tout raconter à tonton Jules ! fait-il en me prenant par l'épaule et en m'entraînant vers le comptoir de la réception.

J'ai l'impression de rêver. Je suis dans un monde parallèle où un de mes pires cauchemars se réalise : ma vie m'échappe, je ne contrôle plus rien.

— Bon, « même famille », j'exagère peut-être un petit peu. Je ne suis que l'éditeur de Maïa, dit-il en prenant un air de martyr croisé avec un basset hound. Elle est dure avec moi, des fois, tu verrais, je suis vraiment son souffre-douleur, mais bon, que veux-tu, c'est presque une star, alors je prends sur moi ! L'édition, c'est comme une grande famille. Et toi, tu es la cousine de ce beau gosse sexy, donc on a des liens indéfectibles !

Je donne son nom à Tessa, qui me confirme le numéro de la chambre réservée grâce aux bons soins de ce cher Scott. Je grogne imperceptiblement, mais pas assez discrètement pour que Mika senior ne s'en rende pas compte.

— Ah ben, décidément, il te pose vraiment problème celui-là. Bon, je ne suis pas fatigué ! Je prends une petite douche, je me refais une beauté express et on se rejoint au bar du bord de plage en face de l'hôtel dans une heure, ça te va ? Tu me raconteras tout ça, je t'expliquerai mieux la surprise et toi, tu me diras comment on peut emmerder ce Scott ! Faut bien qu'on s'amuse un peu, c'est chiant les mariages, on va mettre un peu d'action, tu vas voir !

J'ai une soudaine bouffée d'affection pour cet énergumène. Je l'aime bien, en fait, je ne sais pas pourquoi, mais je l'aime bien. L'instinct féminin peut-être. Espérons juste que ça ne changera pas tous mes plans. Faut que je revoie mon planning fissa.

3. Sophia

«Femmes secrètes et réservées, elles apparaissent souvent énigmatiques. Une aura de mystère émane de leur personne, qu'elles entretiennent plus ou moins volontairement, car elles aiment l'inconnu, l'étrange et l'irrationnel. Le moins que l'on puisse dire est qu'elles déconcertent. Elles peuvent ainsi être extraverties, courageuses, indépendantes, mobiles, tentées par l'aventure et l'inconnu. Nous les voyons alors passionnées, n'hésitant pas à changer d'itinéraire, recherchant la nouveauté. Elles donnent dans ce cas l'impression d'insouciance, de légèreté, voire d'instabilité. [...]

Parfois, elles inclinent plutôt vers le doute, le manque de confiance en soi ainsi qu'une certaine peur ou méfiance devant la vie. Leur curieuse alchimie intérieure contribue à leur cyclothymie. L'élan et l'enthousiasme alternent fréquemment avec l'inhibition et le pessimisme. Ce qui les rendra tour à tour audacieuses, conquérantes puis timorées.

Les arts martiaux leur sont conseillés puisqu'ils combleront à la fois leur physique et leur mental.»

Du karaté. Ou alors du kung-fu, ça doit être encore plus brutal. Je devrais m'inscrire à un de ces sports en rentrant. Faut que je tape sur quelque chose, sinon je vais finir folle. Ou aigrie. Ou folle ET aigrie. Mettez-vous en couple, voyons, oh, que vous êtes beaux, mariez-vous, oh, à quand le bébé ? Oh ! mais qu'elle est belle, et le petit frère, c'est pour quand ?

Mais ça ne s'arrêtera donc jamais ? Vous n'en avez pas marre, de tous ces gens qui veulent régenter votre vie ? Au moins, moi, ils n'ont pas eu le temps de trop m'emmerder niveau bébé. J'avais pas encore dit « oui » devant monsieur le maire que j'avais déjà le polichinelle dans le tiroir, comme dirait grand-tante Suzanne. Mais quelle erreur ! Attention, je ne dis pas qu'Anna est une erreur. Non, c'est même la plus belle chose de ma vie. Mais c'est la *seule* chose de ma vie désormais !

Je pensais que ce voyage me ferait du bien, nous permettrait de nous retrouver, avec Paul. Et là, je m'aperçois que c'est encore pire. Je ne sais pas s'il veut postuler au rôle de meilleur père, mais alors comme bon mari, ça, qu'il passe son tour ! Afff. Je bâille, comme toutes les trois secondes depuis le début de ce trajet interminable. Je ne sais même plus à quelle heure on est partis, depuis quand, quel jour. J'ai l'impression d'être un otage qu'on ballotte d'une planque à l'autre.

Qui c'est qui gémit comme ça ? Ah oui, Damien bien sûr. Je continue à penser que le troisième Lexomil était de trop, mais bon. Au moins il nous fout la paix. On dirait Barracuda dans *L'Agence tous risques*, qu'il faut droguer avant de faire monter en avion. Enfin on a de la chance, Damien doit peser moins qu'une chaîne du cou de Barracuda. Il ne s'est toujours pas étoffé avec l'âge celui-là d'ailleurs ? Je croyais qu'en vieillissant, les hommes prenaient un peu de muscle.

Oh, chouette, Anna pleure. J'en peux plus. Pauvre bébé, ça doit être dur pour elle, sans repères.

Non mais quelle connerie de l'avoir embarquée dans cette galère. Et en même temps, elle est trop petite pour qu'on la laisse chez maman. Et surtout, quelle connerie, ce mariage dans les îles. Pourquoi j'ai dit oui ? « Oh, ma chérie c'est génial, c'est une trop bonne idée ! » Des fois je vous jure alors, je ferais mieux de la boucler au lieu de débiter autant d'âneries. En plus je suis témoin, ma tête de zombie sur les photos, ça va faire des super souvenirs !

Et Paul : « Pourquoi on n'essayerait pas de la garder un peu plus avec nous à Londres ? Tu es tout le temps chez ta mère avec Anna... » Gnagnagna. Evidemment, c'est facile, pour lui : avec son boulot, il n'est jamais là. Mais moi, je fais comment, seule avec un enfant ?

J'ai les larmes qui montent. La fatigue, sans doute. J'en ai marre d'être aussi émotive, je croyais que les hormones, ça finissait par passer ? A la fois, vu le peu de temps que j'ai dormi avant le voyage à cause des poussées de dents d'Anna, c'est normal. Et depuis, entre l'avion, les couches, les repas, les dents, c'est juste l'enfer. Mais le pire, c'est Paul, qui se met enfin à aider.

Ah çà, pour aider, il aide. Et vas-y chérie que je m'en occupe, tu as l'air crevé. Repose-toi, je suis là, mais non, regarde, tu n'es pas patiente... Il me dirait carrément devant tout le monde que je suis une mauvaise mère que ça ne pourrait pas être pire ! Et lui alors ? C'est facile d'être un bon père quand on n'est là que deux jours par semaine, non ? Et en vacances, en plus, quand on est frais et qu'on a une vie sociale en dehors des mélodies abrutissantes des mobiles qui tournent au-dessus du lit.

Il veut s'en occuper ? Eh bien, « chéri », fais-toi plaisir, occupe-toi de ta fille ! Moi, j'en peux plus, j'y arrive pas. D'ailleurs j'y arriverai jamais, je crois. Je croyais qu'une espèce de marraine la fée allait m'apporter un manuel à la naissance, je ne sais pas moi, quelque chose d'utile avec des chapitres du genre :

Comment rester calme avec deux heures de sommeil par nuit ?

Comment rester une bonne mère quand vous avez envie de hurler quand bébé pleure... encore ?

Comment se sentir désirable pour son mari quand on sent le vomi ?

Comment avoir envie de son mari après un couteau de boucher qui vous a découpé le ventre pour une césarienne ?

Et puis tous ces tabous. Elles mentent toutes ou quoi ? Toutes ces mères qui vous disent : « Oh, moi, ma fille c'est un ange, elle mange très bien, elle fait ses nuits, c'est un amour, elle est toute ma vie. Et vous ? »

Qu'est-ce que vous voulez répondre à ça ? « J'en peux pluuuuuuus », en pleurant dans les bras de cette maman parfaite ? Non, vous faites comme tout le monde, vous dites pareil... Et vous perpétuez le mensonge. Remarque, comme le dit Florence Foresti dans son sketch, c'est peut-être pour ça que l'espèce humaine existe encore. Parce que personne ne sait... Sinon on ne se reproduirait pas...

Oh, mais qu'est-ce que je dis ? Bien sûr que c'est toute ma vie, Anna, et que je ne regrette rien ! Mais c'est horrible, même dans mes pensées je culpabilise... Comme si là aussi, il y avait un tribunal pour juger les mauvaises mères... Je suis à bout. Au prochain Lexomil de Damien, je lui en vole un.

Pffuit, je plisse les yeux pour voir le paysage qui défile par la vitre du bus. On est partis depuis quand de l'aéroport ? Une éternité, j'ai l'impression. Il fait nuit, mais apparemment, la nuit tombe tôt ici.

Je ne peux même pas voir le paysage. Mais vu les embardées que fait le bus, c'est peut-être mieux de ne pas voir. Parce qu'il va vite, quand même, non ? Heureusement que Damien dort à moitié, deux arrêts pour qu'il vomisse, c'est suffisant.

Et d'ailleurs c'est quoi cette histoire de bus ? Je croyais que Céline s'était occupée de tout ?

Pourquoi aucun bus ne nous attendait ? A la fin, c'est le chauffeur de ce bus-là qui est arrivé en s'excusant et en disant que « M.Scott » s'était occupé de tout. C'est qui ce Scott ? Hou là là, je ne sais pas ce qu'il se passe, mais connaissant Céline et sa manie de tout planifier, ça m'inquiète.

J'espère qu'il ne lui est rien arrivé ?

Remarque, une aventure au bout du monde, c'est peut-être ce qu'il me faut. Je rencontrerai un bel inconnu qui m'emmènera à la poursuite du diamant vert... Bon, OK, j'ai besoin de dormir. Suivre une carte au trésor en étant poursuivie par de dangereux Colombiens, puis faire l'amour sous une cascade, c'est pas dans mes moyens en ce moment ! Je me contenterai de faire l'amour avec Michael Douglas. Attends, celui qui fait l'amour sous une cascade, c'est pas plutôt Tom Cruise dans *Cocktail* ? Quelle angoisse, je ne me rappelle même plus mes classiques. Etre maman vous enlève toute fibre romantique. Enfin bon, si Tom Cruise ou n'importe qui du même acabit m'embrasse ou me drague sans me proposer au préalable une nuit de repos dans un hôtel 5 étoiles et une journée de spa, je le gifle ! Ou alors il faut qu'il me viole, ça pourrait être sympa, ça...

Bon. Fatiguée, frigide, dépressive et nymphomane, comment peut-on être tout ça à la fois ?

Je regarde Paul en biais, partagée. Il m'énerve. Mais je le trouve super beau quand même avec sa fille dans les bras. Il ne pourrait pas, de temps en temps, me regarder comme il regarde Anna ? Je ne demande pas grand-chose, je veux bien avoir encore quelques kilos à perdre, mais à peine un ou deux, c'est rien non ? Et comme je n'ai jamais été très grosse, ce n'est pas la fin du monde non plus. Qu'est-ce que je dois faire ?

Qu'est-ce qu'ils veulent tous ?

Qu'on accouche d'une pastèque et qu'on soit fraîche et dispose ? Qu'on dorme plus, que l'angoisse constante remplace notre peur insouciante, mais qu'on ait toujours le courage de se maquiller le matin, de mettre des jupes affriolantes et qu'on écarte les jambes quand « eux », ils ont envie ?

Je tourne la tête et croise le regard de Cruella. Qu'est-ce qu'elle a, à me regarder avec cet air ? Elle veut ma photo ? C'est ça, détourne les yeux, t'as raison... Eh mais... Waouh, j'ai réussi à lui faire tourner la tête !

Si la moitié du bus ne dormait pas, je me mettrais à brailler à tue-tête :

« Je suis plus méchante que Cruella, je suis plus méchante que Cruella !!! Lalala ! »

En même temps, ça veut dire quoi ? Qu'est-ce que j'avais comme tête au moment où elle m'a regardée ? Est-ce que j'ai vraiment le regard si dur que ça ? La semaine dernière, pendant une engueulade, Paul m'a balancé que je dégageais le froid glacial d'un iceberg. Outre que la comparaison manquait d'imagination, je l'ai très mal, mais alors très mal pris. Traiter sa femme d'iceberg ou de frigide, c'est pareil non ? On en revient toujours au même sujet : le sexe. Même pas un an de mariage, et déjà moins de sexe. Eh bien, on n'arrivera jamais à la retraite, à ce rythme-là. Mon hymen va se recréer. Vu que je n'ai pas accouché par voie basse, si je divorce, je pourrais écrire sur l'annonce « Jamais servie, encore vierge ».

Bon, faut que je dorme un peu, le cynisme, c'est pas mon fort, c'est le truc de Lydia, d'habitude. D'ailleurs, ils font quoi, Lydia et Julien, au fond du bus ? Je trouve qu'elle couine bizarrement, la blondasse. Je veux bien qu'il fasse sombre et qu'il n'y ait que nous dans le bus, mais quand même, il y a la belle-mère juste devant ! Un peu de tenue !

Aïe, mal à la joue. Je me suis endormie contre la vitre. Je regarde sur les sièges d'à côté, où Paul et sa fille dorment l'un contre l'autre. Quelle heure est-il ? Ah, ça sert à rien, j'ai laissé ma montre à l'heure de Paris et je ne suis pas en état de calculer. J'en ai marre de bâiller.

Tout le monde émerge du sommeil car le bus ralentit enfin sa course infernale. Je me demande si on a gagné contre Diabolo et Satanas...

On arrive à l'hôtel, je crois. J'ai l'impression d'être passée sous un rouleau compresseur.

Quelle horreur.

Maïa passe la tête par-dessus le siège de devant pour me parler :

— On est arrivés ! C'est trop beau, regarde !

— Vois rien, fait nuit... Où est ma chambre ?

J'ai la bouche pâteuse... Comment elle fait, Maïa, pour être encore si belle à cette heure-là après cette traversée de l'enfer ? M'énerve, ça doit être l'habitude des nuits blanches parisiennes. Ou alors elle se drogue... Auquel cas, je suis prête à négocier une dose sur-le-champ.

Ça doit lui changer de vivre à Mauguio ! Mais bon, mon frère a l'air de la rendre heureuse. Grand bien leur fasse. Un jour, par contre, faudra que je leur dise : ne faites jamais d'enfant !!!

Remarque, elle n'a pas une tête à s'encombrer d'un mioche. Ou alors ce sera cette maman hyper branchée, taille trente-quatre et demie, manucurée, belle, qui gère trop bien avec sa femme de ménage, sa femme d'intérieur, son jardinier, sa nounou et tout et tout. Avec le succès de son dernier livre, elle peut. En fait, moi aussi, j'ai un bon salaire et, malgré mon année prise pour ma fille, il me reste pas mal. C'est juste que mon argent, je le dépense en vol Londres/Montpellier.

Je ne sais pas ce que je ferais sans ma mère. Ah si, je serais une mère, moi aussi, sans doute. Bon, ça doit être la fatigue ou le décalage horaire pour que je pense à tout ça maintenant.

Le bus se gare devant l'entrée d'un immense palais avec des tas d'ailes et, a priori, c'est notre hôtel. C'est donc le moment pour moi de passer en mode « princesse ». Mais avant : un câlin à ma merveille. Je prends Anna dans mes bras pendant que Paul s'occupe des affaires entassées sur les sièges.

On descend du bus et un apollon blond nous attend avec une Dominicaine. Pas mal, je pourrai essayer de fantasmer sur lui si j'arrive à dormir assez pour penser sans m'assoupir.

— Bienvenue les amis ! Je suis Scott, un ami de Céline.

Il nous tend les bras avec un grand sourire et la poupée Barbie couleur ébène à côté de lui remet une orchidée à chaque femme. Quand elle arrive au tour de la mère de Julien, celle-ci la foudroie du regard et lui dit : « N'y pensez même pas. » Je ne sais pas si la jeune fille parle français, mais il semble que non, car celle-ci sourit et se penche pour lui accrocher la fleur dans les cheveux. Cruella a un mouvement de recul, prête à bondir, et la pauvre enfant finit par déposer la fleur dans l'échancrure de son corsage avec un regard dur. Cruella semble avoir trouvé une amazone, le combat va être rude.

Quatre grooms viennent chercher les bagages dans le bus et déposent le tout dans des voiturettes semblables à celles que l'on trouve sur les terrains de golf.

— Je propose que les garçons ici présents vous accompagnent dans vos chambres respectives. Déposez vos valises, prenez quelques minutes pour souffler et venez déguster quelques bons petits plats avant d'aller vous ressourcer avec une bonne nuit de sommeil !

Avant que j'aie le temps de le faire, mon frère François demande :

— Mais où est Céline ?

Scott s'apprête à répondre quand on entend :

— Oh ! Vous êtes arrivés ! Mais que, que...

Céline arrive en courant et semble complètement décontenancée. Il ne lui faut que quelques secondes pour s'en remettre et elle nous adresse un grand sourire, tout en fondant sur Anna pour lui faire un gros baiser sur le front. Elle nous serre ensuite à tour de rôle dans les bras, en se présentant aux membres de notre improbable troupe.

Seul un œil averti et suspicieux comme le mien peut remarquer qu'elle écrase volontairement le pied de Scott en passant et qu'elle a l'œil mauvais de celle qui va lui faire payer ses outrages. Regard que je connais bien pour en avoir souvent été la cible quand, après avoir maintes fois été exclue des jeux dangereux auxquels elle et mon frère se livraient, j'avais été pour la énième fois *caftée* auprès des parents.

Paul, qui est crevé et qui regarde Anna blottie dans mes bras, me propose de l'emmener au lit, ce que j'aurais fait immédiatement de toute façon. Il prétend préférer dormir avec elle pendant que je me restaurerai et que je profiterai de ma cousine. Moi aussi, je suis crevée et je veux être une bonne mère en m'occupant de ma fille ! Mais en même temps j'ai faim, j'ai envie de voir Céline et je suis curieuse d'en savoir un peu plus sur ce qui se trame ici.

Pour la première fois depuis que je suis maman, j'ai l'impression qu'il existe quelque chose en dehors de ce rôle.

— OK, dis-je en lui tendant Anna.

— OK ?

Paul me regarde comme si je lui proposais une partie de jambes en l'air à plusieurs, c'est-à-dire choqué.

— Ben oui, c'est pas ce que tu voulais ? Ah, tu dis ça pour jouer le bon père devant tout le monde, mais en fait tu voulais que je te dise « Mais non chéri, je vais le faire moi, va profiter avec tes copains », déclaré-je tout en faisant le geste de reprendre Anna dans mes bras.

— Mais non ! dit-il en s'écartant pour garder sa fille. Arrête un peu, je suis sincère. Va boire un verre, ça te fera du bien ! ajoute-t-il, plutôt sèchement.

— Pourquoi ? Pour que ça me décoince, c'est ça ? sifflé-je en haussant le ton.

Je me rends alors compte que tout le monde nous regarde.

Je m'arrête, la bouche ouverte, comme un fou sorti de son asile sans autorisation, puis je ferme la bouche et me redresse en tirant sur les pans de ma veste.

— On va faire comme ça, dit Céline en souriant. Paul, ressource-toi, on a plein de choses prévues demain ! Dors bien, petite Anna d'amour, ajoute-t-elle en embrassant sa petite-cousine sur le front. Les autres, allez dans vos chambres, et ceux qui le veulent, suivez-nous, Sophia et moi. Je vous emmène dans la salle que j'ai préparée pour vous.

Tout le monde se bouscule pour récupérer ses bagages au milieu des autres, et le rendez-vous est fixé dans la salle sur la gauche du hall d'entrée.

François et Julien restent avec nous, laissant leurs chères et tendres en compagnie de deux *boys* musclés qui prennent leurs bagages pour les escorter en voiture à leur chambre. Après un dernier câlin à ma fille et trois ou quatre recommandations à Paul qui me valent un « Elle n'est pas en sucre, votre fille » de la part de Cruella, je regarde l'équipage de fortune s'éloigner, et je ressens un étrange soulagement coupable.

Quand je vois la manière rapide mais incertaine dont les voiturettes partent en godille, je me dis que j'ai bien fait de choisir l'option de rester. Je n'aurais pas supporté une autre course de caisses à savon pour aujourd'hui.

Je ne suis cependant pas la seule. Vingt mètres plus loin, une voiture s'arrête pour que Damien descende en trombe vomir dans un parterre de fleurs.

— Oh ! fait Scott, écœuré.

— C'est rien, on s'y fait ! dit Julien en lui tapant dans le dos. Bon, y a un truc fort à boire les gars ? claironne-t-il en entrant dans le hall et en nous regardant.

— Beaucoup ! dit Scott.

— Oui, il y en a un peu, dit Céline, mais j'ai fait light. Je me suis dit que vous seriez crevés ce soir, alors petit buffet léger, ajoute-t-elle en ouvrant les portes battantes de la salle attenante.

On dirait une salle de bal, au centre de laquelle nous attend une table d'au moins cinq mètres de long, sur laquelle est dressé un magnifique buffet froid. Des oiseaux de toutes les couleurs composés de morceaux de fruits trônent majestueusement à chaque extrémité.

Je repère des petits sandwichs découpés en amuse-bouches, des salades dans différentes coupelles, des terrines, des pichets de boissons exotiques, du Coca et autres boissons sans alcool.

— Putain, j'ai faim ! s'exclame Julien.

— Tu m'étonnes, ça creuse, le sexe, non ? dit François.

— Jaloux ? demande Julien en souriant.

— Non, respectueux, moi, monsieur. Je n'aurais pas pu faire ça avec ma mère dans les parages et dans un bus rempli de monde, fait-il en grimaçant.

— Elle dormait ! Et le côté voyeurisme est un brin excitant, en fait.

— Pervers, dis-je en passant devant eux, qui semblent avoir oublié ma présence.

— OK, si j'ai bien compris, heureusement que j'ai prévu de l'alcool un peu plus fort ! dit Scott.

— T'es encore là, « Scotty » ? demande Céline d'une voix plus aiguë que d'habitude.

— Oui, ne t'inquiète pas ! dit-il en souriant affectueusement à Céline. Après avoir pensé à leur envoyer un bus, puisqu'il semblerait que tu aies oublié, j'ai aussi préparé ce qu'il fallait pour leur arrivée ! Je me doutais qu'une femme penserait à vous préparer quelque chose de mignon et raffiné, mais, pas ça..., conclut-il en frappant dans ses mains.

Un garçon d'hôtel arrive avec un chariot sur lequel est posé un ersatz de bar à rhum.

— Cuba libre ? propose le serveur.

— Plutôt deux fois qu'une ! répond mon frère, les yeux brillants.

Ayant commencé à m'attaquer au bec de l'oiseau, sous la forme de deux bouts de pastèque, j'ai tout le loisir d'observer en coin la scène qui se déroule sous mes yeux. Céline semble avoir la fumée qui lui sort par les oreilles. Scotty, tu vas morfler !

Pendant que les garçons passent leur commande en vantant les mérites des différentes marques de rhum que l'on trouve en France, Céline a tiré Scott sur le côté par le haut de son polo. Je n'entends pas toute la conversation, mais assez pour que je me déconcentre de ma pastèque et loupe ma bouche.

— Pas oublié... tu as décommandé exprès... c'est petit... alcool... tu m'envoies de l'autre côté de l'hôtel... pas là quand ils arrivent...

François me tend un verre de rhum, que j'attrape, plus pour qu'il retourne à sa conversation avec Julien et me laisse écouter que par envie de boire. Ainsi, Céline avait bien prévu un bus pour notre arrivée ? Alors c'est qui, ce Scott ? Un concurrent ou un collègue ? J'y comprends rien. Je prends une bonne gorgée du verre que je tiens... et m'étouffe littéralement. Céline me fonce dessus pendant que les garçons rigolent.

— Ah oui, c'est du vrai celui-là ! C'est pas une dose de pédé ! dit Julien.

— Qui a parlé de pédé ? demande alors un flamant rose violet qui entre à cet instant dans la salle.

— Jules ! Comment tu vas ? demande François en l'étreignant rapidement. Julien, je te présente Jules. Jules, voici Julien. Ça va être facile à retenir, ironise-t-il. Jules, voici ma sœur, la très sérieuse Sophia.

— Enchantée ma belle ! me dit le grand machin violet en me faisant le baisemain. Lui aussi, il est hétéro, alors ? ajoute-t-il en regardant Julien.

— Ah oui et « il » se marie dans quelques jours, en plus, répond Julien en souriant.

— Bon, c'est pas grave, il me reste Scotty !

Scotty hausse les sourcils et semble soudain plongé en plein stress. Il nous dit qu'il revient dans quelques instants, des détails à régler.

— Tu me refais un coup comme ça et je t'émascule, lui souffle alors Céline en guise de conclusion, de manière discrète mais assez fort pour que j'entende de là où je suis.

— Tu aurais trop à perdre, ma chérie ! lui répond Scott en l'embrassant sur la joue comme on congédie un enfant pour s'en débarrasser.

Puis il sort en toute hâte, car on a beau être courageux, il est inutile de risquer sa vie bêtement quand même.

— Jules est l'éditeur de Maïa, précise alors François, comme s'il nous rappelait une évidence.

Devant le regard béat dont nous le gratifions, Julien et moi, François développe :

— Ça tombe bien que vous soyez là tous les deux parce que je voudrais votre avis. Je savais que Jules voulait partir en vacances pour se remettre de sa dernière rupture. Je lui ai donc proposé la Rep Dom, et je me suis dit que vu qu'on est tous réunis, on pourrait peut-être en profiter pour... un deuxième mariage, non ?

Julien, qui séchait le fond de son verre, manque de s'étouffer et recrache tout sur ses pieds. Pour ma part, je reprends une gorgée du breuvage, qui me semble tout d'un coup beaucoup moins fort.

Bon, ça chauffe bien un peu quand ça passe, mais ça passe déjà nettement mieux.

— Tu veux épouser Maïa ? demande Julien, les yeux exorbités.

— Pas sans ton accord ! Je voulais d'abord en parler avec Lydia et toi. Bien sûr, on ferait ça après le vôtre, pour ne pas vous gâcher votre cérémonie. Vous avez tout prévu et c'est un mariage officiel, vous. Nous, ce serait un mariage symbolique sur une plage. L'essentiel, c'est d'être tous réunis et pas de faire les choses en grande pompe. Ça permettrait à Maïa de sortir en douceur de sa phobie des mariages et, si tout se passe bien, on pourrait officialiser devant le maire en rentrant en France, avec la famille et les amis qui manquent. Julien, si ça vous pose le moindre problème à toi ou à Lydia, évidemment, on oublie. Jules est prévenu qu'il est peut-être venu pour rien.

— Oh, moi, mon chéri, dit Jules, je suis surtout venu pour l'alcool et le sexe ! Le mariage, c'était juste un prétexte, de toute façon, ajoute-t-il en faisant signe au barman de lui resservir un rhum.

— Non, je trouve que c'est une excellente idée ! dit Julien en étreignant François. Putain, je ne serai pas le seul à me passer la corde au cou, moi, ça me va !

Il marque un temps d'arrêt qui lui permet de recouvrer ses esprits.

— Bon, il reste une chose essentielle...

— Demander à Lydia ! s'exclame François.

— Demander à Lydia ! confirme Julien.

Alors que je me remets à peine d'avoir entendu tant de stupidités en si peu de phrases, Céline, que je croyais un tant soit peu raisonnable, suggère :

— J'ai déjà regardé les endroits qui s'y prêtent. Je te ferai une liste demain.

Je la regarde, les yeux écarquillés :

— T'étais au courant ?

— Non, c'est Jules qui m'a tout expliqué cet après-midi. Je trouve l'idée géniale !

Aussi barrés les uns que les autres ! J'ai l'impression de les revoir sous la table du salon, cachés par la nappe en dentelle de mamie, en train de réfléchir à la meilleure façon d'aller fouiller chez la voisine pendant qu'elle ira au marché dimanche.

— Allô ? dis-je soudain. Vous ne croyez pas qu'avant Lydia, ce serait bien que vous demandiez à la principale intéressée ?

Les deux me regardent comme si je leur parlais d'orientation stratégique du marché des poules en Chine.

— Ouille, erreur, ma chérie, fait Jules. Si on laisse à Maïa le temps de réfléchir au concept même de mariage, elle va paniquer et fuir, même devant ce bel étalon !

— Et donc c'est mieux de la prendre au piège ? dis-je, ébahie.

— Merci pour le piège ! me lance alors François.

— Non, mais l'idée, c'est qu'il lui demande quelques

jours avant, le temps que Céline mette tout en place. Quand Maïa s'est fiancée, la première fois..., déclare Jules avant que je l'interrompe :

— Parce qu'elle s'est déjà fiancée ?

— Oh ! une broutille ! Il l'a plaquée avant le mariage. En fait, non, il l'a trompée juste avant le mariage avec la voisine, mais c'est pareil, explique Jules.

— Ah oui, alors effectivement, ça va être très simple ! Bon courage, mon frère, dis-je en lui tapant sur l'épaule avant de finir mon verre en riant.

— Mais t'es dégueulasse ! fait François.

— Pourquoi ?

— Tu te moques du malheur d'autrui.

— Nullement ! Regarde, j'ai un certain respect pour les kamikazes, et ce respect ne m'empêche pas de trouver la démarche complètement stupide. Euh... resservez-moi, s'il vous plaît, mon petit, dis-je en souriant au groom, qui n'a pas l'air de comprendre un traître mot mais qui dit tout le temps « ah oui, bien sûr, madame française ».

— Son connard de copain l'a trompée par lâcheté. Il n'était pas prêt et Maïa non plus. Tant mieux, d'ailleurs, sinon je ne serais pas là aujourd'hui à discourir sur le bien-fondé de lui demander sa main.

— Cette petite pute de Frédéric ne s'est occupée de rien et a laissé Maïa se taper les préparatifs du mariage toute seule. Tout ça pour le trouver à poil sur la voisine ! Là, c'est différent, objecte Jules.

— Et en quoi exactement ? demandé-je en insistant sur le dernier mot.

— Ben primo, je ne la trompe pas ! Et puis elle a mûri depuis. Enfin moi, je m'occupe de tout. Elle a juste à dire « oui », ça change tout.

— Waouh, Tarzan est dans la place. J'adore, le scénario est génial ! Sans faute ! dis-je triomphante, en tendant mon verre.

— Et pour la magie, comptez sur moi, fait Céline en joignant son verre au mien.

On trinque tous et personne ne semble saisir mon

ironie. Bien. C'est le problème, quand on n'est jamais cynique ou léger : la fois où on tente le second degré, personne ne s'en rend compte. Eh bien, allons-y, trinquons. Ces vacances me réservent bien des surprises, finalement.

Pas étonnant que je n'aie rien su de cette histoire de non-mariage. J'ai beau côtoyer Maïa depuis longtemps, depuis la fac, en fait, on n'a jamais été très proches. A l'époque et pendant longtemps, Lydia était notre seul point commun. Je la trouvais superficielle et elle me trouvait sûrement un peu coincée. Je commence à l'apprécier depuis qu'elle est avec mon frère. Surtout depuis qu'elle a tout géré lors de mon accouchement catastrophe ! Elle a été efficace et humaine, deux qualités que je ne lui aurais pas prêtées jusqu'ici. Peut-être l'ai-je jugée trop vite quand j'étais jeune, peut-être étais-je simplement jalouse de son dynamisme et de sa fraîcheur. Ou peut-être que je m'en fous, finalement. Suis un brin dépressive, je pense, et quand on est dépressif, on a le droit de se foutre de tout sans être taxé d'égoïste. Vais en profiter.

Tandis que je me décide à noyer cette fameuse dépression dans l'alcool, avec la complicité passive de ce gentil serveur à qui je commande un nouveau verre, voilà qu'arrive Maïa, en même temps que Jean, le frère de Lydia, qui explique que Carole, son épouse, est restée dormir avec le petit Mike. Il dit qu'il lui apportera à manger tout à l'heure. Tiens, j'avais même pas pensé à faire pareil avec Paul. Faudra que j'y pense, histoire qu'on se réconcilie. Mais d'abord répondons à cette question cruciale que toute femme se pose à un moment donné dans sa vie après une dispute : ai-je envie de me réconcilier ?

J'y répondrai après avoir ingurgité cet élixir de *reflexium relaxum* rhum !

Bon, ils en sont où mes spécimens uniques en voie

de disparition ? Ah oui, Maïa crie de joie en voyant Jules et se demande vraiment ce qu'il fait là. Ah ben oui tiens, surprise !

Alors, messieurs, comment comptez-vous expliquer ça ? C'est peut-être un peu prématuré et moyennement romantique pour une demande en mariage, surtout sans en avoir parlé à Lydia et après vingt heures de voyage. Mon frère s'en sort très bien avec le coup de l'invité-surprise qui voulait partir en vacances et à qui il a proposé la Rep Dom pour qu'on soit tous ensemble.

Oh que c'est mignon ! Pas crédible, mais mignon. Enfin je ne suis pas sûre que j'adorerais passer mes vacances avec un type à qui je suis censée rendre des comptes au boulot, mais bon, chacun son truc.

Et a priori, ce n'est pas le cas de Maïa, qui semble ravie de la « surprise ». Ce qui la rééloigne à mes yeux de la catégorie « espèce humaine ».

En attendant, histoire de la réhumaniser et de me réhydrater ni vu ni connu, j'entraîne Maïa près du bar improvisé pour lui proposer un rhum, qu'elle accepte avec plaisir. On trinque toutes les deux au début des vacances et on s'inquiète de l'absence de Lydia.

Quelques minutes après, celle-ci arrive, accompagnée de Ludovic, et on dirait qu'elle a couru un cent mètres. Je finis par comprendre qu'elle s'est juste perdue. D'après ce qu'elle raconte, après avoir erré dans les couloirs, elle s'est arrêtée au milieu de nulle part en criant : « Putain de merde, c'est quoi cet hôtel pourri qui ressemble à une pieuvre géante ? Que quelqu'un m'indique le hall ou je dors dans une chambre au hasard ! »

Je reconnais bien là le langage fleuri et délicat de Lydia, mon héros des Temps modernes qui dit tout haut ce que je pense souvent, à tort, tout bas. Bref, dans son malheur, elle a eu la chance que Ludovic, qui se trouvait au rez-de-chaussée dudit bâtiment, entende sa supplique gracieuse.

Peu enclin au départ à sortir ce soir, il a fini par se décider à jouer les gentlemen et à accompagner la future mariée afin d'empêcher son incarcération pour tapage nocturne à quinze jours de son mariage. Enfin selon leur récit.

Julien en prend pour son grade mais, d'un simple regard, parvient à l'apaiser. C'est beau l'amour, surtout au début d'un voyage de noces anticipé.

Angie arrive avec Matthieu dans ses basques et elle semble toute disposée à faire la fête.

Céline a prévu largement assez en nourriture diverse et variée, bien que tout semble avoir à peu près le même goût, mais niveau alcool, c'est le désert... Heureusement que Scott y avait pensé car elle semble désarçonnée par cette bande en décomposition sortie tout droit de *Mad Max* et qui a déjà prévu de se mettre à l'envers le premier soir. Fais un gamin et tu verras que tu sauteras sur l'occasion de faire la fête dès qu'il dormira tranquillement !

J'ai beau sortir peu, mon corps est parfaitement adapté aux folles nuits grâce à ce sommeil fractionné que je lui apporte. Alors foutu pour foutu, autant ne pas dormir et faire quelque chose de sympa, pour une fois !

Je passe une excellente soirée. Au fur et à mesure, je parviens même à me détendre. C'est incroyable ce que ça fait du bien de « lâcher prise » grâce au rhum, décontractant musculaire et neuronal bien connu. Enfin, faudrait que je ralentisse un peu quand même.

La chaleur du rhum me fait l'effet d'une allumette qui allume la ficelle reliée au baril de poudre... Je ne connais pas la suite, mais je risque d'exploser.

Un vent froid pénètre dans la pièce quand Cruella fait son apparition, ce qui permet à mon allumette de s'éteindre avant d'avoir atteint le baril. Je repose mon verre et je me dis que ça suffit.

Passons plutôt à ce nouveau passe-temps que je viens de découvrir : l'étude de l'espèce humaine. Et n'ayant que ce groupe hétéroclite sous la main, l'étude promet d'être riche et variée.

Qu'ai-je loupé ?

— Mais qu'est-ce qu'il se passe avec Dylan ? demande justement Maïa à Céline.

— Dylan ? répète Céline sans comprendre.

— Ah oui, ça tombe bien, je suis interprète ! dis-je à Céline. Je pense qu'elle parle de Scott. Tu verras assez vite que chacun a ses tares dans ce groupe. On ne te l'a pas dit avant pour ne pas avoir à payer des pénalités de voyage. Alors voilà, tu viens de constater que Maïa a un gros problème avec les prénoms ! Lydia, c'est avec le sens de l'orientation. Ce serait bien d'ailleurs que tu lui accroches une pancarte autour du cou comme les enfants avec écrit « Je suis la future mariée, ramenez-moi à la chambre nuptiale, sinon mon mari va se morfondre et tuer une personne par jour » ! Quant à Damien, tu as pu voir toi-même à son arrivée sa... particularité. Mais il a de multiples facettes et je ne voudrais pas te gâcher le suspense ! D'ailleurs je suis la seule à me demander où il a bien pu passer...

— A mon avis, il dort, dit Julien en rigolant.

— Eh bien, tu es en forme, toi ! me lance Lydia d'un œil sévère. Attention, Sophia est de retour pendant ses vacances, ça va attaquer dur !

— Et c'est quoi, ma particularité à moi ? demande Ludovic en souriant.

— Ah çà, je me laisse quelques jours pour la découvrir, dis-je, malicieuse.

— Et m... s'apprête à demander Angélique avant que je lui coupe la parole :

— Mais bon, on ne va pas révéler tous nos petits secrets à Céline tout de suite sinon elle risque de démissionner avant la fin des vacances ! Et je pense que personne ne veut prendre le risque de perdre l'organisatrice.

— C'est sûr ! Surtout quand elle est aussi talentueuse ! dit Scott, au grand étonnement de Céline. Allez portons un toast : au début de vos vacances !

— Au début des vacances ! clame tout le monde en chœur.

— Et aux futurs mariés ! ajoute François, repris par tout le monde.

Sauf Solange, la belle-mère, me semble-t-il.

Quelques ablutions de rhum plus tard pour m'enlever ce goût d'incendie que j'ai dans la bouche (penser à ne plus manger ce petit sandwich orange, apparemment, c'est du piment), je sors prendre l'air et retrouve les filles au bord de la piscine.

C'est plutôt beau de nuit. On est arrivés dans le hall par la piscine, mais j'étais trop endormie pour en profiter. L'immense bassin en forme de cacahuète représente le centre du complexe hôtelier. Au milieu de la cacahuète, il y a un bar avec des tabourets immergés.

L'accès est fermé la nuit, mais Céline nous autorise à aller mettre les pieds dans l'eau.

Evidemment, elle est excellente, même à cette heure de la nuit. Ça fait du bien, ça rafraîchit un peu et ça remet les idées en place. On s'assied toutes les quatre en brochette, une version féminine du *Cœur des hommes*, en plus classe, comme le fait remarquer Maïa.

— Alors, tu nous racontes ? demande Maïa à Céline.

— Scott ? Rien de particulier. Je ne le connaissais pas avant votre arrivée, mais je pense qu'il va beaucoup m'aider, donc c'est que du positif ! J'ai juste eu un peu de mal à me faire à sa présence au début, c'est tout.

— Pas d'embrouilles pour mon mariage au moins ? demande Lydia, inquiète et déjà sur la défensive.

— Depuis quand tu emmerdes le monde, toi ? Je croyais que tu ne serais pas aussi chiante que So..., dit Maïa, mais elle se retient.

Les trois grâces semblent retenir leur respiration quelques instants. Je trouverais ça presque drôle si ça n'était pas si déprimant.

— Aussi chiante que moi le jour de mon mariage, sachez qu'il y en a peu sur terre, les filles ! Vous ne me volerez pas le trophée ! dis-je en levant mon verre. Mais j'ai des excuses : se marier dans les premiers mois de sa grossesse, c'est un acte suicidaire lent et sadique.

Elles éclatent de rire et on trinque à cet épisode peu glorieux. Mais Maïa, qui commence à me connaître un peu, n'est pas dupe.

— Dis donc, toi, ça va ? me glisse-t-elle avec un léger coup de coude dans les côtes.

Je regarde nos pieds, immergés dans l'eau tiède.

— Oui, je pète la forme, pourquoi ?

— Parce que depuis que tu as été la plus heureuse du monde le jour de ton accouchement — enfin une fois qu'on a été sûrs que tu y survivrais —, je te vois t'éteindre petit à petit. Et depuis deux mois que j'habite à Mauguio avec ton frère et que je te vois plus souvent, c'est carrément l'apothéose. Les plantes vertes de Lydia semblent plus en forme que toi.

— Ah ben, au moins, c'est dit avec tact, dit Lydia en la foudroyant du regard. Mais bon, ce n'est pas faux.

— Elles n'ont pas tort, dit doucement Céline. Je t'ai connue plus en forme que ça, cousine.

— Une mauvaise passe, ça va aller.

— Ça, ça s'appelle du déni ou je ne m'y connais pas ! renchérit Maïa.

— On n'avait pas dit « tact » et « diplomatie » pour ne pas la brusquer ? fait Lydia, en colère, en regardant Maïa dans mon dos.

— Qui ça ? Tact ? Diplomatie ? Connais pas, dit Maïa. Enfin bon, reconnais qu'on ne va pas tourner autour du pot, c'est pas nous, ça l'aurait alarmée.

— Eh bien, ça va être facile d'avoir une conversation douce et franche, dit Céline. On a tout de suite envie de se confier quand on vous entend vous crêper le chignon.

Qu'est-ce que je dois comprendre ? C'est le moment de crier au complot ? Elles avaient prévu un guet-apens ? Je passe sur le gril, encadrée par une Gestapo en short et tongs. C'est à peu près ce que je leur dis quand, au lieu de s'excuser, Céline poursuit :

— Mais tu n'habites plus à Londres ?

— OK, temps mort ! lance Lydia en faisant le signe avec ses mains, comme un coach qui négocie un passage délicat avec des joueurs caractériels.

Elle s'arrête un instant pour s'assurer que toute l'équipe a bien compris et reprend :

— Non, Sophia, ce n'était pas un piège. Excuse-nous. Pour notre défense, tu as devant toi les trois filles qui tiennent le plus à toi. On n'est pas aveugles, c'est tout. Tu n'es plus que l'ombre de toi-même, et encore, si tu croisais ton ombre, elle te ferait peur. On a juste abordé au téléphone le fait que ces vacances te feraient du bien, autant qu'à nous, d'ailleurs, et qu'on pourrait en profiter pour discuter avec toi. A vrai dire, je culpabilise un peu. J'ai l'impression qu'avec ces préparatifs de mariage, j'ai délaissé tout le monde ces derniers temps.

— Alléluia ! Elle s'en rend compte ! dit Maïa en levant les bras au ciel. Ah merde, je l'ai dit tout haut ? ajoute-t-elle en se tournant vers nous.

— Je ne pensais pas être la fille posée du groupe qui sait réfléchir avant de parler, mais, apparemment, on ne peut compter que sur moi ! fait Lydia en fronçant les sourcils.

— Ah non ! L'organisatrice, c'est moi ! proteste Céline. Alors l'animatrice de réunion, c'est moi aussi ! Dès que j'aurai réglé le problème Scotty... mais tout va bien se passer, s'empresse-t-elle d'ajouter à l'intention de Lydia.

— Bon, maintenant qu'on a clairement défini les rôles — Sophia dans le rôle de la maman au bord du gouffre, Lydia dans celui de la sagesse inattendue et Céline en animatrice de réunion de crise en proie à un dilemme avec un brun sexy, on commence quand le tournage du film ? demande Maïa en nous regardant.

— Il n'est pas brun, il est blond ! rectifie Céline.

— Oui, ben enfin blond foncé, blond, c'est pas forcément suédois non plus, dit Maïa.

— Et toi, tu as quoi comme rôle ? demande alors Lydia avec un air provocateur. La belle brune sexy qui se tape tous les mecs ? Ah non, c'est vrai, madame se moque des copines bien dans leur couple, mais elle fait la gentille épouse dès qu'elle retrouve son flic chéri prêt à la menotter !

— Nous allons dire que je ne vais pas relever cette ironie mesquine. Je m'éclate sexuellement, c'est un fait, mais de là à parler de moi en future mariée, fais quand même attention, tu pourrais vite te noyer dans cette belle piscine et ça compromettrait ton mariage de Barbie !

— Ah, ah ! répond Lydia avant que je n'intervienne.

— Alors on va se calmer, parce que la dépressive vous fait remarquer que le flic, c'est son frère ! Et si vous parlez encore une fois de ses relations sexuelles, c'est moi qui vais me noyer ! fais-je en me fourrant deux doigts dans la gorge.

— *Idem !* dit Céline en levant la main. C'est mon cousin, aucune envie non plus d'imaginer. Et il est blond ! Je ne sais pas ce qu'il te faut pour différencier un brun d'un blond !

— Qui ça ? François ? Il est pas blond..., dit Lydia.

— Non, elle parle de Barry, explique Maïa.

— OK, OK, on va arrêter là ce discours sans fin, dis-je, avec un sérieux qui me surprend moi-même. Effectivement, c'est pas la joie, et c'est très gentil de vous en préoccuper. Mais c'est juste un coup de mou, dès qu'on aura repris des activités sexuelles plus régulières, ça ira.

— Qu'est-ce qui ira ? demande Angie, qui nous rejoint à cet instant.

Merde, manquait plus qu'elle. Je veux bien me confier un peu, mais faut pas pousser mémé dans les orties non plus. C'est déjà dur de mettre des mots sur des sentiments que je ressens depuis plusieurs mois et que je garde pour moi.

— La vie sexuelle de Sophia ! lance Céline qui n'a visiblement pas compris les signes invisibles de la sororité féminine indiquant « ta gueule, elle est pas des nôtres ».

Enfin, au point où j'en suis...

— Mais oui, ça ira ! confirme Angélique en s'asseyant dans l'eau à côté de Céline après avoir ôté ses sandales compensées. Aussi bien que toutes les femmes qui ont eu un enfant, au bout d'un moment, faut bien reprendre une vie normale. C'est ce qui nous distingue de tatie Danielle et qui permet qu'on en fasse un autre ! ajoute-t-elle en rigolant toute seule.

On la regarde toutes un instant comme s'il s'agissait d'un animal étrange, puis Lydia me demande doucement :

— Mais ça va si mal que ça ?

— C'est très calme, dirons-nous..., dis-je, perdue dans mes réflexions. OK, « calme », c'est juste le titre. Néant, vide sidéral, désert serait peut-être plus approprié. Mais bon, c'est sûrement normal, je ne dois pas être très excitante à sentir le lait caillé et à râler tout le temps. Faut que j'essaie de me tempérer, c'est tout. Je suis excessive, on se voit peu, il est à Londres, moi à Montpellier, c'est pas pratique pour avoir une relation.

Quand je relève la tête avec un sourire de circonstance, je m'aperçois qu'elles me dévisagent avec de grands yeux.

Un silence s'installe. Maïa et Lydia semblent se retenir de parler, seule Angie regarde ailleurs et c'est finalement Céline qui prend la parole :

— Quand tu dis : « rien », c'est rien comme dans « pas souvent » ou rien comme dans « on n'a pas couché ensemble depuis la naissance de la petite » ? dit-elle en fronçant les sourcils comme si elle redoutait la réponse.

— Presque comme la deuxième proposition..., lancé-je fébrilement.

Je baisse les yeux, enfonce un peu plus les pieds dans l'eau et poursuis :

— On a couché ensemble une fois, mais ce n'était vraiment pas top. A cause de cette saleté de césarienne, j'ai beaucoup d'appréhensions. Il a fallu attendre que les points de suture tombent et ensuite, c'étaient les kilos en trop qui me complexaient. Et puis un soir, j'ai voulu lui faire plaisir... je voyais bien qu'il essayait et ça m'énervait au plus haut point de le voir faire ses tentatives sans vraiment demander... Je l'aurais giflé, ce qui n'est pas une bonne base pour entamer un rapport... Bref, on l'a fait quand même, j'ai grimacé, je sais pas si c'est de douleur réelle ou simulée, mais il a eu peur de me faire mal, on a fini dans la même position qu'au départ, chiant et pas agréable... Anna a pleuré, j'ai été la chercher. Fin de l'histoire. Et depuis, l'occasion ne s'est plus représentée.

— Tu déconnes ? demande Maïa.

Les larmes coulent doucement sur mes joues, mais je ne m'en aperçois que maintenant. Lydia, qui ne dit rien, me prend alors dans ses bras.

— On peut parler d'autre chose ? dis-je.

— Il est blond ! lance Céline, qui fait visiblement une fixette mais réussit à nous faire rire en chœur.

— Qui ? demande Angie. Scotty ? Bien sûr qu'il est blond. Pour le commun des gens, c'est brun, mais techniquement, ça s'appelle blond. Les blonds comme moi, c'est « platine ». Mais personne ne sait faire la différence.

On rigole de plus belle devant l'explication incongrue d'Angie, qui ne semble pas comprendre.

— Ben quoi, c'est vrai, poursuit-elle. Ma tante tenait un salon de coiffure et je peux vous dire que le nombre de personnes qui...

Mais personne ne l'écoute, on est trop occupées à rire comme des hystériques droguées au rhum. Quand on reprend enfin notre souffle, Lydia nous dit :

— OK, OK, assez ri. Allez, à mon tour de tout avouer ! Parce qu'autant vous dire que je suis tellement stressée que j'aime mieux que vous le sachiez pour le cas où je partirais en vrille. Sophia, je ne sais pas comment tu as fait pour y arriver. Perso, j'ai l'impression que je vais exploser en vol.

— Quoi ? Ah non, je me fais pas chier à tout organiser pour que finalement personne ne se marie ! dit Céline.

Lydia la regarde, un peu admirative, puis se tourne vers moi.

— Elle est encore mieux que tu me l'avais vendue, ta cousine, dit-elle en levant un pouce enthousiaste avant de se tourner vers le groupe. C'est pas ça, mais c'est bizarre de se dire qu'on va vraiment épouser quelqu'un et a priori passer sa vie avec lui. Je l'aime, mais est-ce que lui ne va pas le regretter ? Et puis surtout la question existentielle : vais-je survivre aux repas de famille sans avoir besoin d'un goûteur pour savoir si ma belle-mère n'a pas empoisonné mes plats ?

— Alors pour ta belle-mère, je ne sais pas, déclare Angie, mais pour le reste c'est plutôt simple. Tu te vois vivre seule ?

Elle regarde fixement Lydia en se penchant vers la surface de l'eau.

— Non, c'est sûr, mais...

— Tu aimerais le voir embrasser une autre fille ? poursuit-elle avec une certaine brusquerie.

— Quoi ? Je la tue, oui ! Cette salope n'est pas née et...

— Tu es donc prête pour le mariage, conclut Angie. Y a pas à chichouiller.

— « Chichouiller » ?

— Et quand on voit la manière dont il te regarde et passe un bras protecteur autour de toi dès qu'il en a l'occasion, on se dit que non, il ne regrettera jamais ! Reste une bombasse comme tu es, suce-le régulièrement et tout ira bien ! assène Angie.

Eh bien, au moins, c'est franc. Moi qui n'ai pas l'habitude de ce langage, et encore moins ces derniers temps, je me dis que j'ai bien fait de commencer ma soirée avec *mi amigo* le Ron Barcelo. Je suis beaucoup plus détendue pour ce genre de conversation.

— La belle-mère, on peut s'en occuper..., suggère Maïa.

— Non, non, ça va aller, merci ! Vous avez sûrement raison, enfin surtout toi, Angie.

— C'est le stress prémariage, c'est normal, si la mariée

ne paniquait pas, je la soupçonnerais de se droguer, dis-je en souriant. Et puis sinon, il y a le divorce…

— C'est une idée aussi, coupe Céline, se droguer…

— Non plus. Ça va aller ! dit Lydia en se levant. Je propose quelque chose.

— Hou là là, tu m'as l'air bien solennelle ! dis-je en me levant à mon tour, imitée par les autres.

— Aux vacances de notre nouvelle vie ! lance-t-elle en levant son verre.

Comme on la regarde sans trop comprendre, elle poursuit :

— Sophia, tu as un peu moins d'un mois pour reconquérir ton mari…, déclare-t-elle avant de décourager mes velléités de protestation d'un « tss-tss » désapprobateur. Tu te décontractes un peu du string, Sophia. Tu te fais belle, tu l'excites et tu verras que tu te prendras toi-même à ton petit jeu.

— OK, dis-je mollement.

— Non, pas « OK », dit-elle en me singeant, mais « OK, je suis la plus belle, je suis bandante et je vais le montrer à mon mari » !

— Oui, et Anna, j'en fais quoi ?

— Phase deux du plan, poursuit Céline. Tu apprends à être une mère, mais pas que. Je sais, c'est facile à dire, mais il faut au moins que tu essaies.

— Parles-en avec ma belle-sœur demain, elle galère aussi, dit Lydia. Elle sera peut-être de meilleur conseil que nous.

— Carole ? Galérer ? Je suis sceptique.

— Crois-moi, on a eu l'occasion d'en parler. Elle ne fait pas partie de ces mères qui prétendent que tout va bien. Elle est réaliste et je suis sûre qu'elle sera ravie de discuter avec toi. Elle n'a peut-être pas toutes les réponses, mais ça a l'air de fonctionner entre mon frère et elle. Enfin de toute façon…

— … Ça peut pas être pire ! conclus-je à sa place, avant de me tourner vers Céline. OK. Mais toi, en parlant de résolutions, je crois que tu vas devoir vite trouver une solution avec ce Scott si tu ne veux pas que ça dégénère. Je vous ai entendus...

— Quoi ? demande Lydia.

— Rien de grave, mais Céline sait de quoi je parle. Tu fais comme tu veux, on ne veut pas savoir, mais tu gagnes la guerre !

— Parce que tu crois qu'il peut en être autrement ? rétorque Céline avec un sourire machiavélique.

— Ah çà, j'aime ! Une bonne déclaration de guerre ! Moi qui avais peur de m'emmerder..., dit Maïa avec une grimace, quand elle se rend compte que Lydia la regarde de travers... Enfin, je veux dire...

— Parlons de toi, justement ! dit Céline. C'est quoi, ta bonne résolution ?

— Moi ? J'ai besoin de rien. Je suis très bien comme je suis.

— Gamophobe, dit Angie.

— Tu m'insultes ? demande Maïa.

— Non, tu dis que tu es très bien comme tu es. Or tu es « gamophobe ». Tu as la phobie du mariage.

— Mais pas du tout !

— Oh que si ! lançons-nous toutes en chœur.

— Mais vous êtes connes ou quoi ?

— Reprenons, dis-je en imitant Angie. Tu te vois vivre seule maintenant ? Tu le vois en embrasser une autre ? Ou une autre qui lui vomit dessus en lui faisant une pipe ?

Maïa ne semble pas apprécier la *private joke* à sa juste valeur.

— Non, alors là ! J'étais pas en train de le sucer, j'allais le faire, nuance ! Et puis j'ai vomi *à côté* de lui... Et comment tu sais ça, toi ? demande Maïa en colère, pendant que tout le monde se retient de rire. Lydia ?

— Quoi ? J'allais pas garder ça pour moi, c'est quand même trop drôle !

Maïa finit par abandonner quand elle comprend qu'on est toutes au courant.

— OK, un jour je pourrai peut-être l'épouser !...

déclare Maïa en levant le doigt en signe de menace vers nous. Je l'aime et il ne peut pas vivre sans moi.

— Prouve-le..., dit alors doucement Céline.

Mais à quoi elle joue, là ? Je la regarde et elle me fait un clin d'œil discret. Si discret que je me demande si je ne l'ai pas rêvé. Oh ! J'ai compris ! Elle est forte, très forte ! Je prends le relais :

— C'est vrai ça, prouve-le, toi qui n'as peur de rien, puisqu'on va chacune affronter les nôtres ! Moi, c'est horrible à dire, mais pour l'instant, ma pire peur c'est de ne plus savoir comment faire l'amour avec mon mari. Céline, si j'ai bien compris, c'est ce Scotty qui menace son poste, Lydia, c'est sa belle-mère et toi, l'idée de te maquer avec un homme !

— Et comment ça se soigne, docteur ? me demande-t-elle, méfiante.

Ah non, ne rien dire, sinon la partie est perdue ; la première qui lâche le grand mot est foutue. Tenir bon. J'espère que Céline a compris la méthode. J'en ai confirmation aussitôt, quand elle prend la parole :

— Tu ne peux rien faire, c'est sûr. Connaissant mon cousin, il ne tentera rien s'il sent que tu n'es pas prête. Vous êtes encore jeunes, restez ensemble comme ça et profitez de vos vacances. Rappelle-toi juste qu'il a déjà assez souffert avec son ex, Marie, alors, s'il te plaît, ne lui donne pas de faux espoirs. Si tu penses que tu n'arriveras jamais à t'accrocher, alors...

Waouh, bien joué cousine. Le coup de l'ex, ça fait mouche. Lydia nous regarde en étouffant son rire et Maïa, comme prévu, monte au créneau.

— Son ex ? Mais qu'est-ce qu'elle vient faire là-dedans cette pétasse ? Bien sûr que je tiens à lui, c'est pas un flirt d'été ! Merde, j'ai déjà assez galéré à en trouver un qui fasse l'amour comme un dieu et qui soit beau gosse, je ne vais pas le remettre sur le marché maintenant ! C'est moi qui décide. Je décide de qui, quand et comment...

— Ça me rappelle quelque chose, dit doucement Lydia.

— Quoi ? braille Maïa.

— Rien, rien, répondit Lydia en souriant. C'est ce que je disais il n'y a pas si longtemps, mais la vie m'a prouvé que je ne décidais pas de grand-chose...

— Eh bien, moi, si ! proteste Maïa. Vous doutez de moi ? Vous me provoquez ? Très bien, alors accrochez-vous à votre... bord de piscine, parce que je vais le demander en mariage ! Ah, ah ! Ça vous en bouche un coin, hein ? Moi, Maïa l'écrivain, je sors du rang et j'explose les conventions et vos petites décisions de fillettes ! Je prends des risques... je vis ! conclut-elle dans un éclat de rire tonitruant en vidant son verre d'une traite.

On lève les nôtres (préalablement remplis par cette brave Angie qui a pris soin de venir avec la bouteille) à cette performance digne de Depardieu dans *Cyrano de Bergerac* et on les descend cul sec.

Emballé, c'est pesé. Voilà une manœuvre opérée tout en finesse grâce au talent de Céline, sans oublier les seconds rôles, Lydia, Angie et moi.

— Reste plus que moi, dit alors Angie presque timidement.

— C'est vrai ça, quel est ton challenge ? demandé-je en nous resservant.

— En fait, c'est plutôt un dilemme tout ce qu'il y a de plus classique : vaut-il mieux être seule ou mal accompagnée ?

Merde alors, elle a cassé l'ambiance. Ne sachant que répondre, on regarde toutes vaguement nos pieds quand Céline se lance :

— Tu veux la version franche ou la version sympa de début de vacances ?

— C'est bon, merci, je crois que je viens d'avoir ma réponse, lance Angie en souriant. Il me fallait juste un élément déclencheur et grâce à vous, je l'ai trouvé ! Alors si vous me permettez de participer à votre concours de la meilleure décision prise à 3 heures du mat' bourrées le premier jour des vacances...

— Bien sûr que tu en fais partie, dit Lydia.

On accepte la candidature d'Angie à l'unanimité puis on se donne rendez-vous un soir, avant la fin du séjour, même heure, même endroit, pour faire le point sur notre carrière de Spice Girls. Non pas qu'on ait décidé de monter un groupe, mais à cette heure avancée (ou reculée) de la nuit (ou du jour), c'est le seul nom qui me vient pour qualifier cinq copines réunies autour d'un scénario complètement débile.

Notre petite bande décide de rentrer voir si les hommes dorment sous la table, quand je dérape malencontreusement. Ou alors on m'a poussée. Après des secondes interminables où je bats des ailes comme un papillon devant un ventilateur, je m'échoue lamentablement dans la piscine.

Quand j'arrive enfin à remonter à la surface — il faut dire qu'il doit y avoir de ce côté un mètre vingt d'eau max et que l'opération m'a pris cinq bonnes minutes —, c'est pour trouver ces traîtresses pliées de rire sur le bord. Je comprends soudain mieux pourquoi Geri Halliwell a quitté le groupe.

Quand Céline me tend enfin une main secourable, j'en profite bien sûr pour la projeter, elle aussi, dans l'eau. Elle remonte et me réprimande entre deux fous rires en me disant que la piscine est interdite de nuit et qu'elle va se faire tuer.

Lydia, très en forme, lui dit que «c'est pas la mer à boire mais la piscine», et j'ose espérer que c'est le rhum qui parle. Je ne sais pas comment Maïa et elle finissent à l'eau en même temps — volonté commune de ne pas être en reste je pense —, suivies de très près par Angie, qui ne veut pas rater une occasion pareille de goûter ce nouveau cocktail au chlore.

L'eau me fait un bien fou, ou alors c'est le rhum, ou alors c'est les filles. Je crois que ça fait juste du bien de rire, d'être insouciante, de ne penser qu'à moi, pour une fois. Je me sens renaître et l'étau qui me compresse semble doucement se relâcher. Je n'ose crier victoire de peur que cet instant de grâce éphémère ne disparaisse comme il est venu.

On rigole encore quelques instants, le temps que le dernier verre descendu cul sec arrête de parler pour nous, quand une voix masculine et très énervée achève de nous dessoûler :

— Non mais vous êtes cinglées ? Sortez de là tout de suite ! Céline ? C'est pas vrai, mais tu sais que tu risques ton poste si Jack te voit ? dit le blond/brun Scott.

— Oh ! tu me gonfles ! obtient-il pour toute réponse de l'intéressée.

On rit de plus belle au spectacle de tous ces messieurs — et Jules — sortis voir d'où venait ce vacarme. Ils semblent pas mal éméchés, eux aussi, et Scott doit sérieusement batailler pour envoyer un garçon chercher des serviettes pour nous sécher tout en essayant de dissuader les garçons de nous rejoindre.

Avec des trésors de diplomatie, il parvient à nous faire entendre que ce n'est que le premier soir, qu'on aura tout le temps d'en profiter et que oui, il fera ouvrir la piscine une fois de nuit rien que pour nous. Ces arguments imparables nous convainquent de coopérer. Par chance, Cruella est déjà au lit, ce qui nous évite un lynchage en place publique.

L'ambiance étant définitivement cassée, malgré nos fous rires récurrents quand nos regards ont le malheur de se croiser, on décide de regagner nos chambres pour une bonne nuit de sommeil — ou plus si affinités pour les plus chanceuses d'entre nous. Dans lesquelles je ne m'inclus pas, ça va sans dire.

Emmitouflée dans une grande serviette estampillée au nom de l'hôtel, que je promets devant témoins de remettre à la femme de ménage demain matin, je longe les façades blanches des imposants blocs de l'hôtel, mes sandales plates détrempées à la main et mon pantalon incroyablement lourd et laid, pendant bêtement par terre comme s'il avait perdu la guerre.

Ce qui est effectivement le cas puisque la première

de mes résolutions est de changer ma façon de m'attifer. Fini le confort des sandales façon Jésus, demain, je passe aux talons de vamp ! Que j'ai laissés dans mon placard.

Bon, eh bien, tant pis, qu'à cela ne tienne : j'investirai ! Enfin à la fois, comme je vais encore passer la journée à porter Anna... Mais non, il y a Paul ! Je vais *m'occuper* de ma fille mais c'est lui qui la *portera*. Et je vais plutôt acheter des claquettes sexy. C'est sympa aussi, les claquettes.

Je regarde les numéros des bâtiments... Dernier bâtiment quand on a le hall dans le dos à gauche, soit le premier bâtiment à droite en arrivant, a dit Céline. J'aurai dû accepter que quelqu'un m'accompagne... C'est beaucoup moins clair, tout d'un coup. Bon, je suis une grande fille. Et puis ça me permet de dessoûler, comme ça.

De nuit, le décor du jardin a des allures bien étranges, avec toutes ces ombres fantasmagoriques qui ne me rassurent pas. Il y a une seconde, j'ai même eu l'impression qu'un palmier était vivant... J'ai bu combien de verres, déjà ?

Je trouve enfin cette satanée chambre et je glisse laborieusement la clé que m'a donnée Céline dans la serrure. Je note que j'ai quand même un peu le mal de mer... Je ne sais pas si c'est l'air ambiant, la proximité de la plage, mais je me sens comme sur un bateau. Ah tiens, j'ai loupé la serrure. Ça tourne encore plus quand je me concentre sur cette foutue clé... Mais pourquoi ils ont encore des clés ? Ils peuvent pas avoir des cartes, comme tout le monde ?

J'ai finalement dû réussir parce que la porte s'ouvre en grand d'un seul coup et me déstabilise car j'étais appuyée/avachie/écroulée (choisir la bonne option) dessus. Je tombe dans les bras de Paul ! Ah ben voilà, première partie du plan : check !

Je relève la tête, il a l'air un peu furax. Merde, je lui ai pas pris à manger !

— Y avait pas grand-chose !

C'est la seule excuse qui me vient, et elle est aussi crédible que si je lui avais annoncé que j'avais carburé au jus de papayc. D'ailleurs :

— Quoi ?

— A manger, j'ai rien pu te prendre, y avait presque rien.

Je mens avec une aisance qui m'enchante et m'approche pour l'embrasser, provoquant chez lui un mélange d'incrédulité et de dégoût.

— Par contre, il y avait de l'alcool... fait-il avec une grimace.

Je me demande si c'est mon haleine de pirate ou cette manifestation de tendresse qui lui fait dire ça.

— Ah, t'en voulais ?

— Chut, va au lit et tais-toi, Anna dort.

Je me dirige vers le lit bébé, ce qui semble effrayer Paul, comme si je pouvais à distance transmettre à Anna un peu de mon alcoolémie. Ça va, ça va, je vais rien lui faire. Je me penche pour l'embrasser par-dessus les barreaux mais me rends compte moi-même que ce n'est pas une bonne idée. Oh, magnifique élan de lucidité salvateur, ou alors enfin premier instinct maternel que je ressens ! Et il m'aura fallu faire la rencontre d'une bonne bouteille de rhum pour ça. Comme quoi, les miracles ne sont pas toujours où l'on pense.

Bon, je vais me mettre au lit, je verrai demain pour la douche. De toute façon, j'ai pris un bain dans la piscine. Pendant que j'enlève mes habits dégoulinants, j'entends Paul qui me demande ce qu'il s'est passé et si j'ai passé une bonne soirée. Ah, ah, mais ne serait-ce pas un brin de jalousie que je crois déceler dans sa voix ? Mais si, c'est bien ça ! Je ne sais pas trop pourquoi mais c'est bien ça. Plus à ça près, je lui mens de manière éhontée, en lui disant que c'était quelconque mais sympa, et que Céline nous a tous poussés à l'eau pour nous souhaiter la bienvenue... Ha, ha, ils ont quand même de drôles de rites, ici !

Paul finit par se rendormir. Tant mieux. Il m'agace,

avec ses questions. De toute façon je ne suis pas en état d'y répondre car, dès que je m'allonge, la terre se remet à tourner beaucoup plus violemment que d'habitude. Pas de panique, il suffit de réfléchir pour stabiliser ses idées.

Bon, que s'est-il passé ce soir ?

Moi: j'ai avoué ouvertement à ma cousine et à mes amies que j'étais une terre en jachère, juré presque solennellement que ça allait changer, comment, pffiou, aucune idée.

Céline: après avoir loupé son entrée et notre arrivée, elle a déclaré la guerre à Scott pour gagner la première place de meilleure concierge en brisant la règle numéro un consistant à ne pas se baigner dans la piscine en pleine nuit en se baignant dans la piscine en pleine nuit.

Céline : 0. Scott : 1. La piscine : 1.

Angie: va quitter Matthieu au début des vacances. Ça devrait lui permettre de passer de super vacances, et puis c'est pas comme si on était tous au courant avant lui.

Lydia: va se marier, rien que ça, c'est quand même très drôle quand on la connaît. Et elle va apprendre à gérer son stress pour pouvoir manger en face de Cruella aux repas de famille sans la droguer à l'arsenic.

Et la cerise sur le gâteau de ce voyage incongru : *François* veut épouser *Maïa*, qui a une peur bleue des mariages, alors que celle-ci a prévu de son côté de lui faire la surprise en lui demandant de l'épouser. Sera-t-elle heureuse qu'il fasse le premier pas ? Ou au contraire, furieuse qu'il lui coupe l'herbe sous le pied ? Est-ce qu'elle bluffait et va finalement paniquer quand il lui fera sa demande ? Est-ce que tout va bien se passer ? Et où est *Damien* ? Va-t-il survivre à ce périple, lui qui n'a jamais quitté Mauguio ? Ça aussi, c'est une question qui finit par me turlupiner dans ce grand lit qui tangue.

Bon, il faut que je dorme, vraiment. Ces vacances se révèlent beaucoup plus compliquées que ce que j'avais imaginé, et pour une fois, ça n'a rien à voir avec Anna. En fin de compte, par rapport au reste, m'occuper d'elle va être un jeu d'enfant...

Journal de Jack — samedi 3:00 AM

Cher journal,

3 heures du matin, c'est quoi ce raffut ?

Quitte à être insomniaque, autant profiter des activités nocturnes des vacanciers.

Tu me connais, je ne loupe pas une occasion de les étudier. Et quand mon espèce préférée vient frapper à ma porte, je ne peux pas refuser. J'ai déjà eu l'occasion de te dire que mes congénères, d'après toutes les données que j'ai pu croiser, semblent se comporter différemment lorsque la nuit tombe... Est-ce l'effet cumulé de la fatigue et du manque du soleil qui les fait sombrer dans une douce folie dégénérative ? Je ne saurais encore le dire, mais il semblerait que :

— les comportements soient exacerbés ;
— les excès soient plus excessifs ;
— les faibles soient désinhibés ;
— et enfin et surtout les psychopathes au trouble de la personnalité plus enhardis.

Doit-on y voir une preuve de l'existence des loups-garous ? Je ne pense pas. Cependant, bien qu'insensible à ces légendes grotesques ayant pour but de donner de bons gros cauchemars aux enfants avant de les mettre au lit, je pense quand même qu'il y a une part de vérité et que chaque légende se fonde sur un fait observé.

Ici, loup-garou qui se transforme la nuit = idiot alcoolisé qui essaie d'épater une personne du sexe opposé.

Bref, il se trouve qu'un lot de mes rats de laboratoire tout frais semble avoir décidé de vivre une de ces expériences nocturnes, et je n'ai évidemment pas voulu laisser passer l'opportunité.

Je suis donc sorti par la porte de derrière, puis j'ai longé discrètement le bâtiment central en glissant contre le mur (note pour plus tard : changer le crépi de la façade, un brossé serait nettement plus salutaire pour mon épiderme qui ne semble pas apprécier les piquants).

Point positif : je suis bien content de ne pas avoir écouté ma femme et d'avoir passé tout ce temps dans mes romans d'espionnage, j'ai eu enfin la preuve que la lecture m'est bénéfique ! Grâce à eux, j'ai pu reproduire à la perfection (à part le crépi) toutes les techniques de camouflage détaillées dans les pages des aventures de mes héros.

Bilan : en arrivant au bord de la piscine, j'ai retrouvé ma planque habituelle : le palmier branchu. Certes, ses feuilles pointues peuvent se révéler dangereuses, voire limite castratrices, mais sa largeur impressionnante permet de dissimuler, non pas mon embonpoint, mais plutôt mes côtés légèrement débordants partiellement imputables à cet amas de nourriture qui m'aide à supporter l'infamie du divorce.

Que n'ai-je pas vu ?

Le raffut venait donc de quelques femelles — zut, ma femme ne veut pas que j'emploie ce mot (mais c'est mon ex-femme, alors les règles ne sont plus d'usage non ?) —, des femmes, donc, qui ont dû ressentir ce fascinant besoin de mouiller leur corps à cette heure tardive de la nuit.

Un phénomène que j'ai déjà eu l'occasion d'observer et qui concerne les moins de quarante ans en moyenne. Pourquoi ? Mystère. Peut-être qu'après quarante ans, l'épiderme ne réagit plus pareil et que le bain devient moins agréable... A méditer.

Quoi qu'il en soit, chose rare, ce sont des hommes qui sont venus les raisonner... Et même que ma nouvelle recrue Scotty en faisait partie ! Ah, qu'il est intéressant de voir comme on peut être surpris, parfois. J'ai embauché ce garçon qui me semblait plutôt loufoque afin d'observer la réaction alchimique que cela pouvait provoquer avec le comportement austère et organisé de la petite brune. Et finalement, c'est la brune que je vois flottant dans l'eau et le nouvel arrivant qui l'en déloge...

Bon, j'espère au moins qu'il va augmenter le chiffre d'affaires des visites touristiques, mon rôle de directeur prévalant tout de même sur celui d'écrivain anthropologue.

Je te retranscris leur dialogue :

— Mais tu sais que tu risques ton poste si Jack te voit ?

(Bien dit mon gars ! Un bon vivant mais qui respecte l'autorité : deux points en plus.)

— Oh ! tu me gonfles !

(Et voilà, l'espèce faible dans toute sa splendeur, l'agressivité, navrant : deux points en moins.)

Une grande brune éméchée s'éloigne en regardant mon palmier de travers, les hommes partent dans un autre sens et mes deux premiers rôles restent près de la piscine.

Céline est toujours dans l'eau. Son corps n'a pas dû vraiment s'imprégner pour qu'elle ressente ce besoin de poursuivre l'immersion... Scott lui tend la main, erreur de débutant à mon avis, et bingo, elle en profite pour tirer et le faire basculer dans l'eau à son tour. Voilà, ne jamais *leur* faire confiance, c'est bien ce que je disais. Avec toutes ces ablutions et leurs pataugeages, je n'entends pas bien. Je tente une approche stratégique, il faut être téméraire dans la vie quand on veut écrire le prochain prix Goncourt.

— Alors comme ça, tu n'es plus aussi coincée après quelques verres ?

(Moi, à mon avis c'est l'effet de la lune couplé à l'eau de la piscine, mais il est jeune, je lui expliquerai peut-être plus tard si je décide de le prendre sous mon aile.)

Elle semble rire, se rapproche et lui dit :

— C'est toi qui m'as cataloguée coincée, je suis juste professionnelle !

— Une professionnelle dans la piscine fermée en pleine nuit ?

(Il est très proche d'elle, elle semble coincée contre le bord des margelles, je serais lui, je me méfierais quand même.)

— Une professionnelle qui a des méthodes bien à elle. D'abord mettre en confiance, briser les règles (elle lui parle près, c'est embêtant ils chuchotent, j'entends mal), ensuite laisser les clients se relâcher, oublier tout le reste (il semble hypnotisé, tiens, c'est bizarre je ne savais pas qu'elle savait faire ça elle aussi, note : beaucoup de femmes semblent avoir ce don, mais où l'apprennent-elles ?), puis quand la vigilance est au plus bas...

— Attaquer ! dit-il alors en l'embrassant.

Bien. Alors là c'est embêtant. Je me suis posé la question rapidement : que faire ? Il semblerait qu'ils aient passé plusieurs étapes très rapidement : parade, cris amoureux, odeur de phéromone (malgré le chlore ? Il faudra que je demande au garçon de piscine de surveiller ça, il doit en manquer). Je ne vais quand même pas assister à une reproduction ? Je suis seul et parti pour l'être très longtemps si les prédictions de mon ex-femme s'avèrent exactes, alors je ne suis pas le meilleur spectateur. Et je suis leur patron, en plus... Mais je peux difficilement sortir de ma cachette maintenant, ça ne semblerait pas naturel. Surtout accroupi derrière mon petit palmier à trois mètres de la piscine. J'aurais mieux fait de rester derrière le gros.

Alors que le doute commence à me faire transpirer, elle finit par mettre fin à mon cruel dilemme.

(Et là, pour la première fois de ma carrière, j'attribue un demi-point à une femme.) Elle le repousse, sort de la piscine et dit :

— Maintenant qu'il est convenu que je ne suis pas

si coincée et que tu es professionnel, on devrait pouvoir réussir à travailler ensemble.

Puis elle s'en va.

Bon.

J'en suis là, cher journal, de mes écrits. Je te laisse car le jour se lève et je vais devoir attaquer les activités de ma vie diurne.

Bilan :

Ils vont « réussir à travailler ensemble » : bon point pour mon hôtel et mon chiffre d'affaires.

Une alchimie étrange semble se créer entre eux : bon point pour mon manuscrit.

Finalement, ma mutation en République dominicaine pour fuir cette folle hystérique qui a osé me décrire comme « un autiste au comportement psychosé proche du malade mental » était peut-être une bonne idée !

4. Ludovic

«Ludovic est un homme indépendant pour qui le mot liberté est sacré. C'est un séducteur, amoureux de la vie et de ses plaisirs. Il ne tient pas en place et, si la vie le lui permet, il se trouve souvent entre deux trains ou deux avions. Son besoin d'aventure est grand, aidé en cela par sa promptitude d'action, sa grande adaptabilité et sa curiosité. Ses atouts sont pour l'essentiel : le dynamisme, le sens de l'initiative, la sociabilité, l'aisance, l'habileté, la sympathie qu'il inspire et son enthousiasme (il s'agit, à l'évidence, d'un caractère passionné).

Humaniste, Ludovic aime se rendre utile, voire se dévouer pour les autres, aussi apprécie-t-il de participer aux activités de groupes ou de collectivités qui partagent cette même préoccupation ou idéologie. La vie amoureuse est capitale pour lui et il se montre très ardent, sensuel et enclin aux coups de foudre. [...] Pour lui, toutes les expériences sont intéressantes à vivre, quels que soient les êtres, les lieux ou les circonstances... avec les risques qui y sont liés !»

Jules... C'est lourd, un flamant rose bourré. En tout cas il m'aura bien fait rire, ce type.

François m'en avait déjà parlé, mais je croyais qu'il exagérait. En fait, pour une fois, mon équipier était au-dessous de la réalité.

Ça fait trois fois qu'il fait semblant de vouloir m'embrasser pendant que je le ramène à sa chambre. Pour une première soirée ici, ça part fort ! Sa chambre n'est pas du tout dans le même bâtiment que la mienne, mais j'étais le seul à être à la fois pas complètement bourré et assez fort pour pouvoir le ramener. François était trop occupé à porter Maïa jusqu'à sa chambre et Julien a dû s'arrêter derrière des palmiers pour jouer avec Lydia. Va vraiment falloir que je trouve quelqu'un, moi aussi. Tenir la chandelle, c'est pas mon délire. Maintenant que j'ai vraiment fait un trait sur Maïa, François est devenu un ami et je dois avouer qu'ils vont bien ensemble. Il est temps que je me bouge aussi.

Je porte Jules à moitié sur une épaule et il semble avoir les pieds qui traînent par terre. Comment on peut être aussi grand ? Je transporterais un cadavre que ce serait plus simple, au moins ne geindrait-il pas.

— Jules, fais un effort !

— Oui, mon chou, est la seule réponse que j'obtiens.

Quand je m'approche du bâtiment, le corps inerte de Jules heurte quelque chose :

— Aïe.

Ou alors quelqu'un.

— Pardon !

Je me retourne vivement pour voir un petit bout de femme se frotter l'épaule.

— Je suis désolé, je ne vois pas où je vais.

— C'est rien, c'est rien.

Une Française, c'est déjà ça. Là, tout de suite, ce ne sont pas les conditions idéales pour draguer, mais le peu que j'ai entraperçu par-dessus Jules m'a l'air très séduisant.

— Chéri ! On y arrive dans cette chambre ?... souffle ma croix.

OK, pour draguer, on attendra d'avoir couché la chose. Je vois la seule apparition intéressante s'éloigner à grands pas et je la comprends.

J'arrive enfin dans le hall du bâtiment. Je me débats

avec Jules, qui vraiment ne fait aucun effort. Je lui demande où est sa chambre :

— Ch'sais pas.

— Mais t'as bu combien de verres ?

— Deux...

— Ah oui, quand même...

N'en pouvant plus de le porter — on a beau être physique, il y a des limites —, je finis par essayer de le poser contre un mur. Mais Jules essaie de se redresser, ce qui a pour effet de le faire glisser sur le carrelage façon marbre. Je tente de le maintenir à la verticale et lui demande :

— Où est ta clé ? Le numéro est écrit dessus.

— Dans ma poche..., dit-il avec un air salace.

J'aurai *tout* eu. Comprenant qu'il ne m'aidera pas et voulant m'en débarrasser au plus vite, je décide de chercher dans ladite poche. Soit. J'ai déjà fait pire avec des ivrognes puants ramassés en pleine nuit.

Alors que je prends appui avec ma jambe contre lui pour essayer de le coincer en position humaine, il se retrouve appuyé contre la porte d'une chambre. Je m'aide de la poignée pour lui caler les côtes et j'entreprends de mettre la main dans sa poche de pantalon... Beurk... Bien sûr, ma chance n'est pas au rendez-vous, c'est l'autre. Je me redresse un peu, Jules me tombe dessus. Je le repousse assez fortement sur la porte — ma patience aussi a des limites — dans un grand bruit sourd.

Je glisse ma main dans l'autre poche, geste périlleux vu qu'une de mes jambes continue à le maintenir debout, quand tout à coup, la porte s'ouvre violemment.

Jules et moi tombons à la renverse, ma main prise m'empêchant de me retenir, sur un autre homme qui crie. Résultat : trois hommes à terre. Jules sur Damien — que j'identifie rapidement à ses petits cris de chien essoufflé — au niveau de son entrejambe et moi sur Jules avec ma main retournée maintenant coincée dans son pantalon. J'essaie désespérément de remettre ma main dans le bon sens pour réussir à me relever, quand j'entends du bruit dans le couloir. La demoiselle de tout à l'heure s'arrête, nous regarde avec des yeux écarquillés, plus grands que dans un manga japonais, et je pense au passage que ce visage me dit quelque chose...

— Mais... mais quelle horreur ! finit-elle par lâcher en s'éloignant rapidement.

— Non !

C'est la seule chose qui me vient, tandis qu'en essayant de dégager ma main captive pour me relever, je m'aperçois que ma main libre prend appui sur l'entrejambe de Jules, qui continue de rire comme une hyène en chaleur.

Quand j'arrive enfin à me sortir de cet enchevêtrement historique, je passe dix bonnes minutes à rassurer Damien. Oui, c'était bien nous, non, personne ne veut te cambrioler, oui, tu es en sécurité, lui, c'est Jules, il est avec nous, il est arrivé de Paris, on t'expliquera...

Bref, Jules coopère deux minutes, soit le temps nécessaire pour retrouver la clé. Elle ouvre la porte de la chambre d'à côté.

— Eh bien, parfait, je te laisse alors, tu es arrivé. Damien, aide-le, s'il te plaît, je crois que je me suis luxé le poignet.

Je n'écoute pas leurs protestations diverses et variées, ni la proposition de Jules qu'on finisse la nuit en duo « au point où on en est », pas plus que les plaintes de Damien qui ne sait pas comment faire pour l'amener au lit et qui refuse de l'aider à se déshabiller.

Quand je retrouve enfin mon propre bâtiment, qui est celui où on a fait la soirée (j'aurais pu rentrer directement, mon bon cœur me perdra), je me dis que vraiment, j'ai déjà vu cette tête quelque part.

Je m'écroule sur mon lit, laissant les images des femmes de mes fantasmes se mêler à celles de mes ex, parfois entrecoupées de la vision du visage hilare de Jules et de Damien vomissant...

*
**

Un œil, puis l'autre. Il fait jour ? Où je suis ? Ah oui, la République dominicaine. Un peu mal à la tête, ce matin. Tu m'étonnes, avec ce qu'on a bu hier soir avec les gars. Bonne soirée, en tout cas. Entre les anecdotes de Julien et les délires de François pour sa demande en mariage, le séjour risque d'être mouvementé.

Quelle heure il est ? 11 heures ? Waouh, ça faisait longtemps que je ne m'étais pas levé aussi tard. On avait dit qu'on irait courir, avec François et Julien, mais je pense que pour aujourd'hui, c'est foiré.

Allez Ludo, lève-toi, une bonne douche, un petit déjeuner et une première journée de vacances. Aujourd'hui, c'est « activités hôtel », à ce que Scott nous a dit. Autrement dit une journée tranquille pour se remettre du décalage horaire. Ça m'arrange. Sous la douche, je revois comme dans un rêve un peu flou la fin de soirée et le visage de cette belle fille qui m'est apparue.

Je l'ai rêvée ou elle existe vraiment ?

Je sors de ma chambre, un brin requinqué par la douche, mais j'ai besoin de faire de l'exercice.

En passant à côté de la piscine, j'aperçois quelques spécimens et me dis que je sais très bien quels exercices me remettraient en forme...

Encore sous le charme du bikini vert fluo de la belle blonde qui m'aveugle, c'est distrait que j'ouvre la porte du restaurant pour rentrer tout droit dans... une frêle petite poupée brune. Je la retiens pour éviter que mon mètre quatre-vingt-dix ne la fasse s'écrouler et je tombe dans les yeux les plus beaux qu'il m'ait été donné de voir. A ceci près qu'en réalité je les ai déjà vus... A l'aéroport !

— Montpellier !

— Vous ?

— Vous êtes la jolie jeune fille de l'embarquement de l'aéroport.

— Vous êtes le militaire de la bande de tarés !

— Ah...

— Oh, pardon, dit-elle en portant la main à sa bouche comme pour se censurer.

— Ce n'est rien, dis-je en souriant. J'aurais employé des termes plus durs encore.

Elle sourit et c'est déjà la plus belle chose de ma journée. De plus que ma journée, en fait.

— Vous vous souvenez de moi ? De nous ? corrigé-je aussitôt. Pourtant, vous devez en voir défiler des gens étranges dans un aéroport...

— Pas tant que ça, en fait. C'est Montpellier, pas New York ! Et puis il faut dire que la police militaire a peu d'occasions d'intervenir pour fouiller des bagages juste avant un vol. C'est même la première fois que je vois le berger allemand en plein travail ! J'ai peur qu'il ait du mal à se remettre, après avoir senti la valise de médicaments de votre ami.

— Ah, zut, oui. Cela dit, il aurait dû le dire, je suis sûr que Damien aurait eu un médicament pour lui en cas de malaise !

Elle sourit. C'est parfait, ça : tant que je la fais sourire, je suis au paradis.

— Ainsi donc vous êtes arrivés, dit-elle, songeuse.

— Oui, pourquoi ? Vous en doutiez ?

— Plutôt. Vu comme ça s'est passé dès le départ, j'avais même parié avec ma collègue que vous ne finiriez pas le voyage !

— Ah oui, c'est sûr. Eh bien, loupé. On a connu beaucoup de dépressions, beaucoup de crises de nerfs — de la part des agents administratifs qui nous ont croisés bien sûr —, mais à part ça, on est entiers. Et vous avez fait tout ce voyage... pour savoir si vous aviez gagné votre pari ? Vous aviez dû miser beaucoup !

— Trente mille euros, quand même ! Alors je voulais être sûre, répond-elle avec le plus grand sérieux.

Comme je ne réponds rien et devant mon air abasourdi, elle part d'un magnifique rire cristallin et poursuit :

— Je suis en vacances ! Comme vous. Sacrée coïncidence quand même ! ajoute-t-elle en souriant mais l'air plus mitigé.

— Tant mieux, j'aurais été forcé de vous boucler pour pari illégal, sinon...

Quelle réplique idiote. Elle reste la bouche ouverte, sans rien dire.

— Je plaisante aussi ! dis-je en souriant bêtement. Alors ? Bonne ou mauvaise chose ?

— Quoi donc ?

— Cette coïncidence.

— Ni l'une ni l'autre, répond-elle en semblant retrouver un peu d'assurance. L'île est grande. Je vous souhaite un très bon séjour...

— Attendez ! dis-je, comme elle semble déjà prête à s'éloigner.

— Oui ? demande-t-elle en se retournant.

Et là, j'avoue, j'ai le trac. « Oui » quoi ? Qu'est-ce que je vais dire ?

— Vous êtes seule ?

Merde, quel con, c'est la seule chose qui m'est venue et je le regrette aussitôt.

— Enfin, je veux dire... En vacances seule ou avec une amie ? Un ami ? De la famille, un chien...

Je m'enfonce. Devant mon air embarrassé, elle rit doucement.

— Seule. En vacances pour me reposer et me ressourcer.

— Ah, très bien. Moi je suis avec des amis et...

— Oui, je sais, dit-elle.

Evidemment.

Il y a mieux, comme départ de conversation. Pourquoi j'ai toujours autant de mal dès que j'entame une conversation avec une fille sérieuse ? J'ai l'impression qu'elle me voit arriver avec mes gros sabots. Je m'en sors mieux dans les bars en soirée.

Le simple fait de me dire ça me renvoie une image de moi assez pitoyable. En fait, je serais quelqu'un d'autre, je ne voudrais même pas me connaître.

— Je veux dire, parviens-je enfin à articuler, voulez-vous vous joindre à moi pour déjeuner ?

Elle semble hésiter un instant et c'est ce moment idéal que choisit un bonbon rose acide assis à la table à côté pour m'interpeller ainsi :

— Chéri, tu te joins à moi ?

Mon dos et tous les muscles de mon corps se contractent d'un coup et je sens des sueurs froides m'envahir rapidement.

— Votre «ami» vous attend, me dit-elle. Ce n'est peut-être pas une bonne idée.

— Ce n'est pas mon ami, enfin c'est un ami mais pas mon...

Mais c'est trop tard, les morfales qui se précipitent devant le buffet ont créé une barrière entre nous et déjà je la distingue à peine.

Je me retourne et lance un regard furibond à Jules, qui n'en semble pas plus contrarié que ça.

— Ça va ? me demande-t-il alors en croquant dans une pomme.

— Si ça va ? Tu viens de faire fuir la fille avec qui je discutais, mais à part ça...

— Moi ? Faire fuir ? Ça m'étonnerait ! Avant de m'accuser, repasse-toi la conversation dans ta tête et tu trouveras peut-être un élément de réponse à son départ...

— J'ai été si minable ?

— Presque. Un minable aurait au moins réussi à l'accompagner au buffet...

— Merci pour ta franchise.

— Alors comme ça tu l'as déjà croisée ?

Je lui explique les circonstances et Jules se montre très intrigué par la coïncidence.

— Partir de Montpellier et se retrouver ensemble en République dominicaine, et dans le même village qui plus est, c'est quand même énorme.

— Et encore mieux ! Tomber deux fois sur elle, la première empalé sur Damien et toi en pleine nuit avec la main dans ton pantalon et la deuxième dans un restaurant où tu m'appelles chéri, c'est pas encore plus dingue, comme coïncidence ?

Jules semble quelques instants sans voix, ce qui doit être rare chez lui, et baisse même les yeux comme un enfant qui réfléchit à sa bêtise.

— Si tu veux un conseil..., dit-il.

— Non, fais-je en me servant du café avec la carafe laissée sur la table.

— ... tu devrais passer à une autre. Cette fille n'était pas pour toi ! conclut Jules en croquant dans sa pomme.

Comme je ne juge pas nécessaire de répondre et me lève pour aller me servir au buffet, Jules croit bon de préciser dans mon dos :

— Trop petite !

Chaque fois que quelqu'un de la bande a fini de manger, un autre fait son apparition pour le remplacer. On dirait bien que nous avons découvert une forme inédite et stressante de mouvement perpétuel.

Certains viennent pour le petit déjeuner, d'autres, ceux qui se sont couchés tôt, prennent leur déjeuner car il est déjà midi passé. Abondamment pourvu en sucré-salé, le monstrueux buffet permet de satisfaire ces deux catégories.

Céline nous demande de la rejoindre à 14 heures dans le grand salon pour nous exposer le programme de la semaine à venir. Elle nous présentera aussi le directeur de l'hôtel. Scott nous rejoint à la fin du repas et ils échangent un étrange regard. A mi-chemin entre gêne et excitation. Il a dû se passer quelque chose hier après l'épisode de la piscine. Lydia arrive et nous annonce en bondissant qu'elle a cru reconnaître la fille de l'aéroport de Montpellier.

Le visage de Damien se couvre alors de plaques rouges et il nous demande ce qu'elle fait là. Il a l'air paniqué à l'idée qu'elle ait pu le suivre avec le berger allemand !

Je leur explique ce qu'il en est, mais je passe soigneusement sous silence ma rencontre inopportune de cette nuit. Heureusement, Jules se charge pour moi de décrire la scène par le menu, en y ajoutant un luxe de détails de son cru, ainsi que ma technique d'approche pitoyable à deux mètres du buffet.

Tout le monde rigole de bon cœur. Parfait, je serai donc le pitre des vacances.

Les rires cessent net quand Mme Beaume nous rejoint. Elle semble s'être levée de bonne heure, bien qu'elle soit restée un peu au buffet d'accueil d'hier soir. Elle vient donc prendre son repas de midi après avoir fait une inspection en règle de l'hôtel.

— Etablissement classique. Pas le plus confortable qu'il m'ait été donné de voir. La vue est assez belle mais le service est navrant.

Après deux ou trois déclarations du même type, elle nous annonce qu'elle compte bien profiter de ces vacances pour se reposer et qu'elle ne sera donc pas toujours derrière nous. Elle dit ça sur le ton qu'emploierait une gouvernante pour expliquer aux monstres qu'elle garde qu'ils doivent être plus autonomes.

Tout le monde semble retenir sa respiration, Julien, son fils, plus particulièrement. Sa conclusion nous indique que, pour cette raison, elle ne prendra pas tous ses repas avec nous. Nous nous verrons au mariage, c'est déjà suffisant, mais nous ne devons plus compter sur elle.

— S'il y a une urgence, un bus à prendre ou un bain dans la piscine, j'ai d'autres Lexomil, dit-elle en regardant Julien avec un signe de tête en direction de Damien comme si elle parlait d'un calmant pour le labrador.

— Merci, maman, dit Julien, un brin provocateur.

Quand elle s'éloigne, j'ai l'impression d'entendre le souffle de chacun sortir enfin de ses poumons, comme s'il y était resté coincé depuis son arrivée. Sauf Jules, qui ne semble pas concerné par l'existence de cette institutrice de maison de redressement.

Les deux (autres) mamans du groupe se lèvent en

même temps. Carole, qui veut en profiter pour ranger sa valise, et Sophia, qui semble prête à faire la sieste avec sa fille, vu les cernes qu'elle a sous les yeux.

Les deux jeunes femmes partent donc ensemble, leur progéniture sous le bras.

Angélique arrive à ce moment précis, discute un peu avec les mamans et nous rejoint sans un regard pour Matthieu. Celui-ci se lève pour s'asseoir à côté d'elle, mais elle ne semble pas remarquer ce geste et fait comme si elle ne le connaissait pas. N'importe qui d'extérieur penserait qu'il est un ami du marié et elle de la mariée, qui se croisent pour la première fois. Personne ne semble remarquer cette distance, mais — déformation professionnelle — j'ai l'impression de noter mentalement dans un carnet imaginaire tout comportement suspect. Il faudra à l'occasion que je demande à François si c'est pareil pour lui. Ou pas. Je risque de passer pour un fou si ça n'est pas le cas.

Nous partons tous, en tout cas ceux qui étaient encore au restaurant, à la salle de réunion pour retrouver Céline. Scott vient avec nous comme s'il faisait partie de la bande et non comme s'il travaillait dans l'hôtel.

Damien vient me voir et me demande si je pense qu'il y aura beaucoup d'activités.

Comme je ne sais pas quoi répondre, il poursuit, sur le ton de la conspiration :

— J'ai lu quelque part qu'ils n'avaient pas les mêmes règles de sécurité dans les pays étrangers. Alors ici, ce doit être pire. Par exemple, les activités nautiques, la banane tirée par un bateau, c'est très dangereux. Elle peut s'envoler. Je me demande si le fait que nous soyons français implique que les règles françaises doivent être forcément respectées. Toi qui es dans la loi, tu le sais ?

Je m'interroge quelques instants quant à l'attitude à adopter. François, qui passe par là, répond pour moi :

— Bien évidemment ! Ils ne prendraient aucun risque, trop peur des représailles. C'est même encore pire, niveau sécurité. Tu sais ce que c'est, en France : il y a la règle et la façon de l'appliquer. Ici, ils l'appliquent vraiment, obligé !

Puis il sourit et me pousse à marcher plus vite pour le suivre. Damien semble satisfait de la réponse.

Je remercie François pour son aide et on se marre tous les deux discrètement en avançant vers la salle. François me demande si je compte réessayer avec la petite hôtesse de l'air qui a l'air bien charmante et, devant mon regard noir, il sourit et me dit qu'il prend ça pour un oui.

Nous retrouvons justement notre sujet de discussion en arrivant devant la salle. Et dire que je ne connais même pas son prénom !

La réunion concerne tous les Français qui séjournent à l'hôtel, Céline nous dit qu'il y aura une partie juste pour nous à la fin. Super, j'adore les discours interminables ! C'est justement ce que marmonne Scott à côté de moi, mais pas à voix assez basse pour que ça échappe à Céline. Elle lui jette un regard noir et je me dis que quelle que soit l'avancée qui s'est produite cette nuit entre eux, il vient de reculer de deux pas.

— Alors, c'était bon ? dis-je à l'intention de la belle brune tandis que nous rentrons dans la salle.

— Pardon ? me demande-t-elle.

De toutes les techniques d'approche, je viens de choisir la plus pourrie.

Scott vole à mon secours.

— Le repas ?

— Oh oui, dit-elle, un peu gênée.

— Bien, n'hésitez pas à me solliciter si vous avez besoin de quoi que ce soit. Et si je ne suis pas là, demandez à mon pote, dit Scott en me désignant de la tête.

Alors que l'on s'avance pour prendre des places sur des chaises installées pour l'occasion, Scott se débrouille pour que la fille et moi nous retrouvions l'un à côté de l'autre. Il a un diplôme de marieuse ou mes techniques de drague sont si pitoyables qu'il se dit qu'il vaut mieux m'aider ? Quelle que soit l'option, je prends, de toute façon.

Je parviens à ouvrir un peu le dialogue en lui demandant depuis quand elle est arrivée. Question très con bien sûr : elle est arrivée en même temps que nous mais dans un autre bus.

Elle s'appelle Annie. Ouais, j'ai au moins son prénom. Malgré mon bégaiement en sa présence et mon manque de finesse, je crois que je lui fais une bonne impression car elle rit souvent et semble apprécier ma compagnie. C'est sûr, un clown en vacances, c'est toujours ce que l'on recherche...

Quand la présentation générale des activités proposées par l'hôtel et des activités payantes extérieures est enfin finie, tout le monde s'apprête à partir, mais Scott retient Annie.

— Restez, c'est un programme particulier qui a été mis en place pour cette troupe, mais écoutez toujours, et si ça vous dit, greffez-vous à quelques activités. Les autres vacanciers sont plutôt vieux en cette saison, ce sera plus sympa pour vous de nous suivre.

Annie hésite et Céline, qui s'est approchée de nous à la fin de son discours, semble contrariée.

— Mais c'est que..., déclare Céline.

— Oui, c'est une bonne idée ! s'exclame Maïa. Vous allez vous ennuyer à mourir avec ces vieux schnocks, et comme vous avez pu le voir à l'aéroport, avec nous, c'est sûr, ce ne sera pas le cas.

— Je m'occuperai de vous si vous le souhaitez..., s'écrie alors Damien.

Ouille, ce serait plutôt un argument à la faire fuir en courant. Annie hésite et paraît vraiment se demander comment décliner poliment. Lydia, qui semble assez perspicace et du genre à agir vite, prend les devants :

— Allez, on fait comme ça ! Participe à la réunion, et après, tu décideras si tu nous suis ou pas.

Comme personne ne semble vouloir lui laisser le choix, Annie se contente de sourire et s'assied sans un mot.

— Ça va être long ? demande Julien alors que Céline s'apprête à reprendre.

— Pitié, fais-nous la version courte, s'il te plaît, implore François en joignant les mains. J'ai la tête qui va exploser et besoin d'aller faire une sieste.

— Evidemment ! répond Céline piquée au vif. Si tu n'avais pas bu avec tes potes la moitié de la réserve de rhum de l'hôtel, vous seriez plus disposés à écouter ! Maintenant, si vous ne souhaitez rien faire d'autre que vous soûlez et dormir, je peux très bien modifier mon programme !

— Non, pardon, ne les écoute pas ! intervient Lydia en assenant un coup sur l'épaule de Julien qui ne comprend pas ce qui a provoqué son courroux et invite Céline à poursuivre.

— Il y a des activités avec les bébés ? demande Paul avant que Céline ait pu ouvrir la bouche.

— Putain, mais t'es gonflant, toi, lance François à son beau-frère. Laisse-la parler et tu verras bien. Mais va falloir que tu arrêtes de *tout* faire en fonction d'Anna. Je veux bien que ce soit un bébé, mais on dirait que tu vis plus depuis que tu l'as. Tu ne peux pas la mettre dans du papier bulle, tu sais...

Décontenancé, Paul devient tout rouge tandis que sa voix monte dans les aigus :

— Alors écoute-moi bien, Marcel Rufo, on verra comment tu réagiras, toi, quand tu en auras un ! En attendant, tu me fous la paix et tu me laisses poser des questions, d'accord ? Je veux juste savoir ce qu'il est possible de faire avec elle et quand est-ce que Sophia restera à l'hôtel pour s'occuper de la puce.

— Ah ! s'insurge Maïa. J'adore ta vision du couple. « Quand Sophia restera à l'hôtel » ! Si c'est pas la phrase la plus macho qu'il m'ait été donné d'entendre, ça ! Tu peux pas savoir à quel point ça me déçoit de ta part.

— Macho ? Mais pas du tout ! J'y resterai, à l'hôtel, moi, si elle veut, mais excusez-moi, en général, j'ai même pas le temps d'ouvrir la bouche qu'elle se jette sur moi comme si j'allais faire la pire des conneries! Alors par défaut j'ai dit ça, mais Lydia, si tu arrives à décontracter ta copine pendant ses vacances, je prends, figure-toi! Oh! et puis, je ne vois pas pourquoi je me justifie devant vous.

Jean pose une main sur l'épaule de Paul et s'adresse à lui comme s'ils étaient seuls dans la salle, et même peut-être au monde.

— Laisse tomber, ils n'ont pas de gamins. Ils peuvent pas comprendre comment les femmes se transforment en louves paranoïaques! Si tu veux, on restera ensemble à la piscine avec nos enfants pendant que nos femmes iront se promener. On va se battre pour l'avoir, notre droit à la paternité! conclut-il en tapant dans la main de Paul, qui se décontracte légèrement au contact de cet unique allié.

Je suis un peu étonné de la tournure que prend ce premier jour de vacances et en déduis pour moi-même que vraiment, on avait tous besoin de repos.

Jules, qui a suivi toute la scène d'un air intrigué, se retourne vers Céline en soufflant et proclame:

— Bon, c'est mignon le guide paternité *Jamais sans mon enfant*, mais à part ça, moi, je suis venu pour m'éclater! Désolé mon chou, ajoute-t-il en regardant Paul, mais j'ai pas de môme.

Céline a le regard perdu, à mi-chemin entre la biche effrayée et le guépard affamé qui s'apprête à bondir sur le prochain qui parle, quand Scott, qui semble mal interpréter les codes — ou veut juste jouer les provocateurs —, prend la parole:

— Eh bien, chérie, c'est vrai qu'à ce rythme-là, si tu te laisses faire, la moitié des vacances sera passée avant qu'ils n'aient connaissance du programme! Allez, impose-toi ma petite!

Connaissant peu Céline mais ayant une bonne expérience de ce genre de femmes, je glisse doucement sur le fond de ma chaise, en espérant ne pas subir également les foudres de notre hôtesse, qui semble avoir définitivement penché du côté du guépard.

Je regarde Annie en coin. Complètement désemparée, elle a l'air de chercher la sortie de secours. Contrairement à Céline, qui adresse maintenant son plus beau sourire carnassier à son collègue.

— Ah, tu tombes bien ! Je crois que le moment est venu pour toi de me montrer tes grands talents d'orateur. Vas-y, je t'en prie, annonce-leur le programme, c'est le privilège de l'expérience, « Scotty ».

Je suis impressionné par les talents d'actrice de Céline, qui non seulement s'est parfaitement reprise, mais encore ne montre aucune animosité envers Scott. D'un mouvement gracieux, elle lui cède sa place sur le devant de la scène et vient s'asseoir sur une des chaises laissées vacantes par le groupe parti plus tôt. Note dans mon calepin mental : si un meurtre est commis, la suspecter en premier. Cette fille a une capacité à reprendre ses esprits hors du commun.

— Ça va ? demandé-je furtivement à Annie.

— Oui, oui, répond-elle doucement, comme si elle avait peur d'être chopée par le prof.

— Ne t'inquiète pas, c'est pas méchant. Ils sont toujours comme ça entre eux. Ils se connaissent bien et sont assez taquins.

— Et toi, tu les connais bien ?

— Non. Très peu.

Ça ne semble pas la rassurer, au contraire, mais je ne sais pas mentir.

Scott, qui semblait dérouté en venant se placer devant nous, prend alors la parole. D'une voix parfaitement assurée, il nous annonce le programme de la semaine de manière rapide et concise. En gros, pour cette première semaine, il est question de virée touristique dans la baie de Samana. Une journée est consacrée à la préparation du mariage sur la plage, mais il laisse Céline s'occuper des détails fleur bleue et se réserve le reste du programme, un savant mélange de sport, nature et détente censé satisfaire tout le monde. Un combat de coqs est même prévu pour les plus téméraires ! C'est illégal mais encore très pratiqué, et Scott nous propose d'y assister sans rester jusqu'à la mise à mort.

Les mecs semblent bien plus intéressés que les filles et décision est prise de séparer les groupes pour cette journée. Sinon, c'est promenades en bateau, catamaran, restaurant sur une plage déserte, tout le programme touristique habituel de la Rep Dom. La visite de la capitale se fera la deuxième semaine, quelques jours avant le mariage, ce qui permettra de rentrer en bus avec la mère de Lydia et un cousin de Julien qui nous rejoignent.

Milieu de deuxième semaine et clou du séjour : le mariage. Puis retour aux activités. La dernière semaine, il est prévu que Lydia et Julien partent quelques jours en amoureux sur une île proche afin de profiter pleinement de leur voyage de noces et nous rejoignent deux jours avant le départ. Pendant ce temps-là, puisque le but est aussi qu'on rentre en France reposés, Scott propose qu'on redéfinisse en fonction des envies de chacun.

Tout me semble parfait et sans accroc, mais quand je jette un coup d'œil du côté de Céline, elle ne semble pas de cet avis. La présentation n'a duré que quelques minutes, on est libres d'aller goûter à l'eau chaude de la piscine ou de l'océan aujourd'hui. Demain, départ du bus à 8 heures, journée visite avec circuit-surprise. Prévoir chaussures de marche, bikini et petit gilet.

Annie est fortement conviée à se joindre à nous car ce parcours est, paraît-il, incontournable.

Je me tourne vers cette dernière qui, à ma grande surprise, dit que oui, ce sera avec plaisir, elle nous retrouvera demain matin au bus. Scott lui dit de passer remplir les papiers à l'accueil avec lui et qu'il s'occupe de tout.

Toute la bande se lève dans un joyeux brouhaha. Je suis ravi qu'Annie vienne demain, mais l'idée que je n'ai encore rien fait pour dissiper le malentendu d'hier soir m'angoisse. Contre toute attente, Jules est mon sauveur.

— Scotty, mon chou, dit-il, vu que Ludovic me délaisse au profit des filles en bikini de la piscine, tu ne voudrais pas me dire où un pauvre garçon comme moi pourrait passer la soirée ? Je suis entouré d'hommes désespérément hétéros, alors un bar un peu plus «peuplé» serait le bienvenu, dit-il en m'adressant un clin d'œil qui vient ruiner tout le bien-fondé de son entreprise.

«Scotty» déglutit péniblement avant de lui proposer de passer le voir après s'être occupé d'Annie, pour lui indiquer les restaurants «sympathiques» de Las Terrenas.

Annie me regarde avec une curiosité accrue.

— Non, je ne suis pas...

— Oh ! C'était trompeur, dit-elle.

— Ah, zut ! Mon amour-propre en prend un coup.

— Vous reconnaîtrez que les circonstances, hier soir...

— ... sont trompeuses, oui. Mais si vous acceptez de me retrouver au bord de la piscine pour un verre à 16 heures, je vous promets de dissiper ce malentendu.

Elle hésite et semble maintenant encore plus contrariée, ce qui me laisse franchement désemparé.

— Je ne suis pas homo, rassurez-vous !

— J'ai bien compris..., dit-elle timidement. Mais justement...

Je reste un instant sans voix, et quand je crois déceler au fond de ses yeux cette faible lueur de terreur que j'ai déjà malheureusement vue trop souvent dans le regard de certaines femmes battues, mon sang ne fait qu'un tour. Je ne sais pas quel est le passé de cette fille, mais il n'a pas l'air réjouissant. On dirait un animal apeuré. Peut-être me trompé-je, mais mon instinct me fait rarement défaut.

— Ou alors, dis-je en souriant, on peut faire comme si.

Dans son regard si expressif, la peur laisse la place à une intense curiosité. Tiens, on dirait que je marque des points. Je poursuis sur le ton de la confidence :

— S'il vous est plus facile de me parler en partant

du principe que je suis homo, je peux continuer à laisser Jules m'appeler « chéri ». Ça ne devrait pas lui poser de problème, et à moi non plus. Donc qu'est-ce que vous pensez de venir papoter « avec une copine » au bar de la piscine à 16 heures ? Si vous acceptez, je vous promets de ne pas me plaindre des conséquences que cela pourra avoir avec Jules.

Elle rit enfin et semble avoir retrouvé une certaine insouciance quand elle me répond :

— Je ne voudrais surtout pas être responsable de faux espoirs pour lui ! Ma maman m'a appris à ne jamais me retrouver seule avec un inconnu le premier jour. Mais si c'est autour d'une piscine fréquentée, et si c'est pour rendre service à « une amie », c'est différent.

— Complètement différent, précisé-je.

— Je dois quand même vous prévenir, dit-elle, semblant à nouveau hésiter et chercher ses mots. Je suis ici en vacances, pas dans un programme d'agence matrimoniale. Mon objectif premier est de me reposer, de me ressourcer en visitant ce beau pays qui m'a toujours attirée. Je ne suis pas venue là pour chercher un homme... En fait, je serais même plutôt la dernière personne sur cette terre à vouloir en trouver un. Je ne voudrais pas qu'il y ait de malentendu...

— Mais qu'allez-vous chercher là ! dis-je, l'air outré, en agitant la main comme si c'était un éventail. Vous allez me vexer, ma chère ! Moi aussi, je suis là pour me reposer et pas pour trouver un homme ! C'est tellement dur, d'être demandé, si vous saviez...

Elle rit et me confirme qu'elle passera à la piscine vers 16 heures.

Quand elle s'éloigne, je me retourne avec un sourire qui traverse mon visage, pour voir François, Julien et Jean me regarder avec la même expression.

— Le lieutenant Marbot est à l'attaque ! fait François. Protégez vos filles, messieurs, le loup est dans la bergerie !

— T'es con ma parole, dis-je en souriant.

Pendant que les filles et Damien partent dans leur chambre se laver les dents et se mettre en tenue de plage, nous décidons d'aller prendre un café au bar. Ça risque d'être souvent le *modus operandi*. Matthieu hésite et finit par rejoindre Angie dans la chambre. Deux possibilités : la guerre ou la réconciliation sur l'oreiller.

Scott s'apprête à nous suivre au bar quand Céline arrive par-derrière et le tire par le haut de son T-shirt, ce qui a pour conséquence de l'étrangler au passage.

— Avancez, messieurs, il vous rejoint, nous dit-elle.

Son ton n'appelle pas de réponse, mais comme nous sommes, malgré notre appartenance à l'espèce masculine et les stéréotypes qu'on lui accole, de nature assez curieuse, nous nous positionnons quelques mètres plus loin. Suffisamment pour donner l'impression d'être en train d'hésiter sur le choix du bar, mais pas assez pour louper une miette de la conversation.

— Alors, comme ça, tu avais préparé ton programme !

Celui-ci semble détendu, malgré le doigt vengeur qui le menace.

— Pourquoi ? Tu pensais que j'étais un branleur ? Je croyais que tu avais reconnu que je pouvais être professionnel.

— Un professionnel qui s'est contenté de regarder et de plagier le programme que j'avais présenté à M. Draille la semaine dernière.

— Mais ça aussi, c'est professionnel, chérie : je me tiens au courant des meilleures initiatives de mes collègues.

— « Des meilleures initiatives » ? C'est la manière polie de dire que tu as volé mon programme en te permettant de petits ajustements ?

— Volé ! Tu vas trop loin, ma belle. Je l'ai repris et agrémenté, ça n'a rien à voir. Mais je n'aurais pas eu l'occasion de le faire si tu ne m'avais pas piégé en me demandant au pied levé de présenter à ta place.

Visiblement, il a repris le dessus et s'approche maintenant d'elle. Il est fort, ce type. A mon avis, soit elle le castre, soit elle lui saute dessus. J'ai beau être un mec, je sais reconnaître quand un congénère a du sex-appeal, et je pense que Scott ne doit pas être en reste de ce côté-là.

— Tu m'écœures, dit-elle alors, mais son regard refuse de confirmer.

— Je sais. Et c'est que le début.

— Parce que tu as prévu pire ?

— Pour eux non. Mais pour toi...

— Ouhhh, fait alors Julien en les regardant.

Céline et Scott se retournent d'un coup et nous nous retrouvons comme quatre crétins (Paul ayant eu l'instinct de partir aux toilettes juste avant) à tourner la tête dans une autre direction pour s'adonner à la contemplation d'un pot de fleurs pour François, d'une grand-mère qui passe pour Julien, d'une pierre pour Jean et enfin du vide sidéral pour moi.

— Elle a l'air chaude... la piscine, dit précipitamment François, poursuivant une conversation imaginaire.

Et tout le monde y va de son commentaire sur la température, qui diffère quand même pas mal de celle de Montpellier, et du sable... avant de se taire pour se concentrer à nouveau sur la conversation des deux autres, qui a repris :

— Un combat de coqs ? est en train de demander Céline, l'air écœuré.

— Eh oui, typiquement les activités dominicaines dont parlait Jack, incontournables mais réservées aux mâles. D'où mon embauche, qui ne remet pas tes qualités en cause, précise-t-il, toutes dents dehors.

— Je te prouverai que mes qualités sont valables pour toutes les activités, connard de macho ! lance-t-elle, comme un défi.

— Avec grand plaisir ! répond-il avec un sourire lugubre.

J'adore ce mec. Il est couillu, quand même. C'est d'ailleurs ce que nous confirme discrètement François, qui connaît bien sa cousine. Selon lui, « il est mort ».

— Cinquante euros qu'il se la tape avant le mariage! lance Julien.

— Tenu! dit François. La connaissant, c'est pas gagné!

— Je suis du côté de Julien, intervient Jean, que je pensais au-dessus de ce genre de pari débile.

Bon, pour ne pas être en reste, je soutiens mon coéquipier et mise de son côté. Faut pas rester sur la touche, dans la vie.

A cause de notre pari stupide, nous ratons la fin de leur conversation, à part un bout de ce que Céline souffle à Scott juste avant qu'il nous rejoigne et qui concerne le fait qu'il l'appelle «encore une fois chérie, et...». On n'entend pas bien, mais il semblerait que ça ait un rapport avec ses parties intimes.

— Encore en vie? demande François.

— Plus que jamais! Bon, je vais rejoindre Annie pour l'inscrire dans les programmes et je vous rejoins au bar.

Nous voilà donc au bar de la plage, côté ombre. A la suite de notre cuite d'hier, on préfère attendre d'être prêts psychologiquement pour tenter celui qui est au centre de la piscine. Paul nous a rejoints et Jules passe devant nous en maillot moule-bite pour aller se baigner. Plus vite il sera dans l'eau, celui-là, et moins je risquerai de faire des cauchemars. Après plusieurs allers-retours version entraînement dans une piscine olympique, il finit par sortir pour nous informer qu'il va rejoindre Scott. Il a bien de la chance, ce pauvre Scott.

On reste une petite heure à discuter du programme de la semaine à venir et du boulot qu'on a laissé en France. Scott nous rejoint.

— Ça en est où, ta demande en mariage, alors? fait-il à François.

— Je réfléchis, je réfléchis...

— Quelle demande? lance Jean.

On lui explique brièvement et Julien en profite pour

dire qu'il en a parlé à Lydia, qui trouve l'idée absolument géniale. Il a donc le feu vert.

— T'es sûr ? insiste François. Ce sont ses termes ?

— Ben... pas exactement, répond Julien.

Comme François demande des précisions, Julien explique que Lydia a d'abord paru complètement désarçonnée par l'information, puis elle a ri pendant deux bonnes minutes avant de dire que c'était excellent !

— Elle a ri ? s'enquiert Jean. C'est pas bon signe, mon pote, dit-il à l'intention de François.

— Ben si, en fait, précise Julien. Moi aussi, j'ai trouvé ça étrange au début, mais après elle m'a assuré que non, c'était rien.

— Et tu l'as crue ? demande Paul. Règle numéro un : ne jamais croire une femme quand elle dit que ce n'est rien.

On confirme tous la pertinence de cette règle et Julien poursuit.

— Ensuite, on s'est pris la tête à propos de ma mère.

— Ouille, commente Scott doucement.

— Rien de grave, poursuit Julien, mais bon, moi aussi ça me gonfle qu'elle soit là et j'y peux rien. Elle s'est jamais occupée de moi, celle-là, c'est ma mère que sur les papiers, et encore : je ne suis même pas sûr qu'elle m'ait mis au monde ! Et là, paf, il faut qu'elle décide de jouer son rôle de mère à mon mariage et qu'elle s'incruste pendant les trois semaines censées être les plus belles de ma vie !

Comme on ne sait pas trop quoi répondre, Scott finit par proposer de se charger de Solange et promet de tout faire pour qu'elle ne soit pas dans leurs pattes. Vu l'ampleur de la charge, on décide tous d'aider Julien à tour de rôle : chaque fois qu'on le pourra, on se passera le relais pour empêcher Cruella de rôder dans les parages des mariés, quitte à se sacrifier un par un. On dirait un tour de garde, comme au boulot quand on se relaie pour surveiller le malfrat. Sauf que là, on a affaire à plus méchant qu'un petit dealer de came.

L'heure de mon rendez-vous approche et je ne sais pas comment leur dire que je dois les laisser. Finalement, je n'en ai pas besoin, les filles sont de retour et tout le monde part vaquer à ses occupations. Certains vont à la plage, d'autres voir les boutiques de l'hôtel et enfin une partie reste à la piscine.

Rendez-vous est donné pour ce soir au restaurant à 21 heures.

Je tourne un peu en rond et finis par revenir sur mes pas, au bar, en voyant Annie arriver.

Je me mets la pression tout seul. Le moment est crucial. C'est un premier rendez-vous et je n'ai pas le droit de me planter.

Elle s'approche et semble hésiter sur la conduite à tenir. Je lis dans son regard qu'elle a le sentiment de commettre une erreur et qu'elle est prête à me dire qu'elle repart. Je prends mon plus bel air exaspéré et lance, une octave au-dessus de ma voix normale :

— Le soleil est trop fort ! dis-je.

— Pardon ? demande-t-elle, décontenancée.

— J'ai pris mon bikini deux-pièces pour la piscine mais si ça continue comme ça, je vais brûler ! Des mois et des mois d'UV foutus en l'air pour finir avec des marques : ah, ça, non !

Elle écarquille les yeux et éclate de rire. Ouf, non seulement le ridicule ne tue pas, mais en plus Annie est maintenant détendue et a oublié son envie de partir. Elle s'assied à côté de moi et commande un cocktail sans alcool à base de pastèque. Je prends un Perrier.

Maintenant, il nous faut un sujet de discussion, et vite. Contre toute attente, c'est elle qui le trouve. Et c'est le sujet le plus inépuisable qui soit.

— Allez, parlez-moi un peu de tout ce petit monde. Si je dois passer la journée avec vous demain, il faut que je connaisse un peu la bande.

— Aïe, pas sûr, dis-je. Ça risque de vous dissuader de venir.

Elle rit et je me dis pour la seconde fois qu'elle a

vraiment un des plus jolis rires qu'il m'ait été donné d'entendre. Mais j'évite de trop la regarder pour ne pas la mettre mal à l'aise.

— C'est si grave que ça ? Ça ne peut pas être pire que ce que j'ai déjà vu !

— Vous pariez ?

On passe une heure à discuter de mes petits camarades et on rigole beaucoup. C'est vrai que tel que je lui raconte, je pourrais en faire un roman.

Plus on parle, plus elle se détend et plus elle est belle. Elle me donne envie de la prendre dans mes bras et de lui dire que ça va aller, que je suis là et que tout ira bien. Je ne sais pas pourquoi, une impulsion, un sentiment. C'est idiot, je ne la connais même pas. Mais une intuition me dit que je la connaîtrai mieux, un jour.

Quelle est ton histoire, Annie ? Qui es-tu ? Et qui t'as blessée ? J'ai trois semaines pour le découvrir, et il est rare que je n'arrive pas à résoudre un mystère. Je suis même payé pour ça.

Journal de Jack — samedi 11:00 PM

Cher journal,

J'ai hésité mais finalement je ne suis pas allé à la réunion organisée par Céline aujourd'hui. Je ne voulais pas qu'ils me voient. C'est plus facile de les observer en restant incognito. Je peux intervenir caché derrière un arbre sans qu'ils me reconnaissent si le palmier me trahit.

Ce soir, ils ont tous mangé au restaurant et c'était un beau capharnaüm. La cacophonie régnante ne m'a pas vraiment permis de prendre des notes. Bon, cela dit, ma barbe n'a pas joué en ma faveur non plus : quand je la mets, j'y vois beaucoup moins bien. Je devrais la faire tailler. Quand ils sont tous ensemble, les choses vont trop vite, c'est trop embrouillé. Non, décidément, je les préfère isolés par petits groupes, c'est plus facile pour prendre des notes.

Ou alors je devrais me mettre à la sténographie. J'aime bien ce mot. Il sonne rondement en bouche et donne un air supérieur à celui qui le maîtrise. Mais écrire chaque mot à la main a tellement plus de charme. Le charme désuet d'une plume trempée dans un encrier, c'est ça, le secret. La rapidité des ordinateurs ne laisse plus le temps aux idées de prendre forme. Moi, les lettres, je les cajole, je les enroule, je les réunis dans une danse nuptiale... Et pendant ce temps, mon esprit fonctionne à plein régime, les idées fusionnent pour livrer une description impartiale de ce que mes yeux ont pu analyser et mes oreilles entendre. A coup sûr, aucun écrivain ne fonctionne comme ça ! Et ça change tout.

D'où l'importance de ne pas traiter trop d'informations en simultané. Trop compliqué.

De toute façon, dans un zoo, ce qui est sympathique, c'est d'observer chaque espèce séparément ! Si on les prenait de manière globale, ce serait un beau bordel, pardonne-moi l'expression, cher journal !

Bilan de ce soir : imagine une cage occupée par un loup en pleine conversation avec sa voisine l'hyène, auxquels on ajoute une tortue qui passe et un lion qui râle, et tout ce monde-là survolé par un vautour. Eh bien, c'est juste dangereux et inutile. J'ai eu peur pour mon restaurant.

Déjà, les bébés qui pleurent, c'est horripilant. Heureusement que mon ex-femme m'a quitté avant de me forcer à lui en faire. Enfin ça, c'est la partie à ma portée, là où le bât blesse, c'est dans la gestion quotidienne. Le passage du compte rendu de l'avocat de ma femme qui stipule « inapte à se reproduire et c'est tant mieux pour l'espèce humaine » est d'ailleurs peut-être la seule chose que je n'ai pas remise en question.

Mais ce n'est pas pour ça que je t'écris, cher journal. Non. Il y a eu du nouveau.

Je suis content, comme un botaniste devant une

nouvelle espèce qui prend vie grâce à une greffe : mon expérience fonctionne ! La journée organisée par Céline demain me paraît très prometteuse. Dommage que je ne puisse pas y assister, même déguisé. Ce serait trop risqué vu que seul le chauffeur les accompagne... Et je ne ressemble pas au chauffeur.

J'ai dû intervenir encore deux petites fois, pas grand-chose, mais quand même, je suis assez fier de moi. Laisse-moi te raconter la première :

Céline souhaitait les accompagner seule. Je les ai donc convoqués tous les deux pour leur dire que je n'avais pas besoin d'eux à l'hôtel demain, et que je préférais qu'ils encadrent le groupe. Un peu comme quand on organise une sortie avec une classe de maternelle : il faut un certain nombre d'adultes en fonction du nombre d'enfants.

Céline aurait pu m'étriper si elle ne s'était rappelé à temps que je suis son supérieur.

Je ne pourrai donc pas observer directement mais j'aurai mes mouchards, et les deux machins braillards ne viennent pas et ne brouilleront donc pas les ondes !

Une bonne journée se prépare.

Vivement le retour du bus demain soir. J'ai hâte, je sautillerais sur place si je ne devais pas tenir ta plume, ô mon cher journal !

5. Damien

«Plutôt introvertis, les Damien paraissent au premier abord doux, calmes, réservés, peu expressifs, et possèdent un bon contrôle d'eux-mêmes. Néanmoins, ce sont des hommes forts, stables, déterminés, sérieux, faits pour prendre et assumer des responsabilités. […]

Toutefois, paradoxalement, s'ils sont capables d'une grande patience pour les choses importantes de l'existence, notamment dans le domaine professionnel, ils peuvent au contraire se montrer brusques et manquer de modération pour les petits faits mineurs du quotidien. Mais la colère leur sied si bien ! Ils sont particulièrement disciplinés et volontaires, et tendraient même à un certain autoritarisme.

Les Damien rêvent d'harmonie et d'amour, et sont en quête de perfection. Ils recherchent la paix, sont prêts à fournir des efforts de conciliation pour maintenir des rapports agréables avec leurs proches, même si leur intransigeance les pousse à porter parfois des jugements à l'emporte-pièce…»

— Lydia/Julien... Maïa/François... Mme Beaume... Ludovic...

Elle m'appelle pas...

— Jean... Annie...

Pourquoi elle m'appelle pas ?

— Paul... Angie/Matthieu... Jules...

— Euh, excuse-moi ? Je ne suis pas noté ?

— Damien ? Mais si, bien sûr, j'allais t'appeler..., me répond Céline en souriant.

— Tu parles, à mon avis, elle t'avait pas sur sa liste, fait Scott en me passant devant pour monter dans l'autobus.

Ça sent pas bon, ça.

— Non, parce que si je ne suis pas noté, c'est pas grave, déjà que j'étais pas sûr de vouloir faire cette excursion...

— Mais si, arrête, voyons, m'engueule Céline. Et ne trouve pas une excuse pour te débiner. Tu le regretteras, si tu ne viens pas. Tu ne vas pas passer trois semaines enfermé à l'hôtel quand même, non ?

— Ben, euh, si... à vrai dire...

Elle me pousse dans l'autobus sans me laisser développer. Bon, c'est pas que... mais quand même. Je vais encore faire mon chiant si je dis tout haut ce que tout le monde pense tout bas ? Quand on s'est levés ce matin à 7 heures pour cette excursion, j'étais plein de bonnes résolutions. Je le suis toujours, d'ailleurs. Mais à présent, la réalité me rattrape. Je ne le fais pas exprès, c'est comme ça. Il y a des gens qui sont nés sous une bonne étoile, et puis il y a les autres. Je crois que ma bonne étoile a inventé le concept de RTT il y a vingt-neuf ans de cela. Tout comme moi je suis un précurseur en informatique, elle était un précurseur en grosse flemme.

Je sais très bien qu'ils me traitent tous d'hypocondriaque, ils ne s'en cachent même pas, et d'ailleurs, ils n'ont pas complètement tort. Oui, il m'arrive un nombre de problèmes légèrement élevé par rapport à la moyenne des gens, mais la moyenne, moi, j'ai toujours flirté avec de toute façon.

« Peut mieux faire », « juste moyen », « ne fait pas

assez d'efforts»... Ça figurait déjà en toutes lettres sur mes bulletins scolaires. Je trouve qu'on devrait interdire aux profs d'écrire des âneries pareilles. *Peut mieux faire*? Ah oui? Mais sur quoi ils se fondent? Et si je ne pouvais pas mieux faire, justement? Et si le minimum syndical pour eux était mon maximum laborieux à moi? Je ne comprenais pas plus lentement que la moyenne en classe et mon QI n'est pas au-dessous, comme la suite l'a prouvé. Je ne fonctionnais pas de la même façon, c'est tout. Et d'ailleurs c'est toujours le cas.

A force de lire des commentaires débiles comme celui de mon prof de techno — «Pas une lumière, il devra se contenter d'exécuter, Damien n'est pas un meneur, la technologie et lui, ça fait trois!» —, mes parents, pourtant sensibles à un certain humour, ont fini par virer dépressifs à force de se demander ce qu'ils allaient bien pouvoir faire de leur progéniture.

Ah çà, bonne question! Déjà pas de carrière sportive, c'est sûr. L'avantage avec moi, c'est que certaines choses étaient écrites d'avance et qu'on a su très vite ce que je ne pourrais pas faire! Sur un malentendu, mes parents ont essayé de me mettre au foot... Le premier jour, fracture de la clavicule. Le rapport avec le foot? Aucun, mais c'est mon petit talent personnel. Ils ont donc essayé moins violent:

Tennis: luxation de l'épaule.

Athlétisme («vu comme il est grand, c'est fait pour lui»): faiblesse au tendon d'Achille...

Bon, à partir de là, ça limitait beaucoup, mais mes parents tenaient absolument à me voir faire des activités. Dans le désordre, j'ai commencé (et arrêté) les loisirs suivants:

Volley: fracture du doigt; natation, badminton, tennis de table, marche à pied, fléchettes (il s'avéra à cette occasion que je n'avais pas une très bonne vue), bénévole à la SPA (c'est moi qui ai déniché la Teigne à la mère de François et Sophia quand j'avais dix-huit ans. La SPA m'affirme ne pas avoir trouvé pire depuis et j'en suis plutôt fier), roller, peinture sur verre, tricot et point de croix pour mes onze ans... Ma mère a cru en la réincarnation de La Belle au bois dormant quand mon pouce a saigné pendant un mois... Apparemment il est rare d'avoir le sang aussi liquide, mais la science moderne affirme que je m'en sors très bien vu les tares naturelles de mon corps.

Après avoir rejeté la faute sur la grand-tante marabout de la famille de mon père, puis sur les gènes peu fiables de mon grand-père maternel, mes parents ont abandonné et fini par accepter la triste vérité. Le sport n'est pas fait pour Damien et Damien n'est pas fait pour le sport. En fait, aucune activité physique n'est pour Damien et inversement. Amen !

Ma mère a quand même dû consacrer quelques séances de psy à refouler les raisons pour lesquelles elle avait choisi mon prénom :

« [...] forts, stables, déterminés, sérieux, faits pour prendre et assumer des responsabilités. »

Mais on dit que l'essentiel dans la vie, c'est de connaître ses points faibles, et moi, je les connais très bien.

Restait donc à déterminer quels étaient mes points forts. Ils se sont vite imposés à moi. Dans le domaine de l'assurance par exemple, j'avais déjà mon lot d'expériences personnelles. Trop peu de gens sont couverts complètement. Il faut être en parfaite santé, tout le temps. Mais les malades comme moi, vrais ou semi-imaginaires, c'est plus difficile. Alors qu'il y a une partie de la population, une infime partie, une niche, prête à payer plus cher tous les mois pour être rassurée, qui n'intéresse personne. Si certains sont prêts à payer le double à leur assurance pour qu'on ne leur refuse pas un petit scanner afin de contrôler que tout va bien, pourquoi s'en priver ? Ma carrière était née, et même ma vocation. En plus je suis plutôt bon avec les chiffres, sans parler de l'informatique. C'est même moi qui ai mis au point le logiciel de l'agence, hein monsieur « la technologie et lui ça fait trois » ? En attendant, ça fait surtout trois fois votre salaire, ce que je touche. Un conseil : ne devenez jamais conseiller d'orientation ou Mme Irma, restez plutôt prof de techno.

Enfin aujourd'hui, savoir que j'ai une bonne assurance ne suffit pas à me rassurer. Il n'y a pas de labo à proximité, le premier hôpital doit être à environ trois heures de mobylette au bas mot sur des pistes effrayantes... C'est incroyable ! La population autochtone m'étonne de jour en jour. Depuis qu'on est partis ce matin dans ce bus brinquebalant, on a croisé environ sept Dominicains répartis sur deux mobylettes en tout et pour tout. Je croyais que c'était une blague, les photos qui circulent sur le Net où l'on voit trois ou quatre personnes sur une moto. Mais il semblerait qu'en fait ce soit vraiment leur moyen de transport. Du comobylettage, en quelque sorte. Du suicide, plutôt. Parfois, les gens partagent leur engin de mort avec une poule ou un coq... Ou même, parmi les choses les plus hétéroclites qu'on ait pu croiser, une machine à laver. Je jure que je n'exagère pas. Un homme vient de descendre la côte que l'on montait avec comme passager une machine à laver ficelée de part et d'autre et dépassant de tous les côtés de sa vieille pétrolette comme un rôti trop gavé.

— Tiens, je pense qu'il déménage, lui, a dit Scott en riant. Il est pas rendu...

On a tous bien ri, mais plaisantait-il ? Quelqu'un a déjà parlé à ces gens des accidents de la route ? Des risques à rouler sans casque ? Du danger de monter à deux sans assurance ? De conduire un véhicule dans cet état ? De ne pas regarder quand on tourne, de ne pas mettre son clignotant, de circuler sur des routes qui ont des trous comme les vestiges des obus de Verdun tous les cinq cents mètres... j'en passe et des meilleures. Je fais discrètement part de mon inquiétude à Ludovic, qui me rassure très gentiment :

— Putain, mais ça les regarde ! Selon les statistiques,

il y a *forcément* des accidents, c'est dans l'équilibre des choses, alors mieux vaut eux que nous, non ?

Logique.

Devant mon air ahuri, il se radoucit :

— Mais ne t'inquiète pas, ils savent ce qu'ils font. Je pense que ces gens sont très doués en mobylette. D'ailleurs, la majorité des cascadeurs sont dominicains, c'est chez eux qu'on recrute en général !

J'en reste complètement muet. Comment est-ce possible ? Ils commettent tellement d'infractions à la seconde à mon code de sécurité personnel que c'en est effrayant... Enfin... Cette source d'angoisse pendant le trajet a le mérite de me faire oublier dans quelle rougne nous roulons depuis une heure. Je constate au passage — avec une satisfaction d'être enfin sur la même longueur d'onde mêlée d'effroi — que, pour une fois, mes copains eux aussi semblent inquiets de l'état de délabrement avancé de notre minibus.

Et Céline la première, car même si elle nous a rassurés à voix haute, j'ai bien perçu dans ses yeux la lueur reconnaissable entre mille de la peur viscérale.

C'est quand j'ai entendu devant moi Maïa chuchoter doucement à Lydia que Scott avait dû faire un sale coup à Céline en changeant la réservation du bus que j'ai compris qu'on ne nous disait pas tout.

Je suis rassuré au moins sur une chose : les bébés ne sont pas là... S'il y a bien un facteur anxiogène, c'est les enfants. Leurs pleurs m'auraient encore plus rendu fou !

Les deux mamans ont décidé de rester à l'hôtel, l'excursion n'étant pas autorisée aux quadrupèdes. Ce qui est bien dommage car c'est justement pour cette raison que je me trouve maintenant dans ce bus bancal. Si elles ne m'avaient pas proposé de rester à la piscine avec elles aujourd'hui, je n'aurais pas accepté de monter dans ce stupide véhicule. Je crois que parfois, il faut savoir faire des choix, et j'ai choisi l'aventure.

Cela dit, si l'aventure finit sa course avec ce bus dans un ravin, ça ne m'aura pas apporté grand-chose.

Sinon, c'est quoi cette histoire avec Scott ? Il sabote exprès l'expédition ? Mais pourquoi il est dedans, alors ? Je devrais m'en méfier, je le trouve un peu étrange, ce type. Quand je fais part de mes soupçons à Paul, à côté de moi, il chasse l'idée du revers de la main.

N'empêche que je n'ai pas confiance. Je vais le suivre. Si je le vois s'éloigner de notre groupe en courant, c'est qu'il nous a vendus au marché noir et peut-être pourrai-je prévenir tout le monde à temps. Mais pour l'instant, j'ai envie de vomir. Tout le monde râle car je fais stopper le bus une deuxième fois en une heure et demie, mais le mal de mer en bus, ça ne s'explique pas. J'ai bien pris un médicament mais trop tard, j'ai donc dû le vomir tout à l'heure sans lui avoir laissé le temps de faire effet.

Bon, j'ai vomi, ça va mieux. Mme Solange me lance des regards d'avertissement quand je retourne à ma place et je me demande de quoi j'ai le plus peur : de son regard qui me fait clairement comprendre qu'au prochain coin sombre, elle m'égorge, ou de ses médicaments qu'elle me colle dans la bouche toutes les dix minutes. Je ne suis pas contre la médecine moderne en temps normal, et je suis même plutôt le premier à l'utiliser, mais elle me donne toujours l'impression d'avoir acheté ses cachets en contrebande avec des doses utilisées à l'époque d'Hippocrate. Elle m'a dit de l'appeler « Solange » au lieu de « Mme Beaume », mais je n'y arrive pas. J'ai peur d'être trop intime avec cette folle. J'opte pour « Mme Solange » qui me semble un bon compromis.

Il paraît qu'on est bientôt arrivés. Je choisis de regarder le paysage et d'ignorer l'information.

Le bus se gare en bordure d'une espèce de forêt luxuriante. C'est magnifique.

J'ai peut-être bien fait de quitter mon village natal le temps des vacances, finalement. Même si, selon les statistiques, je risque fort d'y laisser ma peau, je pourrai dire que j'ai vécu !

Nous traversons un sentier sous les arbres pour arriver à une plage plus belle que tout ce qu'il m'a été donné de voir jusqu'ici. Dire que nous sommes sous le charme est au-dessous de la réalité.

Des palmiers sont penchés sur le bord de la mer et certains sont si couchés qu'ils semblent presque dormir sur la plage de sable blanc. Ou alors c'est un animal sauvage qui a fait ça en ruant, mais je ne veux pas savoir lequel.

On dirait que le sable n'a jamais été foulé par un homme ! Cette impression d'être les premiers à marcher à cet endroit est magique. C'est peut-être là que je dois venir vivre, loin de toute pollution, de tout être dangereux et de toute maladie réelle ou moliéresque. Quand je fais part de ces réflexions à Ludovic, il me fait remarquer que, justement, c'est parce que personne « dans notre genre » n'est autorisé à vivre ici que cet endroit conserve son calme et sa beauté. Je ne comprends pas trop ce qu'il veut dire par « dans notre genre », mais je préfère ne pas m'appesantir sur la question.

En arrivant au bord de l'eau sous la dernière rangée de palmiers, alors que le soleil nous éblouit et que je m'apprête à voir une sirène sortir de l'onde azur, vision certainement due au médicament que j'ai fini par accepter de Mme Solange, je me dis que je suis au paradis, quand la réalité me rattrape, sous la forme d'une quinte d'éternuements qui me terrasse. *Veni, vidi, vici*, je finirai ma vie ici !

Je lève les yeux et comprends ce qui a déclenché mon allergie : des chevaux.

— Mais qui a été foutre des chevaux dans ce lieu paradisiaque ? m'écrié-je entre deux éternuements.

Une très belle femme, que je n'avais pas remarquée jusqu'ici, s'approche alors de moi, une noix de coco découpée entre les mains. Elle me la tend et me fait signe de boire.

— Je ne voudrais pas ressembler à Monk dans la série — elle passe aussi chez vous ? —, mais elle a été désinfectée, votre noix de coco ? Non parce que c'est bien gentil, les cadeaux, mais qui me dit qu'un putois n'a pas uriné dedans ? On est en pleine nature quand même, il ne faudrait pas l'oublier !

La magnifique Dominicaine sourit de plus belle. Manifestement elle ne comprend rien à ce que je raconte. Je rationalise en me disant que les putois ne doivent pas courir les rues sur cette plage et Ludovic me fait remarquer que, pour quelqu'un qui voulait vivre ici il y a à peine cinq minutes, j'ai encore du chemin à parcourir. Quand tout le monde arrête enfin de me chambrer et que chacun y va de sa théorie sur le fait qu'il faut savoir vivre dangereusement, je vois Mme Solange mettre la main dans son sac, certainement pour me proposer une autre substance illicite. OK, ce sera la noix de coco souillée. J'ai trop soif, en plus, et j'ai oublié ma bouteille d'eau purifiée à l'hôtel. Je bois le contenu cul sec, en même temps que le « non » de mes amis résonne dans mes tempes.

— Putain, la vache !

Ça, c'est ce que j'arrive à dire après ma violente quinte de toux. J'ai dû me démettre une côte. De l'alcool... Mais qui a bien pu avoir l'idée de mettre de l'alcool dans une noix de coco ?

— C'est un cocktail de bienvenue, explique Céline en me tapant dans le dos — geste complètement inutile si ce n'est pour couvrir de bleus son destinataire.

Je vois Scott qui rit doucement dans un coin. Il a vraiment essayé de m'empoisonner, je dois l'avoir à l'œil.

Le programme est annoncé : repas en bord de plage à l'ombre de la végétation, puis promenade à cheval. Bon, je vais passer mon tour pour le cheval, c'est déjà ça. J'en profiterai pour m'offrir une petite sieste, qui me fera le plus grand bien. Comme c'est plus sympa en petit comité, Scott décide de diviser le groupe en deux.

— Les mecs, on ira en premier faire un peu courir

les chevaux pendant que les filles et Damien bronzeront à la plage. Ensuite, les filles feront leur promenade romantique au pas, pendant qu'on prendra l'apéritif ici en les attendant, avant de rentrer à l'hôtel. Damien, tu pourras continuer ta sieste, bien sûr. Ça vous va ?

Il m'énerve, il m'énerve...

— T'as de la chance, dit Jules en me chatouillant le dos, moi, pour faire partie de la bande des filles et de la bande des garçons, j'ai dû batailler des années !

Lui aussi me fait peur. Comme Mme Solange, mais en plus perfide avec sa gueule d'ange. Au moins, chez elle, la façade est raccord avec la marchandise.

Angie signale qu'elle est une cavalière émérite et demande à se joindre au groupe plus « hardi ». Je serais une fille, je le prendrais mal. Mais ses copines semblent habituées et les mecs acceptent sans problème qu'elle fasse partie de leur promenade à cheval. Scott demande s'il y a une autre bonne cavalière qui voudrait participer à la première balade. Annie semble hésiter et explique qu'elle a fait beaucoup d'équitation — ce qui fait se soulever les babines d'Angie —, mais elle préfère finalement rester avec les filles, si cela ne leur pose pas de problème. Comme cela ne leur pose pas de souci, l'affaire est conclue. Jules, bien sûr, a sa place dans la *team* des filles.

Le repas est un des plus grands calvaires de mon existence. Du thon cru. Je n'aurais pas cru ça possible. Ils vont le pêcher devant nous dans la mer — au moins il n'a pas de conservateurs ni autres composants chimiques —, ils le rapportent et le mettent sur une espèce de gril fabrication maison à faire pâlir d'horreur le Campanile ! Pas désinfecté, pas nettoyé, le thon est posé directement sur la grille noire de suie et encore pleine de morceaux des poissons occis avant lui. Je manque d'avoir un haut-le-cœur, mais « Saona », la jolie Dominicaine, m'apporte une nouvelle noix de coco.

Je connais enfin son prénom car elle parle franglais/espagnalien, comme la majorité des gens ici, à savoir un idiome touristique de leur cru.

Je mange quelques morceaux du thon qui fait juste un aller-retour sur la grille, ce qui n'est pas plus mal niveau cancer. Tout le monde s'extasie, il paraît qu'ils n'ont jamais rien mangé d'aussi naturel avec autant de saveur. Oui, c'est pas faux, mais bon, le stress de la grille de cuisson me hantant encore, je n'en profite pas tant que ça.

Fin du repas. Les garçons prennent un café servi dans un Thermos, que je délaisse au profit d'une sieste réparatrice sur la plage. Au bout de quelques minutes, je vois les filles qui arrivent avec leur serviette pendant que les copains sellent les chevaux.

Quand le brouhaha est enfin passé, je me retrouve à papoter avec Jules, qui a apporté son café sur la plage, tandis que Lydia, Maïa, Annie et Céline se tartinent de crème. Mme Solange a préféré faire une petite balade à pied avec un des bellâtres dominicains qui accompagnent Saona.

Je me demande qui est le plus en danger : Mme Solange avec un inconnu, étranger qui plus est, ou le Dominicain avec la version non censurée de Freddy qu'il ne doit pas avoir l'habitude de côtoyer.

— Alors, c'est pas le cadre idéal pour une demande en mariage ? demande Lydia à Maïa quand on se retrouve enfin seuls.

Maïa fait les gros yeux à Lydia tout en me désignant de la manière la moins discrète qu'il soit.

— Ça va, c'est que Damien ! réplique Lydia.

Maïa semble contrariée, et elle n'est pas la seule :

— Comment ça « que » Damien ? J'en ai plus qu'assez d'être toujours « que » Damien ! protesté-je en me redressant sur ma serviette.

— J'ai peut-être pas envie non plus que n'importe qui soit au courant ! réplique Maïa, encore plus énervée.

— «N'importe qui»? Ah merci, vraiment, maintenant je suis «n'importe qui» donc...

Mais je n'ai pas le temps de poursuivre.

— Mais ma chérie, coupe Lydia comme si je n'existais pas, si tu comptes vraiment faire ce qu'on a dit, tu devrais peut-être te faire à l'idée que n'importe qui sera au courant... voire tout le monde.

— Au courant de quoi? demande Jules, qui revient de sous les arbres pour se mettre à bronzer avec nous.

— Elle n'a pas tort, dit Céline. A t'écouter, on aurait presque l'impression que tu fais machine arrière.

— Si tu ne peux même pas en parler devant eux, c'est que tu n'es pas prête..., poursuit Lydia en s'allongeant sur le dos.

— Non mais il va falloir arrêter de me traiter comme quantité négligeable, les filles, c'est fatigant...

Personne cependant ne semble prêter attention à ce que je dis. C'est comme si j'étais devenu un fantôme et que j'étais le seul à ne pas le savoir.

— Machine arrière pourquoi? demande Jules, la bave aux lèvres, comme un reporter qui sentirait venir le scoop du siècle.

— Je ne me débine pas, les filles! Maïa ne se débine jamais! C'est juste que ça s'est décidé avant-hier et que depuis, j'ai l'impression d'être sous la surveillance constante d'une meute de paparazzis prêts à bondir... c'est épuisant!

— Alors que ce qui est épuisant, lancé-je pour leur rappeler que j'appartiens aussi à leur réalité, c'est cette façon que vous avez d'éviter que...

— Oh! Ça va être notre faute, maintenant! s'exclame Lydia comme si je n'avais absolument rien dit.

— Oui! Parfaitement! réplique Maïa.

— Si tu nous tenais un peu plus au courant de ton planning de demande, on te laisserait tranquille! fait Lydia en s'asseyant pour se remettre de la crème solaire. J'essaie juste de t'aider.

Jules, saisissant cette occasion, prend le pot de crème

des mains de Lydia et lui en badigeonne le dos pendant qu'elle parle. Annie n'intervient pas, mais sourit en écoutant les filles, comme si elle comprenait.

— Promis, on ne veut pas être intrusives..., déclare Céline.

— Oh non, certainement pas ! dit Jules avec un grand sourire, comme s'il participait à la conversation depuis le début.

Il me fait peur quand il a ce regard. Sans cesser ses mouvements circulaires sur le dos de Lydia, il fixe Maïa comme Kaa fixe Mowgli avant de le manger. S'il pouvait l'hypnotiser pour soutirer des informations, il n'hésiterait pas une seconde.

— Dis-nous juste ce que tu as prévu..., implore Céline, et on ne t'embêtera plus...

— Oui, dis-nous juste..., dit Jules, qui semble retenir sa respiration.

— Rien ! C'est bien le problème ! J'y arrive pas, les filles. C'est peut-être plus compliqué que ce que je pensais, répond Maïa en se retournant sur le ventre pour indiquer que la conversation est finie.

— Tu abandonnes..., murmure Lydia d'un ton léger.

— Non ! lance Maïa en se tournant pour nous faire face. Je n'ai jamais dit ça, j'ai dit que c'était compliqué.

— On n'a jamais affirmé que c'était facile d'être heureux ! Tu crois que les plus belles œuvres d'art ne se sont pas créées dans le sang et les larmes ? dit Lydia.

— C'est pas faux ! approuve Céline.

— Aïe, oui, souvent, confirme Annie.

Elle va s'y mettre, elle aussi ?

— Ah, super, c'est rassurant, j'adore ta façon de voir ! dit Maïa en regardant le sable.

— Mais non, répond Lydia en riant. Tu ne risques rien ! Je te le promets, même les garçons peuvent te le dire. Demande-leur si tu ne me crois pas. Hein ?

Lydia tourne alors la tête pour nous regarder, Jules et moi, mais son enthousiasme retombe quand elle se rappelle quels spécimens de « garçons » elle a présentement sous la main.

Comme tout le monde me regarde, je me rends compte que je suis cette conversation irréelle depuis tout à l'heure en ayant abandonné toute velléité d'y participer.

— Vous me demandez mon avis maintenant ?

— Non ! répondent-elles en chœur, avant de se remettre à jacasser entre elles.

— Non, mais c'est trop fort ! dis-je, le rouge aux joues.

Mais c'est trop tard, plus personne ne m'écoute.

Jules, qui a fini le badigeonnage de crème dans le dos de Lydia, a compris qu'il n'en tirerait aucune information valable et vient s'asseoir près de moi, sur ma serviette.

— On aurait dû partir avec les hommes, me dit-il. Je ne comprends rien et elles ne semblent pas avoir envie de nous expliquer.

La situation m'exaspère et j'aimerais retrouver le minimum syndical d'attention de la part de ces pies. Je dis donc la première chose qui me passe par la tête.

— Je vais inviter Saona au restaurant ce soir ! Je sens que c'est la femme de ma vie !

Ça fonctionne. Elles s'arrêtent toutes les quatre de piailler et me regardent comme si j'étais un extraterrestre.

— Non mais t'es malade ! s'exclame Céline.

— Ben, c'est-à-dire que j'ai remarqué qu'on avait un bon feeling. C'est rare avec une fille. Je vois qu'elle m'aime bien, mais la barrière de la langue, le pays, ça fait beaucoup d'obstacles... Mais bon, *carpe diem*... à part, bien sûr, Annie, si tu penses que quelque chose est possible entre nous...

— Non, non, fonce ! me dit-elle sans hésitation.

Elles y vont toutes de leurs commentaires plus désobligeants les uns que les autres, et je finis par dire :

— Bon, ça va, je déconne ! Mais au moins j'ai eu votre attention ! Je ne dis pas que Saona ne m'intéresse pas mais ça me regarde. Maïa, tu as prévu de demander François en mariage, c'est ça ?

Alors que tout le monde reste sans voix, Jules ne peut s'empêcher de l'ouvrir :

— Mais c'est pas possible, c'est lui...

Mais il est interrompu par un coup de Lydia dans les côtes. Maïa, qui ne m'a pas quitté des yeux, ne semble pas s'en apercevoir. Elle me demande :

— Mais comment tu le sais ?

— Faut pas me prendre que pour un con non plus. Je ne suis pas le meilleur en relations humaines, mais un plus un feront toujours deux ! Maintenant, j'ai pas tout bien compris. Si vous pouviez mieux détailler...

Céline m'explique le « challenge » que s'est lancé Maïa pour vaincre sa gamophobie. Je m'interroge sur le bien-fondé de la solution. Si Maïa ne veut pas se marier, c'est quand même étrange que ce soit elle qui demande, non ? Mais je me fais tomber dessus par les filles, y compris Jules, qui m'expliquent que justement, c'est ce qu'il faut, qu'elle l'aime, qu'ils sont faits l'un pour l'autre, et que si elle laisse passer l'occasion pendant les vacances, ils finiront par se quitter et rien ne sera plus jamais comme avant et elle finira seule avec des chats et des pigeons sur un balcon... Bon, ça, c'est la vision de Lydia, que je trouve un peu hasardeuse, mais qui franchement me fait flipper. Des pigeons ? C'est dégueulasse, ces bêtes.

S'ensuit un débat sur le meilleur moment :

« C'est now » selon Lydia, « ce soir avant de rentrer, sur le bord de la plage avec le soleil qui tombe » selon Jules, « la semaine prochaine à la capitale, dans un restaurant romantique, quand elle aura tout préparé » selon Céline, et « n'importe quand du moment qu'elle en a envie et qu'elle pense que c'est le bon moment pour elle » selon moi... Avis qui me vaut le regard courroucé de l'ensemble de mes compagnons de plage.

Je finis par laisser tomber pour aller rejoindre Saona à l'ombre d'un palmier, sous le regard affolé de Céline.

*
**

Bon, parler avec Saona s'avère vraiment très compliqué. Son français est une mixture d'expressions entendues dans des publicités, de phrases attrapées au vol pendant des visites touristiques et de mots qui n'ont aucun sens mit bout à bout... Quand j'essaie d'expliquer, elle écoute avec un immense sourire qui fait ressortir ses magnifiques dents blanches sur sa peau basanée, mais pour autant que je puisse en juger, elle ne comprend absolument rien.

Heureusement, les hommes reviennent assez vite de leur balade. Ils ont trouvé ça sympa mais trop calme. Il semble que les chevaux étaient plutôt fatigués et plus prêts pour une promenade digestive avant la sieste que pour une chevauchée sauvage dans l'océan.

Scott trouve cela étrange et en parle à Saona en espagnol, qui, d'après mes rudiments, lui dit que c'est ce qui était prévu. Je le surveille, je me méfie...

Les filles reviennent de la plage et les mâles en profitent pour nous faire un remake de la guerre du feu. On a l'impression qu'ils retrouvent leurs femmes à la caverne après un combat contre un mammouth. C'est d'ailleurs ce que je leur dis, mais ça ne fait rire personne, ils sont trop occupés avec leurs exploits. Quant à Céline et Scott, ils discutent de la suite du programme avec les Dominicains.

Pendant ce temps, les chevaux sont changés, un nouveau lot vient d'arriver.

Céline ne semble pas comprendre, pas plus que Scott, mais Saona les rassure : c'est ce qui est prévu.

— Deux groupes pour promenade, crois-je comprendre. Autres chevaux...

Moi, je lui fais confiance, elle a un beau sourire. Scott acquiesce et les filles se mettent en short pour partir en balade. Jules y compris.

— Je vous envie, je vais m'ennuyer ici, finis-je par dire.

— Ben viens alors ! s'exclame Céline.

— Je peux, atchoum... Tu vois bien comme j'éternue chaque fois !

— J'ai ce qu'il te faut.

Je fais un bond d'un mètre quand j'entends cette voix familière dans mon dos. C'est mon revendeur de drogue habituel, Mme Solange, qui est de retour et me tend un médicament. C'est une vraie armoire à pharmacie cette femme, et pourtant, il ne m'est jamais venu à l'idée de l'épouser. Pourquoi ? Je devrais y réfléchir, je serais à l'abri avec elle, jamais aucun risque et toujours un comprimé pour chaque besoin ! En plus, elle est plutôt pas mal pour son âge, dans le genre directrice de maison de redressement... Parfois, il paraît que ça ne veut rien dire, peut-être que sous le pantalon haute couture strict et les chignons serrés se cache une vraie sauvage... Faut que j'arrête mes noix de coco, je me fais peur tout seul.

Je prends son médicament, au moins mes pensées perdront-elles de leur clarté juste après et je m'envolerai peut-être encore vers les petits nuages roses avec les fleurs géantes... C'est ce que m'avait fait le troisième Lexomil au début du voyage.

Après quelques minutes, je vais bien. Je suis détendu, de bonne humeur. Je propose à Saona de partager ma monture, mais elle refuse en souriant. Cette fois, elle semble avoir bien compris ce que je voulais. Je m'approche de ces animaux si hauts sur pattes ; je crois n'en avoir jamais vu de si près, mon allergie me l'interdisant. Cependant, ça ne doit pas être très éloigné du chat, ou du chien. Mon expérience à la SPA devrait me servir, même si je n'y suis resté qu'une semaine, rapport à cette même allergie. Et puis j'ai vu plein de films, ça doit compter non ? Quel est le risque de se blesser ? J'essaie de réfléchir rapidement mais mon cerveau refuse de coopérer. Qu'est-ce qu'elle a bien pu mettre dans mon médicament, la vieille peau ? Elle m'assassine à petit feu, en fait. Elle est de mèche avec Scott.

J'ai un mal de chien à grimper, mais je refuse de céder à la panique devant Saona qui regarde. Les filles m'attendent depuis dix bonnes minutes, et même de là où je suis, à mi-cheval entre la selle et le sol, je sens leur patience s'amenuiser.

Même Jules a réussi, non sans l'aide du grand Dominicain, mais je le soupçonne de ne pas avoir fait beaucoup d'efforts pour y arriver seul.

— Bon t'arrête tes conneries, maintenant, et tu montes ! m'ordonne Lydia d'une voix aiguë.

— Mais qu'est-ce que tu crois que j'essaie de faire ? Du ski en haute montagne ? dis-je à bout de souffle.

Ludovic, qui passe par là, me porte à moitié et me jette sur le cheval.

— Vous êtes sûres ? demande alors Julien.

— Oui..., dis-je, irrésistiblement attiré par le sable doux et rassurant.

Mais je m'aperçois qu'il parle aux filles et que sa question doit être : « Vous êtes sûres de vouloir le prendre avec vous ? »

Saona et Annie me regardent bizarrement. Quant à Céline, j'ai abandonné toute approche, elle ressemble trop aux deux autres : trop féministes et trop dangereuses pour moi. Je me redresse et les rassure :

— Non mais j'ai eu un peu de mal au démarrage, mais ça va me revenir ! J'en ai déjà fait plein de fois, rappelez-vous.

— *Une* fois, et c'était à quinze ans. On est partis tous ensemble et ton cheval est revenu sans toi, dit Paul en repartant vers la plage.

Voilà ce que c'est que d'avoir des amis de longue date, ils savent tout de vous.

— Mais pas que ! Il m'arrive de vivre sans vous, vous savez et... woooo !

Je n'ai pas le temps de finir que les filles ont déjà fait avancer leur monture, et que la mienne suit. Ça bouge, j'avais oublié comme c'était peu stable. Les dernières recommandations de Scott parviennent à mes oreilles, tandis que je m'éloigne en me demandant si elles sont vraiment sincères.

Je me dis que, comme en France, les chevaux doivent avoir l'habitude des circuits. Mais non, pas du tout. Le mien, dont je n'ai absolument pas compris le nom (en même temps est-ce bien utile ?), décide qu'il est le chef et que sa place est devant. Il se met donc à avancer de manière saccadée et pousse les autres en les doublant.

— Wo, woooo !

— Tire sur les rênes, me dit Céline. Ne le laisse pas trottiner si tu ne veux pas, c'est toi qui décides !

— Ah, et quelqu'un a pensé à lui dire ? paniqué-je.

On va encore me reprocher de m'inquiéter pour rien, n'empêche que je trouve que ces chevaux n'ont pas l'air de tout repos comme ceux des garçons. Ils essaient tous de se passer les uns devant les autres, et les filles doivent user de toute leur fermeté pour les garder au pas.

Seul celui de Jules, que ce dernier a baptisé « Cocotte » et qui semble être le doyen du groupe, avance d'un pas nonchalant.

Jules s'extasie sur ce sentiment de liberté, sur la beauté du paysage. Pour ma part, c'est la blancheur de mes mains, définitivement incrustées dans le pommeau de la selle, que j'observe le plus. Les filles semblent se régaler aussi, même si Lydia a l'air de moins en moins rassurée.

— Pourquoi n'a-t-on pas un guide touristique avec nous ? demandé-je alors au groupe, que la fougue de mon canasson a laissé derrière moi.

— Euh... peut-être parce que *je* suis guide touristique et que *je* suis avec vous, dit alors Céline.

— Oui, mais enfin je veux dire, un vrai.

Bien sûr que je n'ai pas réfléchi en disant cela. Mais ma position inconfortable couplée à l'effet du médicament antihistaminique/anxiolytique ne me permet pas de piocher dans mon manuel de savoir-vivre avec une femme susceptible.

Céline tente de se rapprocher de moi, ce qui a pour effet d'énerver Machin, qui se sent menacé dans sa position de leader.

— Non mais c'est pas grave, reste derrière ! lui crié-je, en proie à la panique.

— J'ai déjà fait cette balade des centaines de fois, je connais le circuit par cœur. Alors rassure-toi ! me hurle Céline gentiment. Essaie de rassurer Anouk, parle-lui, maîtrise le harnais et ça va aller. Il sent juste ta nervosité, ne le laisse pas te dominer.

— Pas dominer, pas dominer..., maugréé-je. Mais je suis calme, c'est lui qui a besoin du cacheton de mamie Solange.

Céline me laisse pour aller aider Maïa et Lydia, qui commencent à geindre.

Annie s'étonne du caractère peu affable des chevaux et s'écarte à son tour pour aller aider Maïa. L'agitation à l'arrière ne convient pas à Anouk, qui semble à bout de patience. S'il vous plaît, ne le contrariez pas...

— Mon grand, ça va aller. Oh ! ohhh ! Bon, tu vas m'écouter, maintenant, c'est qui qui t'a loué ? C'est moi ! C'est qui qui commande, alors ? C'est toujours moi ! Et j'ai pas peur ! Mais alors si tu savais à quel point j'ai pas peur ! Je viens d'un village où c'est sur des taureaux qu'on monte, mon gars, alors. Et tu sais, hein, si tu veux ta paie tu te calme et... Ooooooh !

Je n'ai pas le temps d'aller plus loin dans mes explications car Lydia crie quand son cheval fait une embardée pour doubler celui de Maïa et arriver à ma hauteur. Anouk a l'air de prendre la course au sérieux et ne souhaite pas être en reste, c'est donc au galop que mon cheval s'emballe et j'échappe de peu au coup du lapin. Les chevaux semblent tous fous, les filles crient très fort, ou alors c'est moi, et la dernière chose que j'entends est la voix de Jules, au loin :

— Allez cocotte, hue, suis-les !

La course semble ne jamais prendre fin, mon cœur bat de plus en plus fort, le cheval s'enfonce dans le sable, mais rien ne paraît le décourager. Je fais une prière silencieuse sans lâcher tout ce que je peux agripper sur ce cheval. Maïa nous rattrape, Lydia gagne la course à une tête, Anouk, en colère, se soulève, et les cris aigus provenant des filles et de ma propre gorge sont les dernières choses dont je me souviens avant le vide complet et le noir qui précède mon évanouissement.

6. Angie

«Quel charme, quelle spontanéité, quelle vivacité et quelle impulsivité chez Angélique !

Tout feu tout flamme, elle n'apprécie guère les contraintes et pour elle le mot liberté n'est pas un vain mot !

Adaptable, rapide comme l'éclair, curieuse, détestant les habitudes, elle vit avec aisance et habileté, sans être toujours consciente des dangers. Malgré son pouvoir de séduction, elle n'est pas vraiment féminine dans l'âme. Energique, dynamique, assez égocentrique et pressée de tout, elle veut avoir la première place dans la vie. Elle tend à penser que "la valeur n'attend pas le nombre des années". [...] effronterie, dynamisme et sens des opportunités sont ses atouts. [...] L'information sexuelle devra être donnée de très bonne heure car Angélique est précoce en tout ! Il est nécessaire de l'éduquer fermement, de lui imposer certaines limites, mais agissez avec doigté car, colérique, elle peut très bien se révolter.»

C'est quoi ce bordel ? J'ai l'impression que ces vacances prennent une tournure très différente de ce qui était prévu. Moi qui avais peur de m'ennuyer, eh ben, voilà que le troisième jour, il y a enfin un peu d'action. Ça tombe bien, c'était lassant, ces couples. Un mariage, ça va, mais deux ? Maintenant, c'est François, qui annonce pendant la promenade à cheval qu'il veut épouser Maïa. J'y aurais jamais cru. Il a du cran, ce type. Maïa, c'est pas le genre de fille docile qui va accepter de se laisser passer la corde au cou comme ça. Même si elle a dit à ses copines qu'elle était prête et voulait faire le premier pas. Ça, j'y crois pas pour un franc. Entre la théorie et la pratique, il y a une marge.

Moi aussi, je voulais me caser, me marier, même. Jusqu'à un temps pas si lointain, j'ai même cru que Matthieu serait le bon. Et puis il y a eu la routine. Je m'ennuie. Et il ne fait rien pour changer ça. Il est gentil, trop gentil. En fait il est mou. Je préférais avant, quand on était jeunes et qu'il était plus ou moins avec Lydia. Tout le village voulait être avec lui, ça me faisait un défi à relever. Mais maintenant... Bon, c'est toujours mieux que les connards avec qui je suis sortie jusque-là. Lui, au moins, il ne fume pas dix joints par jour, ne me taxe pas d'argent toutes les trois minutes et n'est pas un obsédé sexuel... Même si point de vue sexe, il n'est pas en reste...

Je ne sais pas, ça doit venir de moi. Je ne dois tout simplement pas être « la bonne ». Plutôt que de me dire que je ne tombe pas sur « les bons », que j'ai embrassé ma pelletée de crapauds, peut-être devrais-je remettre certaines choses en question ? Peut-être qu'ils sont tous des princes en herbe mais que, tout simplement, je ne suis pas une princesse. Ceci expliquerait cela et le fait que la magie ne prenne pas. Connerie de vie de merde, c'est pas un Disney ma vie, ça, c'est sûr.

J'aurais dû aller faire du cheval avec les filles, finalement, ça avait l'air plus dynamique. Nos chevaux étaient mous, une horreur. Au début, j'ai soupçonné Scott d'avoir fait exprès d'inverser les chevaux pour que Céline passe pour une mauvaise organisatrice, mais quand j'ai vu sa tête, hier, j'ai compris que je me trompais. Il n'y est pour rien. Les autres sont furieux, en tout cas. Si j'avais été dans le groupe des filles,

Matthieu aurait-il eu peur pour moi ? Se serait-il mis en colère comme François, Julien, et même Ludovic ? J'aurai jamais la réponse.

Le premier soir, en discutant autour de la piscine avec les filles, j'ai compris que je devais quitter Matthieu. Si je m'ennuie au bout de quelques mois avec un homme, qu'en sera-t-il après un an de mariage ou après le premier enfant ? Quand je vois Sophia, ça ne me donne vraiment pas envie. Elle est l'ombre d'elle-même dans son rôle exclusif de mère nourricière et Paul n'est plus qu'un père attentionné. Mon rêve !

Mais le lendemain, au réveil, je me suis dit que je devrais peut-être attendre un peu.

C'est vrai, quoi, je ne suis pas non plus une salope qui quitte son mec le premier jour des vacances. Mais est-ce que le laisser mijoter sans rien dire, c'est mieux ? J'en sais rien. Et puis, je l'aime bien quand même. Ce qui me paraissait une bonne idée après quelques verres de rhum, sous l'emprise de la lune, s'avère plus compliqué le matin au réveil avec la gueule de bois. Je ne mérite pas un mec comme lui. Il est gentil, beau gosse, c'est le plus charmant de tous ceux avec qui je suis sortie, et il est attentionné. Mais tellement pépère...

Parfois, j'ai l'impression d'être un meuble. Il m'accorde moins d'attention qu'aux bébés de Sophia et Carole. Moi aussi, j'ai besoin qu'on me cajole, qu'on me dise que je suis la plus belle (vrai ou pas vrai) et qu'on m'engueule quand je dépasse les bornes, même si je ne le supporte pas. Mais Matthieu est toujours d'humeur égale, cool, gentil tout le temps. C'est sympa, mais par pitié, je voudrais juste un peu d'action ! J'ai besoin d'un Indiana Jones et là, je suis avec le papy Harrison Ford.

Alors que je rêve qu'il me jette sur le lit et m'arrache sauvagement mes vêtements, Matthieu est plutôt du genre à prendre d'abord une bonne douche, enfiler son pyjama et me retrouver sous la couette. OK, là, j'exagère, mais c'est comme ça que je l'imagine dans dix ans. Et moi, dans dix ans, si ma vie ressemble à ça, je me jette dans la mer avec une corde au cou au milieu des requins. D'accord, y a pas de requins à Carnon, mais je trouverai une solution pour en finir.

« M'apercevoir au soir de la vieillesse que je n'avais pas vécu. » Tout sauf ça ! Et pourtant... Quand je regarde les autres, ils ne se sont pas laissé enfermer, eux. Lydia est partie à Paris, même la douce Sophia vit à Londres ! Moi, commerciale à Montpellier, on ne peut pas dire que j'ai beaucoup voyagé. Et pourtant j'adorerais découvrir le monde, moi aussi. De la bande, il ne reste que Damien, Matthieu et moi à être restés dans le Sud.

Aujourd'hui, journée calme à l'hôtel. Ça tombe bien : après les événements d'hier, on a tous besoin de repos. En prenant ma douche, je m'aperçois que j'ai des courbatures. Sans doute le contrecoup.

— Damien est sorti de l'hôpital hier soir, m'apprend Matthieu en entrant dans la chambre.

Matthieu est parti ce matin profiter de la piscine pendant que moi, je profitais du lit. Je ne suis déjà pas une lève-tôt en temps normal, alors en vacances, encore moins.

— Alors, comment il va ? demandé-je en sortant de la salle de bains.

— Bien ! Lui qui est en sucre d'habitude, là, il a même pas le poignet foulé. C'est un miracle !

— Oui, mais il s'est évanoui quand même. Il a pas pris un coup sur la tête ?

— Non, tu le connais, c'est Damien ! Quand on était ados, il s'évanouissait dans la file d'attente du cinéma une fois sur deux, tu ne te rappelles pas ?

— Ah oui ! dis-je en souriant au souvenir de cette époque. Il ne supportait ni la chaleur ni la foule...

— C'est ça, comme environ tout le reste d'ailleurs. On devrait faire la liste de ce que Damien supporte, ce serait plus rapide.

— Oh ! t'abuses ! dis-je en m'habillant.

— Tu sais très bien que je l'adore. C'est mon pote, il a plein de qualités. Mais la résistance physique n'en a jamais fait partie.

— N'empêche que quand j'ai vu son cheval revenir au galop seul et qu'Annie nous a dit qu'il y avait eu un problème, ça m'a plus retournée que ce que je croyais.

Matthieu s'éloigne du bureau, où il vient de poser sa serviette de piscine, pour venir me prendre dans ses bras. Ce geste me surprend légèrement, mais le contact est agréable.

— Je sais, dit-il en m'embrassant sur le front. La suite a été difficile et je ne t'ai même pas demandé comment tu allais. C'est quand on est rentrés et que tu t'es effondrée au lit à 21 heures que j'ai compris que tu avais été un peu plus choquée que ce que tu avais bien voulu dire. C'est pour ça que je t'ai laissée ce matin et que je suis parti sans faire de bruit. Tu avais besoin de repos.

J'écoute ses paroles apaisantes et je m'aperçois qu'il a raison. Je n'ai pas voulu le reconnaître, mais ça a été étrange, ce que j'ai ressenti. Un coup de fatigue inexplicable. Je me suis mise au lit et je suis tombée comme une masse, avec un énorme mal de tête.

— Je crois que j'ai dormi quatorze heures d'affilée ! J'aurais pas pu être hôtesse de l'air, j'aurais jamais supporté le jetlag.

— Vu ta taille, tu n'aurais pas été prise de toute façon, dit-il en souriant.

Je m'écarte de lui.

— Je te remercie !

— Ben quoi ? C'est une évidence. Ce qui est petit est joli, tu le sais !

— Oui, ben ça dépend quoi…

— Ah ? Et pourquoi donc ? C'est trop petit pour toi, de ce côté-là ?

— Oh non, ça va, je te rassure.

— Ah bon, je m'inquiétais, dit-il en se rapprochant.

Parce qu'on ne peut pas dire que tu l'utilises beaucoup, ces derniers temps...

— Peut-être que tu ne fais pas non plus ce qu'il faut pour me le proposer ? fais-je, contrariée.

— OK, un point partout. Je n'aime pas brusquer, figure-toi, or tu ne m'as pas l'air très réceptive ces temps-ci. Et comme il me semble que notre relation n'est pas fondée que sur le sexe, je préfère te laisser aller à ton rythme.

Je le regarde, surprise par ce ton cassant auquel il ne m'a pas habituée. Comment la conversation en est-elle arrivée là ? Serais-je une Sophia qui s'ignore et délaisse son conjoint ? Et puis mince, c'est à lui de m'exciter, c'est lui qui ne fait pas ce qu'il faut, c'est tout.

Je m'éloigne de lui pour enfiler mon maillot de bain. Je m'aperçois qu'il souffle et qu'il a la gaule sous son short. J'hésite à retourner vers lui pour m'en occuper, puis renonce :

— Qu'est-ce qui va se passer ?

— De quoi tu parles ? demande-t-il, tendu.

— Pour hier ? Ce qui est arrivé.

— Ben j'ai vu François et Ludovic, qui sont très en colère. Maïa a eu très peur. Annie dit que les chevaux présentaient des signes de nervosité, qu'on n'aurait jamais dû vous laisser les monter. Et je ne te parle même pas de Julien, dans ces cas-là je me dis que je préfère vraiment être son ami que son ennemi !

— Qu'est-ce qu'il va faire ?

— Je ne sais pas. Céline dit que les chevaux ont été choisis au même endroit que d'habitude, qu'ils ne prennent aucun risque avec ça. Mais Scott s'est renseigné auprès de Saona, qui a prétendu qu'on lui avait demandé de fournir deux types de chevaux, des calmes et des plus dynamiques. Il dit ne pas avoir été au courant.

— Mais qui a fait cette demande ?

— C'est justement là que le bât blesse. Saona n'est pas claire.

— Mais c'est quoi cette histoire ? Je n'y comprends rien.

— Moi non plus. On dirait un sabotage ! dit-il en allant se laver les dents.

Je réfléchis pendant qu'il est dans la salle de bains et que je cherche mon paréo vert assorti à mon maillot de bain. Proposer deux catégories de chevaux, pourquoi pas ? Effectivement, chaque groupe peut choisir les animaux les plus adaptés à son niveau. Mais pourquoi cette répartition ? Je fais part de mes réflexions à Matthieu quand il sort de la salle de bains.

Selon Scott, Saona n'avait pas prévu ça. Elle pensait que les hommes et les femmes étaient mélangés et partaient en balade romantique en deux groupes de niveau, amateur puis expert. Elle a d'abord été un peu surprise que les hommes partent les premiers, mais a cru que nous étions au courant que la deuxième balade allait être plus musclée.

— Mais comment aurions-nous pu être au courant ? A aucun moment elle ne l'a dit !

— Justement, c'est là qu'elle déclare que « le monsieur » l'avait dit et que c'était bon. Mais Scott n'arrive pas à savoir qui est ce monsieur.

— Et...

— Non, me dit Matthieu, je me suis posé la question, moi aussi, mais ce n'est pas Scott. Il avait l'air sincèrement étonné, lui aussi. Et Céline, je ne t'en parle même pas, elle est carrément traumatisée.

— Mais tout va bien ? Au final, il y a eu plus de peur que de mal, non ?

— Oui, c'est sûr. Personne n'est blessé, à part Damien, et je crois que l'emballement de son cheval est beaucoup plus lié à son manque d'expérience et sa mauvaise posture qu'à la nervosité d'un animal dangereux qu'il faudrait abattre. Céline et Scott ont rendez-vous avec le directeur. Je pense qu'ils vont se prendre un soufflon.

— Moi, en tout cas, je me suis régalée ! dis-je en

souriant. L'endroit était magique! Je n'ai jamais rien vu de si beau. Et les guides étaient sympas, aussi.

— Tu m'étonnes! Le grand Dominicain t'a bien plu, à ce que j'ai vu. D'ailleurs tu n'as pas rendez-vous ce soir avec lui? Il doit te faire danser le merengue, c'est ça?

Je me retourne brusquement.

— Pourquoi tu dis ça comme ça?

— Parce que je n'aime pas passer pour un con!

— Quoi? Mais tu déconnes ou quoi? J'ai rien fait!

— Tout dépend de ton seuil de tolérance. Il semble que le tien soit beaucoup plus élevé que le mien. Mais c'est pas grave, je vais demander à Saona de m'apprendre, à moi aussi. Comme ça je ne passerais pas pour le loser qui attend sa copine au bar pendant qu'elle s'éclate sur la piste.

J'en reste sans voix.

— Tu veux danser avec Saona? Très bien. Sauf que moi, je n'ai aucune arrière-pensée, figure-toi!

— Parce que moi j'en ai? Remarque, oui, j'assume. Peut-être qu'elle, elle s'occupera de moi! J'imagine déjà ses lèvres douces sur moi...

Je ne sais plus quoi dire... Je n'ai jamais entendu Matthieu parler comme ça.

— Je m'occupe mal de toi, c'est ça? Je croyais que je faisais les meilleures pipes de toutes les filles que tu avais connues.

— Tu «faisais» chérie, mais à force, avec le temps, je commencerais presque à oublier... Et peut-être faut-il que je songe à remettre ton titre en compétition.

— Mais quel conna...

Je m'apprête à sortir de la chambre, quand il me retient, m'embrasse et me prend la main pour la poser sur son maillot de bain, afin que je sente bien son érection.

Effectivement... Malgré la colère, l'excitation monte en moi et je ne peux m'empêcher de le caresser. Sa langue dans ma bouche commence à m'exciter et son sexe dans ma main me donne envie de beaucoup plus. Je passe la main sous son maillot et commence à le masturber doucement. Je ne suis pas bonne pour les discours et les engueulades, je n'ai jamais le dernier mot. Alors autant faire la seule chose que je maîtrise vraiment bien...

Je fais doucement descendre son caleçon à ses pieds, tout en me baissant, mes lèvres toujours collées à sa peau. Je prends son sexe tendu dans ma main et m'apprête à le mettre en bouche.

— Ça m'étonnerait que ta Saona te fasse ça.

Puis je m'applique à le sucer lentement. Ses gémissements me laissent penser que je m'y prends plutôt bien. J'alterne la douceur et la vivacité et m'arrête quand je sens qu'il est prêt à craquer. Au bout d'un moment, il finit par écarter ma tête, me force à me relever et me jette sur le lit. Alors que je proteste pour la forme, je sens que mon entrejambe est vraiment prêt à l'accueillir. Il m'embrasse et descend s'occuper de moi à son tour.

Sa langue est un vrai régal et je me demande comment j'ai pu m'en passer ces derniers jours. J'agrippe le drap de toutes mes forces et retiens à peine mes cris, tant pis pour les voisins de chambre. De toute façon, il est 11 heures passées et personne ne doit être dans les parages.

Quand je suis presque à bout, Matthieu s'arrête et me dit :

— Peut-être devrais-je proposer au grand Dominicain de venir finir à ma place ?

Et je ne sais pas pourquoi, mais cette phrase m'excite encore plus et manque de me faire craquer sur-le-champ.

Il vient au-dessus de moi et me pénètre sans me laisser le temps de comprendre et encore moins de bouger. C'est la première fois que Matthieu me fait l'amour comme ça. Il semble possessif, assoiffé et intransigeant... Il continue encore quelques instants, toujours dans sa jouissance personnelle et égoïste, et j'apprécie encore plus ces quelques secondes juste avant qu'il n'explose.

Je ne sais pas ce qu'il vient exactement de se passer, mais une fois que tout est terminé, j'ai juste envie de me blottir contre lui et de rester faire l'amour toute la journée. Un tournant vient d'avoir lieu dans notre relation et ce n'est pas pour me déplaire...

Remis de notre séance mais désireux de récidiver rapidement, nous décidons quand même de profiter des joies de Las Terrenas et sortons rejoindre les autres à la piscine en début d'après-midi.

Quand je m'approche de leurs transats, je les vois soudain se figer en regardant un point derrière moi. Curieuse, je me retourne et le spectacle qui s'offre à moi me fait baisser mes lunettes sur le nez pour mieux observer, tel un jeune macho en version « drague attaque » à deux balles.

De jolies petites chaussures en raphia compensées juste ce qu'il faut, de magnifiques jambes galbées, un ensemble combishort en éponge qui laisse voir la moitié des fesses et dévoile un corps fin et délicat, jusqu'au visage, encadré de cheveux légèrement ondulés qui tombent en cascade sur des épaules dénudées et frêles (style pub Elsève qui nous fait croire que c'est naturel alors que je sais bien qu'il a fallu au moins une heure de fer à friser et de brosse ronde pour donner ce résultat). Au-dessus de lèvres pleines et délicieusement rosées, une paire d'immenses lunettes noires complète le mystère... J'en suis hébétée. Mon radar jalousie aurait dû se mettre en marche depuis longtemps mais refuse d'obtempérer car j'ai reconnu la sylphide, et mon cerveau se met alors en mode erreur au moment de faire le rapprochement image/prénom.

Et pourtant, derrière elle se trouve bien un Paul qui porte sa fille sur une hanche et un panier rempli de crèmes solaires et de serviettes dans sa main libre.

Comme personne ne prend la parole et qu'on pourrait entendre un crabe se déplacer, je romps le silence.

— Salut, Sophia ! Tu as fini par trouver ce que tu voulais aux magasins de l'hôtel hier ?

J'essaie de prendre mon ton le plus neutre pour ne pas la stigmatiser davantage.

— Oui, merci, Angie. Tout à l'heure, on ira dans ma chambre ensemble, je te rendrai le maquillage que tu m'as prêté. Je ferai le plein quand on ira à la capitale.

Lydia et Maïa semblent complètement perdues et j'en déduis qu'elles n'étaient pas au courant de la transformation. Elles avaient qu'à être plus présentes et penser à autre chose qu'à leur mec. Quant à Sophia, elle a bien profité de la journée d'hier pour mettre à exécution la phase 1 de son plan reconquête de Paul.

Carole arrive, regarde Sophia sans se rendre compte du trouble ambiant, et lui dit :

— Ah, tu as mis les jaunes, alors ? Tu avais raison, elles vont trop bien avec le combishort.

Puis elle embrasse rapidement tout le monde avant d'emballer le landau de son fils dans une moustiquaire géante.

François demande où est Ludo et Julien lui répond qu'il est à la plage avec Annie.

Ça tombe bien, j'ai des envies de marieuse, moi, tout d'un coup, et je trouverais dommage qu'Annie ne se détende pas un peu. Et Damien, avec qui je pourrais le maquer ? D'ailleurs il est où ? Dans sa chambre, d'après Lydia. Tout le monde la regarde en se demandant comment elle sait, surtout Julien, mais la raison en est simple : elle s'est perdue et l'a croisé ce matin, il lui a dit qu'il se reposait pour nous rejoindre au restaurant ce soir.

Céline passe avec Scott pour prendre la commande du menu de ce soir. Selon eux, l'arrivage est plus que frais puisqu'il va être pêché en fonction de la demande... Je n'ai jamais vu ça : au bout du monde, ils ont inventé le concept de consommation en flux tendu. Et nous pensions en être les précurseurs en Europe !

Ils repartent aussitôt après avoir préparé la journée d'après-demain à la capitale. Scott met la main dans le bas du dos de Céline et il me semble déceler chez elle un début de chair de poule. J'en étais sûre ! Pas si farouche que ça, la Céline !

— On y va ma belle ? dit Scott. On a du boulot.

— Ne m'appelle pas « ma belle ».

— Je t'appelle comme je veux. Tu préfères « la chieuse » ?

— Non, je préfère que tu ne m'appelles pas. Tout simplement.

Julien se tourne en souriant vers Lydia.

— On dirait vraiment nous il n'y a pas si longtemps, ma puce. Mais heureusement, depuis, je t'ai matée !

— Tu m'appelles encore « ma puce » et la prochaine fois que je te suce, je m'arrête juste avant la fin et je sors boire un verre avec une copine, dit Lydia en montrant les dents.

— C'est bien ce que je disais, dit Julien en nous regardant, avec un sourire triomphant, je l'ai matée ! Fais ça, ajoute-t-il plus bas à l'intention de Lydia, et quand tu me supplieras de te faire jouir, je me branlerai tout seul en te laissant en plan...

Scott éclate de rire :

— Ah oui, ça promet ! Et comment on en arrive là, exactement ?

Lydia et Julien répondent en même temps, ce qui leur arrive souvent :

— En douceur (Lydia).

— En dominant (Julien).

Tout le monde se marre et François précise :

— Alors, en gros, tu acceptes leur caractère de merde, tu te laisses bouffer sur des détails sans importance... mais dans la chambre...

— C'est toi qui décides ! conclut Julien.

Maïa secoue la tête, exaspérée :

— Mais qu'est-ce qu'il ne faut pas entendre... Vous êtes les pires machos de la terre, tous les deux !

S'ensuit un débat sans fin sur les bénéfices de l'engueulade dans un couple et le bonheur de vivre avec une casse-couilles. Matthieu et Jean ne sont pas en reste, seul Paul ne dit trop rien, mais il sourit en nous écoutant.

— Allez, poupée, dit Scott en claquant les fesses de Céline, il est temps d'y aller si je veux pouvoir te montrer qui commande dans la chambre !

— Plaff ! résonne l'énorme baffe qu'il se prend de la part de Céline et qui nous laisse sans voix.

— Tu as raison, chéri, mais là, on n'est pas dans la chambre, dit-elle en le regardant droit dans les yeux, avant de s'éloigner en nous disant à ce soir.

Scott se reprend très vite, nous regarde et dit, penaud :

— OK, j'ai encore à apprendre les gars, je veux bien des cours particuliers.

— Euh, c'est-à-dire que ça me semble compliqué, là, dit François en réprimant un fou rire. On va peut-être plutôt te laisser te démerder. C'est ma cousine et je ne voudrais pas me la mettre à dos !

— Tu peux toujours essayer de la faire boire, au moins elle visera moins bien, pouffe Julien.

Scott se marre aussi et part rejoindre Céline au pas de course.

La vieille conne, elle, semble aux abonnés absents. Ah non, tiens, j'ai parlé trop vite. Elle fait juste une apparition vers 15 heures, et François se jette sur elle pour lui dire que le Dominicain avec qui elle a parlé hier, James, est là aujourd'hui. Il l'accompagne retrouver le grand type musclé, de l'autre côté de la piscine, sous les yeux ébahis de Julien qui préfère ne rien savoir et ne rien imaginer, tant il est content qu'elle le lâche.

A un moment, les garçons partent prendre un café au bar — sauf Paul, qui fait la sieste avec Anna — et on se retrouve entre filles — sauf Carole, qui fait la sieste avec Mike.

— Je suis désolée, dit Lydia à l'intention de Sophia.

— De quoi ? demande Sophia.

— De t'avoir abandonnée. Je crois que je ne suis pas très présente pour toi ces derniers jours. Je reproduis les erreurs du passé.

— Non, tu es simplement absorbée comme le sont toutes les futures mariées ! C'est normal. Et je suis une grande fille, t'inquiète !

— Alors le plan sexe avec Paul, ça en est où ? intervient Maïa.

— Le tact, tu ne connais vraiment pas ? demande Lydia.

— Non, répond Maïa, et je t'ai déjà dit que je m'en foutais, mais si l'hôpital pouvait arrêter de se foutre de la charité, on aurait la réponse..., fait-elle en fusillant Lydia du regard.

— T'as pas encore couché avec lui ! dis-je simplement.

— Comment tu le sais ? me demande Sophia, avant d'enchaîner avec un soupir, sans attendre ma réponse : Je croyais qu'il me sauterait dessus en rentrant, quand il verrait mon petit bikini, mais il n'avait que cette histoire de chute de cheval à la bouche.

— Merde, Damien arrive même à refroidir les hommes, lance Maïa en rigolant.

— C'est normal, dit Lydia. Laisse-lui le temps. T'es juste ultra bonne et sexy, ça intimide !

— Tu crois ? J'ai l'impression qu'il n'a même pas vu le changement.

— Alors là, il faudrait être aveugle ! dis-je.

— Exact, confirme Lydia. J'ai pas arrêté de l'observer et il te bouffe du regard. Maintenant, ça doit être déstabilisant pour lui. Donc phase B.

— « Phase B » ? demande Sophia.

— « Phase B » ! acquiesçons-nous en chœur, Maïa et moi.

Comme Sophia ne comprend toujours pas, Lydia explique.

— Tu es allée acheter des fringues avec Carole, Angie t'a donné des conseils en maquillage, les journées passent mais rien ne se passe. Mais pas d'inquiétude, c'est encore tôt, il lui faut le déclic.

— « Le déclic » ? répète Sophia.

— Oui, le déclic. Il t'a couru après pendant des

années, mais tu ne voulais pas de lui, c'est bien ça ? demande Lydia, qui connaît parfaitement la réponse.

— Oui, répond Sophia, timidement.

— Et tu as voulu de lui quand ?... insiste Lydia.

— Quand il était avec une autre et que j'allais le perdre !

— CQFD ! lance Maïa.

— Donc... Il va me perdre ? demande Sophia, qui commence enfin à comprendre.

— Ou du moins le croire, dis-je. La phase B, c'est la plus vieille ruse du monde : la jalousie !

— OK, et je prends qui ? Damien ? Ludo ? Le Dominicain de Mme Beaume ?

On éclate toutes de rire et on lui répond qu'on n'en sait rien, mais qu'on avisera en temps voulu.

Lydia se tourne vers Maïa, qui comprend où elle veut en venir et lui dit d'aller se faire voir : son plan avance, elle réfléchit, mais la première qui touche à François va nager avec les requins. Pour la calmer, on oriente la conversation sur Céline et le fait que l'on doute de sa capacité à avoir le dessus sur Scott. Il n'est pas aussi piquant qu'un Julien, pas aussi possessif qu'un François, mais il est gentil et patient... Et ça aura peut-être raison de la volonté de Céline. Comme nous ne parvenons pas à tomber d'accord sur la question, on en fait un pari. Il y a celles qui pensent que Scott jettera l'ancre ailleurs et lâchera l'affaire et celles qui pensent qu'il jettera l'ancre... dans Céline. Pendant qu'on rigole trop fort, la petite famille d'à côté, choquée, déserte ses transats. Tant mieux, ça nous en fait plus.

Et forcément, au bout d'un moment, c'est mon tour. Elles me demandent où j'en suis avec Matthieu. Devant le sourire béat que je ne parviens pas à retenir, elles suspectent une bonne partie de jambes en l'air. Pour une fois, je ne m'en vante pas et dis juste que ça suit son cours.

— Même maladie, même remède! décrète Lydia. Tu trouves que Matthieu n'est pas assez possessif? Montre-lui ce qu'il perdra s'il ne t'a plus! Excuse-moi, Angie, il y a prescription, mais avec le recul, je crois que c'est ce qui faisait foirer notre relation chaque fois. J'avais l'impression qu'il s'en foutait. Mais avec toi, c'est différent. Ça se voit. Il tient à toi et ne sait pas comment faire. Je pense même que pour la première fois, il pourrait se montrer jaloux... Profites-en!

— C'est bien ce que je comptais faire! Fais gaffe, Sophia: Damien, Ludo et le Dominicain, moi aussi je les ai en ligne de mire! dis-je en riant.

Le reste de l'après-midi est plus calme: crème solaire, soleil, piscine à 34°C qui ne rafraîchit rien et cocktails à la pastèque ou au melon pour survivre à la chaleur. La vie est dure quoi, un vrai calvaire.

Le temps de s'extraire de la torpeur ambiante, il est l'heure d'aller se préparer pour la soirée.

20 h 30: Matthieu et moi arrivons au restaurant avec la petite demi-heure de retard montpelliéraine réglementaire, imputable (malheureusement), non pas au sexe mais aux dernières retouches de maquillage et au choix de la tenue parfaite.

En ce début de soirée, l'ambiance au restaurant est calme et détendue, mais je ne peux m'empêcher, comme chaque fois qu'on dîne à l'hôtel, de me sentir observée. Bizarre. Ce soir, on mange au restaurant de bord de mer tenu par Jessica, une amie de Céline. Annie se joint à nous. Elle est étrange cette gonzesse. Ludo rôde au-dessus d'elle (vu sa grande taille) comme une abeille sur un melon, mais elle ne semble pas concernée. Qu'est-ce qu'il lui faut? Eclate-toi ma belle, c'est les vacances!

On est devant l'un des plus beaux paysages que j'ai jamais vus. Le soleil est couché depuis longtemps, mais la lune éclaire l'océan. Le sable a l'air encore plus blanc et fin que d'habitude et il est encore chaud, gorgé du soleil du jour. Avec ses rondins de bois et ses odeurs merveilleuses, le restaurant est juste magique, le paradis sur terre.

Ici, tout est saveur. Les poissons ont été pêchés dans la journée, à la demande de Jessica, qui nous a fait choisir nos plats dès cet après-midi pour être sûre de pouvoir satisfaire tout le monde. A l'odeur enivrante des crèmes après-soleil des filles et des parfums fruités des cocktails se mêle la saveur épicée des poissons préparés sur le gril.

Damien est là aussi et, malgré sa frayeur d'hier, je le trouve moins râleur et plus détendu. Peut-être qu'avoir «frôlé la mort», selon son expression, lui a fait prendre conscience de la valeur de la vie.

A table, les rires des filles fusent et les hommes, quoique éméchés, ne manquent pas de charme avec leur bronzage récent mis en valeur par des chemises blanches et des polos pastel. Je ne sais pas, je dois être un peu fleur bleue, finalement, mais le tableau qui se peint devant moi me rend nostalgique.

Carole et Jean rient ensemble tout en donnant la becquée à Mike, qui en fout partout.

Chez eux, c'est un peu une pub Nutella du matin au soir. La famille parfaite, épanouie, détendue, à croire qu'ils ont été castés pour être le point d'équilibre de cette bande.

Avec ses boucles d'oreilles vertes d'eau qui scintillent sur son visage et le délicat collier qui descend dans son décolleté, Sophia est de plus en plus belle. Quant à sa robe, c'est carrément un appel au viol. Paul est surtout concentré sur la cuillère qu'elle met dans la bouche de sa fille. Il semble à l'étroit dans son T-shirt, danse sur sa chaise comme s'il avait des vers et semble hésiter.

Finalement, lorsque la petite Anna fait tomber la cuillère de la main de sa mère pour la troisième fois, il la ramasse plus vite que son ombre, sans cacher son impatience à prendre le relais.

Quand Sophia s'en rend compte, son visage se crispe et Paul, décontenancé, comprend son erreur. Il rend la cuillère à Sophia qui, avec un large sourire, se remet à nourrir sa fille. Paul l'embrasse délicatement dans le cou, ce qui semble déclencher chez Sophia un mini-orgasme, assorti d'une nouvelle métamorphose. Depuis le début du séjour, on est passé de la maman hystérique au bord de la crise de nerfs à la vamp limite prostituée, pour avoir ce soir une version enfin simplement féminine et épanouie.

Espérons que ça perdure dans ce sens.

Pendant que tout le monde est absorbé dans sa conversation, je tourne la tête pour continuer mon tour de table.

Annie. Elle rigole beaucoup et a l'air nettement plus détendue que la veille. Peut-être est-ce dû au bras de Ludovic posé innocemment sur le dossier de sa chaise.

Elle rit aux éclats à quelque chose que Julien dit en face d'elle. A mesure que la soirée passe, elle semble se libérer d'un poids, et le bras de Ludovic, tel un bouclier invisible contre les dangers extérieurs, doit y être pour beaucoup. Mais a-t-elle conscience de cela ?

L'atmosphère est d'autant plus détendue que la vieille schnock n'est pas avec nous ce soir. Il semblerait toutefois qu'elle nous rejoigne plus tard. Profitons donc de ces quelques moments de chaleur humaine.

Julien est toujours aussi sexy dans sa belle chemise blanche, on en mangerait, mais je m'en tiendrai là car son corps et son esprit sont tout entiers consacrés à sa future femme.

Lydia rit beaucoup, elle a l'éclat éblouissant de la femme sûre d'elle. Elle a d'ailleurs toujours été ce genre de beauté naturelle et rafraîchissante. Mais l'éclat soudain et particulier d'une femme qui se sait aimée est indescriptible. Ses yeux brillent, sa voix vibre et tout son corps semble pétiller d'une énergie impossible à canaliser. Sa main s'égare souvent sous la table et je pense savoir où, quand je vois les tressaillements de

Julien et la difficulté qu'il a parfois à répondre aux questions des autres convives.

François, assis à la droite de Julien, semble plus tendu. Son expression traduit à la fois l'assurance de l'homme amoureux et bien dans sa peau et l'angoisse grandissante de celui qui n'est pas sûr des événements à venir. François est plutôt du genre stable, fonceur, et qui va au bout de ses décisions.

Je me rappelle que quand on était gamines, le grand frère de Sophia était un fantasme inatteignable, avec un côté sombre et déterminé, à la fois attirant et effrayant. Seul un caractère profond et décidé comme celui de Maïa semble pouvoir lui convenir. Ces deux-là jouent au chat et à la souris et c'est très amusant de voir à quel point ces forts caractères se retrouvent soudain paralysés par le doute... Ça passe ou ça casse ! Chacun va-t-il supporter que l'autre prenne une initiative à sa place ? Vont-ils aller jusqu'au bout ? L'amour sera-t-il plus fort que leurs doutes respectifs, ou la peur de tout perdre les fera-t-elle au contraire tout lâcher ? J'avoue n'en avoir aucune idée.

Puis je passe à Damien, qui me procure un vif étonnement. Il sourit, mange de tout, boit même de l'alcool et semble décontracté. Je suis fière de lui et je le lui dis. Il ne comprend pas vraiment pourquoi et ça me fait rire. Il aurait presque du charme ! En tout cas, l'expérience dominicaine lui réussit de manière spectaculaire.

Je finis mon tour de table par mon voisin de droite : Matthieu. Il semble s'apercevoir que je l'observe et sourit maladroitement. Puis il détourne vite les yeux comme si quelque chose l'avait brûlé, et reprend son semblant de conversation avec Ludovic, en face. Si je ne le connaissais pas, je penserais qu'il est malheureux. Mais peut-être que je ne le connais pas vraiment. Qu'attend-il de moi ? De la vie, d'abord, et de moi ensuite ? Peut-être qu'il est temps que nous ayons une conversation... Ce n'est pas ma tasse de thé, mais si ce regard malheureux et contrit est pour moi, il faut vraiment que nous parlions.

Pendant que je pense à tout ça, je ne le quitte pas des yeux, mais un sentiment de malaise me gagne. Je suis observée. J'en suis sûre. C'est un sentiment que tout le monde peut ressentir à condition d'être un peu attentif. Mais je ne sais pas où, qui, et encore moins pourquoi. Je refais un tour de table rapide, mais le tableau n'a pas changé. Les convives se trouvent au même endroit et à peu près dans la même conversation, comme si le temps s'écoulait plus lentement ici. Et puis je sens une légère brûlure dans mon cou, plutôt un coup de chaud, comme une présence qui serait à deux doigts de me toucher. Je me retourne brusquement en plissant les yeux pour mieux voir. Il y a beaucoup de monde, le petit restaurant est plein, et le nombre impressionnant de personnes au mètre carré ne permet pas une observation détaillée. Mon regard s'arrête un instant sur un homme étrange avec une barbe avant d'être accaparé par l'arrivée de James, le guide d'hier. Je reviens rapidement en arrière pour regarder plus en détail le monsieur à la barbe, mais celui-ci a disparu. La place qu'il occupait il y a un instant est vide... C'est étrange.

Je n'ai pas le temps de réfléchir plus avant à la question car le restaurant s'est progressivement transformé en boîte de nuit. La musique est montée graduellement pendant le repas et les tables libérées par les couche-tôt ont été poussées pour que d'autres puissent se déhancher sur la piste. Jessica s'avère être une hôte remarquable. Elle est souriante, dynamique, boute-en-train ; elle va de table en table quand elle n'est pas en cuisine et rigole beaucoup tout le temps qu'elle passe avec nous. James s'approche de notre table et se dirige directement vers Matthieu.

— Ça ne te dérange pas si je danse avec ta femme ?

Un peu surpris qu'on lui demande la permission,

Matthieu sourit et répond non, bien sûr, si ce n'est que de la danse.

Putain, en fait il faut redéfinir les limites de la danse pour un Dominicain. Apparemment, les frontières sont très étroites avec autre chose.

Le merengue a à peine commencé que James me plaque contre lui pour m'entraîner de manière alanguie mais parfaitement maîtrisée. J'adore cette sensation et c'est tellement parfait que je me prends au jeu. Rien à voir avec les danseurs-dragueurs lourdingues du Via Brazil à Montpellier, où on allait souvent avec les copines descendre des carafes entières de caïpi avec des bols de fraises Tagada les vendredis soir.

Dans une seule et même danse, James se montre autoritaire, dynamique, sensuel et passionné. Je n'aurais même pas cru ça possible. J'ai l'impression de danser comme une déesse tant il sait me guider. La situation m'échappe un peu quand, par hasard, je me retrouve par terre, toujours en train de danser, avec James au-dessus de moi, comme si on faisait un remake du dernier Marc Dorcel... Je vous jure, je ne sais pas comment on s'est retrouvés là, mais c'est à ce moment que je reprends contact avec la réalité. Je lève les yeux au-delà du périmètre de cinquante centimètres autour de James pour voir Matthieu qui me regarde.

Quand la musique s'arrête, je me lève, remercie James, qui me dit que je suis une excellente danseuse, et mon regard tombe sur un versant hostile de l'Himalaya, qui me refroidit complètement malgré la danse et la touffeur ambiante. Mme Beaume me regarde comme si j'étais la plus grande dépravée que la terre ait connue depuis que Pandore a ouvert sa boîte et Eve, croqué dans la pomme.

James me raccompagne alors à notre table et tend ma main à Matthieu, qui me regarde avec un air possessif que je ne lui connais pas.

— Merci, mec, dit James. Et désolé, j'espère que ça t'a pas choqué mais elle danse super bien.

— Non, mais c'est sûr que je comprends mieux pourquoi vous demandez l'autorisation avant. On n'a pas tout à fait la même conception de la danse, chez nous..., dit Matthieu, mi-figue, mi-raisin.

Un peu déstabilisée, je regarde le reste du groupe à la recherche d'un soutien, que je ne trouve pas, pour la bonne et simple raison que tout le monde est déjà trop éméché pour s'intéresser à mes démonstrations érotiques. D'ailleurs, en allant me servir un verre, je m'aperçois que Lydia et Maïa ne sont pas en reste sur la piste et, pis encore, que c'est maintenant Sophia que James fait danser. Je ne pensais pas qu'elle oserait. La réaction de Paul ne se fait pas attendre :

— Bon, ben je vais aller coucher ma fille, je n'ai plus rien à faire ici, dit-il en serrant les dents.

— Doucement, mon gars, dit Matthieu en posant la main sur son épaule. Va danser, je m'occupe d'Anna. Toi, profite de la soirée avec Sophia.

— Elle n'a pas l'air d'avoir besoin de moi pour profiter.

— Arrête, ne confonds pas tout, c'est juste de la danse.

— Tu n'es peut-être pas jaloux, toi, et ça te regarde. Mais moi, figure-toi que j'aime l'idée que certains mouvements que fait ma femme en ce moment même sont réservés à notre intimité, dit Paul, légèrement menaçant.

Jessica arrive à ce moment-là et rassure Paul. C'est comme ça, ici, mais ça ne signifie absolument rien. Si la femme le souhaite, bien sûr, ça peut aller plus loin, mais ce sont des gens honnêtes et respectueux, et elle doit donner des signes explicites pour que ça sorte du cadre de la danse. Et heureusement, précise-t-elle en rigolant, parce que vu que tout le monde danse avec tout le monde, ce serait un beau bordel !

— Quel genre de signes ? demande Paul en berçant Anna dans sa poussette.

— Le regard ! précise alors Matthieu à mon grand étonnement. Tout est dans le regard. Tu peux avoir des mots, des gestes, une attitude, mais le regard, lui, te trahit. Et là, regarde ta femme : elle est amusée, éméchée, peut-être légèrement effrayée, mais rien de plus.

Paul lève les yeux et croise le regard de Sophia, qui lui sourit. Matthieu lui tape dans le dos.

— Tu vois ? Pas de quoi t'inquiéter ! Bon, pour te dire la vérité, mon pote, moi aussi je suis jaloux, et la seule chose qui m'a empêché de lui casser la gueule, c'est ses muscles !

Ils rigolent tous les deux et je ressens une pointe de fierté, même si l'« aveu » de Matthieu n'est qu'une blague pour détendre l'atmosphère.

Je retourne m'asseoir au moment précis où la vieille bique s'adresse à son fils.

— Vous comptez tous coucher ensemble, c'est ça ? Parce que ça fait très orgie, quand même, vos soirées. Vous auriez dû me prévenir qu'il s'agissait d'un *road trip* à la Bacchus, je ne serais pas venue.

Lydia se mord la lèvre pour s'empêcher de parler tandis que Julien se lâche :

— Justement, je me demande bien pourquoi tu es...

Mais Ludovic ne le laisse pas finir.

— Madame Beaume, je vous ferais remarquer que vous ne m'avez pas accordé une seule danse, et j'en suis très peiné !

Mme Beaume ouvre de grands yeux surpris, et Ludovic en profite pour lui présenter son bras.

— En tout bien tout honneur, évidemment ! Quelque chose de plus « calme », je ne suis pas fan des déhanchés endiablés. Mais je suis sûr que vous saurez me guider à la perfection.

— Avec plaisir, dit Mme Beaume en fusillant Julien des yeux pour lui montrer que la conversation n'est pas finie.

— Quel courage ! dis-je en regardant Annie.

Celle-ci le dévore littéralement des yeux. Bien joué Ludo, tu marques des points.

— Du courage pour cette pauvre Solange, oui ! intervient François. J'ai déjà vu Ludo danser et c'est pas un cadeau !

Tout le monde rit, mais François précise :

— Bon, enfin, je suppose que c'est son premier tour de garde. Moi je me suis sacrifié cet après-midi à la piscine. A qui le tour, messieurs ?

Je regarde la piste de danse en souriant. Céline et Scott se déhanchent de manière assez suggestive. Allez hop, j'y retourne et j'embarque Carole au passage, avant qu'elle ne rentre coucher son fils.

— Je croyais que tu ne savais pas danser, dit Céline à Scott, qui est dans mon dos.

— Tout dépend de la partenaire. Il y en a pour qui je n'ai pas besoin de faire d'effort, répond Scott langoureusement.

La piste est assez petite et tous les danseurs sont relativement proches, ce qui nous permet, Carole et moi, d'espionner sans en avoir l'air. Parce que, pour le coup, quand je regarde Carole, je m'aperçois qu'elle tend l'oreille, aussi intéressée que moi.

Elle me fait signe de ne rien dire et on se tourne en dansant pour entendre un peu mieux en toute discrétion.

— Tu crois vraiment que tu es meilleur que moi ? demande Céline.

— Oui, répond tout simplement Scott. Vu la débâcle de la journée d'hier, je me dis que ça ne va pas être trop difficile de te voler ta promotion !

Je regarde Carole en faisant un « o » avec ma bouche. Celle-ci écarquille les yeux. Il est culotté, le Scott !

— Si j'apprends que c'est toi qui as saboté la promenade à cheval, je te...

Je ne vois rien, mais le ton de Céline exprime toute la menace que Scott doit lire dans ses yeux.

— Combien de fois dois-je te dire que je n'ai rien

fait ? Je te rappelle qu'on s'est pris le même savon et que c'est aussi mauvais pour ma carrière que pour la tienne.

— T'inquiète ! Vu que c'est moi qui avais tout organisé, il saura faire la part des choses et te remettre sur ton piédestal !

Je n'entends pas la réponse de Scott et, quand j'interroge Carole du regard, elle me fait comprendre qu'elle n'en sait pas plus que moi. La musique a changé. Merde.

Matthieu arrive et m'enlace pour me faire danser. Tiens, c'est nouveau, ça ? Je me laisse faire et constate que Jean a également rejoint Carole pendant que Ludovic s'occupe du petit Mike avec Annie. On se regarde en coin avec Carole, en se demandant quelle mouche a piqué nos hommes, puis on hausse discrètement les épaules : on ne va pas se plaindre non plus !

Je tends le cou pour voir que Scott danse toujours avec Céline, un peu plus collé-serré également. Mine de rien, j'entraîne doucement Matthieu vers le couple pour ne pas louper la fin de l'histoire.

Je m'aperçois au passage que James rôde dans les parages à la recherche d'une partenaire de danse. Je comprends mieux l'arrivée impromptue de nos hommes sur la piste. Enfin, quelle qu'en soit la raison, je profite de ce moment. Pour une fois que mon cavalier est aussi mon mec, je ne vais pas me priver.

Matthieu ne danse pas si mal, en fait. Bon, il aurait besoin de quelques cours auprès de James, mais c'est très correct. Comment se fait-il que, depuis le temps qu'on est ensemble, on n'a jamais eu l'occasion de danser ? Il aura fallu attendre qu'on se retrouve au bout du monde et que Matthieu soit jaloux comme un coq pour se lancer.

Selon moi, la façon dont une personne danse reflète sa façon de faire l'amour. Sur la piste, Matthieu est assez tendre mais ferme en même temps quand il me fait tourner ; même s'il n'a pas la technique, j'aime plutôt ça.

— Il y a bien un moyen d'en être sûr..., dit alors Scott, qui est juste dans mon dos avec Céline.

Ah, tiens, je les avais oubliés, ces deux là. Sûr de quoi ?

— Et lequel ? demande Céline un peu plus fort.

Oui voilà, parfait, hausse le ton, c'est mieux.

— Tout homme est présumé innocent jusqu'à ce que sa culpabilité ait été prouvée ! dit Scott. Je suis à ta disposition pour me disculper.

— Je le sens pas, fait Céline, contrariée. Vas-y, annonce.

— Si tu veux être certaine que je ne ferai rien pour entraver le bon déroulement de ta journée à la capitale, demain, il...

Merde, j'entends pas la suite ! Je vois juste les yeux de Céline s'agrandir, j'ai l'impression qu'elle retient sa respiration. Quand ils se retournent, Scott a les mains posées sur les fesses de Céline... Waouh, il a du cran celui-là !

Mais je ne vois ni n'entends la réaction suivante de Céline, car Matthieu me demande ce qui accapare mon attention comme ça. Je le regarde en souriant et lui réponds rien du tout, je suis juste étonnée par sa façon de danser. Comme il n'a pas l'air de prendre ça pour un compliment, je le regarde dans les yeux, souris et lui dis :

— J'ai juste hâte de me retrouver dans une chambre pour te montrer l'effet que ça me fait !

Cette fois, Matthieu semble avoir bien compris. Il arrête de danser, me prend par la main et m'entraîne dehors.

Devant mon étonnement, il me dit :

— Pourquoi attendre d'être dans une chambre ?

Puis il m'emmène dans un recoin sombre, à l'entrée de l'hôtel, et m'embrasse en me plaquant contre le mur. J'en ai déjà le string mouillé ! Bon sang, j'attendais ça depuis tellement longtemps, et il aura fallu qu'on fasse douze mille kilomètres pour que ça lui prenne enfin ! Mais j'arrête de réfléchir de manière sensée quand il soulève ma robe, déplace mon string sur le côté et m'introduit deux doigts...

— Ah!

— Alors? Tu mouilles pour moi ou pour James? J'aimerais bien vérifier ça, dit Matthieu en glissant la main sous mon soutien-gorge pour pincer le bout de mes seins.

Alors que je gémis, j'entends du bruit dans les arbres derrière moi. Je relève la tête pour vérifier qu'on est bien seuls, mais ma parano disparaît quand je sens que Matthieu retire ses doigts, qu'il me soulève doucement et que sa queue s'introduit en moi...

Je gémis plus fort, mais Matthieu me fait taire en posant la main sur ma bouche pendant qu'il me pénètre. Je crois que la jalousie lui réussit, parviens-je à me dire entre deux gémissements de plaisir.

On entend à nouveau du bruit, un peu plus fort, cette fois. Matthieu interrompt quelques secondes ses va-et-vient, on entend une fille glousser, puis des bruits de pas qui s'éloignent. Je n'ai pas le temps de me demander à qui appartient ce rire que je sens la queue de mon amant coulisser de nouveau. Putain, que c'est bon. Il m'embrasse dans le cou, libère ma bouche pour me pétrir les seins. Je sens que je vais exploser. Il me porte, m'écarte du mur, se retourne pour voir où il peut me déposer. Son sexe en moi me semble de plus en plus dur et m'empale complètement. J'ai l'impression qu'au moindre pas, je vais jouir. Il finit par me poser doucement sur le sol et se retire pour m'embrasser. Un bruit me fait sursauter. J'ai beau être assez libre sexuellement, le voyeurisme, j'ai déjà donné et c'est pas mon truc. D'autant que l'idée de me retrouver nez à nez avec des amis ne m'excite pas tant que ça. Matthieu surprend mon regard inquiet, me retourne, et je me mets à quatre pattes, ma robe relevée sur le dos. Il se positionne derrière moi et me prend par-derrière.

— Comme ça, tu pourras contrôler que personne

ne vient nous mater, chuchote-t-il d'une voix excitée et fiévreuse.

Le cri sort de ma gorge tout seul et Matthieu se penche contre mon dos pour me bâillonner à nouveau, tout en en profitant pour me prendre plus profondément.

Nous sommes juste derrière un petit palmier qui nous cache. Derrière, c'est le coin sombre où nous étions au début. Je me dis qu'il y a peu de chances pour que l'on se fasse surprendre, lorsque j'entraperçois, juste derrière le palmier, une jolie paire de talons mauves à fines lanières. Je n'ai pas le temps de me demander sur qui je les ai vues car Matthieu intensifie ses mouvements et, quand les talons s'éloignent, je me rends compte que je mords sauvagement sa main et que la jouissance m'emporte en me faisant presque tourner de l'œil.

Journal de Jack — mardi 5:00 AM

Cher journal,

Mais qu'est-ce que j'ai fait au bon Dieu ? Satan est dans la place et c'est moi-même qui lui ai ouvert la porte !

J'ai tellement de mal à t'écrire... Pardonnez-moi mon Père car j'ai... Non ! Je n'ai pas péché ! C'est eux ! Plus le séjour avance, plus ils se transforment. S'il y a une espèce sur terre qui n'a jamais été vraiment étudiée, c'est bien le vacancier !

Je reviens d'un dîner au restaurant devant l'hôtel, chez Jessica. J'avais besoin de savoir comment évoluait ce petit monde et surtout, où en étaient mes deux sujets d'étude préférés, Céline et Scott. Pour la peine : barbe rousse et perruque châtaine de sortie ! A part la blonde filasse qui m'a regardé de travers, je crois être passé incognito.

Scott et Céline se sont pris un bon savon cet après-midi. Encore que j'ai hésité à convoquer Scott, après tout, c'était à elle de tout vérifier. Un point en moins pour elle et un en plus pour Scott : il a accepté de boire un scotch avec moi à la fin de l'entretien quand elle a préféré partir bouder. Un scotch de cette valeur... Les femmes n'ont décidément aucun goût.

Après cette séance bienfaisante d'engueulade, j'ai passé un après-midi des plus agréables en bonne compagnie, ce qui m'a mis en train pour attaquer ma ronde.

Mais ce soir, cher journal, toute ma bonne humeur s'est envolée. J'aurais dû me douter que leur façon de danser comme les Dominicains ne présageait rien de bon. Serais-je en train d'assister à une métamorphose complète ? Est-ce l'air de Las Terrenas, l'alcool ingurgité, les effluves de l'océan ou je ne sais quoi d'autre ?

J'ai cru que la petite blonde allait avoir un orgasme sur la piste. Et la brune, la maman, je ne comprends pas, elle a tellement changé depuis son arrivée que je me demande si c'est la même. Une jumelle, peut-être ? Elles voyagent à deux et ne paient que pour une ? C'est pervers ça, c'est plausible, féminin en tout point. A mon avis, la jumelle maléfique s'est débarrassée de sa sœur, qui a disparu. Comment fait son mari ? Le pauvre, déjà une, ce n'est pas facile, mais deux ! Je devrais l'avoir à l'œil pour m'assurer qu'il ne manque de rien, le malheureux peut craquer à tout moment.

Une démonstration d'offensive féminine, voilà ce qu'il m'a été donné de voir sur la piste. Je les plains, ils tombent tous comme des mouches. Bon, cela dit, elles sont beaucoup plus belles que Linus, mon ex-femme. Mais ce n'est pas une raison pour qu'ils transforment cet hôtel en maison de passe !

Je n'exagère pas : une maison close verrait moins de vice que je n'en ai vu en une nuit !

Je me doutais bien qu'ils reviendraient tous au bar de l'hôtel boire un dernier verre, j'ai préféré sortir. De toute façon, chez Jess, c'est trop petit, ils m'auraient repéré.

Dehors, j'ai choisi l'arrière d'un palmier comme poste d'observation, puis j'ai attendu.

La blonde lubrique et son copain fadasse sont sortis et je me suis retrouvé coincé. Juste derrière eux.

L'obscurité ne leur a pas permis de me voir, et c'est malheureux pour moi, car ils ont choisi cet endroit pour faire leur affaire. Je ne savais pas qu'une femme pouvait crier autant.

D'ailleurs, il ne devait pas le supporter non plus vu la manière dont il a essayé de la faire taire tout le long. Il l'a même claquée, à un moment donné, mais rien n'y a fait.

Quand ils se sont décollés du mur pour tomber sur le sol, j'ai réussi à me glisser discrètement sur le côté pour enfin leur échapper. Je me suis encore râpé contre le crépi. C'est décidé, demain je prends rendez-vous avec le façadier.

Une fois sorti de mon calvaire, je me suis éloigné doucement à reculons pour être sûr qu'ils ne me voient pas. Le stress avait suffi à me décider à rentrer tôt. Mais c'était sans compter sur le reste de la bande.

Deux pas plus loin, je vois arriver la jumelle maléfique, son beau-frère et le bébé dans la poussette. Elle riait. Ce qui confirme ma théorie car la première ne riait pas.

Je me suis prestement caché dans la petite cabane du gardien en remerciant le ciel qu'il n'ait pas commencé son tour de garde tout en notant mentalement de lui envoyer un avertissement demain pour son retard. De toute façon, c'est un Dominicain, ils s'en foutent, des avertissements. « Oui, monsieur », c'est tout ce qu'il me dira. Bon, autant ne pas me fatiguer et profiter de cette cachette providentielle.

— Tu les rejoins boire un verre ? a demandé la fille.

— Je t'accompagne d'abord à la chambre, dit l'homme avec une voix étrange.

— Je peux y aller, je connais bien le chemin.

— Ce n'est pas le chemin qui m'inquiète, mais les gens que tu pourrais croiser.

Je les entendais très bien, comme s'ils étaient à côté de moi. Je me suis relevé doucement pour regarder par l'ouverture de la guitoune. Ils étaient juste là, devant la maison !

— Tu pourrais aller retrouver ce James, qui souhaiterait sûrement une nouvelle danse.

— Et ça te gênerait ?

— Plutôt oui. J'ai beau être gentil, je ne suis pas trop partageur.

C'est pas bien, ça. Mais bon, il le reconnaît, c'est déjà ça. Mais que ne veut-il point partager ?

J'en étais là de mes réflexions et je notais la question sur le calepin que j'ai toujours sur moi, quand la suite a fini par éclairer ma lanterne.

— Tu n'as qu'à montrer ce qui est à toi, si tu ne veux pas qu'on te le prenne, a-t-elle dit.

— Je mets une étiquette dessus, comme mon nom sur les habits en colo ?

— Ou tu te contentes de les garder à proximité...

J'ai prié pour que le gardien revienne quand elle s'est appuyée contre ma petite maison.

Je pouvais voir son dos et ses cheveux frotter le sommet de mon crâne dégarni (j'avais ôté ma perruque) à travers l'ouverture de la tente. Note : en brun, je suis vraiment bien. Mes cheveux me manquent.

Il s'est approché d'elle, a mis les mains autour de son visage et l'a embrassée. *Eux aussi ?*

A ce moment-là, j'étais prêt à me relever, et tant pis s'ils se demandaient qui j'étais, ce que je faisais là, et tant pis si je ne pouvais plus profiter des cheveux mais quand même, trop c'est trop. Où est passée la pauvre maman ? Qu'ont-ils fait du bébé ? Je n'entendais rien dans la poussette, s'en étaient-ils débarrassés aussi ?

J'ai alors nettement entendu des bruits de vêtements froissés... Et j'ai à nouveau prié pour que ça ne recommence pas. Heureusement pour moi, ils se sont arrêtés net :

— Tu as entendu ? a demandé la fille.

— Viens, je te ramène à la chambre, je mets Anna

au lit, puis je te mets, toi, au lit..., dit-il en insistant sur le « toi ».

— Tu ne rejoins pas les autres ?

— Les autres peuvent attendre, pas ma famille.

Il avait vraiment une voix étrange. De la drogue, c'est comme ça qu'elle a dû l'avoir. Ainsi donc, Anna est sa fille, il va la mettre au lit pour s'en débarrasser pendant qu'il se tape l'autre. Culotté !

Ils ont fini par s'éloigner en riant comme des imbéciles. Je suis resté quelques instants dans ma cabane, suffisamment pour voir que le gardien planque des revues porno sous la table. Eh bien, il ne s'ennuie pas la nuit pendant ses rondes. Même mon gardien est perverti. Mais comment confondre le coupable ? Ils sont deux à se partager la nuit.

Passé le choc de ma découverte sur la nature humaine (puis la lecture des magazines de mon gardien finie), je m'apprêtais à partir quand j'ai entendu du monde arriver.

J'ai aussitôt reconnu les voix : Céline et Scott. Ah, voilà quelqu'un que j'attendais. A-t-il réussi à prendre le dessus, ce brave petit gars ?

— ... Que je passe la nuit avec toi ?

C'est une soirée à thème ou quoi ?

— Tu voulais une solution, en voilà une ! a dit Scott. Si tu passes la nuit avec moi, tu seras sûre que je n'ai rien mis en place pour saboter la journée de demain. On ne se quittera pas de la nuit. On a passé la journée ensemble, tu sais donc que je n'ai rien fait aujourd'hui à part quand j'ai bu un scotch avec le boss, mais tu étais derrière la porte...

Ah, la garce !

— ... donc tu sais que je n'ai rien pu entreprendre pour bousiller l'organisation du mariage. Mais la nuit est encore longue... Si tu n'as pas confiance en moi, la seule solution, c'est que tu ne me quittes pas ! Et il n'arrivera rien à ton voyage.

— Mais je rêve ou c'est carrément du chantage pour coucher avec moi ?

— Ah, mais c'est toi qui parles de coucher, chérie ! Moi, je parlais juste de passer la nuit. Mais effectivement, tu fais bien d'aborder la question. J'ai une réputation à tenir !

Oh ! c'est fort ça ! J'ai tout pris en note dans mon calepin, histoire de ne pas en rater une miette.

— Et comme ça, moi aussi je t'ai à l'œil, poursuit Scott. Je n'ai aucune confiance en toi non plus. Je suis sûr que tu es assez perverse pour t'autosaborder et m'accuser ensuite.

— Pauvre con.

— Et ne me dis pas que tu ne serais pas capable de coucher pour obtenir ce que tu veux ?

Je me relève discrètement pour observer depuis l'ouverture dans la porte de la cabane.

Elle s'apprête à le gifler, mais il attrape sa main et la bloque.

— Devant tout le monde, je veux bien te laisser faire une fois. Mais pas deux, chérie, dit-il alors en se rapprochant d'elle. Ne me dis pas que tu n'en as pas envie. Je t'offre une occasion unique de passer la nuit avec moi et de pouvoir crier ensuite sur tous les toits que je suis un connard et que tu m'as bien eu. Si ça te chante, tu pourras même dire que c'est toi qui as tout décidé, et en plus, tu seras sûre que ta journée se passera bien.

— Et toi, quel est ton intérêt ? a demandé Céline.

— Te sauter ! J'en peux plus, je bande depuis la première fois que je t'ai vue et je suis complètement à cran. J'aimerais bien avoir le sang qui afflue dans une autre partie de mon corps, pour changer.

Alors ça, c'est direct. Comment fait-il ? Je dis la moitié à une femme et elle m'émascule.

Quand, vers la fin de mon mariage, j'ai fait savoir à Linus que je souhaitais avoir des relations sexuelles, car c'est tout l'intérêt d'être avec une femme, sinon à quoi bon, elle m'a balancé un coup de pied dans les parties génitales et lancé la procédure de divorce. C'était pourtant beaucoup plus gentil que ce que Scott a dit...

Je n'ai pas vu le visage de Céline car elle était de dos, mais elle ne semblait plus en colère.

— Et puis je sais très bien que toi non plus, tu n'en peux plus ! Reconnais que ça t'empêche même de te concentrer, a-t-il poursuivi.

— Non, mais je rêve !

— Pas encore, mais tu verras, ça ne va pas tarder. Je ne sais pas pourquoi on est attirés l'un par l'autre, mais c'est un fait, ça ne sert à rien de le nier. Alors autant céder une fois, juste une, et après, on devrait être libérés.

Il s'est alors approché brusquement et a collé sa bouche contre la sienne. Elle a semblé hésiter et puis ils se sont embrassés d'une façon, d'une façon... Je ne saurais comment la qualifier sans choquer mes futurs lecteurs.

Quand, au bout de quelques minutes, ça s'est enfin arrêté, elle a repris son souffle et dit :

— Juste une nuit !

— Si tu veux, a répondu Scott. Si tu peux t'arrêter là.

— Je saurai me retenir. Juste une nuit, rien de plus. Du sexe sans conséquence, je m'assure que tu ne fais rien pour gâcher la journée, on ne se quitte pas de la nuit et demain, on fait comme s'il ne s'était rien passé.

— Tu peux même m'attacher, si tu veux en être sûre !

— C'est bien ce que je comptais faire.

Il lui a lâché la main, l'a poussée contre le mur de la cabane et l'a de nouveau embrassée, à mon grand désespoir. Elle s'est laissé faire — je ne comprends décidément rien aux femmes. De ce que j'ai vu, il en a profité pour la peloter et lui a dit :

— Mais ne m'attache pas tout le temps ou tu ne sauras jamais ce que ces mains peuvent te faire.

— Arrête de parler et baise-moi...

A ce stade, j'étais carrément choqué. Et complètement

tendu, aussi. Scott lui a fait longer le côté de la cabane pour atteindre le banc qui se trouve juste derrière. S'ils n'avaient pas été en train de s'embrasser comme des ados en rut, ils m'auraient sûrement vu en passant devant la porte. Je l'ai échappé belle. Je n'ai pas pu voir précisément ce qu'ils faisaient, mais en regardant à travers un petit interstice entre deux parpaings qui ménageait comme un mini-œil-de-bœuf, j'ai entraperçu Scott, assis sur le banc, et Céline, à califourchon sur lui. J'ai eu l'impression d'être au purgatoire et je sentais que j'étais de plus en plus tendu…

Des bruits de pas se sont approchés, puis se sont arrêtés. Scott et Céline ont finalement décidé de poursuivre leur affaire dans la chambre, et je ne sais plus si j'en ai été déçu ou soulagé.

Je suis sorti de ma cachette en chancelant, d'abord parce que rester accroupi n'est plus de mon âge, ensuite parce que mon entrejambe commençait à être vraiment douloureux.

Mais le sort avait décidé de s'acharner. Ne pouvais-je donc pas rentrer chez moi tranquillement ?

Sur le chemin du retour, choqué, perturbé et mal en point, j'ai heurté quelque chose. Il fait très clair, la nuit, en bord de plage, mais là, dans ma précipitation, je n'ai pas vu l'escarpin violet par terre, relié à une demi-jambe elle aussi par terre, elle-même reliée à un genou à terre, articulé à la deuxième moitié de la jambe dressée jusqu'à un tronc et une tête et surtout une bouche, posée sur un sexe, d'un homme, très certainement.

— Ahhh !

Un cri d'effroi m'a échappé. Prenant mon courage à deux mains, je suis parti en courant sans avoir eu le temps d'identifier les propriétaires des escarpins et du sexe buccal.

C'était il y a trois heures. Depuis, j'ai pris une longue douche. Les infâmes pensées ne m'ayant toujours pas quitté, j'ai continué de m'occuper de moi et mon sexe endolori a fini par crier grâce, comme un cilice trop serré sur une cuisse trop ferme après un péché. J'ai attendu avant de tout pouvoir coucher sur papier, ma main ayant, elle aussi, subi les pires outrages pour expier les péchés de mon sexe tendu.

7. Maïa

«[…] Imaginative, réceptive, d'une intuition souvent impressionnante, elle est éprise de magie et de merveilleux. Elle se montre impulsive, capricieuse, colérique, impatiente et il lui faudra des années avant d'apprendre à tourner sept fois la langue dans sa bouche avant de parler ! De plus, trop pressée, car passionnée, elle a tendance à vouloir mettre la charrue avant les bœufs et n'ira pas toujours au bout de ce qu'elle entreprend. Par ailleurs, elle est un peu bohème, fantaisiste et peut manquer d'organisation. En prenant de l'âge, son caractère s'affirmera et elle risquera même de devenir tyrannique. […] Elle a le sens de l'amitié, aime coopérer avec les autres dans des activités de groupe qui la stimulent, étant volontiers encline à la paresse. C'est une intimiste, une narcissique un peu égocentrique qui adore s'épancher lorsqu'elle se sent en confiance. C'est aussi une sensorielle, gourmande, qui n'est pas indifférente aux bons petits plats… qu'elle ne saura bien préparer que si vous le lui demandez gentiment !»

J'adore le goût du sperme. J'aime les gambas flambées que je viens de manger, la crème brûlée au caramel que j'ai commandée en dessert, mais là, en guise de digestif, j'aime bien le goût du sperme de mon homme. Bon, entendons-nous, je n'en boirais pas le matin au petit déjeuner. Mais quand je suis excitée, ça change tout.

En plus, dans cette situation, sans douche à proximité ni mouchoirs, il n'y a pas trente-six solutions, je suis bien obligée d'avaler. Je me redresse et regarde François, qui semble parti sur une autre planète.

— Tu vas réussir à t'en remettre ou il te faut ton lit maintenant ?

— Me remettre de quoi, chérie ? Du fait que tu m'as mordu ou de la pipe phénoménale que tu m'as faite ensuite ?

— Je ne t'ai pas mordu ! J'ai un peu serré, c'est tout. Je t'ai dit qu'un fou avait trébuché sur mes pieds.

— Admettons que je te croie, mais je me méfie, avec toi. Remarque, c'est toujours excitant tes pipes, je ne sais jamais si tu vas me vomir dessus, me mordre ou me faire jouir mieux que personne !

— Oh ! salaud ! Je ne t'ai pas vomi dessus, j'ai vomi *à côté*.

Je préfère préciser quand même, même si personne n'entend. François fait allusion à cette soirée où je me suis bourré la gueule avant d'avoir l'idée géniale de vouloir le satisfaire sur un parking puis de me raviser et de vomir sur ledit parking. Pas l'exploit dont je suis le plus fière.

— Je plaisante, chérie ! C'est ce que j'aime chez toi, dit-il en m'embrassant sur le front comme un gentil grand-père.

Comme je m'apprête à riposter, il précise :

— Tu as perdu, c'est tout. Tu me la devais, cette pipe, tu as payé ta dette, Maïa. Maintenant, on va rejoindre les autres pour boire un verre et je te garantis que je me rattraperai juste après. A moins que tu ne tiennes plus et que tu préfères que je te prenne là, tout de suite ?

— Tu en serais capable ? Physiquement, je veux dire ?

Relevant mon petit défi, il me prend les fesses dans les mains, me plaque contre lui comme il sait le faire et me dit :

— Tu en doutes ?

Et il m'embrasse. Avant de le connaître, je ne pensais

pas qu'un mec pouvait embrasser aussi bien. C'est ce qui m'a perdue avec lui, d'ailleurs. Quand il m'embrasse, j'ai l'impression que plus aucun autre homme ne pourra plus jamais le faire. Et puis ensuite, tout recommence, le doute, la peur... Est-ce que cette angoisse me quittera un jour ? J'ai réglé mes comptes avec mon ex, pourtant. J'ai revu Frédéric après le début de mon histoire avec François. Je comprends pourquoi il m'a trompée. Enfin non, en fait je ne comprends pas. On ne comprend jamais vraiment. Disons que j'ai accepté. Quand je pense à lui, je me dis que s'il ne l'avait pas fait, nous serions mariés aujourd'hui. J'en vomirais de dégoût. Frédéric n'était vraiment pas un type pour moi et je crois que je n'étais pas non plus une fille pour lui. Finalement, en me trompant, il nous a rendu service à tous les deux.

Mais François, il me suffit de le regarder pour savoir que c'est différent.

Je me dis qu'il pourrait être fait pour moi et que je pourrais être faite pour lui... Ou bien est-ce que je me trompe ? Des années à faire n'importe quoi, avec n'importe qui... Qui me dit que je suis quelqu'un de bien ? Que je ne vais pas le faire souffrir ? Lui, le flic, le gros dur qui ne s'est jamais accroché trop longtemps, il a l'air de tenir à moi. Et l'air de rien, ça me met la pression. Suis-je assez bien pour le mériter ?

« Ta gueule et resuce-le. » Ça, c'est la voix de Jules dans mes oreilles. Et pour le coup, il a raison.

Je finis par arrêter François, malgré l'érection que je sens revenir dans son entrejambe.

— Non, c'est bon, ça va, j'ai vu. Je voulais juste tester ! On peut rejoindre les autres.

Il sourit, soupire et finit par me suivre.

J'adore jouer les garces, j'ai l'impression que ça l'amuse. Mais est-il possible, dans ce contexte, de passer en mode romantique ? Le demander en mariage... Mais dans quoi je me suis lancée ? D'accord, j'adore les défis et celui-là en est un sacré, mais c'est surtout l'idée la plus conne que j'ai jamais eue, parce que... Et s'il disait non ? La voilà, ma véritable angoisse. Je crois que je ne m'en remettrais tout simplement pas. Ce serait bien pire que de retrouver Frédéric vautré avec la voisine sur la table du salon.

Peut-être qu'il aime le sexe pour le sexe, et c'est tout ? Même s'il m'a prouvé qu'il tenait à moi en venant me chercher à Paris, même si je sais, par sa famille, qu'ils ne l'ont jamais vu comme ça, même s'il me dit qu'il m'aime, même si, même si... ça ne suffit pas. En fait, je suis complètement paralysée par l'angoisse. Sans compter que s'il refuse, je me paierais la honte de ma vie. Et ça non plus, je ne m'en remettrais pas ! En même temps, j'ai promis. J'ai même fait un pari et il est hors de question que je le perde. Voilà. Pour résumer, je me suis mise toute seule dans de beaux draps. Comme on fait son lit, on se couche.

Ou alors j'arrête tout ? Je me dis que parfois, il faut savoir partir la tête haute. C'est comme une avalanche en montagne : pour maîtriser sa force et les dégâts qu'elle occasionne, mieux vaut la déclencher plutôt que d'être victime et de se faire dévaster au moment où on s'y attend le moins, sans guérison possible. Alors est-ce qu'il ne vaut pas mieux que je décide du jour où je déclencherai l'avalanche ? Si c'est moi qui le quitte, j'anticiperai ma douleur et trouverai les ressources pour guérir car je sais qu'elle sera passagère. Mais je sais aussi que ce sera long. Au simple fait d'évoquer cela, je sens mon ventre se tordre. Serais-je plus fragile que je le croyais ? Je ne sais pas. Je ne me reconnais plus.

Heureusement, notre arrivée au bar de l'hôtel me force à mettre de côté mes idées noires.

— Tu en as encore, me dit Jules en pointant la commissure de mes lèvres.

Par réflexe, je porte la main à ma bouche, mais ce con explose de rire. Je lui souris à pleines dents.

— Tu apprendras que c'est impossible, j'avale toujours tout.

Cet idiot rit de plus belle et parvient presque à me

détendre. Je suis contente que Jules soit là. C'est mon éditeur mais aussi un véritable ami, et c'est en partie grâce à lui que je suis avec François aujourd'hui. C'est lui qui a apporté à François le manuscrit fondé sur mon journal intime. Sans cela, il n'aurait jamais su les sentiments que j'avais pour lui et que j'étais incapable de lui avouer. Le manuscrit en question a d'ailleurs été publié et a fait un tabac. Il a même relancé ma carrière d'écrivain. Celui que je suis en train d'écrire est d'un genre bien différent, mais je m'éclate. C'est fini pour moi, le polar historique, maintenant, mon truc, c'est le réel, le monde actuel.

— Tu viens avec moi dans la chambre ? J'ai oublié ma pilule, me dit Lydia.

Je la regarde de travers.

— Parce que tu risques de tomber enceinte dans les cinq minutes qui arrivent ? On doit y aller en courant ?

— Exactement, répond-elle avec de gros yeux.

Je finis par comprendre la subtilité de sa demande consistant à venir discuter avec elle d'un sujet urgent et top secret. Je la suis dans le couloir.

Quand elle s'apprête à prendre à droite, je l'attrape par le bras.

— J'ai bien compris que tu voulais me parler, mais tu veux quand même aller dans ta chambre ou non ?

— Oui, dit-elle, un brin hystérique.

— Alors c'est par là, dis-je en prenant le couloir opposé.

— Je ne déconne pas, faut vraiment que je prenne ma pilule. Mais là, je viens d'essayer d'aller la chercher et je me suis trompée de chambre.

— Et donc tu as besoin de moi pour faire le guide touristique ? C'est pour ça que tu m'empêches de me désaltérer après la pipe que je viens de faire à François ?

— Quoi ? Mais qu'est-ce que vous avez tous, ce soir ?

— Comment ça qu'est-ce qu'on a tous ? Tu as un problème avec le sexe, toi ? Depuis quand ?

— Depuis que tout le monde me traumatise ! dit-elle, frôlant visiblement la crise de nerfs.

— Bon, OK, on va arriver à ta chambre et tu vas me raconter ton problème.

— Je me suis trompée de chambre !

— Oui, j'ai bien compris le principe, mais ensuite ?

— Ensuite j'ai vu deux choses ce soir, et je ne suis pas sûre de m'en remettre un jour. D'une des deux surtout. Rha, beurk, fait-elle, comme si elle voulait s'enlever un mauvais goût de la bouche. Une scène de cul des plus... des plus...

Comme elle semble chercher ses mots, j'essaie de l'aider, mais en vain. Je ne vois pas du tout où elle veut en venir.

— Tu as surpris un couple en train de faire l'amour, c'est ça ?

Elle hoche vigoureusement la tête.

— Et c'est grave ? Il la fouettait ? Ou alors c'est elle ?

— Mais qu'est-ce que tu racontes ?

— Rien ! J'essaie de trouver ce qui a pu te choquer à ce point.

— C'est pas *ce* qu'ils font, voyons. C'est *qui* le font, ou le fait... enfin t'as compris.

— Non, rien. Mais vas-y, accouche, tu m'intéresses.

Comme on arrive à sa chambre, elle passe la carte magnétique dans la serrure et regarde derrière elle en refermant la porte, comme si elle avait peur d'être suivie ou espionnée.

Elle vire parano en plus.

— Je ne la supporte plus ! dit-elle en s'effondrant sur son lit.

Je réfléchis quelques secondes mais comprends très vite de qui elle parle.

— Cruella ? proposé-je.

— Ouiiii, répond Lydia en geignant.

— Fait numéro un établi. Mais rien de nouveau sous la lune. Et sinon, Cendrillon, quel est ton problème ?

Je m'assieds sur le lit à côté d'elle. Elle se redresse et me regarde fixement.

— Ne te voyant pas arriver au bar, je me suis doutée que tu faisais des trucs salaces avec François. J'ai donc pris mon courage à deux mains et décidé de chercher cette foutue chambre toute seule. Julien était en grande conversation avec Ludovic et aller dans la chambre avec lui est toujours très compliqué car je ne sais jamais combien de temps ça va prendre, dit-elle en souriant.

— Et après c'est moi qu'on traite de chaudasse, lancé-je, laconique.

— Bref, dans le couloir, je me dis que ce n'est peut-être pas le bon bâtiment, mais comme je suis pressée, je vais quand même voir. J'arrive au niveau de ce qui aurait dû être ma chambre...

— ... Si ç'avait été le bon bâtiment, précisé-je à sa place.

— Exact. Je m'apprête donc à passer ma carte magnétique, mais la porte n'était pas fermée car, quand je tiens la poignée, elle s'est entrouverte.

Ses yeux sont exorbités, comme si elle revivait la scène. Comme elle ne poursuit pas, je demande, à bout de patience :

— Et ?...

— Elle était sur le lit, à quatre pattes, en train de crier pendant qu'il la prenait par-derrière ! C'est un cauchemar, son visage était déformé, je ne pourrai plus jamais la voir autrement !

— Mais qui ça bordel ? crié-je presque.

— Cruella ! Solange ! La belle-doche !

Ma bouche s'ouvre en grand sans émettre un son. Délire ! Le scoop du siècle. Mais déjà plein de questions m'assaillent :

— Sans déconner ? C'était qui le mec ?

— Aucune idée, je ne l'ai pas vu et autant te dire que je ne me suis pas attardée. Tu sais, quand on est dans le couloir, on voit le bout du lit mais pas la tête.

Elle était à quatre pattes sur le bord du lit, c'est pour ça que je l'ai aperçue, elle.

— Elle t'a vue ?

— Non, je ne crois pas, elle avait les yeux fermés.

— Et tu n'as pas fait de bruit ?

— Je crois que j'ai poussé un petit cri, mais il a dû être noyé au milieu des siens...

— Tu veux qu'on y retourne effacer tes empreintes ? dis-je en rigolant.

— Oui ! Elle me fait peur ! Si elle découvre que je l'ai vue, je ne sais pas de quoi elle est capable.

— Tu déconnes ou quoi ? C'est l'inverse ! Tu peux même la faire chanter, maintenant ! Elle te lâche enfin, tu fais ta vie tranquille et en échange, tu ne racontes rien à personne. Imagine ce parangon de vertu au caractère d'hyène, si son fils l'apprend !

— Ah, quelle horreur ! Julien est le dernier que je mettrai au courant, je crois. Je crois que *personne* n'aimerait apprendre que ses parents ont des envies sexuelles et surtout qu'ils les assouvissent !

— C'est clair ! OK, on ne dit rien à Julien, ça pourrait le traumatiser et lui provoquer un blocage sexuel jusqu'à la fin de ses jours. Ce serait con, tu es encore jeune.

— Ah oui, si je pouvais éviter de devoir prendre un amant juste avant le mariage, ça m'arrangerait !

On éclate de rire en chœur. Elle se lève pour prendre sa pilule dans le tiroir et, quand elle l'avale, une idée me traverse l'esprit :

— Eh, viens, dépêchons-nous, ils y sont peut-être encore ! Avec un peu de chance, on pourra les voir sortir de la chambre !

Comme elle semble hésiter, j'insiste :

— T'es pas curieuse ?

— Si, grave ! Allez viens.

On fonce hors de sa chambre et dans le couloir, elle hésite.

Merde. Evidemment, avec son putain de sens de l'orientation, elle ne se rappelle plus quelle chambre c'était. On décide d'aller emmerder la réception, qui finit par nous lâcher le numéro de la chambre de Mme Beaume quand on explique qu'on doit absolument lui apporter son médicament. Mais quand on approche du bâtiment, Lydia s'arrête.

— Non, c'est impossible, dit-elle. Ce n'est pas ce bâtiment, j'en suis sûre. Regarde, la couleur n'a rien à voir avec celle du mien. Je n'ai pas pu confondre.

— Pourtant, c'est dans celui-ci que se trouve la chambre de Cruella, dis-je, perplexe.

— Alors il n'y a qu'une seule explication...

— Elle n'était pas dans sa chambre !

— Exact ! Elle était dans la chambre du mec. Donc première déduction, Watson..., dit-elle en me regardant.

J'écarquille de grands yeux.

— Je ne vois pas !

— Oh, mais si, sois logique. S'il a sa propre chambre, c'est forcément un vacancier.

— Ah oui. On peut donc écarter James, dis-je, mi-figue, mi-raisin.

Lydia me regarde, incrédule.

— Ben quoi ? Lui, c'est un Dominicain, j'aurais pu comprendre qu'il se la tape pour de l'argent ! Mais que quelqu'un fasse ça sans être payé, là, c'est plus dur à avaler !

— Pas faux, confirme Lydia. Bon, on va rejoindre les autres ? De toute façon, on ne les trouvera pas.

— D'accord, allons-y. Mais je déclare officiellement ouverte l'enquête sur « qui saute Solange » !

— OK, prévenons les copines, elles nous aideront à ouvrir l'œil !

En chemin, une autre info que m'a donnée Lydia me revient.

— Et à propos, c'est qui le deuxième couple que tu as vu ?

— Ah oui, acquiesce-t-elle. Bon, là, c'est moins choquant. Quand on est sortis du resto, Céline a dit qu'elle était crevée et qu'elle rentrait pour peaufiner les derniers détails de la journée de demain.

— Oui.

— Et Scott a suivi juste derrière en déclarant qu'il avait de la paperasse à remplir.

— Oui, dis-je en souriant en voyant bien où elle veut en venir.

— Eh bien, on peut dire que ces deux-là ont une drôle de façon de préparer mon mariage. Ou alors ils ont prévu une orgie et personne ne me l'a dit ! Après mon traumatisme avec Cruella se faisant fouetter le derrière, je traverse un couloir et je vois au bout, contre une porte, Céline et Scott en train de se rouler une pelle. Ma pauvre, ç'aurait été moins osé s'il l'avait violée !

— Ah, excellent !

— Comment ça, excellent ?

— Ben oui, c'est pas une grosse surprise. Maintenant, les questions, c'est : depuis combien de temps ? Est-ce qu'elle se sert de lui pour mieux l'avoir à l'œil ? Est-ce qu'ils vont se foutre de notre gueule et faire comme si de rien n'était demain ou est-ce qu'ils vont arriver main dans la main au petit déjeuner ? dis-je en comptant sur mes doigts.

Le temps d'égrener ces questions cruciales, on arrive au bar de la salle principale où sont accoudés Ludovic, Julien et François.

Damien joue au billard avec Annie contre Jean et Jules. Angie, Matthieu, Sophia, Paul et Carole sont partis se coucher. On passe une excellente soirée. Avec toute la discrétion dont on est capables, on met Annie dans la confidence de la découverte de la sexualité de Solange, car on a besoin d'en parler à quelqu'un et elle est la seule disponible. Notre discrétion ne parvient toutefois pas à en exclure Jules, qui rôde dans les parages et écoute naturellement tout ce que l'on dit. Il décide de la surveiller lui aussi. Il est excité comme une puce.

Je ne crois pas que ce soit une bonne idée car dans

le genre pas discret non plus, il se pose un peu là, mais après tout, on va bien rire.

Damien est particulièrement en forme ce soir. Etrange étant donné la journée qu'il a passée hier, qui aurait dû lui donner toutes les bonnes raisons de se plaindre. On découvre un peu mieux Annie et on la trouve vraiment très sympa. On essaie de la chambrer sur les ouvertures possibles avec Ludovic, mais elle se ferme comme une huître à chacune de nos tentatives. Ludovic met pourtant tout son cœur à l'ouvrage, mais rien n'y fait. Elle ne semble pas insensible, au contraire, mais c'est comme si un interdit l'empêchait de passer le cap.

Quand on sort prendre l'air, éméchés, Julien bloque sur deux aigles en pierre qui trônent devant l'hôtel. Depuis notre arrivée, tout n'est que calme et volupté dans ce village et cet hôtel, mais c'est vrai que ces oiseaux hideux à l'air conquérant viennent un peu troubler la quiétude des lieux. On décide de poser la question demain à Céline ou à Scott. Qu'est-ce qu'ils foutent là ? C'est vrai, quoi. Qui a eu ce goût de chiotte ? Pourquoi ce faux pas au milieu de toutes ces beautés, et précisément sur ce bâtiment ? Julien, François et Ludovic, en bons mâles dominants, décident d'aller voir de plus près s'ils sont scellés ou juste posés.

Annie semble choquée et leur crie d'une voix étouffée d'arrêter alors qu'ils attaquent l'ascension du balcon du premier étage.

Mais rien n'arrête nos braves — et encore moins nos rires de pintades — qui poursuivent leur escalade. J'adore voir mon homme un peu moins flic et un peu plus crétin.

— Oh ! les filles, raisonnez-les ! nous dit Annie en rigolant à moitié, elle aussi.

— C'est scellé ! chuchote Julien, qui est arrivé au premier aigle.

— Le mien aussi ! dit François sur l'autre.

Ludovic arrive en dessous et confirme que ça ne bougera pas.

— Et avec mon talon aiguille ? propose Lydia, que rien n'arrête dans la connerie.

Devant le regard éberlué qu'on lui lance, Annie et moi, elle croit bon d'expliquer :

— Ben oui, si on tape dessus avec mes talons, ça devrait les décoller, non ?

Jules et Damien, qui étaient encore à l'intérieur, arrivent sur ces entrefaites. Jules est mort de rire, mais Damien est scandalisé.

— Mais ça va pas non ? Descendez de là ! Vous allez vous faire arrêter pour vandalisme et on va tous se faire virer de l'hôtel avant le mariage !

Voyant que les garçons persistent à jouer les archéologues, Damien poursuit :

— Les filles, raisonnez-les !

— Moi, j'ai proposé mon talon ! dit Lydia, qui est en fait complètement bourrée.

Damien écarquille les yeux et cherche un soutien du côté d'Annie qui est aussitôt prise d'un rire nerveux plus fort qu'elle.

— Maïa ! me supplie Damien.

— OK, dis-je. Maintenant descendez, les gars ! On reviendra avec une pierre pointue ou un marteau, ce sera plus simple ! On s'organisera mieux la prochaine fois, ce soir, on n'arrivera à rien.

Ecoutant la voix de la raison, les hommes finissent par descendre, encouragés par les gloussements de Jules, Lydia, Annie et moi. Je ris toute seule en me disant que si je racontais ça dans un de mes romans, personne ne me croirait.

Vers 3 heures du matin, on décide tous d'aller se coucher, non sans avoir pris le temps de réfléchir à la manière dont on pourrait se débarrasser de ces infâmes oiseaux. On en conclut qu'il faudrait une corde, qu'on accrocherait d'un côté au socle des bestioles et de l'autre à une voiturette de l'hôtel, et qu'il n'y aurait plus qu'à les tracter. M'est avis que tout l'hôtel nous en sera reconnaissant en plus ! On prend congé des aigles en leur accordant un sursis.

Demain, grosse journée : Céline nous emmène repérer les lieux du mariage. Il faut que je sois un peu fraîche pour tenir mon rôle de parfaite demoiselle d'honneur et aider Lydia pour les préparatifs. Annie nous propose son aide, que nous acceptons avec grand plaisir. Journée filles : Céline l'organisatrice, Lydia la future mariée, Sophia et moi les deux demoiselles d'honneur, Carole la belle-sœur, et Angie et Annie, les deux copines en bonus. Conclusion : ça fait une belle réunion de pipelettes.

Soudain, Lydia est prise d'un vertige en se demandant si Cruella n'aurait pas prévu de venir. Je la rassure vite en lui disant qu'on fera tout pour l'en dissuader.

Aïe, petite barre à la tête. Je suppose que l'abus d'alcool d'hier soir ne doit pas être étranger à ce phénomène. François s'est déjà levé, comme d'hab, pour partir courir avec Ludovic et Julien.

Je rejoins les copines au petit déjeuner. Avec Lydia, on se lance des regards en coin quand Céline débarque, toute fraîche et pimpante. Je lui demande si elle a passé une bonne nuit.

— Ça va oui. Je me suis reposée, ça fait du bien, dit-elle sans ciller.

Même Sophia, qui n'était pas avec nous hier soir, sourit en la regardant de travers, pas dupe.

Les hommes rentrent de leur footing. Scott est avec eux et semble plutôt détendu, lui aussi. Il nous regarde en haussant les sourcils quand il sent tous les yeux des filles posés sur lui. On finit par regarder ailleurs et Julien prend la parole :

— Lydia, tu es sûre que ça va aller, pour cet après-midi ?

— Oui, chéri, on va très bien s'en sortir avec les filles. Toi, par contre, occupe-toi des papiers et appelle le consulat pour vérifier que tout est au point. Ce soir, on se rejoint pour l'apéro et on cale le programme du mariage tous ensemble.

Il l'embrasse avant d'aller prendre une douche et, quand François s'approche de moi pour faire de même, je le sens particulièrement nerveux.

— Ça va ? demandé-je.

— Oui, pourquoi ?

— Je ne sais pas, tu es bizarre.

— Non, pas du tout, je vais juste prendre ma douche. Tu veux venir avec moi ?

Je lui adresse mon sourire le plus innocent.

— Non, je déjeune et j'aimerais garder un peu de forces pour la journée.

Il m'embrasse à nouveau et part vers la chambre, le pas léger et rendu plus conquérant par mon discret compliment. Ah, les hommes...

Cruella arrive. Décidément, j'ai l'impression que tout l'hôtel retient sa respiration à chacune de ses apparitions.

— Quel est le programme aujourd'hui ? demande-t-elle sans préambule.

Comme elle ne semble s'adresser à personne en particulier, personne ne se sent obligé de lui répondre.

— Eh bien ? Beuverie encore, jusqu'à en oublier ce que vous devez faire ? Ou c'est juste votre fainéantise habituelle qui est prévue au programme ?

— Euh, non, déclare courageusement Céline. On va aller, juste avec la mariée, précise-t-elle précipitamment, repérer les lieux pour le mariage. Mais ça va être rapide, hein, rien de bien intéressant, juste pour régler des détails pratiques.

— Vous n'avez pas besoin de moi ? demande Cruella à Lydia.

— Non, répond celle-ci en la regardant dans les yeux.

Waouh, quel courage ! Elle soutient son regard, comme si elle essayait de lui faire passer un message, genre « c'est pas la peine de faire votre mère la vertu, je sais que vous êtes une débauchée qui se fait prendre par-derrière». Mais je ne sais pas si Cruella d'Enfer comprend bien le message ou si elle voit juste de l'effronterie de la part de sa future belle-fille.

— Très bien, alors. De toute façon, je ne comptais pas venir. J'ai plein de choses à faire.

— Ah ben oui, dis-je doucement en buvant mon café.

— Quoi ? lance Cruella en se retournant vers moi d'un coup.

— Rien, rien. Bonne journée, Solange. Je vous ferai un compte rendu ce soir, dis-je, aussi stressée que si la directrice de l'école m'avait surprise en train de fumer aux toilettes.

— J'espère bien, dit-elle. Damien, vous avez un bus, un train ou une bicyclette à prendre, aujourd'hui ?

— Euh, non, dit doucement le malheureux, qui prenait son petit déjeuner tranquillement.

— Tant mieux. Prenez quand même ce décontractant musculaire, ça vous fera du bien encore après votre chute de cheval.

— Ah ben oui, mais non, mais...

Mais elle ne lui laisse pas le temps de finir. Elle prend d'autorité son verre d'eau et laisse tomber le produit.

— Buvez, dit-elle. Et dépêchez-vous, j'ai pas que ça à faire.

Damien s'exécute. Elle semble satisfaite comme une grand-mère qui aurait réussi à faire prendre son huile de foie de morue à son petit-fils. On a tous pitié de lui, mais personne n'ose prendre sa défense. En même temps, si c'est les médicaments de la vieille qui le détendent comme ça, qu'il continue à les prendre !

Elle s'éloigne enfin, et je ne sais pas si c'est l'effet de mon imagination, mais la vie semble reprendre son cours dans le restaurant. Petit à petit, les enfants se remettent à manger et les gens vont ranger leur plateau, plus sereins.

Un peu avant 14 heures, je passe chercher Lydia et on rejoint les copines dans le bus qui nous attend devant l'hôtel.

Carole et Sophia ont laissé leurs bébés à leurs hommes et c'est la première fois qu'on se retrouve juste entre filles, sans enfants. Quand le bus démarre, Carole se met à chanter en rigolant « libérée, délivrée... ».

Ce n'est pas encore l'enterrement de vie de jeune fille, mais ça en prend la coloration.

On chante, on danse, même, dans le bus. L'ambiance est à l'insouciance et au rêve dominicain.

Une heure de route plus tard, on arrive sur la crique où sera célébré le mariage. Encore une fois, les mots me manquent pour décrire l'endroit : c'est époustouflant !

On y retrouve le prêtre qui a accepté de présider la cérémonie. Tout a l'air parfait, on est enchantées. Je regarde l'océan, les yeux perdus dans le vide.

— Ne serait-ce pas le cadre idéal pour une demande en mariage ? me demande Céline en s'approchant de moi.

— Il y a déjà un mariage prévu ici, une demande serait peut-être de trop, dis-je d'un ton sec.

Je me retourne vers elle avec un grand sourire.

— Mais tout a l'air de bien se passer, dis-moi. Aurais-tu fini par mater Scotty ?

— Mater, je n'irais pas jusque-là... Mais disons que j'ai la situation bien en main, répond-elle en souriant à son tour.

— Si ce n'est que la situation que tu as en main, lance Sophia, qui nous a rejointes.

— Oh, Sophia ! dis-je.

Mon air choqué de circonstance ne résiste pas bien longtemps à un éclat de rire.

— Pourquoi tu dis ça ? demande Céline. Ça te poserait un problème, cousine ?

— Moi ? Oh non, certainement pas, répond Sophia, soudain sérieuse. C'est juste que je ne voudrais pas que tu te fasses avoir.

— Elle est grande, elle sait ce qu'elle fait, intervient

Angie, qui vient vers nous avec Annie pendant que Lydia parle au prêtre.

— Et comment, que je sais ce que je fais ! dit Céline sur un ton de défi.

— OK, OK, dit Sophia. Je te connais, c'est tout. Tu as du caractère, tu décides de tout et quand tu tombes sur un homme, pffuit, plus aucun jugement, tu fonds comme neige au soleil et tu es prête à faire n'importe quoi, quitte à le suivre en enfer !

— C'est faux !

— Ah oui ? Et le tour du monde que tu devais faire avec ton biker, juste avant ton bac ? Ta mère a failli en avoir une attaque. Heureusement qu'il a eu la varicelle et que ses boutons ont refroidi tes projets d'aventure !

— Oh ! c'est nul ! Comme si tu pouvais généraliser à partir d'une mauvaise expérience.

On rigole toutes le plus discrètement possible sans perdre une miette des aventures de Céline.

— Et quand tatie Suzanne est venue te récupérer dans le salon de tatouage juste avant que tu n'écrives « I love tuning » sur ta fesse gauche pour plaire à John, le garagiste ?

— Oh ! Comment tu sais ça ? demande Céline.

Là, on éclate toutes franchement de rire.

— Ça va, j'étais jeune ! J'ai mûri ! dit-elle en nous fusillant du regard.

— John, Scott, oui, t'as raison, ça change beaucoup, dit Annie en souriant.

— En attendant, insiste gentiment mais fermement Sophia, je te dis juste d'y aller doucement, pour une fois.

— J'y vais doucement ! Puisque vous voulez tout savoir, je l'ai à l'œil. Si je passe les nuits et les journées avec lui, je suis certaine qu'il ne complote rien dans mon dos !

— Ah, c'est ça ! fait Angie en regardant Carole.

— C'est bien ce qu'il me semblait, approuve Carole.

— Ma foi, ça tient la route, dis-je. Et donc qui le surveille en ce moment, pendant qu'on est toutes ici ?

— Jules ! lance Céline, triomphante.

Je manque de m'étouffer de rire.

— « Jules » ? Eh bien, bon courage à ce pauvre Scott ! Entre Solange et Scott, on va retrouver Jules avec un imperméable, une loupe et une pipe au bec !

— Pourquoi Solange ? demande Carole.

— Ah, ça, c'est une longue histoire.

... que je commence à leur raconter quand Lydia nous rejoint.

— Eh, t'es dégueulasse, c'était à moi de raconter ça ! C'est mon histoire et c'est ma belle-mère. Et je n'avais peut-être pas envie de le crier sur tous les toits !

— Oh ! ça va ! dis-je. Tu vas pas protéger la vioque non plus. Si on est plusieurs à la surveiller, le mystère s'éclaircira plus vite.

— Quel mystère ? demande Annie.

— Savoir qui peut bien réussir à bander en la voyant ! répond Sophia en éclatant de rire.

Notre rire ne se calme que quand le prêtre s'approche pour nous dire au revoir et nous donner rendez-vous le jour du mariage. Lydia me fait les gros yeux et je comprends que Sophia est allée se présenter, contrairement à moi. Je vais donc vers lui à contrecœur, mais d'un pas déterminé, pendant qu'il retourne à sa jeep. Je l'appelle « Alfred ? » plusieurs fois, mais il a l'air sourd en plus d'être vieux. Lydia me rattrape et me précise que c'est « Roland » son prénom. OK, va pour Roland. Quand je l'appelle par son vrai prénom, il ne se retourne toujours pas et j'en conclus que de toute façon, il est vraiment sourd. Quand je finis par hurler, il se retourne, me voit et m'attend au bout du chemin.

Alors que je m'approche de lui, je me demande comment il tient encore debout, mais je laisse ces considérations de côté et je me présente. On discute quelques instants, je joue mon rôle de témoin modèle en posant des questions, que je dois lui crier plein de fois à l'oreille pour qu'il me donne finalement les quelques informations nécessaires pour le mariage. Infos que de toute façon je ne retiendrai pas, mais je compte sur Sophia pour me souffler le texte le jour J.

Je reviens vers les filles, à qui Lydia a fini de raconter tous les détails croustillants. Je lui demande pourquoi elle a choisi un centenaire comme prêtre, mais Céline explique que c'était le seul francophone disponible. On passe l'après-midi à se baigner dans ce lagon azur et on va se rafraîchir au petit restaurant situé juste derrière, qui est celui qui accueillera le buffet du mariage. Le personnel est adorable et je repère un serveur qui devrait plaire à Jules. Peuchère, ça ne doit pas être facile pour lui, entouré de tous ces hétéros, alors, s'il y a un peu de chair fraîche, autant lui donner l'adresse.

Tout le monde y va de son avis sur qui pourrait être le mystérieux culbuteur de Cruella.

Même Damien est proposé, mais Lydia repousse aussitôt l'hypothèse. Ce qu'elle a vu demandait une énergie que notre frêle ami antisportif ne pourrait jamais produire.

On exclut définitivement James quand Céline nous confirme qu'il n'a pas sa chambre dans l'hôtel. Si Lydia pouvait se rappeler le numéro de la chambre, Céline pourrait faire une recherche, mais c'est peine perdue, connaissant Lydia.

En sirotant un mojito pour moi et divers alcools locaux pour mes petites camarades, la conversation s'oriente vers Sophia. Celle-ci a les joues qui se colorent légèrement. Comme c'est mignon, je ne savais pas que ça se faisait encore, de rougir.

— Ça commence à aller, admet-elle sobrement.

— Quoi ? Mais on veut des détails ! s'exclame Lydia.

— Toi, tu t'es fait sauter hier soir ! dis-je souriant.

Lydia me regarde en secouant la tête.

— Toujours en douceur !

— Non, à vrai dire, ce n'était pas si doux que ça..., lance Sophia en nous regardant par-dessus son verre, dans lequel elle boit à la paille.

On pousse en chœur un «oh» de surprise.

— Votre plan fonctionne, les filles. Hier soir, il a été un peu jaloux de James.

— Un peu ? lance Céline en rigolant. Heureusement que Jessica et Matthieu étaient là pour le calmer, sinon il faisait un esclandre !

Sophia sourit et poursuit :

— En rentrant, il nous a raccompagnées à la chambre, Anna et moi. On a discuté et je lui ai fait comprendre l'importance de marquer son territoire quand on veut garder quelque chose...

— Bien joué ! s'exclame Angie.

— ... Et il a commencé à comprendre, je crois, poursuit Sophia. Bon, ce n'est que le début, mais quand on est arrivés dans la chambre, il a mis Anna au lit et elle ne s'est pas réveillée, comme quoi le destin parfois va dans le bon sens. J'en ai profité pour prendre une douche rapide et avant que j'ai eu le temps de comprendre, il était sous la douche avec moi !

— Wa wa waouh ! lance Carole, imitée par les autres filles.

— C'était magique, comme, comme..., dit Sophia, sans oser continuer.

— Comme avant Anna ? suggère doucement Lydia.

— Oui, souffle Sophia, tellement bas qu'on peut à peine l'entendre.

— Ne culpabilise pas, reprend Lydia.

— Non, confirme Carole. Ça ne veut pas dire que tu n'aimes pas ta fille ou que tu regrettes ta vie d'avant, mais c'est forcément différent. Nous, avec Jean, c'était pas pareil au début non plus. La différence, c'est qu'avec le caractère impatient de Jean, je n'ai pas trop eu le choix. Il m'a vite fait comprendre que Mike devait trouver sa place, mais que notre couple devait garder la sienne. Et même si j'ai d'abord pensé qu'il était égoïste et obsédé sexuel, je crois maintenant qu'il avait raison.

— Oh oui ! dit Sophia. Il avait même entièrement raison ! Si Paul avait été plus ferme au début, je ne me serais pas laissée aller comme ça. Mais je ne peux pas lui en vouloir d'être gentil et doux.

— Maintenant que vous avez compris ça, lui dis-je, il faut consolider. Là, c'est bien gentil, c'est les vacances, mais en revenant dans la vraie vie, vous devrez trouver des solutions pour ne pas vous faire bouffer par la routine.

— Alors ça, c'est pas gagné, se désole Sophia.

— Chaque chose en son temps ! dit alors Lydia. Profitez du séjour pour consolider votre relation, et surtout « vos relations », et après vous verrez bien.

— Non, c'est maintenant qu'ils doivent prendre des décisions, affirme Carole. Il faut battre le fer pendant qu'il est chaud.

On y va toutes de notre avis et Sophia finit par trancher en disant que oui, il faudra qu'elle ait une discussion plus approfondie avec Paul avant la fin des vacances. Même si elle appréhende beaucoup le retour, il faut bien y penser.

On considère que le dossier est provisoirement clos et on passe donc à l'affaire suivante. Céline se tourne vers Angie.

— A toi : Matthieu a un sursis, alors ?

— Exactement ! Disons que, moi aussi, j'ai eu des relations physiquement intéressantes ces derniers temps. Il semblerait que la jalousie éveille en Matthieu une bête féroce dont je ne soupçonnais pas l'existence... Et je compte bien en profiter !

— Méfiez-vous quand même, intervient doucement Annie. La jalousie peut parfois être dangereuse.

Légèrement alarmée par le ton qu'elle a employé, je la regarde attentivement.

— C'est juste un jeu, précise Angie qui n'a pas fait attention.

— Il était jaloux ? dis-je à Annie de but en blanc.

Elle semble hésiter, puis finit par répondre :

— Trop.

— Ah, les trop jaloux, non merci ! s'exclame Sophia. Très peu pour moi.

— Et moi donc..., dit Annie dans un souffle.

— Jaloux... comment ? demande doucement Céline, qui semble avoir compris elle aussi.

— Jaloux comme brutal..., dit Annie en baissant les yeux.

— Si tu ne veux pas en parler..., dit précipitamment Lydia, on comprendra très bien.

— Non. Ça me fait du bien, en fait. Je n'en ai parlé à personne.

— Ça a un rapport avec ce voyage ? demande Lydia.

Annie hoche la tête en souriant et reprend une gorgée de son cocktail.

— Tu as tout compris. Un an... Je suis restée un an avec un fou furieux. Faut être conne, non, franchement ?

Elle dit ça en nous regardant, à la fois ironique et guettant notre approbation. Personne n'ose poursuivre, jusqu'à ce que Céline se décide à briser le silence.

— Oh ! tu sais, moi, en matière de fou furieux, je ne me permettrais pas de te critiquer !

Annie semble se détendre un peu et poursuit en souriant :

— Je ne faisais rien pour le rendre jaloux, vous savez. Je suis hôtesse de l'air, mais ça ne veut pas dire que je couche avec tous les pilotes !

Elle nous regarde à nouveau, l'air suppliant, cette fois, comme si elle essayait de nous en convaincre.

— Ben évidemment ! lance Lydia.

— Oh toi, la secrétaire qui couche avec son patron !... lui dis-je en souriant.

— Je ne suis pas sa secrétaire, connasse, me répond-elle sans quitter Annie des yeux.

— Vos gueules les pintades, fait Angie. Je sais ce que c'est, Annie, les stéréotypes pourris. En tant que blonde sans cervelle de service du village, on me prête plus d'aventures qu'il n'y a d'hommes disponibles sur cette Terre ! Mais vas-y, continue.

— Il était de plus en plus en colère quand je rentrais. Il inspectait mes valises. Il respirait même mes petites culottes... Et puis il criait, me disait que c'était parce qu'il m'aimait. Que je le rendais fou. Au début, j'aimais bien cette possession. J'avais l'impression de lui appartenir et, surtout, je n'étais plus toute seule. Mais ça s'est vite dégradé, insidieusement, et je me suis retrouvée plus seule que jamais dans cette relation.

Elle marque une pause, les yeux dans le vide.

— Ma mère trouvait que c'était le gendre idéal et elle ne voulait rien voir...

— Mais tu n'avais personne à qui te confier ? demandé-je.

— Si. Il y avait Claire, une amie hôtesse de l'air. Elle voyait que je perdais du poids, que j'avais des cernes et des marques sur les poignets, parfois... Elle s'inquiétait, mais je ne voulais rien lui dire. J'avais honte, je crois.

Tout le monde se tait, maintenant. On la laisse parler, on l'écoute sans savoir quoi lui dire. Elle reprend une gorgée et poursuit :

— Claire a été mutée en Allemagne dans une filière de la compagnie, comme elle le voulait depuis longtemps. Elle m'a proposé de la suivre, mais ma mère m'a fait tout un sketch, que je ne pouvais pas le laisser, qu'il était mon unique espoir d'être heureuse et accompagnée... bla-bla-bla. J'ai laissé Claire partir. Mais il a appris ce qui avait failli se passer. Il est entré dans une colère plus forte que les précédentes. J'ai eu très peur.

Une larme coule sur sa joue pendant qu'elle parle et on retient notre souffle.

— Je ne sais pas pourquoi je vous raconte tout ça, dit-elle en essuyant sa joue.

— Parce que parfois, c'est plus facile de se confier à des inconnus, suggère Sophia.

— Et puis parce que tu sais qu'on est toutes givrées, ajoute Lydia en souriant. Tu connais déjà nos tares et tu sais qu'aucune d'entre nous ne te jugera.

— Qu'est-ce qui t'a fait prendre la décision de le quitter ? demande Céline.

— La fois de trop.

Un frisson nous parcourt quand elle soulève son T-shirt, dévoilant des marques sur son flanc droit. On dirait une brûlure.

— C'est la seule fois où j'ai dû aller aux urgences. Mais c'était la fois de trop. Ma mère est venue me chercher en pleurant. Elle avait enfin compris. Le soir, je portais plainte, toutes mes affaires étaient chez ma mère et lui, derrière les barreaux.

Nous la laissons poursuivre sans oser poser d'autres questions.

— C'était il y a un an. Depuis, j'ai emménagé dans mon nouvel appartement avec Sammy, mon golden retriever. Mais ce connard est sorti de prison plus vite que prévu. Je vivais bien, je refaisais ma vie, jusqu'au jour où il s'est débrouillé pour déposer un mot dans mon casier, au boulot, il y a quelques mois. Je ne sais pas comment il a fait. Il me disait qu'il ne m'oublierait jamais, que j'étais la femme de sa vie, qu'il s'excusait pour tout. Au début j'ai eu envie de le tuer, rien que pour le punir de respirer le même air que moi. Et puis quelque chose a changé, je ne sais pas si j'ai guéri mais en tout cas j'ai mûri, et ça ne m'atteint plus. Je prends ma vie en main, désormais. Même si c'est dur. Alors ce voyage, c'est le premier jour du reste de ma vie. De la nouvelle vie de l'Annie qui s'assume, qui sait ce qu'elle veut, ou du moins ce qu'elle ne veut pas ! Et des connards, j'en veux plus !

En guise de conclusion, elle lève son verre et on comprend que le sujet est clos pour l'instant. On lève nos verres et on porte un toast :

— A bas les connards !

— A ta nouvelle vie !

L'heure qui suit, on discute par petits groupes et on interroge Céline et Lydia sur le vin qui sera servi à la cérémonie (moi) et sur les petits-fours et les gâteaux (Sophia).

Le bus nous ramène vers 18 heures à l'hôtel, où nous attendent les hommes et Jules.

Celui-ci est tout content de nous voir arriver et trépigne en contrebas du bus. Quand nous descendons, Carole et Sophia partent retrouver leur progéniture dans leur chambre et Jules se jette sur Céline à peine celle-ci a-t-elle posé le pied par terre.

— Opération casse-noisettes réussie ! lance-t-il.

— Casse-noisettes ? dis-je en descendant derrière elle. Mais dis-moi tu es inspiré, aujourd'hui.

— Moque-toi, moque-toi, dit-il, caustique, ce n'est pas toi qui as été investi d'une mission. Peut-être parce qu'avec toi, on savait d'avance que niveau discrétion, on courait droit à l'échec ?

— Ou peut-être parce que moi, je faisais partie de la virée entre filles et que donc j'étais pas avec Scott aujourd'hui.

— Tu es au courant ? demande-t-il, dépité.

— On est toutes au courant, dit Angie en descendant derrière moi.

— Et qui surveille Scott pendant que tu es là, avec nous ? demande Annie.

— Mon agent double, dit Jules en bombant le torse.

J'éclate de rire :

— Ah ? Parce que tu as eu le temps de recruter ?

— Mais à qui tu en as parlé ? demande Céline, soudain très inquiète. Toute la Terre est au courant, c'est ça ?

— Non, pas toute la Terre, dis-je, mais probablement la moitié de Las Terrenas.

— Oh ! femme de peu de foi ! Tu es perdue, ma pauvre enfant, perdue ! dit Jules, théâtral. Solange ! J'ai pensé que je ferais d'une pierre deux coups et...

La suite est couverte par nos cris. Céline a l'air traumatisée.

— Mais c'est pas vrai ? Tu n'as pas fait ça ?

Jules laisse passer un petit silence anxiogène et reprend, avec un gloussement :

— Oh ! si on ne peut plus blaguer, maintenant !

Elles semblent toutes désemparées et me regardent

comme si je pouvais expliquer le phénomène bariolé et sonore qui leur fait face.

— Ben quoi ? dis-je. Maintenant au moins vous comprenez à quel point mon boulot est crevant.

Jules préfère ignorer ma pique et poursuit, à l'intention de Céline :

— Damien ! Il est au bar avec Scott et les garçons et il a pour mission de ne pas le quitter.

— Damien ? répète Lydia, incrédule.

— Eh oui ! Vous apprendrez que ce garçon a beaucoup de qualités. Il est beaucoup plus subtil qu'il en a l'air et a très vite compris la nature de ma mission et son objectif. Donc aujourd'hui, c'est lui qui a pris le relais au moment où je n'étais pas disponible.

Personne ne prend la peine de faire remarquer à Jules que si Damien a compris la mission, c'est sans doute moins dû à la « subtilité » de ce dernier qu'à son côté « éléphant dans un magasin de porcelaine » à lui.

— Ah, et si ça vous intéresse, poursuit Jules, très fier de lui, la vieille peau est partie en charmante compagnie.

Comme nous parlons toutes en même temps pour manifester notre intérêt, Jules exige des excuses avant de poursuivre. Chacune de nous doit lui demander pardon pour notre manque de foi évident. Nous nous exécutons à toute allure, des fois qu'il déciderait de renoncer à tout nous dire.

— Je ne sais pas avec qui, dit Jules, quand nous avons toutes présenté nos excuses. Elle est passée comme une furie à côté de la piscine avec de grandes lunettes noires et un chapeau à large bord. On aurait dit Alice Sapritch dans *La Soif de l'or.* J'ai trouvé ça louche. J'ai voulu la suivre mais je ne pouvais pas laisser Scott. Le temps de faire comprendre à Damien, j'ai couru avec grâce et élégance le long de la piscine pour la rattraper.

— Et ? demande Lydia, prête à lui sauter dessus.

— Et j'ai glissé ! dit-il, visiblement très contrarié. Vous me devez un maillot de bain neuf, les filles ! Déjà que je ne me fais pas payer, j'aimerais au moins être défrayé. Mais pas un maillot de bain ringard de cet hôtel, style surfeur des années quatre-vingt-dix, je veux un vrai petit maillot élégant et...

— Oui tu l'auras, ton moule-bite, et de la couleur que tu veux ! Mais pitié, accouche !

— Quoi ? dit Jules, en pleine montée de stress. Arrêtez de me mettre la pression. Déjà que j'ai subi un traumatisme. Non seulement je suis tombé devant tout le monde, et croyez-moi, c'est dur, mais en plus la couture de mon maillot s'est tout étirée au niveau de l'entrejambe et j'ai failli avoir tout le matériel dehors ! Mais bien évidemment vous vous en moquez.

Comme on lui jette toutes le même regard sombre sans dire un mot, il finit par poursuivre :

— Je n'ai rien vu de plus. Je suis désolé. Quand je suis arrivé, elle montait déjà dans un taxi. Mais attention, info croustillante : à l'intérieur, sur la banquette arrière, un homme l'attendait...

Il prend alors un air de conspirateur avant de poursuivre tandis que nous sommes pendues à ses lèvres :

— Elle s'est penchée pour l'embrasser et le taxi a démarré. Il est brun, c'est tout ce que je peux dire.

On déclare officiellement le mystère vieille bique toujours entier et toujours plus digne d'intérêt. On décide de ne toujours pas en parler aux hommes, que l'on rejoint à la piscine.

La semaine passe rapidement. Fait notable, cependant, la vieille peau est de moins en moins présente. Le peu de fois où on la voit, elle se montre plus acide que jamais — on ne change pas une équipe qui gagne —, mais elle a toujours une visite ou quelque chose de prévu. On se relaie à tour de rôle pour essayer de la suivre, mais c'est peine perdue.

Tous les matins, Céline descend au petit déjeuner comme si de rien n'était, et tous les matins, on sait pertinemment où elle a passé sa nuit. Son sourire est de plus en plus large et ces cernes de plus en plus marqués. Un matin, Scott semble même avoir de vraies difficultés à marcher et Céline semble beaucoup plus fatiguée que d'habitude. Quand on en parle avec elle à la piscine, elle nous jure que c'était un *one-shot* et que ça ne s'est pas reproduit.

Très bien, si elle préfère s'en tenir à cette version, nous feignons de ne rien voir. Leur petit jeu anodin des débuts prend de plus en d'ampleur, mais ils semblent être les seuls à ne pas s'en rendre compte. Scott a de plus en plus de mal à se retenir de la toucher pendant une journée complète et elle se met même à minauder en sa présence. Ils doivent avoir vingt-huit ans chacun, mais se comportent comme s'ils en avaient la moitié. Ma foi, ils sont mignons. Je me surprends à les observer davantage, ça fait un très bon sujet d'étude.

Je me demande juste quelle va être l'issue de cette affaire. Ils sont clairement en train de s'éprendre l'un de l'autre mais, même si le sujet est tabou, que va-t-il en être à l'heure de la fameuse promotion ? Si l'un l'emporte sur l'autre, leur amour n'y survivra pas. Ils sont tous les deux complètement carriéristes et je ne les vois pas vivre d'amour et d'eau fraîche. Affaire à suivre.

Un jour, je passe à la chambre me laver les dents après le déjeuner avant d'attaquer mon tour de garde de Cruella, qui doit apparaître à 14 heures dans le hall — d'après les informations de Lydia, qui a entendu qu'elle avait rendez-vous pour une balade à cette heure-là. Je me dépêche, fourre quelques affaires dans mon sac de plage et m'apprête à sortir de la chambre quand François y entre. Il semble contrarié. Aïe, pas le moment.

— Je peux savoir où tu vas encore ? me dit-il d'un ton bourru.

— Ben, euh, à la plage, dis-je le plus nonchalamment possible.

— « A la plage » ? Et tu es pressée à ce point d'aller à la plage ? Qu'est-ce qu'elle a de particulier, cette plage, ces derniers temps ?

— Rien, mais qu'est-ce que tu insinues ?

— Rien, je n'insinue rien. Mais il faut arrêter, Maïa. Ces derniers jours, tu te précipites dehors sans que je sache vraiment où tu vas et je t'entends chuchoter avec les filles. Même Jules semble dans le coup ! Je n'ai rien dit jusqu'ici pour ne pas paraître possessif, mais ça commence à bien faire.

Zut, je suis coincée, l'heure tourne mais je ne peux pas partir comme ça. Je m'approche de lui, pose mon cabas et me mets sur la pointe des pieds pour l'embrasser.

— Rien, excuse-moi, c'est rien de bien méchant..., déclaré-je.

— Ce n'est pas bien méchant de me mentir ?

— Te mentir ? Mais je ne te mens pas !

— Prends-moi pour un con en plus ! dit-il, de plus en plus contrarié.

OK, je ne m'en sortirai pas avec un baiser. Merde.

— Hier, tu n'étais pas à la plage, lâche François en contenant sa colère. Tu fais ce que tu veux, Maïa, il me semble que je ne suis pas le plus chiant des mecs, mais au moins, tu ne me mens pas.

— Mais... mais... tu me suis ?

C'est la seule chose qui me vient. Et si je retournais la situation ? Je fais donc ma vexée et il s'excuse aussitôt de son manque de confiance.

— Non ! Je voulais te montrer quelque chose dans la boutique de l'hôtel, dit-il, gêné. Je t'ai cherchée, j'ai croisé Angie, qui m'a dit que tu étais à la piscine, puis Carole a prétendu que tu étais à la plage et Lydia s'est perdue en explications incompréhensibles. Quelqu'un se fout de ma gueule par ici et je commence à croire que c'est un complot.

OK, à ce stade, plus d'issue de secours. Merde, qu'est-ce que je peux faire ? Le sucer vite fait et filer ?

Non, il n'a pas l'air d'être dans cet état d'esprit.

J'essaie quand même. Je m'approche de lui, m'excuse, l'embrasse et passe la main sur son sexe à travers son short. Mais il repousse ma main et me regarde avec des yeux qui semblent encore plus noirs que d'habitude. Mauvaise stratégie, donc.

— Tu plaisantes ? dit-il, le regard dur.

— Pourquoi ? demandé-je, innocemment.

— Tu crois vraiment que le sexe va régler tous les problèmes ?

— Euh, oui...

— Maïa ! Qu'est-ce qu'il se passe ? S'il y a un problème, s'il y a quelqu'un d'autre, dis-le-moi ! Ça me fera mal mais je préfère savoir.

Quoi ? Quelqu'un d'autre ? C'est à ça qu'il pense ?

— Attends... Tu penses que je couche avec quelqu'un d'autre ? Et tu as attendu jusqu'à aujourd'hui pour m'en parler ? Ben dis donc, ça ne te choque pas tant que ça, on dirait ! Tu n'as pas l'air si triste... Contrarié dans ton orgueil de mâle, je dirais, mais c'est tout. Ça t'arrangerait, c'est ça ? Comme ça tu pourrais faire pareil de ton côté ?

— Mais tu vas pas bien dans ta tête ! Qu'est-ce que tu me fais ? Tu voudrais que j'aie quelqu'un d'autre ? Qu'on soit un couple libre, c'est ça ?

— J'ai jamais dit ça ! C'est toi qui as commencé ! Comment tu as pu croire que... (J'en reste sans voix.) Oh et puis merde, j'ai pas envie de continuer.

— Tu restes ici ! dit-il fermement.

— Non !

Je m'apprête à prendre mon sac et à partir, mais je m'aperçois que ça ne va pas du tout. Mon petit mensonge innocent a pris des proportions que je ne maîtrise pas et je constate que les conséquences sont dévastatrices. Je sens une énorme boule monter dans ma gorge et je peux à peine respirer. Je ne m'attendais pas à ça. Je dois partir vite, j'étouffe et je refuse qu'il me voie pleurer. Mais au moment où je m'apprête à passer la porte, je sens sa main qui me retient fermement.

— On n'a pas fini de parler, Maïa Tournan, dit-il d'un ton qui ne souffre pas de discussion.

J'essaye de me libérer de son étreinte, mais c'est peine perdue. Il me tire alors vers lui, et quand il croise mon regard, sa colère semble tomber d'un coup. Il me prend dans ses bras et me serre très fort. C'est l'ascenseur émotionnel et je n'arrive pas à gérer ce flot qui m'assaille. Les larmes coulent sans que je sache pourquoi. En deux secondes, j'ai eu l'impression de l'avoir perdu et de voir tout mon univers s'effondrer. Il m'embrasse les cheveux, doucement, et sa voix se fait apaisante.

— Chérie, arrête ! Dis-moi pourquoi tu transformes une simple engueulade en remise en question complète ? dit-il sans cesser de me caresser les cheveux. Il arrive qu'on passe par des ajustements, c'est ça la vie de couple, et ce n'est pas grave. Ça ne veut pas dire que je ne t'aime pas et que je veux te quitter. Surtout pas.

Il prend mon visage entre ses mains et se recule doucement pour me regarder dans les yeux.

— Il faut que tu apprennes à me faire confiance, Maïa. Je t'aime. Ça me rend complètement fou mais je n'ai pas peur. Je t'aime et tu ne te débarrasseras pas de moi comme ça !

Il parvient à m'arracher un sourire.

— Je t'aime, dis-je doucement.

Ces quelques mots suffisent à le transformer. Je crois que je ne les lui ai pas dits souvent et, à cet instant, ils prennent tout leur sens. Oui, je l'aime, non, je ne pourrai pas le quitter comme on déclenche une avalanche. Non, je ne suis pas si forte que ça.

C'est trop tard, j'ai ouvert la boîte de Pandore et je crois qu'il y a maintenant deux Maïa.

Celle d'avant François et celle d'après notre rencontre. Et je ne veux pas qu'il en ait une troisième, celle d'après lui.

Je ne sais pas comment lui dire ça. Je le regarde et lui répète que je l'aime et c'est ça, le plus beau, c'est que je n'ai pas besoin d'ajouter quoi que ce soit, je vois dans ses yeux qu'il a compris.

Comme il compte pour moi plus que tout le reste, je finis par lui expliquer nos expéditions façon «où est Charlie». Passé le moment de stupeur, il rit franchement et confirme que lui aussi a trouvé Solange étrange, ces derniers jours. Il promet de ne pas en parler à Julien, sauf si celui-ci lui pose la question car il ne veut pas mentir à son pote.

On reste encore quelques minutes dans les bras l'un de l'autre et ça fait tellement de bien que j'ai l'impression d'être un appareil électronique en train de recharger ses batteries. François est ma source d'énergie, c'est dans ses bras que je reprends des forces.

Je me rends compte que ma mission est un échec : Solange doit être loin, désormais, mais je m'en fous, on pourra se passer de ma contribution pour connaître le fin mot de l'histoire.

Je reprends mon sac pour aller à la plage, pour de vrai, cette fois-ci, quand François me retient une nouvelle fois.

— Deux minutes, mademoiselle. Maintenant que vous n'êtes plus pressée, vous aviez commencé quelque chose, tout à l'heure, je crois.

— Moi ? Je ne vois pas du tout de quoi tu parles ! dis-je en toute innocence.

Il me prend le sac des mains et le remet à sa place, par terre. Puis il me tire par le bras, me jette sur le lit et vient se placer au-dessus de moi.

— Je vais te rafraîchir la mémoire, répond-il, la voix rauque et les yeux toujours sombres, mais pour une tout autre raison.

OK, je vois très bien de quoi il parle...

8. François

> «François est secret, réservé, introverti, observateur et possède une nature assez méfiante et prudente. [...] Patient, lent, il est pourvu d'une détermination à toute épreuve et, lorsqu'un but lui tient à cœur, il peut se montrer obstiné et opiniâtre. Ennemi du superficiel, il ne donne pas son amitié à n'importe qui, mais, lorsqu'il s'engage et offre sa confiance, il perd son côté "ours" et se révèle agréable, fidèle, ses qualités morales apparaissant au grand jour. [...] Epris de calme, de tranquillité et de nature, François aimerait parfois être Robinson Crusoé, et se retirer de temps en temps sur une île déserte, afin de méditer paisiblement. [...] C'est un sentimental qui s'attache profondément. Mais il ne sera pas toujours démonstratif. Il demandera à sa compagne d'être une bonne maîtresse de maison et une bonne cuisinière, et surtout de lui apporter paix, sécurité et stabilité.»

Putain que c'est bon. Maïa vient de quitter la chambre pour aller prendre son petit déjeuner. Je traîne un peu sous la douche. Un réveil comme ça, avec cette femme dans mon lit et ce que j'ai pu lui faire avant de poser le pied par terre, c'est le paradis. Je crois que je suis drogué. Drogué à elle, à son odeur, son rire, son corps, son sale caractère. Et pourtant, j'ai bien cru que j'allais la perdre la dernière fois qu'on s'est pris la tête.

Cette femme m'épuise, physiquement et psychologiquement. Elle me donne l'impression d'être la plus forte de toutes celles que j'ai rencontrées et en même temps, elle est la plus fragile. Je ne sais pas si j'arriverais un jour à la rassurer complètement, à lui faire comprendre que je ne vais pas l'abandonner ou la trahir, mais une chose est sûre, elle est le plus beau défi que je me suis jamais lancé. Et je compte bien passer ma vie à essayer de le réussir.

Je sors de la salle de bains, ouvre la porte de l'armoire et glisse la main dans la poche de ma veste. Ma main tremble légèrement quand je place l'écrin juste au creux de ma paume. Un diamant. J'ai beau être un homme, ce truc m'émerveille. Je n'ai qu'une hâte, c'est de le voir à son doigt. Son éclat, au milieu du velours rouge, n'est rien comparé à celui qu'il aura sur sa main, je le sais.

Je regarde encore le solitaire, hypnotisé. Il y a six mois de cela, je lui offrais un collier. C'était non seulement une preuve de l'affection que je lui portais et même de mon amour naissant, mais aussi un cadeau marquant la fin d'une histoire qui n'avait pas eu le temps de débuter. Nous ne voyions pas d'issue. Je restais à Montpellier, elle remontait à Paris. J'avais envie de poser enfin mes valises, seul, sans femme dans ma vie, lorsqu'elle s'est imposée à moi. Et puis elle est partie sans que j'aie rien pu faire pour la retenir. C'est là que j'ai compris. Enfin heureusement, parce que j'aurais vraiment été le dernier des cons avec tous les indices qu'elle m'avait laissés et la pression de mon entourage. Mais ces quelques jours sans elle ont été les pires de ma vie. Depuis, on s'est déjà retrouvés séparés, le temps qu'elle rende son appartement et descende dans le Sud, par exemple, mais tout est différent quand on sait que la séparation est provisoire. L'idée de la perdre pour de vrai, irrémédiablement, m'est insupportable. Maïa, je la veux pour la vie, alors je préfère prendre le risque qu'elle refuse ma demande en mariage, je dois essayer.

Encore un défi, et de taille. Impossible d'engager la

conversation pour tâter le terrain, essayer de savoir si peut-être, un jour, éventuellement, un projet de mariage serait envisageable sans qu'elle se ferme comme une huître. Alors vaille que vaille, je vais y aller, et sans filet. Sans gilet pare-balles. Si je dois souffrir, eh bien, ça sera fait. Un bon coup dans le cœur une fois pour toutes.

Je me sens perdu. J'ai tellement peur qu'elle refuse que chaque jour qui passe me paralyse davantage. Pourtant j'aurais eu mille occasions de lui faire ma demande depuis que nous sommes arrivés dans ce cadre sublime où nous découvrons chaque jour un nouveau coin de paradis. Le soir, l'hôtel donne l'impression d'avoir été conçu pour une série de télé-réalité où les candidats se demanderaient en mariage ! Même ces deux aigles ridicules perchés sur le bâtiment ouest ne parviennent pas à gâcher la magie. Mais je bloque. Je reste comme un con, les mots coincés au fond de la gorge.

Pourquoi on n'a pas une formation petit, dans la cour de l'école ?

J'ai appris à me battre, à défendre mon goûter, plus tard à conduire une voiture, à fumer des joints et toutes les conneries possibles. Ensuite, je n'ai pas choisi la facilité, j'ai validé ma licence en fac et je me suis tourné vers le concours de police. J'avais ça dans le sang.

J'aime le stress que procure une descente avec les coéquipiers, au petit matin. On enfile les gilets pare-balles, sous lesquels le cœur bat à trois mille à l'heure, on ne pense qu'en termes de stratégie, mais on se sent invincible. De toute façon, si on ne part pas avec la conviction qu'on l'est, on se fait bouffer. Mais avec elle, aucun gilet en kevlar, aucun mental d'acier ne pourrait me protéger du mal qu'un simple « non » de sa part pourrait me faire.

Je n'ai pas les mots pour lui dire ce que je ressens. Je me retrouve comme un couillon, désarmé et seul. Les mots de Franck, mon ancien coéquipier et ami, marié et père de deux enfants, me reviennent en mémoire :

— Mon gars, il y a des moments dans la vie où un homme doit être seul. Et celui-ci en fait partie.

Au bout du rouleau, j'avais insisté.

— Tu n'as aucune idée de ce que je dois faire, c'est ça ?

— Aucune !

Puis on était partis se bourrer la gueule pour fêter mon départ imminent à Montpellier.

Quant à Julien... Ce con est tellement content d'avoir réussi l'étape que quand je lui en parle, il sourit bêtement sans rien trouver à me dire d'autre que « bonne chance ».

On dirait qu'il s'agit de l'ultime bizutage qui nous permet de quitter l'adolescence pour atteindre l'âge d'homme. Vous avez des muscles, un pénis de bonne dimension, un travail qui en impose, vous croyez que ça y est : vous êtes un homme. Mais à ce moment-là, un petit bout de femme vous renvoie dans les cordes et vous fait prendre conscience de tout le chemin qu'il vous reste à parcourir.

— Et c'est peanuts, mon gars, la demande en mariage ! C'est juste une étape pour savoir si tu auras les couilles.

Ça, c'est Paul, un soir, au bord de la piscine.

— Une étape pour quoi, encore ?

— Pour être père ! a-t-il lancé, les yeux brillants. Parce que le jour où ça t'arrive, tu te rends compte à quel point tu servais à rien, avant. Un homme fort ? Pff, conneries ! poursuit-il en balayant une poussière imaginaire devant lui. Vous verrez, les gars, le jour où elle dit « oui » à votre demande en mariage, vous croyez enfin que le monde vous appartient, que vous êtes des surhommes ! Mais quand vous la voyez en blanc, belle comme le plus beau des jouets de la vitrine, vous redevenez des gosses dans la cour de l'école. Vous comprenez qu'il va vraiment falloir vous battre toute votre vie pour garder une si belle chose. Et je peux vous dire que « vous battre » n'est pas seulement une expression. Puis arrive le jour où elle n'est plus seule, où elle se dédouble, pour vous offrir un ou une mini-« elle ». Soudain on se rend compte à quel point on n'est rien, mais c'est trop tard, il faut faire semblant. Semblant de savoir, montrer qu'on est un homme, même si, au fond de nous, on est plus qu'une toute petite merde qui ne sait pas comment porter un bébé, changer une couche, et qui a peur de tout casser avec ses grosses pattes inutiles.

Bon, autant vous dire qu'on a tous fini bourrés ce soir-là. Julien pour oublier l'angoisse du mariage à venir, moi, ma demande et Ludovic, le nombre d'obstacles qu'il lui reste à accomplir. J'ai l'impression que chaque fois qu'on en franchit un avec succès, on gagne des grades invisibles que l'on coud sur notre chemise. Et si chaque grade nous renforce, le niveau suivant est toujours plus élevé.

Mais je ne suis pas du genre à me laisser décourager. Non, je suis un battant et s'il faut que je le sois pour deux, qu'à cela ne tienne ! Même si pour ça je dois tout laisser tomber et repartir de zéro, je le ferai. Maïa, une île déserte et moi ? Je ne pourrais rien souhaiter de plus cool. Plus besoin de me battre contre les connards qui la matent à la piscine, ni de protéger notre éventuelle future fille des petits cons dans mon genre. Voilà, c'est la solution ! Je vais la kidnapper et l'emmener vivre sur une île !

En souriant à mes idées débiles, je remets la bague dans la poche de ma veste, puis m'habille en vitesse et sors de la chambre pour aller affronter la réalité. C'est ce soir. C'est décidé.

Bon, ben en fait, ça ne sera pas encore pour ce soir. Apparemment, le traitement de l'eau de la piscine a été changé, ce qui a provoqué chez Damien une énorme crise d'allergie. Jules, qui m'a harcelé de questions toute la journée, s'occupe de Damien pour que je puisse faire ma demande, mais c'est trop tard, l'instant est gâché. Le médecin nous explique qu'il n'a jamais vu une réaction pareille et n'a rien pour guérir ça efficacement.

Finalement, c'est la mère de Julien qui nous sauve, grâce à un traitement qu'elle avait.

Je commence à m'inquiéter au sujet de cette femme. En rentrant, il faudra que je fasse une recherche dans la base pour savoir si elle n'a jamais été arrêtée pour trafic. Damien est venu avec la moitié du stock d'une pharmacie, mais n'a jamais aucun médicament qui corresponde à son problème. Elle, par contre, semble toujours avoir dans son sac de Mary Poppins le traitement adapté. Au passage, Damien a l'air shooté mais au moins, il n'a plus mal, et la cortisone l'a fait bien dégonfler. Je pense que je ferai ma demande demain car, parti comme il est, Damien va dormir pendant trois jours et je serai tranquille.

Le soir, nous nous retrouvons tous au bar pour commenter les nouvelles mésaventures de ce pauvre Damien, moitié inquiets, moitié morts de rire. Il ne manque que Jules, qui est au chevet du malade. Je ne lui savais pas une telle patience.

Céline nous explique que demain, ce sera virée en bateau, jet-ski et wakeboard. Bon, journée sport et aventure, pas le mieux pour faire ma demande.

Après-demain, jour de sortie à la capitale. Voilà ! C'est l'occasion que j'attendais ! Ce sera à la capitale !

Je me lève, pour une fois très en forme et sans boule au ventre, et pour cause : je sais qu'aujourd'hui, on est de sortie en mer, donc pas de demande possible. Mon angoisse devrait me laisser tranquille pour la journée.

Solange ne vient pas mais je crois savoir pourquoi. Sophia et Paul non plus : depuis qu'ils se sont retrouvés, ils font plaisir à voir. Espérons qu'ils arriveront à garder cet équilibre avec Anna quand ils seront rentrés en France. Pour l'instant, *carpe diem*, qu'ils en profitent. Jean vient avec nous mais Carole, qui a le mal de mer, préfère rester à la piscine avec Mike. Jules n'ayant pas le pied marin non plus, il préfère ne pas quitter l'hôtel.

Annie hésite le matin au petit déjeuner mais l'insistance de Ludovic finit par avoir raison d'elle.

Au moment d'embarquer, il y a donc Lydia et Julien, Annie et Ludo, Jean, Angie et Matthieu, Maïa et moi ainsi que nos deux guides touristiques préférés, Céline et Scott.

La première partie de la journée est super sympa, je m'éclate quand j'arrive enfin à sortir de l'eau en wake. Julien me chambre une bonne partie de l'après-midi car il est sorti avant moi, mais je préfère l'ignorer et lui mets ensuite une raclée à la course en jet-ski.

On forme plusieurs équipes, mais le mieux aurait été de se contenter de faire deux groupes : les filles et les mecs. Angie joue les divas et ne supporte pas d'attendre, Lydia ne comprend rien au jet-ski et manque d'aller le jeter contre un rocher et Maïa ne s'en sort pas mieux avec le wake. Quand on fait remarquer qu'il y a des sports d'hommes et des sports de femmes, on perd des points, et même nos fameux galons chèrement gagnés. Va falloir que je fasse attention, elle est capable de faire la gueule longtemps, ce qui repoussera encore ma demande en mariage.

Au moment où Angie panique complètement sur le jet, on se dit que ça suffit pour aujourd'hui et on décide de rentrer à l'hôtel. Scott rassure les mecs : il a prévu des trucs du même acabit pour l'enterrement de vie de garçon. Erreur majeure : Lydia a entendu et panique à l'idée que son héros se blesse avant le mariage. Elle nous regarde dans les yeux en brandissant un index menaçant :

— S'il a une attelle, un bandage ou ne serait-ce qu'un pansement au petit doigt sur les photos du mariage, je vous garantis que je vous le ferai regretter à tous, un par un !

On décide de prendre ses menaces au sérieux et de ne rien faire de dangereux... devant elle.

La soirée se déroule sans encombre, dans une ambiance plutôt calme car, demain matin, on part de bonne heure pour la journée à Saint-Domingue. On réfléchit vaguement à une méthode pour se débarrasser des immondes aigles, mais l'alcool nous empêche d'avoir les idées claires.

Le grand jour. Enfin théoriquement surtout pour moi, qui ai prévu de faire ma demande, mais allez savoir pourquoi, c'est l'euphorie collective avant même d'embarquer dans le minibus. Pour ceux qui ne sont jamais sortis de Mauguio, je veux bien qu'une sortie à la capitale soit une révélation, mais quand la moitié d'entre nous vient de Paris, là, ça m'échappe. Qu'est-ce que ça va être le jour du mariage !

On se prépare vite, pour une fois, surtout Maïa, qui me semble carrément surexcitée à l'idée de partir. Quand je lui en fais la remarque, elle me dit que oui, c'est important pour elle car ici elle s'emmerde. OK, tant pis pour mon île déserte, alors.

On repasse à la chambre se laver les dents après le petit déjeuner, non sans se faire engueuler par Scott qui nous rappelle que le bus part dans dix minutes. Je me dépêche tellement que j'en oublie la bague. Je retourne *fissa* dans la chambre la récupérer et me demande où je vais pouvoir mettre la boîte. Je ne peux quand même pas demander à Maïa s'il lui reste de la place dans son sac, ce que je fais habituellement pour mon portefeuille ou mes clés de voiture. Dans le couloir, Maïa râle qu'on va louper le bus. Elle en a de bonnes, elle, c'est pas moi qui suis resté sous la douche un quart d'heure. Je commence à paniquer et me mets dans la peau d'un voleur qui a cinq secondes pour planquer la came. L'avaler ? Non, trop compliqué à ressortir. La porter ? Trop voyant. Merde, merde, merde, merde, merde. Finalement, je fais simple : à la place de mon short, je mets un jean, un T-shirt et une veste en lin avec une poche intérieure qui est exactement ce que je cherche.

Je sors dans le couloir, content de moi. Maïa me regarde de travers.

— Pourquoi tu t'es changé ?

— Parce que ! Tu le fais bien trois fois par jour, toi. J'ai bien le droit de changer d'avis le matin, non ?

Quand je lui tends mon portefeuille pour qu'elle le mette dans son sac, elle fronce les sourcils.

— T'as pas une poche dans ta veste ?

Bon, elle a décidé de m'emmerder, aujourd'hui, ça ne va pas être facile.

— Non ! J'ai pas de poche !

Elle finit par prendre le portefeuille avec un regard en biais. Qu'est-ce qu'elle a, Mata Hari, à me mater comme ça ? J'ai l'impression que mon angoisse se lit sur ma figure. J'arrive au bus déjà en sueur : foutu stress ! Ou alors c'est juste la chaleur matinale. Effectivement, tous les mecs sont en short et Scott me précise que ça va être parmi les journées les plus chaudes de notre séjour, surtout à la capitale où l'air est moins frais qu'au bord de l'océan. C'est bien ma veine. Tant pis, une fois la bague passée à son doigt, si mon plan se déroule sans accroc, je peux me débarrasser de la veste et la laisser dans le bus, ça fera déjà ça en moins.

Le trajet me semble interminable, ce qu'il est sûrement vu l'état des routes. Pourtant, quand on arrive, je n'ai toujours pas trouvé le moindre début de formule géniale pour me déclarer à Maïa. Lydia, Julien, Jean, Carole et Céline nous quittent pour aller chercher la mère de Lydia à l'aéroport et un cousin de Julien, un certain Christophe.

Comment me débarrasser de toute la troupe ?

Le programme du jour ne va pas m'aider. C'est journée shopping, et Maïa a besoin d'être accompagnée de toutes ses copines pour faire ça. Le midi, on doit se rejoindre dans un boui-boui local et le soir, repas à la fameuse Taberna Vasca, un restaurant réputé tenu, si j'ai bien compris, par Franck, le père de Jessica.

Bon. Je me sens perdu. Je serais en plein milieu d'une

forêt amazonienne que ce ne serait pas pire. Comme les filles filent comme des flèches vers le premier magasin qu'on croise, Ludovic nous propose d'aller prendre un café. Va pour le café. Jules et Damien sont partis faire les boutiques eux aussi, ainsi que Solange, qui nous honore de sa présence aujourd'hui. Il reste donc Scott, Paul, Matthieu, Ludovic et moi. Quand on s'assied, Ludo me demande aussitôt ce qui ne va pas. Je leur explique brièvement mon problème, mais aucun d'eux n'a une solution miracle. Ludo me dit que de toute façon, la capitale, sale et bruyante, n'est peut-être pas le cadre idéal pour une demande en mariage. Scott approuve et ajoute que le seul lieu qui pourrait s'y prêter est le restaurant de ce soir. Sauf qu'on y sera tous.

Le midi, on retrouve une partie de la bande, mais Céline et les deux couples manquent à l'appel. Scott semble inquiet, ils devraient être là depuis longtemps. On commande les apéritifs, pour se rendre compte que Jules et Damien ne sont pas rentrés non plus. Les filles affirment qu'ils avaient pourtant bien noté le lieu de rendez-vous, et leur absence nous inquiète beaucoup plus que celle des futurs mariés. Aucun portable ne répond : ne paniquons pas, ils vont finir par arriver. L'heure tourne, on mange nos burgers et sandwichs, et Scott tente de nous rassurer : au pire, on se retrouvera ce soir au restaurant. Mais tout le monde est légèrement inquiet, Maïa en tête. Et merde, fait chier ! Décidément, ce Damien va ruiner tous mes plans ! Je me tourne vers Solange, qui me répond, avant que j'aie pu dire quoi que ce soit :

— Ne me regardez pas comme ça ! Je ne suis pas marabout ! Je peux le soigner quand il est à côté, mais pas le retrouver dans une ville !

Evidemment. C'est bien ma veine.

L'après-midi ne se déroule pas mieux. Seul point positif, Scott a des nouvelles de la bande partie à l'aéroport. Les vols ont du retard, ils nous rejoignent au restaurant ce soir.

Scott raccroche énervé. Il semble que Céline lui reproche quelque chose, mais je n'ai pas réussi à comprendre quoi. Sophia et Paul ont été se promener au parc où Anna a fait la sieste dans sa poussette. Je me dis que j'aurais mieux fait de les accompagner. Au moins, j'aurais été un peu au calme. J'essaie de suivre Maïa, mais elle me traîne de magasin en magasin et y laisse certainement plus de la moitié du PIB local.

A aucun moment, entre les strings, les paréos et les claquettes, je n'ai réussi à sortir ma bague. Mauvais timing ou idée de merde ? Je ne sais pas.

La nuit tombe déjà. Hormis une tension que je sens chez Maïa (en suis-je la cause ou est-ce le shopping compulsif ?), les filles semblent satisfaites de leurs achats et j'ai l'impression d'être un groom de Central Park avec des sacs dans chaque main.

On arrive dans une petite ruelle sombre, un peu mal famée, mais le lieu est magnifique et un brin de mystère s'en dégage. L'endroit idéal pour tourner une scène romantique dans un film de gangsters. Peut-être aussi pour tourner ma grande scène romantique à moi. Car quelque chose en moi a une vraie envie de passer le cap : je n'ai plus peur. En fait, j'ai surtout peur de perdre la bague à force de la trimballer dans cette poche.

Le restaurant est juste devant nous et tout le monde est déjà à l'intérieur, y compris Jules et Damien, accoudés au bar.

Au moment d'entrer les rejoindre, je retiens Maïa par le bras.

— Viens !

Je la fais sortir dans la rue et Julien, qui tient la porte, presse tout le monde d'entrer pour nous laisser en tête à tête. Merci mon pote.

Je regarde Maïa, dans un état que je ne maîtrise pas. Je croyais que ça irait, mais en fait ça ne va pas du tout. J'ai le cœur qui bat à cent mille, je n'ai jamais eu aussi peur de ma vie, mais maintenant, je ne peux plus faire machine arrière.

— Qu'est-ce qu'il y a ? demande Maïa.

— Rien, j'avais envie d'être seul cinq minutes avec toi. On est dans un cadre magnifique et je n'ai pas eu un instant pour le partager rien qu'avec toi.

— Oh !

Quand je l'entraîne dans la ruelle de derrière, j'ai l'impression qu'elle peut entendre battre mon cœur. Elle porte une partie de ses achats dans une main et j'ai les bras chargés du reste. Je me retrouve comme un con, sans possibilité de bouger.

— Maïa, je voudrais...

Comme elle me voit galérer avec mes sacs, elle rit et me les prend des mains.

J'adore son rire.

— Maïa, je sais que...

— Attends ! dit-elle.

— « Attends » ?

— Oui, je voudrais te parler. Ça fait un moment que je veux mais...

Je reste sans voix, tétanisé. Elle me regarde, muette aussi, comme si elle hésitait à se lancer. Je ne comprends rien. Elle m'a stoppé dans mon élan pour parler et maintenant c'est elle qui attend que je dise quelque chose ?

Je m'apprête à reprendre là où j'en étais quand je sens un courant d'air, une violente secousse et un coup dans le dos. Le temps que je réagisse, le voleur a arraché les sacs de la main de Maïa et est parti en courant dans la ruelle.

— Non ! François ! Il a volé mes sacs ! Oh, non !

Je reste quelques instants sans comprendre mais me ressaisis vite. Soit je fais comme si de rien n'était et poursuis ma demande, soit je cours. Devant l'air désespéré de Maïa, je jette les sacs que je tenais et me mets à courir dans la direction où j'ai cru voir partir le voleur.

Pendant que je cours comme un dératé, j'entends Maïa qui me crie de faire attention, je lui hurle de rester là où elle est. Dans ma course, je me dis que putain, c'est un complot.

Pourquoi il a fallu que ce petit con décide de nous voler maintenant ? A cause de lui, d'un maillot de bain et de deux paréos, je me retrouve à ne pas pouvoir faire ma demande en mariage ! Si je le retrouve, je lui casse la gueule. En même temps, je ne connais rien ni personne ici et courser un voleur des rues qui m'amène peut-être tout droit dans un guet-apens n'est sans doute pas l'idée du siècle.

Au tournant d'une rue, je vois le voleur, un gamin semble-t-il, trébucher sur une petite vieille assise sur une chaise sur le devant de sa maison. Il titube pendant quelques mètres et finit par s'étaler de tout son long en jetant mes sacs par terre. Le temps que j'arrive à lui, le garçon a déjà repris ses jambes à son cou et mes sacs m'attendent sur le trottoir. Je souffle un instant, les mains sur les jambes. Je crois que j'ai un point de côté, faut que j'arrête les Cuba libre. Je regarde la femme qui m'adresse un grand sourire édenté. Je lui souris en retour et la remercie par gestes. Je ramasse les sacs avec une longue expiration en me demandant comment je vais bien pouvoir reprendre ma déclaration interrompue, quand la vieille me fait un signe de la main assorti d'un clin d'œil et me dit, en français :

— Courage...

Je me demande si j'ai bien compris. Je la regarde, tandis qu'elle continue de sourire comme si de rien n'était. Bon, ne pas s'attarder sur la question, reprendre le contrôle de ses idées et arrêter de s'imaginer des choses. L'air lourd de la capitale ne doit pas me réussir. Quand je tourne au premier coin de rue, j'aperçois Maïa qui arrive en courant.

— Maïa, pourquoi tu m'as suivi ? Ç'aurait pu être...

Mais je n'ai pas le temps de finir qu'elle s'est déjà précipitée sur moi pour m'embrasser. J'en reste sans voix, mais profite de cet instant de répit.

— Mon héros ! dit-elle avec un grand sourire.

— Oh ! c'est rien, je...

Je me demande si je dois lui parler de la petite vieille ou commettre un mensonge par omission.

Elle est encore plus belle dans cette ruelle, avec les joues rouges d'avoir couru et les yeux qui brillent. Bon, je crois bien que c'est le moment ou jamais de me jeter à l'eau. Je plonge la main dans ma veste et Maïa me dit :

— Epouse-moi !

— Quoi ?

Je reste sans voix, traumatisé. C'est ma phrase, putain, elle m'a piqué mon texte !

— Epouse-moi, je t'aime, j'ai besoin de toi, je ne pourrais pas vivre sans toi..., dit-elle précipitamment.

— Mais non, mais...

Les mots ne me viennent pas.

— Non ? dit-elle, le visage décomposé.

Merde, c'est pas ça que j'aurais dû dire. Je rectifie :

— Si, enfin... mais c'est pas vrai, Maïa ! Tu vas vraiment faire ça toute ta vie ? dis-je, désespéré, en sortant l'écrin de ma poche.

— Faire quoi ? demande-t-elle, les lèvres tremblantes et l'air apeuré.

— Me prendre de court ! Me déstabiliser ! C'est à *moi* de faire ma demande, ça fait des semaines que j'y réfléchis ! Putain, Maïa...

Je tombe à genoux, pose les sacs par terre et lui tends l'écrin. Elle semble complètement perdue, les yeux exorbités.

— Maïa, s'il te plaît, avant qu'un autre voleur ne fasse son apparition dans ces ruelles mal famées ou que Damien ne doive être rapatrié en hélico, veux-tu essayer d'être ma femme et parfois me laisser endosser mon rôle d'homme ?

Comme elle ne réagit pas, je poursuis :

— Maïa Tournan, veux-tu m'épouser ? Je sais que tu n'es pas fan du mariage, mais juste comme ça, ici, entre nous, avec nos amis, et si tu te sens prête, on officialise en rentrant en France, on refait même un énorme banquet, ou pas, c'est toi qui décides...

J'ouvre la boîte et le solitaire se met à briller comme s'il voulait sortir de sa prison.

Maïa a les yeux qui brillent encore plus que la pierre, qu'elle effleure du bout de ses doigts tremblants.

— Ça fait bizarre, dit-elle simplement. Je croyais que j'étais prête mais... c'est tellement mieux quand c'est toi.

Puis elle se jette sur moi et manque de me faire tomber en m'embrassant. Je la prends dans mes bras, la serre très fort et quand j'arrive enfin à reprendre mon souffle, je lui murmure :

— Ça veut dire oui ?

— Oui ! lâche-t-elle en pleurant à moitié. Oui pour se marier, oui pour faire une fête ici, puis une autre en France, oui pour tout ce que tu voudras, oui pour passer ma vie avec toi !

— Oui pour me laisser un peu décider parfois ? dis-je en souriant.

Elle rit :

— Oui, ça, je peux essayer, disons.

On se relève tous les deux, je lui passe la bague à la main et ouf, je ne me suis pas trompé de taille. Merci Jules de m'avoir suggéré de lui emprunter une bague pour connaître son tour de doigt.

Je ramasse les sacs restés à terre, passe mon bras sur son épaule pour nous diriger vers le restaurant. Je me retourne un instant pour apercevoir, au coin de la rue, la frêle petite vieille, qui me sourit et m'adresse un signe de la main. Je lui rends son sourire et embrasse Maïa dans le cou. Je profite de la centaine de mètres qui nous séparent du restaurant pour lui expliquer mes projets.

Elle est blottie dans mes bras et je ferai tout pour que jamais elle ne s'en éloigne. On décide de faire une petite cérémonie ici après le mariage de Lydia et Julien. Elle comprend mieux la présence de Jules, à présent, et trouve que je suis le plus romantique et le plus merveilleux des hommes. Quand je pense à celui que j'étais il y a encore seulement six mois...

A peine a-t-on franchi le seuil du restaurant que des applaudissements fusent.

Toute la bande est debout, qui nous regarde en sifflant et en tapant des mains. OK, pour la discrétion, c'est foutu. J'ai peur que tout ça stresse un peu Maïa et qu'elle regrette sa décision, mais, quand je me tourne vers elle, je la vois, rayonnante, qui tend la main vers ses copines, lesquelles poussent des «oh» et des «ah» en regardant la bague. Julien me serre brièvement dans ses bras et me souhaite la bienvenue dans cette aventure. Ma sœur se jette sur moi en pleurant à moitié, aussitôt imitée par ma cousine. S'ensuivent diverses poignées de main et conseils plus ou moins utiles de la part du reste de la bande.

— Bon alors, c'est fini ce bordel ? On se la boit, cette bouteille ? demande une voix tonitruante derrière le comptoir.

Bouteille à la main et grand sourire, Franck, le patron, m'est déjà très sympathique.

9. Scott

«Scott est un être bouillonnant, autoritaire, ambitieux, confiant en lui-même et passionné.

Cet homme d'action a besoin de se dépenser physiquement et d'aller de l'avant. Il en impose de prime abord, et apparaît comme quelqu'un de fort, sérieux et digne de confiance. C'est souvent aussi un caractère trempé, poussant parfois jusqu'à la contradiction, l'arrogance, qui déteste la flatterie et les contraintes. Impatient, doué d'une agilité d'esprit surprenante, il peut se montrer irritable, très nerveux, agressif et même violent lorsqu'il estime que les bornes risquent d'être dépassées… Il sait surtout être agréable, très responsable, curieux, adaptable, et n'hésite pas le cas échéant à se remettre en question, l'aventure et la nouveauté ayant tendance à le stimuler. […] Scott apparaîtra le plus souvent comme une épaule stable et solide sur laquelle s'appuyer, même s'il préférerait être un peu moins responsable des autres, alors qu'on profitera le plus souvent de sa serviabilité et de sa manière de prendre les choses au sérieux.»

Elle boude ? Dans le bus, elle reste dans son coin et fait tout pour ne pas croiser mon regard. Au restaurant, si elle avait pu dîner dos à moi, elle l'aurait fait. Je ne comprends pas. Dès qu'on arrive à l'hôtel, je veux une explication.

Ils dorment presque tous, maintenant. Il est tard et la journée a été riche en émotions et en alcool, qui ont eu raison d'eux. Seuls Sophia et Paul ont l'air en forme et discutent tranquillement au fond du bus. Ils sont sympas, ces deux-là, le vrai petit couple parfait. Pourtant, ce n'est pas l'impression qu'ils m'ont faite à leur arrivée. Carole et Jean forment un joli couple aussi mais c'est différent, ils semblent avoir chacun son propre rythme. Il y a des couples qui fonctionnent comme ça, sans cris mais sans passion. Ça ne veut pas dire qu'ils ne resteront pas ensemble, mais leurs sentiments sont moins exacerbés.

A l'avant, Angélique et Matthieu se sont endormis tout de suite. Voilà un couple sur lequel je ne miserais pas grand-chose. Ce mec est gentil mais cette fille n'est clairement pas pour lui. Elle a besoin de sauter sur tout ce qui bouge, elle n'est pas stable, il lui faut un mec qui a de la poigne et qui sache la garder. Matthieu n'a pas le charisme. Je suis sûr qu'elle se posera un jour, mais pas maintenant. En d'autres circonstances, j'aurais bien fait un petit bout de chemin avec elle, histoire de lui montrer deux ou trois trucs. Avoir été élevé par des femmes procure bien des avantages. Ma tante, qui nous a accueillis, ma mère et moi, au départ de mon père (un Américain, qui m'a laissé ce prénom pour seul héritage), avait du caractère et m'a appris pas mal de choses sur la gent féminine. Elle n'a pas froid aux yeux, tatie Janie ! D'ailleurs, elle a l'air d'avoir des points communs avec la tante Suzanne dont Céline m'a parlé. Mais ça, c'était avant qu'elle ne se mette à bouder.

Comment je vais réussir à la mettre dans mon lit ce soir si elle reste persuadée que j'ai fait exprès de changer les horaires des vols ? Mais elle est folle, cette fille ! Pourquoi j'aurais fait une chose pareille ? Juste pour les faire attendre toute la journée à l'aéroport un avion qui n'arrivait en fait qu'en fin d'après-midi ?

Je ne vois pas en quoi ça me permettrait d'avoir une promotion à sa place.

Je sens la mauvaise humeur monter. Déjà, la journée dans le bruit et la chaleur de la capitale, avec ses habitants entassés les uns sur les autres et la pauvreté partout, franchement, je m'en serais passé.

A vrai dire, je suis bien à Las Terrenas, j'y poserais même volontiers mes valises pour un petit bout de temps. Mais je me connais, la part de moi qui a besoin d'aventure a trop peur de s'ennuyer et je ne tiendrais pas longtemps.

Continuer à faire mon métier, mais dans une grande ville, oui, ça, ce serait cool. C'est mon but et j'atteins toujours mes buts.

Céline est tellement à fond avec son groupe qu'elle en oublie les autres clients de l'hôtel et me laisse involontairement les mains libres pour montrer ce que je sais faire. Pourtant, je me bats à la loyale, moi, elle devrait commencer à le savoir. Profiter de ses failles, comme le jour de leur arrivée où elle n'avait quasiment pas prévu d'alcool, oui. Mais tout mettre en œuvre pour la faire échouer, ça jamais. Comment a-t-elle pu me soupçonner d'avoir mis les filles en danger en leur faisant monter des chevaux nerveux ? Je me rends compte qu'elle ne me connaît vraiment pas.

Je croyais que, pour elle aussi, notre espionnage réciproque était depuis longtemps devenu un prétexte pour éviter de réfléchir sur le fait qu'on aime passer la nuit ensemble. Mais ce n'est apparemment pas le cas. Elle est sérieuse, elle n'a vraiment pas confiance en moi.

Il y a toutefois des choses que je ne m'explique pas. Comment cela a-t-il pu arriver ? Qui a donné à la réception l'info que le vol arrivait à 9 heures du matin au lieu de 19 heures ? Soit Céline est vraiment une mauvaise organisatrice, et j'en doute, sans quoi on ne serait pas en concurrence pour Dubaï, soit il y a quelqu'un derrière tout ça qui tire les ficelles.

Quelque chose cloche. Je vais ouvrir l'œil et essayer

d'avoir le fin mot de cette histoire. Et quand je saurai, les coupables vont payer ! Soit il y a une sacrée négligence dans cet hôtel, soit quelqu'un se moque de moi.

En attendant, qu'est-ce que je fais, pour Céline ? Je ne vais pas non plus passer mon temps à essayer de la mettre dans mon lit. En général, je choisis plutôt des vacancières qui ont la bonne idée de partir à l'issue du séjour, mais là, j'ai pris des risques. Et contrairement à ce que je pensais, le plus dur n'est pas de la faire partir, mais bien de la garder dans mon lit.

Bon, mais l'urgence, c'est de trouver qui fout le bordel dans nos plannings. Il va falloir que j'interroge Jack, le patron de l'hôtel. Avec lui, je vais devoir la jouer fine, d'abord pour ne pas compromettre ma carrière, mais aussi parce que je n'ai absolument pas confiance en cet homme. A mon avis, il est dérangé. Je l'ai su le premier jour quand je lui ai demandé si la femme — même si je ne suis pas sûr que l'on puisse qualifier « ça » de femme — en photo sur son bureau était bien la sienne. Il a eu un tic nerveux très étrange pendant quelques secondes et j'ai bien cru qu'il allait faire une syncope.

— Non, pas du tout ! C'est un cadre, j'ai laissé la photo de fond, il faut que je l'enlève, c'est tout.

Etrange. Qui aurait l'idée absurde de choisir la photo de ce cheval pour vendre des cadres ? Quand j'ai revu ledit cheval sur une autre photo dans son portefeuille, j'en ai déduit qu'il s'agissait de son ex-femme. D'où j'en ai conclu assez facilement que ce type était probablement affreusement misogyne. Logique. Bien sûr, ça me permet de gagner des points sur Céline mais, en réalité, au fond de moi, ça m'écœure. J'ai un profond respect pour toutes les femmes, qui me vient sans doute de l'éducation de tatie Janie. Mon but ? Les faire profiter de la vie et leur procurer du bon temps. Vous avez une déception amoureuse ? Scott est là. Votre mari vous délaisse ? Scott est toujours là. Macho ? Certainement pas. Je leur remonte le moral, je sais dire ce qu'il faut, quand il le faut. C'est inné, chez moi. Mais c'est toujours avec leur consentement, elles savent d'avance que ce n'est pas pour la vie, je ne mens pas et elles acceptent le contrat tacite.

Après-demain, enterrements de vie de garçon et de jeune fille. Céline a accepté de me laisser gérer et j'ai prévu un programme de malade pour les mecs : elle va voir qui est le meilleur !

— Ça va ? me demande Ludovic, qui est à côté de moi.

— Oui, oui, dis-je en reprenant mes esprits.

— Tu ne l'as pas quittée des yeux et ça a l'air tendu entre vous. Encore un problème ?

— Pff... Cette fille à elle seule est un problème, dis-je en soufflant. Et toi ? Ça avance ? ajouté-je en désignant Annie, qui dort sur le siège d'à côté.

— Pas vraiment. Elle s'est confiée à moi, c'est déjà ça, mais je sens qu'elle n'est pas prête.

— Foutaise ! Elles ne le sont jamais. C'est à toi de lui montrer que tu peux être là pour la protéger et la rassurer. Si tu laisses passer trop de temps, tu vas la perdre. Rends-toi indispensable, fonce. T'es un mec gentil et à mon avis elle n'est pas habituée, mais les trop gentils ne gagnent jamais à la fin.

— Eh bien, tu en vois des choses ! dit Ludovic en souriant.

Je ris.

— L'habitude, mon pote ! Je fréquente beaucoup de monde grâce à mon métier et je suis observateur. Son mec d'avant, c'était un connard, non ?

— Comment tu sais ça ?

— Ça se voit à son comportement. Il la battait que ça ne m'étonnerait pas. Protège-la, montre-lui qu'elle peut avoir confiance en toi. Mais si tu es trop sympa, elle aura des doutes, elle pensera que tu mens.

— Faut que je sois un connard aussi ?

Ludovic semble intéressé mais peu convaincu. Je me tourne vers lui en souriant :

— Non. Faut juste que tu sois toi. Avec ton caractère, ta générosité. Si tu fais trop d'efforts, elle s'en apercevra et prendra peur.

— OK, je commence à comprendre.

— Bien.

— Eh, dis-moi, lance-t-il en souriant, monsieur le conseiller, ça craint d'être mordu au bout de deux semaines ?

— Ouais, grave ! dis-je pour le taquiner. Regarde-moi : je me prends la tête pour garder dans mon lit la fille qui veut la place que je convoite. Alors écoute ce que je dis, mais ne fais surtout pas ce que je fais !

— On est arrivés, dis-je d'une voix modulée pour leur assurer un réveil en douceur.

Certains se frottent les yeux, d'autres bâillent ou essaient de gagner quelques secondes de sommeil. Solange Beaume, elle, est déjà debout, prête à aller le rejoindre. Je la comprends, ça ne doit pas être facile. Dieu sait ce qui me tomberait dessus si Céline savait que je m'en occupe derrière son dos. De toute façon, vu le nombre de raisons réelles ou imaginaires que Céline trouve pour m'en vouloir, je ne suis plus à ça près.

Tout le monde gagne sa chambre, Céline semble prendre la direction de la sienne.

Je la suis et l'arrête dans un couloir.

— Tu comptes me laisser seul cette nuit ?

— Qu'est-ce que ça change ? Apparemment, que je sois avec toi ou pas, tu arrives quand même à pourrir mes journées !

— C'est vraiment ce que tu penses ?

Blessé, je recule de quelques pas et poursuis :

— Depuis tout ce temps, tu préfères encore te dire que c'est pour m'avoir à l'œil que tu couches avec moi ? Tu penses vraiment que je suis un salaud capable de saboter le travail des autres pour se mettre en avant ?

Elle semble mal à l'aise et ne répond rien.

— Tu as raison, Céline. Conforte-toi dans tes certitudes et ton petit monde bien organisé, et si tu penses que ça suffit pour obtenir ta promotion, alors vas-y, fonce ! En attendant, tu n'es pas foutue de te rendre compte du malaise qu'il y a dans ton groupe.

— Quoi ? demande-t-elle, alarmée.

— Un bon concierge ne délaisse jamais personne, Céline, *personne* ! C'est la règle numéro 1. Mais toi, tu es tellement obnubilée par ta petite personne et tes copines que tu oublies le reste du groupe. Pire, tu les laisses les unes espionner les autres quand ces derniers ont besoin d'un peu d'intimité. Je te rappelle que notre but, c'est de faire des clients satisfaits qui reviennent ! En quoi Lydia devrait-elle être plus satisfaite que sa belle-mère par exemple ? Et Annie, Ludovic, Damien, Jules, tu crois que tu fais tout pour eux ?

— Mais qu'est-ce que tu racontes ? Bien sûr ! dit-elle, soudain moins sûre d'elle.

— Ah oui ? Tu es sûre de savoir tout ce qu'il se passe sous ce toit ? Je ne te parle même pas des autres clients, mais juste de ton groupe !

Elle hésite et je sais qu'elle m'a écouté.

— Tu passes ton temps à me contredire et à chercher mes défauts dans le boulot, mais mes qualités, tu as essayé ? Perso, c'est ce que j'essaie généralement de trouver en premier chez les gens, tu vois.

— Mais, mais...

Elle semble complètement perdue, cette fois-ci. Je crois que j'ai marqué des points. Mais elle se ressaisit tout d'un coup.

— Non, tout ne m'a pas échappé figure-toi ! Je ne suis pas complètement nulle non plus ! Je sais pour Damien. Pour Mme Beaume, je t'avoue ne pas avoir eu envie d'en savoir plus, et je pense qu'il vaut mieux épargner aussi Lydia et Julien. Comme j'ai su par Samia à l'accueil que tu t'occupais d'elle, j'ai préféré te laisser gérer. Au moins, je n'ai rien à cacher à Lydia et je m'en porte mieux. Tu vois, je te faisais un brin confiance quand même.

— «Faisais» ?

Je m'approche doucement d'elle pour lui remettre une mèche de cheveux derrière l'oreille, l'un de ses tics.

— Je ne sais plus. Je suis perdue. Je crois que quelqu'un cherche à me pourrir la vie et j'ai bien peur que ce soit toi.

— Tu devrais rester encore un peu dans les parages de ma chambre, alors, on ne sait jamais. Peut-être que continuer ta surveillance rapprochée te fera prendre conscience de certaines choses.

Elle hésite, puis se recule légèrement.

— Non, je ne crois pas. Il est temps que je me pose les bonnes questions et que je me mette à chercher qui sabote mes journées. On poursuit le même but, mais on est différents, et il faut que l'on redevienne concurrents, on ne peut pas tout mélanger. Ça va nous nuire à tous les deux, tu le sais.

— Pas forcément, quelquefois on réfléchit mieux à deux...

— Non, Scott !

— Tu sais où est ma chambre, conclus-je imperturbable en la regardant disparaître dans le couloir.

Elle est partie et je crois que cette fois, c'est fini. Je me retourne et me dirige vers mon propre bâtiment. En chemin, je croise Ludovic et Annie, qui discutent sur un banc. Il a son bras autour de ses épaules et elle porte sa veste. Pas trop gentil, mon gars, pas trop gentil, pensé-je en passant. Mais bon, si ça marche... Après tout, je ne suis peut-être pas le mieux placé pour les conseils amoureux ces derniers temps.

J'entends des bruits étranges au niveau d'un palmier, le coin sombre préféré des couples, mais je préfère ne pas m'attarder de peur de surprendre quelque chose. Oh, mon Dieu, c'est un gémissement que je viens d'entendre ? Ce ne serait pas nos nouveaux fiancés ? Décidément, ce groupe est intenable. Je souris et grimace en me disant que cette nuit, je peux dormir dessus.

Bon, une nuit d'abstinence, c'est pas le bout du monde... mais je m'étais fait aux ébats nocturnes avec Céline. Et à ceux du matin, aussi... D'ailleurs j'avais oublié à quel point ça pouvait être bon au réveil.

J'arrive enfin dans ma chambre, prends une bonne douche et me mets au lit. Je n'ai pas sommeil, je me retourne en pensant à Céline, je sens son parfum sur mes oreillers. Impossible de penser à autre chose. Je m'apprête à me lever, mais me ravise. Ça ne va rien changer, je ne vais pas aller la chercher dans sa chambre, elle a dit non, c'est non.

Une heure que je me retourne dans mon lit. Peut-être qu'une douche m'aiderait à trouver le sommeil ? Je me lève et décide finalement d'aller prendre l'air sur le balcon. Tiens, voilà mes deux tourtereaux. C'est étrange, on dirait que quelqu'un les suit. Qui ça peut bien intéresser ? Remarque, il y a tellement de gens tarés, plus rien ne m'étonne. Il fait lourd, cette nuit, encore plus que d'habitude. Je referme ma porte vitrée pour mieux profiter de la clim et me remets au lit quand j'entends trois petits coups frappés à ma porte. Si je n'étais pas réveillé, je ne les aurais probablement pas entendus. Je me lève d'un bond : qui que ce soit, il est le bienvenu dans mon insomnie. Je passe un caleçon et vais ouvrir. Céline est devant la porte, sur le point de repartir.

— Tu m'as entendue ?

— C'est pas le but, quand on frappe ? Que quelqu'un entende ?

— Je ne voulais pas te réveiller, désolée... Je n'arrive pas à dormir, mais ça peut attendre demain, dit-elle en faisant mine de repartir.

— Oh là ! fais-je en la retenant par la main. Maintenant que tu m'as réveillé, entre, qu'on discute.

— Tu ne dormais pas, c'est ça !

Elle le dit plus comme une affirmation que comme une question.

— Je plaide coupable, dis-je. Insomnie.

— Pareil.

Je la fais entrer et ferme la porte derrière elle.

— Et maintenant ? demande-t-elle. Qu'est-ce qu'on fait ?

Je m'approche d'elle. Elle ne bouge pas d'un centimètre. Je prends son visage entre mes mains et l'embrasse. Quand on reprend notre souffle, elle me dit :

— Je ne parlais pas de ça mais de l'avenir. Qu'est-ce qu'on va faire ?

— J'en sais rien, Céline. L'avenir, c'est demain. Et demain je m'en fous. Alors on fait ce qu'on sait faire, on s'occupe des autres le jour et de nous la nuit, et le reste, eh bien, on verra, dis-je en faisant passer son haut par-dessus sa tête.

Elle ne porte plus que sa jupe et son soutien-gorge. Elle sourit, baisse sa jupe, et la vue de son string me renverse. Elle me pousse sur le lit, me tombe dessus à califourchon et dit :

— OK, ça me va. Mais pitié, donne-moi une recette pour dormir sinon je vais devenir folle.

Je me contente de lui sourire, puis la renverse et commence par lécher son cou, avant de descendre très lentement...

10. Julien

«Energique et viril, courageux et combatif, Julien rêve de commander et de diriger. Il est facilement ombrageux, susceptible et agressif, particulièrement quand il ne maîtrise pas la situation. [...] Il se montre entêté, pas toujours de bonne foi et reconnaît difficilement ses torts. Bien armé pour la vie, il sait se montrer actif et entreprenant et capable de saisir les opportunités qui s'offrent à lui. Il a le sens des affaires et les pieds sur terre. [...]

Il désire conquérir, posséder et sait user, sinon abuser de son magnétisme. Il aime les exercices physiques, le sport et l'action, lesquels sont nécessaires à son équilibre. En amour, il est passionné, exigeant, jaloux et possessif. Sa brusquerie, son manque de tolérance et de diplomatie peuvent rebuter plus d'une âme sensible... D'autres considéreront ses attitudes exclusives comme autant de preuves de son attachement et de sa passion ! Car, ne vous y trompez pas, Julien est un tendre, au fond.»

Oh, putain, mais qu'elle me gonfle! Mais c'est pas possible ce que cette femme me gonfle! OK, c'est ma mère... enfin... encore faudrait-il le prouver. Des fois, je me demande comment elle réagirait si je demandais un test de maternité... Cela dit, je n'avais rien en commun non plus avec feu mon cynique de père, pour qui les sentiments étaient l'apanage des faibles.

— Oh ! dit Lydia en rigolant. Mais tu es son portrait craché !

— Quoi ? Non mais ça va pas ? protesté-je en me retournant brusquement.

Vers la porte. En fait, je m'adresse à une porte. Ça fait même dix minutes que je parle à une foutue porte.

— Putain mais t'as pas fini de te préparer ?

Cette femme va me rendre fou. Peut-être que c'est déjà le cas, en fait. Depuis le jour où elle est entrée dans mon bureau... Deux ans, déjà. Je la revois comme si c'était hier.

Quand Jean m'a appelé pour me demander si je voulais bien faire passer cet entretien d'embauche à sa sœur, je n'aurais jamais cru que ça me mènerait si loin. Et aujourd'hui nous sommes là, sur cette île, à quelques jours de notre mariage...

J'avais le souvenir d'une adolescente plutôt jolie. Avec un sale caractère, mais jolie. Mais bon, c'est le propre de l'adolescence, ensuite les filles grandissent, apprennent à tourner sept fois leur langue dans leur bouche et les réalités de la vie ont raison de leur comportement d'enfant gâté. Eh bien, il faut croire que pas toutes. A la seconde où elle est entrée dans mon bureau, son tailleur crème ajusté et ses talons aiguilles étaient devenus ma première source de fantasmes. Une part de mon cerveau me criait « fuis », mais le reste de mon corps ne m'obéissait plus. Non seulement ma petite Lydia avait bien grandi, mais elle ne savait toujours pas tourner sa langue dans sa bouche... qu'elle avait fort jolie d'ailleurs et qui avait sans doute bien mieux à faire qu'à me lancer des piques. Cette fille n'avait pas peur de moi. Mieux, j'ai eu l'impression qu'elle me considérait comme un challenge. Alors ça a été plus fort que moi : odieux connard contre sale garce, on peut dire qu'on partait pour former un joli couple !

Bien sûr, j'aurais pu la laisser descendre à Montpellier

pour les préparatifs du mariage de Sophia et Paul l'été dernier et les rejoindre plus tard, comme je l'avais prévu, mais c'était trop tard. Je ne voulais pas le reconnaître, mais j'étais déjà mordu. Je ne pouvais plus me passer d'elle et l'idée de la savoir dans le Sud, avec notre ancienne bande de potes, sans moi, m'était intolérable. Je me demande comment j'ai pu continuer à faire tourner ma boîte pendant tout ce temps alors que chaque fois qu'elle passait, je me retenais pour ne pas la renverser sur le bureau et lui montrer ce qu'elle provoquait chez moi.

Heureusement, elle a été d'une efficacité hors pair. C'est même la meilleure collaboratrice qu'il m'ait été donné d'avoir. Et aujourd'hui, ça va bientôt être ma femme. Finalement, j'ai réussi, j'ai remonté la boîte de mon père et trouvé la femme qui me rend heureux…

La porte de la salle de bains s'ouvre et Lydia sort en maillot de bain deux-pièces et robe légère. Elle s'arrête un instant pour contempler mon air ahuri.

— Ben qu'est-ce qu'il y a ? A quoi tu penses ? demande-t-elle. On dirait que tu as vu un fantôme.

En plus, je ne peux rien lui cacher.

— Rien, ça ne pense pas, un homme, je te l'ai déjà dit.

— On va manger avec les autres ?

Elle a déjà ouvert la porte de la chambre. Je la referme en souriant.

— Non.

Je m'approche d'elle comme un prédateur, ce qui la fait rire et semble l'effrayer légèrement aussi, car elle s'échappe de l'autre côté du lit. Ah, les femmes !

— Mais qu'est-ce que tu fais ? dit-elle en riant. Ma mère nous attend !

— J'ai faim, mais d'autre chose ! lancé-je en grimpant sur le lit pour l'attraper.

— Oh non, Julien ! Faut aller manger !

— Comment ça « non » ? Hier, on s'est couchés et tu t'es endormie direct. Tu crois sincèrement que tu peux te refuser à moi plus d'un jour par semaine ? dis-je en la jetant sur le lit.

Je relève sa robe sur le haut de ses cuisses. Les lanières de son maillot de bain glissent toutes seules.

— Non ? demande-t-elle timidement, tout en gémissant sous mes baisers.

— Non !

Je l'embrasse alors comme si je mourais de faim tandis que ma main s'occupe de son anatomie. Un an qu'on est ensemble et je bande toujours au bout de cinq minutes quand je vois son corps près de moi. Va falloir que je me soigne ou je vais mourir jeune, à ce rythme... Mais je m'en fous, c'est bon, putain.

Ma mère m'emmerde toujours autant. Je ne comprends pas : elle ne s'est jamais occupée de moi, elle a toujours préféré me laisser aux bons soins du personnel des hôtels cinq étoiles dans lesquels on descendait et il faut que ce soit au moment de mon mariage qu'elle se découvre une fibre maternelle ! Et d'abord, pourquoi elle est venue ? Pour balancer des réflexions à la limite du supportable toutes les trois secondes ? Elle pourrait traiter directement Lydia de pute, ce serait plus clair pour tout le monde. Et puis c'est quoi, son trip dealer avec mon pote Damien ? Ces jours-ci, on dirait qu'elle a carrément décidé de le droguer en lui proposant sans arrêt des « décontractants musculaires ». D'ailleurs ça commence à m'inquiéter, d'autant que j'ai l'impression qu'il aime ça. Hier, c'est même lui qui en a réclamé. Mais voilà que maintenant, elle a tout simplement disparu ! Effectivement, comme Lydia vient de me le faire remarquer, on ne l'a pas vue depuis hier.

— Et alors, ça fait du bien pour une fois, non ? dis-je quand on rejoint les autres à table.

— Qu'est-ce qui est bien ? demande François.

— Que ma mère ait disparu !

— Elle a disparu ? s'enquiert Damien, soudain inquiet.

— C'est pas grave, répond Jules en lui adressant un sourire.

— En même temps, pour une fois qu'elle te lâche..., dit Paul.

Les filles se regardent toutes bizarrement. Je fronce les sourcils.

— Quoi ? Vous n'allez pas vous y mettre vous aussi ?

— Ben tu avoueras, explique alors Maïa, qu'elle a quand même un comportement étrange ces derniers jours.

— Mais de qui on parle ? De celle que vous avez tous surnommée Cruella ? Vous n'allez pas me dire qu'elle vous manque ?

— Hou là non ! lancent-ils presque tous.

— Cruella ? demande Laetitia, la mère de Lydia, en retenant un rire.

— Il a raison, Lydia : pour une fois que vous êtes tranquilles, tu ne vas pas me dire qu'elle te manque ! dit Jean.

— Toi, tu dis ça parce que c'était ton tour de garde ! lui lance François.

— Pas faux, fait Jean, j'ai plus besoin de l'empêcher de venir rôder par ici si elle a disparu.

— Julien..., insiste Lydia en me regardant avec des yeux de chien battu.

— Mais merde ! Elle est grande non ?

— Oui, mais s'il lui est arrivé quelque chose, c'est sur moi que ça retombera. Elle est capable de me foutre en l'air mon mariage, cette conne ! Oh pardon, ajoute-t-elle en posant la main sur sa bouche.

— Non, ça va, t'as pas tort, en fait, mais... Hé, dis-je en appelant Céline et Scott, qui s'approchent, l'un de vous a vu ma mère, ces jours-ci ?

— Ah non, dit doucement Céline.

— Oui, dit en même temps Scott.

— Enfin, oui, rectifie Céline, pendant que Scott reprend :

— Non.

— Euh, vous vous foutez de ma gueule, c'est ça? dis-je en commençant à perdre patience.

— Non, reprend Scott. On l'a vu, oui, mais on ne sait pas où elle est, c'est ça qu'on voulait dire.

— OK, dis-je un brin soupçonneux. Et vous vous levez à cette heure-ci, tous les deux?

— Oui, répond Céline pendant le «non» de Scott.

Tout le monde rit et on leur dit que c'est bon, on arrête de leur poser des questions, qu'ils retournent dormir, c'est mieux. Je m'aperçois alors que Scott tient la main de Céline. C'est nouveau ça, mais je préfère ne pas relever, ils font ce qu'ils veulent et j'ai d'autres chats à fouetter.

— Bon, ben je vais aller la chercher, dit Damien en se levant. Je commence à bien la connaître, maman Solange, je devrais pouvoir la trouver.

— Je t'accompagne! dit Jules en se levant d'un bond.

— «Maman Solange»? reprends-je.

Mais personne ne me répond et les deux nouveaux meilleurs amis s'éloignent à vive allure, comme s'ils craignaient quelque chose. Je me retourne pour voir que tout le monde, à l'exception de Céline et Scott qui se couvent du regard, ouvre des yeux aussi ronds que les miens.

— C'est moi ou tout le monde est étrange, aujourd'hui? dis-je à la cantonade.

— Ça doit venir de toi! me dit François en me tapant sur l'épaule.

Pendant tout le repas, Lydia me rebat les oreilles avec l'attitude étrange de ma mère. Jusque-là, je ne m'étais pas posé de questions, je la voyais moins, ça m'allait très bien. Faut vraiment qu'elle vienne m'emmerder jusqu'au bout du monde, celle-là!

En fin d'après-midi, l'angoisse collective des filles finit par me gagner et je me décide à commencer les recherches. On va à l'accueil avec Scott pour demander si quelqu'un a emmené Mme Beaume quelque part en dehors de Las Terrenas, mais personne ne semble avoir de réponse. On croise alors Damien, à qui je demande s'il a des nouvelles.

— De qui ?

Je hausse un sourcil et reste un instant sans voix.

— De ma mère !

— Pourquoi ? demande-t-il, l'air méfiant et les sourcils relevés en un V grotesque.

— Parce que je la cherche, putain, Damien ! Tu le sais parce que tu es parti la chercher toi aussi avec Jules tout à l'heure.

Damien semble alors recouvrer la mémoire d'un seul coup et me dit :

— Ah oui ! Oui, oui. Ben non, je ne l'ai pas trouvée !

— Mais t'es drogué ou quoi ? demande François, qui nous a rejoints.

Il s'approche de Damien pour vérifier ses paupières et celui-ci précise :

— Non, non ! Oh ! arrêtez, hein ! Je ne l'ai pas vue ! Et puis cessez un peu de me harceler et laissez cette pauvre femme tranquille ! Non mais !

Sur quoi il s'éloigne.

Je ne comprends pas. Je regarde Scott, qui semble se retenir de rire, tandis que François et Ludovic sont aussi perdus que moi.

Le soir, nous avons cherché dans tout l'hôtel et je suis sur le point de prévenir la police.

Accoudé au bar, je fais part de mes réflexions à Ludovic quand un mec bedonnant avec une perruque étrange dit, juste à côté de nous :

— Ah non, non. Pas la police !

Je me retourne pour mieux le regarder. Il a les yeux complètement écarquillés, comme un fou échappé d'un asile.

— Je vous demande pardon ?

— Non, non, non, pas la police !

Ses yeux sont perdus dans le vide et je n'ai même

pas l'impression qu'il me voit. Il se lève en baragouinant des choses incompréhensibles et s'éloigne. Je reprends mon souffle après un éclat de rire et l'inquiétude recommence à me gagner quand j'entends une voix pointue derrière moi :

— Eh bien, je ne t'ai pas trop manqué aujourd'hui, on dirait !

Je me retourne d'un coup, comme quand j'étais petit et que je voulais cacher une connerie.

— Maman !

— Ah, tu te rappelles ! dit-elle en posant son sac sur le bar.

Elle prend place sur le tabouret à côté du mien et lance un regard laser au barman.

— Non, mais tu déconnes ? Je t'ai cherchée partout aujourd'hui ! J'étais à deux doigts d'aller appeler la police ! Lydia...

— Oh ! Lydia..., répète-t-elle, méprisante.

— Oui, Lydia ! Elle était inquiète, figure-toi !

— Inquiète ou curieuse ? Parce que cette petite fouineuse...

— Tu commences vraiment à dépasser les bornes ! dis-je en haussant le ton.

Je me lève de mon tabouret, sentant la colère monter. Les mecs en profitent pour s'éclipser en trouvant une excuse bidon — « Faut que j'aille mettre de la crème solaire... », ose l'un d'eux — pour nous laisser en tête à tête.

Je ne sais plus quoi lui dire. Ou plutôt, j'ai trop de choses à lui dire et je ne sais pas par où commencer. Je prends mon souffle pour tenter d'ouvrir le dialogue tout en me contraignant à rester poli pour ne pas déclencher la troisième guerre mondiale sur un malentendu...

— Je te quitte !

— Hein ?

C'est ce qu'elle vient de dire, et le « hein », c'était moi.

— Ça ne peut plus durer, Julien, tu dois grandir, maintenant. Tu as Lydia...

Elle a les yeux perdus dans le vide et boit à la paille le cocktail que le barman lui a apporté sans qu'elle ait eu besoin de demander.

— Un jour, quand tu seras grand, tu comprendras, poursuit-elle.

J'ai l'impression d'être en pleine hallucination.

— Non mais elle est irréelle, cette conversation ! Vous avez tous le même dealer, aujourd'hui, ou quoi ?

— Mais de quoi tu parles, Julien ?

— Mais de quoi tu parles, toi ? Je ne suis plus un enfant, comment ça « tu me quittes » ?

— Oui, on en reparlera mais après le mariage. Là, tu es trop tendu..., dit-elle en faisant mine de se lever de son tabouret.

Je la retiens par le poignet.

— Ah non mais ça suffit ! Rassieds-toi.

— Oh, mais tu ne vas pas être autoritaire comme ton père ! Je suis enfin en train de vivre, je ne vais pas me laisser tyranniser par mon gamin, maintenant ! dit-elle avec son regard sombre et déterminé des mauvais jours.

— « Tyranniser » ? « Gamin » ? Mais j'ai trente ans, putain, maman !

— Et arrête de jurer ! Bordel de merde, je ne t'ai donc rien appris ? dit-elle en me frappant l'épaule avec son sac.

— Un whisky ! dis-je au barman en levant la main. Un double.

— OK, monsieur, répond celui-ci en souriant.

Je ne sais pas s'il comprend le français et si, comme moi, cette conversation lui donne l'impression d'être sous LSD, mais je donnerais cher pour être ailleurs, là, tout de suite.

— Ecoute, en ce qui concerne Lydia..., déclare ma mère.

— Alors écoute-moi, toi. Pourris-moi la vie autant que tu veux, je te laisserai tranquille. D'ailleurs, tu as déjà très bien réussi jusqu'ici. Mais elle, tu la laisses !

— Quoi ? Mais je...

— Non, écoute-moi !

Le barman me sert mon whisky et la première gorgée me fait assez de bien pour que j'aie le courage de poursuivre :

— OK, je suis un bon à rien. Papa me le disait assez souvent. Tu ne m'as pas laissé le choix, j'ai dû abandonner ma vie, mes projets, l'endroit où je vivais, tout, quoi, pour reprendre l'entreprise. C'était une obligation familiale, un devoir, d'accord... En attendant, j'ai peut-être passé ma vie à te décevoir, mais cette entreprise qui marche si bien aujourd'hui, il l'avait coulée, le *padre* ! Et qui l'a remontée ? Ton incapable de fils ! Et grâce à qui ? A cette catin de Lydia qui drague ton fils au travail comme tu me l'as si aimablement répété. Eh bien, l'incapable et la catin, heureusement qu'ils sont là pour que la boîte te paie ta rente mensuelle, sinon, psttt, *nada* !

Tout en parlant, je bois quelques gorgées de whisky pour me donner du courage.

J'ai l'impression que je ne vais plus m'arrêter de vider mon sac.

— Alors putain, je ne te demande pas de me lire des histoires le soir : tu l'as jamais fait ; je te demande pas non plus de venir me chercher à l'école ou de te pointer à la remise des diplômes : jamais fait non plus. Je te demande juste de respecter les choix que je fais en tant qu'adulte ! Parce qu'à l'instar de ceux que j'ai pris pour cette entreprise, ils sont bons ! Et parmi ceux-là, Lydia est le meilleur. Alors peut-être que tu ne comprends rien à l'amour — en même temps, c'est pas ta faute, avec le *padre* ça devait pas être un mot que tu avais le droit de prononcer —, mais par un véritable miracle, je n'ai pas hérité de vos gènes foireux et je sais être heureux ! J'ai même trouvé la femme qui va m'aider à l'être toujours plus. Alors laisse-la tranquille ! Ne la critique plus, ne me critique plus et, putain, pour une fois : apprends à vivre !

A la fin de ma tirade, le serveur me ressert un

whisky. Excellent : il doit parler français ! Ou alors il a vu ma gueule.

— Elle est faite pour toi !

— Arrête ! dis-je sans avoir écouté. Hein ?

— Je suis une vieille conne. J'ai merdé. C'est trop tard pour revenir en arrière et je ne ferai pas d'autres enfants pour me rattraper, Dieu m'en préserve ! Mais j'apprends. Laisse-moi le temps, c'est tout. Ne faites pas de gosse tout de suite, laisse-moi encore quelque temps pour finir d'apprendre, je ne te demande rien de plus.

— Apprendre quoi ? demandé-je sans comprendre où elle veut en venir.

— A aimer.

Je reste sans voix. Je lève la tête et elle semble attendre une réponse.

— Alors ? demande-t-elle.

— Alors quoi ?

— Alors tu me laisses un tout petit peu de temps ? J'ai été une mère pourrie, mais j'apprendrai à être une bonne grand-mère. Tu me connais, quand j'ai décidé quelque chose..., dit-elle en souriant bizarrement.

— Mais, j'en sais rien...

— Quoi, elle est enceinte ? C'est pour ça que tu l'épouses ?

— Mais non ! Oh, maman !

— OK, OK, je ne recommence pas ! On verra alors...

— On verra..., dis-je sans trop savoir ce que l'on verra en fait.

— Mais j'essaierai. Je te promets, lance-t-elle.

Puis elle se lève, m'embrasse sur le front et me dit d'un ton sec :

— Je t'aime, mon fils, et tu as fait du bon travail. Alors je te fais confiance sur le choix de ta femme aussi.

Elle récupère son sac et s'éloigne. Je reste complètement abasourdi par ses dernières phrases. De mémoire, je crois que je ne l'ai jamais entendu dire qu'elle m'aimait. Je ne savais même pas qu'elle connaissait ce terme. Décidément, ce voyage en République dominicaine réserve beaucoup plus de surprises que prévu. C'est comme si la distance créait quelque chose. Tout le monde est différent, comme si en l'espace de quelques jours, on avait tous grandi. Je ne sais pas pourquoi, mais que ma mère m'embrasse sur le front et me dise qu'elle est fière de moi, ça me donne aussi l'impression d'avoir grandi, tout d'un coup. Non seulement je n'aurais jamais cru entendre ça un jour, mais je n'aurais surtout jamais cru que ça me ferait du bien de l'entendre... Je termine mon whisky et m'en vais rejoindre ma femme. Ma femme... Quelle fierté de dire ça, dans quelques jours ce sera vrai. Elle sera à moi. Ce sentiment de fierté associé à cette conversation, qui n'en était pas vraiment une mais qui dépasse en nombre de mots tout ce que j'ai pu échanger avec elle ces dernières années, me fait me sentir fort. Très fort. Assez pour déloger des aigles, même.

Sur la route, je croise Ludovic et Matthieu qui parlaient sur un banc dans le jardin principal.

— Qu'est-ce que vous foutez là ? demandé-je.

— On parle, répond Ludovic.

— Pas envie de rentrer dans ma chambre, dit Matthieu.

— Et moi y a personne qui m'attend, ajoute Ludo.

Je m'assieds avec eux. Je comprends que Matthieu n'est pas au top de sa relation avec Angie. A priori, la discussion n'est pas le fort de leur couple. En fait, ils n'ont tout simplement pas grand-chose à se dire. Je mesure à nouveau ma chance d'avoir trouvé Lydia. Elle est la première avec qui je suis capable de parler des heures, ou de me taire, d'ailleurs, sans que le silence soit jamais pesant.

J'aime partager avec elle, j'aime ses idées, sa vision de la vie, elle est vive, intelligente et elle sait écouter. Il me suffit parfois de lui parler pour trouver la solution à mon problème.

Techniquement, l'enterrement de vie de garçon n'est que demain, mais les filles nous ont abandonnés pour aller dormir et nous nous retrouvons entre nous sans avoir envie d'aller nous coucher. François, qui nous a vus depuis sa chambre, nous rejoint avec une petite surprise : une bouteille de rhum et du Coca.

Au bout de quelques minutes, Paul et Jean nous rejoignent. Ils ont couché leurs enfants et se doutaient que nous étions quelque part en train de picoler.

On se met alors à parler de nos attentes, de notre façon de voir la vie de couple, de paternité... Matthieu attend beaucoup mais Angie beaucoup moins, semble-t-il. François est euphorique comme moi, prêt à décrocher la lune pour sa femme. Jean et Paul nous font comprendre qu'on n'a rien compris tant qu'on n'est pas père, mais qu'en même temps, putain, c'est dur. Ne plus faire l'amour à sa femme pendant au moins un mois quand elle vient d'accoucher ? C'est quoi cette merde ? On va adopter, ce sera mieux.

Faudra que j'en parle à Lydia.

Scott débarque quelques minutes plus tard et se fait chambrer sur le fait qu'il ait réussi à laisser sa Céline pour une soirée entre couilles : waouh, miracle ! Il nous fait remarquer que c'est demain qu'elle est prévue, la soirée mecs, mais que comme celle-là avait l'air aussi sympa, il n'allait pas la louper.

Vu notre nombre, on finit rapidement la bouteille de rhum, et Jean en sort une autre de son chapeau. On jette les verres en plastique pour boire directement à la bouteille, de toute façon, il n'y a plus de Coca. Au milieu de nos conneries, une tête pensante fait remarquer qu'il faut qu'on soit en forme pour le sport qui nous attend demain, mais on se dit qu'on est jeunes et que quoi qu'il arrive, on assurera.

Bon, ce que je n'arrive pas, c'est à trouver ma chambre... Ça bouge beaucoup autour de moi. Je m'affale encore plus sur l'épaule de François qui n'a pourtant pas l'air en meilleur état que moi.

— Chuttt ! siffle François. On va réveiller le bébé !

— Hein ? dis-je en plissant les yeux dans sa direction.

Les néons du couloir sont vraiment trop puissants, ils devraient baisser l'intensité.

Quand j'arrive enfin à déverrouiller la porte de ma chambre grâce à ce con de badge qui badge pas, celle-ci s'ouvre en grand sous le poids de nos deux corps. Ce que j'ai enroulé dans ma veste fait un bruit sourd en tombant sur la moquette. J'entends Lydia qui grogne.

— Oh, merde ! dit François. Elle est réveillée, maman !

Je ne sais pas trop pourquoi, mais ça me fait rire, et François aussi, apparemment. Je me suis jamais fait gauler gamin quand je faisais le mur, et il faut que ce soit ma propre femme qui me chope, c'est con quand même.

— Putain, mais Julien, c'est pas vrai ! T'es complètement bourré ! dit-elle en sortant du lit pour s'approcher.

— Meuh non ! Pas complètement.

— Ouhhh, un petit peu complètement quand même ! fait François dans mon dos.

— C'est la faute de Scott ! dis-je comme si je venais d'avoir la révélation du siècle. C'est vrai ! J'te jure ! Il a ramené une quatrième bouteille... Ou cinq...

— Ou six ? demande François.

— Oui, par personne alors ! dit Lydia, remontée.

— Oh ! Mais qu'est-ce qu'il y a ? dis-je en essayant de la regarder, mais j'ai déjà vachement de mal à rester debout depuis que François ne me tient plus.

— Bon, ben je rentre. Bonne nuit les amoureux, dit François. Faites pas de folies !

J'entends la porte qui se referme et Lydia qui dit « ça risque pas ».

— Comment ça « ça risque pas » ? T'aurais pas envie de ton futur mari ?

En disant ça, je bute contre le lit et préfère donc me jeter dessus. J'essaie de desserrer ma cravate qui me serre la gorge, mais je ne comprends pas, je ne la trouve pas. Apparemment, j'ai pas de cravate...

J'entends de loin Lydia qui me répond quelque chose

comme «tu pues trop l'alcool, tourne la tête de l'autre côté»... J'ai pas la force. Je l'entends encore râler sur le fait qu'il lui reste peu d'heures pour dormir avant de partir pour leur journée spa, mais quelqu'un ronfle trop fort pour que j'entende la fin de sa phrase.

Un bruit horrible m'arrache un râle de douleur... Un réveil. C'est l'heure d'aller bosser ? Oh non, tant pis, il faut que j'appelle ma secrétaire pour déplacer mes rendez-vous. Il faut juste que j'arrive à me rappeler si j'ai des rendez-vous importants aujourd'hui et ensuite... J'y arrive pas. Impossible de savoir quel jour on est. J'entends la douche, Lydia ? Ah, ça me revient. On est en voyage, c'est les vacances. Mais pourquoi le réveil a sonné alors ?

C'est le jour de mon mariage ! Je me redresse d'un bond dans le lit et la douleur à ma tête s'intensifie de manière exponentielle. Je regarde partout autour de moi. Où est mon costume ? Les bagues ? Merde, je panique... Cette douleur est horrible... Je cligne des yeux plusieurs fois et tout me revient. C'est le jour de mon enterrement de vie de garçon !

Ouf est ma première pensée. *Ça promet* est ma deuxième, quand je pense à la gueule de bois que je suis en train de me taper.

Lydia sort de la salle de bains. Déjà ? J'ai dû me rendormir. Elle m'embrasse et me dit de me lever, que je vais être en retard.

— A demain matin, me dit-elle.

— Demainmatinpouquoi ? demandé-je la tête dans les oreillers pour ne pas voir cet abominable soleil.

— Ben dans la nuit, quoi, tu as peut-être grillé toutes tes cartouches hier soir, mais moi je compte bien en profiter aujourd'hui et cette nuit ! Bisous mon amour ! Je t'aime, lance-t-elle d'une voix joyeuse qui me vrille un peu plus la tête.

Puis elle sort en claquant la porte.

Salope, elle l'a fait exprès.

Je finis par me remettre au lit quand le réveil sur mon portable recommence à sonner. Il hurle et elle l'a mis de l'autre côté de la chambre, la garce. Je me lève difficilement à la deuxième alerte, me traîne jusqu'à la table où m'attend l'objet maudit et me défonce le doigt de pied sur une pierre.

— Mais qu'est ce que ?... dis-je après plusieurs jurons.

Je me baisse pour soulever la veste en boule et trouve en dessous... un aigle !

Un putain d'aigle qui a l'air de peser une tonne. Merde ! J'ai aucune idée de comment cette chose a pu arriver là ! Je me revois porter quelque chose hier soir, mais je ne me rappelle pas que c'était un aigle ! Je souris. Comment on a fait pour le décrocher ?

Après une douche relativement longue — je reste environ trente minutes sous le jet d'eau —, je parviens à m'habiller et descends rejoindre la troupe au restaurant principal. Il est 9 heures, on avait dit rendez-vous à 7 heures, tout va bien. Certains sont déjà arrivés et semblent dans le même état que moi. Scott m'attend avec un Doliprane, cet homme est un saint. Trois cafés, un Doliprane, un Coca et une heure et demie plus tard, on est prêts à décoller.

Le bus nous a attendus, tant pis si le planning est décalé, nous dit Scott, il est le pro de l'improvisation donc ça va aller !

On monte tous un par un. François, Matthieu, Jean, Paul, Scott, Ludovic. Il ne manque personne, Damien est malade, selon Scott, et Jules, désespéré que l'on soit tous complètement hétéros, a décidé de faire la journée enterrement de vie de jeune fille. Toutes ces informations ne choquent personne donc tout va bien.

On parle peu dans le bus, tout le monde a la tête qui résonne et les nids-de-poule de la route n'aident pas. Au bout d'un moment, j'ai un éclair de lucidité :

— Comment je me suis retrouvé avec l'aigle ? dis-je tout haut.

Ils rigolent tous, sauf Scott, qui nous fait signe de nous taire en montrant du doigt le chauffeur.

— On a eu l'aigle ? demande François.

OK, il n'a pas l'air mieux que moi. Je crois comprendre en les regardant que certains sont au courant, Ludovic, par exemple, mais vu son sourire en coin, il n'a pas l'air de vouloir cracher le morceau.

— Bon, première partie du programme, dit alors Scott en se levant au milieu des sièges pour tous nous regarder : plage et wakeboard ! On verra bien qui est le plus costaud d'entre vous et celui qui gère le mieux sa cuite d'hier, bande de mauviettes !

— Alors là, aucun souci ! dit Matthieu. Je vous explose tous, j'ai presque rien bu hier !

— Tu as voulu te faire un palmier ! dit Paul en le regardant. Tu as baissé ton froc, tu criais « je bande, viens en profiter » parce que tu étais sûr qu'une fille se cachait derrière !

— J'ai fait ça ? demande Matthieu, soudain blanc comme un linge. Merde ! J'en ai aucun souvenir…

— Vaut peut-être mieux pas ! répond Jean. Franchement, c'était pitoyable !

— Oui, enfin toi, tu lui as promis de tenir le palmier pour qu'il se tienne tranquille ! réplique Paul en regardant Jean.

— Non ? C'est pas vrai ? Qui se souvient de ça ?

On éclate tous de rire, j'en ai un vague souvenir, effectivement…

— Vous êtes au courant que je devrais tous vous tuer, maintenant ? annonce Jean très sérieusement.

— Je crois qu'on a tous un dossier, donc il suffit que chacun garde sa langue et on devrait être tranquilles ! dis-je en souriant.

— C'était limite du *Very Bad Trip* ! fait François. Au moins, personne n'a de tatouage…

— Tu es sûr ? demande Paul, parce que Julien n'a peut-être pas regardé son avant-bras...

— Quoi ?

Je hurle et regarde mes bras de tous les côtés en me contorsionnant comme si je m'étais fait piquer par une bestiole.

J'ai tellement réagi au quart de tour que je mets un certain temps à me rendre compte qu'ils sont tous morts de rire en me regardant.

— Bande de cons, va !

— Vous arrivez ! dit alors le chauffeur.

On regarde dehors, et le paysage ne ressemble pas du tout à une plage... Ça s'apparente même beaucoup plus à un bled paumé en rase campagne qu'à un bord de mer. Ça va pas être pratique pour le wake... Scott a les yeux qui lui sortent des orbites.

— Mais on est où ? demande-t-il au chauffeur.

Les portes s'ouvrent et une ravissante Dominicaine nous accueille.

— Bienvenue !

Elle monte dans le bus et son sourire se fige un instant, mais elle reprend vite le dessus et poursuit :

— Messieurs ! Bienvenue pour votre journée spa !

— Journée spa ? demande Scott. Mais il doit y avoir une erreur ! On devait faire une journée wake.

Comme la Dominicaine ne comprend pas, il précise :

— Wake ! Bateau ! Sport !

— Non, monsieur, ici, vous êtes à deux heures de route de la plage !

— Mais voyons Juan, vous deviez nous amener à la mer ! dit-il en s'adressant au chauffeur.

— Non, c'était autre bus, celui filles !

— Quoi ? crie Scott, maintenant complètement hors de lui. Mais c'est pas possible, demi-tour !

— C'est quoi ce bordel ? demandé-je.

— Non pas repartir. Trop route, poser et repartir après-midi si vous voulez, dit le chauffeur, manifestement borné.

— En même temps, intervient Ludovic, je sais pas ce que vous en pensez, les gars, mais on va pas se retaper deux heures de bus de suite. Autant en profiter.

— C'est pas faux, dit Paul. Ça peut être sympa des massages avec des filles, non ?

— Oh non, les gars, vous m'avez pas payé une pute, au moins ? dis-je, inquiet.

— Non mais ça va pas ! dit Scott en me regardant. Pour qui tu me prends ?

— « Pute » ? répète la Dominicaine, visiblement contrariée.

A la réflexion, contrariée est un euphémisme. Les mains fermement posées sur ses hanches, elle semble prête à m'en coller une. La gentille petite masseuse qui nous a accueillis s'est transformée en catcheuse professionnelle. Une chose que j'aurai dû retenir de mes quelques jours dans ce pays : ne jamais offenser une Dominicaine !

Scott la calme aussitôt et nous lui présentons nos excuses. Toujours bien campée devant nous, elle semble peser le pour et le contre. Le « contre » finit par l'emporter de très peu et, à défaut de me coller son poing dans la gueule, elle nous propose d'une voix glaciale de descendre du bus pour découvrir le programme.

Scott la suit et discute en espagnol avec elle. Puis il se tourne vers nous.

— Bon, les gars, il semblerait que tout a été réglé d'avance et ils ne vont pas s'asseoir sur l'argent que ça représente. Il faut comprendre qu'un bus comme le nôtre, ça leur assure un bon mois. De toute façon, comme l'a dit Ludovic, on ne va pas reprendre tout de suite le bus. Alors je vous propose de faire la journée massage et repas qui était prévue pour les filles, et de repartir dans l'après-midi reprendre notre programme. Après notre cuite d'hier, ça ne peut pas nous faire de mal. Ça vous va ?

— Parfait ! dis-je, approuvé par tout le monde.

On entre dans l'institut, qui s'avère aussi beau qu'apaisant.

Ne jamais se fier aux apparences. La Dominicaine nous a choisi une équipe de catcheuses professionnelles qui ont dû être refoulées de l'armée et qui transforment le spa en camp militaire. La prochaine fois, je réfléchirai à deux fois avant d'ouvrir ma grande gueule.

On a droit à la totale : bain de boue, massage à la turque, nettoyage au jet d'eau à forte pression... J'ai l'impression d'avoir été passé à tabac, je ne sens plus certaines parties de mon corps, et celles que je sens m'étaient jusque-là inconnues... Avec les copains, on se croise tous à peine, comme si on était punis, et même le repas de midi est une nouvelle épreuve. Notre ration militaire est un « menu minceur », où il est question de branches de cactus, de feuilles de liane, de guarana... Je ne retiens pas tout et je préfère d'ailleurs oublier... Le breuvage vert qui nous est servi a le double mérite de nous faire passer notre gueule de bois et de nous précipiter aux toilettes pour une purge rapide et efficace.

Vers 16 heures, je supplie tous les saints des enterrements de vie de garçon de nous venir en aide pour mettre fin au mien, quand Scott arrive dans la cabine où j'attends patiemment l'heure de mon « lavage facial », sans trop savoir ce que c'est. Il se faufile derrière le rideau, me jette mon jean et dit doucement, en jetant des coups d'œil inquiets dans le couloir :

— Vite, enfile ça, les autres sont prêts, j'ai prévenu le chauffeur, le bus va repartir.

— Oh putain, mon héros ! dis-je en sautant dans mon jean après m'être débarrassé de ma serviette pagne. Mais mon caleçon et mon T-shirt ?

— On s'en fout, pas le temps ! dit-il comme un évadé d'Alcatraz. (Il regarde paniqué dans le couloir et semble au bord de la crise cardiaque.) Elles ne veulent pas nous laisser partir tant qu'on n'a pas fait *tout* le programme, et je ne sais pas ce que veut dire «éradication de tous vos points noirs», mais j'ai aucune envie de le savoir.

— Moi non plus ! dis-je en le suivant dans le couloir.

J'assure ses arrières quelques pas derrière et regarde d'un côté tandis qu'il se charge de l'autre.

Précautions inutiles, à vrai dire, car si quelqu'un approche, je ne vois pas bien ce que je pourrais faire à part crier «courons». J'ai l'impression d'être dans un film d'espionnage où les actrices auraient été castées pour un film d'épouvante.

Enfin sortis de l'institut, on reprend seulement notre souffle quand on entend une voix puissante :

— Mais enfin, pourquoi partir ? Pas fini messieurs...

— Putain, cours ! me crie Scott.

Ce que je fais, sans réfléchir. Je vois le bus juste devant moi, je m'aperçois que je trébuche sur la terre humide car je n'ai pas mes chaussures non plus. Tous les gars sont dans le bus à nous encourager, on dirait les supporters d'une équipe de rugby, et, quand on s'engouffre, la porte se referme derrière nous et le chauffeur démarre en trombe...

Les mecs applaudissent notre arrivée fracassante, j'ai l'impression d'être un héros qui vient de marquer un essai. Je les remercie chaleureusement et m'assieds à l'avant. Quand je les regarde après avoir repris mon souffle, je m'aperçois que beaucoup sont dans le même état que moi : ceux qui ont eu la chance de récupérer leur T-shirt le portent à l'envers, d'autres ont encore de la crème verte sur le visage.

Après quelques minutes salutaires, nous sommes enfin rassurés par les kilomètres qui défilent et nous séparent de cet enfer, et nous pouvons reprendre une conversation normale.

— J'ai adoré le bain de pieds aux poissons carnivores, moi, dit Matthieu.

— Ils sont pas carnivores, ils bouffent les peaux, c'est pas pareil, c'est pas ta peau..., répond Scott.

Enfin, une conversation presque normale.

— Mais je me demande, déclare alors Jean…

— Quoi ? dis-je en le regardant.

— Si nous, on était ici…

Il ne poursuit pas mais chacun d'entre nous prend le temps de réfléchir à sa supposition.

C'est finalement Scott qui reprend la parole.

— Oui, elles ont fait du wake.

— Tu les as eues ? demandé-je.

— Oui, j'ai eu Céline.

— Et alors ?

— Alors entre deux insultes, j'ai compris que leur journée n'était pas mieux que la nôtre. Et quand j'ai enfin réussi à en placer une, elle a fini par admettre que je n'y étais pour rien. Le type les a forcées à conserver le planning : même problème que nous, c'était payé d'avance. Tout va bien, elles rentrent se changer à l'hôtel, mais ne vous approchez pas de Damien, il se remet de ses émotions…

— Damien ? Qu'est-ce qu'il a encore fait, celui-là ? demande Ludovic, inquiet. Il devait rester à l'hôtel !

— Apparemment, les filles lui ont vendu une séance de massage et de soins du corps, alors il a changé d'avis… Total, il a bu beaucoup d'eau de mer, ce genre de sport n'est pas son fort.

— Le sport tout court n'est pas son fort…, rectifie Jean.

— Ouais, enfin il a perdu connaissance…

— Encore ? l'interrompt François.

— Apparemment, il a vécu le combat de coqs comme une expérience traumatisante… Quant aux filles, elles sont épuisées, furieuses et couvertes de bleus.

— Des « bleus » ? demande Paul.

— Oui, elles ont eu du mal à sortir de l'eau ! dit Scott en retenant un sourire. Le mec qui pilotait était un malade et les explications en espagnol n'étaient pas au top. Mais ne vous inquiétez pas, tout le monde va bien. On va les retrouver à l'hôtel. Ce soir, on devait rester à la plage du wake pour faire la fête, mais ça va faire beaucoup de bus si on y va, non ?

— Grave ! On reste à l'hôtel pour la suite des hostilités ! dis-je.

Tout le monde acquiesce. Paul et Jean s'inquiètent pour leur progéniture, mais Scott précise que Carole et Sophia sont restées sur la plage avec les bébés et que tout s'est bien passé pour elles. Angie semble plus râleuse que les autres car elle s'est fait mal au poignet, ce qui n'annonce rien de bon pour Matthieu. Mais sinon, tout le monde va bien.

Jules est aux anges, c'est lui qui a ranimé Damien en lui faisant du bouche-à-bouche... Personne ne commente, mais je me demande si tout le monde se pose la même question que moi.

Arrivés à l'hôtel, chacun va dans sa chambre se redonner figure humaine. J'irais bien directement boire une bière mais en jean, sans chaussures ni T-shirt, c'est limite, quand même. Quand j'arrive dans la chambre, Lydia est déjà là avec Maïa, et il doit faire dix degrés de plus qu'à l'extérieur. Avec la vapeur qui s'échappe encore de la salle de bains, on se croirait dans un hammam. (Tiens ça doit être bon pour le nettoyage de peau, d'ailleurs.)

— Qu'est-ce que tu fais là ? me demande Maïa en ouvrant de grands yeux.

Lydia est en train de se mettre du mascara et suspend son geste pour me regarder de travers.

— Oh non ! Tu rentres déjà ?

— Ma chérie, moi aussi je suis content de te voir, dis-je en fermant la porte avec un soupir destiné à me calmer.

— Mais justement ! On ne devait pas se voir ! fait-elle en refermant son tube.

— Comment ça ?

— Ben non, moi je veux bien que le programme soit modifié — d'ailleurs on a bien ri —, mais nous, on va au bar de Jess et... Oh non ! J'espère que vous ne venez pas avec nous ?

J'en reste muet.

— Ben oui, quoi, dit-elle avec une mine penaude. C'est sympa d'être tous ensemble ici, mais l'enterrement de vie de jeune fille, c'est pas avec les hommes ! Et inversement ! Alors, repars, s'il te plaît, et laisse-nous nous préparer ! On parle de truc de filles !

— Il est où, François ? demande Maïa.

— Dans sa chambre, je suppose. Il a de la chance, la sienne ne doit pas être transformée en sauna. On doit se rejoindre au bar. Mais rassurez-vous, nous on reste ici ce soir, on ne traversera pas la rue, promis ! Avec les filles qu'il y a ici, ça devrait aller.

— Ah, cool ! dit Lydia qui a repris une discussion — « bleushe ? » — avec Maïa.

— OK, tu t'en fous complètement..., dis-je, dépité.

— Mais non, voyons.

Elle vient vers moi et m'embrasse.

— Oh ! tu as une drôle d'odeur ! C'est marrant, on dirait de la crème... Ah oui, c'est vrai ! Alors, c'était bien votre journée ? Vous avez dû vous régaler, au spa, à notre place ? Toutes ces jolies filles qui s'occupent de vous... J'espère que tu as été sage ! dit-elle en me menaçant du doigt avant de repartir se maquiller devant sa glace.

— C'était l'enfer... J'ai failli mourir asphyxié puis étouffé sous le poids de la masseuse... Ensuite j'ai...

J'ai vraiment besoin de lui en parler, mais je m'arrête en m'apercevant que personne ne m'écoute. Elles parlent entre elles et ne semblent maintenant pas d'accord sur la couleur du rouge à lèvres.

— Mon chéri, c'est cool ! dit-elle en revenant vers moi pour me pousser doucement vers la porte. Bon, on se retrouve dans la nuit si tu n'es pas trop bourré pour me sauter ? Ou alors, ça sera peut-être moi, on verra bien ! dit-elle en riant. Tu as vraiment une mauvaise tête, cela dit ! Ah, la gueule de bois, ça ne te réussit pas !

— C'est bien les hommes, ça ! intervient Maïa. Se bourrer la gueule la veille de son enterrement de vie de garçon ! Vous ne pouvez vous en prendre qu'à vous ! Mais c'est notre journée à nous aussi, mon chou. Alors va rejoindre ton pote François et embrasse-le pour moi !

« Mon chou » ? Elle se fout de ma gueule, sa copine, en plus ? Comme je reste sans rien dire comme un glandu, Lydia m'ouvre la porte de la chambre, me pousse avec moins de ménagement et me souhaite une bonne soirée. Puis elle me regarde, se fige et dit :

— Mais enfin mets un T-shirt et des chaussures, quand même ! Même si tu restes à l'hôtel, tu ne peux pas passer la soirée comme ça !

Elle va dans le placard pendant que j'attends devant la porte, choisit un sweat, une paire de chaussettes et des baskets, et me donne le tout.

— Voilà, mon cœur, heureusement que je suis là, hein ! Ah, les hommes ! Un jour, vous oublierez votre tête, monsieur Duss.

Elle rit, m'embrasse encore et j'entends Maïa qui lui dit :

— Tu vas voir, à mon avis, avec le mariage, ça va être pire ! François, c'est pareil, il part le matin sans rien et…

Mais je n'entends pas la suite, Lydia a déjà refermé la porte. Je suis dans le couloir avec mon sweat dans une main et mes pompes et mes chaussettes dans l'autre. C'est irréel, cette journée est irréelle. J'ai besoin d'une bonne bière…

J'enfile mes habits, longe le couloir et décide de traverser le bâtiment d'à côté pour rejoindre le bar. Quand j'ouvre la porte, le temps que mes yeux s'habituent à la pénombre, je distingue de loin un couple qui s'embrasse à pleine bouche contre la porte d'une chambre. Je souris et m'apprête à leur dire qu'ils feraient mieux de rentrer dans la chambre — si un enfant passe, il pourrait être choqué par la manière dont il lui malaxe les fesses et dont sa langue semble vouloir se glisser partout —, mais alors que j'ouvre la bouche, mon cerveau enregistre une information que je refuse de valider tout de suite. Le temps que je retienne le cri qui monte dans ma gorge, le type trouve enfin la clé magnétique et la porte s'ouvre et absorbe le couple.

— Ma... ma...

Je me rends compte que c'est moi qui essaie de parler à voix haute, mais je semble avoir perdu l'usage de la parole... « Je te quitte », « tu es grand maintenant », tous ces mots tournent dans ma tête. Ce n'est pas une bière qu'il me faut, mais un tonneau entier ! Ma gueule de bois est loin derrière, je dois boire. Boire pour oublier que je viens de voir ma mère deux minutes avant qu'elle se fasse culbuter par un inconnu. Il faut que j'arrive à boire pour provoquer un coma éthylique qui effacera ma mémoire récente, c'est ma seule chance de survie, quitte à ce qu'un autre aigle en paie le prix...

Journal de Jack — jour final 10:00 AM

O ! Cher journal !

Mon âme est tracassée. Je me sens perdu. Seuls ces quelques mots de Cyrano me viennent à l'esprit :

« Mais que diable allait-il faire en cette galère ?...
Philosophe, bretteur, musicien,
Et voyageur aérien,
Grand riposteur du tac au tac,
Amant aussi — pas pour son bien ! —
Ci-gît Hercule-Savinien
De Cyrano de Bergerac,
Qui fut tout, et qui ne fut rien,
... Mais je m'en vais, pardon, je ne peux faire attendre :
Vous voyez, le rayon de lune vient me prendre ! »

Bon, moi, c'est un taxi qui vient me prendre. Mais c'est plus poétique de se dire que c'est la lune. J'ai échoué. J'ai tout essayé, pourtant. Peut-être un jour, en des temps moins compliqués, je publierai mes mémoires, et alors, à ce moment-là, quelqu'un saura les comprendre. Mais à mon avis, il faudra attendre longtemps. Le monde n'est pas prêt, cher journal. Oh non, ils ne sont pas prêts.

Je m'en vais, pour le bien de la science, te conter ces dernières journées. Dans un souci d'exhaustivité et aussi d'équité, il faut rendre à César ce qui appartient à César et, en l'occurrence, rendre aux protagonistes leur part dans ma déchéance. Le pire, dans tout ça, c'est qu'ils ne se sentiront même pas coupables de mon départ car ils ne connaissent même pas mon existence. Le seul en qui j'avais confiance, je l'ai moi-même formé ! Je lui ai tout appris ! Et il se rebelle contre moi ! *Scott ose me menacer !* O mon cœur ! Je me meurs. J'entends le carillon de la fin de mes jours… Ah non, c'est le téléphone. Ça doit être le taxi, tant pis il attendra. Scott a mordu la main qui le nourrissait ! Il est venu dans mon bureau hier après-midi pour me parler du malheureux incident de l'échange des bus. J'ai été bon là-dessus aussi. Sans doute ma meilleure idée après l'échange des chevaux.

Il fallait que j'observe.

Comment se comporte l'espèce étudiée quand on la prive de ses repères ? Je voulais prouver que les hommes savaient s'adapter facilement à toutes les situations tandis que les femmes isolées échouaient lamentablement… Mais l'expérience n'a pas été concluante, j'ai dû louper quelque chose.

Je suis à bout. Trop, c'est trop. Ils m'ont eu par K-O.

Mon premier choc : la perversion est entrée dans cet hôtel ! Oui, les démons de la perversion. D'abord cet homme étrange, qui ressemble à un flamant rose la moitié du temps. Il singe les femmes, comme c'est bizarre pour un homme, quel est l'intérêt ? Moi aussi, je mettais les talons aiguilles de ma mère, il m'arrivait même d'essayer ses sous-vêtements, quand j'étais ado. Je porte d'ailleurs encore parfois le soutien-gorge de mon ex-femme sous mon T-shirt. C'est vrai, c'est pratique, pourquoi il n'y aurait qu'elles qui auraient droit aux choses pratiques ? Mais bon, je ne le mets pas devant tout le monde ! Lui, il s'exhibe. J'avais déjà entendu parler de... ces gens. Mais je n'en avais jamais vu.

Et puis, il y a trois nuits de ça, mes cauchemars ont commencé. Je suis parti en exploration nocturne, prêt à sacrifier une partie de mes nuits sur l'autel de l'anthropologie, quand j'ai croisé la vieille, la mère du marié. Elle n'était pas seule et se faisait peloter dans un coin du jardin par un homme. Quelle horreur ! A son âge ! Je pensais que c'était une femme respectable, mais apparemment, je me suis trompé !

Ne voulant pas me faire repérer, je me suis éloigné et je les ai vus ! Là ! Sous mes yeux !

Le grand échassier violet et le grand dadais toujours blessé ! Ils s'embrassaient ! Ils se...

O cher journal, je n'ose l'écrire sur tes magnifiques pages blanches afin de ne pas les souiller de ces infamies mais... ils se touchaient !

Je me suis éloigné en titubant, je ne savais plus trop où j'allais, et en regardant en l'air, j'ai vu Scott, sur son balcon... nu comme un ver. Et là, je ne sais pas, l'horreur extrême, la perversion m'avait contaminé, il était trop tard, j'étais déjà perdu... J'ai eu une érection... en voyant Scott, si beau sur son balcon, la lumière de la lune, le reflet dans ses cheveux, son sexe tentateur à demi érigé... Je me suis rendu compte que c'était trop tard pour moi, que le mal était fait.

J'ai eu beaucoup de mal à dormir ensuite, mon poignet m'a beaucoup fait souffrir, c'est pourquoi je n'ai pas pu t'écrire immédiatement. Le lendemain, j'étais cafardeux, je n'avais plus goût à rien, mais soudain, une lueur d'espoir m'est revenue ! Il restait l'enterrement de leurs vies respectives, j'allais pouvoir mettre mon dernier stratège en application !

Le soir, en revanche, ne m'a pas été favorable.

Quand j'ai voulu reprendre ma planque habituelle

derrière mon palmier, un de la bande (minuit avait dû passer sans que je m'en rende compte et leur transformation avait commencé) a voulu s'approcher. Au début, je croyais qu'il voulait juste satisfaire un besoin primitif contre le palmier. Je ne trouvais déjà pas ça bien dans le jardin, mais j'aurais pu passer outre. Mais non ! Que nenni ! Il est arrivé, m'a vu, a baissé son pantalon et a usé d'un vocabulaire si peu convenable que je ne saurais te le répéter. J'en ai eu le souffle coupé, je n'arrivais pas à m'éloigner. Un autre est arrivé et lui a proposé de me tenir — enfin mon palmier — pendant qu'il ferait son affaire ! Non mais ! Un viol ? Mais pourquoi ne pas me demander avant si je ne suis pas consentant ? Mais non, tout de suite, la force ! Mais quelle horreur, ce sont des sauvages, des sauvages ! Quand le troisième est arrivé, ils ont ri et ont semblé m'oublier. J'ai alors choisi la voie de la raison, j'ai vaincu le démon en moi et, très fier et digne, je me suis éloigné… Je pensais que ma nuit allait s'arrêter sur ce doux rêve, enfin cauchemar, je veux dire, mais non. Le pire était à venir…

Ils ont osé ! Mes amours, mes chéris, mes symboles ! Je les avais érigés avec passion, fierté, ces dieux du ciel, ces représentants du soleil ! Ils se sont attaqués à Loïs et Clark ! Ils ont osé !

J'ai entendu du bruit, beaucoup de bruit, je me suis réveillé en sursaut : quelque chose se passait sous mes fenêtres ! J'ai voulu sortir mon arme de sécurité, celle que je garde toujours sous mon oreiller, mais je me suis dit qu'un couteau suisse ne me serait peut-être pas très utile. De plus, j'aurais pu me blesser : l'ouvre-boîte déconne toujours, je ne l'ai pas graissé et quand il s'ouvre, il coince un peu. Ça m'apprendra à ne pas entretenir mon matériel.

Je me suis approché de la fenêtre de gauche, pour mieux voir ce qu'il se passait sous celle de droite. Ils étaient plusieurs, Scott était parmi eux, plus beau que jamais mais l'air très étrange. Ils étaient tous très étranges. Comme possédés... Des démons ! Je pouvais voir le rayonnement du démon émaner de leurs peaux luisantes, comme si le plasma voulait ressortir par leurs pores ! Ils parlaient beaucoup trop fort, comme si quelqu'un d'autre parlait pour eux, quelqu'un qu'ils ne maîtrisaient pas ! Il y avait la voiturette de golf, une de celles dont on se sert pour les bagages quand les nouveaux vacanciers arrivent. La voiture tirait une corde, elle faisait beaucoup de fumée et semblait ne plus en pouvoir, la pauvre. Les démons s'acharnaient et je ne comprenais pas sur quoi. Je suivais des yeux la corde reliée à la voiture, et là, un bruit horrible m'est parvenu. Dans un écran de fumée, j'ai vu Loïs... La pauvre, c'est elle qui a cédé la première... Ils se sont acharnés, elle n'avait aucune chance. Ils ont eu Loïs...

Ça a été la fin. J'ai compris qu'il fallait que je parte. Je ne pouvais plus continuer au milieu de tous ces mécréants... Loïs n'étant plus là, je n'y arriverais plus.

La journée du lendemain ne m'a pas apporté beaucoup plus de réconfort. Les garçons en sont sortis traumatisés et les filles ont passé une bonne journée. Plus rien n'est respecté, cher journal, je te le dis !

Le soir, quand Scott est arrivé dans mon bureau pour me parler, il t'a vu... J'ai bien vu dans ses yeux qu'il avait commencé à te lire pendant que je nous servais à boire. Je crois qu'il est tombé sur la partie où je t'explique mon plan de génie pour les chevaux... Il n'a pas compris. J'aurais pu lui expliquer, dans mes rêves les plus fous, on formait un beau duo, mais il était déjà ensorcelé par cette peste. Perdu à ma cause. J'étais déjà à bout de nerfs. Quand il m'a menacé de tout dire à la direction de la chaîne, j'ai su que j'étais perdu. Je lui ai donc proposé de me laisser partir. De toute façon, je ne gère plus rien. Je ne dors plus, je ne mange plus que trois fois par jour, je suis attiré par des choses malsaines, je sens que j'ai de la fièvre, je suis atteint. Je ne sais pas encore de quoi, mais il est temps que je rentre en France. J'ai eu Linus au téléphone, il semblerait qu'elle souffre sans moi, elle m'a clairement expliqué que sans personne pour lui prémâcher sa viande, lui couper les ongles de pied et sortir les poubelles, ça n'était plus vivable. Je ne sais pas si je serai capable de retourner vers elle, j'ai ma fierté, mais cette expérience de gérant est un échec. Je n'aurais jamais dû tricher sur mon CV, c'est ma seule erreur, je ne le referai plus.

M'occuper d'un bon vieil hôtel français me manque. Voir défiler toutes les filles qui louent à l'heure et la tête des messieurs, regarder par le trou des cloisons est sûrement un sujet d'étude plus sain et passionnant que les mœurs des dépravés que j'ai ici.

En dernière punition, je me suis levé ce matin pour m'apercevoir que le bruit que j'ai entendu hier soir correspondait bien à ce que je pensais... Ils sont entrés dans la chambre adjacente à la mienne ! J'en étais sûr, le mal était juste à côté de moi et ricanait comme une hyène, et ce qui devait arriver arriva... Ils ont eu Clark. Même Clark est tombé ! C'est un signe, je dois partir.

Mais avant de partir, je laisse un mot. Une lettre avec mes dernières volontés. Je ne sais pas si c'est comme ça qu'on dit, mais ils comprendront. Je l'ai envoyée au principal actionnaire de la chaîne, je lui ai dit que j'étais souffrant et contraint d'arrêter, mais que peu de personnes pouvaient reprendre mon hôtel. J'ai cité Scott. Un dernier hommage, même s'il m'a trahi, je suis comme ça, un homme honnête. Je sais pardonner. Mais bon, je ne pouvais pas tout oublier quand même. Après tout, il m'a ensorcelé sans mon consentement. J'ai donc ajouté une précision.

Une toute petite précision, et je ne sais pas pourquoi mais il semblerait que le principal actionnaire m'aime bien. Il a confiance en moi et je suis persuadé qu'il entendra mes conseils. J'ai donc détaillé avec moult détails le travail d'équipe hors normes que mènent Céline et Scott. Je ne pouvais faire autrement que de lui exposer le bénéfice que cela représenterait pour son hôtel de Las Terrenas si l'équipe était conservée dans son duo initial... Voilà, Scott, débrouille-toi, maintenant. Je t'offre les clés du paradis, mais j'y ai fixé tes chaînes...

11. Lydia

«Lydia est une femme sensible qui possède une grâce naturelle et donne une impression d'équilibre et d'harmonie. D'un abord distant, réservée et secrète par timidité, elle est néanmoins très soucieuse de plaire. Très attachée aux valeurs familiales, sociales et affectives, c'est une femme généreuse qui aime faire plaisir et a horreur de la violence et de l'agressivité. Elle est particulièrement sensible et craint d'être incomprise. Lydia possède en outre le sens de la conciliation. C'est une femme raffinée, sensible aux belles choses et à la richesse. Sa volonté est forte, mais quelquefois entamée par des hésitations et des doutes. [...] Elle apprécie la loyauté, la grandeur, la beauté, et fera en sorte de réaliser ses rêves. Le courage ne lui fait pas défaut quand elle est motivée. Elle aime diriger, tant dans la vie professionnelle que sentimentale. Perfectionniste, parfois maniaque, elle recherche la perle rare. Ainsi l'homme de sa vie devra être beau, raffiné, spirituel, intelligent, riche de surcroît, et bien entendu avoir une bonne moralité.»

— N'importe quoi ! me dit Maïa.

— Comment ça «n'importe quoi» ? m'écrié-je en sortant de la salle de bains.

— Ben ton prénom...

— Pourquoi ? Moi je trouve que ça va très bien au

contraire ! C'est tout moi : « Une femme raffinée, sensible, belle, perfectionniste... »

— Ils ont pas dit « belle », fait-elle en riant. Par contre « l'homme de sa vie devra être beau, raffiné, spirituel, intelligent, riche de surcroît », heureusement que tu te maries avec Julien, sacré veinarde ! Parce que celle qui lit cet article avant d'avoir rencontré l'homme de sa vie a quand même de fortes chances d'être déçue !

— T'as raison, ils placent la barre un peu haut ! Tu le trouves beau, toi, Julien ?

— Faudrait être difficile pour trouver le contraire ! Enfin quand on aime le genre gravure de mode, dents parfaites, corps d'acier, toujours en costard, évidemment... moi, c'est pas trop mon truc ! dit-elle en se retournant sur mon lit, son magazine sur les genoux.

— Ah oui, toi, ton « truc », c'est plutôt les bruns ténébreux au regard sombre et viril... flic par-dessus le marché, tu parles d'un stéréotype !

— Quoi ? dit-elle en se redressant. Tu le trouves pas beau ?

— Ah si, enfin quand on aime le genre cliché *bad boy* des magazines..., lancé-je en repartant vers la salle de bains.

J'applique ma crème de jour et j'entends Maïa qui continue avec ses prénoms. Quelle drôle de lubie. Depuis le début du séjour, elle passe son temps sur Internet à la recherche des prénoms de chaque participant au voyage. C'est son nouveau dada, la description de tout ce qui l'entoure. Depuis le succès de son livre sur son histoire avec François, elle s'est découvert une passion : le réel. Du coup, elle note tout ce qu'elle voit et brode...

Je me demande quand même si je ne devrais pas surveiller ses notes, parfois. C'est vrai, quoi. Qui sait ce qu'elle pourrait raconter sur moi ? Déjà que je ne suis pas franchement passée pour une gentille dans son dernier roman... Je lui fais part de mes soupçons à voix haute et tout ce que j'entends en retour, c'est un rire cristallin.

— Tu m'avais trahie ! se justifie-t-elle.

— « Trahie » ? dis-je en revenant dans la chambre. Tu y vas un peu fort ! Tu t'étais mise dans la merde toute seule. Ça manque de musique, ici…, ajouté-je en allant sélectionner un morceau sur mon iPhone.

— Peut-être, mais tu en as rajouté ! Tu n'étais pas obligée de proposer à ma belle-mère de faire venir mes parents chez elle pour Noël ! Tu as servi à nos deux familles une histoire d'amour sur un plateau d'argent et tu nous as coincés, François et moi, alors que tu savais bien qu'on faisait semblant !

— Erreur ! dis-je en faisant défiler ma playlist. Là, voilà, j'ai trouvé !

Les Destiny's Child reformées prennent de la voix dans les haut-parleurs : « *When Jesus say yes, nobody can say no !* » Je me jette sur le lit à côté d'elle.

— C'est là où tu n'as rien compris. Il y avait déjà quelque chose entre vous, mais vous étiez trop têtus ou trop orgueilleux pour vous l'avouer ! Heureusement que j'étais là, en somme, sinon il n'y aurait pas eu de demande en mariage la semaine dernière !

— Eh bien, en parlant de ça, je trouve que tu ne me remercies pas assez !

— Te remercier ? Pour quoi ?

— Pour ce mariage ! Si je n'avais pas mis mon grain de sel dans votre histoire, même à distance, tu n'en serais pas là aujourd'hui.

— OK, égalité ! dis-je en riant.

On se met alors à chanter à tue-tête :

« There's no limit to what You can do
Cause it all belongs to You
Yes, it all belongs to You
You're almighty and all powerful
And it all belongs to You
Yes, it all belongs to You
When Jesus say yes, nobody can say no. »

On en est là quand Sophia rentre dans la chambre avec Anna dans les bras.

— Eh bien ! Ça avance, à ce que je vois !

— On est prêtes ! dis-je en me levant d'un bond. Cela dit on a le temps, le mariage n'est que ce soir !

— Le mariage ! dit Sophia tout excitée.

Elle a tendu Anna à Maïa qui semble ne savoir qu'en faire et elle sautille sur place.

— Le mariage ! Le mariage ! Tu vas te marier ! ! ! Ma petite Lydia va se marier !

— *Ma* petite Lydia va se marier ! corrige ma mère, qui vient d'entrer dans la chambre. Comment ça va, les filles ?

— Bien, maman ! dis-je en l'étreignant.

Depuis quelque temps, je suis plus proche d'elle. Elle est partie de la maison quand mon frère et moi étions très jeunes. Je lui en ai voulu pendant longtemps et puis je ne sais pas ce qu'il s'est passé, l'effet Julien peut-être, ou alors tout simplement, j'ai grandi. Et j'ai compris que tout n'était pas tout blanc ou tout noir dans la vie.

Quand je suis allée la voir à Côme, j'ai trouvé une femme douce, respectée et équilibrée avec son nouveau copain. Il n'a pas pu venir au mariage, trop occupé par son atelier de bateau — à moins qu'en gentleman italien, il ait simplement préféré laisser ma mère et mon père seuls à mon mariage. Je connais peu Ezio, mais plus je le vois, plus j'apprends à l'apprécier. Il est beaucoup plus jeune que ma mère mais semble vraiment tenir à elle. Mon père, lui, n'a toujours pas refait sa vie, mais je soupçonne son mauvais caractère d'en être la cause plutôt qu'un amour persistant pour ma mère. Je crois que la page est tournée pour eux, il me reste à la tourner moi.

Hier, quand Jean a été chercher mon père à l'aéroport, j'étais la plus heureuse des filles ! Il apprécie beaucoup Julien et me montre, à sa manière bourrue, à quel point il approuve mon choix. C'est la plus belle chose qui pouvait m'arriver.

Les parents de Sophia et François sont aussi arrivés hier soir, je ne pouvais faire autrement que de les inviter.

C'est chez eux que j'ai mangé mes meilleurs goûters d'ado, au fond de leur jardin que j'ai embrassé mon premier copain, ce même jardin dont on cramait la pelouse chaque été en plantant nos tentes pendant la fête à Mauguio. Ils ont voyagé avec mon père la veille et en profitent pour prendre une semaine de vacances pendant notre voyage de noces sur l'île voisine. A l'inverse de Solange, ma chère belle-mère, ils ont préféré nous laisser entre jeunes avant le mariage. Cela dit, je ne peux finalement pas dire qu'elle m'ait beaucoup dérangé, on l'a quasiment plus vu ces derniers jours.

— Bien, on se retrouve au bar intérieur pour le petit déjeuner. Les garçons sont à celui de la piscine, on ne devrait pas se croiser. Je vais déposer Anna chez mes parents et j'arrive, dit Sophia en reprenant la petite des bras de Maïa, qui semblait s'y être faite.

— Alors ma chérie, tu ne m'as pas raconté ton enterrement de vie de jeune fille ! me dit ma mère.

— Oh ! tu sais, maman, il n'y a pas grand-chose à raconter ! dis-je, faussement timide.

— On s'est fait un aigle ! ironise Maïa et en me tapant dans la main.

— Quoi ? demande ma mère en riant pendant que je ferme la porte.

— Oh ! c'est une longue histoire ! D'abord, il y a eu les garçons qui ont voulu prouver leur virilité en rapportant un aigle ! La veille de l'enterrement de vie de garçon...

— Mais où ont-ils trouvé un aigle ? demande ma mère, abasourdie.

— Ah, c'est justement là que c'est drôle ! dit Maïa. Sur le bâtiment principal ! Ici, tout est joli, sauf ces immondes rapaces en pierre ! On n'a jamais compris, il fallait qu'on fasse quelque chose !

Ma mère semble commencer à comprendre et son sourire s'élargit tandis que je poursuis :

— Bref, les garçons, je ne sais pas comment, ont décroché l'un des aigles. On ne pouvait pas rester à la traîne ! Il fallait leur montrer ! Alors le soir de mon enterrement de vie de jeune fille, Céline avait tout prévu !

— Céline ? Mais elle ne travaille pas dans cet hôtel ? demande ma mère avec de grands yeux rieurs.

— Si ! Mais je crois qu'elle a pété un câble, ces derniers jours ! Elle ne peut plus supporter la pression et a voulu coûte que coûte prouver à Scott qu'elle était meilleure que lui. Alors s'il fallait pour ça décrocher le deuxième aigle comme un trophée, elle le ferait !

— Bref, poursuit Maïa. Elle avait la clé de la chambre juste au-dessus de l'aigle restant. On y est entrées, pas mal éméchées, il faut dire...

— Tu peux dire complètement bourrées, tu ne choqueras pas ma mère.

— OK, bourrées comme des huîtres pas fraîches ! précise Maïa. Et depuis la fenêtre, on a pu le faire céder grâce à un vieux talon aiguille qu'Angie a bien voulu sacrifier. De toute façon, elle a acheté quatre nouvelles paires à la capitale et celle-ci ne rentrait plus dans sa valise.

— Heureusement, poursuis-je, Annie avait pensé à tout !

— C'est qui Annie ? Ah oui, la jeune hôtesse de l'air montpelliéraine, se rappelle ma mère.

— Exact ! Elle est super ! Je l'ai invitée au mariage, on est parties pour se revoir à Montpellier. Bref, elle avait pris un T-shirt et une paire de bas — je ne sais pas pourquoi elle avait prévu des bas en plein été mais bon, heureusement. Elle a pu ceinturer l'aigle pour l'empêcher de tomber et on l'a remonté !

— Le problème, c'est qu'on était juste à côté de la chambre du directeur de l'hôtel ! On riait tellement qu'on aurait pu réveiller tout le bâtiment ! Je me demande comment il ne nous a pas entendues.

— C'était énorme ! On a passé une super soirée ! Jean et Paul ont proposé de garder les enfants car leur cuite de la veille leur avait suffi, donc Carole et Sophia ont pu se lâcher complètement !

— Cette danse de Carole sur le bar de Jess ! Je n'aurais jamais cru ça d'elle ! dit Maïa en souriant.

— Et Sophia, alors ?

— C'est vrai, Sophia n'a pas été mal non plus ! Rien à voir avec la fille triste et coincée du début du séjour ! dit Maïa en riant franchement.

— Cela dit, maman, l'apothéose de notre soirée, c'est quand Jules a roulé une pelle à Damien !

— Quoi ? Mais je croyais que c'était un enterrement de vie de jeune fille ! dit ma mère, perdue, en s'arrêtant dans le hall.

— Oui, mais là, c'est différent. Jules est notoirement homosexuel, donc il était accepté avec nous, et Damien, il ne dérange pas. Mais de là à penser qu'il est homo ! Je suis tombée des nues ! Depuis que je suis arrivée à Mauguio, il ne cesse de me draguer, et là, il finit avec un homme !

— En même temps, me dit Maïa, t'es pas très observatrice ! Ça se voyait, que c'était un homo refoulé.

— Tu peux parler ! Tu disais pas ça quand il t'a draguée l'hiver dernier.

— Les apparences, Lydia ! Les apparences. A mon avis, il ne s'en rendait pas compte lui-même. Ce voyage a été une révélation pour lui. Je trouve déjà qu'il a beaucoup moins peur de tout.

— C'est pas faux ! D'ailleurs, depuis qu'il a failli mourir plusieurs fois, je trouve qu'il prend la vie avec beaucoup plus de philosophie...

— Mourir plusieurs fois ? Vous n'exagérez pas un peu les filles ? Je connais Damien et je sais qu'il est capable d'en rajouter !

— Oh non ! Pour une fois, le sort s'est vraiment acharné contre lui.

— En tout cas, ils vont bien ensemble ! dit Maïa. Je dirais même qu'ils sont trop mignons. Tu ne t'es pas posé la question, Lydia ?...

— Laquelle ?

— Les médicaments de Cruella, ceux qu'elle fournit à Damien...

— Eh bien, quoi ?

— Je me demande depuis combien de temps Miss d'Enfer est au courant... Parce que les décontractants musculaires... ça s'apparente vachement à du poppers, quand même !

— Non ? dis-je, ahurie ! Tu crois ? Ah, je préfère ne pas trop en savoir non plus ! Merde, j'ai oublié mon téléphone, les filles, dis-je en palpant ma poche de jean.

Je décide de retourner à ma chambre et les envoie au restaurant pour que les autres ne s'inquiètent pas de savoir où nous sommes. Je promets de ne pas me perdre et leur jure que c'est juste pour prendre des photos et pas pour appeler Julien. Il a passé la nuit avec François, et moi, avec Maïa, pour respecter la tradition, et j'avoue qu'il me manque un peu. Même si on a beaucoup ri cette nuit toutes les deux !

Aujourd'hui, on ne passe la journée qu'entre filles, même Jules et Damien sont du côté du marié, cette fois-ci. A ce propos, c'est drôle, maintenant que le coming out de Damien est officiel, tout le monde trouve ça normal, comme si, finalement, ça avait toujours été le cas.

Les deux bus — celui des filles et celui des garçons — qui nous emmènent à la plage où a lieu le mariage doivent passer nous prendre à 15 heures, puis la cérémonie aura lieu à 17 heures, quand le soleil décline sur la mer. Ensuite, on fait la fête juste en face. Céline a tout millimétré, je croise les doigts pour la vingtième fois depuis ce matin pour que son programme se déroule sans accroc. Pfuuu... Je souffle un grand coup pour me rassurer : tout va bien se passer. J'arrive dans un couloir, mais je crois que... merde ! Encore une fois, je me suis trompée. Cette couleur pastel, c'est pas la même que la teinte criarde de mon bâtiment...

Mais il me semble l'avoir déjà vue. Oui ! J'ai une révélation : c'est ici que j'ai vu Solange, l'autre fois !

J'ignore comment, mais je me rappelle l'emplacement de la porte de la chambre où elle a disparu. Je m'en approche doucement et plaque mon oreille contre le bois. J'ai des frissons comme une espionne en pleine mission, ça m'éclate ! Et ça a surtout le mérite de m'éviter de penser au stress de mon mariage imminent. Mais je crois que je me suis un peu trop appuyée, parce que la porte s'ouvre d'un coup, et que, déséquilibrée, je manque de m'effondrer dans les bras d'un homme d'une cinquantaine d'années que je n'ai jamais vu.

— Lydia ? dit une voix haut perchée et condescendante qui m'est désormais trop familière.

— Belle-maman !

Je me redresse et essaie de sourire le plus naturellement possible.

— Je voulais savoir si tout allait bien ! Vous êtes prêtes ?

— Ce n'est pas ma chambre, dit Solange.

— C'est vrai ? dis-je en faisant mine de regarder le numéro sur la porte. Oh ! C'est drôle, ça, je me trompe tout le temps ! Pour une fois, ça m'aura servi : je vous ai retrouvée ! Bien, j'y vais, à tout à l'heure alors.

Mais une main d'homme me retient par le bras.

— Attendez, Lydia. Solange, peut-être que vous devriez discuter, non ?

Hein ? Discuter de quoi ? La panique me gagne. J'ai surpris quelque chose que je n'aurais pas dû voir ? Ils vont devoir me faire taire désormais ? Comment leur faire comprendre que je ne dirai rien... Ou alors pire, elle veut avoir une discussion avec moi ! Le jour de mon mariage, je ne suis pas certaine d'y survivre !

— Je vais prendre un café, dit doucement l'homme. Ravi de vous avoir rencontré, Lydia, et je vous souhaite un magnifique mariage ! Je suis sûr que tout ira pour le mieux pour vous deux.

Puis il sort, l'air penaud.

— Mais ?... dis-je en interrogeant Solange du regard, l'index tendu en direction de l'homme qui vient de partir.

— Arthur. Ça fait deux ans que nous sommes ensemble.

— Deux ans ? Mais on est arrivés il y a deux semaines !

— Oui, mais il est français, petite idiote !

— Alors si vous voulez qu'on ait une conservation, on va oublier le « petite idiote », d'accord ?

— OK, si vous oubliez le « Cruella », dit Solange sans se démonter.

— Euh... oui, ça peut être faisable..., dis-je, méfiante.

Je pense qu'avec quelqu'un comme elle, ça ne sert à rien de nier les faits. Elle est teigneuse, horripilante, mais je ne peux pas insulter son intelligence.

— Je ne vous ai pas facilité la vie, hein ? dit-elle au bout d'un moment.

— Non, c'est le moins qu'on puisse dire ! Cela dit, c'est de famille. On ne peut pas dire que votre fils ait été charmant avec moi les premiers temps...

— C'est vrai ? dit-elle, intéressée.

— Oh non ! Odieux serait même le terme exact. Je n'avais qu'une envie, c'était de mettre du cyanure dans son jus d'orange le matin au bureau.

— Ah, mais vous avez tenu ! Et je crois que vous êtes bien la seule qui en aurait été capable. Vous savez, Julien tient beaucoup plus de son père qu'il ne veut bien l'admettre... Et je reconnais que ce n'est pas un cadeau. Vous verrez, parfois, il essaiera de prendre le dessus. C'est en lui, il faut qu'il domine. Mais au fond, c'est un tendre, et c'est ce qui le différencie de son père... Julien, lui, sait aimer, et malgré tout ce que j'ai pu dire, et je m'en excuse, il vous aime et c'est la plus belle chose qui pouvait lui arriver.

Waouh, j'en reste coite. Elle s'excuse ? Elle tourne les yeux, s'assied sur le lit et regarde dans le vide.

— Je crois que je peux m'excuser aussi, dis-je. Je n'ai pas été la plus charmante des belles-filles non plus.

— Oublions ça ! dit-elle en balayant le passé du revers

de la main. Aujourd'hui est un grand jour ! Peut-être peut-on repartir sur de nouvelles bases ?

— Avec plaisir, dis-je, toujours un peu sur la défensive.

— Je n'ai jamais été heureuse, vous savez. Le bonheur, finalement, ça s'apprend. Et depuis Arthur, eh bien, j'apprends. J'avoue que ça ne doit pas être facile tous les jours pour lui. Il est têtu, il a son sale caractère, mais ce qui fait toute la différence, c'est qu'il est gentil... Et je crois qu'il m'aime vraiment...

— Mais pourquoi n'avoir rien dit ?

C'est plus fort que moi, j'ai besoin de savoir. Je m'assieds également sur le bord du lit.

— Je ne sais pas, je suis devenue une Beaume, moi aussi. Je suis terriblement orgueilleuse mais j'ai toujours peur de mon mari. Même mort, son ombre plane au-dessus de moi. Ce que je vis avec Arthur est merveilleux, et j'avais peur qu'en le disant à tout le monde...

— La magie soit gâchée ?

— Exactement, dit-elle en me regardant dans les yeux.

— Mais il faut savoir prendre des risques, madame Beaume...

— Solange.

— Solange. Je crois que Julien est complètement perdu et se fait des idées saugrenues. Peut-être que s'il savait la vérité, finalement, tout le monde serait content et tout serait plus simple. Un peu comme pour Damien... D'ailleurs, en parlant de Damien, je me demandais...

— Ah, ça y est, vous êtes enfin au courant ?

— Oui, là, on n'a pas pu faire autrement ! dis-je en riant. Mais la question, c'est depuis quand, vous, vous êtes au courant ?

— Mais depuis le début, voyons ! Ça se voyait comme le nez au milieu de la figure que ce garçon n'était pas à sa place. Mal dans sa peau, hypocondriaque par dépit. Alors quand j'ai vu Jules, j'ai saisi l'occasion...

— Alors comme ça, vous jouez les marieuses à vos moments perdus ?

— Un peu, oui, dit-elle avec un sourire en coin. Ça m'amuse...

— En fait, vous auriez du cœur ?

C'est sorti tout seul et je me rends compte après coup de ce que je viens de dire.

— Hou là, n'en faites pas trop non plus ! Méfiez-vous, ma petite, n'allez pas le répéter ou je serai obligée de vous supprimer !

Elle dit ça avec le même sourire et je me demande si elle plaisante réellement...

— Bon, quoi qu'il en soit, si cet Arthur est aussi gentil que vous le dites, et il m'en a tout l'air, deux ans, ça fait très long pour rester dans l'ombre ! Peut-être qu'un après-midi en bord de mer avec nous et une soirée au restaurant d'à côté lui feraient plaisir...

— L'inviter au mariage ? dit-elle d'une voix qui grimpe encore dans les aigus.

— Pourquoi pas ? Vous vous faites une montagne de la réaction de Julien, mais je peux vous assurer qu'il sera content pour vous. En plus, je crois qu'il en est à se demander si vous ne faites pas partie d'un réseau de travail clandestin vu vos nombreuses absences ces derniers temps. Et puis surtout, je pense qu'il a des soupçons. Il a commencé à me parler de quelque chose qu'il a surpris, mais il avait l'air trop choqué pour continuer. Je me suis dit qu'il m'en parlerait plus tard, une fois que nos gueules de bois respectives seraient passées.

— Il nous aurait vus, Arthur et moi ?

— Je pense que c'est l'explication la plus plausible. Quoi qu'il en soit, je m'occupe de tout ! Enfin de Julien. Vous, retrouvez Arthur et dites-lui qu'il a un programme pour la journée. La mariée souhaite boire un verre avec lui ce soir pour mieux le connaître et... on ne refuse rien à la mariée ! dis-je en me levant du lit.

— Je comprends de mieux en mieux ce que Julien aime chez vous, Lydia, dit Solange en se levant à son tour.

— Mon charme magnétique ? suggéré-je.

— Votre sale caractère, ça doit lui rappeler le sien ! rectifie-t-elle en riant.

— Ah, ça doit être ça ! dis-je en riant à mon tour. Bon, allez, je vous laisse, les filles vont se demander ce que je fais. Elles vont croire que je me suis encore perdue, et elles n'auront pas tort, en fait... Vous nous rejoignez ? On passe la journée entre filles et vous êtes la bienvenue. Sincèrement.

— J'apprécie beaucoup, Lydia, mais non : je dois trouver un costume à Arthur pour cet après-midi, me dit-elle avec un clin d'œil. Vous êtes sûre que ça ne posera pas de problème ?

— Aucun ! Au contraire, tout le monde sera ravi que le mystère soit éclairci, vous pouvez me croire. Je crois que Ludovic et François en avaient fait une affaire personnelle... Vous imaginez : qu'une femme soit responsable de la seule enquête qu'ils n'aient pas résolue ! Ça leur clouera le bec, tiens ! Il est temps de prouver aux hommes qu'une femme peut avoir ses petits secrets et les garder pour elle. J'y vais, Solange, on se voit tout à l'heure dans le bus. Peut-être qu'Arthur peut venir avec nous si vous ne voulez pas le jeter dans la fosse aux lions tout de suite ?

— Non, c'est gentil, Lydia, mais je vais d'abord aller trouver Julien pour lui en parler. Ce sera sans doute mieux pour mettre tout le monde à l'aise.

— Excellente idée, il sera content d'avoir sa mère à ses côtés pour s'habiller.

— Vous croyez ?

Pour la première fois, je vois comme de la fragilité dans son regard. Elle s'exprime presque à voix basse :

— Je n'ai jamais vraiment été là pour lui, vous savez.

— Le passé ne compte pas ! C'est le présent, aujourd'hui. Il a beaucoup plus besoin de vous qu'il ne veut bien l'admettre. François sera avec lui pour l'habillage, mais une visite de sa maman pour remettre son nœud papillon bien droit devrait beaucoup compter.

Alors que je m'approche de la porte, Solange me rappelle :

— Lydia ?

— Oui ?

— Merci, dit-elle simplement. Malgré tout ce que j'ai pu dire, vous êtes la meilleure chose qui soit arrivée à Julien. Je suis ravie de votre mariage... Et le jour où vous ne supporterez plus son sale caractère, venez me voir, après tant d'années auprès de son père, j'aurai sans doute quelques petits conseils à vous donner...

— Merci, dis-je avec un grand sourire.

Je sors dans le couloir et reste quelques instants immobile, à analyser ce qu'il vient de se passer. Elle est en couple, et elle est humaine ! Peut-être même est-elle capable d'éprouver des sentiments... Délire ! En tout cas, je suis sincèrement contente pour elle. Je n'ai pas beaucoup de souvenirs du père de Julien, il était rarement là quand on était ados, mais d'après ce que tout le monde dit, c'était quelqu'un de très dur. Alors peut-être qu'effectivement, tout n'a pas été rose pour cette femme. Bien sûr, elle a ses torts aussi, elle n'a pas été franchement mère poule et câlins avec Julien, mais bon, tout le monde commet des erreurs, l'important, c'est de le reconnaître.

Je me demande quelle mère je serai... Et quel père sera Julien... Mais qu'est-ce que je raconte ? Ça ne me ressemble pas, d'avoir ce genre de pensées, ce doit être de voir Sophia et Carole qui me travaille. Moi, des enfants ? Pff, quel cauchemar... Mais Julien en père, je ne sais pas pourquoi, mais je suis convaincue qu'il serait formidable. En tout cas, c'est avec lui et personne d'autre que j'ai envie de tenter l'aventure. Je l'aime ! Je sais que tout ne sera pas facile dans notre vie de couple, comme pour tout le monde, mais l'essentiel, c'est d'arriver à surmonter les bas. Comme Paul avec Sophia. C'est ça, le grand amour, le vrai. Je ne sais pas si une mariée le jour J a déjà été aussi sûre d'elle que je le suis, moi. Ma seule inquiétude, c'est de savoir s'il l'est autant, lui aussi...

Je retrouve enfin ma chambre et mon téléphone, pour m'apercevoir que Céline a essayé de me joindre huit fois. On dirait qu'elle est encore plus stressée que moi. Elle décroche à la première sonnerie.

— Mais bordel t'es où ?

— J'arrive !

— Tu t'es encore perdue ?

— Non, au contraire, dis-je. Je vous raconterai.

— Bon, rejoins les autres, moi je dois voir un truc avec Scott et j'arrive.

— Pourquoi ? Rien de grave ?

— Ben, non. Pas pour ton mariage, en tout cas, de ce côté-là, tout se passe bien. Aujourd'hui, aucun imprévu, promis. Avec Scott, on travaille main dans la main, et je crois qu'on forme vraiment une équipe efficace !

— Main dans la main, oui c'est ça, ou autre chose dans autre chose...

— Oh, t'es lourde ! Aussi, oui ! Mais c'est pour mieux vous servir, madame, que je me dévoue !

— C'est ça, oui !

— Bon, je te raconterai plus tard, mais il y a du changement ici. Du changement pour mon avenir, mais que des bonnes choses, en fait.

— Et Scott en fait partie ?

— Il semblerait, oui... Allez, dépêche, tout le monde t'attend !

On se donne rendez-vous au restaurant et je raccroche. Je sors de ma chambre et néglige l'ascenseur pour l'escalier : j'ai le cœur léger et besoin de marcher, de virevolter, au lieu d'attendre péniblement dans cette machine infernale. Quand j'arrive au rez-de-chaussée, je pousse doucement le battant de la porte de la cage d'escalier et tombe sur un couple, dans le couloir, qui s'embrasse en sortant d'une chambre. Je me fige comme une statue pour ne pas les déranger car j'ai immédiatement reconnu... Annie et Ludovic ! Ils ont enfin franchi le pas ! Et il semble bien qu'ils aient même passé la nuit ensemble car, malgré mon sens de l'orientation légendaire, je suis certaine qu'il s'agit de la chambre de Ludovic, lequel ne porte d'ailleurs qu'une serviette enroulée autour de la taille comme pour me donner raison. Mais qu'ils sont mignons ! Je crois qu'être sur le point de me marier me rend totalement fleur bleue ! Oh ! et puis c'est le moment ou jamais d'avoir sa minute cucul. Enfin, en toute objectivité, le spectacle qui s'offre à moi ferait fondre le cœur de Cruella. L'ancienne Cruella, je veux dire. Ludovic a les mains en coupe autour du visage d'Annie comme s'il tenait le Graal et il l'embrasse avec tellement de douceur que j'en ai la larme à l'œil.

— A tout à l'heure, ma belle ! dit-il en la lâchant pour rentrer dans la chambre.

« Ma belle » ? C'est ringard, ça, par contre. Mais bon, quand on vient de passer une folle nuit de sexe comme je suppose qu'ils l'ont fait, les surnoms du lendemain sont anecdotiques.

— Mais comme c'est mignon ! dis-je tout haut quand je suis sûre qu'Annie est seule dans le couloir.

Elle se retourne précipitamment.

— Lydia !

— Bonjour, Annie ! Un petit café avec moi au bar ? Ou alors un grand bol ? dis-je avec un clin d'œil.

— Un grand bol !

— Hein, hein... Et tu prendras un petit déjeuner léger ou copieux ?

— Euh, des œufs au bacon, des saucisses et du fromage... pour commencer !

— Ah oui, quand même ! dis-je en la prenant par le bras. Y en a une qui a passé une bonne nuit et qui va tout nous raconter !

— Oh non, pas tout non ! C'est censuré, dit-elle, avec sur son visage radieux une expression plus éloquente que tous les mots.

On papote le long du chemin, qu'heureusement, Annie m'indique, sans quoi on ne serait pas arrivées avant la fin du service. Au restaurant, je ne sais pas si Annie souhaite en parler aux autres, mais devant son sourire et son visage en feu, Maïa dégaine la première :

— Eh bien, y en a une au moins qui n'a pas passé sa nuit à faire vœu d'abstinence pour rester auprès de la future mariée !

— Oh ! ça va ! dit Annie en prenant place sur un tabouret. Pour une fois que c'est moi, tu ne vas pas te plaindre !

— Oh ! Mais raconte-nous tout alors ! dit Sophia avec de grands yeux.

— Et n'oublie pas les détails croustillants, dit Angie qui revient du buffet avec un chocolat chaud et un croissant.

Voilà ce que j'aime, avec les copines : rien n'est tabou et rien ne paraît les choquer. C'est ce qui fait que ce sont de vraies amies, je pense, cette facilité avec laquelle on peut se parler, sans rien cacher, sans être jugée. Et Annie semble s'être très vite faite à cette intrusion dans sa vie privée ! Parfois, des amitiés se créent très vite, mais semblent si naturelles que ça ne choque personne.

Après le petit déjeuner, copieux pour les filles mais léger pour moi, robe oblige, on se prélasse un peu à la piscine entre copines et je passe l'une des plus belles journées de ma vie. Je sais que quoi qu'il se passe, elle restera gravée à jamais dans mon esprit et surtout dans mon cœur. Toutes les personnes qui comptent le plus au monde dans ma vie sont là, près de moi. Et pour une fois, je n'ai pas cette pointe au cœur qui se demande ce qui va venir ruiner ce bonheur : j'en profite. J'ai enfin appris à profiter. Il y a encore peu de temps, mon slogan, c'était : on verra bien demain. Aujourd'hui, j'ai appris. Appris à profiter d'aujourd'hui.

Je retourne à la chambre me préparer avec Sophia et Maïa. Mon père passe me serrer dans ses bras et verser les premières larmes du séjour, puis Carole vient me prendre en photo, suivie de ma mère, qui retouche mon maquillage. Je vis cet après-midi comme dans un rêve. Moi, Lydia, qui n'étais pas le genre princesse pour un sou, je suis en train de vivre un conte de fées.

Je me demande quand même si les princesses sont aussi stressées que moi par leur robe. Parce que là, une fois que je l'ai passée, j'ai l'impression que la terre va s'arrêter de tourner. Je n'ose plus rien toucher, plus bouger, elle est tellement ajustée que j'aurais peur de la faire craquer. Mais ma mère me rassure, elle est parfaite. Quand je me retourne pour regarder les filles, je vois des larmes perler à leurs yeux.

— Ah non, hein ! Pas de larmes ! Pas ici ! dis-je.

Mais les miennes montent aussi et je ne peux pas les retenir. Sophia et Maïa se précipitent dans mes bras et on pleure toutes les trois comme des cruches, au milieu des rires. Quand elles se redressent enfin, ma mère réajuste ma robe. Vera Wang a encore fait des merveilles.

J'ai choisi un modèle simple. Un bustier taille Empire et une longue robe droite qui descend en drapé et en légère traîne sur l'arrière. Elle symbolise tout ce que je voulais : « sobre et classe » ! Quelques fleurs d'organza sont piquées sur le bustier. J'ai l'impression de mesurer dix centimètres de plus et d'avoir un tour de taille beaucoup plus fin que la réalité dans cette robe.

— On dirait une déesse ! me dit ma mère, les larmes aux yeux également.

— Cette robe a vraiment été créée pour toi ! dit Maïa.

— Fais chier d'être aussi belle ! renchérit Sophia.

Maïa m'aide pour les cheveux. On a fait des essais et elle est très douée. On reproduit ce que l'on avait décidé, un chignon doux d'où s'échappent quelques mèches parmi les plus blondes. Quelques fleurs blanches retiennent le chignon et je trouve le résultat génial. Pile quand la coiffure est finie, Angie entre dans la chambre.

— Eh bien, j'arrive à temps ! Je me doutais bien que je ne pouvais pas vous laisser seules cinq minutes, il a fallu que ça chiale ! Heureusement, je suis armée ! dit-elle en brandissant son nécessaire de maquillage.

Je comprends mieux pourquoi elle avait autant de bagages... Maïa et Sophia en profitent pour terminer de se préparer pendant que ma mère nous prend en photo. Angie fait des merveilles. Je ne comprends pas pourquoi elle reste commerciale alors qu'elle aime autant ça.

— Justement ! dit-elle. Moi aussi, j'ai pris des décisions. Je crois que je ne sais pas où je campe en ce moment. Alors c'est décidé, en rentrant, je fais une formation : CAP esthétique. Je profite de mon Fongecif, et si ça marche, je me mets à mon compte !

— Excellente idée !

— Et Matthieu ? demandé-je.

— On verra. Je ne suis pas très honnête avec lui, peut-être que c'est le signe qu'on n'est pas prêts ? On est d'accord tous les deux pour se laisser du temps. Avant toute chose, j'ai besoin de savoir qui je suis et ce que je veux. Ensuite, seulement, je saurai si Matthieu a sa place dans ma vie. S'il m'a attendu, c'est parfait, sinon, tant pis pour moi. C'est qu'il n'était pas fait pour moi et que je n'étais pas faite pour lui. Bon, on y va ? dit-elle en prenant du recul pour mieux regarder mon visage.

Elle réajuste un coin de mon rouge à lèvres avec ses doigts et semble satisfaite de l'effet produit.

Je me regarde, plus que ravie. Elle a réussi à faire un maquillage dans les teintes pêche et vert, mais si délicat qu'on ne s'en aperçoit même pas. On dirait que ce sont mes couleurs naturelles.

Céline entre dans la chambre à ce moment-là.

— Prêtes, les filles ? Waouh, que tu es belle ! fait-elle en sifflant quand elle me voit. Les hommes sont partis il y a un quart d'heure, donc on est dans les temps, ils seront prêts pour nous quand on arrivera !

— En route ! Aujourd'hui, c'est le mariage de ma fille ! dit ma mère, la tête droite et plus fière que je ne l'ai jamais vue.

Carole nous attend avec Mike, le seul garçon, avec le chauffeur, autorisé dans le bus. Elle me serre fort dans ses bras et je me contiens pour ne pas verser de nouvelles larmes. Après cela, ma belle-sœur se transforme en photographe officiel et prend environ trois cents photos pendant le trajet.

Au moment précis où le bus démarre, les premières notes de la chanson d'Etana, *Reggae*, se font entendre. Je regarde Céline, qui me fait un clin d'œil. Sophia lui a parlé de mon besoin constant de musique et le choix est juste génial. C'est donc sur du reggae et de la musique soul que le trajet se déroule. S'il y a une route du paradis, je suis sûre que nous en prenons le chemin.

Quand nous arrivons enfin, j'ai une énorme boule au fond du ventre. Ma mère perçoit mon stress et vient vers moi.

— Allez, ma chérie. Tout va bien se passer.

Tout le monde descend et chaque fille va rejoindre sa place. Je suis la dernière à fouler le sol. Au pied du bus, deux aigles de pierre forment comme une haie d'honneur d'un kitsch parfait.

Le bus est garé devant la plage où a lieu la cérémonie. Du pagne a été mis par terre pour que l'on puisse marcher sur le sable. Des chaises sont placées de chaque côté de cette allée improvisée. Céline et Scott ont tout géré à la perfection, y compris la présence du représentant officiel du consulat qui validera notre union.

La musique monte doucement dans les haut-parleurs. «*If I Ain't Got You*» La voix douce d'Alicia Keys se répand dans ce cadre magique. Mon père vient me chercher au pied du bus et me présente son bras. Je crois qu'aucun homme sur terre ne pourra jamais être plus fier que lui ni aucune fille plus heureuse que je ne le suis à cet instant. En passant dans l'allée, je vois Solange qui affiche un sourire que je ne lui ai jamais vu, avec à ses côtés Arthur, qui me fait un clin d'œil et sourit à son tour.

— Vous êtes magnifiques ! chuchote ma belle-mère quand je passe à sa hauteur.

Suivent des reniflements puissants en provenance de Jules et Damien, qui ne retiennent pas leurs sanglots. Ce dernier me lance un regard des plus attendrissants, comme un petit frère fier de ce que sa grande sœur est devenue. Je le connais depuis si longtemps que c'est comme s'il faisait partie de la famille. Quand j'arrive au niveau de Paul, mon cœur fait une nouvelle embardée. Lui aussi est comme mon frère. Il porte Anna dans les bras, et je suis tellement contente pour eux que je les serrerais très fort. Mais lentement, mon père continue de me faire avancer. Au premier rang, mon frère sort un mouchoir de sa poche et feint de s'enlever une poussière de l'œil.

Puis mon père lâche ma main et me remet entre celles de Julien. Je regarde mon futur mari et mon cœur s'envole à une vitesse que je n'aurais jamais cru possible. Julien semble complètement subjugué et la larme qui coule doucement sur son visage en dit plus que tous les mots du monde. Mon mari...

Maïa et Sophia sont à mes côtés et leur présence me porte et me donne une énergie incroyable. Julien et moi nous retournons et j'embrasse toute l'assemblée du regard. C'est Sophia qui m'a conseillé de faire ça. Le plus beau moment du mariage, selon elle. Toutes les personnes que j'aime le plus sont là. Le temps semble s'être arrêté.

Plus rien n'a d'importance à part l'odeur de la brise marine, le bruit doux des vagues derrière moi, la chaleur du soleil couchant et les spectaculaires ombres rouges et ocre qui se reflètent sur le décor féerique de cette plage de la République dominicaine.

Quand le prêtre prend la parole, je sens la main de Julien serrer un peu plus fort la mienne, et je comprends que toute ma richesse sera toujours là. Dans nos deux mains entremêlées. J'entends comme dans un rêve ce que dit le prêtre, je crois que je n'entends pas tout, je sais juste que ça y est... Ma vie commence vraiment, aujourd'hui.

Remerciements

Il y a quelques années, réussir à écrire un livre et le faire publier, à mes yeux, c'était pas gagné ; alors, imaginer qu'il rencontre le succès qu'a connu la série « Hot Love », ça, c'était tout bonnement inconcevable !

Je ne vais pas remercier ma bonne étoile. D'abord, je ne sais pas si elle existe ; ensuite, les choses qui me tiennent à cœur, je les ai toujours obtenues en me battant et non pas en faisant un vœu, adossée à une fontaine (j'ai essayé, il fut un temps... j'avais même appris par cœur *Bobity boo,* mais en vain !). Je tiens plutôt à remercier ceux qui ont rempli mes journées d'encouragements et de sourires, et qui ont rendu cette aventure encore plus belle et magique.

Ah ! Si mon doudou et mes choucroutes (traduction : mon mari et mes filles) n'avaient pas été là... si ma maman ne m'avait pas relue... si Sévy n'avait pas insisté, si Marie 22u2 ne me secondait pas, si Sandrine n'était pas si patiente malgré son amour pour ce type d'écriture ;), si Manue ne riait pas tout le temps, si Jay, Gilles, Nico n'étaient pas mes premiers lecteurs masculins, si Marc ne me soutenait pas autant, si Sarrah ne s'était pas mise à lire, si Mag ne m'aidait plus à rêver, si les Broken Legz en général ne m'apportaient pas autant, si les Nantais venaient moins souvent, si ma cousine Marie ne me suivait pas... eh bien, il n'y aurait rien !

Cécile Chomin n'est pas une seule personne, c'est un tout et vous en faites tous partie. Alors, à vous qui avez cru en moi, je ne vous dirai pas seulement merci, ce n'est pas assez, mais : félicitations ! Vous êtes les meilleurs. Oui, vous êtes bien les meilleures personnes qu'une blonde écervelée, rêveuse, exigeante et perfectionniste puisse avoir autour d'ellc pour réaliser ses rêves. Je ne peux pas tous vous citer, mais je vous promets qu'au fond de moi je pense à chacun de vous et vous garde une place dans mon cœur. Je n'oublie aucune des personnes qui m'entourent — de la plus proche de moi à celle qui passe de temps en temps au cours de danse —, je m'abreuve de vos sourires, je me nourris de vos encouragements et je grave dans ma mémoire toutes vos gentillesses. Car, vraiment, si vous n'aviez pas été là, je ne le serais pas non plus.

Justement, à Sophie, mon éditrice, et à son équipe qui déchire : je vous dois beaucoup. Pour avoir cru en moi et pour m'avoir publiée, pour m'avoir soutenue et encouragée : un immense merci !

Et derrière le succès de « Hot Love » se cache aussi toute une ribambelle de blogueuses sans qui la série n'aurait jamais pris cette ampleur ! Elles ont un métier, elles ont des enfants et elles ont une passion, et elles la partagent avec vous pour vous faire découvrir leurs coups de cœur et leurs lectures. On oublie souvent de mettre en avant le boulot de fou qu'elles réalisent chaque jour (enfin chaque nuit plutôt ;)). Amies blogueuses, quand je doutais, vous étiez là, quand j'appréhendais, vous étiez là, quand je me décomposais, vous me ramassiez. Par vos mots gentils et justes, par vos critiques droites et exhaustives, vous avez porté cette trilogie bien plus haut que je ne l'aurais cru et, amis lecteurs, si vous avez pu partir en voyage en République dominicaine avec toute cette bande de gentils tarés, c'est bien grâce à ces blogueuses. Sans elles, sans leur soutien et leur insistance pour avoir une suite, *Hot Love Disaster* et *Hot Love Wedding* n'auraient pas vu le jour... Et ça aurait été vraiment dommage :)

Alors, je ne sais pas où cette aventure me mènera, je ne sais pas quand elle s'arrêtera, mais, pour l'instant, je la vis à fond et je vous embarque avec moi !

A bientôt pour de nouvelles aventures... car ne croyez pas que je vais m'arrêter là :)

CECILE

Composé et édité par HarperCollins France.

Achevé d'imprimer en janvier 2017.

BRODARD & TAUPIN

La Flèche
Dépôt légal: février 2017.

Pour limiter l'empreinte environnementale de ses livres, HarperCollins France s'engage à n'utiliser que du papier fabriqué à partir de bois provenant de forêts gérées durablement et de manière responsable.

Imprimé en France